KB133313

이매지너리 프렌드

이매지너리 프렌드

Memoirs of an Imaginary Friend

매튜 딕스 글 · 정회성 옮김

비룡소

클라라에게

1

내가 분명히 말할 수 있는 사실은 다음과 같다.

내 이름은 부도다.

나는 오 년 전 이 세상에 태어났다.

나 같은 사람에게 오 년은 굉장히 긴 시간이다.

내 이름을 지어 준 사람은 맥스다.

맥스는 내 존재를 볼 수 있는 유일한 인간이다.

맥스의 부모는 나를 '상상 친구'라고 부른다.

나는 맥스의 담임인 고스크 선생님을 좋아한다.

하지만 맥스의 보조 교사인 패터슨 선생님은 싫다.

나는 상상 속 존재가 아니다.

2

나는 상상 친구치고는 운이 좋은 편이다. 여느 상상 친구들에 비해 훨씬 더 오래 살고 있기 때문이다. 내가 아는 상상 친구들 가운데 필리프라는 녀석이 있었다. 필리프는 맥스가 유치원생일 때 같은 반에 있던 아이가 만들어 낸 상상 친구였다. 그런데 녀석은 고작 일주일밖에 살지 못했다. 어느 날, 귀가 없는(상상 친구들은 대부분 귀가 없다) 예쁘장한 인간의 모습으로 뿅 하고 세상에 나타났다가 며칠 만에 갑자기 사라져 버린 것이다.

내가 운이 좋은 또 다른 이유는 맥스의 상상력이 남들보다 뛰어나다는 데 있다. 내가 아는 상상 친구 가운데 촘프라는 녀석이 있었다. 촘프는 그저 벽에 묻은, 구체적인 형태도 갖추지 못한 흐릿한 검은 얼룩이었다. 녀석은 말도 하고, 벽을 타고 오르락내리락 미끄럼도 탈 수 있었다. 하지만 종잇장처럼 평면적이어서 결코 벽에서 벗어나지 못했다. 나처럼 팔다리가 달려 있기는커녕 제대로 된 얼굴조차 없었다.

상상 친구는 인간 친구의 상상력에 의해 만들어지는 존재다. 맥스는 상상력이 풍부한 아이다. 덕분에 나는 팔과 다리, 얼굴까지 갖고 있다. 나처럼 부족한 부분이 한 군데도 없이 완벽한 형태를 갖춘 상상 친구는 몹시 드물다. 상상 친구들은 대부분 어딘가 엉성하거나 중요한 부분이 빠져 있다. 인간의 모습과 전혀 비슷하지 않은 경우도 있다. 촘프처럼 말이다.

그런데 상상력이 지나치게 풍부해도 문제가 될 수 있다. 언젠가 나는 프테로닥틸이라는 상상 친구를 만났다. 프테로닥틸은 두 개의 가느다란 녹색 안테나에 눈만 붙어 있는 모습이었다. 녀석의 인간 친구는 그런 모습을 멋지다고 생각했을지 모르지만, 가엾은 프테로닥틸은 그저 목숨을 부지하는 데 급급해서 다른 일에 전혀 집중할 수 없었다. 게다가 배도 계속 아프고, 걸핏하면 자기 발에 걸려 넘어지기까지 한다고 투덜거렸다. 발이라고 해 봤자 다리에 붙은 흐릿한 그림자일 뿐이었지만. 프테로닥틸의 인간 친구는 녀석의 머리와 눈에만 신경 쓰느라 허리 아래쪽에 대해선 아예 관심을 두지 않았던 것이다.

이런 경우는 상상 친구들의 세계에서 흔한 일이다.

또 나는 마음대로 움직일 수 있다는 점에서도 운이 좋은 편이다. 상상 친구들은 대부분 자신의 인간 친구 곁을 벗어나지 못한다. 심지어 목줄에 매여 있거나, 키가 채 10센티미터도 안 되어 코트 주머니 속에 처박혀 있는 녀석들도 있다. 물론 촘프처럼 기껏 벽에 묻은 얼룩 신세인 친구들도 있다. 반면에 나는 맥스 덕분에 혼자 마음대로 돌아다닐 수 있다. 마음만 먹으면 맥스 곁을 떠날 수도 있다.

하지만 너무 자주 혼자 돌아다니면 위험에 빠질지도 모른다.

나는 맥스가 내 존재를 믿는 한 세상에 존재한다. 맥스 엄마나 내 친구 그레이엄은 그렇기 때문에 나는 상상 속 존재일 뿐이라고 말한다. 하지만 그것은 틀린 말이다. 맥스의 상상력이 내 존재를 위해 반드시 필요한 것은 사실이다. 그러나 나는 스스로 생각할 수 있다. 내 생각과 내 삶은 맥스와는 상관없는 별개의 것이다. 우주비행사가 수많은 관과 전선으로 우주선과 연결돼 있는 것처럼 나도 맥스와 긴밀하게 연결되어 있다. 우주선이 폭발하면 당연히 우주비행사도 죽을 것이다. 그렇다고 해서 우주비행사가 상상 속 존재는 아니지 않은가? 우주비행사는 단지 생명을 지탱해 주던 끈이 끊어진 것뿐이다.

나와 맥스의 관계도 마찬가지다.

내가 살기 위해서는 맥스의 힘이 꼭 필요하지만, 나는 스스로 하나의 오롯한 인격체다. 나는 말도 할 수 있고 마음대로 움직일 수도 있다. 맥스와 나는 이따금 싸우기도 한다. 물론 대부분 텔레비전 프로그램이나 게임의 선택권을 두고 다투는 대수롭지 않은 싸움이긴 하다. 그러나 나는 가능한 한 맥스 곁에 붙어 있어야 마땅하다('마땅하다'는 말은 지난주 수업 시간에 고스크 선생님이 가르쳐 준 표현이다). 왜냐하면 맥스로 하여금 계속 내 생각을 하고 내 존재를 믿게 해야 하기 때문이다. 나는 '눈에서 멀어져 마음에서도 멀어진' 존재가 되고 싶지는 않다. 이 표현은 맥스 아빠가 늦게까지 집에 들어오지 않고 전화조차 없을 때 맥스 엄마가 종종 쓰는 말이다. 내가 오랫동안 떠나 있으면 맥스는 내 존재를 잊어버릴지도 모른다. 그렇게 되면 나라는 존재는 이 세상에서 흔적도 없이 사라질 것이다.

3

집파리는 사흘 동안 살 수 있다고 한다. 맥스가 1학년 때 선생님이 그렇게 말했다. 그럼 상상 친구의 수명은 얼마나 될까? 아마 집파리보다 많이 길지는 않을 것이다. 그렇게 따지면 상상 친구들의 세계에서 나는 굉장히 오래 산 편이다.

맥스는 네 살 때 처음 나를 상상해 냈다. 그 결과 나는 이 세상에 갑자기 존재하게 되었다. 처음에 내가 아는 것은 곧 맥스가 아는 것이었다. 그래서 나와 관련된 색깔과 숫자, 그 밖에 탁자나 전자레인지, 비행기 같은 몇몇 사물의 이름이 내가 아는 전부였다. 다시 말해, 내 머릿속은 네 살짜리 꼬마가 알 만한 지식으로 채워져 있었다. 하지만 맥스가 상상하는 나는 자신보다 나이가 훨씬 더 많은 존재다. 청소년, 어쩌면 그보다 몇 살 더 위일 수도 있다. 몸만 소년일 뿐 정신은 성인에 가까울지도 모르겠다. 아무튼 나는 키는 맥스와 비슷하지만 성격은 완전히 다르다. 나는 태어났을 때부터 맥스보다 더 침착하고 이성적이었다. 그래서 맥스가 헷갈려 하는 것도 이해할 수 있었고, 맥스가 풀지 못하는 문제의 답도 알고 있었다. 아마도 이것은 세상에 존재하는 모든 상상 친구들의 공통적인 특징일 것이다.

맥스는 내가 태어난 날을 기억하지 못한다. 그러므로 당시에 자기가 무슨 생각을 하고 있었는지도 기억하지 못한다. 하지만 맥스가 나를 자신보다 나이가 많고 더 이성적인 존재로 상상했기 때문에 나는 언제나 녀석보다 더 빨리 무언가를 배울 수 있었다. 나는 세상에 태어난 날부터 현재의 맥스보다 더 뛰어난 집중력을 발휘했다. 그날 맥스는 엄마에게 짝수 세는 법을 배웠지만, 끝내 완전히 이해하지 못했다. 반면에 나는 짝수라는 개념을 금세 이해했다. 아마도 내 두뇌는 처음부터 짝수를 배울 준비가 되어 있었고, 맥스는 그렇지 못했던 것 같다.

그냥 내 생각이 그렇다는 말이다.

나는 잠을 자지 않는다. 맥스가 나를 잠이 필요한 친구로 상상하지 않았기 때문이다. 그래서 공부할 시간도 많고, 줄곧 맥스 곁에 붙어 있을 필요도 없다. 그동안 나는 맥스가 듣도 보도 못한 것들을 많이 알게 되었다. 맥스가 잠자리에 들면 맥스의 엄마아빠는 거실이나 부엌에서 시간을 보낸다. 나는 그들 곁에서 텔레비전을 보거나 그들이 나누는 대화를 듣는다. 또 혼자서 여기저기 돌아다닐 때도 있다. 가장 자주 가는 곳은 하루 스물네 시간 내내 문을 여는 주유소다. 맥스와 녀석의 엄마 아빠, 고스크 선생님을 빼고 내가 세상에서 제일 좋아하는 사람들이 모두 그곳에 있기 때문이다. 그 밖에 집에서 조금 떨어져 있는 두기스 핫도그 가게나 경찰서, 병원도 내가 가끔 놀러 가는 장소다(참,

병원에는 무서운 오스왈드가 있어서 더 이상 가지 않는다). 학교에 있을 때는 교직원 휴게실이나 다른 교실을 돌아다닌다. 심지어 교장실에 가서 특별한 일이 없는지 알아보기도 한다. 나는 맥스보다 더 똑똑하지는 않지만 훨씬 더 많은 것을 알고 있다. 녀석보다 더 오랜 시간 동안 깨어 있는 데다 녀석이 가지 못하는 여러 장소를 갈 수 있기 때문이다. 이는 꽤 기분 좋은 일이다. 가끔 맥스가 어떤 문제에 부딪쳤을 때 도움을 줄 수도 있다.

예를 들면 이런 경우다. 지난주 맥스는 땅콩버터와 딸기잼을 바른 샌드위치를 만들고 싶어 했다. 그런데 아무리 애써도 딸기잼 병의 뚜껑이 열리지 않았다.

"부도, 난 못 열겠어."

맥스가 말했다. 그래서 나는 이렇게 조언해 주었다.

"아니야, 넌 할 수 있어. 뚜껑을 반대 방향으로 비틀어 봐. 왼쪽으로 비틀면 열리고, 오른쪽으로 비틀면 닫히지."

맥스 엄마도 가끔 유리병 뚜껑을 열기 전에 그런 말을 중얼거린다. 신기하게도 그 말은 효과가 있었다. 맥스는 병뚜껑을 여는 데 성공했다. 하지만 그 성공에 기뻐서 흥분한 나머지 잼 병을 타일 바닥에 떨어뜨려 깨뜨리고 말았다.

세상에는 맥스가 이해하기 힘든 문제들이 넘쳐난다. 무언가에 성공해도 여전히 문제가 생길 수 있다는 게 정말 이상하지 않은가?

내가 사는 곳은 세상에서도 조금 이상한 공간이다. 나는 사람들 사이에 섞여서 산다. 주로 맥스와 함께 아이들의 세계에서 지내지만, 어른들과 시간을 함께 보낼 때도 많다. 여기서 말하는 어른들이란 맥스의 엄마와 아빠, 학교 선생님들, 주유소에 있는 내 친구들이다. 물론 그들의 눈에는 내가 보이지 않는다. 맥스 엄마의 표현대로라면 나는 중간에 끼인 '불분명한' 존재다. 맥스는 종종 무언가를 한 번에 결정하지 못하고 망설여서 엄마한테 '불분명하게' 군다는 잔소리를 듣는다.

"맥스, 무슨 색깔 아이스케이크를 줄까? 파란색? 아니면 노란색?"

엄마가 이렇게 물으면 맥스는 입술이 아이스케이크처럼 얼어붙기라도 한 듯 아무 말도 하지 못한다. 녀석에게는 무언가를 선택할 때 고려해야 할 사항이 너무 많기 때문이다.

노란색보다 빨간색이 더 맛있지 않을까?

파란색보다 초록색이 더 맛있으면 어떡하지?

무슨 색깔이 더 차가울까?

무슨 색깔이 가장 빨리 녹을까?

초록색은 어떤 맛일까?

빨간색은 딸기 맛과 비슷할까?

색깔이 다르면 맛도 모두 다를까?

이럴 때마다 나는 맥스 엄마를 이해하기 힘들다. 맥스 엄마는 여러 색깔 가운데 단 하나를 선택한다는 것이 아들에게 얼마나 힘든 일인지 뻔히 안다. 맥스가 선택을 못하고 망설이면 가끔 내가 나서서 한 가지를 골라 주기도 한다. "파란색으로 해!"라고 내가 조그맣게 속삭이면, 맥스는 곧장 엄마에게 "파란색이요." 라고 말한다. 그로써 모든 문제는 해결된다. 불분명하게 굴지 말라는 잔소리도 더 이상 듣지 않을 수 있다.

이것이 내가 사는 방식이다. 나는 불분명한 존재다. 나는 노란색 세상에서도 살고 파란색 세상에서도 산다. 주로 아이들과 함께 지내지만 이따금 어른들과 어울리기도 한다. 나는 딱 집어 어린아이라고 할 수는 없지만 그렇다고 어른도 아니다.

나는 노란색이자 파란색이다.

녹색이기도 하다.

내가 명확한 한 가지 색깔을 띠고 있지 않다는 사실쯤은 나도 잘 알고 있다.

4

맥스의 담임은 고스크 선생님이다. 나는 고스크 선생님을 무척 좋아한다. 고스크 선생님은 1미터쯤 되는 기다란 막대기를 들고 다니면서 어설픈 영국식 악센트를 쓰는 학생들에게 으름장을 놓는다. 하지만 아이들은 모두 선생님의 그런 행동이 그저 장난이라는 사실을 알고 있다. 고스크 선생님은 꽤나 엄격해서 늘 아이들에게 열심히 공부하라고 다그치지만 지금까지 아이들을 때린 적은 한 번도 없다. 물론 그녀는 상당히 무서운 편이다. 고스크 선생님 앞에서 학생들은 항상 똑바로 앉아 조용히 과제에 몰두해야 한다. 만일 어떤 학생이 잘못된 행동을 하면, 선생님은 "어머머! 다시는 이런 부끄러운 짓을 못하도록 전교생 앞에서 마이크에 대고 네 이름을 발표해야겠다!"라거나 "얘! 돼지가 하늘을 날아야 이런 바보 같은 짓을 그만두겠니?('돼지가 하늘을 난다(when pigs fly)'는 지극히 불가능한 상황을 빗댄 말로서 우리 식으로는 '해가 서쪽에서 뜬다'와 비슷하다./ 옮긴이)"라며 나무란다. 다른 선생님들은 고스크 선생님을 고리타분하다고 흉보지만, 아이들은 모두 알고 있다. 고스크 선생님이 자신들을 그처럼 엄격하게 대하는 것은 진심으로 사랑하기 때문이라는 것을.

맥스는 사람들을 그리 좋아하지 않는다. 단, 고스크 선생님만은 예외다.

지난해 맥스의 담임은 실보 선생님이었다. 실보 선생님도 고스크 선생님처럼 엄격한 데다 늘 아이들에게 열심히 공부하라는 잔소리를 늘어놓았다. 하지만 그녀가 고스크 선생님과 달리 아이들을 진심으로 사랑하지 않는다는 것은 누가 봐도 알 수 있었다. 그래서 지난해 실보 선생님 반의 학생들은 올해만큼 열심히 공부하지 않았다. 교사라는 직업을 갖기 위해서는 신기하게도 대학교에 가서 몇 년씩 공부해야 한다. 그런데도 몇몇 선생님은 아주 간단한 일조차 제대로 해내지 못한다. 교사가 되기 위한 준비를 그만큼 했으면 아이들을 늘 웃게 하고 선생님이 자신들을 사랑한다는 것을 확실히 느낄 수 있게 해야 하지 않을까?

나는 패터슨 선생님이 싫다. 그녀는 정식 교사가 아니라 고스크 선생님을 도와 맥스를 돌보는 보조 교사다. 맥스는 보통 아이들과 다르기 때문에 온종일 고스크 선생님과 함께 시간을 보낸다. 가끔은 학습 센터에 가서 특별 지도가 필요한 다른 아이들과 함께 맥긴 선생님의 수업을 받기도 한다. 라이너 선생님에게 말하기 수업을 받을 때도 있고, 흄 선생님의 교실에서 다른 아이들과 어울려 게임을 할 때도 있다. 또 패터슨 선생님이 지켜보는 가운데 책을 읽고 숙제를 하기도 한다.

맥스가 보통 아이들과 어떻게 다른지 정확히 아는 사람은 아무도 없는 것 같다. 맥스 아빠는 맥스가 그저 조금 늦된 아이일 뿐이라고 말한다. 그런데 맥스 아빠가 그렇게 말할 때마다 맥스 엄마는 불같이 화를 내며 적어도 하루 넘게 입을 닫아 버린다.

나는 왜 사람들이 모두 맥스를 복잡한 아이라고 생각하는지 모르겠다. 맥스는 그저 보통 아이들과 똑같은 방식으로 사람들을 좋아하지 않을 뿐이다. 물론 맥스도 사람들을 좋아한다. 하지만 그 방식이 조금 다르다. 맥스는 일정한 거리를 두고 사람을 좋아한다. 다시 말해, 자신에게서 가능한 한 멀리 떨어져 있는 사람을 좋아한다.

맥스는 사람들이 자신을 건드리는 것을 좋아하지 않는다. 누군가가 자신의 몸을 건드리면 갑자기 온 세상이 밝아지면서 흔들리는 것 같다고 언젠가 맥스는 내게 말했다.

나는 맥스의 몸을 만질 수 없다. 맥스 역시 내 몸을 만질 수 없다. 아마도 그것이 우리가 아무 문제 없이 사이좋게 지내는 이유인지도 모르겠다.

또 맥스는 사람들이 진심이 아닌 말을 하는 것을 이해하지 못한다. 예를 들면 이런 경우다. 지난주 맥스는 쉬는 시간에 책을 읽고 있었다. 그때 한 4학년 아이가 맥스에게 다가오더니 "와, 꼬마 천재 나셨군!"이라고 말했다.

맥스는 그 아이에게 아무 말도 하지 않았다. 무언가 대꾸하면 녀석이 자리를 떠나지 않고 계속 자신을 괴롭힐 거라는 사실을 알았기 때문이다. 하지만 맥스는 혼란스러웠다. 4학년 아이의 입에서 나온 말은 분명히 자신을 똑똑하다고 칭찬하는 것처럼 들렸다. 물론 실제로는 맥스를 놀리는 말이었다. 맥스도 녀석이 자신을 괴롭히고 있다는 것쯤은 알고 있었다. 녀석은 평소에도 종종 맥스에게 못되게 굴기 때문이었다. 맥스는 녀석이 왜 자신을 천재라고 부르는지 이해할 수 없었다. 보통 천재라는 말은 칭찬 아닌가?

맥스에게 사람들은 이해하기 힘든 존재다. 그래서 맥스는 보통 사람들과 어울리기가 힘들다. 사람들과 어울리는 법을 배우기 위해 녀석은 다른 반 아이들과 함께 흄 선생님 교실에 가서 게임을 한다. 하지만 맥스는 그것을 시간 낭비라고 생각한다. 교실 바닥에 철퍼덕 앉아서 모노폴리 게임을 하는 것도 싫어한다. 바닥에 앉으면 의자에 앉을 때보다 불편하기 때문이다. 흄 선생님은 맥스에게 다른 아이들과 함께 어울려 노는 법을 가르치려고 애쓴다. 다른 아이들이 빈정대거나 짓궂은 농담을 던질 때 맥스가 알아차릴 수 있게 하려는 것이다. 하지만 맥스는 여전히 이해를 못한다. 맥스 엄마는 맥스 아빠와 싸울 때 숲은 보지 못하고 나무들만 본다고 잔소리한다. 세상을 바라보는 맥스의 시각 또한 이와 같다. 맥스는 세상에 존재하는 온갖 자잘한 문제들 때문에 정작 큰 문제는 의식하지 못한다.

오늘 패터슨 선생님은 학교에 나오지 않았다. 교사가 결근하는 것은 대개 본인 또는 아이가 아프거나 가족 중 누군가가 죽었을 경우다. 패터슨 선생님은 이전에도 가족이 죽어서 결근한 적이 있다. 내가 이 사실을 알게 된 것은 이따금 다른 선생님들이 패터슨 선생님에게 "얼마나 힘이 드세요."라고 다정하게 말을 건네거나, 그녀가 자리를 떠난 뒤 자기들끼리 수군거리는 소리를 들었기 때문이다. 하지만 이는 꽤 오래전 일이다. 보통 패터슨 선생님이 결근했다는 것은 그날이 금요일이라는 뜻이다.

오늘은 패터슨 선생님의 일을 대신해 줄 사람이 없다. 덕분에 맥스와 나는 온종일 고스크 선생님과 함께 있을 수 있다. 나는 패터슨 선생님을 좋아하지 않는다. 맥스도 마찬가지다. 물론 녀석은 선생님들을 대부분 좋아하지 않기 때문에 패터슨 선생님도 좋아하지 않을 뿐이다. 내 눈에는 뻔히 보이는 것을 맥스는 보지 못한다. 나무들을 보느라 정신이 없기 때문이다. 패터슨 선생님은 고스크 선생님이나 라이너 선생님, 맥긴 선생님과 완전히 다르다. 그녀는 늘 웃고 있지만 결코 진심에서 우러나온 미소가 아니다. 겉으로 드러내는 표정과 머릿속에 든 생각이 서로 다르다. 패터슨 선생님은 맥스를 전혀 좋아하지 않지만 겉으로는 좋아하는 척한다. 이는 맥스를 좋아하지 않는 것보다 훨씬 더 무시무시한 일이다.

"아이고, 내 새끼 맥스가 왔구나!"

고스크 선생님이 교실로 들어서는 우리를 보고 다정하게 인사를 건넨다.

맥스는 고스크 선생님이 자신을 '내 새끼'라고 부르는 것을 싫어한다. 맥스는 고스크 선생님의 새끼가 아니기 때문이다. 맥스에게는 이미 다른 엄마가 있다. 하지만 맥스는 선생님에게 '내 새끼'라고 부르지 말라고 말하지 않는다. 그런 말을 하는 것이 날마다 '내 새끼'라고 불리는 것보다 더 힘들기 때문이다.

맥스에게는 한 사람에게 무언가를 말하는 것보다 모두에게 아무 말도 하지 않는 것이 더 마음 편한 일이다.

맥스는 왜 고스크 선생님이 자신을 '내 새끼'라고 부르는지 이해하지 못한다. 하지만 자신을 진심으로 사랑하는 선생님의 마음을 알기 때문에 그것이 일부러 괴롭히려고 하는 말이 아니라는 건 안다. 그저 선생님 새끼가 아닌데 그렇게 불리는 것이 조금 당황스러울 뿐이다.

나는 할 수만 있다면 고스크 선생님에게 맥스를 '내 새끼'라고 부르지 말라고 부탁하고 싶다. 하지만 고스크 선생님은 나를 보지도, 내 목소리를 듣지도 못한다. 이 문제에 관해 내가 할 수 있는 일은 아무것도 없다. 원래 상상 친구들은 인간 세상에 있는 물건들을 만질 수도, 움직일 수도 없다. 그래서 나는 잼 병의 뚜껑을 열거나, 떨어진 연필을 줍거나, 자판을 두들기지 못한다. 그것만 아니라면 당장 맥스를 '내 새끼'라고 부르지 말아 달라는 쪽지를 써서 고스크 선생님에게 보냈을 것이다.

나는 현실 세계와 맞부딪칠 수는 있지만, 현실 세계에 손을 댈 수는 없다.

그래도 나는 여전히 운이 좋은 편이다. 맥스는 처음부터 나를 닫힌 문이나 창문을 마음대로 통과할 수 있는 친구로 상상했다. 아마도 한밤중에 엄마 아빠가 방문을 닫으면 내가 밖에서 못 들어올까 봐 걱정스러워서 그랬을 것이다. 맥스는 내가 자기 침대 옆에 앉아 있지 않으면 잠을 못 이룬다. 덕분에 나는 문이나 창문을 자유자재로 통과해 어디든 갈 수 있다. 하지만 벽이나 바닥은 다르다. 나는 벽이나 바닥까지 통과하지는 못한다. 맥스가 그런 상상은 하지 않았기 때문이다. 아무리 맥스라도 그런 상상까지 했다면 그 또한 이상하지 않겠는가?

상상 친구들 중에는 나처럼 문과 창문을 마음대로 통과할 수 있는 친구들이 꽤 있다. 몇몇 녀석들은 벽도 통과할 수 있다. 하지만 대부분은 그런 능력이 없어서 한곳에 오랫동안 갇혀 있기 일쑤다. 말하는 강아지 퍼피의 경우도 그랬다. 퍼피는 이 주일 전 학교 경비실 벽장에 밤새 갇혀 있었다. 퍼피의 인간 친구인 유치원생 파이퍼는 퍼피가 어디 있는지 모른 채 두렵고 끔찍한 하룻밤을 보내야 했다.

하지만 그날 밤은 퍼피에게 훨씬 더 끔찍하고 무시무시했다. 상상 친구들은 옷장 안에 갇혀 있다가 영원히 사라질 때도 종종 있다. 어린아이들은 실수로(가끔은 고의적인 실수로) 상상 친구를 벽장이나 지하실에 가두어 놓는다. 그러면 상상 친구는 그 아이의 머릿속에서 뿅 하고 사라진다. 눈에서 멀어지면 마음에서도 멀어진다는 말처럼 상상 친구의 삶도 그것으로 끝이다.

그러므로 문을 자유자재로 통과할 수 있다는 것은 누군가의 생명을 구할 수 있는 고귀한 능력이다.

오늘 나는 교실에 계속 남아 있고 싶다. 오늘은 고스크 선생님이 『찰리와 초콜릿 공장』을 읽어 줄 예정이기 때문이다. 나는 고스크 선생님이 책을 읽어 주는 시간이 좋다. 선생님의 목소리는 속삭이는 것처럼 가늘고 나긋나긋하다. 그래서 아이들은 선생님의 말을 놓치지 않기 위해 다들 몸을 앞으로 기울이고 쥐 죽은 듯 조용히 해야 한다. 맥스는 이런 분위기를 가장 좋아한다. 크건 작건 소음은 맥스에게 몹시 괴로운 방해물이다. 조이 밀러가 연필로 책상을 똑똑 두들기거나 대니얼 개너가 습관처럼 발로 바닥을 툭툭 찬다면, 맥스는 그 두 가지 소리 외에 다른 소리는 전혀 듣지 못한다. 다른 아이들처럼 그런 잡음을 흘려듣지 못하는 것이다. 다행히 고스크 선생님이 책을 읽어 줄 때는 모두가 쥐 죽은 듯 조용해지므로 맥스도 선생님의 이야기를 편하게 들을 수 있다.

고스크 선생님은 항상 재미있는 책을 고르는 재주를 갖고 있다. 그리고 자신이 살면서 겪은 일 가운데 그 책과 관련된 일화를 함께 들려준다. 예를 들어, 주인공 찰리 버킷이 어처구니없는 짓을 저지르는 대목에서는 선생님의 아들인 마이클이 바보짓을 했던 이야기를 해 준다. 그러면 아이들은 고개를 뒤로 젖힌 채 배꼽을 잡고 웃어 댄다. 가끔은 맥스도 함께 웃는다.

맥스는 웃는 것을 좋아하지 않는다. 어떤 사람들은 맥스가 그저 우습다고 생각하지 않기 때문에 안 웃는 거라고 말하지만, 이것은 사실이 아니다. 맥스는 우스운 일이 벌어졌을 때 그것이 왜 우스운지 이해하지 못할 때가 많다. 특히 말과 뜻이 다른 말장난 같은 것은 전혀 이해하지 못한다. 한 단어가 여러 가지 다른 뜻을 갖고 있는 경우, 맥스는 그중 어떤 뜻을 선택해야 할지 몰라 곤란해한다. 왜 똑같은 한 단어가 경우에 따라 다른 의미로 쓰이는지 납득하지 못하는 것이다. 이 문제에 관한 한 나는 맥스를 흉보고 싶지 않다. 나 역시 그런 복잡함이 싫기 때문이다.

하지만 말장난 같은 것만 아니라면 맥스도 자연스럽게 웃곤 한다. 언젠가 고스크 선생님은 아들 마이클이 못된 친구를 골탕 먹이려고 그 친구 이름으로 치즈피자 스무 판을 배달시킨 바람에 경찰관이 집까지 찾아왔었다는 이야기를 해 주었다. 그때 선생님은 아들을 따끔하게 혼내 주려고 경찰관에게 "어서 이 녀석을 잡아가세요."라고 말했다고 한다. 아이들은 이 이야기에 모두 웃음을 터뜨렸다. 맥스도 웃었다. 고스크 선생님의 이야기는 복잡하게 꼬여 있지 않고, 서론과 본론, 결론이 명확하기 때문이다.

고스크 선생님은 제이차세계대전에 대한 수업도 한다. 교과 과정에 포함된 것은 아니지만, 아이들이 반드시 알아야 할 내용이라고 선생님은 말한다. 아이들은 선생님이 들려주는 전쟁 이야기를 좋아한다. 특히 맥스는 유별날 만큼 큰 관심을 보인다. 맥스의 머릿속에는 전쟁이나 전투, 탱크, 전투기에 대한 생각이 가득 들어차 있다. 가끔은 며칠 동안 내내 그 생각만 하기도 한다. 만일 학교에서 수학이나 작문 수업 대신 전쟁에 관련된 수업만 한다면, 맥스가 세계 최고의 우등생이 될 것이다.

오늘 수업은 진주만 공습에 대한 것이다. 진주만 공습은 일본군이 1941년 12월 7일 진주만을 폭격한 사건이다. 고스크 선생님의 설명에 따르면 미군은 이 기습적인 공격에 전혀 대비되어 있지 않았다고 한다. 일본군이 그렇게 멀리서 공격을 감행해 올 거라고는 상상조차 못했기 때문이다.

고스크 선생님이 말했다.

"한마디로 미국은 상상력이 부족했던 거야."

만일 뛰어난 상상력을 가진 맥스가 1941년도에 살았다면, 역사는 완전히 달라졌을 것이다. 맥스라면 소형 잠수정이며 목재 방향키가 장착된 어뢰 등을 동원한 야마모토 장군의 작전을 완벽하게 예상해서 그 사실을 미군에게 미리 경고했을 것이다. 무언가를 상상하는 것, 그것이 맥스의 특기다. 맥스의 머릿속은 늘 바쁘게 돌아간다. 그래서 자신의 머릿속이 아닌 외부에서 일어나는 일에 대해서는 크게 신경 쓰지 않는다. 사람들은 바로 맥스의 이런 특징을 이해하지 못한다.

내가 가능한 한 맥스 곁에 붙어 있으려고 하는 이유는 그 때문이다. 맥스는 가끔 자기 주변에서 벌어지는 일에 전혀 관심을 두지 않아서 문제를 일으킨다. 지난주 녀석이 막 버스에 오르려고 할 때였다. 갑자기 거센 바람이 휙 불어와 맥스가 손에 쥐고 있던 생활 통지표가 날아갔다. 통지표는 8번 버스와 53번 버스 사이에 떨어졌다. 버스를 타기 위해 줄을 서 있던 맥스는 곧장 통지표를 주우러 달려갔다. 주변 상황이 위험하든 말든 전혀 신경 쓰지 않았다. 나는 급히 "맥스 딜레이니! 거기 서!"라고 소리쳤다.

맥스의 주목을 끌어야 할 때 나는 녀석의 성과 이름을 함께 부른다. 이 방법은 고스크 선생님에게 배운 것인데, 확실히 효과가 있다. 맥스는 내가 외치는 소리를 듣자마자 그 자리에 멈춰섰다. 천만다행이었다. 때마침 자동차 한 대가 스쿨버스 옆을 쌩하고 지나갔기 때문이다. 참고로 이것은 명백한 불법 행위이다.

그레이엄은 내가 맥스의 목숨을 구했다고 칭찬했다. 그레이엄은 내가 알기로 현재 교내에 존재하는 세 번째 상상 친구이자 모든 광경을 지켜본 목격자다. 그레이엄은 이름은 남자 같지만 실은 여자다. 생김새도 나처럼 인간과 거의 비슷하다. 다만 하늘의 달에서 누군가가 머리카락을 한 가닥 한 가닥 잡아당기고 있기라도 한 것처럼 머리카락이 모두 삐죽삐죽 서 있다. 또 돌멩이처럼 딱딱해서 움직이지도 않는다. 그레이엄은 내가 맥스에게 거기 서라고 고함치는 소리를 들었다. 맥스가 다시 제자리로 돌아오자, 그레이엄이 내게 다가와 말했다. "부도, 네가 방금 맥스의 목숨을 구했어! 네가 없었다면 맥스는 저 자동차에 깔려 죽었을 거야."

나는 그레이엄에게 이렇게 대답했다.

"맥스가 죽으면 나도 죽게 돼. 그러니까 나는 맥스의 목숨을 구한 게 아니라 나 자신의 목숨을 구한 거지."

그런데 내 생각이 맞는 것일까?

아마 그럴 것이다. 내가 아는 상상 친구들 가운데 인간 친구가 죽고 난 뒤에도 계속 이 세상에 존재하는 녀석은 한 명도 없었다. 그래서 확신할 수는 없지만 내 생각이 맞을 거라고 믿는다.

어쨌든 난 그럴 것 같다. 맥스가 죽으면 나도 죽을 것 같다.

5

나는 맥스에게 묻는다.

"넌 내가 진짜 실제로 존재한다고 생각해?"

"응. 저기 저 파란색 이발이 좀 집어 줘."

'이발이'는 둘로 갈라진 레고 블록 가운데 하나다. 맥스는 모든 레고 블록에 일일이 이름을 붙여 주었다.

"난 못 해."

내가 대답하자 맥스가 나를 쳐다본다.

"아 참, 그렇구나. 깜박했어."

"내가 실제로 존재한다면, 왜 너 말고는 아무도 나를 보지 못할까?"

"그야 나도 모르지."

맥스가 조금 짜증난 목소리로 말한다.

"어쨌든 난 네가 진짜 이 세상에 존재한다고 생각해. 그런데 넌 왜 그렇게 나한테 묻는 게 많아?"

그 말은 사실이다. 나는 맥스에게 질문을 많이 한다. 일부러 할 때도 많다. 나는 영원히 살지는 못할 것이다. 나도 안다. 나는 맥스가 내 존재를 믿는 동안만 살 수 있다. 그래서 맥스를 자꾸

부추겨 나를 실제로 존재하는 친구로 믿는다고 우기도록 만드는 것이다. 그렇게 하면 맥스가 좀 더 오랫동안 내 존재를 믿을 것 같아서…….

물론 맥스에게 나를 실제로 존재하는 친구라고 생각하느냐고 계속 묻는 것이 오히려 내가 상상 친구라는 사실을 녀석에게 일깨우는 셈이라는 걸 나도 안다. 다시 말해, 나는 무모한 짓을 하고 있는 거다. 하지만 지금까지 특별한 문제는 없는 것 같다.

언젠가 홈 선생님은 맥스 엄마에게 이렇게 말했다.

"상상 친구가 있다는 건 맥스 같은 아이들에게 결코 드문 일이 아니에요. 일반적으로 이런 아이들의 상상 친구는 평범한 아이들의 상상 친구에 비해 더 오래 살아남는 편이죠."

'살아남는다.' 꽤 마음에 드는 말이다.

나는 살아남을 것이다.

맥스의 엄마 아빠가 또다시 싸우고 있다. 다행히 맥스는 그 소리를 듣지 못한다. 지금 지하실에서 비디오 게임을 하고 있기 때문이다. 게다가 맥스의 엄마 아빠는 서로에게 소리 없는 고함을 지른다. 마치 너무 오랫동안 고함을 질러서 더 이상 목소리가 안 나오는 사람들처럼 말이다. 물론 실제로 목소리가 잘 안 나오기도 한다.

"빌어먹을 전문 치료사들이 어떻게 생각하든 난 관심 없어!"

맥스 아빠가 벌겋게 달아오른 얼굴로 소리 죽여 고함친다.

"우리 아들은 완벽한 정상아야. 그저 조금…… 늦된 것뿐이라고. 보통 아이들처럼 맥스도 장난감을 갖고 놀고, 운동도 해. 친구들도 있고."

이는 정확한 말은 아니다. 맥스에게는 나 말고 다른 친구가 한 명도 없다. 학교 아이들은 맥스를 좋아하거나, 싫어하거나, 아예 무시한다. 하지만 그들 가운데 맥스의 친구는 아무도 없다. 물론 맥스도 그들과 친구가 되기를 원하지 않는 것 같다. 맥스는 혼자 있을 때 가장 행복해한다. 심지어 나도 가끔은 맥스에게 귀찮은 존재가 된다.

맥스를 좋아하는 아이들도 보통 아이들을 대할 때와는 조금 다르게 맥스를 대한다. 엘라 바바라의 경우가 그렇다. 엘라는 맥스를 무척 좋아한다. 하지만 그 마음은 곰 인형이나 바비 인형을 아끼고 사랑하는 마음과 비슷하다. 엘라는 맥스를 '귀여운 우리 맥스'라고 부르면서 점심 도시락을 식당까지 갖다준다거나 쉬는 시간 전에 외투 지퍼를 올려 주겠다고 나선다. 그런 일쯤은 맥스도 혼자 할 수 있다는 것을 뻔히 알면서도 말이다. 맥스는 그런 엘라를 몹시 싫어한다. 엘라가 자신을 도와주려 하거나 자기 몸에 손만 갖다 대도 얼굴을 찌푸리며 질색한다. 하지만 엘라에게 그러지 말라고 말하지는 않는다. 맥스에게는 그런 말을 하는 것보다 차라리 얼굴을 찌푸리며 괴로움을 당하는 게 더 낫기 때문이다. 3학년으로 올라갈 때, 실보 선생님은 엘라와 맥스를 같은 반에 배치했다. 그러면서 두 아이가 서로에게 도움이 될 것 같아서 내린 결정이라고 설명했다. 인형 놀이를 하듯 맥스를 데리고 노는 엘라에게는 맥스가 도움이 될 수도 있을 것이다. 하지만 맥스에게 엘라는 절대로, 결코 도움이 되지 않는다.

"맥스는 그저 늦된 아이가 아니에요. 그러니까 제발 그렇게 말하지 좀 말아요!"

맥스 엄마가 말한다. 끓어오르는 화를 참으려 안간힘을 쓰는 듯한 목소리다.

"당신한테 이게 얼마나 받아들이기 힘든 사실인지 잘 알아요. 하지만 여보, 이게 엄연한 현실이에요. 우리가 만나본 전문 치료사들이 죄다 진단을 잘못했을 리는 없잖아요?"

"바로 그게 문제라고!"

맥스 아빠가 소리친다. 그의 이마는 울긋불긋하게 달아오르고 있다.

"전문가들의 의견이 모두 일치하지는 않잖아! 안 그래?"

맥스 아빠는 기관총을 쏘듯 쉬지 않고 다다다다 말을 쏟아낸다.

"맥스에게 정확히 무슨 일이 벌어지고 있는 것인지는 아무도 모른다고. 의사들도 하나로 일치된 의견을 내지 못하는데, 내 생각이 그 사람들보다 못할 게 뭐야?"

"병명이 뭔지는 중요하지 않아요. 우리 아들에게 구체적으로 무슨 문제가 있는지가 중요한 게 아니라고요. 지금 중요한 건 맥스에게 도움이 필요하단 거예요."

"난 도무지 이해가 안 돼. 어젯밤에도 뒷마당에서 맥스와 공놀이를 했고, 캠핑도 함께 다녔어. 성적도 좋은 편이잖아. 학교에서 문제를 일으킨 적도 없고. 그런데 왜 아무런 문제도 없는 그 가여운 아이를 어떻게든 뜯어고치려고 안달이지?"

급기야 맥스 엄마가 울음을 터뜨린다. 눈을 깜박일 때마다 눈물이 주르르 쏟아진다. 나는 그녀가 우는 게 싫다. 맥스 아빠도 아내가 우는 것을 싫어한다. 나는 지금껏 한 번도 울어 본 적이 없다. 우는 모습은 그야말로 꼴사납다.

"여보, 맥스는 우리가 안아 주는 걸 좋아하지 않아요. 사람들과 눈을 마주치지도 않는다고요. 그뿐인 줄 알아요? 자기 침대보를 갈거나 치약을 다른 회사 제품으로 바꾸면 발광을 하죠. 또 끊임없이 혼잣말을 중얼거려요. 이 모든 것들은 정상적인 아이의 행동이 아니라고요. 그렇다고 맥스에게 약물치료가 필요하다는 건 아니에요. 어른이 되어서도 정상이 아닐 거라고 말하는 게 아니라고요. 그저 우리 맥스가 갖고 있는 몇 가지 문제점을 함께 논의하고 생각해 줄 전문가의 도움이 필요하다는 거예요. 난 둘째를 갖기 전에 이 일을 해결하고 싶어요. 지금은 우리 둘 다 오로지 맥스에게만 전념할 수 있잖아요."

마침내 맥스 아빠가 집을 나가 버린다. 현관 방충문이 쾅 소리를 내며 닫힌다. 문은 삐걱삐걱 소리를 내며 앞뒤로 한참 흔들리다가 멈춘다. 지금까지 나는 부부 싸움 끝에 맥스 아빠가 밖으로 나가 버리면 맥스 엄마가 이긴 거라고 생각했다. 장난감 병정들이 전쟁에서 후퇴하듯 맥스 아빠가 상대에게 굴복하고 도망친 거라고 믿었다. 하지만 맥스 아빠의 경우는 후퇴는 하더라도 그것이 반드시 굴복했다는 뜻은 아니다. 맥스 아빠는 전에도 후퇴한 적이 여러 번 있다. 그때도 이번과 똑같이 현관 방충문을 쾅 닫아서 삐걱삐걱 흔들리게 만들었다. 하지만 달라진 것은 아무것도 없다. 마치 리모컨의 일시 정지 버튼을 누른 것처럼 싸움은 잠시 중단됐을 뿐 끝난 것은 아니다.

참, 이야기가 나왔으니 말이지만 나는 맥스처럼 장난감 병정을 후퇴시키거나 굴복하게 만드는 아이를 지금껏 단 한 번도 보지 못했다.

다른 아이들은 모두 병정들을 그냥 죽게 내버려 둔다.

맥스에게 반드시 전문 치료사가 필요한지는 잘 모르겠다. 솔직히 나는 전문 치료사가 정확히 어떤 일을 하는지 모른다. 그들이 하는 일을 어느 정도는 알지만 다 알지는 못한다. 그렇기 때문에 불안한 것이다. 맥스의 엄마와 아빠는 아마 이 문제를 두고 앞으로도 계속 싸울 테지만, 둘 중 누구도 "알았어! 내가 졌어!"

라거나 "당신이 이겼어!"라거나 "당신 말이 옳아!"라고 먼저 말하지는 않을 것이다. 그러나 결국 맥스는 전문 치료사에게 가게될 것이다. 부부 싸움에서 이기는 쪽은 거의 언제나 맥스 엄마니까 말이다.

맥스를 그저 조금 늦된 아이로 여기는 맥스 아빠의 생각은 틀렸다. 하루의 대부분을 맥스와 함께 보내는 나는 맥스가 여느 아이들과 어떻게 다른지 잘 안다. 아이들은 대부분 자기 밖에 있는 세계에서 살지만, 맥스는 자기 안의 세계에서 산다. 이것이 맥스가 보통 아이들과 다른 이유다. 맥스에게는 외부 세계가 없다. 맥스는 자기 안의 세계에서만 살아간다.

나는 맥스가 전문 치료사를 찾아가지 않기를 바란다. 전문 치료사들은 상대방을 꼬드겨서 진실을 말하게 만든다. 상대방의 머릿속을 들여다보고 무슨 생각을 하는지 정확히 알아낸다. 만일 맥스가 전문 치료사와 이야기를 나누는 동안 머릿속으로 내 생각을 한다면, 치료사는 맥스를 꼬드겨서 나에 대한 이야기를 털어놓게 만들 것이다. 그리고 어쩌면 내 존재를 믿지 말라고 맥스를 설득할지도 모른다.

지금 울고 있는 사람은 맥스 엄마이지만, 나는 맥스 아빠도 불쌍하다고 생각한다. 이따금 나는 맥스 엄마한테 남편을 좀 더 다정히 대해 주라고 말하고 싶을 때가 있다. 맥스 엄마는 이 집 안의 대장으로서 맥스 아빠에게도 이래라저래라 상관처럼 군다. 그런 점에서 맥스 아빠는 참 불쌍하다. 자신이 초라하고 바보같이 느껴질 것이다. 예를 들어, 맥스 아빠는 수요일 저녁에 친구들과 어울려 카드놀이를 하고 싶어 한다. 그런데 친구들에게 곧장 자신도 함께하겠다고 말하지 못한다. 그 전에 맥스 엄마에게 카드놀이를 하러 가도 되냐고 물어봐야 하기 때문이다. 그것도 맥스 엄마의 기분이 좋을 때를 골라서 물어야지, 그렇지 않으면 카드놀이를 못하게 될지도 모른다.

맥스 엄마는 "그날 밤 당신이 집에서 꼭 해 줘야 할 일이 있단 말예요."라거나 "카드놀이는 지난주에도 하지 않았어요?"라고 말할 것이다. 최악의 경우에는 그저 간단히 "알았어요."라고만 대답한다. 이 말은 곧 "알았어요. 당신이 지금 카드놀이를 하러 가면, 적어도 사흘 동안 당신과는 말 한마디도 섞지 않을 테니 그런 줄 알아요!"라는 뜻이다.

맥스 엄마의 이런 반응을 볼 때마다 나는 생각한다. 만일 맥스가 나 말고 다른 친구와 놀고 싶어 하게 되면, 녀석도 친구 집에 갈 때마다 엄마의 허락을 구해야 할 것이다. 아직까지는 그럴 일이 없다는 것이 다행인 걸까?

나는 맥스 아빠가 외출할 때 왜 아내에게 허락을 받아야 하는지 이해가 안 된다. 그보다 더 이해할 수 없는 것은 왜 맥스 엄마는 남편이 자신에게 허락을 구하기를 원하느냐는 것이다. 남편이 스스로 할 일을 알아서 하는 것이 맥스 엄마에게도 더 좋지 않을까?

맥스 아빠가 버거킹 매니저이기 때문에 상황은 더더욱 심각하다. 맥스는 버거킹 매니저를 세상에서 가장 좋은 직업으로 생각한다. 나도 베이컨 더블 치즈버거와 감자튀김을 먹을 수만 있다면 맥스와 똑같이 생각할 것이다. 하지만 어른들의 세계에서 버거킹 매니저는 결코 좋은 직업이 아니다. 맥스 아빠도 그 사실을 알고 있는 듯하다. 사람들 앞에서 자기 직업을 말하기 싫어하는 것을 보면 알 수 있다. 맥스 아빠는 다른 사람에게 직업이 뭐냐고 절대로 묻지 않는다. 직업에 관한 질문은 인류 역사상 어른들이 가장 즐겨 하는 질문인데 말이다. 다른 사람 앞에서 자신의 직업이 무엇인지 밝혀야 할 때, 맥스 아빠는 고개를 숙이고 기어드는 목소리로 "그냥 레스토랑 관리직 같은 겁니다."라고 말한다. 그의 입에서 '버거킹'이라는 말을 들으려면 맥스가 닭고기수프와 소고기 채소 수프 중 한 가지를 고를 때처럼 지겹도록 기다려야 한다. 버거킹이라는 한마디를 입 밖에 내기 싫어서 자신이 할 수 있는 온갖 노력을 다하기 때문이다.

맥스 엄마의 직업 또한 매니저다. 그녀는 애트나라는 곳에서 사람들을 관리한다. 하지만 나는 그곳이 무엇을 만드는 곳인지 잘 모른다. 적어도 베이컨 더블 치즈버거를 만드는 곳은 확실히 아니다. 나는 딱 한 번 맥스 엄마의 직장에 가 본 적이 있다. 그녀가 온종일 어떤 일을 하는지 꼭 알고 싶었다. 그곳 사람들은 모두 뚜껑 없는 조그만 상자 같은 칸막이 안에서 컴퓨터를 마주하고 앉아 있었다. 또 답답한 방에서 테이블에 둘러앉아 나이 든 사람이 누구도 관심 없는 문제에 대해 이야기하는 동안 발을 까딱거리며 시계만 들여다보는 이들도 있었다.

그런데 그처럼 지루하고, 베이컨 더블 치즈버거를 만들지도 않는 맥스 엄마의 직장이 맥스 아빠가 일하는 버거킹보다 훨씬 더 좋은 일자리라는 것은 누가 봐도 알 수 있다. 그 건물에서 일하는 사람들은 모두 촌스러운 유니폼 대신 양복에 넥타이 또는 원피스 차림이다. 또 맥스 엄마는 맥스 아빠처럼 사람들이 물건을 훔쳐간다거나 연락도 없이 출근을 안 한다고 투덜거리는 일이 전혀 없다. 게다가 맥스 아빠는 새벽 5시에 출근할 때도 있고, 밤새도록 일하고 새벽 5시가 되어서야 퇴근할 때도 있다. 이상한 점은 맥스 아빠가 하는 일이 훨씬 더 힘든 것 같은데, 돈은 맥스 엄마가 더 많이 번다는 사실이다. 물론 어른들은 맥스 엄마가 훨씬 더 좋은 직업을 가졌다고 생각한다. 맥스 엄마는 사람들에게 자신의 직업을 말할 때 절대 고개를 숙이는 법이 없다.

아무튼 오늘은 맥스가 엄마 아빠가 싸우는 소리를 듣지 못해서 다행이다. 가끔은 맥스도 그 소리를 들을 때가 있다. 엄마 아빠가 속삭이듯 고함쳐야 한다는 것을 깜박 잊거나, 자동차 안에서 싸움이 났을 경우에는 어쩔 수 없이 맥스도 듣게 된다. 엄마 아빠가 싸우면 맥스는 몹시 슬퍼한다.

"엄마 아빠는 나 때문에 싸우는 거야."

언젠가 맥스는 레고를 갖고 놀다가 불쑥 내게 말했다. 맥스는 블록 놀이를 하면서 진지한 이야기를 하는 것을 좋아한다. 나를 똑바로 쳐다보지도 않고 비행기나 요새, 전함, 우주선 따위를 계속 만들면서 말이다.

"아니, 맥스 너 때문에 싸우는 게 아니야."

내가 말했다.

"두 분은 어른이라서 싸우는 거야. 원래 어른들은 말싸움을 좋아하거든."

"아니야. 엄마 아빠는 늘 내 문제를 두고 싸워."

"그게 아니라니까. 어젯밤에는 어떤 TV 프로그램을 보느냐를 두고 싸웠어."

나는 맥스 아빠가 이겨서 추리 드라마를 보게 되기를 바랐다. 하지만 결국 맥스 아빠가 지는 바람에 한심한 노래 자랑 프로그램을 봐야만 했다.

"그런 건 말싸움이 아니야. 의견이 서로 다른 거지. 의견이 서로 다르다는 건 말싸움과는 완전히 다른 문제야."

맥스는 고스크 선생님의 말을 그대로 옮겼다. 고스크 선생님은 수업 시간에 의견이 서로 다른 것은 괜찮지만, 그렇다고 말싸움을 해도 된다는 뜻은 아니라고 늘 강조한다. "선생님은 의견이 다른 것은 받아들일 수 있지만, 내 앞에서 말싸움을 벌이는 건 절대로 참을 수 없단다."

나는 맥스에게 말했다.

"네 엄마 아빠는 너를 위해 어떻게 하는 것이 최선인지 몰라서 다투는 거야. 무엇이 옳은 선택인지 알아내려고 애쓰는 것뿐이라고."

맥스는 한동안 나를 빤히 바라보았다. 화난 것처럼 보이기도 했지만 그것도 잠시, 곧 표정이 누그러지면서 얼굴에서 슬픔이 배어났다.

맥스가 말했다.

"다른 사람들은 내 기분을 좋게 해 주려고 말장난을 한다지만, 난 그럴 때 기분이 더 나빠져. 특히 부도 네가 그러면 나는 정말 너무너무 속상하고 슬퍼."

"정말 유감이야."

"괜찮아."

"아니, 내가 너한테 그런 말을 한 것이 유감이라는 게 아니야. 그건 사실이니까. 네 엄마 아빠는 정말로 너를 위해 어떻게 하는 게 옳은지 알아내려고 애쓰고 있어. 나는 네 엄마 아빠가 네 문제를 놓고 싸우는 게 유감이라는 거야. 그 이유가 모두 너를 사랑하기 때문이라고 해도 말이야."

"아하!"

맥스가 미소를 지었다. 물론 진짜 미소는 아니었다. 맥스는 단

한 번도 미소다운 미소를 지은 적이 없다. 대신 녀석은 평소보다 눈을 조금 더 크게 뜨고, 고개를 오른쪽으로 살짝 기울였다. 그것이 미소를 대신하는 맥스만의 자기표현 방식이었다.

"고마워, 부도."

맥스가 말했다. 맥스의 말은 진심이었다.

6

지금 맥스는 화장실 안에 있다. 똥을 누는 중이다. 평소에 녀석은 집 밖에서 큰 볼일을 보는 것을 싫어한다. 특히 공중 화장실은 웬만하면 이용하지 않는다. 하지만 지금은 1시 15분이고, 수업이 모두 끝나려면 아직 두 시간이나 더 있어야 한다. 그래서 맥스는 더 이상 참을 수가 없었다. 녀석은 매일 밤 잠자리에 들기 전에 볼일을 보는 편이다. 만일 그때 성공을 못하면, 다음 날 아침 학교에 가기 전에 다시 시도한다. 오늘 아침에는 아침식사를 끝내자마자 똥을 눴다. 그러므로 지금 누는 것은 보너스 똥이다.

맥스는 보너스 똥을 몹시 싫어한다. 보너스 똥뿐 아니라 예상치 못한 돌발 상황은 모두 질색한다.

학교에서 큰 볼일을 봐야 할 때, 맥스는 늘 양호실 근처에 있는 장애인용 화장실을 이용한다. 비교적 사람들의 출입이 드문 화장실이기 때문이다. 하지만 오늘 맥스가 그곳을 찾았을 때는 마침 경비 아저씨가 토사물로 더럽혀진 바닥을 치우고 있었다. 양호 선생님은 속이 메스껍다는 학생이 있으면 항상 그 화장실로 보낸다.

맥스가 어쩔 수 없이 일반 화장실을 사용해야 할 경우, 나는 화장실 문 밖에 서서 망을 본다. 그러다가 화장실 쪽으로 오는 사람이 있으면 재빨리 맥스에게 알려 준다. 맥스는 자신이 똥을 눌 때 화장실 안에 다른 사람이 있는 것을 싫어한다. 나 또한 다른 사람에 포함된다. 하지만 맥스는 깜짝 놀라는 것을 훨씬 더 싫어하기 때문에 나만은 화장실에 들어오도록 허락해 준다. 물론 이것도 긴급 상황일 때만 해당된다.

긴급 상황이란 누군가가 화장실 쪽으로 다가오고 있을 때를 뜻한다.

내가 누군가가 오고 있다고 알려 주면, 맥스는 잽싸게 두 발을 바닥에서 뗀다. 화장실 문 밖에서 봤을 때 아무도 없는 것처럼 보이기 위해서다. 그 사람이 볼일을 마치고 화장실에서 나가면, 그제야 맥스는 발을 내리고 다시 똥을 눈다. 운이 좋으면 녀석이 변기 위에 앉아 있다는 사실을 전혀 들키지 않을 수 있다. 하지만 만일 그 사람도 똥을 눠야 해서 맥스가 숨어 있는 화장실 문을 두드린다면? 이럴 경우 맥스는 두 발을 도로 내리고 그 사람이 참다못해 다른 화장실로 갈 때까지 마냥 기다린다.

맥스의 용변 문제 가운데 하나는 똥을 눌 때 시간이 너무 많이 걸린다는 것이다. 이는 집에 있는 자신의 변기에 앉아 있을 때도 마찬가지다. 맥스가 화장실에 들어간 지도 벌써 십 분이나 지났다. 하지만 볼일을 끝내기까지는 여전히 한참 먼 것 같다.

어쩌면 아직 시작조차 못했을 수도 있다. 바지가 화장실 바닥에 조금이라도 닿을세라 지금도 발목까지 내린 바지를 운동화 위에 조심스럽게 정리하고 있는 중일지도 모른다.

앗! 복도를 따라 화장실 쪽으로 걸어오는 골칫덩이 하나가 내 눈에 들어온다. 방금 복도 끝 교실에서 나온 토미 스윈든이 내가 있는 쪽으로 걸어오고 있다. 녀석은 복도를 걸으면서 베라 선생님 반 교실 밖의 게시판에 붙은 열세 개의 식민지 지도를 주욱 찢는다. 그러고는 바닥에 떨어진 지도를 발로 툭툭 차면서 낄낄거린다. 5학년인 토미 스윈든은 맥스를 좋아하지 않는 대표적인 학생이다.

토미는 처음부터 맥스를 싫어했다.

하지만 요즘 들어 싫어하는 정도가 더욱 심해졌다. 석 달 전, 토미 스윈든은 스위스제 군용 주머니칼을 친구들에게 자랑하려고 학교에 가져왔다. 녀석은 아이들에게 칼날이 얼마나 날카로운지 보여 주기 위해 숲 가장자리에서 칼로 나뭇가지를 깎는 시범을 보였다. 그때 맥스가 토미의 칼을 보고 선생님에게 알렸다. 하지만 이런 종류의 문제는 반드시 조용히 처리해야 한다는 진리는 녀석의 머릿속에 들어 있지 않았다. 맥스는 무작정 데이비스 선생님에게 달려가 큰 소리로 "토미 스윈든이 칼을 갖고 있어요! 칼이요!"라고 외쳤다. 수많은 아이들이 맥스가 외치는 소리를 들었다. 몇몇 저학년 꼬마들은 꺅꺅 소리를 지르며 토미가 있는 쪽으로 달려갔다가 더 기겁했다. 결국 토미 스윈든은 커다란 곤경에 빠졌다. 일주일 동안 정학 처분을 받았고, 남은 학기 내내 스쿨버스를 타지 못하게 되었다. 또 선량한 인간이 되는 길을 알려 주는 방과 후 수업을 들어야 했다.

이는 5학년 남자아이에게 엄청난 형벌이다.

데이비스 선생님과 고스크 선생님을 포함한 모든 교사들은 학교에 칼을 가져온 학생이 있다는 사실을 알려 준 것은 정의로운 행동이라며 맥스를 칭찬했다(교내에 흉기를 반입하는 것은 절대 금지이며, 이것은 매우 중요한 교칙이라고 했다). 그러나 맥스에게 어떻게 해야 운동장에 있는 모든 사람들에게 들키지 않고 고자질할 수 있는지 가르쳐 준 선생님은 아무도 없었다. 나는 정말이지 이해가 안 된다. 흄 선생님은 맥스에게 '차례 지키기'와 '다른 사람에게 도움 청하기' 따위를 가르치는 데 오랜 시간을 투자했다. 그런데 '남한테 들키지 않고 고자질하는 법'처럼 중요한 문제를 가르쳐 주는 사람은 왜 아무도 없는 것일까? 선생님들은 토미 스윈든이 자신을 곤경에 빠뜨린 맥스를 죽일 거라는 예상은 전혀 해 보지 않은 걸까?

맥스의 학교 선생님들이 미처 그런 예상을 못하는 이유는 대부분 여자이기 때문이다. 여자 선생님들은 학창 시절에 폭력 문제를 경험한 적이 단 한 번도 없다. 학교에 칼을 가져가거나, 화장실에서 큰 볼일을 보는 데 곤란을 겪어 본 사람도 없다. 여자 선생님들은 문제 많은 남자아이의 심리에 대해 전혀 아는 바가 없다. 그러니까 점심시간에 태평하게 이런 이야기나 주고받는 것이다. "토미 스윈든이 도대체 무슨 생각으로 학교에 칼을 가져왔을까?" "글쎄, 남자애들은 알다가도 모르겠다니까."

나는 토미 스윈든이 어떤 생각을 했었는지 정확히 알고 있다. 녀석은 자신이 스위스 군용 칼로 나뭇가지를 깎을 수 있다는 것을 친구들에게 보여 주면, 더 이상 자신을 글도 못 읽는 '머저리 토미'라고 부르지 않을 거라고 믿었다. 그것이 보통 남자아이들의 생각이다. 남자아이들은 스위스 군용 칼 같은 것으로 자신의 단점을 감추려 한다.

하지만 선생님들은 이런 아이들의 심리를 이해하지 못하는 것 같다. 그러니까 누구도 맥스에게 5학년 남학생이 칼을 갖고 있다는 사실을 온 세상에 알리지 않고 오로지 선생님에게만 전하는 방법을 가르쳐 주지 않은 것이다. 아직 글을 읽지 못하는 5학년 남학생 토미 스윈든은 덩치가 맥스의 두 배쯤 되는 데다 스위스 군용 칼까지 갖고 있다. 그런 녀석이 지금 맥스가 똥을 누고 있는 화장실을 향해 다가오고 있다.

"맥스!"

나는 허둥지둥 화장실 문을 통과해 안으로 들어간다.

"토미 스윈든이 여기로 오고 있어!"

내 말을 듣자마자 맥스는 괴로운 신음을 토해 낸다. 곧 화장실 바닥과 칸막이 문 사이로 보이던 맥스의 운동화가 사라진다. 나는 칸막이 안으로 들어가 맥스의 곁에 있고 싶다. 맥스를 혼자 내버려 두고 싶지 않아서다. 하지만 그래서는 안 된다는 것을 나도 안다. 맥스는 변기 위에 앉아 있는 자신의 모습을 내게 보이고 싶지 않을 것이다. 그리고 내가 칸막이 밖에 있어야 맥스가 볼 수 없는 것을 볼 수 있기 때문에 녀석에게 더 도움이 된다.

토미 스윈든은 키는 미술 선생님과 엇비슷하고 어깨는 체육 선생님만큼 넓다. 마침내 화장실에 들어온 녀석이 벽 쪽으로 다가가 칸막이 아래쪽을 재빨리 쓱 훑어본다. 사람 발이 하나도 안 보이자 화장실 안에 자기 혼자뿐이라고 믿는 듯하다. 뒤이어 녀석은 화장실 입구 쪽을 흘끗 돌아본다. 거기 바로 내가 서 있지만 당연히 녀석은 나를 보지 못한다. 주변에 아무도 없는 것을 확인한 토미 스윈든은 바지 속에 손을 넣어 엉덩이 사이에 낀 팬티를 잡아 뺀다. 나는 사람들이 이런 짓을 하는 장면을 종종 본다. 주변에 아무도 없다고 생각하는 사람들 곁에 내가 있을 때가 자주 있기 때문이다. 사람들은 팬티가 엉덩이 사이에 끼는 것을 '엉덩이가 팬티를 먹었다'고 표현한다. 엉덩이가 팬티를 먹으면 몹시 불편하다고 한다. 나는 한 번도 그런 경험을 해 본 적이 없다. 맥스가 그런 내 모습을 상상한 적이 없기 때문이다. 고마워, 맥스.

토미 스윈든이 벽 쪽의 소변기로 다가가 오줌을 눈다. 오줌을

다 눈 녀석은 고추를 가볍게 몇 번 턴 뒤 바지 단추를 잠그고 지퍼를 올린다. 언젠가 나는 양호실 옆 장애인 화장실에서 한 아이가 자기 고추를 터는 광경을 본 적이 있다. 맥스가 화장실 안에 사람이 있는지 확인해 달라고 부탁했을 때였다. 그런데 그때 그 아이가 고추를 터는 방식은 토미 스윈든과 달랐다. 그 아이가 정확히 무엇을 한 것인지는 모르겠지만, 그저 고추를 털기만 한 것 같지는 않았다. 나도 다른 사람들이 화장실을 사용하는 모습을 몰래 훔쳐보는 것이 즐겁지는 않다. 특히 그들이 바지에서 고추를 꺼낼 때는 괴롭기 짝이 없다. 하지만 맥스가 화장실 문을 두들기는 것을 싫어하기 때문에 어쩔 수 없이 내가 나서야 한다. 맥스는 자신이 화장실 안에 있을 때 누군가가 문을 두들기면 뭐라고 답해야 할지 몰라 난감해한다. 예전에는 "맥스가 똥 누는 중이에요!"라고 말했다. 하지만 어떤 아이가 그 사실을 선생님에게 이르는 바람에 맥스는 곤란을 겪었다.

선생님은 맥스에게 똥을 누고 있다고 직접 말하는 것은 적절한 행동이 아니라고 말했다.

"다음번에 누군가 노크를 하면 그냥 '있어요!'라고 대답하렴."

맥스는 선생님의 말에 고개를 갸우뚱거렸다.

"그건 좀 이상한데요? '있어요'라니, 도대체 뭐가 있다는 거예요? 그렇게 바보 같은 대답은 못하겠어요."

"그래, 알았다."

선생님은 어쩔 수 없다는 듯 고개를 끄덕였다. 대개 선생님들은 학생들이 너무 실망스러워서 더 이상 말하고 싶지 않을 때 그냥 어처구니없는 짓을 하게 내버려 둔다.

"그럼 '여기 맥스가 있어요.'라고 대답하렴."

그래서 요즘 맥스는 누군가가 화장실 문을 두드리면 "맥스 딜레이니가 변기를 쓰고 있어요!"라고 대답한다. 그러면 사람들은 웃음을 터뜨리거나 멍한 표정으로 화장실 문을 바라본다.

나는 그들의 기분을 충분히 이해한다.

볼일을 마친 토미 스윈든이 세면대 앞에 서서 수도꼭지를 향해 손을 뻗는다. 이제 곧 수도꼭지를 돌리면 물소리가 화장실 안에 가득 퍼질 것이다. 바로 그때, 맥스가 숨어 있는 칸막이에서 풍덩 소리가 난다.

"어라?"

토미 스윈든이 다시 허리를 굽혀 칸막이 안에 발이 보이는지 확인한다. 여전히 발은 하나도 보이지 않는다. 토미 스윈든이 첫 번째 칸막이로 다가가 문을 쾅쾅 두드린다. 어찌나 세게 두드리는지 칸막이 전체가 흔들릴 정도다.

"너 그 안에 있는 거 다 알아! 틈새로 다 보인다고!"

토미 스윈든이 말한다.

토미가 문 뒤에 있는 사람이 맥스라는 것을 알 리는 없다. 칸막이 문과 벽 사이의 틈이 너무 좁아서 안에 있는 사람의 얼굴

전체가 보이지는 않는다. 하지만 전교에서 덩치가 가장 큰 아이의 장점은 화장실 칸막이 문을 세게 두드리고도 안에 있는 사람이 누구일지 걱정할 필요가 없다는 것이다. 전교생 가운데 토미 스윈든과 싸워서 이길 수 있는 아이는 아무도 없다.

그 기분이 어떨지 상상해 보라.

맥스가 아무 반응도 보이지 않자, 토미가 다시 문을 쾅쾅 두들기며 소리친다.

"거기 누구야? 누군지 어서 말해!"

나는 문 옆에 서서 맥스에게 속삭인다.

"대답하지 마, 맥스! 녀석이 그 안으로 들어갈 순 없어. 결국에는 포기하고 돌아갈 거야!"

하지만 내 예상은 빗나간다. 맥스가 이번에도 대답하지 않자, 토미 스윈든이 무릎을 꿇고 엎드려 칸막이 문 아래쪽으로 고개를 들이민다.

"하! 머저리 맥스!"

토미의 얼굴에 미소가 번진다. 보기 좋은 미소는 결코 아니다. 말 그대로 썩은 미소다.

"너를 여기서 만나다니 믿을 수가 없군. 오늘 운이 꽤 좋은걸? 그런데 왜 그랬어? 마지막 한 덩이를 도저히 참을 수가 없었나 보지?"

"그, 그래!"

맥스가 몹시 당황한 목소리로 외친다.

"이미 반쯤 나온 상태였단 말이야!"

정말이지 지금 상황은 모든 것이 최악이다.

맥스는 공중 화장실 안에 갇혀 있다. 공중 화장실 자체가 이미 맥스에게는 두려운 공간이다. 바지는 발목까지 내려와 있고, 똥은 아직 다 누지 못했다. 그런데 토미 스윈든이 문 밖에 버티고 서 있다. 녀석은 틀림없이 맥스를 혼내 주려고 벼르고 있을 것이다. 지금 화장실에는 오직 두 사람뿐이다. 물론 내가 있기는 하지만, 별 도움이 안 될 것이 뻔하다.

나를 가장 두렵게 한 것은 토미에 대한 맥스의 반응이다. 맥스의 목소리에서는 당황 이상의 무언가가 느껴진다. 그것은 두려움이다. 영화 속에서 사람들이 유령이나 괴물을 처음 봤을 때 보이는 그런 감정이다. 화장실 문틈으로 자신을 들여다보고 있는 괴물을 본 순간, 맥스는 두려움에 사로잡혔다. 어쩌면 이미 정신이 나갔는지도 모른다. 그렇다면 정말 큰일이다.

"당장 문 열어, 이 멍청아!"

토미 스윈든이 몸을 일으키며 말한다.

"좋은 말로 할 때 열어. 그러면 그저 가볍게 볼링하는 것으로 끝내 줄 테니까."

나는 토미의 말이 정확히 무슨 뜻인지 모른다. 볼링 공을 굴리듯 맥스의 머리를 화장실 바닥에서 데굴데굴 굴리겠다는 뜻일까?

"맥스 딜레이니가 변기를 사용 중이야!"

맥스가 여자애처럼 날카로운 목소리로 외친다.

"맥스 딜레이니가 변기를 쓰고 있다고!"

"첫, 뭐라는 거야? 마지막으로 한 번만 더 기회를 주지! 당장 열지 않으면 내가 들어갈 거야!"

토미 스윈든이 다시 무릎을 꿇고 엎드린다. 정말 문 아래 틈새로 들어갈 태세다. 아, 어떡하지……?

맥스는 같은 반 아이들 가운데서도 특별히 더 많은 도움이 필요한 학생이다. 나는 언제나 맥스 곁을 지키면서 맥스를 도울 준비가 되어 있다. 맥스가 토미 스윈든의 비밀을 고자질하던 날에도 나는 흥분한 녀석에게 "제발 진정해! 서두르지 말고, 목소리 좀 낮춰!"라고 속삭였다. 하지만 맥스는 내 말을 듣지 않았다. 학교에 칼을 가져오는 것은 매우 심각한 규칙 위반이므로 맥스는 도저히 진정할 수 없었던 것이다. 맥스에게 규칙을 어긴다는 것은 세상이 무너지는 것과 다름없었다. 그래서 그 어마어마한 사태를 해결해 줄 선생님을 찾아야만 했다. 비록 그날 나는 맥스를 제지할 수 없었지만, 분명히 시도는 했었다.

적어도 그날 나는 무엇을 해야 할지 알고 있었다.

하지만 지금은 상황이 다르다. 무엇을 어떻게 해야 할지 전혀 모르겠다. 토미 스윈든이 문 아래쪽 틈새를 통해 좁은 화장실 안으로 기어 들어가려 한다. 그런데 그 화장실 안에 맥스가 갇혀 있다. 아마 변기 위에 쪼그리고 앉아 두 무릎을 끌어안은 채 어쩔 줄 모르고 있을 것이다. 바지는 당연히 발목까지 내려와 있을 테고. 아직 울고 있지 않다면 곧 울음을 터뜨릴 것이다. 토미가 문틈으로 고개를 들이밀면, 맥스는 벌겋게 달아오른 얼굴로 눈물을 쏟아내며 숨이 넘어갈 듯 날카로운 비명을 내지를 것이다. 주먹을 부르쥐고 두 팔뚝 사이에 얼굴을 파묻은 채 눈을 감고 귀에 들릴 듯 말 듯 가냘프게 소리 지를 것이다. 그 소리는 사람의 귀에는 안 들리지만 개나 고양이의 귀에만 들리는 도그휘슬(dog whistle. 개를 부르는 호각/ 옮긴이)과 비슷하다. 공기만 가득할 뿐 소리는 거의 들리지 않는다.

토미 스윈든은 선생님들이 나타나기 전에 맥스를 볼링할 것이다. 볼링한다는 것이 정확히 어떤 의미인지는 모르지만, 어린 아이에게 좋은 일이 아닌 것만은 확실하다. 하물며 맥스는 보통 아이들보다 더 심각한 후유증에 시달릴 것이다. 맥스는 어떤 경험을 오래도록 잊지 않고 기억한다. 아주 사소하고 대수롭지 않은 일도 맥스에게는 평생 지워지지 않는 상처가 될 수 있다. 볼링한다는 것이 무슨 뜻인지는 몰라도, 그 행위는 맥스의 남은 삶 전체를 완전히 바꾸어 놓을 것이다. 나는 그것을 알면서도 지금 무엇을 어떻게 해야 할지 난감할 뿐이다.

나는 "도와줘요! 누가 내 친구 좀 도와주세요!"라고 목청껏 소리치고 싶다.

하지만 내 목소리를 들을 수 있는 사람은 맥스뿐이다.

급기야 토미 스윈든이 엎드린 채 화장실 문 안쪽으로 머리를 들이민다. 순간 내가 소리친다.

"맥스, 맞서 싸워! 녀석을 들어오지 못하게 막으라고!"

내가 무슨 생각에서 그렇게 말했는지 모르겠다. 나도 내 입에서 그런 말이 튀어나왔다는 게 놀랍다. 물론 내가 한 말이 대단한 것은 아니다. 현명하거나 기발하지도 않다. 그저 그 상황에서 할 수 있는 말이 그것뿐이었다. 맥스는 맞서 싸워야만 한다. 그렇지 않으면 볼링을 당할 것이다.

토미 스윈든이 머리에 이어 어깨를 칸막이 안쪽으로 들이민다. 이제 곧 엉덩이와 다리까지 들어갈 것이다. 그러면 토미는 좁은 칸막이 안에서 맥스와 단둘이 마주하게 된다. 조그만 몸을 오들오들 떨고 있을 맥스에게 해코지할 완벽한 준비가 끝나는 것이다. 맥스는 볼링 당할 위험에 직면하게 된다.

나는 여전히 바보처럼 칸막이 밖에 서 있다. 당장이라도 안으로 들어가 내 친구 곁을 지키고 싶은 마음도 있다. 하지만 맥스는 자신이 옷을 벗고 있거나 똥을 누는 모습을 남에게 보이기 싫어한다. 그래서 나는 맥스처럼 꼼짝도 못하고 그 자리에 서 있다.

갑자기 또 한 차례 비명이 들려온다. 이번에는 맥스가 아니다. 소리를 지르는 것은 토미 스윈든이다. 겁에 질려 나지막이

토해내는 맥스의 비명이 아니라, 무언가 다른 느낌의 비명, 의미가 좀 더 분명한 비명이다. 당황하거나 공포에 사로잡혀 내지르는 절규는 아니다. 도저히 믿을 수 없는 일이 일어났을 때 자기도 모르게 튀어나오는 외마디 소리 같은 것이다. 토미가 비명에 이어 무어라 소리치면서 몸을 일으킨다. 자신이 문 틈새에 들어가 있다는 사실을 잊고 있는 듯하다. 당연히 녀석은 문에 허리를 세게 부딪치고, 또다시 비명을 내지른다. 이번에는 순전히 아파서 내지르는 비명이다. 그때 칸막이 문이 벌컥 열리면서 맥스가 모습을 드러낸다. 바지는 거의 추슬러 올렸지만, 단추와 지퍼까지는 미처 채우지 못한 상태다. 어정쩡하게 서 있는 맥스의 가랑이 아래 토미의 머리가 놓여 있다.

"맥스, 어서 도망쳐!"

내가 소리치자마자 맥스가 급히 칸막이 밖으로 뛰쳐나온다. 그 와중에 머리를 밟힌 토미가 또다시 비명을 내지른다. 맥스는 허리춤을 움켜쥔 채 내 앞을 지나 화장실 밖으로 달아난다. 나도 따라간다. 맥스는 왼쪽에 있는 자신의 교실로 가지 않고, 오른쪽으로 돌아 계속 달리면서 바지의 단추와 지퍼를 채운다.

내가 맥스에게 묻는다.

"어디 가는 거야?"

"화장실. 아직 다 안 눴거든. 지금쯤이면 양호실 옆 화장실 청소가 끝났겠지?"

"아까 토미는 왜 그런 거야? 네가 녀석한테 무슨 짓이라도 한 거야?"

"머리에다 똥을 쌌어."

"뭐? 맥스 네가 다른 사람이 있는 데서 똥을 눴단 말이야?"

이럴 수가……. 도저히 믿을 수가 없다. 맥스가 토미 스윈든의 머리에 똥을 쌌다는 것도 믿기 어려운 일이다. 하지만 더 놀라운 것은 맥스가 다른 사람이 보는 앞에서 똥을 누었다는 사실이다.

"많이 싼 건 아니야. 그저 작은 덩어리 하나만 살짝. 토미가 들어온 건 똥을 거의 다 눴을 때였거든."

맥스가 부지런히 걸음을 옮기며 말한다.

"오늘 아침에도 똥을 눴기 때문에 이번에는 양이 많지 않았어. 너도 내가 아침에 똥 눈 거 알지? 그러니까 방금 눈 건 보너스 똥이야."

7

맥스는 토미가 자신이 저지른 짓을 선생님에게 고자질할까 봐 걱정한다. 녀석이 스위스 군용 칼을 학교에 가져왔을 때 맥스 자신이 그랬던 것처럼 말이다. 하지만 나는 토미가 그럴 리 없다고 믿는다. 자신이 머리에 똥을 맞았다는 사실을 친구들이나 선생님에게 알리고 싶어 하는 아이는 세상에 단 한 명도 없다. 대신 토미는 이제 맥스를 죽이고 싶을 것이다. 심장을 멈추게 하든 어떻게 하든, 맥스를 더 이상 세상에 존재하지 않게 만들 수만 있다면 무슨 짓이라도 하고 싶을 것이다.

하지만 이런 걱정은 그 일이 실제로 닥쳤을 때 해도 늦지 않는다.

맥스가 토미 스윈든의 머리에 똥을 싼 죄로 곤란에 빠지지 않는 한, 죽음에 대한 두려움은 사는 데 별 문제가 되지 않는다. 원래 어린아이들은 모두 죽음을 겁낸다. 그러므로 맥스가 토미 스윈든에게 목을 졸리거나 주먹으로 코를 얻어맞을까 봐 두려워하는 것은 특별한 일이 아니다. 하지만 유치원 아이가 5학년 형의 머리에 똥을 쌌다고 정학 처분을 당하지는 않는다. 그것은 썩을 대로 썩은 세상에서나 있을 법한 일이다.

나는 맥스에게 걱정할 필요 없다고 위로한다. 맥스는 내 말을
완전히 믿지는 않지만 한결 마음이 편해진 듯하다.

맥스가 토미 스윈든의 머리에 똥을 싼 것은 사흘 전의 일이
다. 그 후 지금까지 우리는 토미의 얼굴을 보지 못했다. 처음에
나는 녀석이 학교에 나오지 않은 줄 알았다. 그러나 파렌티 선생
님 교실에 가서 살펴보니 그게 아니었다. 토미 스윈든은 선생님
의 눈에 가장 잘 띄는 맨 앞줄에 앉아 있었다.

도대체 토미는 무슨 생각을 하는 것일까? 나도 잘 모르겠다.
머리에 똥을 맞았다는 사실에 큰 충격을 받아 아예 모든 것을 잊
기로 결심했을 수도 있다. 어쩌면 너무 화가 나서 맥스를 죽이기
에 앞서 교묘하게 괴롭힐 계획을 짜고 있는지도 모른다. 개미를
간단히 운동화 뒤꿈치로 밟아 죽이는 것보다 돋보기로 서서히
태워 죽이기를 좋아하는 아이들처럼 말이다.

맥스 역시 나와 같은 생각을 하고 있다. 나는 맥스에게 그렇
지 않다고 잘라 말했지만, 한편으로는 그럴지도 모른다는 생각
이 든다.

토미 스윈든 같은 녀석의 머리에 똥을 싸고도 무사하기를 바
라는 것은 말도 안 되는 일이다.

8

오늘 나는 그레이엄을 봤다. 교내 식당으로 가는 길에 나와 마주친 그레이엄은 내게 손을 흔들었다.

그레이엄은 사라지기 시작하고 있었다.

믿을 수가 없다.

얼굴 앞에서 손을 흔드는 그레이엄의 손바닥 사이로 그 애의 삐죽삐죽한 머리카락과 활짝 웃는 입이 보였다.

상상 친구들은 오랜 시간에 걸쳐 천천히 사라지기도 하지만, 짧은 시간에 바람처럼 사라질 때도 있다. 안타깝게도 그레이엄은 남은 시간이 많지 않은 것 같다.

그레이엄의 인간 친구는 메건이라는 여섯 살짜리 여자아이다. 그레이엄은 겨우 이 년밖에 살지 못했지만, 내게는 가장 오래된 친구다. 나는 그레이엄을 떠나보내고 싶지 않다. 그레이엄은 맥스를 제외하면 유일한 나의 진짜 친구다.

나는 그레이엄이 죽을까 봐 겁이 난다.

나 역시 죽는 것이 두렵다.

언젠가는 나도 손을 들어 손바닥 사이로 맥스의 얼굴이 보이는지 확인하게 되겠지. 그리고 내 몸이 점점 사라지고 있다는 사실을 알게 되겠지. 언젠가는 나도 죽을 것이다. 그것이 모든 상상 친구들이 피할 수 없는 운명이라면…….

그런데 그것이 정말 우리의 운명일까?

나는 그레이엄과 이야기를 나누고 싶지만 무슨 말을 해야 할지 모르겠다. 그레이엄도 자신이 사라지고 있다는 걸 알고 있을까?

만일 모른다면 내가 말해 줘야 하나?

세상에는 내가 한 번도 만나 보지 못한 상상 친구들이 많다. 온종일 집에 틀어박혀 있기 때문에 만날 수가 없는 것이다. 상상 친구들은 대부분 그레이엄이나 나처럼 혼자서 여기저기 돌아다닐 수 있을 만큼 운이 좋지 못하다. 언젠가 맥스 엄마는 나와 맥스를 데리고 친구 집에 놀러 갔다. 그곳에서 나는 상상 친구 세 명을 만났다. 그들은 모두 칠판 앞에 놓인 조그만 의자에 팔짱을 낀 채 앉아 있었다. 제시카라는 여자아이가 동상처럼 뻣뻣하게 앉아 있는 그들에게 알파벳을 읽어 주었다. 또 산수 문제를 내고 어서 답해 보라고 다그치기도 했다. 하지만 그 상상 친구들은 걸을 수도, 말할 수도 없었다. 놀이방에 나타난 나를 보고도 의자에 앉은 채 그저 눈만 깜박거렸다. 그 친구들이 할 수 있는 몸짓은 그것이 전부였다.

기껏 움직일 수 있는 게 눈 깜박거리는 거라니…….

이런 상상 친구들은 결코 오래 살아남지 못한다. 언젠가 나는 맥스의 유치원에서 상상 친구가 갑자기 뿅 나타났다가 십오 분 뒤 흔적도 없이 사라지는 광경을 목격했다. 교실 한가운데서 누군가가 축제에서 파는 풍선 인형을 불듯 조금씩 공기를 불어넣어 만든 것 같았다. 거의 나와 비슷할 만큼 몸이 커진 그 상상 친구는 분홍빛 피부에 발 대신 노란 꽃송이가 달린 여자아이였다. 머리는 한 갈래로 땋아 늘어뜨린 모습이었다. 하지만 책 읽어 주는 시간이 끝나 갈 즈음, 그 아이는 뾰족한 핀에 찔린 듯 몸이 점점 짜부라지더니 결국 완전히 사라져 버렸다.

그 분홍빛 여자아이가 사라져 가는 광경을 지켜보면서 나는 더럭 겁이 났다. 그 아이가 세상에 존재한 시간은 고작 십오 분이었다. 심지어 선생님이 읽어 주는 이야기를 끝까지 다 듣지도 못했다.

그에 비하면 그레이엄은 꽤 오래 산 셈이다. 나와 친구로 지낸 시간만 해도 이 년이나 된다. 그래도 여전히 그레이엄이 점점 죽어 간다는 사실을 믿을 수가 없다.

그레이엄의 인간 친구인 메건에게 화가 난다. 그레이엄이 죽어 가는 것은 순전히 메건 탓이다. 메건이 더 이상 그레이엄의 존재를 믿지 않기 때문이다.

그레이엄이 죽으면, 메건의 엄마는 메건에게 상상 친구는 어디 갔느냐고 물을 것이다. 그러면 메건은 "그레이엄은 더 이상 여기 살지 않아요."라거나 "여행을 떠났어요."라고 대답할 것이다. 어쩌면 그저 "나도 몰라요."라고 할지도 모른다. 그러면 메건의 엄마는 돌아서서 빙그레 웃으며 어린 딸이 잘 크고 있다고 생각할 것이다.

하지만 그것은 사실이 아니다. 앞으로 벌어질 일은 그런 것이 아니다. 그레이엄은 여행을 떠나는 게 아니다. 다른 도시나 다른 나라로 가는 게 아니다.

그레이엄은 죽음을 맞는 것이다.

나는 메건에게 이렇게 외치고 싶다.

잘 들어, 메건. 네가 더 이상 그레이엄의 존재를 믿지 않기 때문에 내 친구는 죽게 될 거야. 이 세상에서 그레이엄의 모습을 보고 그레이엄의 목소리를 들을 수 있는 사람이 너 혼자뿐이라고 해서, 그레이엄이 실제로 존재하지 않는 건 아니야. 나도 그레이엄을 볼 수 있고, 목소리도 들을 수 있어. 그레이엄은 내 친구이기도 하니까.

메건 너와 맥스가 수업 중일 때, 그레이엄과 나는 종종 함께 그네를 타면서 이야기를 나누었어.

메건 너와 맥스가 쉬는 시간에 놀면, 우리도 술래잡기를 하고 놀았어.

언젠가 내가 자동차가 오는 것도 모르고 뛰어나가려는 맥스를 붙잡아 세웠을 때, 그레이엄은 나를 영웅이라고 칭찬했어. 내가 정말 영웅다운 행동을 했다고는 생각지 않지만, 어쨌든 그런 말을 들으니 기분 좋았어.

그처럼 소중한 내 친구 그레이엄이 이제 죽음을 기다리고 있어. 메건 네가 더 이상 그 아이의 존재를 믿지 않는다는 단 한 가지 이유 때문에.

우리는 학교 식당에 앉아 있다. 맥스는 음악 수업 중이고, 메건은 친구들과 어울려 점심을 먹고 있다. 메건이 다른 여자아이들과 이야기를 나누는 모습을 보니, 그레이엄이 예전처럼 메건에게 꼭 필요한 친구가 아니라는 것을 알겠다. 메건은 지금 환하게 웃고 있다. 깔깔깔 소리 내서 웃기까지 한다. 메건은 다른 아이들의 이야기를 주로 듣는 입장이지만 이따금 직접 말할 때도 있다. 이제 메건은 아이들과 자연스럽게 어울린다.

메건은 완전히 변했다.

"그레이엄, 오늘 기분이 좀 어때?"

나는 그레이엄이 먼저 죽음에 대한 이야기를 꺼내길 바라며 은근슬쩍 묻는다. 그레이엄은 내 의도를 곧바로 눈치챈다.

"네가 궁금한 게 정확히 뭔지는 모르겠지만, 내가 생각하는 바로 그 문제라면…… 나도 내가 어떻게 될지 잘 알아."

그레이엄이 슬픈 목소리로 말한다. 이미 모든 것을 포기한 듯한 목소리다. 자신에게 닥쳐올 운명을 순순히 받아들이기로 한 것일까?

"아, 그렇구나."

무슨 말을 해야 좋을지 모르겠다. 나는 그저 그레이엄을 물끄러미 바라보다가 주변을 두리번거리는 척한다. 마치 식당 한구석에서 무슨 소리가 나기라도 한 것처럼 괜히 어깨 너머를 돌아보고 왼쪽도 둘러본다. 차마 그레이엄이 있는 쪽으로는 고개를 돌릴 수가 없다. 점점 흐릿해지는 그레이엄을 마주 본다는 것은 괴로운 일이다. 마침내 나는 억지로 고개를 돌려 그레이엄을 바라보며 묻는다.

"죽는다는 건 어떤 느낌이야?"

"음, 아무 느낌도 없어."

그레이엄은 두 손을 들어 내게 보여 준다. 손바닥 너머로 그레이엄의 얼굴이 보인다. 이번에는 미소를 찾아볼 수 없다. 그레이엄의 손은 기름종이로 만들어진 것처럼 훤히 비친다.

내가 말한다.

"난 뭐가 뭔지 모르겠어. 도대체 무슨 일이 있었던 거야? 메건이 아직 네 목소리를 들을 순 있어?"

"그럼, 물론이지. 내 모습도 여전히 볼 수 있는걸. 아까 쉬는 시간이 시작됐을 때 처음 십 분 동안은 메건과 둘이 사방치기를 하고 놀았어."

"그런데 왜 메건이 더 이상 네 존재를 믿지 않는 거지?"

그레이엄이 한숨을 푹 내쉰다. 땅이 꺼질 듯한 한숨은 연이어 한 번 더 나온다.

"메건이 내 존재를 믿지 않는 건 아니야. 더 이상 내가 필요하지 않을 뿐이지. 예전에 메건은 아이들 앞에서 말하는 것을 두려워했어. 어릴 때 말더듬이여서 고생했거든. 물론 지금은 괜찮아졌지만 말이야. 메건에게 그런 증세가 있었을 때는 다른 아이들에게 종종 따돌림을 당했어. 당연히 친구도 사귈 수 없었지. 하지만 요즘은 상황이 점점 좋아지고 있어. 이 주 전에는 애니라는 새 친구도 생겼어. 메건에게는 태어나서 처음 사귄 친구야. 메건과 애니는 쉴 새 없이 이야기를 나눠. 어제는 수업 시간에 책을 읽지 않고 소곤소곤 이야기를 주고받다가 선생님한테 혼나기까지 했어. 오늘은 어떤 여자애들이 우리가 사방치기 하는 모습을 보고 다가와서 자기들도 끼워 달라고 하더라."

"그런데 '말더듬'이 뭐야?"

내가 묻는다. 혹시 맥스도 말더듬 병에 걸린 게 아닐까?

"말이 곧바로 나오지 않는 증세야. 예전에 메건은 걸핏하면 말문이 막혔어. 머리로는 무슨 말을 해야 하는지 알면서도, 그 말을 입 밖으로 내보내지 못하는 거지. 그래서 내가 옆에서 아주 천천히 한 글자씩 읊어 주면 메건이 따라 하곤 했어. 하지만 이제 메건은 겁이 나거나 불안하거나 놀랐을 때만 말더듬 증상을 보여."

"그럼 병이 다 나은 거야?"

"그런 셈이지. 메건은 주중에는 라이너 선생님하고 공부했고, 방과 후에는 다비도프 선생님과 시간을 보냈어. 꽤 오랜 기간이 걸리긴 했지만, 이제 메건은 말하는 데 아무 문제도 없어. 그래서 친구들도 사귀는 거고."

맥스도 라이너 선생님과 함께 공부한다. 그럼 맥스의 병도 나을 수 있을까? 혹시 다비도프라는 선생님이 맥스 엄마가 만나고 싶어 하는 전문가 아닐까?

"그래서 이제 어떻게 할 거야? 나는 그레이엄 네가 사라지지 않았으면 좋겠어. 무슨 방법이 없을까?"

내가 이런 질문을 던진 것은 물론 그레이엄의 앞날이 진심으로 걱정스러워서다. 그레이엄이 바로 눈앞에서 사라질 경우를 대비해, 나 자신을 위해서라도 이런 의문에 대한 해답을 알아야 한다. 그레이엄에게 직접 물을 수 있을 때 물어보아야 한다.

그레이엄이 무언가 말하려다가 그만 입을 다물어 버린다. 그러고는 눈을 감고 고개를 절레절레 흔들며 손바닥으로 눈을 문지른다. 저런 게 말더듬 증세일까? 갑자기 그레이엄이 울음을 터뜨린다. 지금껏 상상 친구가 우는 모습을 본 적이 있던가?

없는 것 같다.

그레이엄은 고개를 푹 숙이고 서럽게 운다. 눈물이 뺨을 타고 주르르 흘러내려 턱 끝에서 떨어진다. 떨어진 눈물 한 방울은 테이블에 부딪친 순간 온데간데없이 사라진다.

그레이엄도 머지않아 그렇게 세상에서 사라져 버릴 것이다.

그날 그 시각의 화장실로 다시 돌아간 기분이다. 토미 스윈든이 칸막이 아래 틈새로 기어 들어가려 한다. 맥스는 바지를 내린채 변기 위에 올라가 있다. 나는 한쪽 구석에 서서 어쩔 줄 몰라 안절부절못한다.

나는 말없이 기다린다. 이윽고 그레이엄이 울음을 그치고 코를 훌쩍거린다. 더 이상 눈물도 흘리지 않는다. 나는 그레이엄이 다시 눈을 뜰 수 있을 때까지 기다렸다가 말한다.

"나한테 좋은 생각이 있어."

나는 그레이엄이 무언가 반응을 보이기를 기다린다. 하지만 그레이엄은 코만 훌쩍거릴 뿐이다. 내가 다시 말한다.

"내가 기막힌 방법을 생각해 냈다고. 네 목숨을 구할 방법 말이야.

"아, 그래?"

그레이엄이 말한다. 그렇지만 내 말을 믿지 않는다는 것을 표정만 봐도 알 수 있다.

"그렇다니까. 네가 죽지 않으려면 지금처럼 계속 메건의 친구로 남으면 돼."

하지만 내가 진짜 하려는 말은 이런 것이 아니다.

"아니, 아니 그게 아니고 내 말은……."

말문이 막힌다. 나는 분명히 기막힌 생각을 갖고 있다. 이제 그 생각을 제대로 말할 방법을 찾기만 하면 된다.

나는 속으로 외친다. 더듬지 말고 차분하게 말해!

마침내 내가 다시 또박또박 말한다.

"나한테 좋은 계획이 있어. 우리는 메건에게 그레이엄 네가 여전히 꼭 필요하다는 사실을 확인시켜야 해. 메건이 너 없이 살 수 없다는 걸 깨닫게 만들어야 한다고."

9

왜 진작 이런 생각을 하지 못했을까? 메건의 담임인 팬덜피 선생님은 매주 금요일 학생들에게 철자 시험을 보게 한다. 그런데 메건은 시험 성적이 그다지 좋지 않다.

맥스는 지금껏 한 번도 단어의 철자를 잘못 쓴 적이 없다. 반면에 메건은 철자 시험을 볼 때마다 여섯 개쯤 틀린다고 한다. 그레이엄은 열두 문제의 절반이 정확히 몇인지는 모르겠지만, 시험에서 여섯 문제를 틀린다는 것은 전체 가운데 절반 가까이 틀리는 것 같다고 설명한다. 나는 처음 그레이엄에게 이 말을 들었을 때 어리둥절했다. 어떻게 열둘의 절반이 몇인지 모를 수가 있지? 너무나 쉬운 문제 아닌가? 6 더하기 6은 12니까, 당연히 12 나누기 2는 6 아닌가?

다시 생각해 보니 맥스와 내가 1학년일 때는 나도 12의 절반이 몇인지 몰랐던 것 같기도 하다.

아니, 나는 그때도 나누기를 할 줄 알았다.

그레이엄과 나는 점심시간 동안 메건의 약점에 관한 목록을 만들었다. 나는 그레이엄이 도와줄 수 있는 메건의 약점이 무엇인지 알아내야 한다고 말했다. 그레이엄이 약점을 도와주면, 메건은 그레이엄이 여전히 자신에게 꼭 필요하다는 사실을 깨닫게 될 것이었다.

그레이엄도 내 의견에 적극적으로 찬성했다.

"맞아! 그 방법이라면 확실히 효과가 있을 거야!"

그레이엄이 커다란 눈을 반짝이며 말했다. 그런 활기찬 모습은 그레이엄에게 문제가 생기기 시작한 뒤 처음 보는 것이었다.

"아주 좋은 생각이야. 나도 분명히 효과가 있을 거란 확신이 들어."

어차피 그레이엄은 어떤 생각이든 좋다고 여길 것이다. 자신의 모습이 시시각각 흐릿해지고 있는 상황이니 당연히 지푸라기라도 잡고 싶은 심정이 아닐까?

나는 그레이엄을 웃기려고 네 두 귀가 사라졌다는 농담을 던졌다.(그레이엄은 원래 귀가 없다.) 하지만 그레이엄은 내 우스갯소리에 미소조차 짓지 않았다. 겁에 질려 있었던 것이다. 그레이엄은 오늘 유독 자기 몸의 실체가 느껴지지 않는다고 말했다. 금방이라도 공중으로 떠올라 날아가 버릴 것 같은 기분이라고 했다. 나는 우주 공간을 돌아다니는 인공위성 이야기를 꺼냈다. 인공위성도 궤도가 축소되어 이리저리 떠다닐 수 있는데 너도 그런 기분이냐고 묻고 싶었다. 하지만 나는 중간에 입을 다물 수밖에 없었다.

그레이엄은 그런 이야기를 하기 싫어하는 것 같았다.

인공위성의 궤도 축소에 대한 이야기는 일 년 전쯤 맥스한테 들은 것이다. 맥스는 책에서 읽은 내용이라고 했다. 나는 운이 좋은 편이다. 맥스가 똑똑하고 책을 많이 읽는 아이라서 나도 덩달아 많은 것을 배우게 된다. 맥스가 아니었다면 나는 12의 절반이 6이라는 것도, 인공위성이 궤도에서 벗어나 영원히 떠돌아다닐 수 있다는 사실도 몰랐을 것이다.

나는 내 인간 친구가 메건이 아닌 맥스여서 무척 행복하다. 메건은 보트(boat)의 철자도 제대로 못 쓴다.

우리는 메건의 약점들을 목록으로 만들었다. 물론 종이에 옮겨 적을 수는 없었다. 그레이엄도 나도 연필을 손에 쥘 수 없기 때문이다. 다행히 목록이 길지 않아서 외우는 데 어려움은 없었다.

1. 화가 나면 말을 더듬는다.

2. 어둠을 무서워한다.

3. 철자 시험 성적이 나쁘다.

4. 스스로 신발 끈을 못 묶는다.

5. 매일 밤 분노 발작을 일으킨다.

6. 스스로 코트의 지퍼를 못 잠근다.

7. 발야구를 할 때 공을 투수 앞까지도 못 찬다.

썩 마음에 드는 목록은 아니었다. 이 약점들 가운데 그레이엄이 해결해 줄 수 있는 것은 몇 가지 안 됐기 때문이다. 그레이엄에게는 메건의 운동화 끈을 묶어 주거나 코트의 지퍼를 올려 줄 만한 능력이 없었다. 내가 아는 상상 친구들 가운데 인간 세계의 물건을 만지거나 움직일 수 있는 이는 단 한 명뿐이다. 하지만 그는 내가 간곡히 부탁해도 우리를 도와주지 않을 것이다.

게다가 그는 너무 무서워서 찾아가고 싶지도 않다.

나는 분노 발작이 뭔지 몰라서 그레이엄에게 설명을 들어야 했다. 분노 발작이란 맥스의 '일시 정지' 증상과 비슷한 것 같다. 그레이엄의 설명에 따르면 메건은 잠자리에 드는 것을 싫어한다고 한다. 그래서 엄마가 양치질할 시간이라는 말만 해도 악을 쓰며 발버둥치기 시작한다는 것이다. 심할 경우에는 메건의 아빠에게 강제로 안겨서 화장실로 끌려가기도 한다고 한다.

"정말 매일 밤 그런 일이 벌어진단 말이야?"

"그렇다니까. 잠잘 시간이라고 하면, 얼굴이 빨개지고 땀까지 뻘뻘 흘리다가 결국 으앙 하고 울음을 터뜨려. 거의 매일 밤 울다가 잠들지. 나는 그런 메건이 너무 안쓰러워. 메건의 부모님이나 내가 어떤 말을 해도 소용 없어."

"와우! 난 상상이 안 가는데."

매일 밤 누군가가 분노 발작을 일으키는 모습을 봐야 한다면 엄청나게 짜증스러울 것 같다.

메건에 비하면 맥스는 훨씬 양호한 편이다. 맥스는 자주 일시 정지되지는 않는다. 하지만 일단 그렇게 되면, 마음속에서 분노 발작을 일으킨 듯한 행동을 보인다. 말은 한 마디도 안 하고 주먹을 부르쥔 채 몸을 부르르 떤다. 하지만 얼굴이 빨개지거나 땀을 흘리거나 악을 쓰지는 않는다. 마음속에서 어떤 일이 일어나고 있는지 모르지만, 겉으로 봐서는 그저 옴짝달싹하지 않을 뿐이다. 가끔은 이런 정지 상태가 꽤 오랫동안 이어지기도 한다.

그러나 일시 정지된 맥스는 적어도 시끄럽거나 짜증스럽지는 않다. 단지 잠잘 시간이라는 이유만으로 그런 증상을 보이는 일은 절대 없다. 맥스는 잠자기에 적당한 시간이 되면 알아서 침대로 향한다.

잠자기에 적당한 시간이란 정확히 밤 8시 30분이다.

8시 30분에서 단 일 초라도 늦거나 이른 시각에 잠을 자라고 하면 맥스도 화를 낸다.

우리는 그레이엄이 메건의 분노 발작을 고치는 데 어떤 도움을 줄 수 있을지 고민해 보았다. 하지만 딱히 좋은 방법이 떠오르지 않았다. 그렇게 이것저것 빼고 나자 목록에는 남는 것이 별로 없었다. 결국 우리는 철자 시험 문제로 다시 돌아갔다.

"메건이 철자 시험을 볼 때 내가 어떻게 도울 수 있다는 거야?"

그레이엄이 물었다.

"내가 알려 줄게."

팬덜피 선생님은 고스크 선생님처럼 철자 시험을 보는 날 문제가 적힌 커다란 종이를 교실 앞에 붙여 놓는다. 시험에 출제될 단어 목록은 목요일 오후에 만든다. 그러니까 그레이엄과 내가 목요일 수업이 모두 끝날 때까지 시험 문제가 적힌 종이 앞에 서서 문제를 외우면 될 것이었다. 그동안 나는 맥스의 철자 시험에 대해 한 번도 관심을 가져 본 적이 없었다. 고스크 선생님이 쓰기 수업을 할 때도 열심히 듣지 않았다. 그래서 단어의 철자를 외우는 일은 내가 생각했던 것보다 조금 더 힘들었다. 아니, 조금이 아니라 많이 힘들었다.

그레이엄은 한 시간 만에 시험 볼 단어들을 완벽하게 외웠다.

그레이엄은 내일 시험 시간에 메건 옆에 서서 메건이 단어의 철자를 잘못 쓰면 제대로 고치도록 알려 줄 것이다. 이번 작전이 특별히 효과적인 이유는 메건이 매주 철자 시험을 치러야 한다는 데 있다. 다시 말해 일회성에 그치지 않는다는 것이다. 그레이엄은 매주 메건을 도울 수 있다. 어쩌면 다른 시험에서도 메건에게 도움을 줄 수 있을지 모른다.

그레이엄이 오늘 밤 당장 사라지지만 않는다면, 이번 작전은 정말로 효과가 있을 것이다. 언젠가 나는 핑거 씨라는 상상 친구에게서 놀라운 이야기를 들었다. 우리 같은 상상 친구들은 대부분 자신의 인간 친구가 잠자는 동안 사라진다는 것이었다. 하지만 그 말은 핑거 씨가 내게 충격을 주기 위해 일부러 꾸며 낸 이야기일 것이다. 정확한 것은 아무도 모르는 일 아닌가? 나는 그레이엄에게 오늘 밤 어떻게 해서든 메건을 잠들지 못하게 하라고 말하고 싶었다. 만에 하나 핑거 씨의 말이 사실일지도 모르니까 말이다. 하지만 메건은 이제 겨우 여섯 살이고, 메건처럼 어린 꼬마들은 밤새 잠을 안 자고 깨어 있기 힘들다. 그레이엄이 아무리 애를 써도 결국 메건은 잠들 것이다.

나는 그저 그레이엄이 오늘 밤만 버텨 주기를 바랄 뿐이다.

10

맥스가 그레이엄과 오랜 시간을 보내다 온 내게 화를 낸다. 물론 내가 그레이엄과 함께 있었다는 사실을 알지는 못한다. 맥스는 그저 내가 한참 동안 어딘가 다른 곳에 가 있었다는 사실에 화가 난 것이다. 다행이다. 나도 맥스를 한동안 보지 못하면 늘 마음이 불안해진다. 맥스가 내가 곁에 없어서 화가 났다면, 이는 곧 맥스가 계속 내 생각을 했고 나를 그리워했다는 뜻일 것이다.

맥스가 내게 투덜댄다.

"오줌 마려울 때 화장실 안에 누가 있는지 확인해 줄 네가 없어서 곤란했단 말이야. 어쩔 수 없이 내가 문을 두드려야 했어."

우리는 지금 버스를 타고 집으로 가고 있다. 맥스는 버스 좌석에 웅크리고 앉아 다른 아이들이 듣지 못하도록 내게 소곤소곤 귓속말을 한다. 하지만 언제나 그렇듯 맥스의 말소리는 다른 아이들의 귀에 다 들린다. 다른 아이들이 모두 볼 수 있는 것을 맥스는 보지 못한다. 그렇지만 나는 다르다. 나는 나무와 숲을 모두 볼 수 있다.

"오줌 마려울 때 화장실 안에 누가 있는지 확인해 줄 네가 없어서 곤란했단 말이야."

맥스가 같은 말을 되풀이한다.

맥스는 자신의 질문에 대한 대답을 듣지 못하면 같은 말을 계속 반복한다. 대답을 들어야만 다음 말을 할 수 있기 때문이다. 그런데 맥스는 질문을 질문답게 하지 않을 때가 종종 있다. 일반적인 평서문처럼 말하고는 상대방이 그것이 질문이라는 것을 알아차려 주기를 기대한다. 그래서 나한테는 그럴 일이 절대 없지만, 아빠나 선생님들한테는 이따금 똑같은 말을 서너 번씩 되풀이해야 할 경우도 생긴다. 그러면 맥스는 몹시 화를 낸다. 가끔은 화를 이기지 못해 일시 정지되기도 한다.

나는 맥스의 질문에 대답한다.

"난 토미 스윈든의 교실에 갔었어. 녀석의 다음 계획이 뭔지 알아보려고 갔던 거야. 이번 주에는 녀석이 너한테 복수하지 못하게 막고 싶어서."

"스파이 짓을 했다는 거구나."

맥스가 말한다. 질문처럼 들리지는 않지만 이 말 역시 질문이다.

"응. 내가 스파이 짓을 했어."

"알았어."

맥스가 말한다. 하지만 화가 완전히 풀리지 않은 것 같다.

나는 맥스에게 차마 그레이엄과 함께 있었다는 말을 하지 못한다. 이 세상에 나 말고 다른 상상 친구들이 존재한다는 사실을 알게 하고 싶지 않기 때문이다. 이 넓은 세상에서 상상 친구는 오직 나 하나뿐이라고 해야 맥스는 나를 특별하게 생각할 것이다. 나를 독보적인 존재로 믿을 것이다. 나는 맥스가 나를 그렇게 생각해 주길 바란다.

그래야 내가 살아남는 데 도움이 될 테니까.

만일 맥스가 세상에 다른 상상 친구들이 존재한다는 사실을 알고 있는데, 지금처럼 내게 화가 나면 어떻게 될까? 아마 녀석은 나를 가볍게 잊고 새로운 상상 친구를 만들어 낼 것이다. 그러면 나는 그레이엄처럼 곧장 세상에서 사라지겠지.

하지만 맥스에게 거짓말을 하는 것은 결코 쉽지 않았다. 지금도 맥스에게 그레이엄에 대한 이야기를 털어놓고 싶은 마음이 굴뚝같다. 처음에는 맥스가 우리를 도와줄 수 있을 듯싶어서 말하고 싶었다. 맥스는 똑똑하니까 그레이엄을 도울 좋은 방법을 알고 있을 것 같았다. 어쩌면 메건의 문제점을 해결하는 데 도움을 줄 수 있을지도 몰랐다. 예를 들어, 맥스가 메건에게 직접 신발 끈 묶는 법을 가르쳐 준 뒤 그것이 그레이엄의 생각이었다고 말하면 그레이엄은 다시 메건의 신뢰를 얻을 수 있을 터였다.

하지만 지금 이 순간 내가 맥스에게 그레이엄에 대한 이야기를 털어놓고 싶은 이유는 따로 있다. 바로 무섭기 때문이다. 나는 오랜 친구를 잃게 될까 봐 너무 두렵다. 그런데 이런 내 마음을 털어놓을 친구가 아무도 없다. 퍼피에게 말해 볼 수도 있겠지만, 나는 퍼피에 대해 잘 알지 못한다. 맥스와 그레이엄만큼 친한 친구는 아니라는 뜻이다. 또 퍼피도 말을 할 수는 있지만, 강아지와 대화를 나눈다는 것은 어쩐지 좀 이상하다. 맥스는 내 친구다. 그러므로 내가 슬프거나 무서울 때는 맥스에게 털어놓는 게 당연하다. 하지만 그럴 수가 없다.

나는 그저 그레이엄이 내일 학교에 오기를, 우리가 너무 늦은 것이 아니기를 바랄 뿐이다.

맥스 아빠는 매일 밤 뒷마당에서 맥스와 함께 캐치볼을 한다고 사람들에게 자랑하듯 말한다. 보는 사람마다 붙잡고 그 이야기를 늘어놓는다. 똑같은 사람에게 두 번 이상 말한 적도 가끔 있다. 맥스 아빠는 보통 그런 이야기를 하기 전 주변에 아내가 없는지 확인한다. 만일 아내가 곧 다시 돌아올 것 같으면, 아내가 자리를 비우자마자 기다렸다는 듯이 해치운다.

하지만 맥스 아빠와 맥스가 실제로 하는 것은 캐치볼이 아니다. 맥스는 아빠가 자신에게 공을 던지면 땅바닥에 떨어져 굴러가도록 그냥 내버려 둔다. 공이 데굴데굴 구르다가 멈추면 그제야 공을 주워서 아빠에게 다시 던진다. 하지만 맥스가 아무리 힘껏 공을 던져도 아빠가 서 있는 곳까지 다다르지는 못한다. 맥스 아빠는 늘 멀찌감치 떨어져서 "아들! 제대로 용을 써 봐!"라거나 "아들! 젖 먹던 힘을 다하라니까!"라고 외친다.

캐치볼을 할 때마다 맥스 아빠는 맥스라는 이름 대신 꼭 '아들'이라고 부른다.

　그러나 맥스가 아무리 용을 쓰고 젖 먹던 힘을 다해도(이 말이 정확히 무슨 뜻인지는 나도 모르겠다), 공은 결코 아빠에게까지 날아가지 못한다.

　나는 맥스 아빠가 이해가 안 된다. 아들이 던지는 공을 그렇게 받고 싶으면 자신이 아들에게 좀 더 가까이 다가가면 되지 않을까?

　맥스는 지금 침대에서 자고 있다. 물론 분노 발작 같은 것은 없었다. 스스로 양치질을 하고, 목요일용 잠옷으로 갈아입고, 동화 한 편을 읽은 뒤, 정확히 8시 30분에 베개 위에 머리를 눕혔다. 맥스 엄마는 오늘 밤 모임이 있다며 외출했다. 그래서 아빠가 대신 잘 자라는 인사와 함께 맥스의 이마에 입을 맞춘 뒤 방의 전깃불을 끄고 야간등을 켰다.

　세 개의 야간등은 맥스의 방 안을 밤새 밝혀 줄 것이다.

　나는 어둠 속에서 맥스의 침대 옆에 앉아 그레이엄에 대해 생각한다. 더 고민해야 할 일이 남아 있는 건 아닐까? 내가 할 수 있는 또 다른 일이 있지 않을까?

　얼마 후 외출했던 맥스 엄마가 돌아온다. 그녀는 살그머니 맥스의 방에 들어와 아들의 이마에 입을 맞춘다. 맥스는 엄마와 아빠의 뽀뽀를 기꺼이 받아들인다. 단, 반드시 짧게 끝내야 하고, 이마나 뺨에만 해야 한다. 맥스는 엄마 아빠가 자신에게 뽀뽀할 때 늘 얼굴을 찌푸린다. 하지만 지금처럼 맥스가 잠들었을 때는 엄마의 뽀뽀 시간이 좀 더 길어진다. 또 보통은 이마에 뽀뽀하지만, 이따금 뺨에 할 때도 있다. 엄마는 잠자러 가기 전 맥스의 방에 들러 두세 번씩 뽀뽀를 퍼붓기도 한다. 앞서 맥스가 잠자리에 누울 때 이미 뽀뽀를 했는데도 말이다.

어느 날 아침 식탁에서 엄마는 간밤에 잠든 맥스에게 뽀뽀를 했다고 솔직히 고백했다.

"어젯밤 잘 자라는 인사를 하려고 네 방에 들어갔는데, 잠든 네 모습이 천사처럼 예뻐 보였어."

그러자 맥스가 말했다.

"어젯밤에는 아빠가 나를 재워 줬어. 엄마가 아니라."

이것은 맥스의 '질문 같지 않은 질문'이었다. 맥스 엄마도 그 사실을 알아차렸다. 맥스 엄마는 아들에 관한 일이라면 무엇이든 다 안다. 나보다도 훨씬 더 잘 아는 것 같다.

"그래, 맞아. 엄마는 병원에 입원해 계신 할아버지께 갔었거든. 하지만 집에 와서는 네 방에 살금살금 들어가 맥스 네 이마에 뽀뽀를 했단다."

"엄마가 내게 잘 자라는 뽀뽀를 해 주었어."

맥스가 중얼거렸다.

"그래, 맞아."

맥스 엄마가 말했다.

그날 아침 학교로 향하는 버스 안에서 맥스가 몸을 웅크리며 내 귀에 대고 나지막이 물었다.

"혹시 엄마가 내 입술에 뽀뽀하지 않았어?"

내가 대답했다.

"아니. 이마에 했어."

맥스는 자신의 이마를 손으로 문지르고는 손을 가만히 들여다보며 다시 물었다.

"뽀뽀를 길게 했지?"

"아니. 눈 깜짝할 새에 끝냈어."

하지만 내 말은 사실이 아니었다. 나는 결코 맥스에게 거짓말을 자주 하지는 않는다. 하지만 그때는 거짓말을 할 수밖에 없었다. 그것이 맥스와 맥스 엄마를 위해 더 나을 거라고 생각했기 때문이다.

맥스는 요즘도 가끔 내게 묻는다. 엄마가 외출하느라 직접 맥스의 잠자리를 봐주지 못했을 때 나중에 와서 뽀뽀를 길게 하지 않느냐고. 그럴 때마다 내 대답은 항상 똑같다.

"아니, 눈 깜짝할 새에 끝냈어."

나는 맥스 엄마가 잠자리에 들기 전 잠든 맥스에게 보너스 뽀뽀를 퍼붓는다는 것을 알면서도 맥스에게는 말하지 않았다. 하지만 이건 거짓말이 아니다. 맥스가 내게 엄마가 보너스 뽀뽀를 하느냐고 물은 적은 없기 때문이다.

맥스 엄마가 저녁을 먹고 있다. 맥스 아빠가 자신을 위해 남겨둔 음식을 데워서 먹고 있다. 맥스 엄마가 밥을 먹는 동안 아빠는 식탁 맞은편에 앉아 잡지를 읽는다. 나는 책 읽기를 썩 좋아하지는 않지만, 그것이 《스포츠 일러스트레이티드》라는 것쯤은 안다. 맥스 아빠는 매주 우편배달부에게 잡지를 전해 받는다.

어쩐지 두 사람이 곧 텔레비전을 켤 것 같지가 않다. 아, 빨리 드라마를 봐야 하는데……. 나는 맥스 엄마 옆에 편안하게 앉아서 텔레비전 드라마를 보는 것이 좋다. 광고 시간 동안 맥스의 엄마 아빠가 드라마에 대해 이러니저러니 주고받는 대화도 흥미롭다.

텔레비전 광고는 드라마 중간에 끼어 들어간 또 하나의 짧은 드라마다. 하지만 대부분 지루하고 바보 같아서 아무도 주의 깊게 보지 않는다. 사람들은 텔레비전 광고 시간 동안 주위 사람과 이야기를 나누거나, 화장실에 가거나, 빈 컵에 음료수를 채운다.

맥스 아빠는 텔레비전 드라마에 대해 늘 불평이 많다. 단 한 번도 만족스러워 한 적이 없다. 이야기에 논리성이 없다느니, 옥에 티가 너무 많다느니 하면서 끊임없이 구시렁거린다. 논리성이나 옥에 티가 정확히 무엇을 의미하는지는 모르겠지만, 아마도 드라마에 나오는 사람들에게 맥스 아빠가 직접 이러쿵저러쿵 지시할 수 있다면 훨씬 더 훌륭한 드라마가 될 거라는 뜻인 듯하다.

맥스 엄마는 이렇게 불평 많은 남편에 대해 이따금 신경질을 낸다. 맥스 엄마는 그저 드라마를 보는 것을 좋아할 뿐, 애써 옥에 티를 찾아내려 하지 않는다.

"난 그냥 드라마를 보며 편하게 쉬고 싶다고요."

맥스 엄마는 남편에게 이렇게 쏘아붙인다. 나도 전적으로 동감이다. 드라마를 보면서 더 훌륭한 작품을 위해 보완할 점이 무엇인지 굳이 찾고 싶지 않다. 나는 그저 드라마 속 이야기가 좋을 뿐이다. 보통 맥스의 엄마 아빠는 재미있는 드라마를 보면서 깔깔거리고, 무섭거나 긴장감 넘치는 드라마를 볼 때는 손톱을 잘근잘근 물어뜯는다. 아마 두 사람은 자신들이 텔레비전을 보면서 정확히 똑같은 순간에 손톱을 물어뜯는다는 사실을 모를 것이다.

맥스의 엄마 아빠는 드라마의 다음 편이 어떻게 될지 예상하는 것을 좋아한다. 혹시 두 사람의 초등학교 3학년 때 담임이 고스크 선생님이 아니었을까? 고스크 선생님은 학생들에게 책을 읽어 주면서 늘 다음 장면을 예상해 보라고 말하니까 말이다. 아무튼 무언가에 관해 미리 상상하는 것이야말로 맥스의 엄마 아빠가 가장 좋아하는 일인 듯하다. 나도 무언가 예상하는 것을 좋아한다. 예상을 하고 기다리다 보면 내 생각이 맞았는지 확인할 수 있기 때문이다. 맥스 엄마는 모든 상황이 나빠 보일 때도 좋은 일이 생길 거라고 기대하는 편이다. 반면에 나는 보통 가능한 최악의 결말을 예상한다. 그런 내 생각이 맞을 때도 가끔 있다. 특히 영화를 볼 때 그렇다.

오늘 밤 내가 그레이엄에 대해 걱정하는 것도 바로 그런 이유에서다. 그러지 않으려 해도 자꾸 최악의 상황이 머릿속에 그려진다.

이따금 맥스 아빠가 맥스 엄마의 옆자리를 차지하고 앉으면 나는 소파 대신 조그만 의자에 따로 앉아 텔레비전을 봐야 한다. 그럴 때면 아빠는 엄마의 어깨를 팔로 감싸 안고, 엄마는 아빠에게 바짝 기댄다. 그러고는 서로를 마주 보며 미소 짓는다. 나는 두 사람이 행복해하는 그런 순간이 참 좋다. 그러면서도 한편으로는 소외감이 살짝 느껴지기도 한다. 이 넓은 세상에 나 혼자인 듯한 기분이다. 그럴 때 나는 그냥 그 자리를 떠난다. 특히 맥스의 엄마 아빠가 노래를 제일 잘 부르는 사람을 뽑아서 상을 주는, 특별한 이야기가 없는 프로그램을 시청하고 있을 때는 전혀 망설임 없이 자리를 떠날 수 있다.

말이 나와서 말이지만, 내 생각에는 차라리 노래를 제일 못 부르는 사람을 뽑는 프로그램이 훨씬 더 재미있을 것 같다.

맥스의 엄마 아빠는 한참 동안 말이 없다. 엄마는 조용히 먹기만 하고, 아빠도 묵묵히 잡지만 읽는다. 그저 포크와 나이프가 접시에 부딪치는 소리만 들릴 뿐이다. 맥스 엄마는 남편이 먼저 말하기를 원하지 않는 이상 절대 이렇게 조용한 법이 없다. 평소에는 말이 무척 많은 편이다. 하지만 가끔 부부 싸움을 할 때는 남편이 먼저 입을 열 때까지 두고 보기를 좋아한다. 맥스 엄마가 내게 직접 말한 것은 아니지만, 나는 그들을 오랫동안 지켜봐 왔기 때문에 말하지 않아도 알 수 있다.

두 사람이 오늘 밤 무슨 일로 싸우는지는 모르겠다. 그래서 마치 텔레비전 드라마를 보는 것처럼 흥미진진하다. 그들은 곧 말싸움을 벌일 것이다. 하지만 무슨 문제 때문일지 전혀 짐작이 안 된다. 그야말로 미스터리다. 내 예상에는 아마도 맥스와 관련된 문제일 것 같다. 두 사람이 가장 자주 다투는 원인이 바로 맥스이기 때문이다.

마침내 식사를 마친 맥스 엄마가 먼저 입을 연다.

"의사를 만나 보는 문제에 대해 생각해 봤어요?"

맥스 아빠가 한숨을 내쉰다.

"꼭 그래야만 할까?"

맥스 아빠는 잡지에서 눈길을 떼지 않은 채 말한다. 좋지 않은 징조다.

"벌써 열 달이나 됐어요."

"나도 알아. 하지만 열 달은 결코 긴 시간이 아니야. 당신과 나도 예전에는 문제가 많았잖아."

드디어 맥스 아빠가 아내에게 눈길을 돌린다.

"그럼 도대체 얼마나 더 기다려야 한다는 거예요? 나는 일이 년씩 기다린 끝에 전문가를 만나서 우리 아이에게 문제가 있다는 소리를 듣고 싶진 않다고요. 차라리 지금 확인하는 게 나아요. 그럼 곧장 무언가 조치를 취할 수 있잖아요."

맥스 아빠가 눈동자를 뒤룩뒤룩 굴리며 말한다.

"고작 열 달밖에 안 지났는데 뭘 그렇게 오래 기다렸다는 거야? 스캇과 멜라니는 거의 이 년이나 걸렸어. 기억 안 나?"

이번에는 맥스 엄마가 한숨을 쉰다. 슬퍼서인지, 좌절해서인지, 아니면 무슨 다른 이유에서인지는 알 수 없다.

"나도 알아요. 하지만 누군가에게 우리 문제를 털어놓는다고 해서 나쁠 건 전혀 없잖아요? 안 그래요?"

"나 참!"

맥스 아빠가 화난 목소리로 말한다.

"누군가에게 털어놓아서 해결될 일이라면 좋겠지! 하지만 맥스한테 정말 문제가 있다면, 의사에게 상담을 받아 봤자 아무 도움도 안 될 거란 말이야. 그 사람들은 그저 각종 검사만 하려 들거야. 이제 겨우 열 달밖에 안 됐는데 왜 그렇게 서둘러?"

"당신은 궁금하지도 않아요?"

맥스 아빠는 대답하지 않는다. 맥스라면 이럴 때 똑같은 질문을 반복할 것이다. 하지만 어른들은 아예 대답하지 않는 것으로 대답을 대신할 때가 있다. 지금 맥스 아빠의 경우가 그런 것 같다.

마침내 입을 연 맥스 아빠는 아내가 던진 마지막 질문 대신 첫 번째 질문에 대답한다.

"좋아. 의사를 만나 보자고. 당신이 예약할래?"

맥스 엄마가 고개를 끄덕인다. 나는 맥스 아빠가 마침내 의사를 만나는 데 동의해서 그녀가 기뻐할 줄 알았다. 하지만 맥스 엄마는 여전히 슬퍼 보인다. 맥스 아빠도 마찬가지다. 두 사람 모두 서로의 얼굴을 똑바로 보지 않는다. 마치 그들 사이에 식탁이 백 개쯤 가로놓여 있는 것 같다.

그런 두 사람을 지켜보고 있자니 나도 슬퍼진다.

에이, 그러니까 그냥 텔레비전이나 보지……. 그랬다면 이런 슬픈 상황은 결코 안 벌어졌을 것이다.

11

　나는 맥스에게 또다시 토미 스윈든의 동태를 살피고 오겠다고 말한다. 이번에는 맥스도 반대하지 않는다. 오늘 아침에 이미 대변을 봤기 때문에 점심때까지는 화장실에 갈 필요가 없어서다. 더욱이 오늘은 고스크 선생님이 수업 시간에 책을 읽어 주는 날이다. 맥스는 그 시간을 무척 좋아한다. 책을 읽어 주는 선생님의 목소리에만 집중하느라 다른 것은 까맣게 잊어버릴 정도다. 아마 맥스는 내가 사라졌다는 사실조차 알아차리지 못할 것이다.

　나는 토미 스윈든의 교실이 아닌 팬덜피 선생님의 교실로 향한다. 마음은 정말이지 가고 싶지 않다. 그곳에서 무엇을 보게 될지 너무나 무섭고 두렵다. 어쩌면 아무것도 보지 못하게 될까 봐 두려운 것인지도 모르겠다.

　마침내 팬덜피 선생님의 교실 안으로 들어선다. 고스크 선생님의 교실에 비해 훨씬 더 깔끔하고 정돈된 분위기다. 책상들은 1센티미터의 오차도 없이 똑바로 줄 맞춰 늘어서 있다. 고스크 선생님의 교탁은 언제나 잡다한 종이들이 수북이 쌓여 있다 못해 무너지기 일보직전이다. 하지만 팬덜피 선생님의 책상은 지나치다 싶을 만큼 깨끗하다.

나는 교실 한쪽 끝부터 반대쪽 끝까지 쭉 둘러본다. 그러고는 다시 반대 방향으로 천천히 훑어본다. 그레이엄은 보이지 않는다. 나는 재빨리 책장 뒤 구석과 사물함 쪽으로 눈길을 돌린다. 거기에도 그레이엄은 없다.

아이들은 각자 자리에 앉아 팬덜피 선생님을 쳐다보고 있다. 선생님은 교실 앞에 걸린 달력을 가리키며 날짜와 날씨에 대해 설명한다. 이번 주 철자 시험 문제가 적힌 커다란 종이는 보이지 않는다.

메건이 눈에 들어온다. 메건은 교실 뒤쪽에 앉아 있다. 손을 들고 있는 것을 보면 팬덜피 선생님의 질문에 대답하고 싶은 듯하다. 10월이 며칠까지 있느냐는 질문이다.

답은 31일이다. 나도 그 정도는 안다.

그레이엄은 여전히 보이지 않는다.

마음 같아서는 메건에게 직접 물어보고 싶다. 지난밤에 네 상상 친구를 더 이상 믿지 않기로 했느냐고.

"머리카락이 삐죽삐죽 솟은 여자애 말이야. 네가 말을 할 줄 몰라 모두가 너를 놀렸을 때 유일하게 네 친구가 돼 주었던 그 아이를 정말 잊어버린 거야?"

"말더듬 병을 떼어 낼 때 그 아이도 함께 떼어 버린 거야?"

"그 아이의 모습이 점점 흐릿해져 간다는 걸 알아차리기는 했어?"

"네가 내 친구를 죽였지?"

물론 메건은 내 목소리를 듣지 못한다. 그 애의 상상 친구는 내가 아닌 그레이엄이니까.

아니, 그레이엄이었으니까…….

바로 그때, 그레이엄이 눈에 들어온다. 그레이엄은 교실 뒤쪽, 메건에게서 몇 발짝 떨어진 곳에 서 있다. 하지만 너무 흐릿해서 알아보기 힘들 정도다. 나는 흐릿해진 그레이엄을 지나쳐 그 아이의 등 뒤에 있는 창문을 보고 있었던 것이다. 그레이엄은 오래전 누군가가 창문에 그려 놓은 그림 같다. 이제는 닳고 닳아 거의 지워진 그림……. 그레이엄이 눈을 깜박거리지 않았다면, 나는 결코 그 아이를 알아보지 못했을 것이다. 내가 처음 본 것은 그레이엄이 아니라 바로 그 깜박거리는 눈이다.

그레이엄이 말한다.

"네가 나를 알아볼 거라고는 생각 못했어."

무슨 말을 해야 할지 모르겠다.

"괜찮아. 나를 알아보기가 얼마나 힘들지 나도 알아. 오늘 아침 눈을 떴을 때, 나도 처음 한동안은 내 손조차 보이지 않았어. 그래서 내가 이미 사라진 줄 알았지."

내가 말한다.

"네가 잠을 잔다는 건 오늘 처음 알았네."

"무슨 소리야? 당연히 잠을 자지. 넌 안 자?"

"안 자."

"그럼 맥스가 잠잘 때 너는 뭘 하는데?"

"맥스의 엄마 아빠와 같이 놀아. 그들이 잠자러 가기 전까지 말이야. 그 뒤에는 나 혼자 여기저기 돌아다니고."

내가 길모퉁이 주유소, 두기스 핫도그 가게, 병원, 경찰서 등을 돌아다닌다는 이야기는 하지 않는다. 지금까지 상상 친구들에게 내가 놀러 가는 곳에 대해 말해 본 적은 한 번도 없다. 오로지 나만 아는 나만의 장소로 남겨 두고 싶기 때문이다. 나만의 특별한 공간으로.

"어머나······!"

그레이엄이 탄성을 지른다. 순간, 나는 그레이엄이 형체뿐 아니라 목소리까지 희미해지고 있다는 사실을 처음 깨닫는다. 그레이엄의 목소리는 두꺼운 철문에 가로막힌 것처럼 가늘고 약하게 들린다.

"부도 네가 잠을 안 잔다는 건 전혀 몰랐어. 정말 안됐다."

"왜? 도대체 잠이 뭐가 좋은데?"

"잠을 자면 꿈을 꿀 수 있잖아."

놀란 내가 묻는다.

"그레이엄 네가 꿈을 꾼단 말이야?"

"당연하지. 어젯밤에는 메건과 내가 쌍둥이 자매가 되는 꿈을 꿨어. 우리는 모래 놀이통에서 함께 놀았는데, 손끝에 모래의 감촉까지 느껴졌어. 메건이 하듯 모래를 손으로 퍼 올려서 손가락 사이로 스르르 빠져나가게 하는 장난도 쳐 봤어."

"그레이엄 네가 꿈을 꾸다니 믿을 수가 없다."

내가 말한다. 그러자 그레이엄이 고개를 갸우뚱하며 중얼거린다.

"난 네가 꿈을 꿀 수 없다는 게 믿기지 않는데?"

우리는 한동안 아무 말도 하지 않는다.

교실 맨 앞줄에 앉은 노먼이라는 남자아이가 '올드 뉴게이트 감옥'이라는 곳에 다녀온 이야기를 시작한다. 녀석의 이야기는 새빨간 거짓말이다. 나는 감옥이 어떤 곳인지 잘 알고, 어린아이들은 갈 수 없다는 것도 안다. 그런데 팬덜피 선생님은 왜 거짓말을 하는 노먼을 그냥 내버려 두는 것일까? 만일 고스크 선생님이 노먼의 이야기를 들었다면 "어머머! 다시는 이런 부끄러운 짓을 못하도록 전교생 앞에서 마이크에 대고 네 이름을 발표해야겠다!"라고 말했을 것이다. 그러면 노먼은 진실을 털어놓을 수밖에 없다.

노먼은 돌멩이 하나를 보여 주며 감옥에서 가져온 거라고 말한다. 지뢰에 붙어 있던 돌멩이라는 것이다. 이것 역시 터무니없는 말이다. 지뢰란 군인들이 땅속에 묻어 놓는 폭탄으로, 적군이 지나가다가 밟는 순간 폭발하게 되어 있다. 맥스는 혼자 전쟁놀이를 할 때 장난감 병정들을 위해 지뢰밭을 파헤치는 시늉을 한다. 내가 지뢰에 대해 알게 된 것도 맥스 덕분이다. 그러므로 지뢰에서 돌멩이를 떼어 왔다는 노먼의 주장은 말도 안 된다.

하지만 노먼은 모두를 속이는 데 성공한 듯하다. 교실 안에 있는 아이들이 모두 그 돌멩이를 만져 보고 싶어 안달하고 있다. 오늘 아침 운동장에서 주워 온 것 같은 흔해 빠진 돌멩이를 말이다. 설사 노먼이 정말로 그것을 지뢰에서 발견했다손 치더라도, 어쨌든 돌멩이는 돌멩이일 뿐이다. 그런데 왜 다들 저렇게 흥분하는 것일까? 팬덜피 선생님이 급히 아이들에게 "모두 진정하고 제자리에 앉아!"라고 말한다. 이런 경우 고스크 선생님이라면 "사소한 일에 목숨 걸지 마라!"라고 말할 것이다. 이 말이 무슨 뜻인지는 모르겠지만, 어쩐지 재미있는 말인 것 같다.

팬덜피 선생님이 다시 한 번 아이들에게 진정하라고 말한다. 그러면서 참고 기다리면 모두에게 돌멩이를 만질 수 있는 기회를 주겠다고 약속한다.

나는 큰 소리로 외치고 싶다.

그래 봤자 흔해 빠진 돌멩이일 뿐이라고요! 내 친구가 죽어 가고 있는 마당에 그깟 하찮은 돌멩이 때문에 이 난리라니…….

마침내 내가 그레이엄에게 묻는다.

"철자 시험은 언제야?"

"아마 다음 시간일 것 같아."

그레이엄의 목소리는 조금 전보다 더 약하게 들린다. 이제는 철문 한 개가 아니라 세 개쯤 뒤에서 말하는 것 같다.

"보통 팬덜피 선생님은 쇼앤텔(show and tell, 각자 물건을 가져와서 그 물건에 얽힌 이야기를 발표하는 수업 활동의 한 가지/ 옮긴이) 시간이 끝난 다음에 시험을 봐."

그레이엄의 말이 맞았다. 노먼의 거짓 감옥 여행 이야기가 끝나고, 모든 아이들이 그 시시한 돌멩이를 한 번씩 만져 본 뒤, 마침내 팬덜피 선생님이 흰 줄이 그어진 시험지를 나누어 준다.

학생들이 철자 시험을 치르는 시간 동안 나는 교실 뒤쪽에서 기다린다. 물론 그레이엄은 메건 옆에 서 있다. 하지만 더 이상 모습을 알아보기가 힘들다. 움직이지 않고 가만히 서 있으면 거의 안 보인다.

나는 교실 뒤에 서서 메건이 실수를 적어도 한 개 이상 저지르기를 기도한다. 그레이엄의 말에 따르면 평소 메건의 철자법 실력은 형편없지만, 아주 가끔 모든 단어를 정확하게 쓸 때도 있다고 한다. 만일 오늘이 그날이라면, 우리에게는 새로운 계획을 세울 시간조차 없게 된다. 그레이엄은 당장이라도 사라질 것만 같다.

내 간절한 기도가 통한 것일까? 팬덜피 선생님이 '자이언트 (giant)'라고 말하자, 메건이 그 단어를 시험지에 적는다. 일 초 뒤, 그레이엄이 허리를 굽히고 메건이 방금 적은 단어를 가리키며 무언가 중얼거린다. 메건이 '자이언트'의 철자를 잘못 적었다는 뜻이다. 아마도 g 대신 j라고 쓴 것 같다. 메건이 자기가 쓴 철자를 지우개로 지우고 다시 쓰는 모습을 보고 있자니 머리가 어질어질하다.

뒤이어 세 문제가 더 출제되고, 네 번째 문제에서 똑같은 상황이 다시 벌어진다. 이번 단어는 '서프라이즈(surprise)'다. 시험이 끝나 갈 즈음, 메건이 그레이엄의 도움으로 올바르게 고쳐 쓴 단어는 모두 합쳐 다섯 개가 된다. 나는 점점 사라져 가는 그레이엄이 원래 모습으로 돌아오기만을 기다린다. 지금은 몸을 움직이지 않는 이상 눈에 보이지 않지만, 내 친구는 이제 곧 본래 모습을 되찾을 것이다. 다시 생생하게 살아날 것이다.

나는 기다린다.

그레이엄도 기다린다.

마침내 시험이 끝난다. 우리는 교실 뒤쪽에 있는 조그만 탁자 앞에 앉아 말없이 서로를 바라본다. 나는 벌떡 일어나 "됐어! 네가 원래대로 돌아오고 있다고!"라고 소리 지를 순간만을 기다리고 있다.

어느새 팬덜피 선생님의 수학 수업이 시작되고, 우리는 계속 기다린다.

우리의 바람은 아직 이루어지지 않았다. 그레이엄은 훨씬 더 빠른 속도로 사라지고 있다. 내게서 채 1미터도 떨어져 있지 않은데도 알아보기가 힘들다.

내 눈을 의심하고 싶은 심정이다. 시력에 무슨 문제가 생긴 것이 분명하다. 하지만 내 눈이 정상이라는 것을 나도 안다. 그레이엄은 점점 사라지고 있다. 시시각각 점점 투명해지고 있다.

그레이엄에게는 차마 말할 수 없을 것 같다. 우리의 작전은 실패라고 말하고 싶지 않다. 그럴 리가 없다. 이번 작전은 반드시 성공해야만 한다.

하지만 결과는 실패다. 그레이엄은 점점 사라지고 있다. 이미 거의 다 사라진 상태다.

마침내 그레이엄이 침묵을 깨고 말한다.

"우리 작전은 효과가 없었어. 내 느낌이 그래. 그렇지만 괜찮아."

"당연히 효과가 있어야 하는 거 아니야? 메건은 네 덕분에 철자 시험을 잘 봤어. 메건에게는 네가 필요하다고. 그 애도 그 사실을 알고 있어. 그러니 우리 작전은 효과가 있어야만 해."

"아니, 효과는 전혀 없어. 난 알 수 있어. 느낌이 확실히 그래."

"아파?"

나는 질문을 던진 순간 곧장 후회한다. 스스로가 너무 부끄럽다. 그 질문은 친구가 아닌 나 자신을 위한 것이기 때문이다.

그레이엄이 대답한다.

"아니, 전혀 아프지 않아."

그레이엄의 얼굴을 제대로 볼 수는 없지만, 어쩐지 미소 짓고 있는 것 같다.

"마치 허공에 둥둥 떠 있는 것 같은 기분이야. 자유의 몸이 된 기분이라고 할까?"

"무언가 우리가 할 수 있는 일이 또 있을 거야. 틀림없어!"

내 목소리는 흥분되어 있다. 그럴 수밖에 없다. 지금 나는 바다 속으로 조금씩 침몰하는 배 위에 있는 듯한 기분이다. 나를 구해 줄 구명보트 따위는 어디에도 없다.

그레이엄이 고개를 가로젓는다. 물론 확실하지는 않다. 이제 그레이엄의 모습은 거의 보이지 않는다.

내가 다시 말한다.

"우리가 할 수 있는 일이 분명히 있을 거야. 잠깐! 메건이 어둠을 두려워한다고 했지? 당장 메건한테 가서 네 침대 아래 괴물이 살고 있다고 말해. 한밤중에만 밖으로 나오기 때문에 네가 못 본 거라고. 아직 괴물이 너를 잡아먹지 못한 건 모두 내 덕분이라고 말하란 말이야. 매일 밤 그레이엄 네가 메건을 괴물에게서 지켜 주고 있다고, 만일 네가 죽으면 메건은 곧바로 괴물에게 잡아먹힐 거라고 말해!"

"부도, 그런 거짓말은 못하겠어."

"한심한 이야기라는 건 나도 알아. 하지만 거짓말을 안 하면 네가 죽어. 그러니까 시도라도 해 보란 말이야."

"부도, 난 괜찮아. 이미 떠날 준비가 돼 있어."

"떠날 준비가 돼 있다는 게 무슨 뜻이야? 어디로 갈 건데? 이 세상에서 사라지면 그 후엔 어떻게 되는지 알아?"

"아니. 하지만 상관없어. 어떻게 되든 나는 괜찮을 거야. 메건도 괜찮을 거고."

이제는 그레이엄의 목소리마저 잘 들리지 않는다.

"그레이엄, 되든 안 되든 시도는 해 봐야지! 당장 메건에게 가서 네가 필요하다고 말해. 침대 밑에 사는 괴물 이야기를 하란 말이야!"

"그런 게 아니야, 부도. 이건 메건에게 내가 필요하냐 아니냐의 문제가 아니라고. 우리 생각이 틀렸어. 메건은 그저 점점 어른이 되어 가고 있을 뿐이야. 첫 타자가 나였고, 다음은 이의 요정(밤에 어린아이의 빠진 이를 침대 머리맡에 놓아두면 이를 가져가고 대신 동전을 놓아둔다는 상상 속의 요정/ 옮긴이), 내년에는 산타클로스가 될 거야. 메건은 이제 다 컸어."

"하지만 이의 요정은 실제로 존재하지 않잖아. 너와는 다르다고! 그레이엄, 포기하지 말고 맞서 싸워! 제발 부탁이야! 나를 두고 떠나지 마!"

"부도, 넌 참 좋은 친구였어. 하지만 나는 가야 해. 이제부턴 메건 옆에 가서 앉아 있을래. 내게 얼마 남지 않은 시간을 메건과 함께 보내고 싶어. 마지막 순간을 소중한 내 친구 곁에서 맞이할래. 내가 정말 슬픈 건 딱 한 가지뿐이야."

"그게 뭔데?"

"메건을 더 이상 볼 수 없다는 거. 메건이 커 가는 모습을 지켜볼 수 없다는 사실이 너무 슬퍼. 난 메건이 몹시 그리울 거야."

그레이엄은 잠시 침묵에 잠겼다가 중얼거렸다.

"난 그 애를 무척 사랑해."

결국 나는 울음을 터뜨린다. 처음에는 나도 그것이 뭔지 몰랐다. 지금껏 한 번도 울어 본 적이 없기 때문이다. 갑자기 코가 꽉 막히고 눈가가 촉촉해진다. 온몸이 뜨거워지면서 슬픔이 밀려든다. 말할 수 없이 많이 슬프다. 내 몸이 꼬인 호스가 된 것 같다. 곧게 풀려서 사방으로 물을 뿜어낼 수 있기만을 기다리는 호스. 눈물이 펑펑 쏟아질 것 같다. 한편으로는 내가 울고 있다는 사실이 기쁘기도 하다. 그레이엄에게 멋진 작별 인사를 해야 하는데, 무슨 말을 해야 할지 전혀 떠오르지 않는다. 이제 곧 그레이엄은 사라질 테고, 나는 친구를 잃게 될 것이다. 그레이엄에게 작별 인사를 하면서 나도 너를 많이 사랑한다고 말하고 싶다. 하지만 그런 말을 어떻게 해야 하는지 모르겠다. 내 눈물이 내 마음을 대신 전해 주기를 바랄 뿐이다.

그레이엄이 일어나서 나를 향해 미소 짓는다. 가볍게 고개 숙여 인사한다. 그러고는 곧장 메건의 등 뒤로 다가가 귀에 대고 무언가 말한다. 하지만 메건의 귀에는 더 이상 그레이엄의 목소리가 들리지 않는 듯하다. 메건은 팬덜피 선생님의 말에 귀 기울이며 웃고 있다.

나는 벌떡 일어나 문 쪽으로 걸어간다. 이 자리를 떠나고 싶다. 그레이엄이 사라지는 순간까지 이곳에 남아 있고 싶지 않다. 나는 마지막으로 한 번 더 뒤돌아본다. 메건이 다시 손을 들어 또 다른 질문에 답할 준비를 하고 있다. 말을 더듬지 않고 술술 대답한다. 그레이엄은 여전히 메건 뒤에 있는 조그만 1학년용 의자에 앉아 있다. 흐릿해서 거의 알아보기가 힘들다. 지금이라도 팬덜피 선생님이 창문을 열어 바람을 들어오게 하면 얼마 남지 않은 그레이엄의 형체는 바람에 실려 영원히 사라질 것이다.

나는 교실을 떠나기 전에 한 번 더 뒤돌아본다. 그레이엄은 여전히 미소 짓고 있다. 메건에게서 잠시도 눈길을 떼지 못한 채 목을 길게 빼고 조그만 여자아이의 얼굴을 들여다보며 흐뭇하게 웃고 있다.

마침내 나는 소중한 친구를 남겨 둔 채 돌아선다.

12

고스크 선생님의 수학 시간. 아이들이 교실 곳곳에 퍼져 앉아 주사위를 던진 뒤 손가락으로 계산을 하고 있다. 교실 안을 모두 둘러보는 데는 시간이 꽤 걸린다. 맥스의 모습은 어디에도 보이지 않는다. 다행이다. 맥스는 이런 게임을 몹시 싫어한다. 주사위를 던지는 것도, 주사위 두 개가 모두 6을 가리킬 때 아이들이 깍깍 비명을 질러대는 것도 질색한다. 맥스는 그저 혼자서 조용히 수학 문제를 풀기를 좋아한다.

맥스는 지금 어디 있을까? 잘 모르겠다. 학습 센터에서 맥긴 선생님, 패터슨 선생님과 함께 있을 수도 있다. 어쩌면 흄 선생님 방에 있을지도 모른다. 맥스의 일정을 정확히 따라잡기는 쉽지 않다. 하루 동안 만나야 하는 선생님이 한두 명이 아니기 때문이다. 게다가 나는 시침과 분침이 달린 시계를 보는 데 익숙지 않은데, 고스크 선생님의 교실에는 그런 시계밖에 없어서 답답하다.

나는 우선 고스크 선생님의 교실에서 가장 가까운 흄 선생님의 방을 찾아가 본다. 맥스는 보이지 않는다. 흄 선생님은 교장 선생님에게 어떤 남자아이에 대해 이야기하고 있다. 성격이나 문제점 등을 들어 보면 토미 스윈든과 매우 비슷하지만, 5학년이 아닌 2학년인 데다 이름도 대니라고 한다. 교장 선생님이 대니에 대해 몹시 걱정스러운 목소리로 말한다. '상황'이라는 표현을 세 번이나 쓴다. 어른들이 '상황'이라는 단어를 많이 사용한다는 것은 곧 문제가 심각하다는 뜻이다.

교장 선생님의 이름은 팔머다. 나이가 지긋한 팔머 교장 선생님은 아이들을 벌주거나 한 아이에 대해 성급히 결론 내리는 것을 좋아하지 않는다. 그래서 흄 선생님에게 학생들의 못된 행동을 바로잡기 위한 대체 수단에 대해 많은 이야기를 한다. 교장 선생님은 토미 같은 아이를 유치원에 보내 자원봉사를 시키면 태도가 바뀔 거라고 생각한다.

하지만 내 생각은 다르다. 그런 방법은 토미 스윈든에게 더 어린 꼬마들을 괴롭힐 기회를 열어 줄 뿐이다.

흄 선생님 역시 교장 선생님의 의견을 터무니없다고 생각하지만, 교장 선생님 앞에서는 아무 말도 하지 않는다. 대신 다른 선생님들에게 투덜거리는 것을 나는 여러 번 들었다. 흄 선생님은 토미 스윈든 같은 학생에게 방과 후 학교에 남게 하는 벌을 자주 주면 맥스처럼 약한 아이들을 화장실에서 괴롭히는 짓은 하지 않을 거라고 믿는다.

나도 흄 선생님의 의견이 옳다고 생각한다.

맥스 엄마는 옳은 일은 대개 가장 힘든 법이라고 말한다. 팔머 교장 선생님은 아직 그런 교훈을 깨닫지 못한 것 같다.

나는 복도를 따라 걸어가 학습 센터를 둘러본다. 그곳에도 맥스는 없다. 맥긴 선생님이 그레고리라는 남자아이와 함께 공부하고 있다. 올해 1학년인 그레고리는 '발작'이라는 병을 앓고 있다. 그래서 늘 머리에 헬멧을 쓰고 다녀야 한다. 발작이 일어났을 때 바닥에 머리를 세게 부딪치는 일을 막기 위해서다. 발작은 메건의 분노 발작과 맥스의 일시 정지를 합친 것 같은 병이다.

만일 내가 메건의 분노 발작을 치유할 방법을 찾아냈다면, 그레이엄이 아직 내 곁에 있었을까? 메건은 철자 시험에 대해 크게 신경 쓰지 않았던 것 같다. 그러므로 우리는 철자 시험보다 훨씬 더 중대한 문제를 고쳐 주어야만 했다.

혹시 맥스가 지금 양호실 옆 화장실에 있는 건 아닐까? 아침에 이어 보너스 똥을 누고 있을지도 모를 일이다. 만일 그렇다면 맥스는 내게 몹시 화낼 것이다. 이틀 연속으로 직접 화장실 문을 두들겨야 했을 테니 말이다.

하지만 화장실에도 맥스는 없다. 화장실은 텅 비어 있다.

갑자기 걱정이 밀려들기 시작한다.

이제 맥스가 있을 만한 곳은 단 한 곳, 라이너 선생님의 방뿐이다. 그렇지만 맥스가 말하기 선생님과 함께 공부하는 날은 화요일과 목요일이다. 물론 오늘 어떤 특별한 이유 때문에 라이너 선생님을 만났을 수도 있다. 예를 들어, 선생님이 다음 주 화요일에 결혼식에 가야 해서 맥스와의 수업을 미리 하고 있는지도 모른다. 아무튼 맥스가 있을 만한 곳은 그곳뿐이다. 하지만 학교 안에서도 가장 구석에 있는 라이너 선생님의 방에 가려면 팬덜피 선생님의 교실 앞을 지나가야 한다.

나는 지난 삼 분 동안 그레이엄을 까맣게 잊고 있었다. 그래서인지 기분이 조금씩 나아지기 시작한 것 같다. 그레이엄은 이제 완전히 사라졌을까? 팬덜피 선생님의 교실 앞을 지나가다가 교실 안을 들여다보면, 여전히 메건 뒤에 앉아 있는 그레이엄을 보게 되지 않을까? 희부연 한 줌의 연기로 남은 친구를 보게 되면 어떡하지?

마음 같아서는 맥스가 고스크 선생님 교실로 돌아올 때까지 가만히 기다리고 싶다. 하지만 나는 직접 맥스를 만나러 라이너 선생님 교실로 가야 한다. 자신을 찾아온 나를 보면 맥스가 기뻐할 것이다. 그리고 솔직히 말해 나도 맥스가 보고 싶다. 그레이엄이 사라지는 모습을 보고 나니 맥스가 더욱 그리워진다. 팬덜피 선생님의 교실 앞을 지나가야 한다는 게 두렵기는 하지만, 한시라도 빨리 맥스의 얼굴을 보고 싶다.

하지만 결국 나는 라이너 선생님의 교실에 못 갔다.

맥스의 학교는 체육관 건물을 기준으로 저학년 구역과 고학년 구역으로 나뉜다. 맥스를 발견한 것은 바로 그 체육관 앞을 지날 때다. 맥스는 교정 밖으로 연결되는 이중문을 지나 저학년 건물 안으로 걸어 들어가고 있다. 이해가 안 된다. 지금은 쉬는 시간도 아니고, 방금 맥스가 지나간 문은 운동장이 아닌 주차장과 거리로 연결되어 있다. 나는 지금껏 어린아이가 혼자 그 문을 들락거리는 광경을 한 번도 본 적 없다.

아니나 다를까, 패터슨 선생님이 맥스를 뒤따르고 있다. 선생님은 건물 안으로 들어서자 걸음을 멈추고 주변을 살핀다. 누군가가 입구에서 기다리고 있을 거라고 기대했던 것 같다.

"맥스!"

내가 맥스를 부른다. 맥스는 그 소리에 뒤돌아본다.

맥스는 나를 보고도 아무 말도 하지 않는다. 말을 했다가는 패터슨 선생님이 이런저런 질문을 할 게 뻔하기 때문이다. 몇몇 어른들은 맥스에게 나에 대해 질문할 때 마치 아기를 대하듯 묻는다. 예를 들면 이런 식이다. "지금 부도가 우리와 함께 있니?" "혹시 부도가 나한테 하고 싶은 말은 없대?"

그럴 경우 나는 늘 맥스에게 말한다.

"하고 싶은 말이 왜 없겠어? 내가 그렇게 묻는 당신의 코를 쥐어박고 싶어 한다고 전해."

물론 맥스는 결코 그들에게 내 말을 전하지 않는다.

그런가 하면 내 존재에 대해 이야기하는 맥스를 환자처럼 바라보는 어른들도 있다. 맥스에게 심각한 문제가 있다고 생각하는 것이다. 가끔은 두려움이 가득한 눈으로 맥스를 바라보기까지 한다. 그래서 맥스와 나는 가능한 한 사람들 앞에서 대화를 나누지 않는다. 운동장이나 스쿨버스, 또는 화장실에서 맥스가 내게 말하는 광경을 얼핏 본 사람들은 맥스가 혼잣말을 하고 있다고 생각한다.

나는 맥스가 대답하지 않을 거라는 것을 알면서도 묻는다.

"어디 갔었어?"

맥스는 대답 대신 눈을 크게 뜨고 주차장 쪽을 돌아본다. 맥스가 갔던 곳이 어디인지는 몰라도 무척 즐거웠던 게 분명하다.

우리는 패터슨 선생님을 따라 고스크 선생님의 교실 쪽으로 걸어간다. 교실에 다다르기 직전, 갑자기 패터슨 선생님이 걸음을 멈추고 돌아선다. 그러고는 허리를 굽혀 맥스와 눈을 맞추고 말한다.

"맥스, 내가 아까 한 말 꼭 기억해라. 선생님은 언제나 너에게 최선을 다하고 싶은 마음뿐이야. 그러다 보니 가끔 네게 무엇이 최선인지 아는 사람은 나뿐이라고 생각할 때도 있지."

확실하지는 않지만, 패터슨 선생님의 마지막 한마디는 맥스가 아닌 자기 자신에게 하는 말인 것 같다.

패터슨 선생님이 무언가 더 말하려는 순간, 맥스가 가로막는다.

"선생님이 똑같은 얘기를 몇 번씩 계속하니까 기분이 나빠요. 선생님이 저를 멍청이로 생각하는 것 같아서요."

"어머! 미안해, 맥스. 선생님은 전혀 그렇게 생각하지 않아. 너는 내가 아는 아이들 중에 가장 똑똑한 학생이야. 앞으로 똑같은 말은 절대 안 할게……."

잠시 정적이 흐른다. 나는 패터슨 선생님이 맥스의 대답을 기다리고 있다는 것을 금세 알아차린다. 이것은 대화 중에 흔히 일어나는 상황이다. 하지만 맥스는 이 정적의 의미를 알아차리지 못한다. 누군가가 자신에게 말을 하다가 멈추면, 맥스는 그저 가만히 기다린다. 자신이 반응을 보일 차례라는 것을 전혀 눈치채지 못한다. 상대방이 자신에게 정확히 무언가를 묻거나 스스로 무언가 할 말이 있지 않은 한, 맥스는 그저 기다릴 뿐이다. 다른 사람들과 달리 맥스는 대화 중에 정적이 흘러도 어색해하지 않는다.

마침내 패터슨 선생님이 다시 말한다.

"고맙다, 맥스. 너는 정말로 똑똑하고 사랑스러운 아이야."

패터슨 선생님이 거짓말을 한 것은 아니다. 선생님은 정말 맥스를 똑똑하고 사랑스러운 아이라고 생각한다. 하지만 나는 아기를 대하는 듯한 패터슨 선생님의 말투가 마음에 들지 않는다. 몇몇 사람들이 맥스에게 나에 대해 물어볼 때도 바로 그런 말투로 말한다. 패터슨 선생님의 말이 거짓처럼 들리는 이유는 진심인 것처럼 들리게 말하려고 애쓰기 때문이다.

아무튼 나는 패터슨 선생님이 여러모로 마음에 안 든다.

"오늘 패터슨 선생님하고 어디 갔었어?"

나는 맥스에게 묻는다.

"말해 줄 수 없어. 비밀로 하기로 약속했거든."

"하지만 지금까지 너와 나 사이에 비밀 같은 건 없었잖아?"

맥스가 이를 드러내고 씨익 웃는다. 엄밀히 말해 미소라고는 할 수 없지만 맥스에게는 미소에 가까운 표정이다.

"이전에는 나한테 비밀로 해 달라고 부탁한 사람이 아무도 없었어. 그러니까 이번이 내 첫 번째 비밀이야."

"못된 비밀이야?"

내가 묻는다.

"그게 무슨 뜻이야?"

"맥스 네가 무언가 나쁜 짓을 했느냐는 말이야. 혹시 패터슨 선생님이 나쁜 짓을 한 거 아니야?"

"아니야."

나는 잠시 생각하다가 다시 묻는다.

"누군가를 도와줬어?"

"그렇다고 할 수도 있지만, 어쨌든 비밀이야."

맥스가 또다시 씨익 웃더니 눈을 크게 뜨고 한마디 덧붙인다.

"더 이상 자세한 이야기는 해 줄 수 없어."

"정말 나한테 말 안 할 거야?"

"안 할 거야. 이건 비밀이거든. 나의 첫 번째 비밀."

13

오늘 맥스는 학교에 가지 않았다. 핼러윈이기 때문이다. 맥스는 매년 핼러윈에 학교에 가지 않는다. 아이들이 핼러윈 파티 때쓰는 가면은 맥스에게 공포의 대상이다. 유치원 때 제이피라는 아이가 스파이더맨 가면을 쓰고 화장실에서 나오는 모습을 본뒤 맥스는 한동안 일시 정지 상태에 빠졌다. 학교에서 그런 모습을 보인 것은 그때가 처음이어서, 선생님도 어쩔 줄 모르고 당황했다. 나는 교사라는 직업을 가진 사람도 두려움에 떨 수 있다는 사실을 그때 처음 알았다.

1학년 핼러윈 때 맥스의 엄마 아빠는 맥스가 그 문제에서 벗어났기를 바라면서 아들을 학교에 보냈다. 그 문제에서 벗어났기를 바란다는 것은 곧 그들이 마땅한 해결책을 찾지 못했다는 뜻이었다. 그들은 맥스가 키도 많이 자라고 운동화 사이즈도 커진 만큼 상황이 달라졌기를 바라는 것밖에 달리 할 수 있는 일이 없었다.

하지만 한 아이가 가면을 쓴 순간, 맥스는 곧 다시 그 증세를 보였다.

결국 맥스는 지난해부터 핼러윈에는 학교에 가지 않았다. 오늘도 마찬가지다. 맥스 아빠도 출근하지 않고 집에서 맥스와 함께 시간을 보내기로 했다. 상사에게는 전화를 걸어 몸이 아프다고 말했다. 어른들은 반드시 아프지 않아도 아프다고 말할 수 있나 보다. 하지만 어린아이가 학교에 가지 않고 집에서 쉬고 싶을 때는 반드시 아파야 한다.

아니면 핼러윈 가면을 무서워하든지.

우리는 지금 베를린 턴파이크 거리에 있는 팬케이크 가게에 가고 있다. 맥스는 그곳을 좋아한다. 그 가게는 맥스가 좋아하는 식당 네 곳 가운데 하나다. 아니, 맥스가 무언가를 먹을 수 있는 식당은 그 네 곳이 전부다.

〈맥스가 좋아하는 식당 목록〉

1. 인터내셔널 팬케이크 하우스

2. 웬디스 (맥스는 버거킹 햄버거는 더 이상 먹지 못한다. 언젠가 아빠에게서 피쉬버거를 먹다가 가시를 발견한 손님 이야기를 들은 뒤, 아빠가 일하는 버거킹에서 만드는 햄버거에는 모두 가시가 들어 있을 거라는 걱정이 들어서다.)

3. 맥스 버거(실제로 주변에는 맥스라는 이름이 붙은 식당이 많다. 맥스는 맥스 피쉬, 맥스 다운타운 등 자신과 같은 이름을 가진 식당이 있다는 사실을 신기하게 생각한다. 맥스의 엄마 아

111

빠가 맥스를 처음 데려간 곳은 맥스 버거였다. 그래서 지금은 그곳이 맥스가 음식을 먹을 수 있는 유일한 식당이다.)

4. 코너 퍼그

맥스는 위의 네 곳을 뺀 다른 식당에서는 음식을 전혀 먹지 못한다. 심지어 일시 정지 상태에 빠질 때도 있다. 그 이유는 설명하기 힘들다. 맥스에게는 베를린 턴파이크 거리의 팬케이크 가게에서 파는 팬케이크만이 진짜 팬케이크다. 길 건너 식당에서 파는 팬케이크는 진짜 팬케이크가 아니다. 두 가게에서 파는 팬케이크가 겉모양은 물론 맛까지 똑같다고 해도, 맥스에게는 서로 완전히 다른 음식이다. 맥스는 길 건너 가게에서 파는 팬케이크가 팬케이크일지는 몰라도 자신의 팬케이크는 아니라고 말할 것이다.

앞서 말했다시피 그 이유는 설명하기 힘들다.

맥스 아빠가 묻는다.

"맥스, 오늘은 블루베리가 들어간 팬케이크를 먹어 보지 그러냐?"

"싫어요."

"알았다. 그럼 다음번에 먹지, 뭐."

"싫어요."

우리는 한동안 조용히 앉아 음식이 나오기를 기다린다. 맥스 아빠는 음식을 이미 주문하고도 계속 메뉴를 뒤적거린다. 맥스와 아빠가 주문을 마쳤을 때, 여자 종업원은 메뉴를 시럽 병 뒤에 끼워 두었다. 하지만 종업원이 자리를 떠나자마자, 아빠는 메뉴를 다시 꺼내 들었다. 그는 할 말이 없어 어색할 때 무언가를 들여다보기를 좋아하는 것 같다.

맥스는 나와 눈싸움을 벌인다. 눈싸움은 우리가 자주 하는 게임이다.

첫 번째 판에서는 맥스가 이긴다. 나는 여자 종업원이 오렌지 주스 잔을 바닥에 떨어뜨렸을 때 그만 정신이 흐트러졌다.

우리가 두 번째 판을 시작했을 때, 맥스 아빠가 느닷없이 묻는다.

"오늘 학교에 안 가서 기분 좋아?"

아빠의 목소리에 놀란 내가 그만 눈을 깜박거린다. 맥스가 또다시 이긴 것이다.

"네."

맥스가 대답한다.

"다른 아이들처럼 오늘 밤에 '사탕 안 주면 장난칠 거야' 놀이 해 보고 싶지 않아?"

"싫어요."

"가면은 안 써도 돼. 네가 원하지 않으면 분장을 전혀 하지 않아도 된다고."

"싫어요."

맥스 아빠는 이따금 맥스와 이야기를 나누다가 슬픔에 잠긴다. 슬픔은 그의 눈빛과 목소리에서 느껴진다. 맥스와의 대화가 길어질수록 상황은 더 악화된다. 어깨가 축 처지고, 깊은 한숨이 새어 나온다. 아래턱이 가슴에 닿을 정도로 고개를 푹 숙이기도한다. 맥스 아빠는 아들이 계속 단답형으로 대답하는 것을 모두자기 탓으로 생각하는 것 같다. 맥스가 아빠와 길게 대화하기를 싫어하는 이유가 자신 때문이라고 여기는 것이다. 하지만 맥스는 상대가 누구든 특별히 할 말이 없으면 말하지 않는다. 그러므로 맥스에게 '네' 또는 '아니요'로 대답할 수 있는 질문을 하면, 얻을 수 있는 답은 '네' 또는 '아니요'뿐이다.

맥스는 수다를 어떻게 떠는 것인지 모른다.

정확히 말해, 맥스는 수다를 어떻게 떠는 것인지 알고 싶어하지 않는다.

또다시 정적이 우리를 감싼다. 맥스 아빠는 메뉴를 들여다보고 있다.

상상 친구 하나가 식당에 들어선다. 주근깨투성이 빨간 머리 소녀와 그 아이의 부모를 따라 들어온 녀석은 나와 많이 비슷하다. 노란색 피부만 빼면 거의 사람에 가까운 모습이다. 녀석의 피부는 약간 노리끼리한 정도가 아니라 그야말로 샛노란 색이다. 눈썹도 없지만 이는 상상 친구들에게 흔한 일이다. 이 두 가지 점만 빼면, 녀석은 평범한 인간으로 착각할 수도 있을 만큼 완벽하다. 물론 녀석을 볼 수 있는 것은 나와 빨간 머리 여자아이뿐이지만.

내가 맥스에게 말한다.

"주방 좀 둘러보고 올게. 깨끗한지 지저분한지 확인해야겠어."

나는 혼자 돌아다니고 싶을 때 맥스에게 이런 핑계를 자주 댄다. 주변의 위생 상태에 민감한 맥스는 내가 대신 확인해 주는 것을 좋아한다.

맥스가 손가락으로 테이블 위에 어떤 무늬를 계속 그리면서 고개를 끄덕인다.

나는 빨간 머리 소녀 옆에 앉아 있는 노란 소년을 향해 다가간다. 그들의 테이블은 식당 한쪽 구석에 있어서 맥스가 있는 곳에서는 보이지 않는다.

"안녕? 나는 부도라고 해. 잠깐 얘기 좀 할 수 있을까?"

노란 소년은 나를 보고 화들짝 놀라 하마터면 의자 뒤로 넘어갈 뻔한다. 이런 경우는 흔히 있다.

"너, 내가 보여?"

노란 소년이 여자애 같은 목소리로 묻는다. 상상 친구들의 목소리는 보통 이렇게 약하고 가녀린 편이다. 대개 어린아이들은 목소리가 굵고 낮은 친구는 상상도 못 하는 것 같다. 아마도 자기 목소리를 기준으로 상상하기 때문일 것이다.

"응. 잘 보여. 나도 너와 똑같은 처지니까."

"그게 정말이야?"

"그렇다니까."

나는 '상상 친구'라는 표현을 잘 쓰지 않는다. 상상 친구들이 모두 이 표현을 아는 것은 아니기 때문이다. 심지어 '상상 친구'라는 말을 처음 듣고 무서워하는 녀석들도 있다.

"너 지금 누구하고 얘기하는 거야?"

빨간 머리 여자아이가 묻는다. 서너 살쯤 돼 보이는 아이는 노란 소년과 나의 대화를 얼핏 들은 모양이다.

순간 노란 소년의 눈빛에 당황한 기색이 스친다. 어떻게 대답해야 할지 몰라 당황한 것 같다. 내가 재빨리 일러 준다.

"그냥 혼잣말을 한 거라고 말해."

노란 소년이 고개를 끄덕이고 말한다.

"미안해, 알렉시스. 나 혼자 중얼거린 거였어."

나는 노란 소년에게 묻는다.

"지금 일어나서 어딘가로 가도 돼? 그렇게 할 수 있어?"

그러자 노란 소년이 알렉시스에게 말한다.

"나 화장실에 가야 해."

"알았어."

그때 알렉시스의 맞은편에 앉은 여자가 묻는다.

"뭘 알았다는 거니?"

보나마나 알렉시스의 엄마가 분명하다. 여자는 알렉시스와 무척 많이 닮았다. 빨간 머리도 똑같고 주근깨는 두 배쯤 더 많다.

"조조가 쉬해야 한다고 해서 알았다고 한 거야."

알렉시스가 대답한다. 그러자 이번에는 알렉시스의 아빠가 말한다.

"아, 조조가 쉬야를 하러 가나 보구나. 그렇지?"

알렉시스의 아빠는 어린애 같은 말투를 쓴다. 벌써 마음에 안 든다.

"따라와."

나는 조조를 데리고 주방을 지나 계단을 통해 지하로 내려간다.

이 식당 지하는 이미 와 본 곳이다. 맥스가 음식을 먹을 수 있는 식당은 단 네 곳뿐이고, 그중 우리가 들어가 본 식당은 세 군데다. 그러므로 식당 구석구석의 구조를 익히는 것은 전혀 어렵지 않다. 지하실 오른쪽에는 대형 냉동고가 있고, 왼쪽에는 창고가 있다. 말이 창고지, 실제 방은 아니고 철조망으로 담장을 둘러친 공간일 뿐이다. 담장은 바닥에서 시작해 천장까지 이어져 있다. 나는 철조망 문을 통과해 창고 안쪽에 쌓여 있는 상자에 걸터앉는다.

조조가 말한다.

"우아! 어떻게 그런 것까지 할 수 있어?"

"닫힌 문을 통과하는 거? 넌 못해?"

"난 어떻게 하는 건지 몰라."

"네게 그런 능력이 있었다면 아마 저절로 알았을 거야. 하지만 그런 건 못해도 괜찮아."

나는 다시 문을 통과해 창고 밖으로 나간다. 그러고는 계단 옆 구석에 놓인 플라스틱 통 위에 앉는다. 조조가 창고 앞에 서서 철조망을 자세히 살펴본다. 그러더니 감전이라도 될까 봐 두려운 듯 조심스럽게 천천히 철조망을 향해 손을 뻗는다. 녀석의 손이 철조망 앞에서 멈춘다. 조조를 철조망 안으로 들어가지 못하게 가로막는 것은 철조망 자체가 아니라 철조망이라는 관념이다.

나는 이런 상황에 익숙하다. 내가 바닥을 뚫고 아래로 추락하지 않는 것도 마찬가지 이유에서다. 나는 걸을 때 발자국을 남기지 않는데, 그 이유는 발바닥이 실제로 땅바닥에 닿지 않기 때문이다. 내 발은 바닥이라는 개념을 밟고 걷는 것이다.

바닥 같은 것들은 상상 친구들이 통과하기에는 너무 강한 존재다. 상상 친구가 바닥을 뚫고 아래로 사라질 거라고 상상하는 아이들은 하나도 없다. 어린아이에게 바닥이란 너무 강하고 어떤 일이 있어도 꿈쩍하지 않는 대상이다. 마치 벽처럼 말이다.

우리에게는 다행스러운 일이다.

내가 플라스틱 들통을 가리키며 말한다.

"거기 앉아."

조조는 순순히 내 말에 따른다.

"내 이름은 부도야. 나 때문에 무서웠다면 미안해."

"괜찮아. 그런데 넌 진짜 사람 같다."

"나도 알아."

나는 뜻하지 않게 상상 친구들에게 겁을 준 적이 많다. 진짜 사람처럼 생긴 내가 자신들에게 말을 걸면 화들짝 놀라는 것이다. 보통 상상 친구들은 피부가 노랗거나 눈썹이 없기 때문에 사람이 아니라는 것을 쉽게 알아볼 수 있다.

상상 친구들은 대부분 인간과는 전혀 거리가 멀게 생겼다.

하지만 나는 다르다. 내 외모는 인간과 거의 비슷하다. 그래서 조금 무서워 보일 수도 있다. 진짜 인간 같아서.

조조가 말한다.

"어떻게 된 건지 말해 줄 수 있어?"

"너는 어디까지 알고 있는데? 그걸 말해 주면 네가 모르는 부분을 내가 알려 줄게."

이것이 처음 만난 상상 친구와 대화를 이어 갈 수 있는 가장 좋은 방법이다.

조조가 고개를 끄덕이며 말한다.

"알았어. 그런데 무슨 말을 해야 하지?"

"네가 세상에 나온 게 언제야?"

"나도 몰라. 꽤 된 것 같아."

"며칠이 넘어?"

"그럼."

"그럼 몇 주도 넘어?"

조조는 잠시 생각에 잠겼다가 대답한다.

"잘 모르겠어."

"좋아. 그럼 몇 주쯤 된다고 치자. 네가 무엇인지 말해 준 사람이 있어?"

"엄마 말로는 내가 알렉시스의 상상 친구래. 그런데 알렉시스에게는 그런 말을 안 하셨어. 엄마가 아빠에게 그렇게 말하는 걸 내가 들은 거야."

웃음이 피식 나온다. 상상 친구들은 대부분 인간 친구의 부모를 자신의 부모로 생각한다.

"좋아. 그럼 너도 이미 알고 있는 거네. 너는 상상 친구야. 너를 볼 수 있는 사람은 알렉시스와 다른 상상 친구들뿐이지."

"너도 나와 똑같아?"

"응."

조조가 내게 얼굴을 바짝 들이대며 묻는다.

"그럼 우리가 실제로 존재하지 않는다는 뜻이야?"

"아니. 실제로 존재하지 않는 게 아니라, 좀 다른 개념으로 존

120

재할 뿐이야. 어른들은 이해할 수 없는 개념이라서 그저 우리를 상상 존재로 생각해 버리는 거지."

"그럼 왜 너는 담장을 통과할 수 있는데 나는 못하는 거야?"

"우리는 각자의 인간 친구가 상상한 것만 할 수 있어. 내가 이런 모습인 것도, 문을 마음대로 통과할 수 있는 것도 모두 내 친구가 그렇게 상상했기 때문이야. 알렉시스는 너를 노란색 피부에다 닫힌 문을 통과하지 못하는 아이로 상상한 거고."

"아하."

조조가 말한 "아하."는 곧 '네가 방금 엄청난 사실을 내게 알려 줬다'는 뜻인 것 같다.

내가 말한다.

"아까 네가 화장실에 가야 한다고 했잖아. 너 정말 화장실에 가니?"

"아니. 그건 그저 내가 주변을 돌아보고 싶을 때 알렉시스에게 둘러대는 핑계야."

"나도 진작 그런 생각을 하는 건데 아깝다."

"상상 친구들 가운데 정말 화장실에 가는 애도 있어?"

나는 조조의 질문에 웃음을 터뜨린다.

"그런 애는 아직 한 번도 못 만나 봤어."

"아하."

문득 맥스가 내가 어디에 있는지 궁금해할 것 같다는 생각이

든다. 나는 도도에게 말한다.

"이제 그만 알렉시스에게 돌아가야 할 것 같은데?"

"뭐? 아, 그래. 우리 다시 만날 수 있을까?"

"아마 못 만날 거야. 넌 어디 사니?"

"나도 몰라. 녹색 지붕 집이라는 것밖에."

"그럼 네가 사는 집 주소부터 정확히 알아 두어야 해. 혹시라도 길을 잃어버릴지 모르니까. 게다가 넌 문을 통과할 수도 없잖아."

"그게 무슨 말이야?"

조조가 걱정스러운 표정으로 묻는다. 그럴 만도 하다.

"너는 길을 갈 때 너 혼자 뒤처지지 않도록 특별히 조심해야 해. 차를 탈 때는 문이 열리자마자 재빨리 타야지, 그렇지 않으면 너를 남겨 두고 가 버릴지도 몰라."

"알렉시스는 그럴 리 없어."

"알렉시스는 어린 꼬마일 뿐이야. 집안의 대장이 아니라고. 대장은 그 애의 부모인데, 그들은 너를 실제로 존재한다고 생각하지 않아. 그러니 너 스스로 몸조심해야지. 안 그래?"

"알았어."

조조가 대답한다. 그러고는 힘없는 목소리로 한마디 덧붙인다.

"너를 다시 만날 수 있다면 좋을 텐데……."

"맥스와 나는 이 식당에 자주 와. 그러니까 여기서 너를 다시 만날 수 있을지도 몰라. 안 그래?"

"그래, 그럴지도……."

조조의 목소리는 더욱 가냘프게 들린다.

나는 자리에서 일어나 맥스에게 돌아갈 준비를 한다. 하지만 조조는 여전히 꿈쩍도 하지 않는다.

"부도, 내 엄마와 아빠는 어디 있어?"

조조가 뜬금없이 묻는다.

"뭐라고?"

"내 엄마 아빠 말이야. 알렉시스에게는 엄마와 아빠가 있는데, 나는 없잖아. 알렉시스 말로는 그분들이 내 부모님이기도 하대. 하지만 그분들은 나를 보지도, 내 목소리를 듣지도 못해. 내 엄마 아빠는 어디 있을까? 나를 볼 수 있는 내 진짜 부모님 말이야."

"우리에겐 부모님이 없어."

나는 조조에게 좀 더 듣기 좋은 말을 해 주고 싶지만, 그럴 수가 없다. 내 대답을 들은 조조의 표정이 슬퍼 보인다. 그럴 만도 하다. 그 말을 한 나 역시 슬프니까. 내가 다시 말한다.

"그러니까 너 스스로 몸조심해야 한다는 거야."

"알았어."

조조는 여전히 자리에서 일어나지 않는다. 들통 위에 앉아 자기 발만 내려다볼 뿐이다.

"이제 그만 가야 해. 응?"

"알았어."

마침내 조조가 일어서서 말한다.

"부도, 네가 무척 보고 싶을 것 같아."

"나도 그래, 조조."

정확히 밤 9시 28분에 맥스가 비명을 지르기 시작한다. 내가 정확한 시각을 아는 것은 9시 30분이 되기만을 기다리며 계속 시계를 보고 있었기 때문이다. 9시 30분이 되면 맥스의 엄마 아빠가 내가 가장 좋아하는 드라마를 방영하는 채널로 바꿀 것이다.

맥스가 왜 비명을 지르는지는 나도 모르겠다. 하지만 예삿일이 아닌 것만은 분명하다. 무서운 꿈을 꾸었다거나 침대 주변에서 거미를 발견한 건 아닌 듯하다. 이 소리는 평범한 비명이 아니다. 엄마와 아빠가 아무리 빨리 방으로 달려와도, 맥스는 일시 정지 상태에 빠질 것이다.

또 다른 소리가 들린다.

딱. 딱. 딱. 집 앞쪽에서 무언가가 부딪치는 소리가 난다. 건물 외벽을 때리는 소리다. 그 소리는 맥스가 비명을 지르기 시작하기 직전부터 났던 것 같다. 텔레비전에서는 시끄러운 광고가 흘러나오고 있다.

딱. 딱. 또다시 벽을 때리는 소리가 나는가 싶더니 곧이어 와 장창 유리 깨지는 소리가 난다. 창문이 깨진 건가? 맞다. 맥스의 방 창문이 깨진 것이 분명하다. 보지 않고 어떻게 알 수 있는지는 모르지만, 아무튼 틀림없다. 맥스의 엄마 아빠는 이미 2층으로 뛰어 올라갔다. 맥스의 방을 향해 급히 뛰어가는 그들의 발소리가 들린다.

나는 푹신한 의자에 그대로 앉아 있다. 잠시 정신이 나간 듯하다. 맥스와 똑같지는 않지만, 느닷없이 벽을 때리는 소리와 유리창 깨지는 소리에 한동안 옴짝달싹할 수 없다. 머릿속이 멍해서 무엇을 어떻게 해야 할지 모르겠다.

맥스의 말에 따르면 훌륭한 군인은 스트레스를 잘 견뎌야 한다고 한다. 나는 스트레스를 잘 견디지 못한다. 아니, 전혀 못 견딘다. 머리를 한 대 얻어맞은 듯 아무 생각도 나지 않는다.

마침내 내가 해야 할 일이 생각난다.

나는 벌떡 일어나 현관으로 향한다. 그리고 문을 통과해 집 밖으로 나간다. 때마침 한 소년이 길 건너편 집 모퉁이로 사라지는 모습이 보인다. 그 집은 타일러 씨 집이다. 타일러 씨 부부는 나이가 꽤 많아서 저렇게 어린 아들이 있을 리 없다. 즉, 방금 본 소년은 타일러 씨 집 뒷마당을 탈출구로 이용한 것이다. 나는 잠시 소년을 뒤쫓아 갈까 고민하다가 곧 마음을 바꾼다. 그럴 필요가 없어졌기 때문이다.

나는 그 소년이 누군지 안다.

녀석을 뒤쫓아 가 봤자 내가 할 수 있는 일은 아무것도 없다.

나는 돌아서서 맥스의 집을 바라본다. 예상과 달리 벽에 구멍이 뚫려 있지는 않다. 큰 불은커녕 불꽃조차 보이지 않는다. 벽을 때린 것은 달걀이었다. 달걀 껍데기와 노른자가 맥스의 방 창문 주위에 줄줄 흐르고, 유리창은 깨진 상태다. 창문 일부가 사라진 것이다.

맥스의 비명은 더 이상 들려오지 않는다.

마침내 일시 정지 상태에 빠진 모양이다.

맥스는 일시 정지되면 비명을 지르지 않는다.

이럴 때 우리가 할 수 있는 일은 아무것도 없다. 누구도 도움이 되지 못한다. 맥스 엄마는 보통 맥스의 팔을 문지르거나 머리를 쓰다듬어 준다. 하지만 그런 행동은 맥스 엄마 자신의 기분을 조금 나아지게 할 뿐이다. 맥스는 엄마의 행동을 알아차리지도 못한다. 때가 되면 맥스 스스로 일시 정지 상태에서 벗어난다. 맥스 엄마는 이번에 맥스가 유독 심각한 증세를 보일까 봐 걱정하지만, 일시 정지 상태의 정도는 늘 똑같다. 맥스는 그저 한동안 정지될 뿐이다. 달라지는 것은 그 상태가 지속되는 시간뿐이다. 자다가 난데없이 창문이 깨져서 침대 위로 유리 조각이 쏟아지는 상황은 맥스에게 처음 겪는 충격일 것이다. 그러므로 이번에는 일시 정지 상태가 꽤 오랫동안 이어질 것 같다.

맥스는 일시 정지되면 우선 두 무릎을 가슴 쪽으로 당겨 꽉 끌어안는다. 그러고는 몸을 앞뒤로 흔들면서 낑낑대는 소리를 낸다. 눈은 뜨고 있지만 초점이 없다. 소리도 전혀 듣지 못한다. 일시 정지되면 주변 사람들의 목소리가 들리기는 하지만 마치 옆집에서 흘러나오는 텔레비전 소리처럼 아득하게 들린다고 언젠가 맥스는 내게 말했다.

아마도 세상에서 사라지기 전 그레이엄의 목소리와 비슷하게 들리는 모양이다.

그렇다면 내가 맥스에게 해 줄 수 있는 말이나 도울 수 있는 일은 없다.

그래서 나는 주유소로 가기로 한다. 내가 못된 친구여서가 아니다. 그저 지금 이곳에 내가 필요하지 않기 때문이다.

그러나 나는 경찰이 나타나서 맥스의 부모에게 이런저런 질문을 퍼부을 때까지 기다린다. 텔레비전에 나오는 경찰관보다 키도 작고 비쩍 마른 경찰관이 사진기로 집 주변 곳곳을 찍는다. 창문과 맥스의 방도 사진에 담는다. 그러고는 조그만 수첩에 모든 상황을 꼼꼼히 기록한다. 경찰관은 맥스의 엄마 아빠에게 누군가가 우리 집에 달걀을 던질 만한 이유가 있느냐고 묻는다. 그들은 물론 없다고 대답한다.

맥스 아빠가 말한다.

"오늘이 핼러윈이잖습니까? 다른 집들도 달걀 공격을 꽤 당하지 않았어요?"

몸집이 왜소한 경찰관이 고개를 가로젓는다.

"날아온 돌멩이에 맞아 창문이 깨진 집은 한 곳도 없습니다. 제가 보기엔 달걀을 던진 사람이 특별히 댁의 아드님 방 창문을 노린 것 같군요."

그러자 맥스 엄마가 경찰관에게 묻는다.

"그 방이 우리 맥스 방이라는 걸 어떻게 알았을까요?"

"창문에 '스타워즈' 관련 사진이 잔뜩 붙어 있었다고 사모님이 직접 말씀하시지 않았습니까? 기억 안 나세요?"

"아 참, 그랬죠."

나도 그 질문에 대한 답은 알고 있었다.

몸집이 작은 경찰관이 다시 묻는다.

"맥스 군이 학교에서 누군가와 사이가 안 좋은가요?"

"아니, 전혀요."

맥스 아빠가 아내가 먼저 대답할세라 재빨리 말한다. 마치 아내가 경찰에게 무언가 말할까 봐 두려워하는 것 같다.

"우리 맥스는 학교생활을 아주 잘하고 있습니다. 아무 문제도 없어요."

물론 맥스의 학교생활에는 아무 문제가 없다. 교내에서 가장 심술궂기로 유명한 녀석의 머리에 똥을 쌌다는 것만 빼면 아무 일도 없다.

14

맥스의 집에서 여섯 블록 떨어진 거리 끝에 있는 주유소는 24시간 운영된다. 슈퍼마켓이나 멀리 떨어진 곳에 있는 다른 주유소와 달리 늦은 밤에도 문이 열려 있다. 내가 그 주유소를 좋아하는 이유도 바로 그 때문이다. 한밤중 밖에 나가도 여전히 깨어 있는 사람들을 볼 수 있다. 내가 세상에서 가장 좋아하는 장소를 꼽자면, 일 등은 단연 고스크 선생님의 교실이다. 하지만 주유소도 이 등은 된다.

오늘 밤 주유소의 야간 근무자는 샐리와 디다. 샐리는 보통 여자 이름이지만, 이 샐리는 남자다.

갑자기 남자 이름을 가진 내 여자 친구, 그레이엄이 생각난다.

언젠가 나는 맥스에게 부도라는 이름이 보통 남자 이름이냐고 물어보았다. 맥스는 그렇다고 대답했다. 하지만 대답할 때 눈썹이 일그러지는 것으로 보아 맥스도 확신하지는 못하는 듯했다.

샐리는 오늘 밤 우리 집에 왔던 경찰관보다 훨씬 더 작고 빼빼 말랐다. 어른이지만 몸집은 어린애나 다름없다. 아마도 그의 진짜 이름은 샐리가 아닐 것이다. 샐리는 사람들이 보통 여자애들보다 몸집이 더 작은 그를 놀리려고 붙인 이름일 수도 있다.

디는 각종 초콜릿바와 트윙키(달콤한 설탕 크림이 든 스낵용 케이크. 저렴한 가격에 유통기간이 길다는 것이 특징이며, 미국인의 국민 간식으로 불릴 만큼 인기가 많다./ 옮긴이)가 놓인 진열대 앞에서 상품을 선반에 채워 넣고 있다. 사람들은 조그마한 노란색 케이크인 트윙키를 비웃으면서도 엄청나게 사 먹는다. 그래서 디는 항상 트윙키를 진열대에 가득 채워 놓는다. 뽀글뽀글한 파마머리를 한 디는 볼 때마다 껌을 씹고 있는데 그 모습이 무척 특이하다. 원래 껌은 이로 씹는 것이다. 하지만 디는 온몸으로 껌을 씹듯 몸 전체를 들썩거린다. 디는 언제나 기분이 좋은 것 같으면서도 동시에 화를 낸다. 특별할 것도 없는 온갖 자질구레한 일에 화를 낸다. 그런데 버럭 소리 지를 때도 신기하게 얼굴은 생글생글 웃고 있다. 디는 소리 지르기와 불평하기를 좋아한다. 누군가에게 소리 지르고 투덜거리면서 행복감을 느끼는 것 같다.

나는 그런 디가 재미있어서 좋다. 내게 맥스 외에 대화를 나누고 싶은 사람들을 꼽아 보라면, 아마 고스크 선생님이 일 등일 것이다. 하지만 디 역시 내가 이야기를 나눠 보고 싶은 사람이다.

샐리는 계산대 뒤에서 서류철을 들고 위쪽에 쌓인 담배 상자 개수를 세는 척하고 있다. 하지만 실제 눈길은 그 뒤에 있는 작은 텔레비전을 향해 있다. 샐리는 항상 이런 식이다. 화면에는 드라마의 한 장면이 나오고 있다. 무슨 드라마인지는 모르겠지만, 드라마가 대개 다 그렇듯 경찰관이 등장한다.

주유소에 딸린 편의점에는 샐리와 디 외에 남자 손님이 한 명 있다. 그는 가게 안쪽 냉장고 앞에서 어슬렁거리며 유리문 너머로 주스 또는 청량음료를 고르고 있다. 나이가 꽤 들어 보이는 사내는 단골손님은 아니다. 단골손님이란 주유소에 자주 오는 사람을 말한다.

그중에는 매일같이 오는 사람들도 있다.

디와 샐리는 단골손님을 싫어하지 않는다. 하지만 가끔 야간 근무를 하는 도로시는 단골손님이라면 질색한다. 그러면서 이렇게 투덜거린다. "세상에 그런 백수건달들이 시간을 보낼 만한 곳은 널렸는데, 왜 하필 이 신성한 주유소에서 어슬렁거리려 하는지 모르겠다니까."

그렇게 따지만 나도 이곳의 단골손님이라고 할 수 있을 것이다. 내가 시간을 보낼 수 있는 곳은 세상에 많지만 굳이 주유소를 찾아오니 말이다.

도로시가 어떻게 생각하든 나는 이 주유소가 좋다. 내가 밤중에 맥스 곁을 떠나 혼자 돌아다니기 시작한 뒤 처음 마음 편히 있을 수 있었던 곳이 바로 이 주유소이기 때문이다.

내 마음을 편하게 해 준 사람은 디였다.

마침내 내 옆에 있는 디가 일은 안 하고 딴짓을 하고 있는 샐리를 본다.

"야, 샐리! 그만 좀 빈둥대고 어서 재고 확인이나 끝내!"

디가 버럭 소리친다. 그러자 샐리가 손을 들고 가운뎃손가락으로 디를 가리킨다. 그것은 샐리가 자주 하는 행동이다. 이전에 나는 샐리가 물어볼 것이 있어서 그러는 줄 알았다. 맥스가 고스크 선생님에게 질문할 때처럼 말이다. 내가 그레이엄을 마지막으로 봤던 날 메건도 손을 들어 올렸다. 하지만 지금 생각해 보니 샐리의 행동에는 무언가 다른 의미가 있는 듯하다. 샐리는 전혀 질문 같은 것을 할 사람으로 보이지 않으니 말이다. 이따금 디도 샐리를 향해 가운뎃손가락을 들어 올릴 때가 있다. 하지만 그럴 때 디는 "엿 먹어!"라는 말도 덧붙인다. 그것이 좋은 말이 아니라는 건 나도 이제 안다. 언젠가 시시 라몬이 제인 피버에게 학교 식당에서 그런 말을 하다가 선생님한테 들켜서 곤욕을 치르는 광경을 보았기 때문이다. 마치 두 사람이 서로를 건드리지 않고 하이파이브를 하는 것 같은 그 행동은 아마도 무례한 행동의 한 종류인 듯싶다. 누군가가 싫을 때 그 앞에서 혀를 쏙 내미는 것처럼 말이다. 샐리가 가운뎃손가락을 들어 올리는 것은 디가 짜증 나게 굴 때뿐이다. 하지만 손님이 짜증 나게 굴 때는 결코 그런 행동을 하지 않는다. 내가 보기에는 손님들이 디보다 열배 이상 짜증 나게 구는 것 같은데……. 그러니 나로서는 누군가를 향해 가운뎃손가락을 들어 올리는 행동의 의미가 무엇인지 여전히 모르겠다.

그래도 맥스에게 물어볼 수는 없다. 맥스는 내가 주유소에 온다는 걸 모르기 때문이다.

사실 샐리와 디는 서로를 무척 좋아한다. 하지만 가게 안에 손님이 있으면 두 사람은 항상 싸우는 척한다. 심각한 상황은 전혀 아니다. 맥스 엄마는 이런 것을 사랑싸움이라고 부른다. 사랑싸움이란 싸움은 싸움인데, 끝났을 때 서로를 미워하게 될 위험이 없는 싸움을 뜻한다. 샐리와 디의 경우가 바로 그렇다. 그들은 손님들 앞에서는 티격태격 싸운다. 그러나 손님이 나가면 곧다시 서로에게 다정해진다. 샐리와 디는 사람들 앞에서 연기하는 것을 좋아하는 모양이다.

맥스라면 이런 일을 절대로 이해하지 못할 것이다. 맥스는 상황에 따라 행동도 달라질 수 있다는 사실을 납득하지 못한다.

일 년 전쯤 조이가 맥스의 놀이 친구를 해 주러 집에 찾아왔다. 맥스 엄마는 두 아이에게 물었다.

"얘들아, 비디오 게임 하면서 놀래?"

그러자 맥스가 말했다.

"맥스는 저녁 먹기 전까지는 비디오 게임을 할 수 없어."

"아니야, 맥스. 괜찮아. 조이가 집에 놀러 왔잖아. 오늘은 해도 돼."

"비디오 게임은 저녁을 먹은 뒤에 해야 해. 딱 삼십 분 동안만."

"괜찮아, 맥스. 오늘은 친구가 왔으니까 약속을 안 지켜도 돼."

"맥스는 저녁 먹기 전까지 비디오 게임을 할 수 없어."

맥스와 엄마가 이렇게 계속 옥신각신하자 보다 못한 조이가 말했다.

"괜찮아. 우리 밖에 나가서 캐치볼이나 하자."

그날을 끝으로 맥스와 놀기 위해 집에 찾아오는 친구는 아무도 없었다.

손님이 나가자 샐리와 디는 다시 다정해진다. 샐리가 묻는다.

"어머니는 좀 어떠셔?"

샐리는 다시 담배 상자를 세기 시작한다. 아마도 텔레비전에서 광고가 흘러나오고 있기 때문일 것이다.

"괜찮으셔. 하지만 우리 외삼촌은 당뇨병 때문에 발을 절단하셨어. 그래서 엄마도 그래야 하는 게 아닌지 걱정돼."

디가 말한다.

"뭐? 발을 왜 잘라야 하는데?"

샐리가 눈을 휘둥그렇게 뜨고 묻는다.

"혈액 순환이 안 돼서. 엄마도 벌써 약간 그런 증세가 있어. 혈액 순환이 제대로 안 되면 발이 죽는 거나 다름없기 때문에 잘라 내야 한대.”

“젠장!”

샐리가 중얼거린다. 아무리 생각해도 디의 말이 믿기지 않는다는 듯한 말투다.

나 역시 디의 말을 믿기 힘들다.

내가 이 주유소를 좋아하는 것은 바로 이런 이유 때문이다. 여기 오기 전에는 발이 죽어서 잘라 버려야 할 수도 있다는 사실을 까맣게 몰랐다. 지금까지 나는 인간의 몸 일부가 죽으면 다 죽는 거라고 생각했다.

혈액 순환이 안 된다는 것이 무슨 뜻인지는 맥스에게 물어봐야 한다. 또 맥스에게 그런 일이 일어나지 않도록 신경 써야 할 것이다. 그리고 그들이 어떤 사람들인지도 궁금하다.

발이 잘려 나간 사람들.

샐리와 디가 계속 디의 엄마에 대한 이야기를 나누는 동안 폴리가 가게 안으로 들어선다. 월마트에서 일하는 폴리는 즉석 복권을 즐겨 산다. 나도 즉석 복권을 좋아한다. 그래서 폴리가 복권을 사러 가게에 오면 신난다. 폴리는 항상 복권을 사자마자 계산대에서 긁어 보기 때문이다. 만일 당첨이 되면, 당첨금으로 또다시 복권을 여러 장 산다.

즉석 복권은 마치 짧은 텔레비전 드라마 같다. 광고보다 더 빨리 끝나지만 재미는 훨씬 더 크다. 즉석 복권 하나하나가 모두 이야기 같다. 1달러를 내고 백만 달러를 벌 수 있는 기회를 얻는 것이니 그럴 만도 하다. 나는 잘 모르지만, 백만 달러는 엄청나게 큰돈이라고 한다. 단 한 번 긁는 것으로 폴리의 삶 전체가 바뀔 수도 있다는 뜻이다. 단 일 초 만에 어마어마한 부자가 될 수 있다. 부자가 되면 더 이상 월마트에서 일하지 않아도 되고, 그러면 주유소에서 더 많은 시간을 보낼 수 있다. 자연히 나는 여기 올 때마다 폴리가 복권을 긁는 광경을 볼 수 있을 것이다. 그가 행운의 동전으로 복권에서 자잘한 은빛 부스러기를 벗겨 내는 광경을 그의 곁에서 구경할 수 있을 것이다.

폴리는 지금까지 5백 달러 이상 당첨된 적이 없다. 하지만 그는 5백 달러가 당첨됐을 때도 무척 행복해했다. 폴리 자신은 별일 아니라는 듯 짐짓 태연한 척했지만, 두 뺨이 발갛게 변하고 가만히 서 있지도 못할 만큼 흥분한 것이 눈에 보일 정도였다. 게다가 바지에 오줌을 싸기 직전의 유치원생처럼 다리를 배배 꼬고 손을 비벼 대기까지 했다.

앞으로 폴리는 큰 상을 받을 것이다. 그동안 복권을 그렇게 많이 샀으니, 언젠가는 반드시 백만 달러에 당첨되어야만 한다.

그나저나 내가 주유소에 없을 때 당첨되면 어떡하지? 그 기쁜 소식을 나중에 디나 샐리를 통해 알게 될까 봐 걱정이다.

폴리는 백만 달러에 당첨되기만 하면 다시는 자신을 볼 수 없을 거라고 말한다. 하지만 나는 그 말을 믿지 않는다. 폴리에게는 이 주유소보다 더 기분 좋은 장소가 없을 것이다. 그렇지 않다면 왜 매일 밤 여기 오겠는가? 폴리에게는 샐리와 디, 심지어 도로시도 소중한 친구일 것이다. 샐리와 디, 도로시는 그 사실을 모를지도 모르지만.

그러나 디는 알고 있는 게 분명하다. 그녀가 폴리에게 말하는 모습을 보면 알 수 있다. 물론 디가 폴리와 친구가 되고 싶어 하는 것 같지는 않다. 하지만 디는 폴리의 친구가 되어야만 한다. 디 자신이 아닌 폴리를 위해서 말이다.

내가 디를 세상에서 가장 좋아하는 이유도 이 때문이다. 물론 맥스와 맥스의 엄마 아빠, 고스크 선생님을 빼고 생각했을 때 그렇다는 말이다.

폴리가 즉석 복권을 열 장째 긁는다. 이번에도 당첨은 되지 않는다. 이제 폴리에게는 더 이상 복권을 살 돈이 없다. 폴리가 머쓱한 표정으로 말한다.

"내일이 봉급날이라서 말이야. 지금은 주머니 사정이 조금 좋지 않네."

폴리는 공짜 커피를 달라는 말을 이런 식으로 돌려서 한다. 디가 그에게 컵을 가져오라고 말한다. 폴리는 계산대 근처에 서서 샐리와 함께 텔레비전을 보며 천천히 커피를 마신다. 샐리는 더 이상 담배 상자를 세는 척하지 않는다. 벌써 10시 51분이다. 드라마는 거의 끝날 때가 다 돼 간다. 지금이야말로 텔레비전 드라마에서 가장 놓치기 아까운 시간대다. 드라마가 시작되고 처음 십 분 동안은 안 봐도 상관없다. 하지만 마지막 십 분은 절대 놓쳐선 안 된다. 드라마 내용상 흥미진진한 장면은 죄다 그 십 분 동안 나오기 때문이다.

디가 버럭 소리친다.

"그 빌어먹을 텔레비전 좀 꺼! 안 그러면 사장님께 아예 치워 버리라고 말씀드릴 테니 알아서 해!"

샐리가 화면에서 눈을 떼지 못한 채 말한다.

"딱 오 분만! 오 분 뒤에 확실히 끌게. 약속해."

폴리도 한마디 거든다.

"야박하게 굴지 말고 좀 봐줘!"

드라마는 똑똑한 경찰관이 스스로 똑똑하다고 생각하는 나쁜 놈을 잡는 것으로 끝난다. 샐리가 곧장 담배 상자를 세기 시작한다. 폴리는 커피를 다 마신 뒤 다른 손님 두 명이 가게에서 나갈 때까지 기다렸다가 샐리와 디에게 손을 흔들어 작별 인사를 건넨다. 그리고 난 뒤에도 (항상 그렇지만) 이곳을 떠나고 싶지 않은 듯 가게 문 앞에서 한동안 머뭇거린다. 마침내 폴리가 내일 다시 오겠다는 말과 함께 주유소를 나선다.

언젠가는 폴리를 따라가서 그가 어디에 사는지 알아봐야겠다.

밤이 꽤 깊었다. 아이들은 대부분 잠자리에 들었을 테지만, 아직 날짜로는 핼러윈 날이다. 그래서 가면을 쓴 사람이 가게 안에 들어설 때도 나는 그리 놀라지 않는다. 머리에 빨간 플라스틱 뿔 두 개가 달린 악마 가면이다. 디는 가게 맨 안쪽에서 일회용 반창고며 아스피린, 휴대용 치약 따위를 진열대에 채워 넣고 있다. 한쪽 무릎을 꿇은 채 쪼그리고 앉아 있어서 악마 가면을 쓴 남자가 들어오는 것을 미처 보지 못한다. 샐리는 즉석 복권을 세고 있다. 악마 가면을 쓴 남자는 샐리에게서 가장 가까운 문으로 들어와 곧장 계산대로 걸어간다.

"손님, 죄송하지만 매장 내에서는 가면을 벗어 주세요. 그건……."

샐리가 말을 하다가 그만 입을 다물어 버린다. 무언가 문제가 있는 모양이다.

"죽고 싶지 않으면 당장 금전등록기에 있는 돈을 다 내놔."

악마 가면을 쓴 남자의 목소리다. 그는 권총을 들고 있다. 은빛 몸체에 손잡이만 검은색인 권총은 꽤 묵직해 보인다. 총구는 샐리의 얼굴을 정확히 겨누고 있다. 사실 나는 총알을 맞아도 상관없다. 그것을 알면서도 나는 본능적으로 몸을 웅크리고 그 자리에 주저앉는다. 더럭 겁이 난다. 악마의 목소리가 귓가에 쩌렁쩌렁 울리는 것 같다. 물론 실제로 남자는 나지막이 소리 죽여 말한다.

내가 몸을 웅크리고 주저앉을 때, 디가 치약 상자를 손에 들고 일어선다. 우리는 중간 지점에서 서로를 지나친다. 마음 같아서는 디에게 멈추라고 속삭이고 싶다. 일어나지 말고 도로 앉으라고.

"무슨 일이야?"

디가 진열대 위로 고개를 내밀고 말한다.

그때 탕 하는 소리가 난다. 엄청나게 요란한 소리에 귀청이 떨어져 나갈 것 같다. 내 입에서 짧은 외마디 비명이 튀어나온다. 너무 놀라서 나온 비명이다. 내 비명이 미처 끝나기도 전에 디가 갑자기 쓰러진다. 누군가에게 떠밀린 것처럼 감자칩이 놓인 진열대 위로 나동그라진다. 디는 쓰러지는 동시에 몸을 옆으로 돌린다. 그녀의 셔츠에 묻은 붉은 피를 본 것은 바로 그때다. 텔레비전 드라마에서 보던 것과는 완전히 다르다. 피는 셔츠만 물들인 것이 아니라 자잘한 핏방울이 되어 얼굴과 팔에까지 튀어 있다. 온몸이 새빨간 색이다. 디는 아무 말도 하지 못한다. 그저 감자칩 봉지 더미에 얼굴을 묻고 쓰러져 있을 뿐이다. 그녀가 들고 있던 작은 치약들은 주변에 어지럽게 흩어져 있다.

"이런 젠장!"

남자가 말한다. 샐리가 아니라 악마 가면을 쓴 남자다. 화난 목소리가 아니라, 겁에 질린 목소리다.

"젠장! 빌어먹을!"

남자가 또다시 소리친다. 여전히 겁에 질린 데다 눈앞에 펼쳐진 광경이 믿기지 않는 듯하다. 마치 영문도 모른 채 느닷없이 텔레비전 드라마에서 나쁜 놈 역할을 맡게 된 사람 같다.

"당장 일어나!"

남자가 다시 성난 목소리로 외친다. 나는 내게 하는 말인 줄 알고 자리에서 일어난다. 하지만 내게 한 말이 아니다. 그럼 디에게 한 말인가? 디는 감자칩 진열대에서 미끄러져 바닥에 쓰러져 있다. 하지만 당장 일어나라는 말은 디에게 한 것도 아니다. 남자는 계산대를 향해 소리치고 있다. 그러면서 계산대 너머를 살펴보려고 애쓰지만, 계산대가 너무 높아서 여의치 않다. 계산대는 받침대 위에 있어서 계단 세 개를 올라가야만 계산대 뒤쪽으로 갈 수 있다. 샐리는 계산대 너머 바닥에 납작 엎드려 있는 듯하다. 그러나 악마 가면을 쓴 남자가 있는 곳에서는 보이지 않는다.

"젠장!"

남자가 짐승처럼 으르렁거리더니 돌아서서 그대로 줄행랑을 친다. 조금 전 들어왔던 문을 열고 어둠 속으로 사라져 버린다.

나는 도망치는 남자의 뒷모습을 한동안 멀거니 바라본다. 그때 디의 목소리가 들린다. 디는 내 발 옆에 쓰러진 채 천식이 도진 코리 토퍼처럼 쉭쉭대는 소리를 내고 있다. 부릅뜬 두 눈이 내 눈을 똑바로 쳐다보고 있는 것 같다. 실제로 디는 내 눈을 볼 수 없다. 그러나 내 마음속 한구석에서 그렇지 않다고 외치고 있다. 디는 내 눈을 똑바로 보고 있다. 두려움에 떨고 있는 것 같다. 지금 상황은 텔레비전에서 보던 것과는 전혀 다르다. 새빨간 피를 눈앞에서 직접 보니 너무 무섭고 겁난다.

"디는 총알을 맞은 거야."

내가 나 자신에게 설명한다. 그러고 나자 어쩐지 기분이 아주 조금 나아지는 것 같다. 죽은 것보다는 총알에 맞은 것이 훨씬 더 다행이기 때문이다. 나는 목청 높여 소리친다.

"샐리!"

그러나 샐리는 내 목소리를 듣지 못한다.

나는 계산대로 달려가 계단 세 개를 올라가 계산대 뒤쪽을 확인한다. 샐리는 바닥에 누운 채 부들부들 떨고 있다. 맥스가 일시 정지됐을 때보다 훨씬 더 심하게 몸을 떤다. 처음에는 샐리도 총알을 맞은 줄 알았다. 하지만 곧 총소리를 한 번밖에 듣지 못했다는 사실이 떠올랐다.

샐리는 총알을 맞은 게 아니라 잠시 정신이 나갔을 뿐이다. 샐리가 당장 구급차를 부르지 않으면, 디는 저대로 죽을 것이다. 하지만 지금 샐리는 정신이 나간 상태다.

나는 샐리에게 소리친다.

"일어나! 빨리! 당장 일어나라고!"

샐리에게는 아무 소리도 들리지 않는 듯하다. 맥스가 정신이 나갔을 때와 똑같이 몸을 동그랗게 웅크린 채 부들부들 떨고 있다. 샐리가 이렇게 꿈쩍도 하지 않고 있고, 나는 지켜보는 것밖에 아무 일도 할 수 없으니 디는 결국 죽을 것이다. 이 넓은 세상에서 내가 가장 좋아하는 사람 중 한 명이 피를 흘리고 있는데, 나는 아무것도 할 수가 없다.

그때 계산대에서 가장 가까운 문이 벌컥 열린다. 악마가 돌아온 모양이다. 하지만 내가 고개를 돌렸을 때 나를 기다리고 있는 것은 총과 뾰족한 뿔이 아니다. 가게에 나타난 것은 악마가 아닌 또 다른 단골손님 뚱보 댄이다. 댄은 폴리만큼 멋지진 않지만 폴리보다 정상적이다. 특별히 슬퍼 보이지도 않는다. 댄이 가게 안으로 들어선 순간, 나는 잠시 그가 나를 보고 있다는 착각에 빠진다. 실제로 댄은 내가 있는 쪽을 바라보고 있다. 그러나 아무도 눈에 띄지 않자 곧 당황한 표정을 짓는다. 내가 소리친다.

"댄! 디가 총알을 맞았어!"

댄이 주위를 둘러보며 중얼거린다.

"어라, 아무도 없나? 여기 아무도 없어요?"

디가 신음을 흘린다. 하지만 댄이 서 있는 곳에서는 진열대 뒤 바닥에 쓰러져 있는 디가 보이지 않는다. 제발 딘이 디의 신음 소리를 들었기를……. 그때 댄이 디가 있는 쪽을 바라보며 말한다.

"거기 누구 있어요?"

디가 또다시 신음 소리를 낸다. 갑자기 안심이 된다. 마음이 날아갈 것처럼 가볍다. 디는 아직 살아 있다! 내가 앞서 디가 총알을 맞았다고 소리친 것은 차마 디가 죽었다고 말할 순 없었기 때문이다. 그런데 이제는 정말 디가 죽지 않았다는 것이 확인된 셈이다. 지금 디는 쉭쉭대는 소리를 낼 뿐 아니라 뚱보 댄의 물음에 대답하려 애쓰고 있다. 이는 디가 완전히 정신을 차렸다는 신호다.

댄이 디가 쓰러져 있는 진열대 쪽으로 걸어간다. 바닥에 쓰러진 디를 발견한 순간, 그가 소리친다.

"이런, 맙소사! 디!"

뚱보 댄은 뜻밖에 동작이 빠르다. 우선 휴대폰을 꺼내 구조 요청을 하면서 진열대 앞으로 다가와 디의 상태를 살핀다. '뚱뚱한 댄'이 '위대한 댄'으로 바뀌어 보이는 순간이다. 댄은 매일 밤 뉴헤이븐에 있는 집으로 가기 전 주유소에 들러 졸음운전을 막아 줄 청량음료를 산다. 폴리처럼 주유소에서 쓸데없이 시간을 보내지는 않지만, 그래도 인정 넘치는 사내다.

나는 폴리를 좋아한다. 그가 날마다 긁어 대는 즉석 복권도 좋고, 가능한 한 천천히 커피를 마시는 모습도 마음에 든다. 하지만 이번처럼 위급한 상황에서는 뚱보 댄이 더 좋다.

15

구급 요원들이 디와 샐리를 각각 다른 구급차에 태운다. 디를 태운 구급차가 먼저 출발한다. 곧이어 다친 곳이 하나도 없는 샐리를 태운 차도 출발 준비를 한다. 나는 구급 요원들에게 샐리는 그저 일시 정지됐을 뿐이라고, 그러므로 구급차에 실려 갈 필요까지는 없다고 말한다. 물론 그들은 내 목소리를 들을 수 없다.

더벅 머리 구급 요원이 커다란 안테나가 달린 구식 휴대폰으로 병원에 전화를 걸어 디의 상태가 심각하다고 보고한다. 이 말은 곧 디가 죽을 수도 있다는 뜻이다. 만일 그녀가 총을 쏜 악마의 얼굴을 정면으로 보았다면 더 위험했을 것이다. 자신에게 총을 쏜 사람에 대해 많이 알면 알수록 죽을 가능성은 더 커지기 마련이다.

경찰이 원칙상 24시간 내내 문을 닫지 않는 주유소를 닫아 버린다. 그래서 디와 샐리가 병원으로 떠난 뒤 나도 집으로 발길을 돌린다.

맥스는 여전히 일시 정지 상태다. 새벽 5시에 출근해야 하는 맥스 아빠는 이미 잠자리에 들었고, 엄마는 맥스의 침대 옆 의자에 앉아 아들을 지켜보고 있다.

그것은 내 의자다.

하지만 기분 나쁘지는 않다. 그저 나도 맥스 엄마 옆에 앉고
싶을 뿐이다. 오늘 밤 맥스 엄마가 밤새 그 자리에 있으면 좋겠
다. 나는 조금 전 내 친구가 진짜 총에서 발사된 진짜 총알에 맞
는 광경을 보았다. 그 장면이 머릿속에서 좀처럼 떠나지 않는다.

맥스 엄마가 맥스에게 하는 것처럼 내 머리칼을 쓸어 넘기고
이마에 뽀뽀해 준다면 얼마나 좋을까.

맥스는 토요일 아침이 되어서야 일시 정지 상태에서 깨어
난다.

"왜 거기 앉아 있어?"

나는 맥스가 내게 던진 말인 줄 알았다. 나도 맥스의 침대 끝
에 앉아 있기 때문이다. 나는 밤새도록 이렇게 앉아 샐리와 디와
악마 같은 사내를 생각하며 맥스 엄마를 바라보았다. 그녀를 보
는 것만으로도 기분이 좋아지기 때문이다.

하지만 맥스는 내가 아닌 자기 엄마에게 묻고 있다. 내 의자
에 앉은 채 잠들어 있던 맥스 엄마는 아들의 목소리에 잠을 깬
다. 그리고 마치 누군가에게 꼬집히기라도 한 듯 벌떡 일어선다.

"응? 뭐, 뭐라고?"

맥스 엄마는 어리둥절한 얼굴로 주변을 둘러본다. 맥스가 다
시 묻는다.

"왜 거기 앉아 있느냐고?"

"어머, 우리 아들이 드디어 깨어났구나."

순간 달걀과 돌멩이, 깨진 유리창, 일시 정지된 맥스가 하늘에서 내려와 풍선에 공기를 불어넣듯 맥스 엄마의 몸에 생기를 채워 넣는다. 갑자기 생생해진 맥스 엄마가 아들의 질문에 재빠르게 대답한다.

"어젯밤 네가 화가 나서 엄마가 밤새 여기 있었던 거야. 너를 방 안에 혼자 있게 하고 싶지 않아서."

맥스가 침대 옆 창문을 바라본다. 창문은 투명한 비닐로 덮여 있다. 지난 밤 맥스 아빠가 임시로 막아 둔 것이다. 맥스가 묻는다.

"내가 일시 정지됐었어?"

"응. 잠깐 동안."

맥스도 자신이 종종 일시 정지 상태에 빠진다는 것을 안다. 그러면서도 매번 자신이 일시 정지됐었느냐고 묻는다. 이유는 나도 모른다. 맥스가 기억상실증을 앓고 있는 것 같지는 않다. 기억상실증이란 사람의 뇌에 문제가 생겨서 자신이 본 것이나 한 일을 기억하지 못하는 병이다. 이 병은 텔레비전 드라마에 많이 나온다. 나는 기억상실증에 걸린 사람을 직접 만나 보지는 못했지만, 실제로 그런 병이 있다고 믿는다. 아무튼 지금 맥스는 아무 문제가 없는지 다시 한 번 확인하려는 듯하다. 맥스는 무엇이든 재확인하는 것을 좋아한다.

맥스가 투명 비닐을 씌운 창문에서 눈길을 떼지 않고 묻는다.

"내 창문을 깨뜨린 게 누구야?"

엄마가 대답한다.

"몰라. 아마 누군가가 실수로 그런 것 같아."

"어떻게 실수로 내 창문을 깨뜨릴 수가 있어?"

"원래 핼러윈에는 아이들이 온갖 짓궂은 행동을 해. 어젯밤에는 우리 집에 달걀을 던졌는데 그때 아마 누군가가 돌멩이까지 던졌나 봐."

"왜?"

나는 맥스의 목소리에서 녀석이 화가 났음을 눈치챘다. 맥스 엄마 역시 그 사실을 알아차린 듯 다정한 목소리로 말한다.

"맥스, 그런 걸 장난이라고 하는 거야. 어떤 아이들은 핼러윈에는 실컷 장난을 쳐도 괜찮다고 생각하지."

"장난을 친다고?"

"장난을 한다는 뜻이야. 사람들은 장난을 '친다'고 표현하기도 해."

"아, 그렇구나."

"맥스, 아침 먹지 않을래?"

맥스 엄마는 늘 아들의 식사 문제를 걱정한다. 맥스는 꽤 잘 먹는 편인데도 말이다.

맥스가 묻는다.

"지금 몇 시인데?"

맥스 엄마가 자신의 손목시계를 들여다본다. 내게는 익숙지 않은 바늘 달린 시계다.

"8시 30분."

맥스 엄마가 안심한 표정으로 말한다. 맥스는 오전 9시 이전에만 아침을 먹을 수 있다. 9시가 지나면 무조건 12시까지 기다렸다가 점심을 먹는다. 이것은 엄마가 아닌 맥스 자신이 정한 규칙이다. 맥스가 고개를 끄덕이며 말한다.

"좋아. 그럼 먹어야지."

맥스 엄마가 팬케이크를 굽기 위해 밖으로 나가면서 맥스에게 옷을 갈아입으라고 말한다. 맥스는 잠옷 차림으로는 절대 아침을 먹지 않는다. 이 또한 맥스의 규칙이다.

맥스가 내게 묻는다.

"어젯밤에 엄마가 나한테 뽀뽀했어?"

"응. 이마에다 하셨어."

맥스에게 지난밤 악마 같은 사내가 내 친구에게 총을 쐈다고 말하고 싶다. 하지만 그럴 수 없다. 맥스에게 내가 한밤중에 주유소며 간이식당, 경찰서, 병원 등을 돌아다닌다는 사실을 알리고 싶지 않기 때문이다. 맥스는 내가 그런 곳에 갔었다는 사실을 알면 좋아하지 않을 것이다. 녀석은 내가 밤새 자기 옆에 앉아 있거나, 적어도 자신이 나를 찾을 경우에 대비해 집 안 어딘가에 있기를 바란다. 그러니 나한테 맥스 자신 말고 또 다른 친구들이 있다는 사실을 알게 되면 몹시 화를 낼 게 뻔하다.

맥스가 다시 묻는다.

"뽀뽀를 길게 했어?"

이 질문에 화가 나기는 처음이다. 맥스에게 엄마가 뽀뽀를 오래 했는지 확인하는 것이 얼마나 중요한지는 나도 안다. 하지만 엄마가 뽀뽀를 얼마나 길게 했는지는 그다지 대수로운 문제가 아니다. 무시무시한 총과 새빨간 피, 구급차에 실려 간 친구들에 비하면 먼지처럼 사소한 문제다. 게다가 그런 질문은 굳이 날마다 하지 않아도 된다. 설사 엄마가 뽀뽀를 길게 했더라도 그것은 결코 나쁜 짓이 아니다. 맥스는 정말 그 사실을 모르는 걸까?

나는 평소와 다름없이 대답한다.

"아니. 눈 깜짝할 새에 끝냈어."

하지만 나는 보통 때와 다르게 미소짓지 않는다. 미소는커녕 얼굴을 찌푸리고 이를 악문 채 말한다.

맥스는 이런 변화를 알아차리지 못한다. 원래 이런 것들에 대해선 눈치가 전혀 없다. 녀석은 여전히 창문에 씌워진 비닐을 쳐다보고 있다.

맥스가 묻는다.

"너는 누가 내 창문을 깨뜨렸는지 알아?"

물론 나는 알고 있다. 하지만 맥스에게 창문을 깬 사람이 누구라고 알려 줘야 하는지 확신이 서지 않는다. 엄마가 뽀뽀를 길게 했을 때도 나는 그렇지 않았다고 맥스에게 거짓말을 한다. 이번에도 그때처럼 거짓말을 해야 하는 것일까? 나는 엄마가 뽀뽀를 길게 했을까 봐 걱정하는 맥스가 여전히 얄밉다. 그래서 맥스를 위해 옳게 행동하고 싶으면서도, 한편으로는 그렇게 하고 싶지 않다. 맥스에게 상처를 줄 마음은 없지만, 맥스를 돕고 싶은 마음도 없다.

나는 한참 동안 대답을 망설인다. 결국 맥스가 다시 묻는다.

"너는 내 창문을 누가 깨뜨렸는지 알아?"

맥스가 내게 같은 질문을 두 번씩 한 것은 처음이다. 그래서인지 녀석도 나처럼 화가 난 듯하다.

나는 정직하게 대답하기로 마음먹는다. 그것이 맥스에게 최선이기 때문은 아니다. 그저 내가 무엇이 옳은 일인지 고민하고 싶지 않을 만큼 화나 있기 때문이다.

"토미 스윈든이야. 네 방 창문이 깨지는 소리를 듣고 밖으로 뛰어나가 보니, 토미 스윈든이 도망치고 있었어."

맥스가 고개를 끄덕이며 중얼거린다.

"아, 토미 스윈든이었구나."

"그래, 토미 스윈든이었어."

맥스가 팬케이크를 먹으며 엄마에게 말한다.

"토미 스윈든이 내 방 창문을 깨뜨리고 우리 집에 달걀을 던졌어."

맥스가 그런 이야기를 엄마에게 하다니 믿을 수가 없다. 전혀 예상하지 못한 일이다. 도대체 엄마에게 그 사건을 어떻게 설명하려고 저러는 것일까? 갑자기 맥스에 대한 화가 누그러지고 대신 녀석이 걱정되기 시작한다. 맥스가 무슨 말을 할지 너무 걱정스럽다. 이제는 어리석게 굴었던 나 자신에게 화가 난다.

맥스 엄마가 묻는다.

"토미 스윈든이 누군데?"

"학교에서 나를 괴롭히는 아이야. 토미 스윈든은 나를 죽이고 싶어 해."

"그걸 네가 어떻게 알아?"

맥스 엄마는 아들의 이야기를 믿지 않는 눈치다.

"나한테 직접 그렇게 말했어."

"그 애가 정확히 뭐라고 했는데?"

맥스 엄마가 계속 프라이팬을 닦으며 묻는다. 아직도 맥스의 말을 믿지 않는 것이 분명하다.

"나를 볼링할 거라고 했어."

맥스가 대답한다.

"볼링한다는 게 뭔데?"

"나도 몰라. 하지만 나쁜 짓일 거야."

맥스는 팬케이크를 뚫어져라 바라보고 있다. 맥스는 항상 음식을 자세히 보면서 먹는다.

엄마가 다시 묻는다.

"그게 나쁜 짓이라는 걸 어떻게 알아?"

"토미 스윈든은 나한테 나쁜 말만 하니까."

맥스 엄마는 한동안 아무 말도 하지 않는다. 맥스의 이야기를 그저 흘려들은 것일까? 그때 엄마가 다시 말한다.

"그럼 토미가 우리 집에 달걀과 돌멩이를 던졌다는 건 어떻게 알아?"

"부도가 봤대."

"아, 부도가 봤구나."

맥스 엄마도 질문처럼 들리지는 않지만 실제로는 질문인 말을 중얼거린다.

"응, 부도가 토미 스윈든을 봤대."

"그래, 이제 알았다."

엄마가 말한다.

'방 안에 코끼리가 들어와 있는 듯한' 느낌이다. 이 표현은 코끼리만큼 엄청난 무언가가 존재한다는 사실을 알면서도 누구도 그것에 대해 말하기를 원치 않는다는 뜻이다. 맥스 엄마는 남편에게 맥스의 '진단 결과'에 대해 이야기할 때 이런 표현을 자주

쓴다.

내가 '방 안에 있는 코끼리'의 의미를 알아내기까지는 꽤 오랜 시간이 걸렸다.

맥스와 엄마는 한동안 말없이 팬케이크를 먹는다. 이윽고 엄마가 입을 연다.

"토미 스윈든이 너와 같은 반이니?"

"아니, 그 애는 파렌티 선생님 반이야."

"3학년?"

"아니지!"

맥스가 짜증 난 듯한 목소리로 말한다. 맥스는 파렌티 선생님이 3학년을 가르치지 않는다는 사실을 엄마가 당연히 알아야 한다고 생각한다. 맥스의 세계에서는 각 학년을 담당하는 선생님이 누구인지 아는 것이 대단히 중요한 문제다.

"파렌티 선생님은 5학년 담임이야."

"아, 그렇구나."

맥스 엄마는 토미 스윈든이나 달걀, 돌멩이, 볼링 등에 대해더 이상 묻지 않는다. 물론 나에 대해서도. 이것은 나쁜 징조다. 그녀가 무언가 계획을 세우고 있다는 뜻이기 때문이다. 벌써 느낌이 온다.

16

주말 밤이 되어도 디와 샐리는 주유소로 돌아오지 않는다. 대신 도로시가 아이스너 씨라고 부르는 낯선 남자가 일하고 있다. 그와 함께 일하게 된 도로시는 몹시 불안해 보인다. 두 사람은 서로 대화도 거의 나누지 않는다.

아이스너 씨를 지켜보고 있자니 맥스의 학교 교장인 팔머 선생님이 생각난다. 팔머 교장 선생님은 학교의 책임자로서 보통 선생님들보다 더 근사해 보인다. 하지만 실제로 한 학급을 맡게 됐을 때 아이들을 잘 가르칠 것 같진 않다.

아이스너 씨도 마찬가지다. 그는 넥타이까지 맨 차림으로 디처럼 손님들에게 돈을 받고, 진열대에 트윙키를 채워 넣는다. 하지만 누가 봐도 일을 척척 해내지 못하고 한참 생각한 뒤에야 어설프게 하고 있다.

디는 죽지 않았다. 디의 소식이 궁금해서 토요일 밤에 주유소에 들른 폴리와 뚱보 댄 같은 단골손님들 덕분에 나도 디의 안부를 알게 되었다. 사실 그들이 주유소에 들른 것은 꼭 디 때문은 아닐 것이다. 어차피 그들은 단골손님이니 말이다. 하지만 뚱보 댄조차 평소보다 조금 더 오래 가게에 머무르면서 디에 대해 이런저런 질문을 던졌다. 아이스너 씨는 손님들에게 많은 말을 하지 않았다. 그래서 손님들도 주유소에서 괜한 시간을 보내기가 어색해졌다. 모든 것이 달라진 느낌이다. 무언가 잘못된 것 같다.

디는 현재 '아이씨유(I SEE YOU)'라는 곳에 있다고 한다(원래는 중환자실을 뜻하는 ICU라는 말인데, 부도가 잘못 이해한 것/ 옮긴이). 아이씨유란 아픈 사람을 죽지 않게 하려고 주의 깊게 지켜보는 곳인 듯하다. 도로시는 디가 버텨 낼 수 있을지 확실치 않다고 말한다. 그 말은 곧 디가 죽을 수도 있다는 뜻인 듯하다.

디가 주유소로 돌아올 수 있을까? 내가 디의 얼굴을 다시 볼 수 있을까?

제발 그렇게 되기를……. 어쩐지 내 주변 친구들이 한 명씩 사라져 가는 듯한 기분이다.

17

맥스가 너무 걱정된다. 월요일인 오늘, 우리는 다시 학교에 와 있다.

맥스 엄마가 오늘 무언가 계획한 것 같다. 토미 스윈든에 대해 걱정하는 맥스 엄마가 공연히 상황을 더 나쁘게 만들까 봐 두렵다. 제발 토미 스윈든이 지난 금요일 밤에 복수를 끝냈기를 바란다. 그러면 이제부터 맥스는 무사할 테니 말이다. 맥스는 토미의 머리에 똥을 싸기 전에도 군용칼 사건으로 녀석을 엄청난 궁지에 몰아넣었다. 그러므로 토미는 맥스에게 복수를 더 해야 한다고 생각할지도 모른다. 아니, 틀림없이 그럴 것이다. 지금 맥스 엄마까지 나서면 상황이 더 나빠질 뿐이다.

세상의 부모들은 모두 맥스와 비슷해서 결코 문제를 조용히 처리할 줄 모른다.

오늘 고스크 선생님은 유난히 재미있다. 선생님은 직접 쓴 동화를 아이들에게 읽어 준다. 하루아침에 추수감사절 칠면조로 변한 소년에 대한 이야기다. 고스크 선생님은 교실 안을 돌아다니며 동화를 읽으면서 이따금 칠면조 울음소리를 낸다. 그 우스꽝스러운 모습에 맥스도 피식 웃는다. 미소까지는 아니지만 거의 미소에 가깝다. 고스크 선생님은 발로 바닥을 긁으며 두 팔을 날개처럼 퍼덕거린다. 아이들은 선생님에게서 잠시도 눈길을 떼지 못한다.

그때 패터슨 선생님이 교실 문 앞에 나타나 맥스에게 나오라는 신호를 보낸다. 하지만 고스크 선생님의 우스운 이야기에 푹 빠져 있는 맥스가 그 신호를 알아차리기까지는 시간이 꽤 걸린다. 이야기가 아직 끝나지 않았으니 녀석은 아마 얼굴을 찌푸릴 것이다. 하지만 예상과 달리 맥스는 패터슨 선생님을 본 순간 두 눈이 휘둥그레진다. 게다가 몹시 흥분한 표정이다. 어떻게 된 일일까? 도저히 이해가 안 된다.

나는 교실에 남아서 고스크 선생님이 또 어떤 재미있는 행동을 할지 지켜보고 싶다. 하지만 그럴 수는 없다. 나와 맥스, 패터슨 선생님은 학습 센터 쪽으로 가고 있다. 그런데 왼쪽으로 꺾어야 하는 지점에 이르렀는데도 패터슨 선생님은 방향을 바꾸지 않고 곧장 앞으로 걸어간다. 이상하게도 맥스 역시 잠자코 그녀를 따라간다. 이보다 훨씬 더 놀라운 건 맥스가 순순히 고스크 선생님 곁을 떠났다는 사실이다. 평소 맥스는 변화를 싫어한다. 그런데 학습 센터로 가는 길은 원래 이 길이 아니다. 바뀐 경로가 더 좋으면 몰라도 이번은 전혀 그렇지 않다. 강당을 돌아 체육관을 거쳐서 학습 센터까지 가려면 평소보다 두 배는 더 걸어야 한다.

이윽고 패터슨 선생님과 맥스가 어느 문 앞에서 걸음을 멈춘다. 지난주에 두 사람이 들어왔던 바로 그 문이다. 지금 우리가 서 있는 곳은 강당 뒤쪽 복도다. 이 주변에는 교실도, 교사 집무실도 없다. 그런데도 패터슨 선생님은 누가 오지는 않는지 양옆을 살핀 뒤에야 문을 연다. 그러고는 맥스에게 어서 밖으로 나가라는 듯 등을 슬쩍 떠민다. 마침내 맥스가 혼자 문 밖으로 걸어 나간다. 패터슨 선생님이 맥스에게 좀 더 빨리 걸으라고 다그친다. 어쩐지 불안하다. 패터슨 선생님은 누군가에게 들키기 전에 맥스를 밖으로 내보내야 하는 이유가 있는 것 같다.

무언가 옳지 않은 일이 벌어지고 있다.

아무래도 맥스를 따라가야겠다. 그런데 맥스가 시멘트 길을 따라 주차장으로 걸어가다 갑자기 뒤를 돌아본다. 때마침 문 밖으로 나서던 나와 눈이 마주치자 고개를 앞뒤로 흔든다. 나는 맥스의 고갯짓이 무슨 뜻인지 안다. '절대 안 돼!'라는 뜻이다.

맥스는 내가 따라오는 것을 원치 않는다. 뒤이어 녀석이 내게 손을 흔든다.

맥스는 내가 다시 학교 안으로 들어가기를 바란다.

나는 맥스의 부탁을 거의 항상 들어준다. 그것이 내가 할 일이기 때문이다. 맥스가 내 도움을 필요로 하면 기꺼이 도와준다. 물론 맥스는 책을 읽거나 똥을 눌 때처럼 혼자 있고 싶어 할 때도 있다. 사실 그런 경우는 꽤 많다. 하지만 이번은 상황이 다르

159

다. 확실하다. 맥스는 학교 밖으로 나가선 안 된다. 특히 주차장으로 통하는 이 옆문으로 나가는 것은 절대 안 된다.

무언가 옳지 않은 일이 벌어지고 있다.

맥스의 부탁에 따라 나는 다시 학교 안으로 들어간다. 대신문 옆쪽 벽에 기대서 몰래 바깥 상황을 지켜보기로 한다. 맥스와 패터슨 선생님은 주차된 자동차들 사이를 걸어가고 있다. 아이들은 운전을 못하니까 저 차들의 주인은 모두 선생님일 것이다. 틀림없다. 마침내 맥스와 패터슨 선생님이 조그만 파란색 차 옆에 멈춰 선다. 패터슨 선생님이 다시 주위를 살핀 뒤 자동차 뒷문을 열어 맥스를 태운다. 그러고는 다시 한 번 주위를 둘러보고 앞좌석에 올라탄다. 운전대가 있는, 그러니까 운전하는 사람이 앉는 자리다.

패터슨 선생님이 맥스를 데리고 어딘가로 가려는 모양이다.

하지만 내 예상은 빗나간다. 자동차는 움직이지 않는다. 두 사람은 그저 차 안에 앉아 있을 뿐이다. 맥스는 뒷좌석, 패터슨 선생님은 앞좌석에. 그녀가 무언가 말하는 듯하다. 맥스는 내내 고개를 숙이고 있다. 몸을 숨기기 위해서가 아니라 좌석에 있는 무언가를 보고 있는 것 같다. 맥스는 꽤 분주해 보인다. 무언가를 하고 있는 게 분명하다.

잠시 후, 패터슨 선생님이 차에서 내려 다시 주변을 살핀다. 누군가 자신들을 지켜보는 사람이 있는지 확인하려는 것이다.

틀림없다. 나는 지금껏 내가 자신들을 지켜보고 있다는 사실을 모른 채 비밀스럽게 무언가를 하는 사람들을 수없이 보았다. 이런 경험에 비추어 보건대, 지금 패터슨 선생님은 분명히 무언가 비밀스러운 짓을 하고 있다. 선생님이 차 문을 열고 맥스를 내리게 한다. 곧이어 두 사람은 다시 학교 건물 쪽으로 걸어온다. 패터슨 선생님이 열쇠로 문을 열고 안으로 들어온다. 나는 문에서 옆으로 몇 걸음 물러나 벽에 등을 맞대고 쭈그려 앉는다. 이렇게 하면 맥스는 내가 줄곧 그 자리에 있었다고 믿을 것이다. 내가 자신을 계속 지켜봤을 거라고는 꿈에도 생각지 못한 채.

내가 두 사람이 어디에 갔었는지 알고 있다는 걸 맥스는 몰랐으면 좋겠다. 내가 녀석을 걱정한다는 사실은 더더욱 알게 하고 싶지 않다. 내가 자신을 걱정할지도 모른다는 의심조차 하게 해선 안 된다. 다음에 또 패터슨 선생님이 맥스를 자동차로 데려가면, 나도 무조건 따라갈 생각이기 때문이다.

만일 패터슨 선생님이 또다시 맥스를 자기 차에 태우면(나는 확실히 그럴 거라고 믿는다), 그때는 오늘과 다를 것이다. 어떻게 다를지는 나도 모른다. 하지만 좀 더 심각해질 것이다. 더 나빠질 것이다. 틀림없다. 패터슨 선생님은 맥스와 차 안에 있는 오 분 동안만 규칙을 어기지는 않을 것이다. 그 밖에 무언가 또 다른 일이 벌어질 게 분명하다.

이유를 설명할 순 없지만, 어쩐지 이제는 토미 스윈든보다 패터슨 선생님이 더 두렵게 느껴진다.

훨씬 더 걱정스럽다.

18

지금 우리는 호건 박사의 방에 앉아 있다. 호건 박사는 지혜롭다. 맥스가 이곳에 온 뒤 꽤 오랜 시간이 지났지만, 호건 박사는 단 한 번도 맥스에게 억지로 말을 시키려 하지 않았다. 그저 가만히 앉아서 맥스가 플라스틱과 금속 조각을 갖고 노는 모습을 지켜볼 뿐이다. 호건 박사는 그 조각들이 창의력을 키우는 데 도움이 되는 '따끈따끈한 최신 장난감'이라고 설명했다. 말하는 투로 보아 '따끈따끈한 최신'이라는 말은 박사가 일부러 붙인 듯하다. 하지만 정확히 무슨 뜻인지는 모르겠다.

'따끈따끈하다'는 말은 나도 안다. 그런데 '최신'이라는 건 뭐지?

아무튼 맥스는 그 장난감을 무척 좋아한다. 맥스 엄마라면 맥스가 장난감에 '사로잡혔다'고 표현할 것이다. 이 말은 장난감만 있으면 주변에서 무슨 일이 벌어지든 전혀 관심을 두지 않는다는 뜻이다. 맥스는 이렇게 무언가에 사로잡힐 때가 많다. 이는 맥스가 행복하다는 뜻이므로 좋은 일이다. 무언가에 사로잡혔을 때, 맥스는 마치 이 세상에 오직 그 한 가지만 존재하는 것처럼 행동한다. 오늘도 조그만 탁자 앞 카펫에 앉아 장난감을 갖고 놀면서 지금껏 단 한 번도 고개를 들지 않은 것 같다.

지혜로운 호건 박사는 맥스를 마냥 놀게 내버려 둔다. 이따금 질문하기도 하지만, 지금까지 그녀가 던진 질문은 모두 '네' 또는 '아니요'로 짧게 대답할 수 있는 것들이었다. 그래서 맥스는 질문에 대부분 대답했다.

여기서도 호건 박사가 얼마나 지혜로운 사람인지 알 수 있다. 만일 맥스에게 장난감과 함께 조용히 혼자 놀 수 있는 시간을 주지 않고 억지로 말을 시켰다면, 맥스는 아마 조개처럼 입을 꾹 다물어 버렸을 것이다. 흄 선생님은 맥스가 자신의 질문에 단 한마디도 답하지 않을 때 조개처럼 입을 다물어 버렸다고 표현한다. 하지만 오늘 맥스는 조금씩 호건 박사에게 익숙해지고 있다. 충분히 기다려 주기만 하면 맥스에게서 원하는 대답을 얻을 수 있을지도 모른다. 특히 맥스가 상대에게 감시당하고 있다거나 자신의 말이 모두 기록되고 있다는 느낌을 받지 않도록 조심해야 한다. 대개 어른들은 맥스를 대할 때 처음에는 천천히 여유를 갖다가도 결국 인내심이 바닥나서 일을 망쳐 버린다.

호건 박사는 얼굴도 예쁘다. 나이도 맥스 엄마보다 적은 것 같고, 지나치게 화려하게 꾸미지도 않는다. 보통 공원에 산책하러 가는 사람처럼 수수한 치마에 티셔츠, 운동화 차림일 때가 많다. 여기서도 호건 박사가 얼마나 지혜로운지 알 수 있다. 그녀는 근엄한 의사 선생님이 아닌 평범한 여학생처럼 보인다.

의사를 무서워하는 맥스에게 이 얼마나 지혜로운 대응인가?

게다가 호건 박사는 맥스에게 나에 대해 전혀 묻지 않았다. 단 한 번도. 나는 그녀가 나에 대해 질문할까 봐 내내 걱정했다. 하지만 호건 박사는 맥스의 상상 친구보다는 맥스가 어떤 음식을 좋아하는지(마카로니), 또 무슨 맛 아이스크림을 좋아하는지(바닐라맛)에 더 관심 있는 것 같다.

호건 박사가 묻는다.

"학교 다니는 건 좋아?"

호건 박사는 맥스에게 자신을 엘렌이라고 편하게 불러도 된다고 말했다. 이건 좀 이상한 것 같다. 아직까지 맥스는 그녀의 이름을 부를 기회가 없었다. 그러므로 맥스가 그녀를 어떻게 부르기로 했는지는 나도 잘 모른다. 아마도 호건 박사님이라고 부를 것 같다. 물론 이건 맥스가 그녀의 성을 기억하고 그녀의 말을 귀담아 들었을 경우에 그럴 거라는 말이다.

맥스가 대답한다.

"그런 편이에요."

맥스는 입가 쪽으로 혀를 쏙 내밀고 눈을 가늘게 뜬 채 장난감 조각 두 개를 뚫어져라 바라본다. 그 두 조각을 어떻게 끼워 맞출지 생각하는 것이다.

호건 박사가 다시 묻는다.

"학교에서 가장 즐거운 때는 언제야?"

맥스는 십 초쯤 뜸을 들이다가 대답한다.

"점심시간."

"아, 그렇구나. 그럼 점심시간이 왜 가장 즐거운지 아니?"

정말이지 호건 박사는 감탄이 절로 나올 만큼 지혜롭다. 그녀는 맥스에게 직접적으로 왜 점심시간이 가장 즐겁냐고 묻지 않는다. 따라서 맥스는 그 이유를 설명할 수 없으면 그저 '아니요.'라고 대답하면 된다. 답을 몰라서 바보가 된 듯한 기분을 느끼지 않아도 되는 것이다. 만일 호건 박사가 맥스가 자책감을 느낄 만한 질문을 던졌다면, 맥스와의 대화는 더 이상 이어지지 못했을 것이다.

맥스가 대답한다.

"아니요."

호건 박사는 조금도 놀란 기색이 아니다. 나도 놀라지 않는다.

그런데 맥스에게 왜 점심시간이 가장 즐거운지 나는 알 것 같다. 맥스는 학교에서 오직 그 시간에만 혼자 있을 수 있기 때문이다. 점심시간에는 맥스를 귀찮게 하는 사람도 없고, 이래라저래라 명령하는 사람도 없다. 맥스는 식탁 끝에 앉아 책을 읽으며 점심을 먹는다. 메뉴는 항상 똑같다. 땅콩버터와 딸기잼을 바른 샌드위치, 그래놀라바(각종 견과류와 곡물, 말린 과일 등을 꿀과 섞어 뭉친 과자/ 옮긴이), 사과 주스. 점심시간을 뺀 나머지 학교생활은 변화무쌍하다. 무슨 일이 일어날지 전혀 예측할 수 없다.

상황은 시시때때로 바뀌고, 선생님과 아이들은 걸핏하면 맥스를 놀라게 만든다. 하지만 점심시간만은 언제나 똑같다.

물론 이것은 어디까지나 내 추측일 뿐이다. 맥스에게 왜 점심시간이 가장 즐거운지 나도 정확히는 모른다. 맥스도 그 이유를 알고 있을 것 같지 않다. 살다 보면 어떤 느낌이 들기는 하지만 왜 그런 느낌이 드는지 이유를 모를 때가 있다. 패터슨 선생님에 대한 내 느낌이 바로 그렇다. 나는 패터슨 선생님을 처음 봤을 때부터 마음에 들지 않았다. 하지만 그 이유는 설명할 수 없다. 그저 내 느낌이 그랬을 뿐이다. 그런데 이제는 그 패터슨 선생님이 맥스와 둘만의 비밀을 갖고 있다. 당연히 그녀가 더 싫어진다.

호건 박사가 묻는다.

"맥스, 너와 가장 친한 친구가 누구야?"

"티모시."

맥스에게 가장 가까운 친구는 두말할 것도 없이 나다. 하지만 맥스는 제일 친한 친구가 누구냐는 질문을 받으면 늘 '티모시'라고 대답한다. 내 이름을 말하면 사람들이 이런저런 질문을 퍼부으며 나는 실제로 존재하는 친구가 아니라고 주장할 게 뻔하기 때문이다. 티모시는 맥스와 같은 시간에 학습 센터에서 공부하는 남자아이다. 이따금 두 아이가 무언가를 함께 할 때도 있다. 맥스가 티모시를 가장 친한 친구라고 하는 이유는 서로 싸우지 않기 때문이다. 둘 다 다른 아이들과 어울리기를 싫어해서, 선생님이 친구와 같이 하는 과제를 내주면 두 사람은 어떻게든 둘이 한 팀이 되려고 한다.

언젠가 흄 선생님은 맥스 엄마에게 이렇게 말했다. 맥스의 친한 친구들이 맥스를 혼자 내버려 둬서 안타깝다고. 흄 선생님은 맥스가 혼자 있을 때 행복해한다는 사실을 모르는 것 같다. 맥스 엄마와 흄 선생님을 포함한 보통 사람들은 대부분 친구와 함께 있을 때 더 행복하다고 한다. 그렇다고 해서 맥스에게도 행복해지기 위해 친구가 반드시 필요한 것은 아니다. 맥스는 사람들과 함께 어울리는 것을 좋아하지 않는다. 그래서 사람들이 자신을 혼자 내버려 둘 때 가장 행복해한다.

나와 음식의 관계도 마찬가지다. 내가 아는 한, 음식을 먹는 상상 친구는 한 명도 없다. 어느 날 밤, 나는 병원에 놀러 갔다. 병원은 하루 24시간 내내 문을 닫지 않기 때문이다. 거기서 나는 더 이상 입으로 음식을 먹지 않는 수잔이라는 아줌마를 만났다. 수잔 아줌마의 배에는 호스가 연결되어 있어서 간호사가 그 호스로 푸딩을 넣어 주었다. 그날은 수잔 아줌마의 언니들이 찾아왔는데, 나는 병실 밖 복도에서 그들이 나누는 이야기를 들었다. 뚱뚱한 한 언니는 수잔 아줌마가 삶의 큰 즐거움인 음식을 먹지 못하게 되어 너무 불쌍하다고 말했다.

"아니, 그렇지 않아요!"

나는 큰 소리로 외쳤다. 물론 그들은 내 목소리를 듣지 못했다.

하지만 음식이 누구에게나 삶의 큰 즐거움인 것은 아니다. 수잔 아줌마의 뚱뚱한 언니가 뭐라든, 나는 음식을 먹지 않아도 행복하다. 내게 무언가를 먹는 행위는 그저 골치 아픈 일일 뿐이다. 백 번 양보해서 음식이란 것이 기막히게 맛있다고 치자. 하지만 그 음식을 사기 위해서는 돈 걱정을 해야 한다. 또 음식을 태울세라 신경 써서 요리해야 한다. 게다가 적당히 먹지 않으면 수잔 아줌마의 언니처럼 뚱뚱해질 수도 있다. 그 밖에도 음식을 만들어 먹은 뒤 설거지를 하고, 망고를 자르고, 감자 껍질을 벗기고, 종업원을 불러서 크림 대신 우유를 달라고 요구하려면 시간이 엄청나게 소비된다. 어디 그뿐인가? 음식을 먹다가 목구멍에 걸릴 수도 있고, 특정한 음식에 알레르기를 일으킬 위험도 있다. 한마디로 음식에 관련된 일은 너무 복잡하다. 음식이라는 것이 얼마나 맛있는지는 모르겠지만, 이 모든 골치 아픈 문제를 참아 낼 만큼 대단하지는 않을 것이다. 아마 수잔 아줌마도 나와 비슷한 생각인 듯하다. 배에 연결된 호스로 음식을 먹는 것을 보면 알 수 있다. 이 방법은 매일 저녁 힘들게 음식을 만들어 먹는 것보다 훨씬 더 쉽고 간단해 보인다. 수잔 아줌마의 생각이 나와 다르다손 치더라도 내 생각은 변함 없다. 지금 당장 누군가가 내게 음식을 먹을 기회를 준다고 해도, 나는 싫다고 말할 것이다.

무언가를 먹고 '헛소리를 지껄여 대는' 버릇을 들이고 싶지 않기 때문이다. '헛소리를 지껄인다'는 표현은 고스크 선생님이 자주 쓰는 말 가운데 하나다.

사람들은 음식에서 삶의 즐거움을 맛본다고 하지만, 나는 음식을 먹지 않아도 행복하다. 굳이 음식에 대해 걱정할 필요가 없는 것도 또 다른 즐거움이다. 어쩌면 음식을 먹는 데서 느끼는 즐거움보다 더 큰 즐거움일지도 모른다.

맥스는 혼자 있는 데서 즐거움을 느낀다. 외롭다는 생각은 조금도 하지 않는다. 맥스는 그저 사람들을 별로 좋아하지 않을 뿐이다. 그래서 혼자 있는 것이 행복하다.

호건 박사가 다시 묻는다.

"맥스 네가 제일 싫어하는 음식은 뭐니?"

순간 맥스는 멈칫한다. 손이 허공에서 얼어붙은 듯 꿈쩍하지 않는다. 잠시 후, 맥스가 대답한다.

"콩."

어라? 난 호박일 거라고 생각했는데……. 맥스가 호박을 잠시 잊어버린 것 같다. 틀림없다.

호건 박사의 질문이 계속 이어진다.

"그럼 학교에서 제일 싫어하는 시간은 뭐야?"

이번 질문에 맥스는 기다렸다는 듯 재빨리 대답한다.

"체육. 미술. 그리고 쉬는 시간. 이 셋이 똑같이 싫어요."

"학교에서 제일 싫어하는 사람은 누구야?"

순간 맥스가 처음으로 고개를 들어 올린다. 일그러진 표정이다. 호건 박사가 재빨리 말한다.

"학교에 맥스가 싫어하는 사람이 있어?"

"네."

맥스는 다시 장난감 쪽으로 눈길을 돌린다.

"누가 제일 싫은데?"

이제야 호건 박사의 의도를 알 것 같다. 지금 그녀는 맥스에게서 토미 스윈든에 대한 이야기를 끌어내려 애쓰고 있다. 맥스도 이제 막 문을 열고 호건 박사를 안으로 들어오게 할 분위기다. 맥스 엄마가 토미 스윈든의 존재를 알게 된 것은 불행이다. 문제가 훨씬 더 심각해지고 있으니 말이다.

나는 맥스가 내 말을 따라 하기를 바라며 소리친다.

"엘라 바바라!"

하지만 맥스는 고개를 숙인 채 중얼거린다.

"토미 스윈든."

"아, 그렇구나. 그런데 맥스는 토미 스윈든이 왜 싫은지 알아?"

"네."

"토미 스윈든이 왜 싫은데?"

호건 박사는 그 말과 함께 몸을 아주 약간 앞으로 내민다. 그동안 내내 기다려 온 대답을 들을 차례이기 때문이다.

"토미 스윈든이 나를 죽이고 싶어 하니까요."

맥스는 여전히 고개를 들지 않는다.

"어머나!"

신기하게도 호건 박사는 진심으로 놀란 듯하다. 이미 맥스 엄마를 통해 토미 스윈든의 존재를 알고 있었을 텐데 말이다.

호건 박사와의 이번 만남은 거대한 함정이었다. 그리고 맥스는 방금 그 함정에 빠졌다.

잠시 침묵을 지키던 호건 박사가 다시 묻는다.

"토미 스윈든이 왜 너를 죽이고 싶어 하는지 아니, 맥스?"

어른들은 중요한 질문이다 싶을 때 언제나 그 끝에 맥스의 이름을 집어넣는다.

"아는 것 같아요……."

"그럼 왜 토미 스윈든이 너를 죽이고 싶어 하는 것 같니, 맥스?"

맥스가 다시 멈칫한다. 그리고 손에 쥔 따끈따끈한 최신 장난감을 물끄러미 바라본다. 표정을 보니 녀석이 무슨 생각을 하고 있는지 알 것 같다. 맥스는 거짓말을 하려 하고 있다. 거짓말에 익숙지 않은 맥스는 거짓말을 지어내는 데도 시간이 한참 걸린다.

마침내 맥스가 입을 연다.

"토미 스윈든은 맥스라는 이름을 가진 애들이 그냥 싫대요."

맥스는 마치 외운 것처럼 단숨에 말한다. 목소리도 평소와 다르다. 호건 박사도 맥스의 말이 거짓임을 눈치챘을 게 뻔하다. 맥스는 언젠가 자신의 이름을 이상하다고 놀렸던 5학년 아이에게서 이런 거짓말을 생각해 냈을 것이다. 맥스라는 이름을 싫어하는 아이가 실제로 존재한다고 해도, 이것은 그럴듯한 훌륭한 거짓말은 아니다. 이 세상에 단지 이름 때문에 누군가를 죽이고 싶어 하는 사람은 아무도 없다.

호건 박사가 다시 묻는다.

"그것 말고 다른 이유는 없어?"

"네에?"

"그 애가 너를 죽이고 싶어 하는 또 다른 이유는 없느냐고."

"아하……."

맥스는 잠시 머뭇거리다가 말한다.

"없어요."

호건 박사는 맥스의 말을 믿지 않는 것 같다. 나는 진심으로 그녀가 맥스의 말을 믿기를 바라지만, 그럴 기미는 전혀 안 보인다. 맥스 엄마가 이미 모든 이야기를 호건 박사에게 한 것이 분명하다. 도대체 맥스의 엄마 아빠는 언제 맥스를 호건 박사에게 보내기로 결정한 걸까? 두 사람이 당연히 이 문제를 두고 한바탕 싸웠을 텐데, 그럼 맥스 아빠가 언제 진 거지?

아무래도 지난밤 내가 주유소에 갔을 때 그런 듯싶다.

물론 맥스 엄마가 미리 말해 주지 않았어도, 호건 박사는 맥스가 거짓말하고 있다는 사실을 눈치챘을 것이다. 맥스는 세상에서 가장 서투른 거짓말쟁이니까.

호건 박사는 정말 지혜로운 사람이다. 그래서 더 겁이 난다.

이제 호건 박사는 어떻게 할 계획일까?

호건 박사가 맥스에게 패터슨 선생님 이야기를 하면 좋을 텐데……. 그렇게 되도록 내가 할 수 있는 일은 없을까?

19

지금 나는 맥스를 따라가고 있다. 맥스는 이번에도 내게 문 옆에서 기다리라고 했지만, 나는 패터슨 선생님의 자동차가 있는 곳까지 몰래 따라갈 생각이다. 맥스가 뭐라고 하든 상관없다. 무언가 옳지 않은 일이 벌어지고 있으니까.

맥스와 패터슨 선생님이 학교 건물과 주차장 사이 중간 지점에 다다랐을 즈음, 나도 유리문을 통과해 밖으로 나간다. 주차장으로 이어지는 길 오른쪽에 나무 한 그루가 보인다. 나는 우선 그쪽으로 가서 나무 뒤에 몸을 숨긴다. 사실 평소에는 이렇게 숨을 필요가 없다. 지금까지 맥스의 눈을 피해 몸을 숨겨 본 적이 없는 데다 어차피 다른 사람들은 나를 보지 못하기 때문이다. 어떻게 보면 나는 맥스를 뺀 모든 사람들의 눈에 띄지 않게 늘 숨어 있는 셈이다.

아무튼 내가 세상 사람들의 눈을 피해 숨는 것은 이번이 처음이다.

저 앞에 나무 한 그루가 더 보인다. 이번 나무는 왼쪽에, 그리고 길에서 조금 멀리 떨어진 곳에 있다. 그래서 나는 그 나무까지 뛰어간다. 내가 뛸 때 실제로 발이 땅에 닿는다면, 맥스가 내 발소리를 듣지 못하도록 발끝을 세워 살금살금 걸어갔을 것이다. 하지만 나는 움직일 때 아무 소리도 나지 않는다. 그러므로 나를 드러내는 시간을 줄이기 위해서는 뛰어가는 게 좋다.

나는 나무 뒤에 몸을 숨긴 채 고개만 내밀어 주위를 살핀다. 어느새 맥스와 패터슨 선생님은 자동차 앞에 거의 다다라 있다. 패터슨 선생님은 유난히 빠르게 움직인다. 어린아이에게 비밀을 지키라고 요구하고, 수업 중인 아이를 불러내 몰래 자기 차로 데려가는 짓을 하고 있으니 그럴 만도 하다. 아무래도 나무에서부터 주차장까지는 기어가야 할 것 같다. 약 10미터 앞에 일렬로 늘어서 있는 자동차가 보인다. 여기서부터 기어가서 저 자동차 뒤에 몸을 숨기면 된다. 키가 작은 맥스는 커다란 자동차 너머를 볼 수 없을 것이다. 그런데 내 뒤쪽에는 저학년 교실이 두 개 있다. 내가 상상 친구만 아니라면, 교실 안의 꼬마들은 학교 앞 풀밭을 가로질러 기어가는 내 뒷모습을 당연히 볼 수 있을 것이다. 생각해 보면 꽤 재미있는 상황이다. 많은 사람들 앞에서 몸을 숨기려니 기분이 이상하다.

자동차 문이 열리는 소리가 들린다. 드디어 맥스와 패터슨 선생님이 차 앞에 다다른 모양이다.

좋은 계획이 생각났다. 나는 일단 가장 가까이 있는 빨간색 소형차 뒤에 웅크리고 앉는다. 차창을 통해 맥스가 차에 탔는지 확인하기 위해서다. 하지만 패터슨 선생님의 차는 잘 보이지 않는다. 통로 건너편에 늘어선 자동차들 가운데서도 거의 끝부분에 세워져 있기 때문이다. 다행히 나는 내 앞에 있는 차들을 통과할 수 있다. 자동차에는 모두 문이 달려 있으니 얼마든지 가능하다. 이것이 바로 내가 생각해 낸 계획이다. 나는 통로로 걸어가는 대신 기어서 차들을 통과할 것이다.

나는 우선 빨간색 차에 올라타 좌석 위를 기어간다. 차 안은 몹시 지저분하다. 앞좌석에는 책과 서류가 수북하게 쌓여 있고, 바닥에는 빈 음료 깡통이며 종이봉투가 나뒹굴고 있다. 아마도 이 차의 주인은 고스크 선생님일 것이다. 어수선하고 지저분한 차 안은 선생님의 교실과 비슷하다. 하지만 나는 그런 교실이 좋다. 깔끔하고 정리를 잘하는 사람들은 대개 계획을 세우는 데 오랜 시간을 써서 정작 실행에 옮길 시간은 부족하다. 그래서 나는 깔끔하고 정리정돈을 잘하는 사람들을 믿지 않는다.

패터슨 선생님은 틀림없이 깔끔하고 정리를 잘하는 사람일 것이다.

나는 빨간색 차의 차 문으로 나와 그 옆에 줄줄이 세워져 있는 자동차 다섯 대를 더 통과한다. 그런 다음 몸을 웅크린 채 뒷문까지 합쳐 다섯 개의 문이 달린 커다란 자동차 안으로 들어간다. 거기서는 뒤쪽 차창을 통해 패터슨 선생님의 차가 보인다. 패터슨 선생님은 능숙하게 자동차의 앞부분부터 밀어 넣어 주차한다. 매일 아침 아이들의 비웃음을 사면서 주차에만 오 분씩 시간을 들이는 그리스울드 선생님과는 전혀 다른 모습이다. 다행이다. 자동차의 앞부분을 먼저 밀어 넣었으니, 패터슨 선생님과 맥스는 나를 등지고 있는 셈이다. 그들 가까이까지 몰래 다가가기가 훨씬 쉬워졌다. 나는 커다란 자동차의 뒷문으로 나와 통로를 가로질러 패터슨 선생님의 차까지 뛰어간다. 맥스가 뒤돌아볼 경우를 대비해 고개는 계속 숙인 상태다.

패터슨 선생님의 차는 창문이 열려 있다. 날씨는 따뜻하고 자동차 엔진은 꺼져 있다. 아마 신선한 공기를 쐬려고 창문을 연 모양이다. 마음 같아서는 당장이라도 뒷좌석에 있는 맥스가 무엇을 하고 있는지 들여다보고 싶다. 하지만 내가 서 있는 곳에서도 패터슨 선생님의 목소리가 다 들린다. 그녀는 누군가와 전화로 이야기하고 있다. 나는 통화 내용을 더 자세히 듣기 위해 운전석을 향해 살금살금 기어간다. 그리고 자동차 앞문과 뒷문 사이 옆구리에 찰싹 붙은 채 쪼그려 앉는다.

패터슨 선생님의 목소리가 들린다.

"네, 엄마."

잠시 정적이 흐르더니 패터슨 선생님이 다시 말한다.

"네. 사랑해요, 엄마."

또다시 정적.

"아니에요, 엄마. 아무 문제 없어요. 괜찮다고요. 아무리 근무 중이라도 엄마인데 당연히 통화할 수 있죠. 게다가 엄마는 지금

편찮으시잖아요."

다시 정적.

"알아요, 엄마. 엄마 말씀이 맞아요. 엄마는 늘 옳으니까요."

패터슨 선생님이 가볍게 소리 내어 웃는다. 그러더니 다시 말한다.

"이 꼬마에게 도움을 받을 수 있어서 얼마나 다행인지 몰라요."

그녀가 다시 웃는다. 이번에도 진짜 우스워서 웃는 웃음은 아니다.

"이름은 맥스예요. 맥스는 제가 아는 학생들 가운데 가장 친절하고 똑똑한 아이예요."

패터슨 선생님은 잠시 입을 다물었다가 다시 말한다.

"네, 엄마. 맥스에게 이번에 절 도와준 것을 엄마가 무척 고맙게 생각한다고 꼭 전할게요. 사랑해요, 엄마. 하루빨리 건강이 좋아지시길 바랄게요. 안녕히 계세요."

대화는 전체적으로 수상한 느낌이다. 그동안 맥스의 엄마 아빠가 전화로 나누는 대화를 수없이 들었지만 단 한 번도 지금 같은 느낌은 든 적이 없었다. 패터슨 선생님의 통화는 모든 점에서 이상했다. 웃음소리도 진짜가 아니었다. 상대방의 이야기를 듣느라 말하지 않는 시간도 너무 짧았다. 게다가 '엄마'라는 단어를 너무 자주 썼다. 그녀의 입에서 흘러나온 말은 모두 지나치게 완벽했다. 즉, 머뭇거리거나 더듬는 순간이 없었다.

패터슨 선생님은 마치 1학년 아이들에게 책을 읽어 주는 선생님 같았다. 그녀가 한 말은 모두 자기 엄마가 아닌 맥스에게 하는 말처럼 들렸다.

나는 다시 자동차 뒤쪽을 향해 천천히 뒤로 기어가기 시작한다. 바로 그때, 맥스가 타고 있는 뒷좌석 문이 열린다. 나는 바로 그 문 앞에 엎드려 있다. 문이 열리면서 아랫부분이 내 몸을 그대로 통과한다.

차에서 내리던 맥스가 나를 발견한다. 순간, 웃음 띤 얼굴이 찌푸려진다. 처음에는 눈이 휘둥그레졌지만 곧 가늘게 바뀌면서 양 눈썹 사이에 잔주름이 잡힌다. 화가 난 것이다. 하지만 맥스는 내게 아무 말도 하지 않는다. 곧이어 패터슨 선생님이 문을 열고 차에서 내렸기 때문이다. 졸지에 맥스와 패터슨 선생님 사이에 무릎을 꿇고 엎드려 있게 된 나는 바보가 된 기분이다. 너무 부끄럽고 당황스러워서 몸을 일으킬 수도 없다. 그저 그대로 엎드린 채 패터슨 선생님이 차 문을 닫고 맥스에게 손을 내미는 모습을 지켜볼 뿐이다. 맥스는 나를 한 번 슬쩍 내려다보고는 패터슨 선생님의 손을 잡는다. 두 사람이 손잡은 모습을 본 것은 처음이다. 그래서인지 굉장히 이상해 보인다. 원래 맥스는 누군가와 손잡는 걸 싫어하는데……. 맥스가 뒤돌아보지 않고 곧장 걸어간다. 나는 겨우 일어나 맥스가 학교 안으로 들어가는 모습을 지켜본다. 급기야 맥스가 복도 쪽으로 사라진다. 끝내 나를 한 번도 돌아보지 않은 채.

나는 패터슨 선생님의 차 안을 살펴본다. 맥스가 앉아 있던 뒷좌석에 파란색 배낭 하나가 있다. 지퍼가 닫혀 있어서 안에 무엇이 들었는지는 알 수 없다. 그 배낭 말고 특별히 눈에 띄는 것은 없다. 차 안은 깨끗하고 휑하다.

예상대로 패터슨 선생님은 깔끔하고 정리를 잘하는 사람이다.

그래서 믿을 수 없다.

20

맥스는 내게 말문을 닫기로 한 것 같다. 학교 일과가 끝날 때까지 내게 눈길조차 주지 않는다. 집으로 돌아오는 버스에서도 내가 옆자리에 앉으려 하자 고개를 가로젓는다. 그러면서 눈빛으로 "안 돼!"라고 잘라 말한다. 우리는 스쿨버스에서 한 번도 따로 떨어져 앉아 본 적이 없다. 그래서 나는 맥스의 앞자리, 운전석 바로 뒤에 자리를 잡는다. 마음 같아서는 당장이라도 뒤돌아 웃는 얼굴로 맥스를 바라보며 녀석의 화를 달래 주고 싶다. 하지만 그럴 수가 없다. 맥스의 화가 쉽게 풀리지 않을 거라는 것을 알기 때문이다.

패터슨 선생님에 대한 문제는 맥스의 화가 풀렸을 때 반드시 짚고 넘어가야 할 것 같다. 맥스와 패터슨 선생님 사이에 무슨 일이 벌어지고 있는 것인지 여전히 감이 안 잡히지만, 좋지 않은 일인 것만은 분명하다. 이제는 확신할 수 있다. 수업을 하다 말고 밖으로 나와 패터슨 선생님의 차 안에 앉아 있던 맥스, 그 옆에 있던 파란색 배낭, 여러모로 수상했던 패터슨 선생님의 전화 통화, 무엇보다 그녀와 맥스가 손잡고 있던 모습……. 이 모든 것들을 생각하면 할수록 두려움이 밀려든다.

한동안 나는 내가 지나치게 반응하는 게 아닌지 생각해 보기도 했다. 어쩌면 이번 일은 텔레비전 수사 드라마 같은 것일 수도 있다. 드라마에서는 흔히 한 사람을 겨냥해 여러 가지 실마리를 보여 주며 그를 범인으로 몰아가지만, 결국 진짜 범인은 다른 사람, 누구도 예상 못한 뜻밖의 인물로 밝혀진다. 그러므로 어쩌면 패터슨 선생님도 착한 사람일지 모른다. 그녀와 맥스가 차 안에 함께 있었던 데는 충분히 납득할 만한 이유가 있을 수도 있다. 하지만 이제 내 판단이 옳다는 확신이 든다. 내가 지나치게 예민했던 게 아니다. 무슨 근거로 확신하는지 설명할 순 없다. 하지만 틀림없다. 텔레비전 드라마의 주인공들도 이런 기분일까? 진짜 범인은 따로 있는데 엉뚱한 사람을 범인이라고 믿는…… 그러나 이것은 드라마가 아닌 실제 상황이다. 나를 속이려고 가짜 실마리를 잔뜩 늘어놓은 연출자는 존재하지 않는다. 이것은 현실이고, 현실에서는 이처럼 많은 가짜 실마리가 한꺼번에 나타날 리 없다.

그나마 좋은 소식은 내일이 금요일이라는 것이다. 패터슨 선생님은 보통 금요일에는 출근하지 않는다. 팔머 교장 선생님은 이 점에 불만이 많다. 나는 언젠가 그녀가 한 여자에게 패터슨 선생님에 대한 불만을 늘어놓는 광경을 목격했다. 고개를 끄덕이며 이야기를 다 듣고 난 여자는 패터슨 선생님에겐 아플 때 휴가를 낼 권리가 있다는 말로 대화를 끝내 버렸다. 나는 교장 선생님이 세상에 매주 똑같은 요일에 병이 나는 사람도 있느냐고 되받아치기를 바랐다. 하지만 교장 선생님은 정장을 차려입은 그 여자에게 더 이상 아무 말도 하지 않았다. 대신 여자가 자리를 떠나자마자 '비러먹을노조'를 욕했다. 나는 아직도 '비러먹을 노조'가 무엇인지 모른다. 맥스에게 물어봤지만, 녀석도 모르긴 마찬가지였다.

아무튼 패터슨 선생님은 내일도 아프거나 아픈 척할 것이다. 그렇다면 주말 동안 맥스에게 용서를 구하고 대화를 해 봐야겠다.

나는 화나서 내게 말도 걸지 않는 맥스를 지켜보면서 녀석이 내 존재를 더 이상 믿지 않을까 봐 더럭 겁이 났다. 하지만 맥스가 세상에 존재하지 않는 누군가에게 화낼 리 없다는 사실을 깨닫고는 곧 안심했다. 지금은 맥스가 화내고 말하지 않는 것이 오히려 좋은 징조일지 모른다는 생각마저 든다. 이렇게까지 화내는 것을 보면 맥스는 내 존재를 진심으로 믿는 게 분명하다.

만일 내가 메건이 그레이엄에게 화를 내게 만들 방법을 찾아냈다면, 그레이엄은 지금까지 살아 있었을까?

최근 들어 그레이엄이 부쩍 많이 생각난다. 어떻게 그렇게 바람처럼 사라져 버릴 수 있을까? 그레이엄이 말하고 행동했던 모든 것이 메건에게는 정말 아무 의미도 없었던 걸까? 그레이엄은 내게 여전히 소중한 친구이다. 그런데 메건과 퍼피에게는 아무것도 아닌 존재가 돼 버렸다. 단지 더 이상 세상에 있지 않다는 이유만으로.

중요한 것은 그레이엄이 이 세상에 존재하지 않는다는 사실, 그뿐이다.

맥스의 할머니가 돌아가셨을 때, 맥스 아빠는 할머니가 맥스의 가슴속에 살아 계실 거라고 말했다. 맥스가 잊지 않는 한, 할머니는 맥스의 기억 속에 영원히 존재할 거라고 말이다. 그런데 이 말은 맥스에게나 통하는 것이다. 맥스는 아빠의 말에 조금 기분이 나아졌을지도 모른다. 하지만 맥스의 할머니에게는 그 말이 아무 도움도 되지 못했다. 설사 할머니가 맥스의 가슴속에 계속 살아 있다손 치더라도, 현실에는 존재하지 않는다. 할머니는 맥스의 가슴속에서 어떤 일이 벌어지든 관심 없다. 더 이상 어떤 일에도 관심을 가질 수가 없기 때문이다. 사람들은 모두 살아 있는 이들에 대해서만 걱정한다. 실제로 고통스러운 건 할머니나 그레이엄 같은 죽은 이들인데.

그들은 더 이상 세상에 존재하지 않는다.

이보다 더 고통스러운 것은 없다.

저녁 시간에도 맥스는 내게 말을 걸지 않는다. 혼자 숙제를 마치고 삼십 분 동안 비디오 게임을 한 뒤, 자기 머리만 한 크기의 책을 펼치고 세계대전에 대한 이야기를 읽는다. 그런 다음 단한마디 말도 없이 잠자리에 든다. 나는 지금 맥스의 침대 옆 의자에 앉아 녀석이 잠들기를 기다리고 있다. 맥스가 조그만 목소리로 "부도, 이제 괜찮아."라고 말해 주면 얼마나 좋을까? 하지만 그것은 내 바람일 뿐이다. 맥스는 끝내 아무 말도 하지 않는다. 그리고 규칙적인 숨소리와 함께 잠들어 버린다.

밖에서 문 열리는 소리가 들린다. 맥스 엄마가 집에 돌아온 모양이다. 오늘 그녀는 의사와 상담 약속이 잡혀 있어서 맥스의 잠자리를 봐주지 못했다. 맥스 엄마가 방으로 들어와 아들의 이마에 뽀뽀를 한다. 그러고는 이불을 목까지 끌어올려 덮어 주고 뽀뽀를 세 번 더 한다.

맥스 엄마가 방에서 나간다.

나도 뒤쫓아 나간다.

맥스 아빠는 텔레비전 야구 중계를 보고 있다. 맥스 엄마가 거실에 나타나자 리모컨으로 소리를 완전히 줄인다. 그러나 눈길은 여전히 화면에 고정돼 있다.

"그래서? 의사가 뭐래?"

맥스 아빠가 화난 듯한 목소리로 묻는다.

"괜찮았대요. 대화를 조금 나눠 봤는데, 맥스가 몇 가지 질문에 대답하더래요. 언젠가는 맥스가 자신을 신뢰하고 모든 이야기를 털어놓게 될 거라고, 자신이 꼭 그렇게 만들 거라고 하더라고요. 그렇지만 시간이 좀 걸릴 거래요."

"그 말은 맥스가 우리는 신뢰하지 않는다는 거야?"

맥스 엄마가 어이없다는 표정을 짓는다.

"그러지 좀 마요. 당연히 맥스는 엄마 아빠를 신뢰해요. 그렇다고 해서 우리에게 모든 이야기를 다 털어놓는 건 아니에요."

"세상에 부모한테 모든 걸 다 털어놓는 아이가 어디 있어?"

"이건 그것과는 다른 문제예요. 당신이 이해를 못하겠다면 유감이네요."

맥스 엄마는 전혀 유감스럽지 않은 말투로 말한다.

"그래? 그럼 어떻게 다른지 나한테 설명해 봐."

맥스 아빠가 빈정대듯 말한다.

"난 맥스의 엄마이지만 내 아들에 대해 잘 모르는 것 같은 기분이 들어요. 맥스는 다른 아이들과 달라요. 집에 와서도 학교에서 있었던 일을 우리에게 이야기하는 법이 없죠. 다른 아이들과 어울려 놀지도 않고요. 학교에서 누군가가 자신을 죽이고 싶어 한다고 생각하고, 지금까지도 상상 친구와 이야기를 나누죠. 게다가 맥스는 내가 자기 몸을 건드리는 걸 질색해요. 뽀뽀도 아이가 잠든 뒤에야 겨우 할 수 있다고요. 도대체 당신은 왜 맥스의 진짜 모습을 보려고 하지 않죠?"

맥스 엄마의 목소리가 점점 더 커진다. 금방이라도 울음을 터뜨리거나 악을 쓸 것 같다. 어쩌면 두 가지를 동시에 할지도 모른다. 이미 가슴속에서는 울음이 터졌는데, 남편과 싸우느라 억지로 참고 있는 것일 수도 있다.

맥스 아빠는 아무 말도 하지 않는다. 어른들은 하고 싶지 않은 말을 해야 할 때 침묵으로 대신한다.

맥스 엄마가 부드럽고 차분한 목소리로 다시 말한다.

"의사 선생님 말씀으로는 맥스가 무척 영리하대요. 우리에게 보여 줄 수 있는 것보다 훨씬 더 똑똑한 두뇌를 갖고 있다고요. 그래서 발전 가능성이 아주 크대요."

"고작 사십오 분 동안 만나 보고 그 모든 걸 다 알 수 있단 거야?"

"그분은 맥스 같은 아이들을 날마다 봐요. 아직까지 딱 잘라 말한 것은 하나도 없어요. 그분이 지금껏 보고 들은 바를 토대로 그저 추측할 뿐이라고요."

맥스 아빠가 뜬금없이 묻는다.

"보험 적용은 어디까지 받을 수 있대?"

나는 이 말이 정확히 무슨 뜻인지 모른다. 하지만 맥스 아빠의 말투에서 짐작컨대, 특별히 도움 되는 질문은 아닌 듯하다.

"지금부터 열 번째 상담까지는 적용된대요. 그 후엔 진단 결과에 따라 달라지고요."

"그럼 우리가 내야 할 분담금은 얼만데?"

"맙소사! 우리는 지금 우리 아들을 위해 도움을 받고 있어요. 그런데 당신은 고작 그 비용을 걱정하는 거예요?"

"아니, 난 그냥 궁금해서 물어본 건데……."

맥스 아빠는 괜한 질문을 했다고 후회하는 듯하다.

"좋아요! 20달러예요. 됐어요?"

"난 그저 궁금했을 뿐이야. 그뿐이라고."

맥스 아빠가 한동안 입을 다물었다가 빙그레 웃으며 다시 말한다.

"그런데 말이야, 맥스가 상담받은 시간이 겨우 사십오 분인데 우리가 내야 할 돈이 20달러라면, 도대체 그 여자는 시간당 얼마를 버는 건가? 당연히 당신도 궁금할 것 같은데. 안 그래?"

"나 참! 그분은 슈퍼마켓에서 일하는 점원이 아니에요. 의사 선생님이라고요!"

"그냥 농담한 거야."

맥스 아빠는 그렇게 말하고 껄껄대며 웃는다.

이번에는 맥스 아빠의 말이 진심처럼 들린다. 맥스 엄마도 그렇게 생각하는 듯하다. 웃으면서 남편 곁에 앉는 것을 보면 알 수 있다.

맥스 아빠가 묻는다.

"또 다른 이야기는 없었어?"

"특별한 건 없어요. 맥스가 의사 선생님의 질문에 거의 다 대답했는데, 이건 좋은 징조래요. 그리고 특이하게도 맥스는 진료실에 혼자 있을 때도 불안해 보이지 않았대요. 하지만 여전히 학교에서 누군가가 자신을 죽일 거라고 생각한대요. 토미 스윈든이라나. 혹시 당신도 아는 이름이에요?"

"아니."

"맥스 말로는 토미가 맥스라는 이름을 싫어해서 자신을 죽이고 싶어 한대요. 하지만 호건 박사는 그 말을 믿지 않아요."

"토미 스윈든이 맥스를 죽이고 싶어 한다는 걸 믿지 않는다는 거야, 아니면 맥스의 이름을 싫어한다는 걸 믿지 않는다는 거야?"

"호건 박사도 잘 모르겠대요. 하지만 맥스가 토미에 대한 이야기를 있는 그대로 털어놓은 것 같진 않대요. 맥스가 거짓말을 하고 있다는 느낌을 받은 건 그때뿐이었다고요."

"그럼 우리는 이제 어떡해야 하지?"

"내일 내가 학교에 찾아가 보려고요. 아마 맥스가 무언가를 오해한 것 같아요. 하지만 확실히 확인해 둘 필요는 있어요."

"헬리콥터 엄마가 아들을 구조하러 출동하시겠다?"

맥스 아빠는 이전에도 아내를 '헬리콥터 엄마'라고 부른 적이 있다. 도대체 '헬리콥터 엄마'라는 게 무슨 뜻인지 모르겠다. 헬리콥터가 무엇인지는 나도 안다. 하지만 맥스 엄마는 헬리콥터를 조종한 적도, 맥스의 장난감 헬리콥터를 갖고 논 적도 없다. 집에는 장난감 헬리콥터가 꽤 많지만, 맥스 엄마는 그 근처에도 가지 않는다.

맥스 엄마가 빙그레 미소 짓는다. 그 미소를 보니 머릿속이 더 복잡해진다. 평소에 맥스 엄마는 남편이 자신을 '헬리콥터 엄마'라고 부르면 화를 낸다. 그러면서도 가끔은 지금처럼 재미있다고 생각하는 모양이다. 나는 그 이유를 모르겠다.

맥스 엄마가 말한다.

"토미 스윈든이라는 녀석이 우리 아들을 협박한 게 사실이라면, 그 빌어먹을 전투기로 혼쭐검을 내줘야겠어요! 헬리콥터 엄마의 위력이 어떤 건지 확실히 보여 줘야죠!"

"당신은 가끔 좀 이상해지는 것 같아. 신경과민 증상도 약간 있는 것 같고. 이따금 과민반응을 보일 때도 있지. 하지만 맥스에게 당신 같은 엄마가 있다는 건 참 다행이야."

갑자기 맥스 엄마가 팔을 뻗어 남편의 손을 꽉 붙잡는다. 두 사람이 곧 키스를 할 것 같다. 나는 그들이 키스하는 모습을 볼 때마다 야릇한 기분이 든다. 뜻밖에 맥스 엄마는 키스 대신 이렇게 말한다.

"호건 박사가 맥스와 상담을 두 번 더 한 다음 나도 오래요. 그때 같이 갈래요?"

"그럼 분담금이 더 커지는 건가?"

다음 순간, 두 사람은 정말 키스를 한다. 나는 고개를 돌린다. 도대체 분담금이 뭔지 너무 궁금하다. 맥스 아빠가 처음 분담금이라는 말을 꺼냈을 때, 맥스 엄마는 화를 냈다. 하지만 이번에는 먼저 키스를 할 만큼 좋아하고 있다.

내가 맥스를 잘 이해하는 이유는 바로 이 때문이다. 나 역시 이따금 맥스처럼 어른들의 세계가 혼란스럽게 느껴진다.

21

오늘 패터슨 선생님은 학교에 나오지 않았다. 팔머 교장 선생님은 화가 나겠지만, 나는 한결 마음이 놓인다. 맥스는 여전히 내게 한마디도 하지 않는다. 그러나 적어도 내게는 주말 동안 맥스를 달래 용서를 구할 시간 여유가 있다.

오전 시간은 이상하게 흘러갔다. 맥스는 여전히 내게 눈길조차 주지 않았다. 첫 수업은 고스크 선생님과 함께하는 구구단 공부였다(맥스는 이미 두 해 전에 구구단을 다 외웠다). 다음은 미술 시간으로, 나이트 선생님이 다양한 빛깔의 색종이로 문양을 만드는 법을 가르쳐 주었다. 하지만 맥스는 별 관심 없는 듯 나이트 선생님의 설명을 듣는 둥 마는 둥 했다. 평소에는 문양과 관계된 것이라면 무엇이든 좋아하는데 좀 이상했다.

고스크 선생님 교실에서 간식을 먹고 난 맥스가 이제 학습 센터로 향하고 있다. 내가 바로 옆에서 함께 걷고 있지만, 녀석은 여전히 내게 눈길조차 주지 않는다. 이제는 나도 슬슬 화가 나려 한다. 지나치게 예민하게 군다는 생각이 든다.

맥스 엄마가 이따금 그런 것처럼 말이다.

나는 그저 패터슨 선생님의 차 앞까지 맥스를 따라간 죄밖에 없다.

급기야 내가 말한다.

"맥스, 오늘 수업 끝난 뒤에 같이 전쟁놀이 할까? 오늘은 금요일이잖아. 그러니까 전쟁터를 거대하게 차려 놓고 내일까지 온종일 놀아도 돼."

맥스는 대답이 없다.

"진짜 웃긴다! 언제까지 나한테 이렇게 못되게 굴 거야? 난그저 네가 뭘 하는지 알고 싶었을 뿐이야."

맥스가 걸음을 재촉한다.

우리는 이번에도 학습 센터까지 먼 길을 돌아간다. 며칠 전 패터슨 선생님이 택했던 바로 그 길이다. 이 길로 가면 시간이 더 걸리기는 하지만, 맥스는 이렇게 가는 것이 더 좋은 모양이다. 학습 센터에 늦게 도착하면 그만큼 그곳에서 보내야 하는 시간이 줄어들 테니 말이다.

이윽고 주차장으로 통하는 유리문 앞에 다다르자, 맥스가 걸음을 멈추고 밖을 내다본다. 유리에 뽀얀 입김이 서릴 만큼 얼굴을 문에 바짝 들이대고 있는 녀석은 단지 바깥을 내다보는 게 아니다. 무언가를 찾고 있는 게 분명하다. 나도 녀석을 따라서 밖으로 눈길을 돌린다. 마침내 맥스가 무언가를 발견한다.

하지만 나는 아니다.

나는 맥스가 발견한 것이 뭔지 모른다. 하지만 맥스는 확실히 무언가를 발견한 듯 허리를 꼿꼿이 펴고 코를 유리문에 박고 있다. 그런데 이번에는 유리에 입김이 서리지 않는다. 맥스가 숨을 참고 있다는 증거다. 무언가를 발견하고 숨을 멈춘 것이다. 나는 다시 밖을 둘러본다. 특별히 눈에 띄는 것은 없다. 그저 두 줄로 늘어선 자동차와 그 너머의 거리뿐이다.

"넌 여기 있어."

맥스가 말한다. 녀석이 먼저 내게 말한 것이 너무 오랜만이라 살짝 당황스럽다.

"어, 어디 가는데?"

"넌 여기 있어. 금방 갔다 올 거야. 여기서 얌전히 기다리고 있으면 곧 돌아올게. 약속해."

맥스는 거짓말을 하고 있다. 며칠 전 호건 박사가 그랬던 것처럼, 나도 맥스가 거짓말하고 있다는 것을 한눈에 알아챈다. 하지만 맥스가 다시 내게 말하기 시작했다. 더 이상 내게 화난 것 같지 않다. 그것만으로도 나는 다시 행복해진다. 나는 맥스를 믿고 싶다. 내가 맥스를 믿기만 하면, 아무 문제도 없을 것이다. 맥스가 내게 화낼 일도 없다. 이제 내 곁에는 그레이엄도, 디도, 샐리도 없다. 물론 엄마나 아빠도 없다. 그렇지만 맥스가 다시 내게 돌아왔으니 그것만으로 충분하다.

"알았어. 그럼 난 여기서 기다릴게. 지난번에 네 말을 듣지 않은 거 미안해."

"괜찮아."

맥스는 복도에 누가 있진 않은지 이리저리 고개를 돌리며 살펴본다. 그 모습을 보니 패터슨 선생님이 떠오른다. 갑자기 불안감이 밀려들기 시작한다. 어쩐지 두렵다.

맥스는 거짓말을 하고 있다. 무언가 잘못돼 가고 있다.

복도에 아무도 없는 것을 확인한 맥스가 문을 열고 밖으로 나간다. 그리고 시멘트 길을 따라 주차장 쪽으로 걸어간다. 꽤 빠른 걸음이지만 뛰는 것은 아니다.

나는 다시 밖을 둘러본다. 도대체 맥스는 뭘 발견한 걸까? 나는 맥스가 걸어가는 쪽으로 눈길을 돌린다. 특별히 눈에 띄는 것은 없다. 줄줄이 세워진 자동차와 거리, 노랗거나 붉은 잎이 달린 나무 몇 그루, 그리고 풀밭이 전부다.

특별한 것은 없다.

바로 그때, 무언가가 내 눈을 사로잡는다.

패터슨 선생님의 자동차다. 이제야 그것이 눈에 들어온다. 은색 트럭 뒤에서 패터슨 선생님의 차가 천천히 나오고 있다. 커다란 트럭 뒤에 있어서 지금까지 눈에 띄지 않았던 것이다. 차의 앞쪽이 먼저 나온다. 패터슨 선생님은 차의 앞쪽을 먼저 빼기 위해 일부러 은색 트럭 뒤에 차를 뒤쪽부터 밀어 넣은 게 분명하다. 순간 무언가 아주 심각한 일이 벌어지고 있다는 직감이 든다. 학교 주차장에 차를 뒤쪽부터 밀어 넣을 만큼 어리석은 사람은 그리스월드 선생님뿐이다. 하지만 오늘은 패터슨 선생님이 그런 짓을 했다. 무언가 비밀스럽고 계획적인 느낌이 든다. 더욱이 맥스는 이 사실을 처음부터 다 알고 있었던 것 같다.

자동차가 맥스 앞에 멈춰 선다. 녀석이 뒷문을 열고 올라탄다. 맥스가 패터슨 선생님의 차에 탔다.

나는 급히 유리문을 통과해 시멘트 길을 따라 뛰어간다. 맥스의 이름을 고래고래 외친다. 당장 거기 서라고 소리친다. 너는 지금 패터슨 선생님에게 속고 있는 거라고 말해 주고 싶지만 마음뿐이다. 맥스가 속고 있다고 확신하는 이유가 뭔지 설명할 순 없다. 하지만 틀림없다. 맥스는 나무를 보느라 숲을 못 보고 있다. 그게 맥스다. 녀석에게 이 모든 사실을 한마디로 알릴 수 없어서 나는 그저 이렇게 소리칠 뿐이다.

"맥스!"

패터슨 선생님의 차가 움직이기 시작한다. 주차된 자동차들 옆을 지나 거리를 향해 가고 있다. 내 힘으로 그들을 따라잡을 수 있을까? 운전하는 사람은 패터슨 선생님이 분명하다. 차가 통로를 돌 때 똑똑히 봤다. 그런데 그녀가 마치 백미러로 나를 보기라도 한 것처럼 더욱 속도를 낸다. 결국 나는 그들을 붙잡지 못한다. 마침내 주차장 끝에 다다른 자동차는 왼쪽으로 돌아 거리로 들어선다. 나도 헐레벌떡 거리까지 쫓아가 인도를 따라 계속 달린다. 하지만 맥스를 태운 차는 곧 내 시야에서 완전히 벗어나 버린다. 나는 그저 계속 달리고 싶은 마음뿐이다. 달리 무엇을 어떻게 해야 할지 모르겠다. 그러나 결국 나는 멈춰 선다.

맥스가 떠나 버렸다.

22

나는 보도블록에 앉아 기다린다. 맥스가 내가 자신을 따라가려 했다는 사실을 알까? 알아도 상관없다. 나는 녀석이 돌아올 때까지 기다릴 것이다. 그리고 다시는 패터슨 선생님의 차에 타서는 안 된다고 말해 줘야겠다. 내가 선생님은 아니지만, 선생님이 수업 중에 학생을 자기 차에 태우고 돌아다니면 안 된다는 것쯤은 안다.

맥스가 곧 돌아올 거라는 걸 알았다면, 나도 이렇게 걱정하지는 않았을 것이다. 지금 나는 몹시 불안하다. 내가 불안한 이유는 한두 가지가 아니다.

패터슨 선생님은 오늘 학교에 나오지 않았다.

단지 맥스를 차에 태워 가기 위해 학교까지 온 것이다.

패터슨 선생님은 나중에 차를 빨리 빼기 위해 일부러 차를 뒤쪽부터 밀어 넣어 주차했다.

게다가 학교에 있는 사람들이 자신의 차를 보지 못하도록 고의적으로 커다란 트럭 뒤에 주차했다.

패터슨 선생님과 맥스의 만남은 이미 계획된 것이었다.

맥스는 패터슨 선생님이 올 거란 사실을 알고 있었다.

패터슨 선생님은 맥스를 기다리고 있었다.

맥스는 패터슨 선생님을 본 순간 숨을 멈추었다.

그들이 떠나는 것을 본 사람은 아무도 없다.

차라리 내가 텔레비전 드라마에 나오는 인물처럼 쓸데없이 예민하게 구는 거라면 좋겠다. 친구를 엄청난 사건의 범인으로 오해하고 비난하다가 나중에 자신이 틀렸다는 것을 깨닫는 인물은 드라마의 단골손님이다. 역시 내가 쓸데없이 예민한 거겠지? 그래, 그럴 거다. 맥스는 지금 선생님과 함께 있다. 규칙을 어긴 것은 사실이지만, 어쨌든 패터슨 선생님도 엄연한 선생님이다.

그렇지만 오늘 패터슨 선생님은 학교에 나오지 않았다. 단지 맥스를 태워 가려고 잠시 들렀을 뿐이다. 이 사실이 나를 계속 괴롭힌다. 아무리 생각해도 이상하다.

어디선가 종소리가 울린다. 첫 번째 쉬는 시간을 알리는 종소리다. 내가 보도블록에 앉아 있은 지도 어느새 한 시간이나 됐다. 지금쯤 맥스네 반 아이들은 교내 식당으로 향하고 있을 것이다. 고스크 선생님은 맥스가 안 보인다는 사실을 알아챘을까? 물론 고스크 선생님은 매우 훌륭한 최고의 교사다. 하지만 맥스를 담당하는 선생님은 여러 명이니까, 고스크 선생님은 그저 맥스가 라이너 선생님이나 홈 선생님, 또는 맥긴 선생님과 함께 있을 거라고 생각할지도 모른다. 당연히 홈 선생님과 라이너 선생님은 맥스가 고스크 선생님과 함께 있을 거라 여길 테고.

어쩌면 패터슨 선생님은 맥스의 담당 선생님들이 이렇게 생각할 거라고 미리 예상했을지도 모른다. 그래서 오늘 맥스를 데려가기로 결심한 것이다.

걱정을 하지 않는 것도 꽤 힘든 일이다. 걱정을 안 하려고 애쓰다 보면 오히려 내가 걱정하고 있다는 사실을 새삼 깨닫게 된다. 무엇보다 보도블록에 앉아 친구가 돌아오기를 기다리다 보면 자신이 왜 그곳에 앉아 있는지 잊어버리기가 어렵다.

자동차가 지나갈 때마다, 새들이 지저귈 때마다, 쉬는 시간을 알리는 종이 울릴 때마다, 걱정은 점점 더 커져 간다. 그런 소리가 들릴 때마다 내가 마지막으로 맥스를 봤던 순간과 현재 사이의 간격이 더 크게 벌어지기 때문이다. 그 시간적 간격이 영원처럼 길게 느껴진다.

맥스가 사라진 뒤 종소리가 네 번 더 울렸다. 이는 곧 녀석이 사라진 지 두 시간이나 지났다는 뜻이다. 혹시 학교 안으로 들어갈 수 있는, 내가 모르는 뒷문 같은 것이 있나? 어쩌면 주차장으로 이어진 학교 뒤쪽 숲에 오솔길 같은 것이 있을지도 모른다. 그렇다면 패터슨 선생님이 맥스를 그 길에 데려다 놓았을 수도 있다. 그쪽으로 가면 아무도 그들이 함께 있는 것을 보지 못할 테니 말이다. 당장 일어나서 뒷문을 찾아볼까? 그 문으로 들어가 맥스를 기다리는 게 낫지 않을까? 그때 교내 방송을 통해 맥스의 이름이 흘러나온다. 교내 방송은 건물 안은 물론 운동장에서도 들을 수 있다. 스피커가 설치된 곳은 건물 반대편이지만, 내가 있는 곳에서도 맥스의 이름이 또렷하게 들린다. 맥스의 이름을 말하고 있는 사람은 팔머 교장 선생님이다.

"맥스 딜레이니 군, 지금 당장 교실로 오세요."

맥스는 아직 돌아오지 않았다. 어쩌면 돌아와서 고스크 선생님의 교실로 가는 중인지도 모른다. 나는 계속 보도블록에 앉아 맥스를 기다릴 셈이었다. 하지만 맥스가 사라졌다는 사실을 교장 선생님이 알게 된 이상, 학교 안으로 들어가서 기다리는 게 더 나을 것 같다는 생각이 든다.

나 역시 어떻게 된 일인지 알고 싶다.

고스크 선생님, 라이너 선생님, 흄 선생님이 고스크 선생님 교실에 모여 있다. 아이들은 한 명도 없다. 금요일 오후니까 모두 음악 수업을 들으러 갔을 것이다. 세 선생님은 근심 가득한 얼굴로 교실 문 쪽을 바라보고 있다. 그래서 교실로 들어선 나는 그들이 나를 보고 있는 줄 알고 깜짝 놀란다. 그들의 눈에 내가 보인다고 잠시 착각한 것이다.

내가 거울을 볼 수 있다면, 아니 내가 거울에 비친다면, 선생님들과 똑같이 근심 가득한 표정을 짓고 있는 내 얼굴을 볼 수 있을 것이다.

잠시 후, 팔머 교장 선생님이 다급히 교실로 들어서며 묻는다.

"아직도 안 왔어요?"

교장 선생님 역시 근심이 가득한 얼굴이다.

"네."

고스크 선생님이 대답한다. 그녀의 목소리가 그처럼 심각하게 들리는 것은 처음이다. "네."라는 단 한 마디를 했을 뿐인데 고스크 선생님이 그 어느 때보다 크게 걱정하고 있다는 것이 가슴으로 느껴진다.

"도대체 어디 갔을까요?"

흄 선생님이 역시나 근심 가득한 목소리로 묻는다.

선생님들이 모두 걱정하고 있으니 잘된 일이다.

"좋아요. 다들 여기 계세요."

팔머 교장 선생님이 그렇게 말하고는 교실을 나선다.

흄 선생님이 계속해서 말한다.

"혹시 도망간 건 아닐까요?"

"맥스는 그런 아이가 아니에요."

고스크 선생님이 말한다. 그러자 흄 선생님이 다시 말한다.

"도나, 솔직히 난 맥스가 학교 안에 있을 것 같지 않아요."

도나는 고스크 선생님의 이름이다. 아이들은 절대 선생님을 이름으로 부를 수 없지만, 선생님들끼리는 언제든 원하면 그럴 수 있다.

"맥스는 웬만해선 학교 건물 밖으로 나가지 않는 아이에요."

고스크 선생님이 말한다. 어느 정도 일리 있는 말이다. 맥스는 선생님이 함께 나가자고 꼬드기지 않는 한, 절대 스스로 학교를 벗어날 녀석이 아니다. 그런데 바로 그런 일이 실제로 일어났다.

맥스에게 무슨 일이 있었는지 아는 이는 나뿐이다. 하지만 나는 누구에게도 말을 할 수 없다. 이 세상에서 내 목소리를 들을 수 있는 사람은 오직 맥스뿐인데, 지금 그 아이는 여기 없다. 사라진 주인공이 바로 맥스이니까.

교내 방송으로 팔머 교장 선생님의 목소리가 다시 흘러나온다.

"교직원 여러분, 잠시 짬을 내어 주변을 둘러봐 주십시오. 고스크 선생님 반의 맥스 딜레이니 군이 교내 어딘가에서 길을 잃은 것 같습니다. 맥스 군이 자기 반으로 무사히 돌아올 수 있게 도와주세요. 맥스 군을 보신 분은 즉시 서무실로 연락을 주십시오. 그리고 맥스, 혹시 이 방송을 듣고 있다면 어서 네 교실로 돌아가거라. 만일 어딘가에서 일시 정지된 거라면 우리가 찾을 수 있게 크게 소리를 질러요. 학생 여러분, 걱정할 필요 없습니다. 학교가 워낙 넓어서 어린이들이 가끔 길을 잃기도 하니까요."

그럼요, 그렇고말고요.

훔 선생님이 또다시 말한다.

"난 맥스가 교내에 있다고 생각지 않아요. 우선 경찰에 알아보는 게 좋겠어요. 맥스의 집이 학교에서 그리 멀지 않으니 어쩌면 집까지 걸어갔을 수도 있어요."

그러자 라이너 선생님이 맞장구를 친다.

"맞아요. 맥스의 부모님께도 연락해야 해요. 집으로 가고 있는 중일 수도 있으니까요."

"맥스는 쉽사리 학교 건물 밖으로 나갈 아이가 아니에요."

고스크 선생님이 말한다.

팔머 교장 선생님이 다시 나타난다. 놀랍게도 표정이 침착하다. 교장 선생님이 말한다.

"에디와 크리스에게 지하실을 둘러보라고 지시했어요. 벽장 안까지 죄다 확인하라고요. 식당 직원들은 주방을 수색하는 중이에요. 웬디와 섀론에게는 건물 밖을 샅샅이 살펴보게 했어요."

그러자 홈 선생님이 또다시 말한다.

"학교 안에는 없다니까요. 어떻게 그럴 수 있었는지, 왜 그랬는지는 저도 몰라요. 하지만 아무튼 지금 여기 없어요. 꽤 오래전부터요. 맥스 말이에요."

교장 선생님이 믿지 못하겠다는 표정을 짓는다.

"그야 아직 모르는 일이죠."

"저기, 홈 선생님 말이 맞는 것 같아요……."

고스크 선생님이 말한다. 그녀의 목소리는 조금 전처럼 단호

하지 않고 힘이 없다. 겁에 잔뜩 질려 있는 것 같다.

"맥스는 이렇게 진지한 안내 방송을 듣고도 가만히 있을 아이가 아니에요."

"그럼 고스크 선생님도 맥스가 건물 밖으로 나갔다고 생각하는 건가요?"

"네. 어떻게 된 일인지는 모르지만, 사라진 건 확실해요."

역시 고스크 선생님은 똑똑하다.

23

학교 전체가 '감금' 상태에 들어갔다. 이는 경찰이 허락할 때까지 아무도 학교 밖으로 나갈 수 없다는 뜻이다. 선생님들은 물론 팔머 교장 선생님까지 못 나간다고 한다. 아무래도 이건 터무니없는 결정인 것 같다. 패터슨 선생님이 맥스를 데려갔다는 사실을 아는 사람은 나 혼자뿐인데 왜 다른 이들을 못 나가게 하는 걸까? 더 우스운 사실은 학교에서 나갈 수 있는 것도 나 혼자뿐이라는 것이다. 실제로 경찰이 감금해야 하는 대상은 바로 나 같은데, 나 혼자만 감금 당하지 않다니…….

나는 맥스에게 무슨 일이 있었는지 알지만, 패터슨 선생님이 맥스를 어디로 데려갔는지는 모른다. 설사 안다고 해도 뭘 어떻게 한단 말인가? 내가 할 수 있는 일은 아무것도 없다. 결국 나는 아무것도 모르는 나머지 사람들과 다를 바가 없다. 이러지도 저러지도 못한 채 그저 걱정만 할 뿐이다.

굳이 다른 점을 찾자면, 내가 다른 사람들보다 훨씬 더 많이 걱정하고 있다는 것이다. 물론 맥스를 걱정하지 않는 사람은 없다. 고스크 선생님도, 흄 선생님과 팔머 교장 선생님도 근심이 가득하다. 하지만 그들의 걱정은 내 걱정에 비할 바가 아니다.

왜냐하면 나는 맥스에게 무슨 일이 있었는지 알기 때문이다.

경찰들도 걱정이 가득하다. 그들은 눈을 가늘게 뜨고 서로를 바라보며 나지막한 목소리로 대화를 주고받는다. 팔머 교장 선생님을 포함한 교직원들이 듣지 못하게 하려고 그러는 것 같다. 하지만 나는 경찰들의 이야기 소리를 들을 수 있다. 그들 바로 옆에 서 있으면 한 마디 한 마디가 세세하게 들린다. 그런데 경찰들은 내 말을 단 한 마디도 듣지 못한다. 내가 맥스를 도울 수 있는 유일한 목격자인데, 내 목소리를 들을 수 있는 사람이 아무도 없다.

세상에 처음 태어났을 때, 나는 맥스의 엄마와 아빠를 포함한 다른 사람들에게 내 목소리를 들려주려고 무척 노력했다. 그때는 사람들이 내 목소리를 들을 수 없다는 사실을 몰랐다. 그저 사람들이 나를 무시하는 거라고 오해했다.

어느 날 저녁, 맥스는 엄마와 외출하고 나는 맥스 아빠와 집에 있었다. 그때까지 나는 집 밖을 나가 본 적이 없었기 때문에 맥스를 따라가기가 두려웠다. 그래서 밤새 맥스 아빠와 단둘이 소파에서 함께 시간을 보내게 되었다. 나는 내내 고함을 치고 비명까지 내질렀다. 그렇게 계속 소리를 지르면 맥스 아빠가 적어도 나를 돌아보고 조용히 하라고 할 것 같았다. 나는 맥스 아빠에게 제발 내 말 좀 들어 달라고, 나와 이야기를 나누자고 애원했다. 하지만 그는 그저 계속 야구 중계만 보고 있었다. 내 존재는 없는 것이나 마찬가지였다. 그러다가 내가 비명을 지르는 순간, 갑자기 맥스 아빠가 웃음을 터뜨렸다. 나는 그가 나를 보고 웃는 줄 알았다. 하지만 맥스 아빠는 텔레비전에서 누군가가 던진 우스갯소리에 웃음을 터뜨린 게 분명했다. 화면에 비친 또 다른 사람도 웃고 있었기 때문이다. 내가 귀에 대고 그토록 크게 소리를 질렀는데도, 맥스 아빠는 텔레비전에 나오는 사람의 말소리를 들을 수 있었던 것이다. 그제야 나는 이 세상에 내 목소리를 들을 수 있는 사람은 오직 맥스뿐이라는 사실을 깨달았다.

그 후 나는 다른 상상 친구들을 만나게 됐고, 그들은 내 목소리를 들을 수 있다는 사실을 알게 되었다. 물론 모든 상상 친구들이 다 그렇다는 것은 아니다. 적어도 소리를 들을 수 있는 친구여야 한다.

언젠가 나는 눈 두 개와 리본 모양으로 묶은 머리칼이 전부인 상상 친구를 만났다. 그 아이가 마치 신호를 보내듯 나를 향해 눈을 깜박거리기 전까지 나는 그 아이가 상상 친구인지도 몰랐다. 그 아이는 흔히 여자애들이 머리에 다는 리본처럼 생겼다. 분홍색 리본. 그 아이가 여자라는 것은 색깔에서 알 수 있었다. 하지만 그 아이는 내 목소리를 전혀 듣지 못했다. 그 아이를 상상해 낸 여자애가 소리를 듣는 능력은 미처 생각하지 못했기 때문이다. 아이들은 상상 친구를 그릴 때 귀를 빠뜨리는 경우가 많다. 그래도 대부분은 자신의 상상 친구가 소리를 들을 수 있다고 생각하고, 덕분에 상상 친구들은 대개 소리를 들을 수 있다. 하지만 그 조그만 리본은 그렇지 못했다. 그 아이가 할 수 있는 일은 그저 나를 향해 눈을 깜박거리는 것뿐이었다. 그래서 나도 똑같이 눈을 깜박거려 주었다. 그 아이는 겁에 질려 있었다. 눈빛과 눈을 깜박거리는 동작을 보면 알 수 있었다. 나는 그 아이에게 다 잘될 거라고 말해 주고 싶었지만, 그럴 방법이 없었다. 내가 할 수 있는 일은 그저 눈을 깜박거리는 것뿐이었다. 다행히 나와 눈짓을 주고받는 것만으로도 그 아이는 위안을 얻은 듯했다. 두려움과 외로움이 아주 조금 사라진 것 같았다. 하지만 그것만으로는 턱없이 부족했다.

만일 내가 유치원생의 머리에 달린 조그만 귀머거리 리본이라면 나 역시 몹시 두려울 것 같다.

조그만 분홍빛 리본 소녀는 나와 만난 다음 날 사라졌다. 나는 이 세상에 더 이상 존재하지 않는다는 것이 누군가에게 일어날 수 있는 최악의 일이라고 생각한다. 하지만 그 조그만 분홍빛 리본 소녀는 아마도 이 세상에서 사라진 뒤 더 행복해졌을 것이다. 적어도 더 이상 두려움에 떨지는 않을 테니까.

경찰은 맥스가 학교에서 도망쳤다고 생각한다. 그것이 자기들끼리 둥글게 모여 서서 나지막이 주고받은 이야기의 결론이다. 그들은 고스크 선생님의 말을 믿지 않는다. 그들은 맥스가 고스크 선생님이 말한 시각보다 더 일찍 교실에서 나갔다고 생각한다. 그래서 아직까지 맥스를 찾지 못하는 거라고.

한 경찰관이 말한다.

"저 선생은 아이가 정확히 언제 사라졌는지도 모르고 있어."

주위에 있던 동료들이 모두 고개를 끄덕인다.

또 다른 경찰관이 말한다.

"그렇다면 아이가 지금 어디쯤 가고 있을지 감을 잡을 수도 없잖아."

동료 경찰관들이 또다시 고개를 끄덕인다.

경찰은 아이들과 달리 항상 동료의 말에 동의하는 것 같다.

경찰서장은 경찰관과 지역 자원봉사자들(보통 사람들은 '자원봉사자'라는 말에 환상을 품는다)이 학교 뒤쪽 숲과 주변 주택가를 돌아다니며 맥스를 찾고 있다고 말한다. 집집마다 방문하여 맥스를 본 사람이 있는지 확인 중이라고도 한다. 나도 밖으로 나가 맥스를 찾아보려고 생각했었다. 하지만 당분간은 학교 안에 있기로 마음을 바꾸었다. 나는 감금 대상이 아니지만 스스로 자신을 감금하고 있다. 맥스가 돌아오기를 기다리면서. 패터슨 선생님이 맥스를 영원히 데리고 있을 리는 없다.

경찰은 패터슨 선생님이 맥스를 데려갔다는 사실을 왜 알아내지 못하는 것일까? 텔레비전 드라마에 나오는 경찰이라면 벌써 알아내고도 남았을 것이다.

나는 지난 며칠 동안 경찰을 여러 번 봤다. 우선 토미 스윈든이 맥스의 방 유리창을 깨뜨렸을 때 경찰관들이 집에 왔었다. 그후 디가 총상을 당하고 샐리가 일시 정지 상태에 빠졌을 때도 경찰이 왔다. 이때는 여자 경찰관도 한 명 끼어 있었다. 그리고 지금은 남자 여자 가릴 것 없이 수많은 경찰이 학교 곳곳에 퍼져있다. 하지만 그들 가운데 텔레비전 드라마에서 본 경찰관 같은 얼굴은 단 한 명도 찾아볼 수 없다. 게다가 그다지 똑똑해 보이지도 않는다. 현실 세계의 경찰은 텔레비전에 나오는 경찰에 비해 키도 작고, 더 뚱뚱한 데다 털도 더 많다. 심지어 귓구멍 안에 털이 난 사람도 있다. 물론 여자가 아닌 젊은 남자 경찰관이다. 텔레비전 드라마에서는 그들처럼 평범하게 생긴 경찰관을 단한 명도 못 봤다. 드라마를 만드는 사람들은 감히 누구를 속이려고 그러는 걸까?

감히 누구를 속이려고? 이 말은 고스크 선생님이 자주 쓰는 표현이다. 주로 말썽쟁이 남자아이들이 깜박 잊고 과제물을 식탁에 두고 왔다고 둘러댈 때, 고스크 선생님은 이렇게 말한다. "감히 누구를 속이려고? 에단 우즈, 네 눈에는 이 선생님이 그렇게 만만해 보이니?"

나는 패터슨 선생님에게 감히 누구를 속이려고 그러는 거냐고 묻고 싶다. 안타깝게도 지금 그녀는 모든 사람들을 속이고 있다.

팔머 교장 선생님은 학교 전체가 감금 대상이 된 것에 화가 나 있다. 경찰이 학교 수색을 마친 뒤, 나는 교장 선생님이 심슨 선생님에게 투덜대는 소리를 들었다. 교장 선생님은 맥스가 도 망쳤다고 생각한다. 그래서 왜 전교생과 모든 교직원을 줄곧 감 금하는지 이해하지 못하겠다고 한다. 경찰은 이미 교내의 모든 교실과 사무실, 벽장, 지하실까지 확인했다. 그러므로 맥스가 학 교 안에 없다는 것을 알고 있다. 경찰이 감금을 풀지 않는 이유 는 그저 주의를 기울이기 위해서일 것이다. 학교에서 한 아이가 사라졌다면 나머지 아이들도 그럴 위험성이 있다는 것이 경찰 서장의 설명이다.

서장은 교장 선생님이 불만을 제기하려 하자 이렇게 말했다.

"아마도 누군가가 아이를 데려간 것 같습니다. 만일 그렇다면 교내에 목격자가 있을 수도 있죠."

경찰서장은 말은 그렇게 했지만 정말로 누군가가 맥스를 데 려갔다고 생각하는 것 같지는 않다. 그저 조심하자는 뜻에서 그 렇게 말한 것이다. 서장은 지금 '만에 하나' 놀이를 하고 있다. 팔 머 교장 선생님이 화가 난 이유는 바로 그 때문이다. 그녀는 '만 에 하나' 같은 것은 믿지 않는다. 맥스는 산책을 나갔다가 돌아 오지 않는 것뿐이라고 생각한다. 경찰서장 역시 그렇게 생각하 고 있다.

경찰이 지하실과 숲을 수색하고 집집마다 찾아가서 탐문하 는 동안, 나는 맥스를 영원히 잃어버릴지도 모른다는 생각을 떨쳐 버릴 수가 없다.

물론 맥스가 죽었다고 생각하지는 않는다. 그런데 왜 갑자기 그런 생각이 머릿속에 떠올랐는지 모르겠다. 나는 맥스가 건강하게 살아 있을 거라고 생각한다. 지금쯤 패터슨 선생님의 차 뒷좌석에 파란색 배낭을 옆에 두고 앉아 있을 것이다. 나는 맥스가 무사할 거라고 믿는다. 그러면서도 맥스가 죽지는 않았을 거란 생각이 계속 머릿속에 맴돈다. 죽지는 않았을 거란 생각을 떨쳐 버리고, 오직 살아 있다는 생각만 할 수 있다면 얼마나 좋을까.

만일 맥스가 죽는다면, 내가 그 사실을 알 수 있을까? 맥스에게 무슨 일이 벌어졌는지도 모른 채 그저 연기처럼 뿅 하고 사라지는 건 아닐까? 나는 숨을 멈추고 내가 사라지기를 기다려 본다. 설사 그렇게 사라진다고 해도, 나 자신은 그 사실을 알지도 못할 것이다. 그저 뿅 하고 사라지면 그것으로 끝이다. 조금 전에는 분명히 존재했는데, 다음 순간에는 존재하지 않는다. 그러니까 그런 일이 일어나기를 기다리는 것은 바보 같은 짓이다. 하지만 나도 모르게 자꾸 기다리게 된다.

나는 패터슨 선생님이 맥스를 데려간 특별한 이유가 있기를 바란다. 둘이 함께 아이스크림을 사러 갔다가 길을 잃었다거나, 맥스와 함께 소풍을 간 것인데 깜박 잊고 고스크 선생님에게 말하지 못했다거나, 맥스를 데리고 자기 엄마를 만나러 간 것이라면 좋겠다. 그렇다면 두 사람은 이제 곧 주차장에 나타날지도 모른다. 맥스가 무사히 건강한 모습으로 돌아올지도……

하지만 어제 패터슨 선생님은 자기 엄마와 통화하는 것 같지 않았다.

패터슨 선생님에게는 엄마가 있는 것 같지도 않다.

맥스 엄마는 이 사실을 알고 있을까? 맥스 아빠는? 아마 그럴 것이다. 어쩌면 그들은 지금 이 순간 맥스를 찾기 위해 숲을 헤매고 있을지도 모른다.

팔머 교장 선생님이 교실에 나타난다. 마침 고스크 선생님은 『찰리와 초콜릿 공장』을 아이들에게 다시 읽어 주는 중이다. 평소 같으면 내가 좋아했을 시간이다. 하지만 맥스와 이야기를 함께 듣지 못하는 지금은 그렇지 않다. 맥스도 이 시간을 무척 좋아한다. 방금 고스크 선생님은 베루카 솔트가 쓰레기 처리기에 빠져서 사라지는 대목을 읽었다. 지금 같은 상황에 꼭 그런 이야기를 읽어야 하는지 이해가 안 된다.

고스크 선생님이 책을 읽다 말고 고개를 들어 교장 선생님을 쳐다본다.

팔머 교장 선생님이 말한다.

"고스크 선생님, 제가 잠깐 아이들에게 몇 마디 해도 될까요?"

고스크 선생님은 물론 된다고 대답한다. 하지만 눈썹이 치켜올라간 것으로 보아 사뭇 당황한 듯하다.

"여러분, 조금 전 맥스 딜레이니를 찾는다는 방송을 다들 들었을 거예요. 그리고 알다시피 현재 우리는 학교 밖으로 절대 나갈 수 없어요. 그래서 아마 여러분은 지금 궁금한 게 굉장히 많을 거예요. 하지만 여러분이 걱정할 일은 전혀 없어요. 우리는 맥스를 찾기만 하면 돼요. 맥스는 지금쯤 혼자 어딘가를 돌아다니고 있을 거예요. 아니면 일찌감치 부모님이 오셔서 데려갔는데 깜박 잊고 우리에게 알리지 못한 걸 수도 있어요. 다시 말해, 별일 아니란 거예요. 그래서 말인데, 혹시 여러분 가운데 맥스가 어디 갔을지 아는 학생 있나요? 오늘 맥스가 특별히 한 말은 없나요? 평소보다 일찍 집에 가야 한다든가 뭐 그런 것 말예요."

이것은 이미 조금 전 고스크 선생님이 아이들에게 한 이야기와 비슷했다. 경찰차 여러 대가 학교로 들어오고, 교장 선생님이 '별도의 고지가 있을 때까지 감금 명령이 내려졌다'는 사실을 알렸을 때, 당황할 아이들을 위해 미리 설명한 것이다. 하지만 고스크 선생님은 교장 선생님의 이야기를 막지 않고 그저 가만히 있었다.

브리애너가 손을 들고 말한다.

"맥스는 학습 센터에 자주 가요. 아마 오늘도 거기 가다가 길을 잃었을 거예요."

교장 선생님이 말한다.

"고맙다, 브리애너. 그렇지 않아도 지금 누군가가 그곳을 확인하는 중이란다."

"경찰이 왜 여기 있어요?"

에릭이 손도 들지 않고 대뜸 물었다. 녀석은 원래 질문할 때
절대 손을 안 든다.

교장 선생님이 대답한다.

"경찰 아저씨들은 우리를 도와 맥스를 찾기 위해 오신 거예
요. 그분들은 실종된 어린이를 찾는 전문가이시거든. 그러니 틀
림없이 맥스도 곧 나타날 거예요. 그런데 오늘 맥스에게 특별한
이야기를 들은 사람은 한 명도 없나요? 아무 말도 없었어요?"

아이들은 고개를 살래살래 흔든다. 맥스에게 특별한 말을 들
은 사람은 한 명도 없다. 아무도 맥스와 이야기를 나눈 적이 없
기 때문이다.

팔며 교장 선생님이 포기한 듯 고개를 가로저으며 말한다.

"흠, 좋아요. 아무튼 여러분 모두 고마워요! 고스크 선생님,
잠시 얘기 좀 할까요?"

고스크 선생님은 책을 내려놓고 교장 선생님을 따라 교실 밖
으로 나간다.

나도 따라간다.

교장 선생님이 묻는다.

"정말 맥스가 선생님한테 아무 말도 없었나요?"

"그렇다니까요."

고스크 선생님은 약간 화가 난 듯하다. 나 같아도 그럴 것이다. 경찰서장도 이미 똑같은 질문을 두 번이나 했다.

"맥스가 교실에서 나간 시각도 확실하고요?"

"네, 틀림없습니다."

고스크 선생님의 목소리는 더욱 화나 있다.

"좋아요. 혹시 나중에라도 무언가 생각났다는 아이들이 있으면 곧장 보고하세요. 난 감금 명령을 풀어줄 수 있는지 알아보러 가야겠어요. 벌써 거리에 학부모들이 잔뜩 모여서 애들을 데려가려고 기다리고 있어요."

"학부모님들이 벌써 이번 일에 대해 아시나요?"

고스크 선생님이 묻는다.

"경찰에서 벌써 두 시간째 집집마다 찾아다니며 탐문 수사를 벌이고 있어요. 학부모회에서는 학교 주변 일대를 수색하기 위한 자원봉사대를 짜는 중이고요. 게다가 이미 앰버 경고(Amber Alert. 어린이 유괴 납치 사건에 대한 미국 내의 비상경보 체제/ 옮긴이)가 발령돼서 방송국 보도 차량도 밖에 와 있어요. 아마 저녁 6시까진 더 많이 몰려오겠죠."

"아, 그렇군요……."

고스크 선생님이 한결 누그러진 목소리로 중얼거린다. 방금 벌을 받은 어린애처럼 풀죽은 목소리다. 고스크 선생님이 그런 목소리로 말하는 건 지금껏 한 번도 들어 본 적이 없다. 겁에 질리고 당황한 듯한 선생님의 목소리를 들으니 나도 더럭 겁이 난다.

팔머 교장 선생님이 고스크 선생님을 교실 문가에 남겨 둔 채 떠난다. 나는 교장 선생님을 따라간다. 그녀가 경찰서장에게 뭐라고 말하는지 듣고 싶기도 하고, 심술궂은 베루카 솔트가 사라진 뒤 결국 어떻게 됐는지 알고 싶지 않아서이기도 하다.

베루카 솔트가 평소 얼마나 못되게 굴었든 상관없다. 나는 이제 사라진 아이에 관한 이야기에 더 이상 웃을 수 없을 것 같다.

팔머 교장 선생님이 현관을 가로질러 교장실로 향하는 순간, 학교 정문이 벌컥 열린다. 정문 옆에 서 있던 경찰관이 문을 닫히지 않도록 붙잡는다.

패터슨 선생님이 걸어 들어온다.

나는 그 자리에 우뚝 멈춰 선다.

믿을 수가 없다. 패터슨 선생님이 학교 안으로 들어오고 있다. 나는 맥스가 뒤따라 들어오기를 기다린다. 그러나 경찰관이 곧 문을 닫는다.

맥스는 오지 않았다.

24

"교장 선생님, 소식을 듣고 얼마나 놀랐는지 몰라요. 도대체 어떻게 된 일일까요?"

팔머 교장 선생님과 패터슨 선생님이 현관 로비에서 서로 부둥켜안는다.

교장 선생님이 패터슨 선생님을 껴안고 있는데, 맥스는 여기 없다.

패터슨 선생님의 차가 있는 곳으로 뛰어가 맥스가 아직 뒷좌석에 타고 있는지 확인해 볼까? 아니, 그럴 필요는 없을 것 같다. 패터슨 선생님은 맥스가 사라졌다는 소식을 듣고 몹시 놀랐다고 했다. 맥스를 사라지게 만든 사람은 바로 패터슨 선생님 자신이 아니던가? 그녀는 거짓말을 하고 있다. 그러니 맥스가 아직까지 그녀의 차에 타고 있을 가능성은 없다.

나는 순간적으로 맥스가 죽었다는 생각에 온몸이 슬픔에 젖어들었다. 나도 곧 죽을 거라는 생각마저 들었다. 그런데 나는 아직 여기 이렇게 살아 있다. 그러므로 맥스도 여전히 어딘가에 살아 있는 게 분명하다.

한번 생각해 보자. 만일 맥스가 죽었는데(실제로는 아니지만) 나는 살아 있는 거라면, 이는 곧 맥스가 죽거나 내 존재를 믿지 않아도 나는 이 세상에서 사라지지 않을 거라는 뜻이다.

나는 맥스가 죽기를 바라지 않는다. 맥스가 죽었다고도 생각지 않는다(사실이 그렇다). 하지만 만일 맥스가 죽었는데 나는 죽지 않은 거라면, 이것은 엄청난 사실이다. 나에게는 대단히 중요한 일이다. 그렇다고 내가 맥스가 죽기를 바란다는 말은 아니다. 현재 나와 맥스 모두 살아 있으니까 하는 말이다. 하지만 만일 맥스가 죽었는데 내가 여전히 살아 있는 거라면, 이것은 반드시 알아야 할 중요한 문제다.

다만 나는 맥스가 죽었을지도 모른다는 생각이 자꾸만 든다. 텔레비전 드라마를 너무 많이 본 탓일까?

경찰서장이 모퉁이 뒤에서 나타나자, 부둥켜안고 있던 패터슨 선생님과 교장 선생님은 그제야 서로에게서 떨어진다. 두 사람은 상당히 오랫동안 껴안고 있었다. 맥스가 사라지기 전까지만 해도 사이가 안 좋았지만 이제는 서로를 좋아하는 것 같다. 특히 교장 선생님은 '비러먹을노조'를 까맣게 잊어버린 모양이다. 로비 한가운데 서 있는 두 사람의 모습은 절친한 친구 사이 같다. 심지어 자매처럼 보이기까지 한다.

"루스 패터슨 씨?"

경찰서장이 묻는다.

그가 실제로 경찰서장인지는 모르겠다. 하지만 오늘 사건의 총책임자인 데다 배도 불룩 튀어나와서 진짜 경찰서장처럼 보인다. 그의 실제 이름은 밥 노튼이다. 텔레비전 드라마에 나오는 경찰서장다운 이름은 아니다. 아무튼 그가 맥스를 찾아낼 가능성은 그리 커 보이지 않는다.

패터슨 선생님이 돌아서며 대답한다.

"네. 제가 루스 패터슨인데요?"

"교장실에 가서 잠깐 얘기 좀 할 수 있을까요?"

"네, 물론이에요."

패터슨 선생님이 근심 가득한 목소리로 말한다. 경찰서장은 그녀가 맥스를 걱정하고 있다고 생각할 것이다. 하지만 내가 보기엔 자신의 잘못이 들통 날까 봐 걱정하는 것 같다. 어쩌면 자기 잘못이 들통 날까 봐 걱정하면서도 맥스에 대해 걱정하는 것처럼 보이려고 짐짓 애쓰고 있는지도 모른다.

패터슨 선생님과 팔머 교장 선생님이 소파에 나란히 앉는다. 경찰서장은 탁자 맞은편 소파에 자리를 잡는다. 무릎 위에는 노란색 메모장이 놓여 있고, 손에는 펜이 쥐어져 있다.

경찰서장이 말한다.

"패터슨 씨, 당신은 맥스 딜레이니 군의 보조 교사지요? 맞습니까?"

"네. 저는 맥스와 많은 시간을 함께해요. 하지만 맥스 말고 다른 학생들도 담당하고 있죠."

"하루 종일 맥스와 함께 있는 건 아니란 말입니까?"

"네. 맥스는 영리한 아이예요. 그래서 온종일 따라다니며 챙길 필요는 없어요."

팔머 교장 선생님이 고개를 끄덕인다. 그녀가 패터슨 선생님과 관련해 그토록 호의적인 반응을 보이는 것은 처음이다.

경찰서장이 다시 묻는다.

"오늘 왜 학교에 결근했는지 물어봐도 되겠습니까?"

"병원 예약이 돼 있었어요. 두 군데요."

"병원은 어디 있죠?"

"첫 번째 병원은 여기서 그리 멀지 않아요. 이 길로 쭉 가면 있어요."

패터슨 선생님은 학교 정면을 가리키며 말한다.

"워크인 클리닉(미국, 캐나다 등에 있는 예약이 필요 없는 진료소/옮긴이)인데 그 건물에 물리 치료실이 있어요. 오늘 아침 어깨가 아파서 물리 치료를 받았죠. 그런 다음 파밍턴 가에 있는 병원에 갔어요. 그곳에서 낸시한테 전화 연락을 받았고요."

"팔머 교장 선생님 말씀으로는 결근이 잦다던데요? 특히 금요일에 말입니다. 그것도 물리 치료 때문입니까?"

순간 패터슨 선생님이 교장 선생님을 흘끗 쳐다본다. 그러더니 다시 경찰서장을 돌아보고 미소 짓는다.

맥스를 몰래 데려간 여자가 지금 경찰서장 앞에 앉아서 미소를 짓고 있다.

"네. 아니, 그러니까 제 말은 가끔은 아프기도 하고, 또 가끔은 병원 예약이 있을 때도 있고……."

패터슨 선생님은 잠시 말을 멈추고 숨을 크게 들이쉬었다가 내쉰다. 그러고는 다시 말한다.

"이건 아무도 모르는 이야기인데…… 사실 저는 루푸스 병을 앓고 있어요. 그래서 지난 이 년여 동안 건강에 이런저런 문제가 많았죠. 일주일에 닷새 동안 일하는 것이 버거울 때도 있답니다."

순간 교장 선생님이 흠칫 놀란다.

"어머나, 난 그런 줄도 모르고……. 미안해요, 루스."

교장 선생님이 그 말과 함께 패터슨 선생님의 어깨를 토닥거린다. 이는 맥스 엄마가 화난 맥스를 달래기 위해 할 법한 행동이다. 그것도 맥스가 자기 몸을 건드리는 것을 허락했을 경우에나 가능한 일이다. 아무튼 교장 선생님이 패터슨 선생님을 그처럼 다정하게 대하는 모습은 말 그대로 충격적이다. 맥스가 사라진 지금, 교장 선생님은 느닷없이 루푸스라는 병을 앓고 있다고 고백한 패터슨 선생님의 어깨를 토닥거리고 있다.

패터슨 선생님이 교장 선생님에게 말한다.

"괜찮아요. 저는 그저 다른 사람들에게 걱정 끼치고 싶지 않아서……."

"패터슨 씨, 맥스를 찾는 데 도움될 만한 이야기는 없습니까?"

경찰서장이 약간 짜증 난 목소리로 묻는다. 다행이다.

"글쎄요, 특별히 생각나는 건 없네요. 맥스는 지금껏 한 번도 도망친 적이 없어요. 그렇지만 유난히 호기심이 많기는 해요. 숲에 대해 이런저런 질문도 많이 했고요. 그래도 설마 그 아이가 혼자 숲 속에 갔을 거란 생각은 안 드네요."

"도망치다니요?"

경찰서장의 물음에 교장 선생님이 대신 나선다.

"특수학교 학생들 중에는 걸핏하면 교사들에게서 도망치려는 아이들이 있지요. 일단 교문 앞까지 가는 데 성공하면 곧장 거리로 뛰쳐나갈 때도 있어요. 하지만 맥스는 그런 성향을 가진 아이가 아니랍니다."

"지금까지 한 번도 도망친 적이 없단 말입니까?"

"네. 단 한 번도요."

패터슨 선생님이 대답한다. 그녀는 놀랄 만큼 침착하다. 루푸스라는 병은 사람을 뛰어난 거짓말쟁이로 만드는 모양이다.

경찰서장이 노란색 메모장을 들여다보며 헛기침을 한다. 딱히 이유를 설명할 수는 없지만, 어쩐지 지금부터 무언가 중요한 질문을 할 것 같다. 좀 더 까다로운 질문 말이다.

"맥스 군은 오늘 고스크 선생님의 수업을 마친 뒤 학습 센터로 이동할 예정이었습니다. 하지만 그곳에 가지 않았죠. 보통 이동할 때 아이가 혼자서 갑니까?"

"가끔 그럴 때도 있죠."

패터슨 선생님이 대답한다. 하지만 그것은 사실이 아니다. 맥스가 학습 센터에 갈 때는 항상 내가 따라간다.

"제가 교내에 있을 때는 제가 데려가기도 해요. 하지만 맥스는 누군가가 함께 따라가지 않아도 돼요."

이때 팔머 교장 선생님이 끼어들어 한마디 덧붙인다.

"저희는 맥스에게 독립심을 키워 주려고 애쓴답니다. 그래서 패터슨 선생님이 계실 때도 이따금 맥스 혼자 교내를 돌아다니도록 교육시키지요."

패터슨 선생님이 다시 말한다.

"하지만 금요일에는 저도 교육 센터에서 맥스와 함께 공부하는 일정이 있어요. 그래서 보통 제가 맥스를 그곳까지 직접 데려가지요."

"맥스 군이 고스크 선생님 수업 시간에 예정보다 일찍 빠져나올 가능성도 있습니까?"

패터슨 선생님이 계속해서 대답한다.

"그럴지도 몰라요. 맥스는 바늘 달린 아날로그식 시계를 못 읽거든요. 고스크 선생님은 맥스를 제시간에 내보냈나요?"

"그랬다더군요."

경찰서장이 말한다.

"제가 궁금한 건 고스크 씨가 실수로 맥스를 일찍 내보냈을 가능성이 있는지, 또는 맥스가 선생님한테 말도 없이, 혹은 선생님의 눈에 띄지 않게 수업 중에 빠져나갔을 가능성이 있느냐는 겁니다."

"그럴 가능성도 충분히 있죠."

패터슨 선생님이 말한 순간, 나도 모르게 소리친다.

"거짓말이에요!"

고스크 선생님은 절대 아이들을 일찍 내보내지 않는다. 그러기는커녕 아이들에게 책을 읽어 주고 셈을 가르치는 데 너무 열중하느라 수업 시간이 끝난 것도 모를 때가 많다. 그리고 맥스는 결코 선생님의 허락 없이 교실을 떠나지 않는다. 절대로.

패터슨 선생님의 계속되는 거짓말을 듣고 있자니 점점 더 겁이 난다. 그녀는 거짓말에 너무나 능숙하다.

경찰서장의 질문이 계속 이어진다.

"맥스 군의 부모님은 어떻습니까? 제가 특별히 알아 둬야 할 사항이라도 있나요?"

"그게 무슨 말씀이시죠?"

"부모로서 어떤 사람들이냐는 거죠. 부부 사이는 좋은지, 맥스를 제시간에 학교에 보내는지, 양육에 문제가 있어 보이지는 않는지, 뭐 이런 얘깁니다."

패터슨 선생님이 고개를 갸우뚱거린다.

"이해가 안 되네요. 그분들이 아들인 맥스에게 무슨 짓을 했을 거라고 생각하시는 건가요? 맥스는 오늘 학교에 있었다면서요."

"그랬죠. 녀석은 그저 산책하러 나갔을 가능성이 높습니다. 남의 집 뒷마당에서 그네를 타고 있거나 숲에 숨어 있는 모습이 곧 발견될 거예요. 하지만 만일 산책을 나간 게 아니라면, 누군가가 아이를 데려간 겁니다. 그 사람은 아이가 아는 인물일 테고요. 이 경우 가장 유력한 용의자는 가족이나 친인척입니다. 혹시 맥스를 데려가고 싶어 할 만한 사람이 있습니까? 아이의 부모가 연루됐을 가능성은요?"

패터슨 선생님은 이전과 달리 곧장 대답하지 못한다. 경찰서장도 이를 눈치챈다. 서장과 내가 동시에 몸을 앞으로 기울인다. 패터슨 선생님에게 무언가 중요한 말을 듣게 될 거라고 예상한 것이다. 나 역시 마찬가지다. 다른 점이 있다면, 경찰서장은 그것을 중요한 사실로 생각하지만 나는 중요한 거짓말로 생각한다는 것이다.

"사실 저는 예전부터 맥스의 학교생활에 대해 걱정이 많았어요."

패터슨 선생님이 무거운 배낭을 들어 올리듯 말한다. 말 한 마디 한 마디가 무거운 듯하면서도 가볍게 들린다.

"맥스는 매우 예민한 아이라 친구가 한 명도 없어요. 때때로 아이들에게 괴롭힘을 당하기도 하죠. 자신이 무슨 짓을 하는지도 모른 채 무작정 행동해서 불안할 때도 많아요. 스쿨버스 앞으로 무조건 뛰어들기도 하고, 나무에서 열리는 견과에는 알레르기 반응을 일으키죠. 만일 제가 맥스의 부모라면, 이런 공립학교에 계속 보냈을지 의문이에요. 공립학교는 너무 위험하거든요. 훌륭한 부모라면 맥스 같은 아이를 학교에 보내지 않을 텐데 싶기도 하고……."

패터슨 선생님이 말을 멈추고 자신의 신발을 내려다본다. 자신이 무슨 말을 하고 있는지도 모르는 것 같다. 잠시 후, 다시 고개를 든 패터슨 선생님은 경찰서장과 눈이 마주치자 놀란 표정으로 중얼거린다.

"하지만 그분들이 맥스에게 해로운 일을 할 거라고는 생각지 않아요."

진작 그렇게 말했어야지…….

패터슨 선생님은 맥스의 엄마 아빠를 좋아하지 않는다. 나도 몰랐는데 이제 보니 알 것 같다. 물론 그녀는 내가 그 사실을 눈치채지 못했기를 바랐겠지만.

경찰서장이 묻는다.

"하지만 맥스 군의 부모에게 당신이 걱정할 만한 특별한 문제가 있는 건 아니지 않습니까? 맥스를 공립학교에 보낸다는 것 말고 또 다른 문제가 있나요?"

패터슨 선생님이 잠시 머뭇거리다가 대답한다.

"그렇긴 하죠."

경찰서장은 패터슨 선생님에게 학습 센터 교사들과 맥스의 같은 반 친구들, 그 밖에 맥스가 매일 만나는 사람들에 대해 이런저런 질문을 던진다. 맥스가 매일 만나는 사람은 그다지 많지 않다. 패터슨 선생님은 교내의 누군가가 맥스를 데려갔을 거라고는 상상조차 못하겠다고 말한다.

경찰서장이 고개를 끄덕인 뒤 말한다.

"지금부터 맥스가 평소에 학습 센터까지 이동하는 경로를 따라 제 부하 경찰관과 함께 가 주십시오. 도중에 무언가 기억나는 것이 있는지 알아보려고 그럽니다. 만약 떠오르는 게 있으면 즉시 저한테 알려 주세요. 동행하는 경찰관이 몇몇 연락처를 물어볼 겁니다. 또 맥스가 평소 접촉할 만한 사람들에 대해서도 몇가지 질문을 던질 겁니다. 괜찮으시죠?"

"그럼요. 그런데 그분의 질문에 답하고 나서 집에 가 봐도 될까요? 잠깐만이라도요. 물리치료와 병원 진료를 하루에 다 받아서인지 몹시 피곤하네요. 잠시라도 쉬고 싶어요. 제가 학교에 계속 있어야 한다면, 교무실에 있는 의자에 누워 있어도 돼요."

"아닙니다. 댁에 가셔도 돼요. 필요하면 저희가 연락을 드리죠. 맥스 군이 오늘 저녁까지 나타나지 않으면, 아마 다시 뵙고 이야기를 나눠야 할 겁니다. 사람들은 경찰에게 도움될 만한 사항을 알고 있으면서도 미처 깨닫지 못할 때가 있거든요."

"도움을 드릴 수 있다면 뭐든 다 하겠어요."

패터슨 선생님이 그렇게 말하고는 소파에서 일어서려다 갑자기 묻는다.

"맥스를 찾게 될 거라고 생각하시죠? 그렇죠?"

"그러기를 바라야죠. 말씀드렸다시피 저는 앞으로 한 시간 안에 아이가 나타날 거라고 믿어요. 아마 누군가의 집 뒷마당에서 놀고 있겠죠. 네, 저는 맥스를 곧 찾게 될 거라고 생각합니다."

그렇다. 내가 곧 맥스를 찾아낼 것이다.

나는 패터슨 선생님을 따라 그녀의 집으로 갈 생각이다.

25

맥스의 엄마 아빠가 서무실 카운터 뒤에 서 있다. 그들을 처음 발견한 것은 나다. 내가 교장실에서 맨 처음 나왔기 때문이다. 곧이어 패터슨 선생님이 그들을 발견한다. 하지만 그들이 누군지 알아보지 못한 듯하다. 아니, 아예 그들을 모르는 것 같다. 패터슨 선생님은 그들의 아들을 몰래 데려갔고, 방금 경찰서장 앞에서 그들을 나쁜 부모라고 비난했지만, 지금 그들을 알아보지도 못한다. 맥스의 엄마 아빠도 패터슨 선생님을 알아보지 못한다. 그녀의 이름은 알고 있지만, 한 번도 직접 만난 적이 없기 때문이다. 학부모 상담 때는 고스크 선생님이나 맥긴 선생님, 라이너 선생님 같은 정식 교사만 만난다.

패터슨 선생님 같은 보조 교사와 직접 만날 일은 없다.

패터슨 선생님은 맥스의 부모 곁을 그냥 스쳐 지나간다. 왼쪽의 서무실 옆문으로 나가서 기다리고 있던 경찰관과 만난다. 목에 갈색 점이 있는 늙은 경찰관은 악당을 제압할 수 있을 것 같아 보이지 않는다. 그 악당이 여자인 패터슨 선생님이라고 해도.

뒤이어 팔머 교장 선생님이 교장실에서 나오다가 맥스의 부모를 발견한다.

"어머나, 딜레이니 씨!"

교장 선생님이 몹시 놀라며 재빨리 카운터로 다가가 일반인 구역과 교직원 구역을 나누는 반회전문을 열고 말한다.

"어서 들어오세요."

평소에 맥스 엄마는 직장에서든 집에서든 높은 사람이다. 하지만 지금은 높은 사람처럼 보이지 않는다. 손은 덜덜 떨고 있고, 얼굴은 창백하다. 힘없는 인형처럼 다리도 약간 절름거린다. 터무니없는 말이지만, 곱슬머리가 덜 고불거려 보이기까지 한다. 평소의 날카로움은 더 이상 찾아볼 수 없고 잔뜩 겁에 질린 표정이다. 배도 고파 보인다. 아마 맥스에 관한 소식이 고픈 것이리라.

지금 높은 사람처럼 보이는 사람은 오히려 맥스 아빠다. 그는 맥스 엄마의 어깨를 감싸 안은 채 고스크 선생님이 출석을 부를 때처럼 매서운 눈초리로 서무실 안을 둘러본다. 그곳에 누가 있고, 누가 없는지 확인하는 것 같다.

맥스의 부모는 카운터를 지나 교장실로 향한다. 맥스 엄마는 남편에게 떠밀려 억지로 움직이고 있는 듯하다.

"무슨 소식 있습니까?"

맥스 아빠가 교장실 앞에 다다르기도 전에 묻는다. 목소리도 높은 사람 같다. 한 마디 한 마디가 화살처럼 날카롭다. 그 화살은 교장 선생님의 가슴에 정확히 꽂힌다. 맥스 아빠의 말에는 여러 가지 의미가 담겨 있다. 그는 그저 질문 하나를 던진 것이 아니다. 고함을 지른 것도 아니고 그저 무슨 소식이 있느냐고 물어 봤을 뿐이지만, 실제로는 맥스를 잃어버린 것에 대해 교장 선생님을 윽박지르고 있다.

팔머 교장 선생님이 말한다.

"어서 이리 들어오세요. 노튼 서장님이 기다리고 계세요. 서장님이 모든 질문에 답해 주실 거예요."

"맥스가 사라졌을 때 그분은 여기 없었잖습니까?"

또다시 화살이 날아간다. 매우 날카로운 화살이다.

교장 선생님이 말한다.

"진정하시고 어서 들어오세요."

우리는 교장실로 들어간다. 몇 분 전 패터슨 선생님과 교장 선생님이 나란히 앉았던 소파에 이번에는 맥스의 부모가 앉는다. 나는 그들에게 맥스를 몰래 데려간 여자가 바로 그 자리에 조금 전까지 앉아 있었다고 말해 주고 싶지만 그럴 수가 없다.

팔머 교장 선생님은 경찰서장의 옆에 앉는다. 내가 앉을 자리는 없다. 그래서 나는 맥스의 부모 옆에 서 있기로 한다. 지금은 앞서와 달리 방 안에 악당이 없으므로 네 편 내 편이 따로 없다. 그러나 어쩐지 여전히 편이 갈려 있는 듯한 느낌이다. 내 마음속에서 누군가가 맥스의 부모 편에 서라고 말한다.

경찰서장이 자리에서 일어나 맥스의 부모와 악수를 나누며 자신을 소개한다. 뒤이어 나를 뺀 모두가 자리에 앉는다.

"딜레이니 씨, 저는 노튼 서장입니다. 사라진 아드님을 찾는 이번 사건의 책임을 맡고 있죠. 그럼 현재까지의 상황을 말씀드리겠습니다."

맥스 엄마가 고개를 끄덕거린다. 하지만 맥스 아빠는 움직임이 전혀 없다. 일부러 그러는 것 같다. 그가 고개를 한 번이라도 끄덕인다면, 이 방 안에 더 이상 편 같은 것은 존재하지 않게 된다. 모두가 같은 편, 한 팀이 되는 것이다.

그래서인지 맥스 아빠는 털끝 하나도 움직이지 않는다.

경찰서장이 맥스의 부모에게 교내를 수색한 결과에 대해 설명한다. 현재 경찰과 자원봉사자들이 학교 주변 일대를 뒤지고 있다고도 말한다. 뒤이어 맥스가 학교에서 도망쳤고 곧 발견될 거라는 '가정하에' 수사를 진행하고 있다는 말을 덧붙인다. 이 말은 마치 맥스가 도망쳤기를 바란다는 뜻처럼 들린다. 그게 아니라면 자신은 달리 손쓸 방법이 없다는 뜻 같기도 하다.

"우리 맥스는 지금껏 단 한 번도 학교에서 도망친 적이 없습니다."

맥스 아빠가 말한다.

"알고 있습니다. 하지만 선생님들은 그럴 가능성도 있다고 하더군요. 나머지 다른 시나리오보다는 훨씬 더 그럴듯하다고요."

"어떤 시나리오 말입니까?"

"네?"

경찰서장이 되묻는다.

"당신이 말한 다른 시나리오라는 게 도대체 뭐냐는 말입니다."

경찰서장은 잠시 머뭇거리다가 천천히 입을 연다.

"음, 그게 말이죠……. 아이가 유괴됐을 가능성보다는 도망쳤을 가능성이 훨씬 더 크다는 뜻입니다."

'유괴'라는 말이 나온 순간, 맥스 엄마가 나지막이 훌쩍거리는 소리를 낸다.

"딜레이니 부인, 일부러 겁주려는 의도는 아닙니다. 앞서 말씀드렸다시피 저는 곧 제 전화벨이 울릴 거라고 믿어요. 남의 집 뒷마당에서 놀고 있거나 이웃집 뒤 풀숲에서 길을 잃은 맥스 군을 발견했다는 전화 말입니다. 하지만 만에 하나 아이를 찾지 못하면, 누군가가 아이를 데려갔을 가능성에 대해서도 검토해 봐야 해요. 이 경우를 가정해 이미 준비 작업에 착수했습니다. 만일의 경우에 대비해 두 가지 가능성을 동시에 조사하는 거죠."

그때 팔머 교장 선생님이 나선다.

"그럼 맥스가 학교에서 달아나다가 거리에서 누군가에게 납치됐다는 건가요? 설마 그럴 가능성이 있을까요?"

교장 선생님과 경찰서장의 표정을 보니 둘 다 왜 그런 질문을 했는지 원망하는 눈치다. 적어도 맥스의 부모 앞에서 할 말은 아니었던 것이다. 교장 선생님이 맥스 엄마의 눈치를 살핀다. 맥스 엄마는 금방이라도 울음을 터뜨릴 것 같다. 교장 선생님이 말한다.

"죄송해요, 맥스 어머니. 심기를 불편하게 해 드릴 생각은 없었는데……."

경찰서장이 재빨리 말한다.

"그럴 가능성은 거의 없습니다. 맥스 군이 도망칠 결심을 했을 때, 마침 유괴범이 학교 앞을 지나가고 있었다는 건 굉장한 우연이거든요. 그렇지만 저희는 모든 가능성을 다 열어 두고, 맥스 군과 접촉할 수 있는 교직원들을 일일이 만나서 탐문하고 있습니다. 또 최근에 새로운 누군가가 맥스 군과 접촉했는지도 알아보고 있고요."

이때 맥스 엄마가 묻는다.

"우리 맥스가 왜 혼자 있었죠?"

적절한 질문이다. 이 질문은 날카로운 화살이 되어 팔머 교장 선생님의 미간에 정확히 꽂혀야 했다. 하지만 맥스 엄마의 입을 통해 나온 질문은 젤리처럼 힘이 없다. 숨겨진 의미도 없다. 맥스 엄마는 목소리뿐 아니라 표정마저 젤리처럼 불안하고 약해 보인다.

교장 선생님이 설명한다.

"맥스를 담당하는 보조 교사가 오늘 결근했어요. 그게 아니라도 맥스는 학습 센터까지 혼자서 갈 때가 많았고요. 사실 맥스에게 맞는 아이이피(IEP. Individualized Education Programme, 개별화 교육 프로그램/ 옮긴이)의 목표 가운데 하나는 교내 이곳저곳을 돌아다니며 자신의 일정을 소화해 내는 과정에서 독립심을 키워 가는 거예요. 그러니까 맥스가 자신의 교실에서 학습 센터까지 혼자 이동한 건 결코 이례적인 일이 아닙니다."

그러자 맥스 아빠가 묻는다.

"그런데 바로 그때 맥스가 사라진 것 같다는 말이죠? 자기 교실에서 학습 센터로 이동하는 사이에?"

"네, 맞습니다."

경찰서장이 재빨리 대답한다. 그는 교장 선생님이 자꾸 나서지 말고 잠자코 있기를 바라는 눈치다. 그래서 그녀에게 말할 틈을 주지 않고 대신 나선 것이다.

"아드님이 마지막으로 목격된 장소는 일반 교실입니다. 학습 센터에는 가지 않았어요. 학습 센터 교사들은 맥스 군이 오지 않았다는 사실을 신경 쓰지 않았답니다. 담당 보조 교사가 오늘 결근했다는 걸 알고 있었기 때문이죠. 학습 센터 수업에는 늘 보조 교사가 맥스 군과 함께하니까요. 맥스 군의 담임교사인 고스크 씨는 당연히 아드님이 학습 센터에 있을 거라고 생각했고요. 그러니까 맥스 군의 실종 사실이 알려지기 전까지 약 두 시간의 공백이 있었던 거죠."

맥스 아빠가 머리를 쓸어 넘긴다. 그것은 입에서 나쁜 말이 튀어나오려 할 때 애써 참기 위한 동작이다. 맥스 아빠는 아내와 말다툼할 때 머리를 자주 쓸어 넘긴다. 대개 그런 다음에는 밖으로 나가면서 방충 문을 쾅 닫는다.

경찰서장이 말한다.

"두 분께 몇 가지 여쭤 볼 사항이 있습니다. 우선 평소 아드님과 접촉하는 사람들의 명단을 알려 주십시오. 또 최근에 새로 알게 된 사람과 아드님의 일상적인 동선을 말씀해 주세요. 그리고 저희가 알고 있어야 할 건강 관련 정보는 없는지도 알려 주시고요."

"아까는 맥스를 곧 찾게 될 거라고 하셨잖아요?"

맥스 엄마가 말한다.

"그랬죠. 맞습니다, 여전히 그럴 거라고 믿고 있어요. 현재 이백 명 이상의 인력이 주변 일대를 수색하고 있습니다. 방송 매체에서도 이번 사건을 널리 알리고 있고요."

경찰서장이 계속해서 무언가 다른 이야기를 하려는 순간, 노크 소리와 함께 여자 경찰관이 문 안쪽으로 고개를 쑥 들이민다.

"패터슨 씨가 특별한 일이 없으면 귀가하겠답니다."

경찰서장이 묻는다.

"모의 실험에서 별 성과가 없었나?"

"네."

"패터슨 씨 연락처는 받아 뒀고?"

"네."

"좋아. 그럼 가시라고 해."

순간 내가 소리친다.

"안 돼요! 악당을 그냥 놓아주면 어떡해요!"

물론 내 목소리를 알아듣는 사람은 아무도 없다.

맥스 아빠나 샐리도 드라마에서 형사가 악당을 실수로 놓치면 텔레비전에 대고 이렇게 외친다. 드라마에서 악당은 대부분 결국 붙잡힌다. 하지만 이번 일은 현실 세계의 상황이다. 현실에서는 텔레비전 드라마의 법칙이 통하지 않는다. 토미 스윈든과 패터슨 선생님 같은 악당이 승리할 수도 있다는 말이다. 맥스의 행방을 아는 것은 나뿐인데, 나는 전혀 쓸모없는 존재다.

여자 경찰관이 말한다.

"알겠습니다. 곧장 귀가 조치하겠습니다."

이는 나도 떠나야 할 시간이라는 뜻이다. 마음 같아서는 학교에 남아 맥스 엄마 곁을 지키고 싶다. 그녀에게 도움이 될 수 있는 유일한 길은 곧 맥스를 돕는 것이다. 하지만 어쩐지 지금 그녀 곁을 떠나서는 안 될 것 같다. 맥스 엄마는 반쯤 넋이 나간 사람처럼 불안해 보인다.

그래서 나는 더더욱 내 친구 맥스를 찾아야 한다.

일단, 교장실 문을 통과해 다시 서무실로 들어간다. 패터슨 선생님의 모습은 보이지 않는다. 그녀를 집으로 돌려보내겠다고 노튼 서장에게 보고했던 여자 경찰관은 전화 통화 중이다. 그녀가 앉아 있는 책상은 원래 교장 선생님의 비서 자리다. 나는 패터슨 선생님이 어디 있는지 모르지만, 그녀의 차가 어디에 세워져 있는지는 안다. 다만 패터슨 선생님이 벌써 주차장 쪽으로 걸어가고 있을까 봐 걱정이다. 내가 급히 서무실 밖으로 뛰어 나가려는 순간, 여자 경찰관의 통화 내용이 귀에 들어온다. "이제 집으로 돌아가도 된다고 하세요. 단, 혹시 급히 연락할 필요가 있을지도 모르니 휴대폰은 꼭 켜 두라고 말씀하시고요."

다행이다. 패터슨 선생님은 아직 출발하지 않은 게 분명하다.

그러나 나는 패터슨 선생님보다 앞서 차 안에 타 있어야 한다. 어서 뛰자.

내가 아는 상상 친구 중에는 자유자재로 연기처럼 사라졌다가 다시 나타날 수 있는 녀석도 있었다. 그래서 다른 장소로 이동할 때 걷거나 뛸 필요가 없었다. 그 장소에 가 본 경험만 있다면, 한순간 사라졌다가 원하는 곳에 다시 나타났다. 정말 놀라운 능력 아닌가? 한동안 이 세상에 존재하지 않았다가 잠시 후 다시 존재하게 되다니……. 나는 그 친구에게 잠시나마 세상에 존재하지 않을 때 기분이 어떤지 물어보았다. 얼마나 괴롭고 고통스러울지 궁금했기 때문이다. 하지만 녀석은 내 질문을 이해하지 못했다.

"난 세상에 존재하지 않는 게 아니야. 그저 한 장소에서 다른 장소로 순간 이동 하는 거지."

녀석이 말했다.

"아니, 내 말은 다시 세상에 나타나기 전까지 그 짧은 순간 동안 어떤 느낌이냐는 뜻이야."

"아무 느낌도 없어. 그저 눈만 깜박거리면 어느새 새로운 장소에 가 있으니까."

"네가 원래 있던 장소에서 사라질 때 그 느낌이 어떠냐니까?"

"아무 느낌도 없다니까!"

녀석이 점점 화를 내는 것 같아 더 이상 묻지는 않았다. 나는 녀석의 그런 능력이 조금 부러웠다. 그러나 그 친구는 몸집이 바비 인형만큼 작은 데다 눈은 파란색이었다. 흰 부분이 전혀 없이 전체가 다 파랬다. 당연히 늘 짙푸른 색안경을 끼고 있는 듯한 기분일 터였다. 날씨가 흐리거나 선생님이 영화를 보여 주기 위해 전깃불을 껐을 때는 앞을 잘 볼 수도 없었다. 게다가 녀석은 이름도 없었다. 상상 친구들에게는 그리 특별한 일이 아니지만, 그래도 이름이 없다는 것은 어쩐지 좀 슬프다. 지금 녀석은 이 세상에 없다. 맥스가 유치원에 다니던 해 크리스마스에 사라져 버렸다.

지금 이 순간, 내게도 그 친구처럼 펑 하고 순간 이동할 수 있는 능력이 있다면 얼마나 좋을까? 나는 복도를 내달린다. 오늘 오전 패터슨 선생님이 맥스를 납치해 가기 전, 우리가 함께 걸었던 바로 그 길을 따라 달리고 있다. 맥스가 나갔던 바로 그 유리문을 향해.

패터슨 선생님의 차는 주차장에 없다. 주차된 자동차들 앞을 왔다 갔다 하며 몇 번이나 확인해도 패터슨 선생님의 차는 보이지 않는다. 학교 건물에서 주차장으로 이어지는 길은 하나뿐이라 내가 지나온 복도와 문을 지나야만 주차장으로 갈 수 있다. 패터슨 선생님이 나보다 먼저 주차장에 도착했을 리는 없다. 나는 여기까지 줄곧 뛰어왔지만, 그녀는 수상해 보일까 봐 두려워 뛰지 못했을 것이다.

아, 이제야 알 것 같다. 패터슨 선생님에게는 차가 한 대 더 있고, 이번에 학교에 올 때는 다른 차를 몰고 왔을 것이다. 파란색 배낭과 맥스를 차에 태웠다는 증거물이 없는 차 말이다. 과학자들은 맥스의 머리카락이나 운동화에서 떨어진 흙, 또는 지문 같은 증거물을 통해 맥스가 패터슨 선생님의 차 뒷좌석에 탔었다는 사실을 밝혀낼 수 있다. 패터슨 선생님은 경찰이 자신의 차 안을 수색할 경우에 대비해 다른 차를 타고 온 게 분명하다. 정말 교활한 수법이다. 패터슨 선생님은 내가 지금까지 만나 본 사람 가운데 제일 교활하다. 그녀는 이제 곧 저 문으로 나와서 내가 한 번도 본 적 없는 자동차에 올라탈 것이다. 어쩌면 지금 바로 내 앞에 있는 이 차일지도 모른다.

나는 주차장에 못 보던 새로운 차가 있는지 둘러본다. 마침 차 한 대가 눈에 들어온다. 내가 한 번도 보지 못한 새로운 차가 아니라, 패터슨 선생님이 원래 몰고 다니던 차다. 파란색 배낭과 맥스의 머리카락, 맥스의 운동화에서 떨어진 흙이 남아 있을 바로 그 차다. 패터슨 선생님의 차는 학교 앞 순환 도로에 세워져 있다. 교문 바로 앞 순환 도로에 주차를 하다니……. 학생들이 학교에 있을 때 순환 도로에 주차하는 것은 불법이다. 이따금 팔며 교장 선생님이 그곳에 차를 세워 둔 사람들에게 '지금 당장' 차를 빼라고 요구하는 교내 방송을 내보내기 때문에 나도 잘 안다. '지금 당장'이라는 말에서는 교장 선생님의 짜증이 그대로 느껴진다. 그냥 "순환 도로에 주차하신 분은 빨리 차를 빼세요. 누구신지는 몰라도 그곳에 주차한 것을 보니 엄청 짜증나네요." 라고 말할 수도 있을 텐데, 교장 선생님은 꼭 '지금 당장'이라는 표현으로 대신한다. 이 표현은 더 멋져 보이기도 하고, 전혀 멋져 보이지 않기도 하다.

아무튼 학교 앞 순환 도로에 주차하는 사람은 늘 학부모나 대리 교사들이다. 정식 선생님들은 그런 짓을 할 만큼 어리석지 않다. 그런데 도대체 왜 패터슨 선생님은 순환 도로에 차를 세워 둔 걸까? 그곳에는 경찰차도 세워져 있다. 하지만 경찰은 경우에 따라 규칙을 어겨도 된다.

그런데 역시 순환 도로에 주차된 또 한 대의 낯익은 차가 눈에 띈다. 맥스 아빠의 차다. 그 차는 패터슨 선생님 차 뒤에 세워져 있다. 순간 패터슨 선생님의 차가 움직이기 시작한다. 차는 금세 순환 도로 뒤쪽을 돌아 거리로 향한다.

나는 뛰기 시작한다. 죽을힘을 다해 뛰고 있지만, 그래 봤자 속도는 맥스가 상상한 정도를 넘지 못한다. 마음 같아선 "거기 서요! 기다리라고요! 순환 도로에 차를 세우는 건 불법이에요!"라고 외쳐서라도 차를 붙잡고 싶다. 하지만 패터슨 선생님은 내 목소리를 듣지 못할 것이다. 차창이 닫혀 있는 데다 이미 나와는 멀리 떨어져 있다. 무엇보다 나는 상상의 존재다. 이 세상에서 내 목소리를 들을 수 있는 것은 다른 상상 친구들과 패터슨 선생님이 납치해 간 내 친구 맥스뿐이다.

나는 좌우를 살피거나 횡단보도를 이용하지 않고 무작정 진입로를 건넌다. 그러고는 풀밭을 가로질러 순환 도로 반대편으로 뛰어간다. 하지만 패터슨 선생님의 차는 어느새 거리로 들어서서 오른쪽으로 돌고 있다. 아, 이럴 때 나도 펑 하고 순간 이동을 할 수 있다면 얼마나 좋을까? 나는 일단 눈을 감고 패터슨 선생님의 차 뒷좌석을 머릿속에 그려 본다. 파란색 배낭과 맥스의 머리카락, 녀석의 운동화에서 떨어진 흙먼지가 있는……. 잠시 후 눈을 떴을 때, 나는 여전히 풀밭을 가로질러 달리고 있다. 패터슨 선생님의 차는 오르막길을 넘어 교차로를 돌아 사라진다.

나는 다리가 점점 무거워지면서 결국 풀밭 한가운데 멈춰 선다. 머리 위로 나무 두 그루가 보인다. 노랗고 빨간 나뭇잎들이 우수수 떨어지고 있다.

나는 또다시 맥스를 잃어버렸다.

26

노튼 서장은 맥스의 부모에게 자신은 아직 맥스가 주변 어딘가에서 발견될 거라는 희망을 버리지 않았다고 말했다. 그러면서도 '수사의 초점을 다른 방향에 맞출 것'이라는 말을 덧붙였다.

이 말은 곧 더 이상 맥스가 학교에서 도망쳤다고 생각지 않는다는 뜻이다.

경찰서장은 맥스의 부모를 여경과 함께 교사 휴게실로 보내 몇 가지 질문에 답하게 했다. 그러고는 목에 갈색 반점이 있는 경관에게 버거킹과 애트나(Aetna, 미국 최대의 건강보험 회사/ 옮긴이)에 전화를 걸어 맥스가 사라진 시점에 맥스의 아빠와 엄마가 각자의 일터에 있었는지 알아보라고 지시했다. 맥스를 납치한 사람이 맥스의 부모가 아니라는 것을 확인해야만 했던 것이다. 이는 그다지 놀랄 일이 아니다. 경찰은 항상 실종된 아이의 부모를 제일 먼저 조사해야 한다.

텔레비전 드라마에서는 늘 부모들이 악당으로 나오는 것 같다.

늙은 경관이 교무실로 돌아와 노튼 서장에게 맥스의 부모는 하루 종일 근무했으며, 계속 '눈에 띄기 쉬운' 곳에 있었다고 말했다. 이 말은 그들이 학교까지 차를 몰고 와서 맥스를 납치한 뒤 아무에게도 들키지 않고 돌아갈 수는 없었을 거라는 뜻이다.

노튼 서장은 안도한 표정이다.

확실히 엄마나 아빠가 자기 아들을 납치한 경우보다는 낯선 사람이 어린아이를 유괴한 경우가 더 많을 것이다. 하지만 텔레비전 드라마에서 어린아이에게 해를 입히거나 납치하는 범인은 대개 낯선 사람이 아니다. 현실에서도 마찬가지인 것 같다. 맥스에게 패터슨 선생님은 낯선 사람이 아니니 말이다. 그녀는 정말 영리하다.

노튼 서장은 아이들을 내보내기 약 이십 분 전에 감금 명령을 거두었다. 그러고는 학생들에게 외투를 챙겨 입게 하고 스쿨버스 앞에 줄을 세웠다. 하지만 오늘은 줄이 유난히 짧았다. 많은 아이들이 각자 부모의 손에 이끌려 집으로 갔기 때문이다. 오늘 학부모들은 손톱을 물어뜯고 결혼반지를 이리저리 비틀며 초조하게 아이들을 기다렸다. 집에 돌아갈 때도 평소보다 더 빠른 걸음으로 걸었다. 마치 유괴범이 학교 앞 잔디밭의 나무 뒤에 숨어 더 많은 아이들을 잡아가려고 기다리기라도 하는 것처럼.

나는 파이퍼와 함께 집으로 돌아가려는 퍼피를 붙잡아 세웠다. 퍼피에게 이번 일에 대해 이야기하고 싶어서였다. 하지만 파이퍼가 탈 스쿨버스가 약 이 분 뒤 출발할 예정이라 여유가 많지 않았다.

나는 재빨리 퍼피에게 말했다.

"패터슨 선생님이 맥스를 납치해 갔어."

우리는 파이퍼의 교실 안에 서서 파이퍼가 사물함에 든 종이 뭉치를 자기 배낭에 옮겨 담는 모습을 지켜보고 있었다. 사실 서 있는 건 퍼피뿐이었다. 나는 퍼피와 대화하려면 바닥에 주저앉아야만 한다. 퍼피는 진짜 퍼피(강아지)이기 때문이다.

"뭐? 패터슨 선생님이?"

퍼피가 되묻는다.

퍼피가 말하는 모습은 정말 괴상하다. 개는 원래 말을 못하는 동물이고, 퍼피는 진짜 개처럼 생겼다. 그래서 혓바닥을 길게 늘어뜨린 채 말을 하고, 당연히 혀짤배기소리를 낸다. 그리고 녀석은 몸을 자주 긁는다. 내가 아는 한 상상 속 벼룩 같은 것은 존재하지 않는데 이상한 일이다.

"그렇다니까. 맥스가 패터슨 선생님의 차에 타자마자 떠나 버렸어."

"그럼 납치한 게 아니네. 그냥 드라이브를 간 게 아닐까?"

"그럴지도 모르지. 하지만 맥스는 자신에게 무슨 일이 벌어지고 있는지 잘 모르는 것 같았어. 패터슨 선생님이 맥스를 속인 게 분명해."

"왜? 왜 선생님이 맥스 같은 어린아이를 속여?"

이래서 나는 퍼피와 이야기하는 것을 좋아하지 않는다. 녀석은 나만큼 이해의 폭이 넓지 않다. 파이퍼는 이제 겨우 1학년이고, 퍼피는 파이퍼 곁을 좀처럼 떠나지 않는다. 그래서 어른들의 세계를 경험해 볼 기회가 없다. 한밤중에 주유소나 병원을 돌아다니지도 않고, 파이퍼의 부모와 함께 텔레비전을 보지도 않는다. 녀석은 파이퍼와 너무 비슷하다. 교사가 어린아이를 납치할 수 있는 동기에 대해서는 전혀 아는 바가 없다.

"패터슨 선생님이 왜 맥스를 속였는지는 나도 몰라."

나는 퍼피에게 악당에 대해 구구절절 설명하고 싶지 않아 대충 말한다.

"하지만 패터슨 선생님은 맥스의 엄마 아빠를 좋아하지 않는 것 같아. 어쩌면 그들을 나쁜 사람들이라고 생각하는지도 모르고."

"왜 맥스의 엄마 아빠가 나쁜 사람들이야? 그들은 맥스의 부모님이잖아."

이제 내가 왜 퍼피와의 대화를 좋아하지 않는지 이해가 갈 것이다.

이럴 때 그레이엄이 내 옆에 있으면 얼마나 좋을까? 그 애가 무척 그립다. 그레이엄을 그리워하는 것은 오직 나뿐인 듯하다. 메건이 그레이엄을 그리워한다면, 그 애는 여전히 이 세상에 존재할 것이다. 메건은 그레이엄을 기억하기나 할까?

내가 사라졌을 때 나를 기억해 줄 사람은 아무도 없을 것 같다. 나는 처음부터 이 세상에 없었던 존재가 되고, 내가 한때 이곳에 존재했다는 증거도 전혀 찾을 수 없을 것이다. 사라지기 전 그레이엄은 메건이 커 가는 모습을 지켜볼 수 없다는 사실이 슬플 뿐이라고 말했다. 만일 내가 사라진다면, 나도 맥스가 어른이 되어 가는 모습을 볼 수 없다는 사실이 슬플 것 같다. 하지만 나 자신이 커 가는 모습을 볼 수 없다는 사실도 안타깝기는 마찬가지다.

그러나 사라진 사람은 슬플 수가 없다. 죽으면 슬픔을 느낄 수 없기 때문이다.

사라진 사람들은 그저 누군가에게 기억되거나 잊힐 뿐이다.

나는 그레이엄을 기억한다. 그래서 그레이엄이 이 세상에 존재했다는 사실이 내게는 여전히 중요하다. 그레이엄은 잊히지 않았다. 하지만 나를 기억해 줄 그레이엄 같은 친구는 세상에 없다.

경찰이 맥스의 부모를 위해 중국 음식을 주문한다. 노튼 서장이 음식을 그들에게 갖다 주며 말한다.

"몇 가지 여쭤 볼 게 있지만 빨리 끝내겠습니다. 한 시간만 더 기다려 주시면, 그 후에 제 부하들이 집까지 모셔다 드릴 겁니다."

"저희는 필요하다면 얼마든지 여기 있을 수 있어요."

맥스 엄마가 말했다. 밤새도록 학교에 남아 있고 싶은 듯한 말투다. 나는 맥스 엄마의 마음을 이해할 수 있다. 집에 돌아가지 않으면, 맥스를 곧 찾아낼 거라는 믿음을 계속 품을 수 있다.

집에 간다는 것은 곧 오늘 밤에는 맥스를 찾지 못할 거라는 사실을 이미 알고 있다는 뜻이다.

그러나 패터슨 선생님의 집으로 쫓아가지 않는 이상, 그들은 맥스를 찾을 수 없을 것이다.

목에 갈색 반점이 있는 늙은 경찰관이 노튼 서장과 함께 밖으로 나간다. 서장은 맥스의 부모에게 식사를 하고 잠시 단둘이 있을 시간을 드리겠다고 말한다.

나는 계속 여기 남아 있을 것이다. 맥스를 제외하면, 맥스의 엄마 아빠가 내게 가장 가까운 사람들이다.

문이 닫히자마자 맥스 엄마가 울기 시작한다. 유치원생들이 학교에 온 첫날 우는 것처럼 요란하게 엉엉 울지는 않는다. 그저 코를 훌쩍거리며 끊임없이 눈물을 흘릴 뿐이다. 맥스 아빠가 흐느끼는 아내의 어깨를 감싸 안는다. 말은 한마디도 하지 않는다. 이유는 나도 모른다. 두 사람은 그렇게 말없이 앉아 있다. 마음의 상처가 너무 커서 차마 말을 할 수 없는 듯하다.

내 마음의 상처도 만만치 않다. 하지만 나는 말을 할 수만 있다면 기꺼이 할 것이다.

맥스의 엄마 아빠에게 내 속마음을 모두 말하고 싶다. 패터슨 선생님을 놓쳐 버렸을 때 나 자신이 얼마나 한심하게 느껴졌는지, 그때 맛보았던 죄책감과 부끄러움, 무력함을 그들에게 털어놓고 싶다. 내가 걱정되는 것은 오늘이 금요일이라는 사실이다.

이제 패터슨 선생님의 차에 타려면 월요일 오후까지 기다려야 한다. 패터슨 선생님이 월요일에 학교에 나타나지 않을까 봐, 그래서 다시는 그녀나 맥스를 찾아낼 수 없게 될까 봐 너무 무섭고 두렵다.

맥스의 부모에게 말을 할 수만 있다면 내가 알고 있는 모든 사실을 다 알릴 것이다. 패터슨 선생님이 맥스를 속여서 학교에서 납치했으며, 경찰에게 거짓말을 했고, 지금 맥스는 위험에 빠져 있다고. 내가 맥스의 부모에게 이런 이야기를 할 수만 있다면, 맥스는 무사할 수 있다. 제발 내가 현실 세계로 들어가 그들에게 사실을 알릴 수만 있다면……

그래서 나는 병원에 있는 오스왈드를 내내 생각하고 있다. 오스왈드는 다시는 만나고 싶지 않은 무시무시한 상상 속 인물이다.

하지만 지금은 그를 만나야만 한다.

27

오늘 밤에는 경찰관 두 명이 집에 와 있다. 그들은 잠을 자지 않는 경찰관이다. 나는 예전에 경찰서에서 이런 종류의 경찰관을 본 적 있다. 경찰서는 하루 24시간 내내 문을 닫지 않기 때문에 그들은 밤새 잠자지 않고 깨어 있을 수 있다.

두 경찰관은 부엌에서 커피를 마시며 텔레비전을 보고 있다. 집 안에 낯선 사람 두 명이 있으니 기분이 이상하다. 특히 맥스가 집에 없어서 더 그렇다. 맥스의 엄마 아빠도 나처럼 기분이 이상한 모양이다. 그래서인지 오늘 밤에는 거실에서 텔레비전을 보지 않고 일찌감치 잠자리에 들었다.

맥스 아빠는 수색대와 함께 직접 맥스를 찾아나서고 싶어 했다. 하지만 노튼 서장이 그냥 집에 가서 잠을 자라고 조언했다.

"현재 경찰차와 자원봉사자들을 동원해 주변 일대를 수색하고 있습니다. 딜레이니 씨는 오늘 밤에 충분히 쉬셔야 내일 저희에게 도움을 주실 수 있어요."

"아이가 어딘가에서 다치기라도 했으면 어떡합니까?"

맥스 아빠가 물었다. 목소리에 분노가 서려 있었다. 두려움에 휩싸인 사람이 목소리로 표현하는 분노는 오히려 불안하고 초

조한 감정만 더 드러나게 했다. 두려움을 큰 목소리와 벌겋게 달아오른 두 뺨으로 위장한 것 같았다.

"아이가 걷다가 뒤로 넘어져 뇌진탕이라도 일으켰다면, 그래서 당신네 경찰차에서 볼 수 없는 덤불숲 속에 정신을 잃은 채 쓰러져 있다면 어떡할 거냐고요? 벌어진 하수구 철망 사이로 빠졌거나, 그 안에서 혼자 기어 올라오려고 애쓰는 중이라면요? 어느 도로 아래 웅덩이에 빠져서 지금 이 순간 피를 흘리며 죽어가고 있다면 어쩔 겁니까?"

맥스 엄마가 다시 울음을 터뜨렸다. 그 모습을 본 맥스 아빠는 죽음에 관련된 이야기를 더 자세히 하려다가 그만두었다.

경찰서장이 말했다.

"저희도 그런 문제에 대해선 이미 고려하고 있습니다."

맥스 아빠는 거의 고함을 지르듯 언성을 높였지만, 노튼 서장은 내내 차분한 목소리로 말했다. 맥스 아빠가 자신에게 화내는 게 아니라는 것을 알기 때문이었다. 어쩌면 맥스 아빠가 실제로는 화난 게 아니라 겁에 질려 있을 뿐이라는 사실까지 알고 있는지도 몰랐다. 노튼 서장은 생각보다 더 똑똑한 사람이었다.

"실제로 이미 학교 근방 5킬로미터 내에 있는 하수구 철망은 모두 확인했습니다. 현재 수색 범위를 더 넓히고 있는 중이고요. 말씀하신대로 맥스 군이 저희 경찰 수색대의 눈에 띄기 힘든 장소에 갇혀 꼼짝 못하고 있을 가능성도 있습니다. 하지만 수색대원 모두에게 이미 그 점을 단단히 일러두었기 때문에 더욱 신중히 확인하고 있을 겁니다."

맥스 아빠의 말이 맞다. 맥스는 아무도 볼 수 없는 곳에 갇혀 있다. 하지만 얼마나 눈에 띄지 않는 곳인지는 중요하지 않다.

아무튼 그리하여 맥스의 엄마 아빠는 집으로 왔다. 그들은 함께 따라온 경찰관들에게 커피포트며 화장실, 전화, 텔레비전 리모컨 등이 어디 있는지 알려 준 뒤 자신들은 그만 잠자리에 들겠다고 말했다.

맥스의 엄마 아빠는 주로 텔레비전을 보면서 저녁 시간을 보낸다. 하지만 오늘 밤에는 텔레비전을 켜지도 않았다. 맥스 엄마는 샤워를 하고 침대에 앉아 머리를 빗고 있다. 맥스 아빠도 침대 모서리에 걸터앉아 전화기를 계속 만지작거린다.

"맥스가 지금쯤 얼마나 겁에 질려 있을지 생각하면 미칠 것 같아요."

맥스 엄마가 말한다. 빗질은 이미 멈춘 상태다.

"나도 그래. 난 맥스가 어딘가에 일시 정지되어 있을 거란 생각이 자꾸 들어. 아무도 살지 않는 폐가의 지하실에 갇혀 있거나, 숲 속 어딘가에서 발견한 동굴에 들어갔다가 나오지 못하는 게 아닐까 싶어. 맥스가 있는 곳이 어디든 틀림없이 쓸쓸하고 무서울 거야."

"난 그저 맥스가 부도와 함께 있기를 바랄 뿐이에요."

맥스 엄마의 입에서 내 이름이 흘러나온 순간, 나는 조그맣게 소리를 내지르고 만다. 맥스 엄마가 나를 상상 속의 존재로 생각한다는 걸 알면서도, 잠시나마 나를 실제 친구로 생각한다는 착각에 빠졌던 것이다.

맥스 아빠가 말한다.

"그렇지! 미처 그 생각을 못했군. 부도가 맥스에게 조금이라도 위안이 될 수 있다면, 맥스를 조금이라도 덜 무섭게 해 줄 수 있다면 고마운 일이지."

맥스 엄마가 또다시 울음을 터뜨린다. 곧이어 맥스 아빠도 따라 운다. 하지만 그는 속으로 울고 있다. 누가 봐도 울고 있는 게 분명하지만, 맥스 아빠는 자신이 우는 티를 내지 않고 있다고 생각하는 듯하다.

맥스 엄마가 울먹이며 말한다.

"난 우리가 뭘 잘못했는지 계속 생각하고 있어요. 어쩐지 우리가 무언가를 잘못해서 이런 일이 벌어졌다는 생각이 들어요."

"그만 둬!"

맥스 아빠가 말한다. 그는 이미 울음을 그친 듯하다. 적어도 지금 이 순간만은.

"그 빌어먹을 선생이 맥스의 행방을 놓쳐서 그런 거야. 맥스는 혼자 돌아다니다가 길을 잃었고, 때마침 호기심을 자극하는 무언가가 있어서 정신이 팔렸다가 어딘가에서 일시 정지된 거지. 그러니까 지금은 쓸데없이 자책할 게 아니라 맥스를 걱정해야 해."

"누군가가 맥스를 데려간 건 아닐까요?"

"아니! 절대 그럴 리 없어. 이제 곧 경찰이 우물 안이나 버려진 어느 집의 지하실에서 맥스를 찾아낼 거야. 어쩌면 남의 집 뒷마당에 있는 창고에 들어갔다가 문이 잠겨 못 나오고 있는지도 몰라. 그리고 당신도 맥스가 어떤 아이인지 알잖아. 녀석은 사람들이 자기 이름을 부르는 소리를 들어도 대답하지 않을 거야. 사람들과 이야기하는 것도 싫어하고, 소리치는 것도 싫어하니까. 이제 점점 춥고 떨리고 겁도 나겠지. 하지만 괜찮을 거야. 나는 그럴 거라고 믿어. 진심으로 그렇게 믿는다고."

멋진 말이다. 맥스 아빠의 말을 듣고 나니 희망이 싹트는 것 같다. 그는 정말로 그렇게 믿고 있는 듯하다. 맥스 엄마도 남편의 말을 믿기 시작하는 것 같다. 잠시나마 나도 맥스 아빠의 말을 믿게 된다. 아니, 믿고 싶다.

맥스의 엄마 아빠가 서로를 꼭 끌어안는다. 몇 초가 흘러도 꿈쩍하지 않는다. 나는 어쩐지 그들 옆에 앉아 있기가 어색해 방에서 나온다. 어차피 그들은 곧 잠자리에 들 것이다.

오늘 밤에는 주유소에 가고 싶지 않다. 디와 샐리가 없는 그곳에 가면 내가 지금껏 살면서 잃어버린 친구들이 모두 생각나서 견딜 수 없을 것 같다. 그레이엄, 디, 샐리, 그리고 맥스까지.

한때 주유소는 내가 가장 좋아하는 공간이었지만, 이제는 더 이상 아니다.

하지만 오늘 밤 이 집에 머물러 있을 수도 없다. 밤새 잠자는 맥스의 부모 곁에 있는 건 어쩐지 옳지 않은 일인 것 같다. 그렇다고 맥스의 방에 혼자 앉아 있고 싶지는 않다. 경찰관들이 차지하고 있는 거실이나 부엌에 있을 수도 없다. 그들은 한 코미디언이 진행하는 토크쇼를 보고 있다. 화면 속 방청객들은 집에서 텔레비전을 보는 시청자들보다 그 코미디언이 더 웃기다고 생각하는 것 같다.

우리 집 안에 낯선 사람들이 있으니 기분이 무척 이상하다.

나는 이야기를 나눌 상대가 필요하다. 상상 친구가 대화를 나눌 상대를 찾아갈 수 있는 장소는 많지 않다. 특히 지금처럼 늦은 밤에는.

하지만 나는 적당한 장소를 한 군데 알고 있다.

28

어린이 병원은 일반 병원과 큰길을 사이에 두고 마주 보고 있다. 나는 일반 병원에는 더 이상 가지 않는다. 그곳에서 못된 상상 친구를 만난 뒤 아예 발길을 끊었다. 어린이 병원에 갈 때도 가끔 불안함을 느낀다. 어른들이 가는 일반 병원과 매우 가깝기 때문이다.

하지만 어린이 병원은 상상 친구를 찾기 위한 최고의 장소다. 심지어 학교보다 더 낫다. 학교에는 아이들이 많지만, 그들은 대부분 자신의 상상 친구를 집에 두고 온다. 선생님과 다른 아이들이 주변에 있을 때는 상상 친구와 이야기하거나 놀기가 힘들기 때문이다. 학교에 입학한 첫날에는 상상 친구를 데려오는 아이들도 있다. 하지만 그들이 맥스 같은 아이가 아닌 이상, 다른 사람의 눈에 보이지 않는 친구와 대화를 나누면 진짜 친구들을 사귀기 힘들다는 사실을 금세 깨닫는다. 따라서 그즈음 상상 친구들은 대부분 세상에서 사라지게 된다.

말하자면 학교가 상상 친구를 죽인 셈이다.

그러나 어린이 병원에서는 언제든 상상 친구들을 쉽게 만날 수 있다. 내가 여기 처음 온 것은 맥스가 1학년 때 일이다. 나는 맥스의 1학년 담임이었던 크롭 선생님을 통해 병원은 결코 문을 닫지 않는다는 사실을 알게 되었다. 그때 선생님은 우리에게 911에 대해 가르쳐 주었다. 911은 위급한 순간에 누르는 전화번호다.

내가 전화기의 숫자 버튼을 누를 수만 있다면, 오늘 패터슨 선생님이 맥스를 납치했을 때 911을 눌렀을 것이다.

크롭 선생님은 구급대와 병원은 항상 열려 있기 때문에 아무 때나 911을 눌러도 된다고 설명했다. 그래서 어느 날 밤 나는 주유소에 들르지 않고 곧장 병원까지 걸어갔다. 병원은 집에서 주유소까지 갈 때보다 여섯 배쯤 더 멀었다.

어린이 병원에 있는 아이들은 모두 아프다. 어떤 아이들은 하루 이틀이면 병원에서 나간다. 자전거를 타다가 넘어졌거나, 어딘가에 머리를 부딪혔거나, 폐렴이란 병에 걸린 아이들이 그런 경우다. 하지만 심하게 아파서 병원에 아주 오랫동안 있어야 하는 아이들도 있다. 아픈 아이들, 그중에서도 심하게 아픈 아이들은 대부분 상상 친구가 있다. 그들에게는 상상 친구가 반드시 필요하기 때문이다. 몇몇 아이들은 얼굴이 창백하고 바싹 마른 데다 머리카락이 한 올도 없다. 또 한밤중 잠에서 깨어 다른 사람들이 들으면 걱정할까 봐 소리 죽여 우는 아이들도 있다. 아픈 아이들은 자신이 아프다는 사실을 안다. 심하게 아픈 아이들 역시 자신의 병이 심각하다는 것을 안다. 그리고 그들은 모두 두려움에 떨고 있다. 그래서 대부분 상상 친구가 필요하다. 엄마 아빠는 집에 가고, 삑삑 소리를 내는 기계와 깜박이는 불빛에 둘러싸여 홀로 남아 있을 때 말동무가 되어 줄 친구가 필요한 것이다.

내게 병원 승강기는 골치 아픈 존재다. 승강기 문은 내가 통과하지 못하는 유일한 문이기 때문이다. 유리문이며 나무문, 방문, 심지어 자동차 문까지 모두 마음대로 통과할 수 있지만, 승강기 문만은 그럴 수가 없다. 아마도 승강기를 무서워해서 절대로 타지 않는 맥스가 승강기 문을 일반적인 문으로 생각하지 않기 때문인 것 같다. 녀석에게 승강기 문은 뚜껑문이나 다름없다.

오늘 내가 가고 싶은 곳은 14층이니까 승강기를 타는 게 편할 것이다. 14층까지 계단으로 올라가려면 시간이 엄청나게 걸린다. 승강기를 탈 때는 내가 서 있을 여유 공간이 충분히 있어야 한다. 사람들은 나를 볼 수도, 느낄 수도 없다. 그러나 승강기에 사람이 너무 많으면 나는 그들에게 밀려 구석에 찌그러져 있게 된다. 그러면 덥고 갑갑한 것은 물론 실제 숨을 쉬지도 않으면서 숨이 막힐 것 같다. 나는 마치 숨을 쉬는 것처럼 보이지만, 사실 내가 들이마시고 내쉬는 것은 공기라는 '관념'일 뿐이다. 공기라는 '관념'은 언제 어디에나 존재한다.

상상 친구로 산다는 것은 무척 이상한 일이다. 숨이 막힐 수도, 아플 수도, 높은 곳에서 떨어져 머리가 깨질 수도, 폐렴에 걸릴 수도 없다. 상상 친구를 죽일 수 있는 방법은 그 친구를 상상

해 낸 사람이 그의 존재를 더 이상 믿지 않는 것뿐이다. 그런데 이런 일은 숨 막혀 죽거나 머리를 부딪쳐 죽는 경우, 폐렴에 걸려 죽는 경우를 모두 합친 것보다 자주 일어난다.

나는 파란색 옷을 입은 여자가 승강기 버튼을 눌러 줄 때까지 기다린다. 그녀는 바로 내 뒤를 따라 병원 안으로 들어왔다. 나는 승강기 대기 버튼을 직접 누르지 못하기 때문에 승강기를 이용할 또 다른 누군가가 올 때까지 기다려야 한다. 그리고 그 사람이 내 목적지로부터 최대한 가까운 층에서 내리기를 바라야 한다. 파란색 옷을 입은 여자가 11층 버튼을 누른다. 나쁘지 않다. 승강기에 타는 사람이 더 이상 없다면, 나는 여자를 따라 11층에서 내린 뒤 계단을 이용해 14층까지 올라가면 된다.

11층에 다다를 때까지 승강기에 타는 사람은 아무도 없다. 그래서 나는 11층에서 내려 14층까지 계단으로 올라간다.

14층은 거미 같은 형태를 띤다. 의사들이 일하는 한가운데의 동그란 구역을 중심으로 복도 네 개가 사방으로 죽죽 뻗어 있다. 나는 복도를 따라 한가운데 동그라미 부분으로 걸어간다. 복도 양쪽에는 문 열린 병실들이 줄줄이 늘어서 있다. 내가 어린이 병원을 좋아하는 또 한 가지 이유는 이처럼 병실 문이 모두 열려 있기 때문이다. 의사들은 아이들이 누워 있는 병실 문을 항상 열어 둔다. 덕분에 문을 통과하지 못하는 상상 친구들이 밤새 병실 안에 갇혀 있을 일은 없다.

깊은 밤이라 복도는 조용하기만 하다. 아니, 14층 전체가 다 조용하다. 병실은 대부분 불이 꺼진 상태다. 동그란 구역에는 젊은 여자 의사들이 모여 있다. 그들은 카운터 뒤에 앉거나 서서 서류에 다양한 숫자와 글자를 적다가 버저가 울리면 병실로 뛰어간다. 의사들은 잠을 자지 않는 경찰관과 비슷하다. 밤새 깨어 있기는 하지만, 스스로 원해서 그런 것 같지는 않다.

네 개의 거미 다리 가운데 한쪽 끝에는 긴 소파와 푹신한 의자, 각종 잡지, 게임기 등이 가득 찬 방이 있다. 아픈 아이들이 낮 시간에 이용하는 휴게실이다. 밤이 되면 잠을 자지 않는 상상 친구들이 그 방에 모인다.

한때 나는 상상 친구들은 모두 잠을 자지 않는다고 생각했다. 하지만 그레이엄은 밤에 잠을 잔다고 했다. 그러므로 오늘 밤에도 병실에서 자신의 인간 친구와 함께 자고 있는 상상 친구들이 있을 것이다.

그레이엄이 메건 옆 침대에서 잠자는 모습을 머릿속에 그려본다. 갑자기 또 울고 싶어진다.

오늘 밤 어린이 병원의 휴게실에는 상상 친구 세 명이 모여 있다. 평소에 비해 많은 편은 아니다. 세 명 모두 전형적인 상상 친구처럼 생겼다. 한 남자아이는 다리와 발이 매우 작고 흐릿하며, 머리가 몸에 비해 지나치게 크다는 점만 빼고는 인간과 거의 비슷해 보인다. 고스크 선생님의 책상 위에 놓인 보스턴 레드 삭스 팀의 마스코트 인형과 닮은 것 같다. 녀석은 털실 방울 같은 머리에 귀와 눈썹이 제대로 달린 데다 손가락까지 있다. 그래서 대부분의 상상 친구들보다 훨씬 더 인간에 가깝게 보인다. 하지만 머리가 너무 커서 걷는 모습이 우스꽝스러울 것 같다.

털실 방울 같은 머리가 달린 남자아이 옆에는 키가 콜라 병만큼 작은 여자아이가 앉아 있다. 머리칼은 노란색이고, 코와 목은 없다. 마치 눈사람처럼 머리와 몸통이 이어져 있는 여자아이는 눈을 깜박이지도 않는다.

세 번째 상상 친구는 크고 동그란 눈 두 개에 조그만 입, 막대기 같은 팔다리가 달린 어린이용 숟가락처럼 생겼다. 온몸은 은색에 옷은 전혀 걸치지 않은 모습이다. 어차피 팔다리를 빼면 숟가락과 똑같기 때문에 옷을 입을 필요도 없어 보인다.

이 아이는 남자인지 여자인지 딱히 구분되지 않는다. 상상 친구들 중에는 남자도, 여자도 아닌 이가 있다. 이 아이는 그냥 숟가락 같다.

내가 휴게실에 들어서자, 세 친구는 이야기를 멈추고 동시에 나를 쳐다본다. 하지만 내 눈을 똑바로 바라보지는 않는다. 나를 진짜 인간으로 생각하는 듯하다.

"안녕?"

내가 인사를 건네자 숟가락이 헉 하고 놀란다. 털실 방울 같은 머리가 달린 남자아이는 놀라서 펄쩍 뛰어오른다. 순간 녀석의 머리는 고스크 선생님의 인형처럼 뒤로 홱 넘어간다.

조그만 여자아이는 움직임이 전혀 없다. 눈조차 깜박거리지 않는다.

숟가락이 말한다.

"난 네가 진짜인 줄 알았어."

숟가락은 너무 놀란 나머지 목멘 소리를 낸다. 목소리를 들어 보면 남자인 것 같다.

"나도!"

머리 큰 남자아이가 흥분한 목소리로 외친다.

"아니, 나는 너희와 똑같아. 이름은 부도라고 해."

숟가락이 내게 잠시도 눈길을 떼지 못한 채 말한다.

"와! 그런데 넌 정말 진짜 같다."

"난 진짜야. 너희도 마찬가지고."

이런 대화는 상상 친구들을 만날 때마다 똑같이 반복된다. 상상 친구들은 항상 내가 실제 인간이 아니라는 사실에 놀라면서 내 모습이 진짜 같다고 말한다. 그러면 나는 그들 또한 진짜라는 사실을 일깨워 주어야 한다.

"물론 그렇긴 하지. 하지만 넌 진짜 실제 인간 같아."

숟가락이 말한다.

"나도 알아."

잠시 침묵이 이어진 끝에 숟가락이 다시 말한다.

"내 이름은 스푼이야."

뒤이어 머리 큰 남자아이가 말한다.

"난 클루트고, 이 애는 섬머야."

"안녕?"

조그만 여자아이가 귀에 들릴락 말락 한 목소리로 인사를 건넨다. '안녕'이라는 한마디에서 나는 그 애가 슬픔에 젖어 있다는 사실을 알아차린다. 섬머는 내가 아는 그 어떤 이보다 더 슬퍼 보인다. 캐치볼도 제대로 못하는 아들을 바라보는 맥스 아빠보다 더.

그레이엄을 그리워하는 내 마음과 비슷하다고 할까?

숟가락이 내게 묻는다.

"여기 누가 있어?"

"그게 무슨 소리야?"

"네 인간 친구가 이 병원에 있느냐고."

"아, 아니야. 난 그냥 놀러 왔어. 여기 오면 상상 친구들을 쉽게 만날 수 있기 때문에 가끔 와."

"그건 그래."

클루트가 고개를 끄덕이며 말한다. 녀석의 머리는 한동안 멈추지 않고 계속 까딱거린다.

"나와 에릭은 여기 온 지 일주일이 됐는데, 그동안 상상 친구들은 별로 많이 보지 못했어."

"에릭이 네 인간 친구야?"

내 물음에 클루트는 다시 커다란 머리를 끄덕거린다.

내가 다시 묻는다.

"넌 언제 태어났어?"

"지난여름 캠프 때."

나는 여름이 언제 시작됐는지 헤아려 본다.

"그럼 다섯 달쯤 된 거네?"

"나도 몰라. 난 달을 셀 줄 모르거든."

뒤이어 나는 스푼에게 묻는다.

"넌 어때?"

"올해가 삼 년째야. 유아원과 유치원을 거쳐 지금은 1학년이
니까 삼 년 맞지?"

"그래, 맞아."

스푼의 나이가 그토록 많다는 게 놀랍다. 인간과 생김새가 다
른 상상 친구들은 대개 오래 살아남지 못한다.

"와, 삼 년이면 굉장히 긴 시간인데."

내가 말한다.

"알아. 나도 나보다 더 오래 산 상상 친구는 못 봤어."

스푼이 말한다.

"나는 거의 여섯 살이야."

내가 말한다.

"여섯 살이라니? 그게 무슨 소리야?"

클루트가 묻는다.

"태어난 지 육 년이 됐다고. 내 인간 친구인 맥스는 지금 3학년이야."

"뭐? 육 년?"

스푼이 되묻는다.

"그렇다니까."

한동안 아무도 말을 못한 채 그저 나를 바라보기만 한다.

"맥스 곁을 떠나온 거야?"

이렇게 물은 것은 섬머다. 섬머의 목소리는 여전히 들릴락 말락 할 만큼 작지만, 나는 그 애의 질문에 깜짝 놀랐다.

"그게 무슨 말이야?"

"맥스를 집에 두고 온 거냐고?"

"아니, 그건 아니야. 맥스는 지금 집에 없어. 멀리 떠났어."

"어머나!"

섬머가 잠시 생각에 잠겼다가 다시 묻는다.

"왜 맥스를 따라가지 않았어?"

"그럴 수가 없었어. 맥스가 어디 있는지 모르거든."

뒤이어 내가 맥스에게 일어난 일을 설명하려는데, 섬머가 다시 말한다. 여전히 작고 힘없는 그 애의 목소리가 내 머릿속에서 크게 울려 퍼진다.

"난 그레이스 곁을 떠날 수가 없었는데."

"그레이스?"

"응, 그레이스. 내 인간 친구지. 난 결코 그레이스 곁을 떠날 수가 없었어. 단 한순간도."

나는 맥스에게 무슨 일이 일어났는지 설명하려고 다시 입을 연다. 하지만 이번에도 섬머가 먼저 말한다.

"그레이스는 점점 죽어 가고 있어."

나는 섬머를 멍하니 바라본다. 무슨 말이든 해 주고 싶었지만, 아무 말도 나오지 않는다. 무슨 말을 해야 할지 모르겠다.

섬머가 다시 말한다.

"그레이스는 조금씩 죽어 가고 있어. 백혈병이래. 심각하대. 인간이 걸릴 수 있는 가장 심한 독감 같은 건가 봐. 지금 그레이스는 죽음을 앞두고 있어. 의사 선생님이 엄마에게 그렇게 말하는 걸 들었어."

여전히 무슨 말을 해야 할지 모르겠다. 그레이스에게 위로가될, 또는 나 자신에게 위안이 될 말을 생각해 내려 애써 본다. 그때 그레이스가 또다시 먼저 말한다.

"그러니까 맥스를 너무 오래 혼자 내버려 두진 마. 언젠가는 그 애도 죽을 테니까 말이야. 그런 생각을 하면 너도 그 애가 살아 있을 때 함께 놀 수 있는 시간을 잠시라도 놓치고 싶지 않을 거야."

문득 섬머의 목소리가 처음부터 이렇게 힘없고 슬프지는 않았을 거라는 생각이 든다. 섬머의 목소리가 이렇게 변한 것은 그레이스가 죽어 가고 있기 때문이다. 틀림없이 섬머도 행복하게 웃던 때가 있었을 것이다. 슬픔에 젖은 섬머의 얼굴 뒤로 행복해하는 섬머의 얼굴이 그림자처럼 떠오른다.

섬머가 말한다.

"꼭 기억해. 인간 친구들은 영원히 살 수 없어. 언젠가는 다 죽어."

"그래."

나는 그렇게만 말한다. 내 머릿속에 온통 맥스의 죽음에 대한 생각뿐이라곤 말하지 못한다.

대신 나는 섬머와 스푼, 클루트에게 맥스에 대한 이야기를 들려준다. 우선 맥스의 생김새부터 설명하고, 녀석이 레고와 고스크 선생님을 얼마나 좋아하는지 알려 준다. 녀석이 일시 정지됐을 때의 모습에 대해서도 이야기한다. 보너스 똥과 엄마와 아빠, 토미 스윈든과 싸운 일에 대해서도 말한다. 그리고 패터슨 선생님에 대한 이야기도 한다. 그녀가 맥스에게 무슨 짓을 했는지, 맥스를 어떻게 꼬드겼는지, 나를 제외한 모든 사람들을 어떻게 감쪽같이 속였는지 모두 설명한다.

아니, 나 또한 그녀에게 속은 셈이다. 그렇지 않았다면 지금 나는 맥스 곁에 있었을 테니 말이다.

세 친구의 표정을 보니 내 이야기를 가장 잘 이해한 아이는 스푼인 것 같다. 하지만 내 기분을 가장 잘 이해한 것은 섬머다. 그 애는 거의 나만큼 맥스가 잘못될까 봐 두려워하는 것 같다. 클루트는 내 이야기를 열심히 듣기는 하지만 반응은 퍼피와 비슷하다. 내 기분은 이해하지 못하고 그저 내 이야기를 따라잡느라 정신이 없다.

이야기를 모두 듣고 난 스푼이 말한다.

"어서 맥스를 찾아야 해."

스푼의 말투는 맥스가 장난감 병정들에게 말할 때와 똑같다. 그냥 말하는 게 아니라 명령하는 투다.

"알아. 하지만 맥스를 찾는다고 해도 내가 뭘 할 수 있을지 모르겠어."

내가 말한다.

"그 애를 도와야지."

섬머가 말한다. 그 애의 목소리는 더 이상 작고 약하지 않다. 여전히 부드럽기는 하지만 작은 목소리는 아니다.

"나도 안다니까. 하지만 어떻게 도와야 할지 모르겠단 말이야. 내 힘으로는 맥스가 어디 있는지 경찰이나 녀석의 부모에게 알릴 수가 없잖아."

그러자 섬머가 말한다.

"나는 경찰을 도우라고 하지 않았어. 맥스를 도와야 한다고 했지."

"그게 무슨 말이야?"

"일단 그 애가 어디 있는지 찾아야 해."

스푼이 말한다.

클루트는 커다란 머리를 쉴 새 없이 끄떡거리며 나와 섬머, 스푼을 번갈아 쳐다보느라 정신이 없다. 녀석에게는 우리의 대화를 따라잡는 일도 버거워 보인다.

"그 애를 도와야 한다니까!"

섬머가 짜증 섞인 목소리로 말한다. 아니, 짜증을 넘어 화가 난 것 같다.

"맥스가 자기 엄마 아빠한테 돌아올 수 있도록 네가 도와야 한다고!"

"나도 알아. 하지만 난 경찰이나 부모에게 말을 할 수 없는데 어떻게……."

"네가 직접 해야 한다니까!"

섬머가 말한다.

섬머는 여전히 작은 목소리로 말하고 있지만, 내 귀에는 마치 고함을 지르는 것처럼 들린다. 분명히 똑같은 목소리인데 더 이상 작고 약하게 들리지 않는다. 엄청난 울림이 있다. 콜라 병만큼 작은 섬머가 지금은 훨씬 더 커 보인다.

"경찰이 아니라 너 말이야! 네가 직접 맥스를 구해야 한다고.

넌 네가 얼마나 운이 좋은지 모르지?"

"그게 무슨 말이야?"

"그레이스는 죽어 가고 있어. 그레이스는 이제 곧 죽을 텐데, 나는 그 애를 도울 수가 없어. 곁에 앉아 그 애를 웃게 만들 순 있지만, 그레이스의 목숨을 구할 수는 없다고. 그 애는 이제 곧 내 곁에서 영원히 떠날 거야. 그런데 난 아무 도움도 줄 수 없어. 그 애를 구할 수가 없다고. 하지만 너는 맥스의 생명을 구할 수 있잖아."

"난 내가 뭘 해야 할지 모르겠어."

내가 다시 말한다.

나는 섬머를 가만히 내려다본다. 이 아이는 목소리만큼 몸집도 작다. 하지만 지금은 나 자신이 이 아이보다 더 작아진 느낌이다. 섬머는 모든 답을 알고 있는 것 같다. 아마 나는 이 세상에서 가장 오래 산 상상 친구일 것이다. 그런데 이 조그만 여자애는 모든 것을 다 아는 반면 나는 아무것도 모른다.

순간, 섬머가 내 의문에 대한 답을 알고 있을지도 모른다는 생각이 스친다.

내가 섬머에게 묻는다.

"그레이스가 죽으면 넌 어떻게 되는 거야?"

"맥스가 죽을까 봐 걱정돼? 그 선생님이 맥스를 죽일 것 같아?"

274

"그럴지도."

패터슨 선생님이 맥스를 죽일지도 모른다는 생각만 해도 두렵고 겁이 난다. 하지만 그것은 엄연한 사실이다. 생각을 안 한다고 해서 그 사실이 사실이 아닌 것이 되지는 않는다.

섬머가 다시 묻는다.

"넌 맥스를 걱정하는 거니, 아니면 너 자신을 걱정하는 거니?"

나는 잠시 거짓말을 할 생각도 했지만 그럴 수가 없다. 목소리만큼 몸집도 조그마한 이 여자아이는 모든 것을 꿰뚫어보고 있다. 틀림없다.

결국 나는 솔직히 대답한다.

"둘 다."

"지금은 너 자신을 걱정해선 안 돼. 맥스가 죽을지도 모르니까, 넌 반드시 그 애를 구해야 해. 맥스를 구함으로써 너 자신을 구할 수도 있겠지. 하지만 그건 중요한 게 아니야."

내가 다시 묻는다.

"그레이스가 죽으면 넌 어떻게 되는 거야? 너도 죽어?"

"그건 중요하지 않아."

"왜?"

그때 스푼이 한마디 거들고 나선다.

"맞아. 그게 왜 중요하지 않아?"

클루트도 동의한다는 듯 커다란 머리를 끄덕거린다. 우리 모두 그 질문에 대한 답이 궁금하다.

섬머는 아무 말도 하지 않는다. 그래서 내가 다시 묻는다. 사실 다시 묻기가 겁난다. 이제 나는 섬머가 조금 두렵다. 이유를 설명할 수는 없지만 사실이다. 나는 목소리도 몸집도 작은 이 여자아이가 두렵다. 하지만 그 질문에 대한 답을 꼭 알아야 한다.

"그레이스가 죽으면 너도 죽어?"

"아마 그럴 거야."

섬머가 그렇게 말하고는 자신의 조그만 발을 내려다본다. 그러더니 다시 고개를 들고 나를 바라본다.

"난 그렇게 되기를 바라."

우리는 한참 동안 서로를 빤히 바라본다. 마침내 섬머가 다시 말한다.

"맥스를 구할 거니?"

나는 고개를 끄덕인다.

순간 섬머의 얼굴에 미소가 피어오른다. 그 애가 웃는 모습을 본 것은 처음이다. 하지만 그 미소는 곧 사라져 버린다.

"그래, 난 꼭 맥스를 구할 거야."

내가 말한다. 그러고는 특히 섬머에게 중요한 의미가 있을 듯한 말을 한마디 덧붙인다.

"약속할게."

스푼이 고개를 끄덕인다.

클루트도 커다란 머리를 흔든다.

섬머의 얼굴에 또다시 미소가 번진다.

29

나는 바퀴 달린 기계를 밀고 다니는 남자와 함께 승강기에 오른다. 남자가 4라고 적힌 버튼을 누른다. 나도 4층에서 내리기로 한다. 아래로 내려가던 승강기는 중간에 마음을 바꾸어 다시 위로 올라가기도 한다. 예전에 그렇게 움직이는 것을 본 적 있다.

나는 승강기에서 내려 오른쪽으로 걸어간다. 계단은 모퉁이 뒤에 있다. 모퉁이를 도는 순간, 벽에 붙은 표지판이 눈에 들어온다. 좌우를 가리키는 작은 화살표와 글자들이 적힌 목록이다. 나는 글을 잘 읽지 못하지만, 아는 단어가 몇 개 보인다.

▶ 대기실
▶ 401호 ~ 420호
◀ 420호 ~ 440호
◀ 화장실

'화장실'이라는 단어 아래에는 ICU라는 단어와 오른쪽을 가리키는 화살표가 있다.

나는 ICU라는 단어를 보고 소리 내어 읽어 본다.

"익쿠? 익큐?"

나는 알파벳 세 개가 모두 대문자라는 점을 새삼 깨닫는다. 이는 곧 ICU가 하나의 단어가 아니라는 뜻이다. 각각의 알파벳은 어떤 단어를 대표하는 머리글자다. 이것은 1학년 때 배운 내용이다.

나는 각각의 머리글자를 큰 소리로 읽어 본다.

"아이. 씨. 유."

나는 각각의 알파벳을 가만히 들여다보다가 다시 소리 내어 읽어 본다.

"아이 씨 유(I See You)……."

언젠가 이 머리글자들을 들어 본 기억이 난다. 그게 언제였더라? 아, 기억났다! 디가 총알에 맞았을 때 '아이 씨 유'로 갔다고 했다. 하지만 그곳은 내가 생각했던 '아이 씨 유(I See You)'가 아니었다.

디가 간 곳은 여기 있는 바로 이 '아이씨유(ICU)'였던 것이다.

디가 이곳에 있을지도 모른다. 이 건물 안에. 바로 내가 지금 서 있는 4층 오른쪽에.

나는 오른쪽으로 방향을 돌린다.

복도 양옆에는 문들이 줄줄이 있다. 나는 복도를 따라 걸어가며 각각의 문 옆에 붙은 조그만 이름표를 살펴본다. ICU라는 글자나 이 세 개의 알파벳으로 시작하는 세 단어가 있는지 찾아본다.

마침내 복도 끝에서 그 세 단어를 발견한다. 복도를 가로막고 있는 양여닫이문에 붙은 이름표에 'Intensive Care Unit(집중 치료실. 중환자실을 이르는 말이다./ 옮긴이)'이라고 적혀 있다.

ICU.

나는 'Intensive'가 정확히 무슨 뜻인지 모른다. 하지만 총알을 맞은 사람들을 위한 방이라는 뜻일 것 같다.

나는 그 문을 통과한다. 굉장히 넓은 방 한가운데 기다란 카운터가 있고, 그 뒤에 의사 세 명이 앉아 있다. 모두 여자 의사다. 전깃불은 책상 위에만 켜져 있다. 그래서 나머지 다른 공간은 깜깜하진 않지만 어두침침하다. 방 안에는 각종 기계가 셀 수 없이 많다. 기계는 모두 바퀴 달린 받침대 위에 놓여 있다. 그 모습이 마치 꿈쩍 않고 조용히 대기 중인, 언제든 출동할 준비가 된 작은 소방차 같다.

방의 가장자리에는 천장부터 샤워 커튼이 둘러쳐져 있다. 커튼이 방의 사방 모서리를 절반쯤 가린 모습이다. 어떤 커튼은 완전히 닫혀 있어서 그 안에 무엇이 있는지 전혀 알 수 없다. 열린 커튼 사이로는 빈 침대가 보인다.

커튼이 완전히 닫힌 곳은 두 군데다. 그중 한 곳에 디가 있을지도 모른다.

나는 첫 번째 커튼 앞으로 다가간다. 커튼을 통과해 보려 했지만 불가능하다. 커튼은 전혀 움직임이 없고, 나는 딱딱한 벽에 부딪힌 것처럼 아프기만 하다.

맥스는 샤워 커튼을 문이라고 생각하지 않는 모양이다. 적어도 나를 상상해 냈을 때는 그랬던 것 같다. 맥스는 사라졌지만, 마치 녀석이 지금 내 곁에서 내가 샤워 커튼을 뚫고 들어가는 것을 막고 있는 듯한 기분이다. 따로 떨어져 있어도 여전히 녀석과 함께 있는 것 같다.

이런 느낌은 맥스가 여전히 살아 있다는 암시가 아닐까?

나는 그 자리에 쭈그려 앉아 샤워 커튼과 바닥 사이의 틈새로 기어 들어간다. 커튼 뒤 침대에 한 여자가 잠들어 있다. 디는 아니다. 퍼피의 1학년 학급에 어울릴 만한 조그만 여자아이다. 작은 기계에 연결된 수많은 전선과 튜브 가닥이 잠든 아이의 팔과 이불 아래로 이어져 있다. 머리는 하얀 수건으로 감싸여 있고, 두 눈은 시퍼렇게 멍든 상태다. 턱과 눈썹 위에는 일회용 반창고가 붙어 있다.

아이는 혼자다. 침대 머리맡을 지키고 있는 엄마나 아빠는 보이지 않는다. 아이의 상태를 확인하러 온 의사도 없다.

또다시 맥스가 생각난다. 오늘 밤 맥스도 이렇게 혼자 있을까?

"이 애는 언제쯤 깨어날까?"

침대에 누워 있는 여자아이와 거의 똑같이 생긴 또 다른 여자

아이가 내 오른편 의자에 앉아 있다. 커튼 아래로 기어 들어올 때는 미처 보지 못했다. 나와 눈이 마주치자, 아이가 벌떡 일어선다.

놀랍게도 아이는 다른 대부분의 상상 친구들과 달리 나를 인간으로 착각하지 않는다. 내가 커튼 아래로 기어 들어왔기 때문에 당연히 상상 친구라고 생각했는지도 모른다. 인간이라면 당연히 커튼을 열고 들어왔을 테니 말이다.

"나도 모르겠는데."

내가 말한다.

"왜 다른 사람들은 나한테 말을 하지 않는 걸까?"

"누구 말이야?"

나는 주변을 둘러본다. 순간적으로 또 다른 누군가가 커튼 뒤에 있을 거라고 착각한 것이다. 내가 미처 못 본 또 다른 누군가가.

여자아이가 다시 말한다.

"다른 사람들 말이야. 이 아이가 언제 깨어날지 물어봐도 아무도 나한테 말을 안 해."

이제야 모든 상황을 이해할 것 같다. 나는 침대에 누워 있는 조그만 여자아이를 가리키며 묻는다.

"이 애의 이름이 뭔지 알아?"

"몰라."

"이 애를 언제 만났는데?"

"차 안에서. 사고가 난 직후에. 우리 차가 다른 차를 들이받았어."

"차 안에 있기 전에 넌 어디 있었는데?"

내가 묻는다.

"아무 데도 없었어."

아이는 당황하고 혼란스러운 듯 자신의 신발을 내려다본다. 내가 다시 묻는다.

"이 애는 언제부터 잠들어 있는 거야?"

"나도 몰라."

아이가 여전히 혼란스러운 표정으로 말한다.

"사람들이 이 애를 어딘가로 데려갔어. 나는 문 옆에서 기다렸고. 다시 돌아왔을 때는 이렇게 잠들어 있었어."

"이 애와 말은 해 봤어?"

"응. 차 안에서. 자기 엄마 아빠는 대답이 없다면서 나한테 도와 달라고 부탁했어. 그래서 내가 곁에 있으면서 이런저런 이야기를 나누었지. 기계를 든 사람들이 와서 이 애를 차 밖으로 꺼낼 때까지 우리는 함께 기다렸어. 기계에서는 아주 요란한 소리가 났고, 불꽃까지 튀겼어."

"너도 차 밖으로 나와서 참 다행이야."

나는 이 아이를 겁줄 생각이 전혀 없다. 하지만 내 질문들이

이 아이를 두렵게 만들고 있는 듯하다. 그래도 몇 가지 더 물어볼 수밖에 없다.

"차에서 나온 뒤 이 애의 엄마 아빠를 봤어?"

"아니."

"네 이름은 뭐야?"

"나도 몰라."

아이가 슬픈 목소리로 말한다. 금방이라도 울음을 터뜨릴 것 같다.

"내 말 잘 들어. 너는 아주 특별한 친구야. 상상 친구라는 건데, 네 모습을 보고 네 목소리를 들을 수 있는 사람은 오직 여기 있는 이 아이뿐이야. 사고 난 차 안에서 두려움에 휩싸인 이 아이에게는 너 같은 친구가 꼭 필요했어. 그래서 네가 여기 있게 된 거야. 모든 일이 잘될 테니 걱정하지 마. 너는 그저 이 아이가 깨어날 때까지 기다리기만 하면 돼."

아이가 내게 묻는다.

"그런데 왜 너는 나를 볼 수 있어?"

"나도 너와 똑같은 상상 친구니까."

"아, 그렇구나. 그럼 네 여자애는 어디 있어?"

"내 친구는 남자애야. 이름은 맥스인데, 지금은 어디 있는지 나도 몰라."

아이는 말없이 나를 빤히 바라본다. 나도 무슨 말을 해야 할지 몰라 그저 가만히 기다린다. 침대 옆 기계에서 흘러나오는 나지막한 소음을 들으며 우리는 그렇게 서로를 물끄러미 바라볼 뿐이다. 침묵의 시간이 영원처럼 길게 느껴진다. 마침내 내가 입을 연다.

"난 그 애를 잃어버렸어. 하지만 지금 찾고 있는 중이야."

아이는 내게서 눈길을 떼지 않는다. 이 조그만 여자아이는 세상에 온 지 하루밖에 지나지 않았다. 하지만 나는 이 아이가 무슨 생각을 하고 있는지 안다.

이 아이는 맥스를 잃어버린 나를 나쁜 친구라고 생각한다.

"난 이제 가 봐야 해."

내가 말한다.

"알았어. 그런데 이 애는 언제 깨어날까?"

"곧 깨어날 거야. 그러니까 기다려 봐. 틀림없이 곧 깨어날 거야."

나는 조그만 여자아이가 다른 말을 하기 전에 재빨리 샤워 커튼 아래로 기어 나온다. 몇 발짝 떨어진 곳에 닫힌 커튼이 또 하나 보인다. 하지만 그 커튼 뒤에 디가 없다는 것을 나는 안다. 이곳은 어린이 병원이다. 성인 병원에도 ICU가 있을 테고, 디는 아마 거기 있을 것이다.

지금쯤 맥스도 샤워 커튼 뒤에 누워 있는 여자아이처럼 혼자 있을까? 그 아이 곁에는 엄마도 아빠도 없다. 아마 그들도 많이 다쳤을 것이다. 어쩌면 이미 죽었을 수도 있다. 하지만 나는 그럴 거라고 생각지 않는다. 그런 생각을 하면 너무나 괴롭기 때문이다.

그 아이 곁에는 적어도 상상 친구가 있다. 아직 이름도 없는 친구지만, 내내 아이의 곁을 지키고 있다. 그러므로 그 아이는 혼자가 아니다.

하지만 지금 나는 맥스 곁에 있지 않다.

그 아이는 오늘 밤 새로 생긴 상상 친구와 함께 있을 것이다. 하지만 맥스는 지금 어딘가에 혼자 있다. 내가 아직 여기 이렇게 있는 것을 보면, 맥스는 살아 있는 게 분명하다. 맥스가 죽었다는 생각은 너무 끔찍해서 하고 싶지 않다.

하지만 지금 맥스 곁에는 아무도 없다.

30

맥스 엄마는 쉬이 울음을 그칠 것 같지 않다. 슬퍼서 우는 것은 아니다. 두려워서 우는 것이다. 맥스 엄마는 마치 엄마를 잃어버린 아기처럼 울고 있다.

그러나 지금은 엄마가 아기를 잃어버린 상황이다.

맥스 아빠가 말없이 그녀를 안아 준다. 딱히 할 말이 없기 때문이다. 맥스 아빠는 울지 않는다. 이번에도 속으로 우는 듯하다.

예전에 나는 세상에서 가장 싫은 것 세 가지를 다음과 같이 생각했다.

1. 토미 스윈든
2. 보너스 똥
3. 이 세상에 더 이상 존재하지 않는 것

하지만 지금 생각하는 세상에서 가장 싫은 것 세 가지는 이것이다.

1. 기다리는 일

2. 알지 못하는 것

3. 이 세상에 더 이상 존재하지 않는 것

지금이 일요일 밤이니까 내일은 학교에 가서 패터슨 선생님과 맥스를 찾을 수 있을 것이다.

패터슨 선생님이 학교에 나오기만 한다면…….

내 생각에는 나올 것 같다. 그렇지 않으면 의심을 살 테니 말이다. 패터슨 선생님이 텔레비전 드라마 속 악당이라면 틀림없이 월요일에도 아무렇지 않은 척 출근할 것이다. 심지어 경찰서장을 도와 맥스를 찾는 일에 나설지도 모른다.

패터슨 선생님이라면 분명히 그렇게 할 것이다. 그녀는 교활한 사람이니까.

나는 주말 내내 맥스를 찾아다녔다. 지금 생각하면 시간 낭비만 한 것 같다. 나는 패터슨 선생님이 어디 사는지 모른다. 하지만 이틀 동안 아무것도 하지 않고 집에 앉아만 있을 수는 없었다. 게다가 더 이상 경찰관들 옆에 있는 것도 괴로웠다. 그들은 계속 맥스가 죽었을지 모른다고 떠들어 댔다(물론 맥스의 부모 앞에서는 절대 그런 말을 입에 올리지 않았다).

나는 맥스를 찾기 위해 이 집 저 집을 뒤지고 다니기 시작했다. 속으로는 우연히 패터슨 선생님의 집을 찾아내기를 간절히 바랐다. 그레이디 선생님과 파파라조 선생님이 학교 근처에 산다는 것은 알고 있었다. 이따금 두 사람이 함께 걸어서 출근하는 모습을 봤기 때문이다. 그래서 나는 선생님들은 대부분 가까이에 모여 산다고 생각했다(단, 고스크 선생님은 학교에서 꽤 멀리 떨어진 강 건너편에 산다. 선생님이 가끔 지각하는 이유는 그 때문이다). 나는 학교에서 가장 가까운 집들부터 빙 둘러가며 수색하기 시작했다. 동네를 한 바퀴 돌고 나면 범위를 조금 더 넓혀서 또 돌아다녔다. 맥스가 호수에 돌멩이를 던졌을 때 수면에 동그라미 모양의 물결이 점점 더 넓게 퍼져 나가듯……. 맥스는 수영은 안 하지만, 물속에 돌멩이를 던지고 놀기를 좋아한다.

얼마 지나지 않아 나는 이런 식으로는 패터슨 선생님의 집을 찾아내기 힘들다는 것을 깨달았다. 결국 내가 이루어 낸 성과는 아무것도 없었다. 맥스도, 패터슨 선생님도 찾아내지 못했다. 내가 발견한 것은 자식을 잃어버리지 않은 부모들뿐이었다. 그들은 가족과 함께 저녁 식탁에 둘러앉아 있거나, 뒤뜰의 낙엽을 그러모으거나, 돈 문제로 싸우거나, 지하실을 청소하거나, 텔레비전 영화를 보고 있었다. 모두 행복한 모습이었다. 그들은 어느 날 갑자기 패터슨 선생님 같은 사람이 학교로 차를 몰고 와 자신의 아들 또는 딸을 납치해 갈 수도 있다고는 꿈에도 생각지 못할 터였다.

괴물은 끔찍한 존재다. 더 끔찍한 것은 패터슨 선생님 같은 유괴범이 괴물처럼 걷거나 말하지 않는다는 사실이다.

나는 스푼과 섬머를 만나기 위해 다시 병원으로 돌아갈 생각도 해 보았다. 하지만 내가 아직 맥스를 찾아내지 못한 것을 알면 섬머가 화를 낼까 봐 두려웠다.

내가 왜 콜라병만큼 작은 여자아이를 겁내야 하는지 모르겠지만, 아무튼 나는 그 애가 무섭다. 그 애가 나를 해칠까 봐 무서운 게 아니다. 그 애에 대한 내 두려움은 맥스가 고스크 선생님을 실망시킬까 봐 두려워하는 것과 비슷하다. 맥스는 늘 고스크 선생님을 실망시키면서도 그 사실조차 모른다.

내가 병원으로 돌아가기가 겁나는 이유는 또 있다. 섬머의 인간 친구가 죽었을까 봐, 그리고 섬머도 함께 죽었을까 봐 겁이 난다.

아니, 섬머는 죽는 게 아니라 사라지는 것이다. 더 이상 세상에 존재하지 않는 것이다.

어젯밤 나는 디가 돌아왔는지 알아보러 주유소에 들렀다.

디는 없었다. 샐리도 보이지 않았다. 어쩐지 다시는 샐리를 볼 수 없을 것 같다. 총은 사람을 죽일 수도 있다. 그러나 총에 맞은 사람은 나중에 일터로 돌아올 가능성이 있다. 반면 샐리처럼 일시 정지 상태를 겪은 사람은 다시는 일터로 돌아올 수 없게 된다. 옛 친구들에게 인사하러 들르는 것조차 꺼려진다.

주유소도 더 이상 예전 같지 않을 것이다. 어젯밤 주유소에서 일하는 사람은 세 명이었는데, 모두 내가 모르는 얼굴이었다. 즉석 복권을 사러 온 폴리도 나와 똑같은 기분인 듯했다. 평소 같으면 그 자리에서 복권을 긁으며 한가하게 시간을 보냈을 텐데, 어제는 계산대 앞에서 잠시 머뭇거리더니 고개를 숙인 채 곧장 나가 버렸다.

주유소는 이제 더 이상 우리의 공간이 아니다.

그렇다고 새로운 공간도 아니다.

이제 주유소는 어느 누구에게도 더 이상 특별한 공간이 아니다. 그곳에서 근무하는 사람들은 이제 그저 일을 할 뿐이다. 어젯밤에 일하던 세 사람 가운데 여자는 보너스 똥을 두세 번쯤 누어야 할 사람처럼 오만상을 찌푸리고 있었다. 나머지 두 노인은 서로에게 말 한마디 건네지 않았다. 그저 모두 묵묵히 일을 할 뿐이다. 빈둥거리는 사람도 없고, 계산대 뒤의 텔레비전도 꺼져 있다. 손님들과 대화를 주고받기는커녕 손님의 이름조차 모른다. 샐리에게 빨리 일어나 하라고 쏘아붙이는 디의 앙칼진 목소리는 더 이상 들을 수 없다.

내가 다시 주유소에 갈 일이 있을까? 그래도 디는 보고 싶다. 언젠가 내가 일반 병원에 찾아갈 용기를 낼 수 있다면, 아이씨유에서 디를 볼 수 있을지도 모른다. 하지만 디가 주유소를 다시 예전의 모습으로 바꿔 놓을 수 있을 것 같지는 않다.

나는 내일 아침 일찍 집을 나서야 한다. 그런데 스쿨버스가 집 앞 정류장에 서지 않을까 봐 걱정이다. 맥스가 나무 옆에 서 있지 않을 테니, 스쿨버스는 그냥 지나쳐 갈지도 모른다. 맥스는 버스를 기다릴 때 항상 한 손으로 나무를 잡고 서 있었다. 자기도 모르게 갑자기 거리로 뛰어드는 것을 막기 위해 내가 그렇게 하라고 일러 준 것이다. 하지만 맥스는 그것이 자기 생각인 양 엄마에게 말해 정류장에서 혼자 기다려도 좋다는 허락을 받아 냈다.

나는 상관없었다. 나 자신부터 맥스가 생각해 낸 존재이므로, 내 생각은 곧 맥스의 생각이기도 했다.

필요하다면 나는 학교까지 걸어서라도 갈 수 있다. 이번 주말에 맥스를 찾아다닐 때도 내내 걸어 다녔으니 상관없다. 하지만 지금까지 나는 늘 스쿨버스를 타고 학교에 갔다. 내일도 버스를 타고 갈 수 있다면 정말 행운일 것이다. 맥스가 곧 돌아오리라는 것을 알기 때문에 버스에 타고 있다고 세상에 알리는 셈이니까.

내일 해야 할 일은 한두 가지가 아니다. 나는 밤새 그 일들에 대해 생각하고 머릿속에 저장했다. 가끔은 내가 연필을 잡고 글씨를 쓸 수 있기를 진심으로 간절히 바랄 때가 있다. 이번이 바로 그런 때다. 이번에는 그 어느 때보다 더욱 주의를 기울여야 한다. 지난 금요일에는 내가 부주의해서 패터슨 선생님의 차를 놓쳤다. 그러므로 내일은 반드시 모든 일을 정확하게 처리해야 한다.

내일 할 일은 다음과 같다.

1. 맥스 엄마가 일어날 때쯤 집을 나선다.

2. 사보이 형제의 집 앞까지 걸어가 그들과 함께 스쿨버스를 기다린다.

3. 버스를 타고 학교에 간다.

4. 패터슨 선생님이 차를 세우는 주차장으로 곧장 간다.

5. 패터슨 선생님을 기다린다.

6. 패터슨 선생님이 차를 세울 때, 재빨리 차에 올라탄다.

7. 무슨 일이 있어도 차 안에서 나오지 않는다.

나는 그저 내일 패터슨 선생님이 학교에 나오기를 바랄 뿐이다. 그녀가 학교에 나오지 않을 경우 어떻게 해야 할지도 고민해 봤지만 마땅히 떠오르는 생각이 없었다.

만일 내일 패터슨 선생님이 학교에 나오지 않는다면, 나는 맥스를 영원히 잃게 될 것이다.

31

파란색 배낭이 보이지 않는다. 지금 나는 지난번 배낭이 놓여 있던 바로 그 자리에 앉아 있다.

목요일이었다. 내가 패터슨 선생님의 자동차 뒷좌석에서 파란색 배낭을 본 것은 지난 목요일이었다.

정확히는 나흘 전이지만 마치 사십 일 전처럼 느껴진다.

패터슨 선생님은 1교시 시작종이 울리기 전 주차장에 나타났다. 그녀는 항상 주차하는 자리에 차를 세우고, 평소처럼 자연스럽게 학교 안으로 들어갔다. 유괴범이 지금 학교 안을 돌아다니고 있는데, 그 사실을 아는 이는 오직 나뿐이다. 그녀가 곧 아이를 한 명 더 납치할 계획을 세우고 있을 거라는 생각이 든다. 맥스에게 그랬던 것처럼 혹시 지금 이 순간에도 또 다른 아이를 꼬드기고 있는 게 아닐까?

맥스를 데려간 이유는 꼭 녀석을 원했기 때문일까? 아니면 그저 여러 아이 가운데 우연히 맥스가 얻어걸린 것일까?

어느 쪽이든 무섭기는 마찬가지다.

계획대로라면 나는 무슨 일이 있어도 패터슨 선생님의 차 안에 머물러 있어야 한다. 하지만 오늘 수업이 끝나려면 한참 멀었다. 아직 첫 번째 쉬는 시간을 알리는 종도 울리지 않았다. 패터슨 선생님은 의심을 사기 싫어서라도 오늘 일찍 퇴근하지 않을 것이다. 어젯밤 나는 계획을 세우면서 필요하다면 얼마든지 바꿀 수 있게 만들었다. '복도에서 뛰면 안 된다', '소방 훈련 시간에는 조용히 해야 한다', '견과류 금지 구역에서는 땅콩버터를 먹으면 안 된다' 같은 학교 교칙과는 다르다. 이번 계획은 내가 정한 일종의 규칙이므로 내가 원하면 언제든 깰 수 있다. 그래서 나는 계획을 약간 수정하기로 한다.

학교에서 무슨 일이 벌어지고 있는지 보고 싶어서다.

고스크 선생님도 보고 싶다.

현관 로비의 책상 앞에 한 남자가 앉아 있다. 전에는 그 자리에 책상이 없었다. 물론 책상 앞에 누군가가 앉아 있지도 않았다. 남자는 제복을 입고 있지 않지만 그가 경찰관이라는 것은 금세 알아볼 수 있다. 진지하면서도 지루해 보이는 얼굴이 경찰서에서 밤샘 근무를 하는 경찰관들과 똑같다.

한 여자가 정문으로 걸어 들어오자 경찰관이 자기 쪽으로 오라고 손짓을 보낸다. 그러고는 여자에게 서류철에 이름을 적으라고 요구한다. 여자가 이름을 적는 동안, 경찰관이 오늘 이곳에 온 이유를 묻는다.

여자는 컵케이크 쟁반을 들고 있다.

그는 결코 유능한 경찰관은 아니다. 유치원생도 왜 그 여자가 학교에 왔는지 충분히 짐작할 것이다.

나는 고스크 선생님의 교실로 향한다. 그녀는 한창 수업 중이다. 복도에서 고스크 선생님의 목소리를 듣는 것만으로도 기분이 조금 나아진다.

고스크 선생님은 학생들 앞에 서서 '메이플라워 호'라는 배에 대해 이야기하고 있다. 칠판에는 지도가 걸려 있다. 선생님은 기다란 막대기로 지도를 철썩 때리며 아이들에게 북아메리카 대륙이 어디 있는지 묻는다. 나는 그 질문에 대한 답을 알고 있다. 지도를 무척 좋아하는 맥스 덕분이다. 맥스는 실제 지도를 펼쳐놓고 상상의 군대가 벌이는 상상의 전투를 계획하는 것을 좋아한다. 그래서 나도 전 세계의 대륙과 대양, 그 밖에 많은 나라의 이름들을 알게 되었다.

맥스의 책상은 비어 있다. 교실에서 빈 책상은 그것 하나뿐이다. 오늘은 맥스 외에 결석한 학생이 아무도 없다. 결석한 아이가 또 있었다면 내 기분이 좀 나았을 것이다. 그랬다면 맥스의 빈자리가 조금 덜 외로워 보였을 테니까.

누군가가 아파서 집에 있어야 하는 건데…….

나는 맥스의 자리에 앉는다. 책상에 배가 짓눌리는 듯한 느낌이 들지 않도록 의자를 충분히 뒤로 잡아 빼서 앉는다. 막대기로 계속 지도를 때리던 고스크 선생님이 동작을 멈춘다. 지미가 북아메리카 대륙에 관한 질문에 답한다. 몇몇 아이들이 지미가 정답을 알고 있어서 안도하는 표정을 짓는다. 그들은 고스크 선생님이 자신에게 북아메리카의 위치를 물어볼까 봐 겁을 냈다. 이런 질문은 바보도 대답할 수 있어야 하는 쉬운 문제다. 곧이어 고스크 선생님이 아이들에게 메이플라워 호의 사진을 보여 준다. 사진 속 메이플라워 호는 누군가가 칼로 절반을 쩍 가른 것처럼 안쪽까지 훤히 보인다. 배 안쪽에는 조그만 탁자며 의자, 사람들로 가득 찬 작은 방들이 쪼르르 있다.

메이플라워 호는 엄청나게 큰 배였던 모양이다.

고스크 선생님이 사진에서 눈을 떼고 아이들을 향해 말한다.

"여러분, 여러분이 영원히 집을 떠난다고 상상해 보세요. 청교도들처럼 말이에요. 여러분은 아메리카를 향해 배를 타고 떠날 예정이에요. 가져갈 수 있는 것은 작은 여행가방 하나뿐이에요. 자, 그럼 그 가방 안에 뭘 챙길 건가요?"

아이들이 앞다투어 손을 들어 올린다. 이런 질문에는 누구나 답할 수 있다. 지미가 대신 대답해 주기를 바랄 필요도 없다. 선생님의 이야기를 귀담아 듣지 않은 아이가 답을 해도 그리 바보처럼 들리지는 않을 것이다. 고스크 선생님은 이런 종류의 질문을 자주 한다. 아마 모든 아이들에게 발표할 기회를 주고 싶어서 그런 것 같다. 선생님은 아이들이 스스로 이야기의 일부가 된 듯한 기분을 느끼게 해 주려고 애쓴다.

아이들의 대답이 시작된다. 말릭은 "팬티를 잔뜩 챙겨야죠."

라고 말했고, 레슬리언은 "휴대폰 충전기요. 전 여행 갈 때 그걸 항상 잊어버리거든요."라고 대답했다. 고스크 선생님이 큰 소리로 웃는다.

고스크 선생님이 웃다니, 너무 놀랍다. 아니, 화가 난다. 고스크 선생님은 평소와 다름없이 행동하고 있다. 이틀 전 담당 학생을 잃어버려서 경찰의 비난을 받은 사람처럼 보이지 않는다. 사실 오늘 그녀는 평소보다 더 고스크 선생님답게 행동하고 있다. 심지어 신발 바닥에 불이 붙기라도 한 듯 교실 안을 콩콩 뛰어다니기까지 한다.

이제야 알 것 같다.

고스크 선생님은 지금 고스크 선생님처럼 '연기하고' 있다. 줄곧 웃는 얼굴로 아이들에게 재미있는 질문을 던지고, 기다란 막대기를 휘휘 돌리는 연기를 하고 있는 것이다. 맥스에 대해 걱정하고 슬퍼하는 사람은 고스크 선생님 혼자만이 아니기 때문이다. 아이들도 맥스를 걱정하고 있다. 반 아이들은 대부분 맥스를 잘 모른다. 심지어 맥스를 괴롭혔던 아이들도 많다. 일부러 그랬던 아이들도 있고, 자기도 모르는 새에 그랬던 아이들도 있다. 하지만 그들은 모두 맥스가 사라졌다는 사실을 안다. 틀림없이 걱정되고 두려울 것이다. 어쩌면 슬플지도 모른다. 고스크 선생님은 그 사실을 알기 때문에, 아이들을 위해 두 배로 '고스크 선생님답게' 행동하고 있는 것이다. 지금 이 순간 전교에서 가장 큰 걱정과 두려움에 휩싸여 있는 사람은 바로 고스크 선생님이다. 그녀는 맥스에 대해서도 걱정하지만, 교실에 있는 나머지 스무 명의 아이들에 대해서도 걱정하고 있다. 그래서 지금 그들을 위해 쇼를 하고 있다. 오늘 하루를 가장 평범하게 보내기 위해 애쓰고 있는 것이다.

나는 고스크 선생님이 정말 좋다.

선생님을 좋아하는 내 마음은 맥스보다 더 클지도 모른다.

역시 교실 안에 들어오기를 잘한 것 같다. 고스크 선생님의 얼굴을 보는 것만으로도 기분이 좋아진다.

나는 패터슨 선생님의 차로 되돌아간다. 도중에 교장실에 들러 팔며 교장 선생님이 오늘 무엇을 하고 있는지 살펴보고 싶다. 경찰서장이 아직 교장실 소파에 앉아 있는지, 맥스의 엄마 아빠가 오늘 학교에 나올 예정인지도 궁금하다. 교무실에 가서 선생님들이 맥스에 대해 어떤 이야기를 하는지도 들어 보고 싶다. 흄 선생님과 데일리 선생님, 라이너 선생님이 나만큼 걱정하고 있는지 알고 싶다. 패터슨 선생님을 찾아내서 오늘도 평소처럼 행동하고 있는지, 맥스에게 했던 것처럼 다른 아이들에게도 거짓말을 하고 있는지 확인하고 싶다. 무엇보다 나는 고스크 선생님의 교실에서 시간을 좀 더 보내고 싶다.

고스크 선생님이 오늘 아무렇지도 않은 척 연기하니, 나도 패터슨 선생님의 차에서 그녀가 돌아올 때까지 기다릴 수 있을 것 같다.

기다림은 세상에서 가장 싫은 것 세 가지 중 하나다. 하지만 이 기다림은 곧 끝날 것이다.

패터슨 선생님의 차에 앉아 기다리기만 하면, 나는 맥스를 찾게 될 것이다.

32

패터슨 선생님이 차 문을 열고 운전석에 탄다. 마지막 종이 울린 것은 약 오 분 전이다. 순환도로에는 아직 스쿨버스들이 서서 아이들이 모두 타기를 기다리고 있다. 패터슨 선생님은 아이들의 학교생활을 책임지는 정식 교사가 아니다. 그래서 아이들이 어떻게 집에 가든 걱정할 필요가 없다. 그들을 데리러 온 사람이 보모든, 삼촌이든, 할머니든 전혀 신경 쓰지 않는다. 심지어 아이들이 학교에서 친구들과 잘 노는지, 점심은 제대로 먹는지, 겨울에 옷은 든든하게 입고 다니는지에 대해서도 관심을 갖지 않아도 된다.

이런 문제들에 대해 책임지는 사람은 고스크 선생님 같은 정식 교사들뿐이다. 그래서 패터슨 선생님 같은 보조 교사는 마지막 종이 울리면 곧장 퇴근해도 된다. 패터슨 선생님 같은 나쁜 교사들에게는 이런 점이 장점으로 보일 수도 있다. 하지만 그들은 고스크 선생님에 대한 아이들의 사랑이 얼마나 두터운지 짐작조차 못한다.

아이들은 일주일에 고작 한 시간을 가르치는 선생님을 사랑할 수 없다.

하물며 아이를 납치하는 선생님은 말할 것도 없다.

패터슨 선생님이 차를 출발시킨다. 자동차는 스쿨버스를 피해 순환도로 왼쪽으로 돌아간다. 어떤 차든 스쿨버스를 피한다. 스쿨버스에 붙은 정지 표시판에 불이 켜졌을 때는 버스 옆으로 지나가선 안 된다.

갑자기 맥스가 스쿨버스 사이로 무작정 뛰어들었다가 정지 신호에 관한 규칙을 무시하고 순환도로를 가로질러 달려오던 차에 치일 뻔한 일이 생각난다.

그날 그 자리에는 그레이엄이 있었다. 내 곁에 그레이엄과 맥스 둘 다 있었던 그날이 아주 먼 옛날처럼 느껴진다.

패터슨 선생님은 그저 운전만 한다. 라디오도 켜지 않고 전화도 걸지 않는다. 노래를 부르지도, 콧노래를 흥얼거리지도, 혼잣말을 하지도 않는다. 그저 두 손으로 운전대를 단단히 잡고 운전에만 몰두한다.

나는 그녀를 지켜보고 있다. 잠시 운전석 옆자리로 이동할 생각도 해 보았지만, 결국 포기한다. 지금껏 한 번도 자동차 앞좌석에 앉아 본 적이 없는 데다, 패터슨 선생님 가까이에 가고 싶지도 않기 때문이다. 나는 그저 그녀를 쫓아가기만 하면 된다. 그녀를 따라 맥스가 있는 곳으로 가서 한시라도 빨리 녀석을 구하고 싶은 마음뿐이다. 그녀 옆에 앉고 싶은 마음은 털끝만큼도 없다.

섬머와 만나지 않았더라도 나는 맥스를 구했을 것이다. 나는 맥스를 사랑하고, 맥스를 구할 수 있는 것은 이 세상에 나 혼자뿐이다. 하지만 맥스를 구할 생각을 하면 여전히 섬머가 떠오른다. 내가 그 애에게 했던 약속도 생각난다. 왜 그런지는 모르겠지만 어쨌든 그렇다.

패터슨 선생님이 운전하는 동안 나는 실마리를 찾아본다. 그녀가 무언가 말하기를 기다린다. 나는 전에도 맥스의 부모와 함께 차 안에 혼자 있어 본 경험이 있다. 또 이런저런 공간에서 자신이 혼자 있다고 생각하는 사람과 단둘이 있어 본 적도 수없이 많다. 그럴 때 상대는 대부분 무언가를 하고 있었다. 따지고 보면, 사람들은 모두 무언가를 한다. 라디오를 켜거나, 콧노래를 흥얼거리거나, 자동차 앞유리에 붙은 조그만 거울을 들여다보며 머리 모양을 매만지거나, 손가락으로 운전대를 두들긴다. 때로는 혼잣말을 하기도 한다. 혼잣말로 목록을 만들거나, 누군가에 대한 불평을 늘어놓거나, 주변의 다른 운전자들에게 말을 한다. 마치 상대가 유리와 쇠붙이 너머로 자신의 목소리를 들을 수 있기라도 한 것처럼 말이다.

이따금 상스러운 짓을 하는 사람들도 있다. 예를 들어 차 안에서 코를 파는 행위가 그렇다. 자동차 안이 코를 파기에 가장 적합한 장소인 것은 사실이다. 주변에 아무도 없기 때문에 집에 도착하기 전 코딱지를 모두 제거할 수 있다. 하지만 어쨌든 그것은 추잡한 행동이다. 맥스 엄마는 맥스가 코를 후비면 잔소리를 한다. 그러면 맥스는 휴지로 파낼 수 없는 코딱지도 있다고 설명한다. 나는 맥스의 말이 맞을 거라고 생각한다. 맥스 엄마가 코를 후비는 모습도 직접 봤기 때문이다. 물론 주변에 사람이 있을 때는 절대 그러지 않지만.

내가 맥스에게 한 말도 바로 그런 거다.

"코를 후비는 건 똥을 누는 것과 같아. 아무도 안 볼 때 몰래 해야 하는 거야."

맥스는 여전히 주변에 사람이 있을 때도 코를 후빈다. 하지만 예전만큼 자주는 아니다.

패터슨 선생님은 차 안에서 코를 파지 않는다. 머리를 긁지도 않는다. 하품을 하거나, 한숨을 쉬거나, 코를 킁킁대지도 않는다. 그저 앞만 보고 운전만 한다. 방향을 바꾸기 위해 점멸등을 켤 때 외에는 운전대에서 손을 떼지도 않는다. 그녀는 운전에 대해 진지하다.

패터슨 선생님은 모든 일에 진지한 것 같다. 진지형 인간……. 고스크 선생님은 진지한 사람을 이렇게 부른다. 갑자기 패터슨 선생님이 훨씬 더 무섭게 느껴진다. 진지한 사람들은 모든 일에 진지하기 때문에 좀처럼 실수를 저지르지 않는다. 고스크 선생님은 케이티 마지크를 진지형 인간이라고 부른다. 케이티는 철자 시험에서 항상 백 점을 받고, 수학 문제도 혼자서 다

푼다. 다른 아이들은 남의 도움 없이 절대 풀지 못하는 까다로운 문제들도 케이티는 거뜬히 해결한다.

훗날 어른이 된 케이티 마지크가 어린애를 납치하고 싶어 한다면, 정말 훌륭한 유괴범이 될 것이다.

케이티 마지크도 나중에 패터슨 선생님처럼 운전을 할 것이다. 시선은 똑바로 앞만 바라보고 두 손으로 운전대를 잡고 입은 꾹 다문 채 오로지 운전에만 집중할 것이다.

패터슨 선생님이 이대로 운전해서 집까지 갈 경우(아마도 그렇겠지만), 곧 내 두 눈으로 보게 될 맥스의 모습이 걱정스럽다. 도대체 맥스에게 무슨 짓을 했을까? 그녀가 학교에 있는 동안, 맥스는 온종일 어디에 어떻게 갇혀 있었을까?

어쩌면 맥스를 밧줄로 꽁꽁 묶었을지도 모른다. 그 방법은 최악이다. 맥스는 갑갑한 것을 싫어한다. 짓누르는 느낌이 들어서 침낭에서도 안 자려고 한다. 목을 감싸는 터틀넥 셔츠를 입으면 숨이 막힐 것 같다고 한다. 터틀넥 셔츠가 실제로 목을 조르는 것은 아니지만, 어떻게 보면 약간 그런 면도 있다. 맥스는 벽장 문이 활짝 열려 있어도 절대 그 안에 들어가지 않고, 이불을 머리 위까지 뒤집어쓰는 일도 없다. 한 번에 입는 옷가지는 신발을 제외하고 일곱 개를 넘지 않는다. 그 이상은 절대 입으려 하지 않는다. 엄마가 억지로 입히려고 하면 이렇게 소리친다.

"너무 많아! 너무 많다고! 너무 많단 말이야!"

그래서 바깥 날씨가 굉장히 추울 때에도 맥스 엄마는 아들에게 팬티, 바지, 셔츠, 코트, 양말 두 짝, 모자밖에 입히지 못한다. 손가락장갑이나 벙어리장갑은 꿈도 못 꾼다. 엄마가 양말 두 짝 또는 모자와 팬티 대신 장갑을 끼라고 해도(그녀는 할 수만 있다면 그렇게라도 하고 싶은 듯한 표정이다), 맥스는 절대 안 끼겠다고 버틴다. 장갑을 끼면 손을 마음대로 움직일 수 없고, 짓눌리는 느낌이 든다는 것이다. 어쩔 수 없이 맥스 엄마는 아들의 코트 주머니 안쪽에 털 안감을 대 주었다. 그래서 맥스는 손이 시리면 주머니에 집어넣는다.

패터슨 선생님이 오늘 낮 동안 맥스를 밧줄로 묶어 두었거나 벽장 또는 상자 안에 가둬 두었다면, 그것은 아주아주 심각한 일이다.

이런 생각을 진작 하지 못한 나 자신에게 화가 난다. 하지만 한편으로는 다행이라는 생각도 든다. 그 생각을 진작 했더라면 지금보다 훨씬 더 많이 걱정했을 테니 말이다.

패터슨 선생님에게는 그녀를 돕는 누군가가 있을지도 모른다. 이미 결혼해서 남편과 함께 맥스를 납치한 것일 수도 있다. 어쩌면 이번 일은 남편이 꾸몄을지도 모른다. 아니, 패터슨 선생님이 남편에게 자신들이 맥스에게 더 좋은 부모가 돼 주자고 말했을 것 같다. 만일 그랬다면 오늘 하루 종일 그녀의 남편이 맥스를 지켜보며 친아빠처럼 굴었을 것이다. 밧줄로 묶어 놓거나 찬장에 가둔 것보다야 나을 테지만, 그래도 여전히 맥스는 힘들었을 것이다. 맥스는 낯선 사람이나 장소, 새로운 음식, 달라진 취침 시간, 그 밖에 평소와 다른 것은 무조건 싫어하기 때문이다.

패터슨 선생님이 점멸등을 켠다. 하지만 전방에는 방향을 돌릴 만한 길이 없다. 그저 집들만 줄줄이 늘어서 있을 뿐이다. 이 가운데 하나가 패터슨 선생님의 집일 것이다. 맥스가 이 근처 어딘가에 있을 거라고 생각하니 흥분되어 가만히 앉아 있을 수가 없다. 드디어 맥스에게 가까이 온 것이다.

진입로 세 곳을 지나친 패터슨 선생님이 마침내 오른쪽으로 차를 돌린다. 눈앞에는 꽤 긴 진입로가 펼쳐져 있다. 오르막길 꼭대기에 파란색 집이 보인다. 작지만 매우 근사한 집이다. 책이나 잡지에 나오는 집처럼 멋지다. 집 앞 잔디밭에는 커다란 나무 네 그루가 서 있다. 나무에는 잎사귀가 한 개도 달려 있지 않다. 그렇다고 잔디밭에 나뭇잎이 떨어져 있는 것도 아니다. 처마 홈통 밖으로 튀어나와 있는 나뭇잎도 없고, 집 가장자리 주변에 쌓아 놓은 나뭇잎 더미도 없다. 현관 입구 계단에는 꽃 양동이 두 개가 놓여 있다. 해마다 학교에서 학부모들이 판매하는 꽃과 같은 종류다. 지난주 패터슨 선생님이 학교에서 산 것인지도 모른다. 양동이 안에 가득 담긴 조그만 꽃송이는 시든 것 하나 없이 완벽하게 예쁘다. 진입로 역시 완벽하다. 갈라진 흔적은 물론 얼룩 한 점도 찾아볼 수 없다. 집 뒤편에는 호수가 있다. 집 모퉁이 뒤로 살짝 보일 뿐이지만, 꽤 넓은 호수 같다.

패터슨 선생님이 오르막길을 올라가며 리모컨을 집어 버튼을 누른다. 곧바로 차고 문이 열린다. 패터슨 선생님은 차고 안으로 들어가 자동차의 엔진을 끈다. 잠시 후, 윙 하는 소리와 함께 차고 문이 흔들린다. 문이 닫히는 소리다.

드디어 패터슨 선생님의 집 안까지 들어온 것이다.

머릿속에서 섬머의 목소리가 들리는 것 같다. 맥스를 구해야 한다는 사실을 또다시 일깨워 준다.

"그래, 알고 있어."

내가 중얼거린다. 패터슨 선생님은 내 목소리를 듣지 못한다. 내 목소리를 들을 수 있는 사람은 맥스뿐이다. 녀석은 이제 곧 내 목소리를 듣게 될 것이다. 이 집 어딘가에 맥스가 있다. 아주 가까이에. 이제 곧 찾을 수 있을 것이다. 내가 맥스를 찾아 여기까지 왔다는 게 믿기지 않는다.

패터슨 선생님이 차 문을 열고 내린다.

나도 차 밖으로 나온다.

이제 내 친구를 찾아야 할 시간이다.

"자, 맥스를 구하러 가자!"

내 딴에는 씩씩하게 말하려 했지만, 특별히 그렇게 들리지 않는 것 같다.

33

나는 패터슨 선생님을 기다리지 않는다. 그녀는 차고 안의 조그만 방에 들어가 코트와 스카프를 벗는다. 그 방 벽에는 물건을 걸 수 있는 갈고리가 붙어 있고, 바닥에는 부츠며 구두가 깔끔하게 정리되어 있다. 세탁기와 건조기도 있다. 하지만 맥스는 없다. 나는 패터슨 선생님 옆을 지나쳐 거실로 들어간다.

거실에는 몇 개의 의자와 소파, 벽난로, 벽걸이 텔레비전, 조그만 탁자가 있다. 탁자 위에는 책 몇 권과 은빛 사진 액자가 놓여 있다. 하지만 그곳에도 맥스는 없다.

내 오른쪽으로 복도와 계단이 보인다. 나는 그 계단을 올라간다. 한 번에 두 단씩 경중경중 뛰어 올라간다. 패터슨 선생님의 집 안까지 들어온 이상, 굳이 서두를 이유는 없다. 하지만 나는 마음이 급하다. 단 일 초도 허투루 보내선 안 될 것 같다.

계단 꼭대기에 오르자 복도를 따라 늘어선 문 네 개가 보인다. 그중 세 개는 열려 있고, 한 개는 닫혀 있다.

왼쪽 첫 번째 문은 열려 있다. 안은 침실이다. 패터슨 선생님의 침실은 아닌 듯하다. 방 안에는 너저분한 것은 전혀 없고 침대와 서랍장, 스탠드, 거울이 전부다. 서랍장 위에는 아무것도 없다. 바닥도 텅 비었다. 문에 붙은 갈고리에는 옷 한 벌조차 걸려 있지 않다. 침대에는 베개가 산처럼 잔뜩 쌓여 있다. 우리 집 2층 복도 끝에 있는 침실과 비슷하다. 맥스의 엄마 아빠는 그 방을 손님방이라고 부른다. 하지만 그 방에서 손님이 자고 간 적은 한 번도 없다. 아마도 맥스가 낯선 사람이 집에서 자는 것을 싫어하기 때문일 것이다. 그러므로 그 방은 이름만 침실이다. 전시관에 있는 침실처럼 그저 보기만 하고 사용하진 않는 침실.

나는 침대 옆에 있는 붙박이장 안을 확인하기로 한다. 문을 통과해 컴컴한 안으로 들어간다. 너무 어두워서 아무것도 안 보인다. 그래서 나는 나지막이 속삭인다. "맥스? 너 여기 있어?"

없다. 맥스의 이름을 부르기도 전에 난 이미 그 사실을 알고 있었다.

어차피 내 목소리를 들을 수 있는 사람은 맥스뿐인데, 나는 왜 녀석의 이름을 조그맣게 소리 낮춰 불렀을까? 나도 모르겠다. 맥스 엄마는 아마 내가 텔레비전을 너무 많이 봐서 그런 거라고 말할 것이다. 그 말이 맞는지도 모른다.

왼쪽 두 번째 문도 열려 있다. 화장실이다. 그러나 이 화장실역시 이름만 화장실이다. 전시용 화장실. 이곳에도 사람이 사용한 흔적은 없다. 세면대와 바닥에서는 물기를 전혀 찾아볼 수 없다. 수건걸이에는 수건이 완벽한 모양으로 걸려 있고, 변기 뚜껑은 닫혀 있다. 이곳은 '손님용 화장실'인 듯하다. 지금껏 그런 말은 한 번도 들어 보지 못했지만.

나는 닫혀 있는 문 앞으로 걸어간다. 만일 맥스가 2층에 있다면, 문이 닫힌 이 방 안에 있을 것이다. 나는 문을 통과해 안으로 들어간다. 맥스는 없다. 이곳은 아기 방이다. 방 안에는 아기 침대와 장난감 상자, 흔들의자, 그리고 책상 하나가 있다. 책상 위에 놓인 기저귀 바구니가 눈에 띈다. 바닥에는 장난감 블록이며 파란색 장난감 기차 엔진, 조그만 사람과 동물들이 가득한 작은 플라스틱 모형 농장이 어지럽게 흩어져 있다.

맥스는 플라스틱 모형 농장 같은 것을 좋아하지 않는다. 그 안에 있는 사람들은 가짜 티가 심하게 나기 때문이다. 그들은 얼굴이 달린 작은 나무토막일 뿐이다. 맥스는 그런 종류의 장난감을 싫어한다. 녀석이 좋아하는 것은 현실감 있는 장난감이다. 조그만 플라스틱 헛간 밖에 서 있는 작은 가축과 사람들은 아기들이 좋아할 만한 장난감이다.

순간 나는 깨닫는다. 패터슨 선생님에게 아기가 있다니……! 믿을 수가 없다.

이 방에도 붙박이장이 있다. 기다란 붙박이장에는 미닫이문이 달려 있는데 다행히 문 한 짝이 열린 상태다. 안쪽 선반에는 작고 귀여운 신발이며 셔츠, 바지, 양말 등이 가지런히 정리돼 있다.

하지만 맥스는 없다.

패터슨 선생님에게는 어린 아기가 있다. 이것은 어쩐지 옳지 않은 일인 것 같다. 괴물에게 아기가 있다는 것은 말이 안 된다.

나는 아기 방에서 나와 복도 맞은편의 방으로 들어간다. 이 방은 패터슨 선생님의 침실이다. 한눈에 알 수 있다. 방 안에는 침대와 서랍장, 벽걸이 텔레비전이 있다. 침대는 깔끔하게 정돈돼 있지만, 베개가 잔뜩 쌓여 있지는 않다. 침대 헤드보드 위에는 물병과 책 한 권이 놓여 있다. 머리맡의 작은 테이블에는 자명종과 안경, 잡지 몇 권이 쌓여 있다. 이 방은 사람의 흔적이 보인다. 손님용 침실과는 다르다.

패터슨 선생님의 침실에는 화장실이 딸려 있고, 문이 따로 없는 커다란 붙박이장도 있다. 크기가 거의 맥스의 방과 비슷할 만큼 어마어마한 붙박이장이다. 안에는 옷이며 신발, 허리띠 등이 가득 들어 있다. 하지만 맥스는 없다.

나는 혹시나 내가 못 찾는 것일 수도 있다는 생각에 큰 소리로 외친다.

"맥스! 너 여기 있어? 내 목소리 들려?"

아무 대답도 없다.

나는 패터슨 선생님의 침실에서 나온다. 그러고는 복도에 서서 천장에 다락방으로 통하는 뚜껑문 같은 게 없는지 찬찬히 살펴본다. 맥스의 집에는 계단이 부착된 뚜껑문이 있다. 연결된 밧줄을 잡아당기면 뚜껑문이 열리면서 계단이 아래로 쭉 내려온다. 계단을 올라가면 다락방이 나온다. 하지만 패터슨 선생님의 집에는 뚜껑문도, 다락방도 없다.

나는 다시 아래층으로 내려간다. 그러나 거실로 돌아가지 않고 왼쪽 복도로 향한다. 이쪽에는 주방과 또 다른 거실이 있다. 두 번째 거실에는 소파와 푹신한 의자, 작은 탁자, 램프, 벽난로, 책들이 빽빽하게 꽂힌 책꽂이가 있다. 하지만 맥스는 없다.

나는 거실을 가로질러 왼쪽의 식당으로 향한다. 기다란 식탁과 의자 여러 개, 조그만 탁자에 놓인 사진 액자와 장식용 유리병들이 보인다. 나는 다시 왼쪽으로 돌아 주방으로 들어간다. 온갖 부엌살림들이 있지만, 맥스는 없다.

패터슨 선생님의 집 1층에는 거실, 또 다른 거실, 식당, 그리고 주방이 있다. 그게 전부다. 맥스는 어디에도 없다.

패터슨 선생님도 없다.

나는 다시 한 번 집 안을 둘러본다. 이번에는 좀 더 속도를 낸다. 앞서는 문이 닫혀 있어서 보지 못했던 화장실과 현관 옆의 외투용 붙박이장이 새로 눈에 들어온다.

맥스는 여전히 보이지 않는다.

그때 주방으로 이어지는 복도에서 내가 찾던 문 하나를 발견한다.

지하실로 연결된 문이다.

패터슨 선생님은 지금 맥스와 함께 지하실에 있다. 틀림없다.

문을 통과하자 바로 계단이 나온다. 계단은 물론 계단 아래에 있는 방에도 전깃불이 켜 있다. 카펫이 깔린 방은 또 하나의 거실처럼 보인다. 방 한가운데에는 커다란 녹색 테이블이 놓여 있다. 의자는 없다. 대신 테이블 가운데 네트가 길게 쳐져 있는 것이 마치 작은 테니스장 같다. 인형을 위한 테니스장. 그 밖에 소파와 안락의자, 텔레비전이 있다. 하지만 여기에도 맥스는 없다.

패터슨 선생님도 없다.

방 맞은편에 열린 문이 보인다. 안쪽은 평범한 지하실이다. 바닥에는 돌이 깔려 있고, 한쪽 구석에는 크고 지저분한 기계들이 있다. 하나는 집을 따뜻하게 해 주는 보일러고, 또 하나는 급수장치다. 하지만 나는 어떤 게 어떤 건지 잘 모른다. 기계 위쪽 벽에 걸린 선반에는 해머며 톱, 드라이버 등 각종 연장이 놓여 있다. 그 또한 붙박이장이나 잔디밭처럼 완벽하게 정돈된 모습이다. 패터슨 선생님의 집은 한마디로 깔끔하다. 집 안 전체를 통틀어 제자리를 찾지 못한 듯 보이는 물건은 침대 헤드보드 위에 놓여 있던 물병 하나뿐이다.

이게 끝이다. 이 방에는 붙박이장이나 계단 같은 것도 없다.

이곳에 맥스는 없다. 물론 패터슨 선생님도 없다.

나는 패터슨 선생님을 또다시 잃어버렸다. 그것도 그녀의 집 안에서.

나는 1층 주방으로 뛰어가 큰 소리로 맥스의 이름을 부른다.

그러고는 차고로 가서 패터슨 선생님의 차가 있는지 확인한다. 차는 그대로 있다. 엔진에서 똑똑 소리가 난다. 차들은 이따금 엔진을 끈 뒤에도 이런 소리를 낸다. 패터슨 선생님의 코트는 여전히 세탁기 옆 갈고리에 걸려 있다.

그렇다면…… 그녀는 집 밖에 있는지도 모른다. 나는 바보 같은 짓을 하고 있다. 집 안에서 사람을 잃어버린다는 것은 말도 안 된다. 그런데도 여전히 혼란스럽다. 무언가가 잘못된 게 분명하다. 패터슨 선생님이 바깥에 있다고 치자. 그럼 맥스는 어디에 있단 말인가?

나는 손을 들어 자세히 들여다본다. 손바닥 사이로 무언가가 비쳐 보이지 않는지 확인하려는 것이다.

손은 아직 멀쩡하다. 나는 사라지고 있지 않다. 그렇다면 맥스도 틀림없이 무사할 것이다. 어디 있는지는 몰라도 아직까지 별문제는 없는 게 분명하다. 패터슨 선생님은 맥스가 어디 있는지 알고 있다. 그러니까 나는 그녀를 찾아서 맥스가 어디 있는지 알아내야 한다.

나는 밖으로 나간다. 식당의 유리문을 통과하자 집 뒤쪽 베란다로 이어진다. 거기서 계단 몇 개를 내려가면 조그만 풀밭이 있고, 다시 계단을 내려가면 호수가 나온다. 폭은 좁지만 기다란 호수다. 호수 건너편에 집들이 보인다. 다른 집에서 새어나오는 불빛이 나무 사이로 패터슨 선생님의 집 양옆을 비춘다. 패터슨 선생님의 집은 이웃집들로부터 조금 멀리 떨어져 있다. 하지만 그녀가 맥스를 밖으로 데리고 나올 것 같지는 않다.

계단 아래쪽 물가에는 작은 선창이 있고, 그 옆에 배 한 척이 있다. 노 젓는 배다. 지난여름 보스턴에서 맥스 엄마는 맥스에게 배를 타 보자고 권유했다. 하지만 맥스는 대번에 거절했다. 거의 일시 정지될 것처럼 완강하게 고집을 피우는 바람에 결국 맥스 엄마가 포기해야 했다. 그날 맥스 엄마는 금방이라도 울음을 터뜨릴 것 같은 얼굴이었다. 다른 아이들은 모두 부모와 함께 배를 타며 즐겁게 노는데, 맥스만 무조건 안 타겠다고 고집을 부렸으니 속이 상할 만도 했다.

선창 주변에도 패터슨 선생님의 모습은 보이지 않는다. 우산이 달린 테이블과 의자 몇 개가 있을 뿐, 맥스도 패터슨 선생님도 없다.

나는 베란다 옆쪽으로 뛰어내려 집 모퉁이를 돌아 달려간다. 달리다가 확인하고 또 달리는 과정을 반복한 끝에 집 한 바퀴를 빙 돌아 다시 베란다로 돌아온다. 그리고 물끄러미 호수를 내려다본다. 어느덧 해질 무렵이라 그림자가 길게 늘어져 있다. 호수의 수면이 햇살을 받아 반짝거린다.

나는 맥스의 이름을 목청껏 불러 본다. 지금까지 이렇게 큰 소리로 누군가를 불러 본 적은 없다. 맥스의 이름을 부르고 부르고 또 부른다.

나무 위의 새들이 내가 외치는 소리에 반응을 보인다. 하지만 내게 대답하는 것은 아니다. 이 세상에서 내 목소리를 들을 수 있는 것은 오직 맥스뿐이다. 그런데 그 맥스는 끝내 대답이 없다.

또다시 친구를 영원히 잃어버린 기분이다.

34

나는 다시 집 안으로 들어간다. 틀림없이 내가 미처 확인하지 못한 방이나 벽장, 찬장이 있을 것이다. 식당 앞에서 다시 큰 소리로 맥스의 이름을 불러 본다. 내 목소리는 울림이 없다. 이 세상이 내 목소리를 알아듣지 못하기 때문이다. 내 목소리를 들을 수 있는 것은 맥스뿐이다. 만일 세상이 내 목소리를 들을 수 있다면, 내 외침이 메아리가 되어 울릴 것이다. 지금도 끝없이 계속 메아리칠 것이다. 그만큼 나는 맥스의 이름을 목 놓아 부르고 있다.

나는 다시 1층을 둘러보기 시작한다. 이번에는 좀 더 천천히 시간을 들여 꼼꼼히 살펴보기로 한다. 식당에서부터 주방과 거실을 거쳐 다시 식당으로 되돌아오는 코스다. 텔레비전이 있는 거실에 들어가 은빛 액자에 담긴 사진들을 들여다본다. 세 장 모두 남자 아기의 사진이다. 첫 번째 사진에는 기는 모습이, 두 번째 사진에는 욕조 모서리를 붙잡고 일어서 있는 모습이 담겨 있다. 갈색 머리칼과 커다란 눈, 포동포동한 볼이 귀여운 아기는 사진 속에서 계속 웃고 있다.

패터슨 선생님에게 아기가 있다는 사실이 여전히 믿기지 않는다. 그것도 남자 아기가……. 나는 좀 더 현실적으로 느껴지도록 큰 소리로 말해 본다.

"패터슨 선생님에게 남자 아기가 있다."

그래도 여전히 믿기지 않아 또다시 말해 본다. 그런데 문득 궁금증이 생긴다.

패터슨 선생님의 아기는 지금 어디 있을까? 어린이집에 갔나?

이제야 알 것 같다. 패터슨 선생님이 일하러 나가 있는 동안, 아기는 이웃집에 맡겨져 있을 것이다. 지금 그녀는 아기를 데리러 이웃집에 간 거다.

그렇다. 바로 그것이었다. 내가 2층 또는 지하실에 있을 때 패터슨 선생님은 집에서 나갔다. 하지만 차를 몰고 가진 않았다. 이웃집이나 근처 어린이집에 아기를 데리러 간 것이기 때문이다. 그녀는 아기를 데리고 매일 집까지 걸어온다. 아기에게 상쾌한 공기를 쐬어 줄 겸, 오늘 하루 동안 무슨 일이 있었는지 물어볼 시간을 갖기 위해서다. 물론 아기는 아직 말을 못하지만, 보통 엄마들은 아기와 그런 시간을 갖는 것을 좋아한다.

이제야 마음이 놓인다. 맥스가 어디 있는지는 여전히 모르지만, 내가 패터슨 선생님의 행방을 알고 있는 한 반드시 맥스를 찾을 수 있을 것이다. 내가 그녀를 잃어버리지만 않는다면, 모든 일이 잘 해결될 것이다. 어쩌면 맥스는 패터슨 선생님의 남편과 함께 또 다른 집에 있을지도 모른다. 패터슨 선생님 부부가 버몬트에 별장을 갖고 있을 수도 있다. 사디 맥코믹이 기회만 있으면 자랑하기 좋아하는 그런 별장에 지금 이 순간 맥스가 가 있을지도 모른다. 경찰이 찾기에는 너무 멀리 떨어진 곳에.

그것이 사실이라면 역시 패터슨 선생님은 영리하다.

경찰이 절대 찾을 수 없는 먼 곳으로 맥스를 데려갔다면…….

패터슨 선생님 자신이 신뢰하지 않는 부모와 맥스가 다녀서는 안 된다고 생각하는 학교로부터 멀리멀리 떨어진 곳으로 맥스를 데려갔다면…….

하지만 괜찮다. 패터슨 선생님 옆에 계속 붙어 있기만 하면, 결국 언젠가는 그녀가 나를 맥스에게 데려갈 것이다. 맥스가 멀리 버몬트에 있다고 해도, 나는 녀석을 찾게 될 것이다.

나는 손을 확인한다. 손바닥을 얼굴에 바짝 들이대고 조금이라도 흐릿해지지 않았는지 자세히 들여다본다. 이러고 있자니 기분이 썩 좋지는 않다. 이런 행동은 맥스가 무사한지 확인하기 위한 거라고 스스로를 위로해 보지만, 나는 알고 있다. 이것은 맥스뿐 아니라 나 자신이 괜찮은지 확인하기 위한 행동이라는 것을. 어쩌면 나 자신을 위한 마음이 더 클지도 모른다. 내 손은 여전히 멀쩡하다. 나는 아직 무사하다. 사라지고 있지 않다. 맥스도 무사하다. 어딘가에서 잘 지내고 있다.

나는 패터슨 선생님이 돌아오기를 기다리는 동안 집 안을 다시 살펴보기로 한다. 내가 사건의 실마리를 찾고 있는 드라마 속 경찰관이 된 기분이다. 지금 내가 하고 있는 일도 바로 그런 것이다. 나를 맥스에게 데려가 줄 실마리를 찾아야 한다.

주방에서 이전에는 보지 못한 벽장을 발견한다. 맥스가 그 안에 있지는 않으리라는 것을 알면서도 나는 벽장 안을 들여다본다. 벽장은 초등학생 남자아이를 숨기기에 적당한 장소가 아니다. 더욱이 만일 맥스가 그 안에 있었다면 이미 내가 부르는 소리를 들었을 것이다. 벽장 안은 어둡지만 각종 통조림과 상자의 형체가 흐릿하게나마 보인다. 식료품 저장고인 듯하다.

나는 거실에 있는 벽난로 위 선반과 작은 테이블에서 패터슨 선생님의 아들 사진을 더 많이 찾아낸다. 그러나 패터슨 선생님과 함께 있는 사진은 한 장도 없다. 처음에는 그 점이 이상하게 느껴졌다. 하지만 이 모든 아기 사진을 찍은 사람이 패터슨 선생님이라면 이상할 것도 없다. 맥스 아빠의 경우도 마찬가지다. 맥스의 사진첩에서 맥스 아빠의 모습은 거의 찾아보기 힘들다. 그는 늘 카메라 렌즈 앞이 아닌 뒤에 있기 때문이다.

패터슨 선생님의 집에는 너저분한 것이 없다. 층층이 쌓인 잡지 더미도 없고, 과일이 담긴 대접도 없다. 바닥에 나뒹구는 장난감도, 세탁기 옆의 빨래 바구니도 없다. 개수대에 설거지감도 없고, 식탁에 빈 커피 잔도 없다. 오래전 맥스의 엄마 아빠가 집을 팔려고 할 때 집 안 상태가 딱 이랬다. 당시 맥스는 유치원생이었다. 맥스의 부모는 맥스에게 동생이 생길 경우를 대비해 좀 더 넓은 집으로 이사를 결심하고, 앞마당에 커다란 표지판을 세워 두었다. 그것은 가격은 적혀 있지 않지만 일종의 가격표 같은 것으로, 사람들에게 집을 팔겠다고 알리는 의사 표시였다. 그 후 집에 아무도 없을 때 메그라는 여자가 낯선 사람들을 데려와 집 구경을 시켜 주고 그 집을 살 것인지 결정하게 했다.

맥스는 이사라는 말만 들어도 질색했다. 녀석은 변화를 싫어한다. 집을 바꾸는 것은 엄청난 변화다. 낯선 사람들이 집을 구경하러 온다는 사실을 알게 됐을 때, 맥스는 몇 번이나 일시 정지됐다. 그래서 결국 엄마 아빠는 더 이상 맥스에게 그런 이야기를 하지 않았다.

우리가 결코 이사를 못했던 이유는 바로 그 때문이다. 맥스의 엄마 아빠는 새 집으로 이사하면 맥스가 영원히 일시 정지될까 봐 걱정했다.

낯선 사람들이 집을 구경하러 올 때마다, 맥스의 부모는 지저분한 신문이며 잡지 등을 부엌 서랍에 쑤셔 넣고, 방바닥에 나뒹구는 옷가지는 벽장 안에 쓸어 넣었다. 그러고는 평소에는 하지도 않던 침대 정리를 말끔하게 해치웠다. 그들은 가족 중 누구도 물건을 깜박 잊고 치우지 않는 일이 없는 것처럼 보이게 만들어야 했다. 낯선 사람들이 봤을 때 마치 그 집에 완벽한 인간만 사는 것처럼 보이게 말이다.

패터슨 선생님의 집이 바로 그런 모습이다. 언제든 사람들이 집 구경을 와도 좋을 만큼 완벽하게 준비돼 있다. 하지만 패터슨 선생님이 집을 팔려고 하는 것 같지는 않다. 그저 집 안 풍경에서 그녀의 성격이 드러날 뿐이다.

나는 2층과 지하실도 다시 둘러본다. 앞서 미처 보지 못한 벽장이나 맥스가 어디 있는지 알려 줄 실마리 같은 것이 없는지 샅샅이 찾아본다. 그리하여 찾아낸 것은 패터슨 선생님의 아기 사진 몇 장과 2층 복도의 벽장이다. 벽장 안에 맥스는 없다.

지하실에서는 찬장 세 개를 찾아낸다. 모두 어둡고 지저분하며, 무엇보다 맥스가 들어가기에는 크기가 너무 작다. 그 밖에도 못이 든 상자 여러 개와 벽돌 더미, 옷가지가 가득 든 플라스틱 상자, 잔디 깎는 기계를 발견한다. 그러나 패터슨 선생님과 맥스는 어디에도 없다.

괜찮다. 패터슨 선생님은 이제 곧 현관문으로 들어올 것이다. 맥스와 함께가 아니어도 상관없다. 패터슨 선생님을 찾는 것만으로도 충분하다. 결국 그녀가 나를 맥스에게 데려다 줄 테니까.

나는 식당에 서서 미닫이 유리문을 통해 호수를 내려다본다. 그때 드디어 문 열리는 소리가 난다. 어느덧 나무 그림자가 호수에 잠기고, 물결 위에서 반짝이던 오렌지 빛 햇살이 거의 사라진 시각이다. 해는 이미 많이 져서 더 이상 빛을 내뿜지 못한다. 나는 돌아서서 주방을 거쳐 현관으로 이어지는 복도로 향한다. 바로 그때, 내가 들은 문소리가 현관문에서 난 소리가 아니었다는 사실을 깨닫는다.

문소리는 지하실에서 난 것이었다.

패터슨 선생님이 지하실에서 올라오고 있다. 지하실 문을 지나 주방 쪽으로 오려 한다.

이 분 전까지만 해도 나는 지하실에 있었다. 그곳에서 찬장 안을 들여다보고 못 상자를 찾아냈다. 그때 패터슨 선생님은 분명히 없었다. 그런데 지금 그녀가 지하실에서 올라와 문을 닫고 있다.

그 어느 때보다 무섭고 겁이 난다.

35

처음 든 생각은 패터슨 선생님이 원래 상상 친구인데 내가 미처 깨닫지 못했을 수도 있다는 것이다. 그녀도 나처럼 닫힌 문을 통과할 수 있어서, 소리 없이 집에 들어와 지하실로 내려갔던 것일지도 모른다.

하지만 이것은 터무니없는 생각이다.

패터슨 선생님은 특별한 사람이 분명하다. 내 눈에 띄지 않고 지하실에 가 있다는 것은 보통 능력이 아니다. 어쩌면 자신을 투명하게 만들거나, 조그맣게 축소시킬 수 있을지도 모른다.

이 또한 말도 안 되는 생각이다.

나는 패터슨 선생님이 냉장고를 열고 닭고기를 꺼내는 모습을 지켜본다. 그녀는 프라이팬을 가스레인지에 올리고 닭고기를 굽는다. 그리고 닭고기가 지글지글 익는 동안 밥을 짓기 시작한다.

닭고기와 밥. 맥스가 가장 좋아하는 식사 메뉴다. 맥스는 한 번에 여러 가지를 먹지 않는다. 하지만 닭고기를 먹을 때는 항상 흰 쌀밥을 곁들여야 한다. 녀석은 빛깔이 선명하지 않은 음식을 좋아한다.

다시 지하실로 내려가 보고 싶다. 그곳에 틀림없이 내가 미처 보지 못한 벽장이나 계단이 있을 것이다. 어쩌면 지하실 아래 또 다른 지하실이 있을지도 모른다. 바닥에 내가 못 본 문이 있을 것이다. 보통 바닥에 문이 있을 거라고는 생각지 않기 때문에 나는 바닥을 제대로 살펴보지 않았다.

하지만 패터슨 선생님 곁을 또다시 떠나서는 안 될 것 같다. 나는 일단 기다리기로 한다. 그녀는 지금 맥스의 저녁 식사를 준비하고 있다. 틀림없다. 식사 준비가 끝났을 때 그녀를 뒤따라가면 된다.

패터슨 선생님은 요리할 때도 너저분하게 물건을 늘어놓지 않는다. 도마를 사용하고 나면, 곧장 물에 한 번 헹궈서 식기세척기 안에 집어넣는다. 쌀을 유리그릇에 붓고 난 뒤에는 곧바로 쌀 상자를 찬장에 넣는다. 패터슨 선생님이 맥스를 납치하지만 않았다면, 맥스 엄마는 그녀를 마음에 들어 했을 것이다. 그들은 둘 다 깔끔한 것을 좋아한다. 맥스 엄마는 "바로바로 치워요."라는 말을 입에 달고 산다. 하지만 맥스 아빠는 여전히 지저분한 그릇을 개수대에 쌓아 둔 채 밤새 내버려 둔다.

패터슨 선생님이 빨간색 쟁반을 싱크대에 꺼내 놓는다. 그러고는 깨끗해 보이는 쟁반을 키친타월로 한 번 더 닦는다. 그런 다음 종이 접시와 플라스틱 포크, 종이컵을 각각 두 개씩 쟁반 위에 놓는다.

맥스는 음식을 종이접시와 종이컵에 담아 먹는 것을 좋아한다. 깨끗하다는 것을 확인할 수 있기 때문이다. 맥스는 사람이나 식기세척기가 자신이 사용할 접시와 포크, 컵 등을 완벽히 깨끗하게 닦을 거라고 믿지 않는다. 맥스의 엄마 아빠는 맥스가 종이나 플라스틱 식기를 사용하도록 항상 허락하지는 않지만, 가끔은 그냥 내버려 둔다. 특히 맥스를 구슬려 무언가 새로운 것을 시도하게 해야 할 때는 원하는 대로 해 주는 편이다.

하지만 맥스가 종이접시와 플라스틱 포크를 좋아한다는 사실을 패터슨 선생님이 어떻게 알았을까? 맥스의 집에 저녁 식사를 하러 온 적도 없는데 말이다. 그때 패터슨 선생님이 맥스와 함께 지낸 지도 사흘이나 됐다는 사실이 떠올랐다. 그 정도 시간이면 맥스가 식기세척기를 믿지 못한다는 것을 알아내고도 남는다.

패터슨 선생님이 밥과 닭고기를 양쪽 접시에 담고, 컵에 사과 주스를 따른다.

맥스가 가장 좋아하는 음료수가 바로 사과 주스다.

패터슨 선생님이 쟁반을 들고 지하실로 내려간다. 나도 따라 간다.

계단 끝에 다다른 패터슨 선생님은 왼쪽으로 돌아 카펫과 네트가 쳐진 녹색 테이블, 텔레비전이 있는 곳으로 향한다.

카펫 아래 어딘가에 문이 있는 게 분명하다. 바로 내 발밑에 맥스가 있을지도 모른다. 지하실의 지하에.

패터슨 선생님은 녹색 테이블 옆을 지나 꽃 그림과 선반이 걸려 있는 벽으로 향한다. 나는 그녀가 허리를 굽히고 카펫을 젖히기를 기다린다. 하지만 그녀는 손을 위로 뻗더니 선반의 한 부분을 눌러 벽 안으로 밀어 넣는다. 순간 딸깍 소리와 함께 벽의 일부가 움직인다. 패터슨 선생님은 자신이 통과할 만한 공간이 생길 때까지 계속 선반을 누르고 있다. 그녀가 벽 안으로 들어가자, 곧 벽이 스르르 닫히면서 선반에서 다시 딸깍 소리가 난다. 비밀의 문이 있던 부분은 보이지 않는다. 벽에 벽지가 발라져 있어서 벽과 비밀의 문 사이의 미세한 틈새는 벽지의 무늬로 감춰진 듯하다. 완벽한 위장이다. 문이 그 자리에 있다는 것을 뻔히 알면서도, 그 문의 윤곽선을 알아볼 수 없다. 그야말로 엄청난 비밀의 문이다.

맥스가 그 엄청난 비밀의 문 뒤에 있다.

나는 벽 쪽으로 다가간다. 드디어 맥스를 보게 될 것이다. 문쪽으로 과감하게 몸을 들이밀어 보지만, 통과할 수 없다. 내 몸은 문에 부딪쳐 뒤로 나자빠진다. 문이 눈에 보이지 않아서 내가 위치를 잘못 잡은 게 분명하다. 왼쪽으로 약간 옮겨 가서 다시 시도해 본다. 이번에는 또다시 실수할 경우에 대비해 조금 천천히 다가간다. 하지만 또 문에 부딪힌다. 세 번이나 더 시도해 보지만 번번이 가로막힌다.

이 벽에는 분명히 문이 있지만, 그 문은 병원 승강기 문과 같은 경우다. 맥스가 나를 상상해 냈을 때, 벽처럼 생긴 엄청난 비밀의 문도 어디까지나 문이라는 생각은 하지 않았던 거다. 그래서 나는 이 문을 통과할 수 없다.

맥스는 보통 문이 아닌 이 문 건너편에 있다. 내가 안으로 들어갈 수 있는 방법은 패터슨 선생님이 다시 문을 열 때 재빨리 끼어드는 것뿐이다.

어쩔 수 없이 나는 또 기다린다.

나는 녹색 테이블 위에 앉아 벽을 물끄러미 바라본다. 뒤로 멀찌감치 물러나 있을 수도, 딴생각을 할 수도 없다. 패터슨 선생님이 다시 저 문을 열 때는 한 사람이 겨우 통과할 정도의 공간만 생길 것이다. 그러니까 나는 그녀가 문에서 나오자마자 재빨리 그 공간으로 비집고 들어가야 한다. 조금이라도 시간을 지체하면 안으로 들어가지 못할 수도 있다.

기다림은 계속 이어진다.

벽에 걸린 꽃 그림을 뚫어지게 바라보며, 그것이 움직이기만을 기다린다. 지금은 벽인 저 문에 대해서만 생각하려 애써 보지만, 나도 모르게 벽 뒤쪽의 풍경이 궁금해지기 시작한다. 그곳에는 분명 패터슨 선생님과 맥스가 함께 식사할 수 있을 만큼 넓은 방이 있을 것이다. 하지만 지하라서 창문도 없고, 잠겨 있을 가능성도 있다. 그렇다면 맥스는 틀림없이 갑갑할 것이다. 심지어 일시 정지되어 있을지도 모른다. 한때 일시 정지됐다가 지금은 풀린 상태일 수도 있다.

한시라도 빨리 맥스를 만나고 싶다. 그러면서도 지난 사흘 동안 벽 뒤에서 지낸 녀석을 볼 생각을 하니 두렵기도 하다. 설사 지금은 일시 정지 상태가 아닐지라도, 어쨌든 보기 좋은 모습일 리 없다.

나는 또 기다린다.

마침내 벽이 움직인다. 순간 나는 녹색 테이블에서 뛰어내려 벽 앞으로 달려간다. 벽이 조금 열리면서 그 틈새로 패터슨 선생님이 나온다. 그녀가 잠시 뒤돌아보는 틈을 타서 나는 재빨리 안으로 비집고 들어간다.

패터슨 선생님은 맥스가 자신을 따라 나올까 봐 뒤돌아 확인하는 듯하다. 아니, 그게 아니다. 벽 뒤에 있는 방 안을 슬쩍 본 순간, 내 생각이 틀렸다는 것을 깨닫는다.

맥스는 그곳에서 도망칠 생각이 전혀 없어 보인다.

보고도 믿기지 않는 광경이다.

36

불빛이 눈부셔 앞이 잘 안 보인다. 내가 어두침침한 지하실에서 너무 오래 기다린 탓일 것이다. 그렇다고 해도 벽 뒤의 방은 내가 상상했던 그 어떤 지하 공간보다 더 밝다.

밝은 불빛에 차츰 적응되자 비로소 방 안 풍경이 눈에 들어온다. 방은 노란색, 초록색, 빨간색, 파란색으로 색칠돼 있다. 거대한 애벌레가 하얀 칠판 위를 기어 다니고, 사방 벽은 아이들이 직접 그린 그림이 가득한 미쇼 선생님의 유치원 교실을 생각나게 한다. 10색 크레파스 상자도 떠오른다. 한마디로 그 방은 알록달록 다양한 빛깔의 축제장 같다.

방 안에는 경주용 자동차 모양의 침대가 있다. 빨간색과 황금색으로 칠해진 침대는 헤드보드 부분에 운전대까지 붙어 있다. 서랍마다 색깔이 모두 다른 서랍장도 보인다. 방의 가장 안쪽 문에는 빨간색 흘림체로 '남학생용'이라고 적혀 있다. 책상 위에는 도화지 한 뭉치가 있고, 그 옆에는 그보다 훨씬 더 많은 그래프용지가 쌓여 있다. 그래프용지는 맥스가 가장 좋아하는 종이다. 지도를 그리거나 작전 계획을 세우는 데 편리하기 때문이다. 천장에는 모형 비행기가 철사에 연결돼 매달려 있고, 그 밖에 장난감 병정이며 탱크, 군용 트럭, 전투기 등이 여기저기 흩어져 있다. 침대 위 선반에는 저격병들이, 빈백 체어(beanbag chair, 커다란 자루에 충전재를 채워 만든 푹신한 의자/ 옮긴이)에는 탱크 부대가 진을 치고 있다. 병정들이 방을 가로질러 행군하는 가운데 베개 위에 놓인 대공포 여러 대가 침대 비행장 주위를 에워싸고 있다. 탱크와 병정들 사이의 간격으로 보아 전투는 최근에 시작된 듯하다.

녹색이 회색을 이긴 것 같다. 회색은 살아날 가능성이 없어 보인다.

방은 내가 생각했던 것보다 더 넓다. 조금이 아니라 훨씬 더 넓다. 방 안을 빙 둘러 놓은 기차 철길은 침대 아래로 사라졌다가 침대 반대편에서 다시 이어진다. 기차는 보이지 않는다. 아마도 침대 아래 정차해 있는 듯하다.

서랍장 위에는 '스타워즈' 피규어가 수십, 아니 수백 개쯤 모여 있고, 방 한쪽 가장자리에는 스타워즈에 나오는 우주선들이 맥스의 취향대로 배열되어 있다. 엑스윙 파이터(영화 「스타워즈」에 나오는 우주 전투기 이름/ 옮긴이)는 이륙을 위해 반드시 활주로가 필요하다. 그래서 그 앞에는 다른 우주선이 세워져 있지 않다. 활주로 없이 곧장 수직으로 날아오를 수 있는 밀레니엄 팔콘의 주변에는 티아이이 파이터와 트윈포드 클라우드카들이 배치되어 있다. 각 우주선 옆에는 돌격대원과 클라우드 시티 부대원들이 버티고 서서 맥스의 명령이 떨어지기만을 기다리고 있다.

한 공간에 이토록 많은 레고 스타워즈 시리즈가 모여 있는 것은 장난감 가게를 제외하고 처음 본다. 맥스도 나와 마찬가지일 것이다. 맥스네 반에 스타워즈 시리즈를 이 정도로 많이 갖고 있는 아이는 아무도 없다. 여기 있는 것들에 비하면 맥스의 집에 있는 레고 시리즈는 초라하기 짝이 없다.

돌격대원 수만 해도 작은 군대를 꾸릴 수 있을 만큼 많다.

엑스윙 파이터는 모두 여섯 대다. 맥스의 집에는 두 대가 있는데, 그 정도면 꽤 많은 편이었다.

침대 맞은편 벽에는 커다란 벽걸이 텔레비전이 있고, 그 아래에는 디브이디가 거의 맥스의 키만큼 높이 쌓여 있다. 너무 높이 쌓여 있어서 금방이라도 와르르 무너질 것 같다.

디브이디 더미 위에는 녹색 헬리콥터 세 대와 그 주변을 지키는 저격병들이 진을 치고 있다. 디브이디는 맥스가 무척 좋아하는「스타쉽 트루퍼스」다.

방바닥에는 카펫이 깔려 있다. 검푸른빛 바탕에 별과 달, 행성들이 여기저기 박혀 있는 두툼한 새 카펫이다. 나도 맥스처럼 발가락이 카펫 안으로 푹 들어갈 때의 기분을 느껴 보고 싶다. 내 발은 카펫이라는 관념에 닿아 있을 뿐이라 카펫의 푹신함을 느낄 수 없다.

침대 옆에는 풍선껌 기계도 있다.

그리고 패터슨 선생님의 차에 있던 파란색 배낭이 침대 위에 있다. 배낭은 열린 상태다. 덮개 아래로 비주룩이 튀어나와 있는 레고 블록이 보인다.

패터슨 선생님은 레고로 맥스를 꼬드겨 자동차 뒷좌석에 태웠다. 자신의 집까지 데려오는 동안 맥스의 정신을 쏙 빼놓게 하려고 일부러 레고를 준비한 것이다.

방 한가운데에는 레고가 더 있다. 다양한 크기와 모양의 레고 블록이 수천 개쯤 쌓여 있다. 그처럼 많은 레고를 한꺼번에 본 것은 처음이다. 큰 레고, 작은 레고, 기계로 작동되는 레고 등 종류도 셀 수 없이 많다. 그중 건전지가 필요한 기계 레고는 맥스가 가장 좋아하는 것이다. 이 방에는 맥스가 상상도 못한 온갖 신기한 레고가 다 있다. 크기와 모양에 따라 분류된 모습을 보니, 맥스가 나누어 놓은 게 분명하다. 일정한 간격으로 줄줄이 세워 놓은 블록은 마치 행진하는 병정들 같다.

정렬된 블록 앞에 등을 돌린 채 레고 장군처럼 서 있는 사람은 바로 맥스다.

마침내 녀석을 찾았다.

37

믿을 수가 없다. 내가 맥스와 같은 방에 있다니……. 나는 맥스의 이름을 부르기 전 잠시 녀석을 가만히 바라본다. 맥스 엄마는 잠든 맥스에게 몰래 뽀뽀한 뒤 한동안 물끄러미 지켜본다. 나는 그녀가 왜 맥스를 그렇게 지켜보는지 이해할 수 없었다. 하지만 이제는 알 것 같다.

맥스를 바라보는 것만으로도 가슴이 벅차오른다.

나는 줄곧 맥스를 그리워했지만, 그 그리움의 의미에 대해선 미처 깨닫지 못했다. 이제는 누군가를 말로 표현할 수 없을 만큼 그리워한다는 것이 어떤 기분인지 알겠다. 그 엄청난 감정을 표현하려면 새로운 단어를 창조해 내야 할 것이다.

마침내 나는 녀석의 이름을 부른다.

"맥스…… 나 왔어."

순간 맥스가 비명을 내지른다. 녀석이 그처럼 크게 비명을 지르는 것은 처음이다.

다행히 비명은 단 몇 초 만에 사그라진다. 하지만 패터슨 선생님이 맥스에게 무슨 일이 있는 줄 알고 곧 뛰어올 것이다. 아니, 그렇지 않다. 벽 건너편에서 기다리는 동안 나는 패터슨 선생님과 맥스의 말소리를 전혀 들을 수 없었다. 또 내가 맥스의 이름을 소리쳐 불렀을 때, 이 방 안에 있던 녀석은 내 목소리를 듣지 못했다.

이 방에는 방음 장치가 되어 있는 게 분명하다.

방음 장치가 된 방은 텔레비전에서 종종 볼 수 있다. 대부분 영화 속에 등장하지만, 가끔은 드라마에도 나온다.

맥스는 비명을 지르면서도 뒤돌아 나를 보지는 않는다. 이건 나쁜 징조다. 녀석이 일시 정지될 수 있다는 뜻이기 때문이다. 지금 바로 일시 정지 상태로 빠져들고 있다는 뜻이다. 나는 맥스에게 다가간다. 하지만 녀석의 몸에 손을 대지는 않는다. 비명 소리가 잦아들기 시작할 때, "맥스, 나 왔어."라고 다시 말한다. 녀석이 비명을 지르기 전에 했던 말을 똑같이 반복하는 것이다. 부드럽고 짧게. 그 말과 동시에 몸을 움직여 맥스를 마주 보고 선다. 맥스와 나 사이에는 레고 부대가 있다. 맥스는 잠수함을 만드는 중이었다. 완성되면 프로펠러가 실제로 돌아갈 것 같다.

내가 다시 말한다.

"맥스, 나 왔어."

맥스는 더 이상 비명을 지르지 않는다. 이제는 숨을 거칠게 몰아쉬고 있다. 맥스 엄마는 이런 증상을 '과호흡'이라고 부른다. 숨소리가 마치 방금 하프마라톤 경주를 마친 사람 같다. 이 윽고 맥스가 힘겹게 숨을 고른다. 이 단계에 이어 일시 정지 상태로 접어들 때도 가끔 있다.

내가 다시 말한다.

"맥스, 내가 왔어. 괜찮아. 내가 여기 있으니까. 아무 일 없을 거야."

이때 맥스의 몸에 손을 대는 것은 최악의 행동이다. 크게 소리치는 것도 나쁘다. 맥스에게 소리를 지르는 것은 녀석을 일시 정지 상태로 몰아넣는 짓이나 다름없다. 대신 나는 부드럽고 빠르게 반복해서 말한다. 목소리를 통해 녀석에게 다가가는 것이다. 녀석에게 밧줄을 던져 주고 그것을 꽉 잡으라고 애원하는 것이다. 이따금 이 방법은 효과가 있어서, 맥스가 일시 정지 되기 전에 밖으로 끌어낼 수 있다. 물론 효과가 없을 때도 있다. 하지만 지금 내가 맥스를 도울 수 있는 방법은 이것뿐이다.

이번에는 효과가 있는 듯하다.

틀림없다.

우선 맥스의 호흡이 조금씩 안정되고 있다. 하지만 일시 정지 상태에 빠져들고 있을 때도 호흡은 안정된다. 맥스가 일시 정지 되지 않았다는 것은 눈을 통해 알 수 있다. 녀석의 눈은 나를 바라보고 있다. 나와 눈을 맞추고 있는 것이다. 맥스는 사라져 가고 있지 않다. 다시 나타나고 있다. 현실 세계로 되돌아오고 있다. 맥스의 눈이 나를 향해 미소 짓는다. 이제 완전히 돌아온 것이다.

"부도!"

맥스가 행복한 목소리로 말한다. 그 목소리를 들으니 나도 행복하다. 나는 맥스의 인사에 답한다.

"맥스!"

갑자기 내가 맥스 엄마가 된 기분이다. 당장이라도 레고 더미를 뛰어넘어 맥스를 내 품에 꽉 끌어안고 싶다. 하지만 나는 그럴 수 없다. 어쩌면 맥스는 레고 더미가 우리 사이를 가로막고 있어서 다행이라고 생각할지도 모른다. 내가 자신의 몸을 건드릴까 봐 걱정하지 않아도 돼서 나를 미소 띤 눈빛으로 바라본 것일 수도 있다.

맥스는 내가 평소에 자신의 몸을 절대 건드리지 않는다는 것을 안다. 하지만 이번에는 좀 다르게 생각할지도 모른다. 우리가 사흘 동안이나 떨어져 지낸 것은 처음이다.

내가 레고를 사이에 두고 맥스와 마주 앉으며 묻는다.

"맥스, 괜찮아?"

"응. 너 때문에 놀라긴 했지만 지금은 괜찮아. 난 더 이상 너를 못 볼 거라고 생각했거든. 난 지금 잠수함을 만드는 중이야."

"그래, 알아."

나는 더 이상 무슨 말을 해야 할지 모르겠다. 지금 이 순간 가장 적합한 말을 생각해 내야 한다. 맥스를 이곳에서 구해 내기 위한 말을. 비열한 방법이지만 맥스를 살살 구슬러 패터슨 선생님이 어떻게 녀석을 속였는지 알아내고 싶다. 아니, 이건 비열한 짓이 아니다. 나는 맥스에게 무슨 일이 벌어지고 있는지 반드시 알아내야 한다. 지금은 심각한 상황이다. 과제물을 잃어버렸다고 거짓말을 하거나, 학교 식당에서 치킨 너겟을 던지고도 안 던졌다고 발뺌할 때와는 경우가 다르다.

지금 상황은 토미 스윈든 문제보다 훨씬 심각하다.

비열하게 맥스를 꼬드기는 방법은 쓰지 않겠다. 흐릿한 달빛 아래 악마와 손잡고 춤을 추지는 않겠다. 이 말은 고스크 선생님이 거짓말을 하려는 학생에게 자주 쓰는 표현이다. "우즈, 넌 지금 흐릿한 달빛 아래서 악마와 춤을 추려 하고 있어(아무도 도와줄 사람이 없는 상황에서 쓸데없는 모험을 감행하려 한다는 뜻/ 옮긴이). 조심해라."

나는 지금 흐릿한 달빛 아래 진짜 악마와 춤을 추고 있다. 더이상 쓸데없이 흘려보낼 시간이 없다.

나는 짐짓 고스크 선생님 같은 말투로 말한다.

"맥스, 패터슨 선생님은 나쁜 사람이야. 우리는 여기서 당장 나가야 해."

사실 나는 이곳을 어떻게 빠져나가야 할지 모른다. 하지만 일단 맥스가 동의하지 않으면 아무것도 할 수 없다.

맥스가 말한다.

"패터슨 선생님은 나쁜 사람이 아니야."

"너를 납치했잖아. 너를 꼬드겨 학교에서 이곳으로 납치해 왔어."

"패터슨 선생님은 내가 학교에 다녀서는 안 된다고 했어. 학교는 내게 안전한 곳이 아니래."

"그건 사실이 아니야."

"아니야, 사실이야!"

맥스는 점점 짜증을 낸다.

"부도 너도 알잖아. 내가 학교에 계속 있으면, 토미 스윈든이 나를 죽일 거야. 또 엘라와 제니퍼는 걸핏하면 내 몸을 건드려. 내 음식에도 손을 대고. 아이들은 항상 나를 놀려. 패터슨 선생님은 토미 스윈든과 다른 아이들이 내게 어떻게 하는지 다 알아. 그래서 학교가 내게 좋은 곳이 아니라고 하는 거야."

"하지만 네 엄마 아빠는 학교가 너에게 안전하다고 생각하셔. 그들은 맥스 너를 낳아 준 부모님이야."

"엄마 아빠가 언제나 옳은 건 아니야. 패터슨 선생님이 그렇게 말했어."

"맥스, 넌 지금 지하실에 갇혀 있어. 이건 옳지 않은 일이야. 어린아이를 지하실에 가두는 것은 나쁜 사람들이나 하는 짓이라고. 그러니까 넌 여기서 나가야 해."

그러자 맥스가 조금 누그러진 목소리로 말한다.

"패터슨 선생님은 기분만 좋으면 나를 건드리거나 해치지 않을 거야."

"그 선생님이 너한테 그렇게 말했어?"

"아니, 그냥 내 생각이야. 만일 내가 도망치려고 하면, 선생님이 굉장히 화를 낼 거야."

"아니야, 맥스. 패터슨 선생님은 너를 해칠 마음은 없어. 그저 너를 납치하고 싶은 거지."

말은 그렇게 했지만, 맥스의 말이 옳을지도 모른다는 생각이 든다. 맥스는 사람들의 심리를 잘 알지 못한다. 하지만 가끔은 어느 누구보다 더 정확히 파악하기도 한다. 맥스는 수업 시간에 손가락을 빠는 행동이 얼마나 바보 같은 짓인지 모른다. 하지만 고스크 선생님의 어머니가 세상을 떠난 날 선생님이 몹시 슬퍼 보인다는 사실을 알아차린 아이는 반 전체를 통틀어 맥스뿐이었다. 고스크 선생님은 학생들 앞에서 슬픔을 잘 감추었지만, 맥스는 대번에 눈치챘다. 반면 다른 아이들은 다음 날 고스크 선생님이 말해 주기 전까지 까맣게 모르고 있었다. 그러므로 패터슨 선생님에 대해서도 맥스가 제대로 파악하고 있는지도 모른다. 그녀는 내가 생각했던 것보다 더 무시무시한 악마일까?

내가 묻는다.

"그래서 이곳을 떠나고 싶지 않다는 거야?"

"난 여기가 좋아. 멋진 장난감도 많고. 게다가 부도 너도 여기 있잖아. 내 곁을 떠나지 않겠다고 약속해 줄래?"

"그래, 약속할게. 하지만 네 엄마 아빠는 어떡해?"

마음 같아서는 지금 상황에 대해 더 자세히 말하고 싶다. 맥스가 이 방에 계속 남아 있으면 그리워하게 될 것들에 대해 조목조목 알려 주고 싶다. 하지만 그럴 수 없다. 맥스의 현재 삶에 있어 그리워할 대상은 오직 엄마 아빠뿐이다. 녀석에겐 친구가 한 명도 없다. 친할머니는 지난해에 세상을 떠났고, 외할머니는 플로리다에 살아서 맥스와 만날 일이 없다. 삼촌과 이모들은 맥스가 곁에 있으면 불안해서 입을 닫아 버리고, 사촌들은 맥스를 피한다. 그러므로 맥스에게 소중한 존재는 오직 엄마와 아빠, 자기 물건들, 그리고 나뿐이다. 맥스는 자기 물건을 엄마 아빠만큼 중요하게 생각한다. 말하고 보니 어쩐지 조금 서글프지만, 엄연한 사실이다. 맥스에게 레고와 장난감 병정 부대, 엄마, 그리고 아빠 가운데 제일 소중한 것을 선택하라고 한다면 어느 쪽을 고를지 나는 모르겠다.

맥스 엄마도 이런 사실을 알고 있다. 아마 맥스 아빠도 알 것이다. 하지만 그는 그것은 사실이 아니라고 자신을 억지로 설득할 사람이다.

맥스가 말한다.

"엄마 아빠는 다시 만날 수 있어. 패터슨 선생님이 그렇게 말했어. 언젠가 만날 수 있을 거라고. 하지만 지금은 아니래. 앞으로는 선생님이 나를 보살펴 주고, 나를 위험한 학교로부터 안전하게 지켜 줄 거야. 패터슨 선생님은 나를 우리 아기라고 불러."

"선생님 아들은 어떡하고? 그 애를 만나 봤어?"

"패터슨 선생님에게는 이제 더 이상 아들이 없어. 죽었대."

순간 나는 말문이 막힌다. 맥스의 자세한 설명이 이어지기를 기다릴 수밖에 없다.

맥스는 다시 잠수함에 눈길을 돌려 아직 완성되지 않은 부분에 블록 조각을 끼워 넣는다. 잠시 후, 녀석이 말한다.

"선생님 아들은 아빠가 제대로 보살펴 주지 않아서 죽었대."

나는 맥스에게 지금 패터슨 선생님의 남편은 어디 있느냐고 물어보려다 관둔다. 어디 있는지는 몰라도 최소한 이곳은 아닐 것이다. 그는 이 집의 일부가 아니다. 이제야 알 것 같다.

내가 묻는다.

"맥스, 넌 여기 있는 게 좋아?"

"이 방은 아주 훌륭해. 멋진 장난감도 많고. 처음 여기 왔을 때는 엉망이었는데, 패터슨 선생님이 나한테 마음대로 정리하라고 했어. 레고는 전부 뒤죽박죽 섞여 있었고, 스타워즈 시리즈는 장난감 상자 안에 들어 있었어. 병정들은 아직 비닐 포장도 뜯지 않은 상태였고. 저기 있는 디브이디도 상자 안에 있었어. 하지만 지금은 다 제자리를 찾았지. 패터슨 선생님은 나한테 돼지 저금통과 동전도 잔뜩 줬어. 그래서 내가 저금통에 동전을 채워 넣었어. 돼지는 이미 배가 불러서 더 이상 동전이 들어가지도 않아."

맥스는 그 말과 함께 책상을 가리킨다. 책상 한구석에 자그마한 금속 돼지 저금통이 놓여 있다. 짧은 다리와 두 귀, 코까지 모두 낡고 빛바랜 금속으로 이루어진 돼지다.

"패터슨 선생님이 어릴 때 쓰던 거래."

맥스가 내 마음을 읽기라도 한 것처럼 말한다.

패터슨 선생님이 맥스에게 방을 직접 정리하게 한 것은 영리한 판단이다. 맥스는 방 정리에 몰두하며 첫날을 무사히 보낼 수 있었을 것이다. 녀석은 레고를 제자리에 정리해 두지 않고는 못 배긴다. 유치원 때는 집에 가기 전 레고 센터를 모두 분리해 정리해 두곤 했다. 그러지 않으면 밤새 잠을 못 자기 때문이다. 맥스가 첫날 이곳에서 일시 정지되지만 않았다면 분명 꽤 바쁜 하루를 보냈을 것이다.

"맥스, 네가 패터슨 선생님을 무서워한다면, 이곳은 좋은 곳이 아니야."

"선생님은 화났을 때만 아니면 하나도 무섭지 않아. 그리고 이제는 너도 내 곁에 있잖아. 네가 있어서 기분이 훨씬 좋아. 네가 옆에 있는 한, 아무 일도 없을 거야. 틀림없어. 패터슨 선생님한테 네가 보고 싶다고 말했더니, 선생님이 곧 올 거라고 했어. 그런데 정말 네가 이렇게 왔네. 이제 우리는 여기서 함께 지낼 수 있어."

그렇다. 맥스가 이 방 안에 있는 한 나는 결코 사라지지 않을 것이다.

맥스의 엄마 아빠는 늘 맥스가 어서 자라서 새로운 사람들을 만나고 새로운 일들을 하게 되기를 바란다. 맥스 아빠는 내년에 맥스를 지역 어린이 야구단에 집어넣고 싶어 하고, 맥스 엄마는 피아노를 가르치고 싶어 한다. 그들은 맥스를 매일 학교에 보낸다. 토미 스윈든이 자신을 죽일 거라는 맥스의 이야기를 듣고도 아랑곳하지 않았다.

지금까지 이런 생각은 전혀 해 보지 않았다. 그런데 생각해 보니 맥스의 엄마 아빠야말로 내게 가장 위험한 사람들인 것 같다.

그들은 맥스가 빨리 자라기를 바라기 때문이다.

패터슨 선생님은 그들과 완전히 반대다. 그녀는 맥스를 위해 특별히 마련한 이 방에서 맥스를 안전하게 지켜 주고 싶어 한다. 그녀가 원하는 것은 그뿐이다. 맥스의 엄마 아빠에게 몸값을 요구하지도, 맥스를 잘게 토막 내지도 않을 것이다. 패터슨 선생님은 그저 맥스를 자기 아들처럼 자신의 집에 데리고 있기를 원한다. 바깥세상과 완전히 단절된 안전한 공간에서……. 그녀는 흐릿한 달빛 아래 서 있는 악마다. 하지만 텔레비전이나 영화에 나오는 악마와는 다르다. 패터슨 선생님은 진짜 악마다. 나도 결국 그녀와 춤을 춰야 할지도 모르겠다.

맥스가 이곳에 남게 되면, 녀석이 살아 있는 한 나도 살아남을 수 있다. 다른 어떤 상상 친구보다 더 오래 살 수 있을 것이다.

맥스가 이 방을 떠나지만 않으면, 나는 맥스와 함께 오래도록 행복하게 살 수 있을지도 모른다.

38

나는 맥스와 함께 병정놀이를 하고 있다. 갑자기 문이 열리면서 패터슨 선생님이 들어온다. 분홍빛 잠옷 차림이다.

잠옷을 입은 선생님을 보게 되다니 조금 당황스럽다.

맥스는 그녀를 쳐다보지도 않는다. 계속 고개를 숙인 채 앞에 있는 병정들만 뚫어지게 바라보고 있다. 병정들은 방금 '크루즈 미사일' 폭격을 당했다. 크루즈 미사일은 사실 맥스가 플라스틱 모형 비행기에서 떨어뜨린 크레용이다. 맥스가 병사들을 정확하게 열 맞춰 세워 놓자마자 미사일의 폭격으로 모두 엉망이 돼 버렸다.

패터슨 선생님이 놀란 목소리로 말한다.

"어머나, 맥스! 병정놀이를 하고 있었구나?"

"네. 부도가 왔어요."

"아, 그래? 정말 잘됐다. 네가 좋아할 것을 생각하니 나도 기쁘구나."

그녀는 정말 기쁜 듯한 표정이다. 나를 실제 존재하는 친구로 생각하지는 않지만, 맥스에게 함께 놀 상대가 생겼다는 말에 마음이 놓인 모양이다. 어쩌면 맥스가 새 방에 점점 적응해서 내가 돌아왔다고 말하는 거라고 생각하는지도 모른다.

내가 여기까지 오느라 얼마나 힘들었는지 패터슨 선생님은 알 턱이 없다.

선생님이 다시 말한다.

"맥스, 이제 잘 시간이야. 양치질은 했니?"

"아니요."

맥스가 여전히 고개를 숙인 채 대답한다. 손에는 회색 저격병을 들고 있다.

"그럼 이제 곧 할 거지?"

"네."

맥스가 손에 쥔 저격병을 계속 돌리며 말한다.

"내가 재워 줄까?"

"아니요."

맥스는 패터슨 선생님의 말이 떨어지기 무섭게 대답한다. 특히 '아니요'라는 말은 더 빨리 한다.

"그래, 알았어. 하지만 지금부터 십오 분 안에 불을 다 끄고 잠자리에 들어야 한다. 알았지?"

"네."

"좋아. 잘 자라, 맥스."

패터슨 선생님은 마지막 한마디에서 목소리가 유난히 높아진다. 무언가 기대하는 듯한 목소리다. 맥스에게서 "안녕히 주무세요."라는 말이 나오기를 기다리는 것이다. 그래야만 다정한 밤 인사가 완성되기 때문이다. 패터슨 선생님은 한동안 문 앞에 서서 맥스가 답례해 주기를 기다린다.

맥스는 손에 쥔 저격병만 들여다볼 뿐 끝내 아무 말도 하지 않는다.

패터슨 선생님은 맥스가 대답할 생각이 없다는 것을 알아채고는 슬픈 표정으로 고개를 푹 떨어뜨린다. 그 모습을 보고 있자니 잠시나마 가엾다는 생각이 든다. 그녀가 맥스를 납치한 것은 사실이지만, 적어도 맥스를 해치지는 않을 것이다. 순간적으로 스친 그녀의 슬픈 얼굴에서 확실히 알 것 같다.

패터슨 선생님은 맥스를 사랑한다.

자기 아들을 잃었다고 해서 남의 아이를 몰래 데려와서는 안 된다는 것쯤은 나도 안다. 또 그녀가 여전히 악마이자 괴물이라는 것도 알고 있다. 하지만 조금 전 그 짧은 순간 동안, 패터슨 선생님은 괴물이 아닌 슬픔에 젖은 가엾은 여인처럼 보였다. 그녀는 맥스가 자신을 행복하게 해 줄 거라고 기대했을 것이다. 하지만 지금까지는 아직 그렇지 못한 듯하다.

마침내 패터슨 선생님이 더 이상 아무 말도 하지 않고 방에서 나간다. 문이 닫히자마자 내가 말한다.

"선생님이 네가 잠자리에 들었는지 확인하려고 또 올까?"

"아니."

맥스가 대답한다.

"그럼 밤새도록 놀아도 되겠네?"

"사실은 나도 잘 몰라. 선생님이 문틈으로 방 안을 엿보지는 않을 거야. 하지만 어쩐지 내가 이 방에서 뭘 하는지 다 알 것 같아."

맥스는 '남학생용'이라고 적힌 문 쪽으로 걸어간다. 문을 여니 화장실이 보인다. 맥스는 세면대 위에 놓인 칫솔을 집어 치약을 묻힌 뒤 양치질을 시작한다.

내가 묻는다.

"패터슨 선생님이 크레스트 어린이용 치약을 어떻게 알고 사다 놨지?"

맥스는 반드시 그 치약으로만 양치질을 한다. 맥스가 이를 닦으면서 말한다.

"선생님이 알고 있었던 게 아니야. 내가 말해 줬어."

나는 치약에 대해 더 자세히 묻고 싶지만 참기로 한다. 이곳에 온 첫날 밤 패터슨 선생님이 콜게이트 치약이나 크레스트 쿨민트 치약으로 이를 닦으라고 해서 맥스가 일시 정지됐던 것일까?(실제로 녀석은 아빠가 치약을 바꿨을 때 일시 정지된 적이 있다.) 아니면 맥스가 양치질을 하기 전에 선생님이 미리 어떤 치약을 쓰냐고 물어봤을까?

아마 맥스에게 물어봤을 것이다. 비록 패터슨 선생님이 맥스의 삶을 송두리째 바꿔 놓긴 했지만, 그녀는 아주 사소한 변화도 녀석에게는 큰 문제가 될 수 있다는 사실을 알고 있다. 맥스 아빠 역시 그 사실을 모르지 않는다. 하지만 그는 늘 맥스의 삶에 변화를 주려고 애쓴다. 심지어 맥스가 일시 정지될 수 있다는 사실을 알고 난 뒤에도 쉬이 고집을 꺾지 않는다. 맥스 엄마는 녀석이 알아차리지 못할 만큼 천천히 변화를 시도하지만, 맥스 아빠는 일단 바꿔 놓고 본다. 치약 사건도 그래서 일어난 것이다.

나는 잠옷으로 갈아입는 맥스를 바라보며 말한다.

"이 방은 멋진 것 같아."

맥스가 입은 잠옷에는 군복처럼 얼룩덜룩한 무늬가 있다. 물론 평소에 입던 잠옷과는 다른 것이다. 하지만 맥스는 그 잠옷이 꽤 마음에 드는 듯 화장실로 가서 거울에 비춰 보기까지 한다.

내가 다시 말한다.

"이 방은 참 멋진 것 같아."

맥스는 대답이 없다.

패터슨 선생님이 이야기할 때 병정을 손에 쥐고 계속 돌려 대던 맥스의 모습이 내내 마음에 걸린다. 녀석은 끝까지 패터슨 선생님을 쳐다보지 않았다. 맥스는 분명 이 방이 좋다고 했다. 여기서 나와 함께 계속 살 수 있을 거라고도 했다. 나는 맥스의 말을 믿는다. 하지만 그 말에 녀석이 미처 표현하지 않은 또 다른 의미가 담겨 있을 거라는 생각이 든다.

맥스는 두려워하고 있다. 슬퍼하고 있다.

솔직히 내 마음 한쪽에서는 손에 쥔 병정을 물끄러미 내려다보던 맥스의 눈빛을 기억 속에서 지워 버리라고 외치고 있다. 며칠, 또는 몇 달, 아니 일 년쯤 기다려 보고 싶은 생각도 있다. 그때쯤이면 맥스도 결국 새 방과 패터슨 선생님을 좋아하게 될 것이다. 맥스 자신이 말한 대로 아무 일도 없을 거라고, 괜찮을 거라고 믿고 싶다. 그러면 맥스와 함께 나도 오래도록 이 세상에 존재할 수 있을 것이다.

하지만 내 마음속 다른 한쪽에서는 너무 늦기 전에 맥스를 구해 내야 한다고 외치고 있다. 내가 아직 모르는 어떤 일이 벌어지기 전에……. 맥스를 구할 수 있는 것은 나뿐이다. 그러니까 빨리 무언가 손을 써야 한다.

지금 당장.

나는 두 가지 마음 사이에서 이러지도 저러지도 못하고 있다. 맥스처럼 일시 정지 상태에 빠진 것이다. 나는 맥스와 나 자신을 모두 구하고 싶지만, 그럴 수 있을지 모르겠다.

나 자신을 살리기 위해 맥스를 얼마나 희생시킬 수 있을지 나는 정말 모르겠다.

39

마침내 맥스가 잠들었다.

녀석은 양치질을 한 뒤 전깃불을 끄고 침대에 누웠다. 나는 침대 옆 의자에 앉아서 맥스가 베개의 위치를 바로잡을 때까지 기다렸다. 집에서 하던 것과 똑같이.

방 안에는 아홉 개의 야간등이 켜져 있다. 집에 있는 것보다 여섯 개나 더 많다. 그래서 불을 꺼도 그다지 어둡지는 않다.

나는 맥스가 무언가 말하기를 기다렸다. 하지만 녀석은 아무 말 없이 누워서 천장만 바라보았다. 나는 맥스에게 하고 싶은 말이 없는지 물어보았다. 평소 우리는 녀석이 잠들기 전까지 이런저런 이야기를 주고받기 때문이다. 하지만 오늘 밤 맥스는 그저 고개를 가로저을 뿐이었다. 잠시 후, 녀석이 나지막이 말했다. "잘 자, 부도." 그게 전부였다.

그 후 한참이 지나서야 맥스는 겨우 잠들었다.

나는 그때부터 줄곧 이렇게 앉아 앞으로 어떻게 해야 할지 고민하고 있다. 때때로 맥스의 숨소리에 귀 기울여 보기도 한다. 녀석은 몸을 조금 뒤척이지만 깨지는 않는다. 눈을 감고 녀석의 숨소리에 귀를 기울이고 있으면, 다시 우리 집에 돌아와 있는 듯한 기분이 든다.

여기가 우리 집이라면, 나는 지금쯤 거실에 앉아 맥스의 부모와 함께 텔레비전을 보고 있을 것이다.

벌써 그들이 그립다.

나는 이 방 안에 갇힌 느낌이다.

실제로 나는 이 방 안에 갇혀 있다. 맥스처럼 나도 포로가 된 것이다. 나는 문 쪽을 가만히 바라보며 생각한다. 나 자신도 이곳에서 빠져나갈 수 없는데, 내가 맥스를 어떻게 구한단 말이야?

문득 좋은 방법이 떠오른다.

나는 자리에서 일어나 문 쪽으로 걸어간다. 문 안으로 세 발짝 들어가자, 다음 순간 나는 조그만 테니스장과 계단이 있는 지하실로 되돌아가 있다. 이곳은 야간등이 없어서 칠흑같이 깜깜하다.

내가 맥스가 있는 방에서 문을 통과할 수 있었던 이유는 그 문이 실제 문처럼 생겼기 때문이다. 맥스도 그것을 문이라고 불렀다. 정확히 말하면, 패터슨 선생님이 문 틈새로 들여다보지는 않을 거라고 했었다. 그 말은 곧 맥스가 그것을 문으로 생각한다는 뜻이기도 하다. 녀석이 그것을 문으로 생각한다면, 나는 당연히 그것을 통과할 수 있다.

하지만 벽 반대편에 있는 이 엄청난 비밀의 문은 맥스에게 문

354

이 아니다. 그래서 나는 그것을 통과하지 못한다. 맥스에게 그것은 문이 아닌 벽일 뿐이다. 나는 확인 차원에서 뒤로 물러났다가 다시 벽 쪽으로 걸어가 본다. 하지만 너무 어두워서 생각했던 것보다 더 세게 벽에 부딪치고 만다.

내 예상이 맞았다. 이쪽 벽에 있는 것은 문이 아니라 그냥 벽이다.

그런데 이는 좋은 생각이 아니었던 것 같다. 이제 맥스가 자다가 깨더라도, 나는 방으로 돌아가 내가 여전히 곁에 있다고 말해 줄 수 없다. 아니, 맥스가 잠에서 깼는지 안 깼는지도 알 수 없을 것이다. 나는 또다시 맥스를 혼자 두고 떠나왔다. 맥스도 곧 그 사실을 알게 될 것이다. 나는 또 한 번 엄청난 실수를 저지르고 말았다.

나는 돌아서서 벽을 더듬어 가며 방 모서리를 따라 걷는다. 마침내 계단 앞에 다다르자 난간을 잡고 천천히 계단을 올라간다. 그리고 계단 꼭대기에 있는 문을 통과해 주방과 거실 사이의 복도로 나간다. 마침 주방에 서 있는 패터슨 선생님이 보인다. 식탁에는 캠벨 수프 깡통과 크래프트 마카로니앤치즈(마카로니를 치즈와 버터, 우유 등에 버무려 만든 요리. 인스턴트 제품으로 많이 판매된다./ 옮긴이) 상자가 잔뜩 놓여 있다. 패터슨 선생님이 커다란 마분지 상자에 그것들을 차곡차곡 담는다.

캠벨 수프와 크래프트 마카로니앤치즈는 맥스가 가장 좋아하는 음식이다.

식탁에는 마분지 상자가 네 개 더 쌓여 있다. 모두 뚜껑이 닫혀 있어서 안에 무엇이 들어 있는지는 알 수 없다. 아무튼 저 상자들은 맥스에게 무척 중요한…….. 아니, 아니다. 나는 지금 맥스를 이 집에서 구해 내기 위한 실마리를 찾아야 한다. 하지만 아무리 둘러봐도 마땅히 눈에 띄는 것이 없다. 맥스는 지하에 있는 비밀의 방에 갇혀 있고, 그 사실을 아는 사람은 아무도 없다. 이것은 미스터리 드라마가 아니다. 그저 끔찍한 현실일 뿐.

패터슨 선생님이 남은 수프와 마카로니앤치즈를 상자 안에 모두 담은 뒤 뚜껑을 닫아 식탁 한쪽에 쌓여 있는 상자들 위에 올려놓는다. 그러고는 손을 씻기 위해 개수대로 향한다. 그녀는 손을 씻으며 콧노래를 흥얼거린다.

손을 다 씻고 난 패터슨 선생님은 내 앞을 지나쳐 2층으로 올라간다. 이제 나는 마땅히 할 일이 없다. 그렇다고 이 집에서 나갈 수도 없다. 비밀의 방에 들어갈 수는 없지만, 나도 이 집 안에 갇혀 있는 셈이다. 내가 있는 이곳이 어디인지도, 또 어디로 가야 하는지도 모르겠다. 갈 만한 주유소나 경찰서, 병원도 없다. 맥스가 이 집 안에 있는 이상, 녀석을 두고 나 혼자 떠날 수는 없다. 하지만 내가 맥스를 구하려면 일단 이 집에서 벗어나야 한다는 생각이 들기 시작한다.

패터슨 선생님의 침실 바닥에도 마분지 상자들이 놓여 있다.

앞서는 보지 못했던 것들이다. 패터슨 선생님이 서랍장을 열고 서랍 안에 든 옷가지를 상자에 옮겨 담기 시작한다. 모든 옷을 다 옮겨 담는 게 아니라 적당한 옷을 고르는 것 같다. 문득 이 상자들이 실마리가 될지도 모른다는 생각이 든다. 먹을 것을 상자에 담는 것도 예삿일은 아니다. 하지만 옷가지를 상자에 담는 것만큼 이상하지는 않다.

이윽고 상자 다섯 개에 옷가지와 신발, 목욕 가운 등이 가득 채워진다. 패터슨 선생님은 그 상자들을 들고 아래층으로 내려가 식탁 위에 있는 식품 상자 옆에 놓는다. 그러고는 다시 2층으로 올라가 이를 닦는다. 잠잘 준비를 하는 모양이다. 그래서 나는 패터슨 선생님의 침실에서 나온다. 그녀는 분명 나쁜 사람이다. 하지만 그녀가 치실로 이를 청소하고 세수하는 모습까지 지켜보는 것은 옳지 않은 일인 듯하다.

나는 빈 방 의자에 앉아 생각한다. 무언가 계획을 세워야 한다.

이럴 때 그레이엄이 내 곁에 있다면 얼마나 좋을까.

40

맥스의 목소리가 들린다. 내 이름을 부르고 있다. 나는 벌떡 일어나 밖으로 뛰쳐나간다. 너무 당황스럽다. 맥스의 목소리는 지하실이 아닌 패터슨 선생님의 방에서 들려오고 있다. 나는 방향을 바꿔 복도를 내달린다. 그리고 문을 통과해 패터슨 선생님의 방 안으로 뛰어 들어간다. 눈부신 햇살이 창문으로 새어 들어오고 있다. 햇살을 마주한 순간 눈이 부셔 앞이 보이지 않는다. 눈을 감자 자잘한 오렌지 빛 점들이 눈앞에 둥둥 떠다닌다. 여전히 내 이름을 부르는 맥스의 목소리가 들려온다. 틀림없이 이 방에서 나는 소리지만, 마치 멀리서 들려오는 것처럼 느껴진다. 이불을 뒤집어쓰고 있거나 벽장에 갇힌 채 내 이름을 부르는 것 같다. 눈을 뜨자 패터슨 선생님이 보인다. 그녀는 침대에 앉아 전화기를 바라보고 있다. 아니, 그것은 전화기가 아니다. 전화기보다 훨씬 더 크고 묵직해 보인다. 패터슨 선생님은 '전화기가 아닌' 물건의 화면을 뚫어져라 바라보고 있다. 맥스의 목소리는 바로 그 정체 모를 물건에서 흘러나오고 있다.

나는 침대 반대쪽으로 다가가 패터슨 선생님 뒤에 앉는다. 그리고 그녀의 어깨 너머로 '전화기가 아닌' 물건을 들여다본다.

맥스가 화면에 나온다. 비록 흑백 화면이지만 맥스의 모습이 또렷하게 보인다. 녀석은 자기 침대에 앉아 내 이름을 목 놓아 부르고 있다.

겁에 질린 목소리다.

패터슨 선생님과 내가 침대에서 동시에 일어선다. 그녀가 급히 슬리퍼를 발에 꿰어 신고 방을 나선다.

나도 따라간다.

패터슨 선생님은 곧장 지하실로 내려간다. 나도 바짝 붙어 쫓아간다. 전화기가 아닌 물건에서 맥스의 목소리가 계속 흘러나온다. 하지만 벽 너머에서는 아무 소리도 들리지 않는다. 이상한 일이다. 맥스가 벽 바로 뒤에서 고함치고 있는데, 나는 그 소리를 전혀 들을 수 없다.

패터슨 선생님이 비밀의 문을 열고 안으로 들어간다. 맥스의 목소리가 방 안 가득 울려 퍼지고 있다.

나는 패터슨 선생님 뒤에 몸을 숨긴다. 맥스가 나를 보고 내 이름을 부를까 봐 두려워서다. 녀석은 지금도 내 이름을 부르고 있지만, 그것과는 다른 문제다. 나는 맥스가 나를 보고 "부도, 돌아왔구나! 어디 갔었어? 왜 패터슨 선생님과 함께 있었던 거야?"라고 말할까 봐 두려운 것이다.

만일 맥스가 그런 말을 한다면, 패터슨 선생님이 내가 비밀의 방 밖에서 자신을 몰래 지켜봤다는 사실을 알게 된다.

물론 그런 상황은 벌어지지 않을 것이다. 패터슨 선생님은 내가 실제로 존재한다고 믿지 않기 때문이다. 하지만 방 안에 들어온 뒤 처음 몇 초 동안 나는 그 사실을 깜박 잊고 있었다. 사람들이 내 존재를 믿지 않는다는 사실을 늘 기억하기는 쉽지 않다.

처음 맥스의 방 안에 다시 들어섰을 때, 나는 두려웠다. 패터슨 선생님에게 붙잡힐까 봐 겁이 났다. 패터슨 선생님은 나쁜 사람이다. 그래서 나는 그녀가 내게 화내는 것을 원치 않는다. 비록 그녀는 내 존재를 믿지 않지만.

"맥스, 괜찮아."

패터슨 선생님이 맥스의 침대 쪽으로 다가가며 말한다. 그러나 침대에서 몇 발짝 떨어진 곳에 이르러 걸음을 멈춘다. 역시 영리하다. 사람들은 대부분 맥스가 화났을 때 녀석에게 가까이 다가가고 싶어 하지만, 그것은 절대 해서는 안 되는 행동이다. 패터슨 선생님은 정말 영리한 여자다.

그녀는 흐릿한 달빛 아래 서 있는 악마다.

"부도—!"

맥스가 다시 소리친다.

맥스의 목소리를 실제로 들으니 화면을 통해 들을 때보다 백배 이상 마음이 아프다. 그처럼 고통스러워 하는 목소리는 한 번도 들어 본 적이 없다. 내가 세상에서 가장 나쁜 친구가 된 기분이다. 급기야 나는 패터슨 선생님의 등 뒤에서 비켜선다. 맥스를 혼자 두고 어떻게 떠날지 벌써 걱정스럽다.

내가 말한다.

"나 여기 있어, 맥스."

"부도는 곧 돌아올 거야."

패터슨 선생님이 내 말이 떨어지기 무섭게 말한다. 순간 그녀가 내 목소리를 들은 줄 알았다.

"부도!"

맥스가 또다시 소리친다. 하지만 이번에는 기쁨에 겨운 목소리다. 나를 본 것이다.

내가 말한다.

"안녕, 맥스? 미안해. 난 밖에서 일시 정지됐었어."

"일시 정지됐다고?"

맥스가 되묻는다. 그러자 패터슨 선생님이 묻는다.

"일시 정지라니, 무슨 소리니?"

"부도가 일시 정지됐었대요. 그렇지, 부도?"

맥스가 나를 보고 묻는다.

"그래, 맞아. 하지만 그 이야기는 우리 둘만 있을 때 해 줄게."

맥스는 나와 사람들에게 동시에 말해야 할 때 몹시 혼란스러워 한다. 그래서 나는 가능하면 그런 상황을 피한다.

패터슨 선생님이 말한다.

"부도는 틀림없이 일시 정지 상태에서 스스로 벗어날 수 있을 거야. 그러니까 맥스 너는 걱정하지 않아도 돼."

"이미 벗어났어요."

맥스가 말한다.

"그래? 어머, 정말 다행이다. 후유."

패터슨 선생님은 마치 물속에 오랫동안 갇혀 있다가 풀려나 한숨을 몰아쉬는 사람 같다.

"부도가 돌아와서 나도 기쁘구나."

"알았어요."

맥스가 말한다. 이 상황에서 '알았다'는 말은 좀 이상하게 들린다. 하지만 맥스는 다른 사람이 자신의 감정을 말할 때 어떻게 반응해야 하는지 모른다. 그래서 대부분 아무 말도 안 한 채 상대가 무언가 다른 이야기를 할 때까지 기다릴 때가 많다. 그러니까 '알았다'는 말은 맥스 나름대로 신중하게 생각해 낸 대답이다.

패터슨 선생님이 말한다.

"옷은 혼자서도 갈아입을 수 있지? 선생님은 아직 아침식사를 준비하지 못해서 올라가 봐야 해."

"네."

"그래, 그럼……."

패터슨 선생님은 또다시 문가에 서서 기다린다. 맥스가 무언가 말해 주기를 기다리는 것인지, 아니면 그녀 스스로 할 말이 또 있어서 그러는 것인지 알 수 없다. 어느 쪽이든 그녀의 표정은 슬퍼 보인다. 맥스는 패터슨 선생님이 문가에 서 있는지도 모른다. 이미 관심은 엑스윙 파이터에 쏠려 있다. 녀석이 엑스윙 파이터의 버튼을 눌러 날개를 펼친다.

패터슨 선생님이 한숨을 푹 내쉬고는 방에서 나간다.

문이 닫히는 소리가 나자, 맥스가 곧바로 고개를 들고 묻는다.

"너 어디 갔었어?"

맥스는 내게 화가 나 있다. 내 얼굴을 똑바로 쳐다보며 묻는 것을 보면 알 수 있다. 물론 손에는 여전히 스타워즈 장난감을 쥐고 있지만.

"지난밤 잠깐 이 방을 나갔는데 다시 들어올 수가 없었어."

"왜?"

맥스는 그 말과 함께 다시 스타워즈 우주선에 눈길을 돌린다. 내가 대답한다.

"저 벽은 이쪽에서 보면 문이지만, 반대쪽에서는 그저 벽일 뿐이야."

맥스는 아무 말도 하지 않는다. 이는 내 말을 이해했다는 뜻이거나, 내 말에 더 이상 신경 쓰지 않는다는 뜻이다. 보통 나는 어느 쪽인지 구별할 수 있는데 이번에는 잘 모르겠다.

맥스가 엑스윙 파이터를 베개 위에 내려놓고 침대에서 내려와 화장실로 향한다. 그러더니 화장실 문을 열고 돌아서서 내게 말한다.

"다시는 나를 혼자 두고 가지 않겠다고 약속해."

나는 그러겠다고 약속한다. 이제 곧 녀석의 곁을 떠나야 한다는 것을 알면서도.

41

맥스에게 내가 곧 떠날 거라는 말을 하지 말까? 몰래 빠져나가는 것이 오히려 맥스에게 좋을지도 모른다. 아니, 그건 아니다. 몰래 빠져나가는 것은 내가 편하기 위한 것이지, 맥스를 위한 것은 아니다.

하지만 내가 떠난다는 이야기를 하면 녀석이 화를 낼까 봐 걱정이다. 어쩌면 내 존재를 더 이상 믿지 않을 수도 있다.

이럴 때는 정말 어떻게 해야 할지 모르겠다.

나는 맥스가 꽤 오랫동안 이곳에 갇혀 있을 거라고 생각했다. 그래서 시간 여유를 갖고 이 문제를 해결하기 위한 계획을 세울 수 있을 거라고. 하지만 지금은 맥스가 이 방에 오래 있지 않을 것 같아 걱정스럽다. 내가 미처 맥스를 도울 새도 없이 문제가 터질까 봐 겁이 난다.

솔직히 나는 맥스가 이 방을 좋아하게 되어 우리가 여기서 오래도록 함께 살 수 있기를 바라는 마음도 있었다. 맥스를 돕지 않는 것은 나쁜 일이지만, 내가 더 이상 세상에 존재하지 않는 것 또한 나쁜 일이다. 사자는 생존을 위해 자신에게 아무 잘못도 하지 않은 기린을 잡아먹는다. 이를 두고 사자를 비난하는 사람은 없다. 그만큼 생존은 중요한 문제다. 어쩌면 가장 중요할 수도 있다. 나는 맥스를 도와야 한다는 걸 알고 있다. 진심으로 녀석을 돕고 싶고, 바른 결정을 내리고 싶다. 하지만 그에 못지않게 나 자신이 살아남고 싶은 마음도 크다.

생각해야 할 문제는 너무나 많지만, 이제 더 이상 생각할 시간이 없다.

맥스가 아침 식사를 마치고 플레이스테이션을 갖고 논다. 자동차 경주 게임을 하고 있다. 나는 게임을 하는 맥스의 모습을 곁에서 지켜본다. 맥스가 그런 것을 좋아하기 때문이다. 내게 말을 걸지도 질문을 하지도 않으면서, 내가 자신을 지켜봐 주기를 원한다.

갑자기 문이 벌컥 열리면서 패터슨 선생님이 들어온다. 학교에 갈 때 입는 옷을 입고 학교에 갈 때 쓰는 향수까지 뿌렸다. 나는 그녀의 옷차림보다 향수 냄새를 먼저 알아차린다.

상상 친구들이 모두 냄새를 맡을 수 있는 것은 아니다. 하지만 나는 가능하다.

패터슨 선생님에게서는 오래된 꽃향기가 난다. 그녀는 회색 바지와 분홍색 셔츠에 재킷을 걸친 차림이다. 손에는 트랜스포머 캐릭터가 그려진 도시락을 들고 있다.

"맥스, 선생님은 일하러 나가 봐야 해."

패터슨 선생님이 단어 하나하나를 물속에 똑똑 떨어뜨리듯 말한다. 느리고 조심스러운 말투다.

맥스는 아무 반응도 보이지 않는다. 비디오 게임을 하고 있는 맥스에게서 대답을 듣는 것은 맥스의 엄마 아빠에게도 힘든 일이다. 그래서 녀석이 일부러 패터슨 선생님의 말을 무시하는 것인지는 나도 모르겠다.

패터슨 선생님이 다시 말한다.

"네 점심은 여기 이 도시락에 챙겨 두었단다. 보온병에 든 수프하고 오렌지, 요구르트야. 날마다 똑같은 음식을 먹으려면 재미는 없을 거야. 하지만 선생님이 없는 동안 맥스 네가 질식을 일으키면 큰일이니까 그럴 가능성이 있는 음식은 줄 수가 없어."

패터슨 선생님은 또다시 맥스의 반응을 기다린다. 하지만 녀석은 그저 텔레비전 화면 속에서 게임용 자동차 운전에 몰두할 뿐이다.

선생님이 계속해서 말한다.

"하지만 너무 걱정하지 않아도 돼. 이제 곧 우리는 온종일 함께 있게 될 테니까. 알겠지, 맥스?"

맥스는 여전히 말이 없다. 눈길은 변함없이 화면에 고정되어 있다.

"맥스, 선생님은 하루 종일 네가 그리울 거야."

패터슨 선생님이 말한다. 그녀는 내가 이따금 그런 것처럼 목소리를 통해 맥스에게 다가가려는 것 같다. 녀석에게 밧줄을 던져 주고 제발 붙잡으라고 애원하는 것이다. 하지만 맥스는 그 밧줄을 붙잡을 마음이 전혀 없다. 녀석이 비디오 게임을 할 때는 다른 어떤 것도 눈에 들어오지 않는다.

패터슨 선생님이 말한다.

"맥스, 선생님은 네가 날마다 그립단다. 그러니까 선생님이 하는 일은 모두 맥스 너를 위한 것이라는 걸 네가 알아줬으면 좋겠어. 이제 곧 모든 상황이 훨씬 더 좋아질 거야. 알았지?"

맥스, 제발 대답해. 패터슨 선생님에게 방금 그 말이 무슨 뜻이냐고 물어보라고. 상황이 어떻게 바뀔 건지, 언제 바뀔 건지, 도대체 무슨 계획을 하고 있는 건지 물어보란 말이야!

하지만 맥스는 여전히 텔레비전 화면을 뚫어져라 바라보며 구부러진 경주로를 따라 운전만 한다.

"잘 있어, 맥스. 이따가 보자."

패터슨 선생님이 말한다. 사실은 "사랑해."라고 말하고 싶은 모양이다. 그녀의 입술에 그 세 글자가 매달려 있는 것이 보인다. 패터슨 선생님은 확실히 맥스를 사랑한다. 그것도 아주 많이. 또다시 그녀가 가엾게 느껴진다. 그녀는 맥스를 몰래 자기 집으로 데려왔다. 본인은 모두 맥스를 위해서라고 말하지만, 사실은 다시 어린아이를 갖고 싶은 욕심 때문이다. 그런데 자신이 데려온 아이는 아기 때 죽은 친자식보다 겨우 몇 마디를 더 할 뿐이다.

패터슨 선생님이 방에서 나가며 문을 닫는다. 문 닫히는 소리가 나자마자 맥스가 고개를 들고 잠시 문 쪽을 바라본다. 그러더니 곧 다시 게임 화면으로 눈길을 돌린다.

나는 문가에 서서 맥스가 게임하는 모습을 지켜본다. 속으로 1부터 100까지 세고 난 뒤 말하려고 입을 열었다가 다시 처음부터 세기 시작한다.

1부터 100까지 두 번을 세고 난 뒤, 마침내 내가 말한다.

"맥스, 나도 여기서 나가야 해."

"뭐라고?"

맥스가 고개를 돌린다.

맥스에게 중요한 이야기를 하고 그것을 납득시키는 일은 결코 쉽지 않다. 게다가 지금 나는 시간이 별로 없다. 만일 패터슨 선생님이 문 밖으로 나가기 전에 내가 이 방을 나서면, 그녀가 '전화가 아닌' 기계를 통해 맥스의 고함 소리를 듣고 여기로 돌아올 것이다. 어쩌면 출근을 포기하고 집에 계속 있을지도 모른다. 그러니까 나는 그녀가 지금 이 순간 차고에 들어섰기를 바라야 하지만, 확인할 방법은 없다. 그저 어림잡아 추측할 뿐이다. 1부터 100까지 두 번을 셌으니, 이 정도면 패터슨 선생님이 차 앞에 도착하기에 충분한 시간이다. 아니, 충분하다 못해 남았을지도 모른다. 이미 너무 늦었을 수도 있다.

"나도 여기서 나가야 해. 하지만 오후에 돌아올 거야. 패터슨 선생님과 함께 학교에 가서 고스크 선생님이 뭘 하고 있는지, 네 엄마 아빠는 괜찮은지 알아보려고. 수업이 끝나면 패터슨 선생님과 다시 돌아올게."

"나도 따라갈래."

맥스가 말한다.

전혀 예상치 못한 일이다. 무슨 말을 해야 할지 모르겠다. 그저 머릿속에 적당한 말이 떠오를 때까지 입을 벌린 채 멍하니 서 있을 뿐이다.

마침내 내가 말한다.

"그래, 그러고 싶을 거야. 하지만 나는 너를 이 방에서 나가게 해 줄 수가 없어. 너는 나처럼 닫힌 문을 통과할 수 없으니까."

맥스가 버럭 소리친다.

"나도 따라갈래! 나도 고스크 선생님과 엄마 아빠를 보고 싶단 말이야! 엄마 아빠가 너무 보고 싶다고!"

맥스는 지금껏 단 한 번도 자신의 부모를 '엄마 아빠'라고 부른 적이 없다. 맥스의 입에서 그런 말을 듣고 나니 결코 이 방을 떠날 수 없을 것 같다. 또다시 맥스를 혼자 버려두고 갈 수는 없다. 그것은 맥스에게 너무 가혹한 슬픈 일이다.

나는 맥스에게 말한다.

"그럼 네가 이 방에서 나갈 수 있는 방법을 찾아볼게."

이 말은 맥스를 기쁘게 해 주려고 한 것이다. 하지만 그 말을 입 밖으로 내뱉은 순간, 나는 깨닫는다. 내가 어떻게 해야 할지 고민할 필요는 애초에 없었다. 나는 사자가 아니고, 맥스도 기린이 아니다. 나는 부도고, 맥스는 내 친구다. 그러므로 처음부터 내가 할 일은 오직 한 가지뿐이었다. 그렇다고 내가 더 이상 존재하지 않아도 된다는 뜻은 아니다. 다만 내가 내 생존 문제에만 집착해서 생각해서는 안 된다는 것이다.

이는 곧 내가 지금 당장 이 자리를 떠나야 한다는 뜻이기도 하다.

"맥스, 난 가야 해. 하지만 반드시 돌아올 거야. 네가 엄마 아빠를 곧 만날 수 있도록 해 줄게. 약속해."

이것은 오늘 아침 내가 맥스에게 한 두 번째 약속이다. 지금 나는 첫 번째 했던 약속을 깨려 하고 있다.

내가 뒤돌아서 문 쪽으로 걸어가자 맥스가 고래고래 소리치기 시작한다.

"안 돼! 안 돼! 안 돼!"

내가 이 방에서 나가면 맥스는 일시 정지될 것이다.

지금 이 문을 통과하면, 오늘 수업이 끝난 뒤 패터슨 선생님이 다시 문을 열기 전까지 나는 이 방으로 돌아올 수 없다.

결국 나는 하기 힘든 일이 곧 옳은 일이라고 믿고 문을 향해 발을 내딛는다.

나는 지금 내 말이 귀에 들어올 리 없는 누군가에게 말한다. 너와의 약속을 깨뜨리고, 소중한 친구를 버리고 떠나는 나를 용서해 달라고.

지하실에 발을 내딛는 순간, 또 다른 소리가 들려온다. 벽 뒤쪽에 있는 맥스의 방에서 나는 소리는 아니다. 윙 하는 보일러 소리, 쉭쉭거리는 파이프의 물소리다. 지금 맥스는 분명 고함을 지르고 있을 것이다. 주먹으로 문을 탕탕 때리고 있을지도 모른다. 하지만 나는 그 소리를 들을 수 없다. 그나마 다행이다. 벽 뒤에서 점점 일시 정지 상태에 빠져들고 있을 맥스의 모습을 상상하기만 해도 슬픔과 죄책감이 밀려든다. 그런 데다 실제 녀석의 목소리까지 듣게 된다면 너무 괴로워 견딜 수 없을 것이다.

위층에서 쾅 하는 문소리가 난다. 순간 정신이 번쩍 들면서 내가 지금 해야 할 일이 무엇인지 분명해진다. 나는 급히 계단을 뛰어 올라가 1층으로 간다. 우선 통로를 지나 주방을 살펴본다. 지난밤 식탁 위에 쌓여 있던 마분지 상자들이 보이지 않는다. 패터슨 선생님도 없다.

그때 자동차 엔진 소리가 들린다. 뒤이어 철커덩 하고 차고 문이 열리는 소리가 난다.

나는 차고로 뛰어갈까 생각했지만, 그러기에는 이미 너무 늦은 듯하다. 그래서 오른쪽으로 돌아 현관문을 향해 달려간다. 현관문을 통과해 밖으로 나선 순간, 미처 보지 못했던 계단에서 떨어져 집을 에워싸고 있는 돌길에 나동그라진다. 나는 제대로 몸을 추스를 겨를도 없이 일어나 달린다. 처음 몇 발짝 내디딜 때는 바닥을 기다시피 한다. 이윽고 모퉁이를 돌아 집 앞까지 달려가 내리막길 끝 도로까지 뻗어 있는 진입로를 내려다본다. 패터슨 선생님의 자동차는 벌써 진입로의 중간 지점을 달리고 있다. 차는 도로를 똑바로 마주 보고 있어서 거꾸로 내려갈 때처럼 내리막길에서 속도를 줄이지 않아도 된다.

나는 결국 저 차에 올라탈 수 없을 것이다. 그러기엔 차가 이미 너무 멀리 가 있다. 맥스는 내가 저 차를 따라잡을 만큼 빨리 달릴 수 있다고 상상하지 않았을 것이다. 아니, 그렇게까지 빨리 달릴 필요는 없다고 생각했을 것이다.

하지만 나는 일단 달린다. 벽 뒤에 갇혀 있는 맥스에게 내가 결코 다가갈 수 없다는 것을 알면서 패터슨 선생님의 집에서 하릴없이 온종일 시간을 보낼 수는 없다. 나는 진입로의 중간 지점을 향해 죽을힘을 다해 뛴다. 속도를 주체하지 못해 달리는 것도 아니고 구르는 것도 아닌 위태위태한 자세로 뛰어 내려간다. 그래도 패터슨 선생님의 차를 따라잡지는 못할 것 같다.

그때 저 멀리 도로를 따라 달려오는 녹색 자동차 한 대가 눈에 들어온다. 그 차는 패터슨 선생님의 집 진입로 앞으로 지나갈 것이다. 패터슨 선생님은 속도를 줄일 수밖에 없다. 어쩌면 그 차가 지나갈 때까지 멈춰 서 있어야 할지도 모른다.

내게 기회가 온 것이다.

드디어 마음속에 희망이 싹트기 시작할 즈음, 내내 불안하던 다리가 꼬이면서 균형을 잃고 고꾸라진다. 나는 머리를 보호하기 위해 양팔로 귀를 감싼 채 데굴데굴 굴러간다. 다음 순간, 어찌된 일인지 벌떡 일어나 또 내달린다. 정신은 얼떨떨하지만 방향감각은 살아 있어서 진입로 끝에 서 있는 패터슨 선생님의 자동차를 향해 곧장 뛰어간다. 몸의 균형을 잃지 않기 위해 두 팔을 펼친 채 쉴 새 없이 두 발로 땅을 내딛는다. 지금 나는 누구의 도움도 받지 않고 스스로 움직이고 있다.

패터슨 선생님의 차는 진입로 끝에 멈춰 서서 녹색 자동차가 지나가기를 기다리고 있다. 나는 진입로 왼쪽으로 방향을 바꾸어 잔디밭으로 뛰어든다. 진입로 끝까지 가기에는 시간이 부족하다. 하지만 패터슨 선생님의 차가 방향을 틀어 거리로 들어서는 순간에는 잡을 수 있을 것 같다. 목표 지점은 돌담과 나무들로 막혀 있는 잔디밭 끝 귀퉁이다. 나는 그 지점을 향해 죽을힘을 다해 달린다. 그때 패터슨 선생님의 차가 방향을 돌려 점점 속도를 내기 시작한다. 몸을 날려 점프하지 않으면 차를 놓칠 것 같다. 나는 풀과 포장도로가 맞닿은 잔디밭 가장자리에 다다른 순간, 펄쩍 뛰어오르면서 눈을 감는다. 내 몸은 아마 패터슨 선생님의 차 바퀴 또는 바퀴 덮개에 부딪쳐 튕겨 나갈 것이다.

그런데 뜻밖에도 문을 통과할 때 나는 쉭 하는 나지막한 소리가 내 귀를 울린다. 다음 순간, 나는 자동차 뒷좌석 바닥에 엎어진 채 가쁜 숨을 고르고 있다.

패터슨 선생님의 목소리도 들린다. 그녀는 노래를 부르고 있다.

만일 내게 해머가 있다면…… 매일 아침 해머를 휘두를 거예요……. (1962년 미국 가수 피터 폴 앤 메리가 불러 히트한 「If I had hammer」라는 노래의 한 부분. 사회 저항적인 메시지를 담고 있다./ 옮긴이)

42

패터슨 선생님은 해머 노래를 연이어 두 번 부른 뒤 라디오를 켠다. 라디오에서는 뉴스가 흘러나온다. 나는 맥스와 관련된 이야기가 나올까 봐 귀를 쫑긋 세운다. 그러나 맥스 이야기는 단 한마디도 나오지 않는다.

패터슨 선생님도 맥스에 관한 소식이 궁금해서 뉴스를 듣는 것일까?

우리는 꽤 오랫동안 고속도로를 달리고 있다. 이상한 일이다. 내가 알기로 패터슨 선생님은 학교 근처에 산다. 어제 학교에서 그녀의 집까지 가는 데 걸린 시간은 채 십오 분도 되지 않았다. 도중에 고속도로를 달린 기억도 없다.

자동차 계기판에 있는 시계가 7시 36분을 가리킨다. 학교의 첫 수업은 8시 30분에 시작된다. 그러므로 우리는 아직 충분한 시간 여유가 있다. 하지만 고속도로를 달리고 있다는 사실이 어쩐지 불안하게 느껴진다.

우리는 어디로 가고 있는 것일까?

나는 가능한 한 맥스에 대해 생각하지 않으려 애쓰고 있다. 홀로 벽 뒤에 갇혀 있는 맥스의 모습을 상상하지 않으려, 내 이름을 부르며 울부짖는 맥스의 목소리를 떠올리지 않으려 안간힘을 써 본다. 나는 차창 밖 도로에 관심을 돌리라고 자신에게 명령한다. 녹색 표지판을 눈여겨보고, 패터슨 선생님에게 이상한 점이 있는지 잘 지켜보라고 다그친다. 하지만 머릿속에는 벽을 때리며 도와 달라고 목 놓아 외치는 맥스의 모습이 자꾸 떠오른다.

마음 같아서는 맥스에게 지금 너를 돕고 있는 거라고 말하고 싶다. 하지만 그런 말을 할 수 있다고 해도, 맥스는 더 이상 내 말을 믿지 않을 것이다. 약속을 어기고 친구를 벽 뒤에 홀로 버려둔 채 떠난 녀석이 '너를 돕고 있는 거라고' 말한다는 것은 이치에 맞지 않는다.

갑자기 머리 위에서 으르렁대는 포효 소리가 들린다. 비행기 소리다. 그처럼 가까이에서 나는 비행기 소리는 처음 듣는다. 하지만 나는 텔레비전에서 비행기를 자주 봤다. 그 경험을 토대로 판단하건대, 지금 우리 머리 위를 날고 있는 비행기는 매우 커다란 점보제트기가 틀림없다.

나는 창밖으로 위를 올려다본다. 비행기를 보고 싶지만 뜻대로 되지 않는다. 도로 위에 매달린 녹색 표지판에 '브래들리 인터내셔널 에어포트에 오신 것을 환영합니다'라고 적혀 있다. 그 밖에 다른 말도 있지만, 나는 그것을 전부 알아볼 만큼 글을 빨리 읽지 못한다. 대신 '인터내셔널'이라는 쉽지 않은 글자를 읽을 수 있어서 기분이 좋다. 저 멀리 야트막한 건물들과 높다란 실내 주차장, 버스, 승용차, 표지판 등이 곳곳에 보인다. 나는 공항에 한 번도 와본 적은 없지만, 당연히 비행기를 볼 수 있을 거라고 기대했다. 하지만 비행기는 없다. 소리는 들리는데 실제 비행기는 한 대도 안 보인다.

패터슨 선생님이 넓은 도로를 벗어나 이리저리 뱅글뱅글 돈 끝에 커다란 문 쪽으로 향한다. 문을 통과하기 전, 어떤 기계 앞에 차를 세우고는 창문을 내리고 손을 뻗어 기계의 버튼을 누른다. 기계에는 '장기 주차'라는 글귀가 적혀 있다. '장기 주차'가 무슨 뜻인지는 모르지만, 내가 또다시 실수를 저지른 게 아닌지 불안해지기 시작한다. 패터슨 선생님이 비행기를 타고 어딘가로 떠나려는 것일까? 경찰이 맥스를 찾아낼까 봐 걱정하고 있나?

나는 텔레비전을 통해 사람들이 공항에서 체포되는 광경을 많이 봤다. 그들은 모두 나쁜 짓을 저지르고 이 나라를 떠나려는 악당이다. 경찰이 다른 나라까지 쫓아가서 그들을 체포하진 못하는 것일까? 아무튼 지금 패터슨 선생님은 바로 그런 짓을 하려는 것 같다. 고스크 선생님이나 경찰서장이 미스터리를 풀어서 맥스를 데려간 범인이 누구인지 밝혀냈다는 것을 알고 지금 도망치려는 것이다. 그러지 않으면 감옥에 가야 할 테니까.

기계에서 윙 하는 소리가 나더니 표 한 장이 나온다. 패터슨 선생님은 차들이 가득한 주차장 안으로 들어간다. 주차장에는 차 수백 대가 줄지어 세워져 있다. 주차장 옆에 있는 실내 주차장 역시 빈자리가 거의 없다.

우리는 줄줄이 늘어선 자동차들 앞을 천천히 지나간다. 빈자리가 몇 군데 눈에 띄었지만, 패터슨 선생님은 그냥 지나친다. 주차할 자리를 찾는 게 아니라 어디로 갈지 이미 알고 있는 사람 같다.

마침내 패터슨 선생님이 주차를 하고 차에서 내린다. 나도 따라 내린다. 이제는 집에서 너무 멀리 떨어져 왔기 때문에 자칫 길을 잃을 수 있다. 패터슨 선생님이 어디로 가든, 나는 무조건 따라가야 한다.

패터슨 선생님이 차 트렁크를 연다. 안에는 부엌 식탁에 쌓여 있던 상자들이 모두 들어 있다. 그녀가 그중 한 상자를 들고 통로를 가로질러 주차장 반대편으로 걸어간다. 그리고 자동차 세 대를 지나친 끝에 한 승합차 앞에 멈춰 선다. 거의 버스만큼 커다란 승합차다. 아무래도 바퀴 달린 집인 캠핑카 같다. 패터슨 선생님이 주머니에서 열쇠 하나를 꺼낸다. 그러고는 그 열쇠로 캠핑카의 문을 연다. 맥스의 스쿨버스 문과 비슷한 보통 크기의 문이다. 패터슨 선생님은 계단 세 개를 올라가 왼쪽으로 돌아 캠핑카 안으로 들어간다.

나도 따라간다.

운전석 바로 뒤쪽은 거실이다. 긴 소파와 푹신한 의자, 테이블 하나가 움직이지 않도록 바닥에 고정되어 있다. 벽에는 벽걸이 텔레비전이, 소파 뒤에는 이층침대가 있다. 패터슨 선생님이 들고 있던 상자를 소파 위에 내려놓고는 곧장 뒤돌아 밖으로 나간다. 나도 그녀를 따라 자동차로 돌아간다. 뒤이어 패터슨 선생님은 두 번째 상자를 들고 다시 캠핑카로 향한다. 상자를 첫 번째 상자 옆에 내려놓고 또다시 차에서 내린다. 이번에 나는 따라가지 않고 차에 남는다. 어차피 옮겨야 할 상자가 여섯 개나 남았으니, 그동안 캠핑카 안을 둘러볼 생각이다.

나는 거실을 지나 좁다란 통로로 들어간다. 오른쪽에는 닫힌 문 하나가 있고, 왼쪽에는 자그마한 주방이 있다. 개수대와 가스레인지, 전자레인지 그리고 냉장고까지 기본적인 시설은 다 갖춘 모습이다. 나는 통로 오른쪽의 닫힌 문 안으로 들어가 본다. 세면대와 변기가 있는 작은 화장실이다.

버스 안에 화장실이 있다니…….

만일 스쿨버스에 화장실이 있다면, 맥스는 보너스 똥에 대해 걱정하지 않아도 될 것이다. 아니, 스쿨버스에 화장실이 있다고 해도 녀석이 버스에서 똥을 눌 수 있을지는 의문이다.

나는 다시 문을 통과해 좁은 통로로 나온다. 통로 끝에 닫힌 문 하나가 더 보인다. 뒤를 돌아보니 마침 패터슨 선생님이 소파 위에 상자 두 개를 더 내려놓고 있다. 이제 소파 위에 있는 상자는 총 네 개다. 두세 번만 더 왔다 갔다 하면 운반 작업은 모두 끝날 것이다.

나는 통로 끝에 있는 문 안으로 들어선다. 눈을 뜬 순간, '등골이 오싹해지는' 느낌이 든다. 지금껏 단 한 번도 느껴 본 적 없는 기분이다. '등골이 오싹해진다'는 표현을 들어 본 적은 있지만, 실제로 경험한 것은 이번이 처음이다.

내 눈앞에는 그야말로 믿기 힘든 광경이 펼쳐져 있다.

내가 서 있는 곳은 침실이다.

이 침실은 지금 이 순간 맥스가 갇혀 있는 방과 똑같다.

군이 비교하자면, 캠핑카 안의 침실이 크기도 작고 전등의 개수도 적다. 벽에는 커튼으로 닫힌 타원형 창문도 두 개 있다. 하지만 벽 색깔은 패터슨 선생님의 집 지하에 있는 맥스의 방과 똑같다. 경주용 자동차 모양의 침대며 이불, 베개, 담요도 모두 똑같은 제품이다. 바닥에 깔린 양탄자까지 다른 점을 전혀 찾아볼수 없다. 방 안에는 레고와 스타워즈 장난감과 병정들이 가득하다. 맥스의 지하 방에 있는 것만큼, 아니 그보다 더 많아 보인다. 벽에 걸린 텔레비전, 플레이스테이션, 잔뜩 쌓여 있는 디브이디도 패터슨 선생님의 지하 방에 있는 것들을 그대로 옮겨 놓은 듯한 모습이다. 심지어 디브이디의 종류마저 똑같다.

이곳은 맥스를 위한 또 다른 공간이다. 이동이 가능한 공간…….

그때 패터슨 선생님이 상자를 소파에 내려놓는 소리가 들린다. 나는 뒤돌아서 그 방을 나온다. 패터슨 선생님이 이 캠핑카를 몰고 바로 떠날지, 자신의 차로 돌아갈지, 아니면 비행기를 탈지 전혀 알 수 없다. 하지만 어떤 경우든 나는 그녀 곁에 붙어 있어야 한다. 이 공항에서 길을 잃으면 나는 영원히 집으로 돌아갈 수 없게 된다.

방문을 나서기 직전, 문에 설치된 잠금 장치가 내 눈에 들어온다. 빗장을 채우고 잠그는 맹꽁이자물쇠다.

순간, 또 한 번 등골이 오싹해진다.

패터슨 선생님이 마지막으로 남은 상자 세 개를 자신의 차에서 캠핑카로 옮겨놓은 뒤 다시 내린다. 나도 따라 내린다. 그녀는 캠핑카 문을 닫고 열쇠로 잠근 다음 자기 차로 돌아가 시동을 건다. 나도 서둘러 뒷좌석에 오른다. 마침내 패터슨 선생님이 해머 노래를 부르며 자동차들 사이를 요리조리 빠져나가 주차장 끝에 있는 출입구까지 간다.

그녀가 부스 앞에 차를 세우고 안에 있는 남자에게 표를 내민다. 남자가 표를 들여다보고 묻는다.

"주차장을 잘못 찾으셨습니까?"

"아니요. 실은 제 동생이 자기 차에 이상이 없는지 확인할 겸 재킷을 두고 와 달라고 부탁하더라고요. 아마 차를 확인해 달라고 말하기가 미안해서 재킷 핑계를 댄 것 같아요. 동생에게 가벼운 강박증이 있거든요."

부스 안에 있는 남자가 웃음을 터뜨린다.

패터슨 선생님은 대단한 거짓말쟁이다. 텔레비전 드라마에 나오는 배우처럼 자기 본모습을 감추고 다른 사람처럼 능숙하게 연기한다. 지금도 실제로 강박증이 있는 동생을 둔 여자처럼 보이지 않는가? 패터슨 선생님은 거짓말과 연기를 잘한다. 그녀가 맥스를 데려간 유괴범이란 사실을 몰랐다면, 나도 그녀의 말을 믿었을 것이다.

패터슨 선생님이 부스 안의 남자에게 돈을 건네주자, 차 앞에 가로놓인 막대가 올라간다. 그녀는 남자에게 손을 흔들며 주차장을 빠져나온다.

계기판의 시계가 7시 55분을 알리고 있다.

제발 이 차가 곧장 학교로 향하기를 바랄 뿐이다.

43

맥스의 책상은 여전히 비어 있다. 오늘도 결석한 학생은 맥스 뿐이다. 그래서 빈 책상이 유난히 더 허전해 보인다. 어제와 비교해 달라진 것은 아무것도 없다. 내가 마지막으로 학교에 있었던 것이 바로 어제인데, 마치 백만 년 전처럼 멀게 느껴진다. 학교 현관 앞에는 여전히 경찰관이 앉아 있다. 감정을 숨기고 짐짓 '고스크 선생님답게' 행동하는 고스크 선생님도, 맥스의 빈 책상도 모두 그대로다.

나는 맥스의 책상에 앉고 싶지만, 의자가 책상에 바짝 붙어 있어서 내가 앉을 공간이 없다. 그래서 대신 교실 뒤에 놓인 의자에 앉아 분수의 개념에 대한 고스크 선생님의 설명을 듣는다. 오늘 고스크 선생님은 평소보다 활기는 덜하지만, 여전히 세상에서 가장 훌륭한 선생님이다. 그녀는 분자나 분모 같은 지루한 개념을 가르칠 때도 아이들을 웃고 깔깔거리게 만든다.

만일 패터슨 선생님에게 고스크 선생님 같은 스승이 있었다면, 맥스를 납치하는 것 같은 나쁜 짓은 안 저지르지 않았을까?

나는 그럴 거라고 생각한다.

고스크 선생님은 시간만 충분하다면 토미 스윈든 같은 녀석도 착한 아이로 바꾸어 놓을 것이다.

패터슨 선생님이 학습 센터로 향할 때, 나는 이곳 고스크 선생님의 교실로 왔다. 고스크 선생님의 수업을 잠깐이라도 듣고 싶었기 때문이다. 나는 맥스를 혼자 버려두고 왔다는 죄책감에 계속 시달리고 있다. 그래서 고스크 선생님을 통해 기분이 조금이라도 나아지기를 바라는 마음이다.

실제로 기분이 조금씩 좋아지고 있다.

이제 쉬는 시간이다. 아이들은 모두 교실 밖으로 나가고, 고스크 선생님은 교무실로 향한다. 나도 선생님을 따라간다. 상황이 어떻게 되어 가고 있는지 알아보고 싶어서다. 고스크 선생님은 매일 대거티 선생님, 세라 선생님과 함께 점심을 먹는다. 그 세 사람은 늘 좋은 이야기만 한다.

세상에는 두 종류의 선생님이 있다. '학교놀이를 하는' 선생님과 진짜 선생님이다. 대거티 선생님과 세라 선생님, 특히 고스크 선생님은 진짜 선생님에 속한다. 그들은 학생들 앞에서 자신이 가진 본래 목소리로 자기 집 거실에서처럼 자연스럽게 이야기한다. 그들이 관리하는 게시판은 언제나 조금 누덕누덕하고, 책상은 살짝 너저분하며, 도서관은 약간 어수선하다. 하지만 학생들은 그런 선생님을 무척 좋아한다. 그들은 자신의 실제 목소리로 현실적인 이야기를 하고, 항상 진실만을 말하기 때문이다. 맥스가 고스크 선생님을 좋아하는 이유도 바로 그런 것이다. 고스크 선생님은 절대 선생님인 척하지 않는다. 자신의 본모습을 그대로 드러내기 때문에 맥스도 약간 마음을 놓는 것 같다. 고스크 선생님에게는 숨겨진 비밀 같은 것이 없다.

맥스는 학교놀이를 하는 선생님을 금세 알아본다. 그런 선생님들은 아이들의 행동을 제대로 바로잡지 못한다. 그들은 자리에 똑바로 앉아 수업만 열심히 듣고, 교실에서 고무줄 총 따위는 절대 쏘지 않는 아이들을 좋아한다. 또 모든 아이들이 평소에도 학교에 있을 때처럼 단정하고 고분고분하고 빈틈없이 행동하기를 원한다. 학교놀이를 하는 선생님들은 맥스나 토미 스윈든, 또 윌슨 선생님의 책상에 일부러 토한 애니 브링커 같은 아이들을 어떻게 다루어야 하는지 전혀 모른다. 또 맥스 같은 아이들의 심리를 결코 이해하지 못한다. 그들이 가르치는 대상은 실제 아이들이 아닌 만들어진 인형이기 때문이다. 그들은 스티커나 카드, 도표 등을 사용해 아이들의 문제 행동을 바로잡으려 한다. 하지만 그런 시시한 물건 따위는 문제 해결에 전혀 도움이 안 된다.

고스크 선생님과 대거티 선생님, 세라 선생님은 맥스와 애니, 심지어 토미 스윈든 같은 아이도 모두 사랑한다. 그들은 아이들이 스스로 올바르게 행동하도록 만든다. 아이들의 몸에서 냄새가 나면 망설이지 않고 솔직히 냄새가 난다고 말한다. 그래서 나는 그 세 선생님과 함께 있는 점심시간이 가장 즐겁다.

고스크 선생님은 정어리 샌드위치라는 것을 먹고 있다. 정어리가 무엇인지는 모르지만, 그다지 맛있는 음식은 아닌 듯하다. 고스크 선생님이 정어리 샌드위치라고 말하자마자 대거티 선생님이 콧잔등을 찌푸리는 것을 보면 알 수 있다.

"경찰이 또다시 와서 질문을 하던가요?"

대거티 선생님이 목소리를 약간 낮춰서 묻는다.

교무실에는 그들 말고도 다른 선생님이 여섯 명 있다. 모두 학교놀이를 하는 선생님이다.

고스크 선생님이 평소와 같은 목소리로 대답한다.

"아니요. 제발 자기들 할 일이나 똑바로 해서 빨리 맥스를 찾아냈으면 좋겠어요."

나는 고스크 선생님이 우는 모습을 한 번도 보지 못했다. 하지만 다른 선생님들이 우는 모습은 자주 봤다. 그중에는 남자 선생님도 끼어 있지만, 대부분 여자 선생님들이다. 지금도 고스크 선생님이 우는 것은 아니다. 그러나 경찰 이야기를 할 때는 금방이라도 울음을 터뜨릴 것 같은 목소리였다. 슬퍼서 우는 게 아니라 분통이 터져서 울 것처럼 들렸다.

대거티 선생님이 말한다.

"부모 중 한 사람의 짓이 틀림없어요. 아니면 친척이거나. 아이들이 그냥 사라질 리는 없다고요."

그러자 세라 선생님이 한마디 거든다.

"그러게 말이에요. 맥스가 사라진 지도 벌써…… 나흘째인가요?"

고스크 선생님이 그녀의 말을 바로잡는다.

"닷새째예요. 빌어먹을!"

"무슨 일인지 오늘 하루 종일 캐런이 안 보이더라고요."

세라 선생님이 말한다.

캐런은 팔머 교장 선생님의 이름이다. 학교놀이를 하는 선생님들은 항상 교장 선생님의 성을 붙여서 '팔머 교장 선생님'이라고 깍듯하게 부른다. 하지만 세라 선생님 같은 진짜 선생님들은 그녀를 친근하게 캐런이라고 부른다.

"오전 내내 교장실에 틀어박혀 계세요."

대거티 선생님이 말한다.

"제발 사람들을 피해 숨어 있는 게 아니라 맥스를 찾기 위해 무언가를 하고 있다면 좋겠네요."

세라 선생님이 말한다. 그러자 고스크 선생님이 힘주어 말한다.

"당연히 자신의 능력을 다 동원해 맥스를 찾아내야죠."

고스크 선생님의 눈에 눈물이 차오른다. 두 뺨은 벌겋게 달아올라 있다. 갑자기 고스크 선생님이 벌떡 일어나 먹던 정어리 샌드위치를 남겨 둔 채 자리를 떠난다. 순간 교무실 안이 조용해진다.

나도 교무실을 나온다.

패터슨 선생님은 오후 2시에 팔머 교장 선생님과 약속이 있다. 그녀는 오늘 아침 학교에 도착하자마자 교장 선생님을 만나려고 했다. 그러나 오후 2시까지 바쁘다는 비서의 대답이 돌아왔다. 패터슨 선생님은 "2시도 괜찮아요."라고 말했지만 표정은 전혀 괜찮지 않아 보였다.

당연히 나도 패터슨 선생님과 교장 선생님이 만날 때 함께할 생각이다.

2시까지는 아직 한 시간이 남았다. 고스크 선생님 반 아이들은 체육 수업 중이다. 고스크 선생님은 책상에 앉아 시험지를 채점하고 있다. 그래서 나는 퍼피를 만나러 크로프 선생님 교실로 내려간다. 퍼피를 못 본 지도 벌써 닷새나 됐다. 상상 친구들의 세계에서 닷새는 무척 긴 시간이다.

닷새가 평생인 상상 친구들도 꽤 많다.

퍼피는 파이퍼 옆에서 공처럼 몸을 둥글게 웅크리고 있다. 파이퍼는 책을 읽는 중이다. 입술은 움직이지만 소리 내어 말하지는 않는다. 보통 1학년 아이들은 이런 식으로 책을 많이 읽는다. 맥스도 그랬다.

"퍼피!"

나는 일단 나지막한 목소리로 속삭인다. 이것은 습관이다. 내가 아니라 보통 사람들의 습관이다. 그래서 나도 따라 해 본 것인데 어쩐지 바보 같은 짓을 한 것 같다. 어차피 이 교실 안에서 내 목소리를 들을 수 있는 사람은 퍼피뿐이지 않은가? 나는 평소대로 다시 말한다.

"퍼피! 나야, 부도."

퍼피는 꼼짝도 하지 않는다. 할 수 없이 나는 큰 소리로 외친다.

"퍼피!"

녀석이 벌떡 일어나 주변을 둘러본다. 교실 끝에 서 있는 나를 발견하자 혼잣말처럼 구시렁거린다.

"에이, 깜짝 놀랐잖아."

"퍼피 너도 잠을 자?"

"당연하지. 왜?"

"하긴 그레이엄도 잠을 잔다더라. 그런데 나는 잠을 전혀 안 자거든."

"정말?"

퍼피가 내가 있는 쪽으로 다가온다.

아이들은 모두 조용히 책을 읽고 있다. 크로프 선생님도 조그만 탁자에서 네 명의 아이와 함께 책을 읽는다. 그들은 이제 겨우 1학년이지만, 장난을 치거나 창밖을 내다보며 한눈을 파는 아이는 한 명도 없다. 크로프 선생님도 학교놀이를 하는 선생님이 아니라 진짜 선생님이기 때문이다.

내가 말한다.

"응. 난 잠을 안 자. 어떻게 자는 건지도 몰라."

"나는 깨어 있을 때보다 잠잘 때가 더 많은데."

나도 원할 때 잠잘 수 있다면 어떨까? 나는 피곤함을 느껴 본 적이 없다. 하지만 베개를 베고 누워 한참 동안 눈을 감고 있으면 잠이 올 것 같기도 하다. 잠을 자고 난 뒤 무언가를 쉽게 잊을 수 있다면, 나 같은 상상 친구들이 세상에서 사라지는 것은 또 얼마나 간단한 일일까?

잠시나마 퍼피가 부럽다는 생각이 든다.

내가 묻는다.

"맥스에 대해 무슨 소식 들은 거 없어?"

"돌아왔어?"

"아니. 맥스는 납치됐잖아. 기억 안 나?"

"기억나. 난 그저 맥스가 돌아왔을지도 모른다고 생각했어."

"그래서 아무 소식도 못 들었다는 거야?"

"응. 맥스가 어디 있는지 찾아냈어?"

"난 그만 가 봐야겠다."

나는 거짓말을 했다. 퍼피와 대화하는 게 얼마나 짜증스러운 일인지 잠시 잊어버렸던 내 잘못이다. 녀석은 멍청할 뿐 아니라 이 세상이 그림책에 나오는 세계와 똑같다고 생각하기까지 한다. 크로프 선생님이 1학년 아이들에게 읽어 주는, 모두가 교훈을 얻고 죽는 사람은 하나도 없는 착한 그림책 말이다. 퍼피는 이 세상이 하나의 커다란 해피엔드라고 생각한다. 그것이 퍼피의 잘못이 아니라는 건 알지만, 그래도 녀석에게 짜증이 나는 건 어쩔 수 없다.

내가 돌아서서 교실을 나서려는 순간, 퍼피가 말한다.

"어쩌면 울리는 알고 있을지도 몰라."

"울리?"

"응, 울리."

퍼피는 손이 없다. 그래서 손 대신 머리로 사물함 쪽을 가리킨다. 교실 한구석 벽에 종이 인형이 세워져 있다. 키는 내 허리 높이쯤 될 듯하다. 처음에 나는 그것이 신체 본뜨기 그림인 줄 알았다. 맥스가 유치원에 다닐 때, 아이들은 커다란 종이 위에 누워서 몸의 윤곽선을 따라 서로 그림을 그려 주는 놀이를 했다. 그러나 맥스는 하지 않겠다고 버텼다. 선생님이 직접 그려 주겠다며 종이 위에 눕히려고 하자 맥스는 일시 정지됐다.

그런데 자세히 살펴보니 종이 인형이 눈을 깜박거린다. 그러더니 손을 쓰지 않고 인사하려는 듯 고개를 좌우로 까딱거린다.

나는 퍼피에게 다시 묻는다.

"저 애가 울리야?"

"응. 맞아."

"언제부터 여기 있었는데?"

"나도 몰라. 조금 된 것 같아."

나는 사물함 쪽으로 걸어간다. 울리는 여전히 벽에 걸려 있는 것처럼 보인다.

"안녕? 난 부도야."

"나는 울리라고 해."

종이 인형이 말한다.

울리는 팔다리는 각각 두 개씩 달렸지만, 종이에서 급히 오려 낸 듯 몸통은 거의 없다시피 한 것이 성급하게 상상해 낸 친구라는 생각이 든다. 몸 윤곽선은 전혀 고르지 않고 비뚤배뚤하다. 게다가 몸 전체에 주름이 쪼글쪼글 잡혀 있다. 누군가 백만 가지 방법으로 백만 번쯤 접었다 편 것 같다.

내가 묻는다.

"넌 언제부터 여기 있었어?"

"이 교실 안에? 아니면 이 넓은 세상에?"

빙그레 웃음이 나온다. 녀석은 퍼피보다는 똑똑한 것 같다.

"이 세상에."

울리가 말한다.

"작년부터. 정확히 말하면 유치원 학기 말부터. 하지만 난 학교에 자주 오지는 않아. 예전에 케일라는 나를 거의 항상 집에 두고 오거나, 접어서 책가방 안에 넣어 두었거든. 그래도 요즘에는 나를 꽤 자주 밖으로 꺼내 놓더라. 벌써 한 달쯤 됐어."

"이중에 케일라가 누군데?"

내가 묻는다.

울리가 케일라를 가리키려고 손을 뻗는다. 순간 몸 전체가 앞으로 휘면서 바스락 소리와 함께 바닥에 엎어지고 만다. 나는 어쩔 줄 몰라 묻는다.

"괜찮아? 안 다쳤어?"

"괜찮아."

울리는 팔다리를 사용해 몸을 뒤집어 나를 똑바로 바라본다.

"이런 일쯤은 아무것도 아니야."

녀석이 웃고 있다. 울리는 나처럼 실제 입이 있는 것이 아니라 열리고 닫힐 때 모양이 변하는 선이 코 아래 있을 뿐이다. 나는 그 선의 끝부분이 살짝 휘어지는 모습을 보고 녀석이 웃고 있음을 눈치챈다.

나도 웃음으로 답하며 묻는다.

"일어설 수 있겠어?"

"당연하지."

나는 울리가 애벌레처럼 몸통 가운데를 구부렸다가 펴면서 조금씩 벽 쪽으로 다가가는 광경을 지켜본다. 이윽고 머리가 벽에 닿자, 녀석은 다시 몸통 가운데를 구부렸다가 펴면서 머리를 벽에 대고 위로 밀어 올린다. 이 과정을 두 번 더 반복한 뒤 손을 뻗어 작은 책장 모서리를 붙잡고 일어나면서 구부러진 몸통을 똑바로 편다. 마침내 울리는 다시 일어선 듯 보이지만, 실제로는 벽에 기대서 있는 것이다.

"쉽지가 않구나."

내가 말한다.

"응, 쉽지는 않아. 대신 바닥에 엎드리거나 누운 자세로는 어디든 잘 돌아다닐 수 있어. 지금처럼 벽을 타고 올라가는 건 어렵지만 말이야. 주변에 붙잡을 만한 게 없으면 아예 불가능해."

"참 안됐다."

"괜찮아."

울리가 씩씩하게 말한다.

"지난주에 난 얼음과자 막대기처럼 생긴 남자애를 만났어. 팔다리도 없이 딱 막대기 같아 보이더라. 그 애는 제이슨이 데려온 친구였어. 그런데 크로프 선생님이 새로운 컴퓨터 게임을 처음 해 보라고 허락하자, 제이슨은 막대기 친구를 책상에 냅다 던져버리고 완전히 잊어버렸지. 나는 여기 이 벽에 기대서 그 막대기 소년이 점점 사라지는 모습을 다 지켜봤어. 조금 전까지 분명히 있었는데, 눈 깜짝할 새에 사라져 버리더라고. 너도 상상 친구가 사라지는 모습을 본 적 있어?"

"응."

"난 엉엉 울었어. 그 애를 잘 모르는데도 눈물이 나더라고. 막대기 소년도 울었어. 사라지는 순간까지 서럽게 흐느꼈어."

"나 같아도 울었을 거야."

우리는 한동안 아무 말도 하지 못한다. 그 얼음과자 막대기 소년은 버려진 순간 어떤 기분이었을까?

나는 울리와 좋은 친구가 되기로 마음먹는다.

"그런데 케일라가 왜 요즘 너를 학교에 데려오는 거야?"

내가 묻는다.

아이들이 상상 친구를 새로운 장소로 데려가기 시작한다는 것은 대부분 그 아이에게 안 좋은 일이 일어났다는 뜻이다.

"케일라의 아빠는 더 이상 케일라와 한집에 살지 않아. 케일라의 엄마를 때리고 집을 나가 버렸거든. 저녁 식탁에서. 그것도 얼굴을 정통으로. 그러자 케일라 엄마가 먹던 음식을 아빠한테 던졌고, 곧 서로 고래고래 소리치며 싸우기 시작했어. 정말 시끄러웠지. 케일라는 계속 울기만 했어. 그날 이후 케일라는 나를 학교에 데리고 다니기 시작했어."

"안됐다."

내가 또다시 말한다.

"난 괜찮아. 케일라가 가엾지. 나는 학교에 오는 게 좋아. 나를 학교에 데리고 온다는 건 당분간 내가 얼음과자 막대기 소년처럼 사라질 일은 없다는 뜻이니까. 케일라는 물을 마시러 급수대에 자주 오는데, 실은 내가 잘 있는지 확인하러 오는 거야. 덕분에 나는 더 이상 케일라의 책가방 안에 들어가 있지 않아도 돼. 만일 케일라가 나를 여전히 저 책가방에 넣어 두었다면, 아마 내 존재를 잊어버리기 쉬웠을 거야. 그러니까 나는 지금 이 상태가 좋아."

나는 기뻐서 절로 웃음이 나온다. 울리는 영리한 친구다. 그것도 아주 많이.

"참, 너한테 물어볼 게 있어. 혹시 맥스라는 남자아이에 대해 들어 본 적 있어? 맥스는 지난주에 사라졌어."

"학교에서 도망쳤다면서. 아니야?"

"네가 들은 얘기가 뭔데?"

"크로프 선생님이 다른 두 선생님과 함께 여기서 점심을 먹었는데, 그때 맥스에 대한 이야기가 나왔어. 크로프 선생님 말로는 그 애가 도망쳤다던데?"

"다른 선생님들은 뭐라고 했어?"

"한 선생님은 맥스를 잘 아는 누군가가 유괴해 간 것일지도 모른다고 하더라. 유괴 당한 아이들은 언제나 아는 사람에 의해 잡혀가는 법이라고. 그 선생님 말로는 맥스가 학교에서 도망친 거라면 이렇게까지 오랫동안 발견되지 않고 숨어 있을 리가 없대. 그러기엔 너무 바보 같은 아이라고."

"맥스는 바보가 아니야!"

나도 모르게 화가 나서 버럭 소리친다. 내 목소리에 나도 놀랐을 정도다.

"내가 바보라고 한 게 아니야. 그 선생님이 그런 거지."

울리가 당황한 듯 말한다.

"알아. 미안해. 어쨌든 맥스가 유괴 당했다는 말은 맞아. 패터슨 선생님이 맥스를 납치해 갔어."

"패터슨 선생님이 누군데?"

"맥스의 선생님이야."

"뭐? 선생님?"

울리가 믿지 못하겠다는 듯 되묻는다. 드디어 내 편이 생긴 것 같다.

"그래서 다른 사람한테 그 사실을 알렸어?"

울리가 내게 묻는다.

"아니. 내 목소리를 들을 수 있는 사람은 오직 맥스뿐이야."

"이런!"

울리의 눈이 커진다. 녀석의 눈은 동그라미 안에 또 다른 동그라미가 들어가 있는 단순한 모양을 띠고 있다.

"말도 안 돼! 그럼 맥스가 너를 상상해 낸 친구란 말이야?"

맥스를 '나를 상상해 낸 친구'라고 표현한 것은 울리가 처음이다. 아무튼 나는 그렇다고 대답한다.

"그럼 내가 케일라에게 말해야겠다. 그럼 케일라가 너를 위해 크로프 선생님한테 그 말을 전할 거야."

이것은 내가 미처 생각지 못한 방법이다. 울리의 의견은 확실히 일리가 있다. 울리가 내가 인간 세계와 소통할 수 있는 연결

고리가 되어 줄 수 있을 것이다. 녀석이 케일라에게 말하면 케일라가 크로프 선생님에게 전달하고, 크로프 선생님이 다시 경찰서장에게 알리면 된다. 나는 왜 진작 이런 생각을 못했을까?

"크로프 선생님이 케일라의 말을 믿어 줄까?"

내가 묻는다.

"몰라. 아마 그럴걸."

어쨌든 희망은 있다. 지금까지 나는 맥스가 나와 인간 세계를 이어 주는 유일한 끈이라고 생각했다. 하지만 상상 친구들은 모두 각자 인간 세계와의 연결 끈을 갖고 있다.

모든 상상 친구들은 인간 세계에 닿을 수 있다. 심지어 퍼피도.

상상 친구들이 모두 세상과 교류할 수 있다면…….

갑자기 조금 특별한 생각이 머릿속에 떠오른다. 더 좋은 생각과 더 나쁜 생각이 한데 뭉쳐 하나로 된 것이다.

"아니! 케일라에게 말하지 마."

내가 울리에게 말한다.

나는 패터슨 선생님의 캠핑카를 생각하고 있다. 침실과 무시무시한 잠금장치가 딸린 캠핑카……. 만일 패터슨 선생님이 케일라가 크로프 선생님에게 무슨 말을 했는지 알게 되면, 맥스를 그 캠핑카 안의 침실에 가두고 영원히 사라져 버릴지도 모른다. 물론 크로프 선생님이 케일라에게 들은 말을 경찰에게 전할 가능성도 있다. 하지만 그저 웃으면서 케일라에게 "어머, 울리가 너한테 그런 얘기를 했어?"라고 말한 뒤, 패터슨 선생님을 만나 우스갯소리를 하듯 그 이야기를 그대로 전할 수도 있다. 그러면 당황한 패터슨 선생님은 내가 맥스를 구할 방법을 찾기도 전에 맥스를 데리고 멀리 도망쳐 버릴 것이다.

울리의 아이디어가 효과가 있을 수도 있다. 하지만 내게는 맥스의 세계와 접촉할 수 있는 더 좋은 연결 끈이 있다.

훨씬 더 좋을 수도, 훨씬 더 나쁠 수도 있는 연결 끈······.

그 생각을 하니 또다시 등골이 오싹해진다.

44

팔머 교장 선생님은 몹시 피곤해 보인다. 목소리는 잔뜩 쉬었고, 눈은 잠을 못 자서 퉁퉁 부어올라 있다. 심지어 옷차림과 머리 모양에서까지 피로감이 묻어난다.

"좀 어떠세요?"

패터슨 선생님이 교장 선생님에게 묻는다.

교장 선생님의 책상에는 각종 서류며 폴더, 스티로폼 컵이 어지럽게 널려 있다. 쓰레기통 옆 바닥에는 신문이 잔뜩 쌓여 있다. 평소에 그 책상은 컴퓨터와 전화기 말고는 먼지 한 톨 찾아볼 수 없이 깨끗했다. 바닥 또한 휴지 조각 하나 떨어져 있는 것을 본 기억이 없을 정도다.

"괜찮아요."

팔머 교장 선생님이 대답한다. 괜찮다는 한마디 말에서도 피곤함이 묻어난다.

"일단 맥스를 찾기만 하면 훨씬 좋아질 것 같아요. 물론 지금 우리도 할 수 있는 일은 다 하고 있지만."

"사실 저희가 할 수 있는 일은 별로 없잖아요. 안 그런가요?"

패터슨 선생님이 묻는다.

"난 경찰에게 최대한 협조하고 있어요. 빗발치는 언론의 문의에도 일일이 상대하고 있고요. 또 딜레이니 씨 부부에게도 어떻게든 도움을 드리려고 애쓰고 있죠. 하지만 패터슨 선생님 말이 맞아요. 우리가 할 수 있는 일은 별로 없죠. 그저 기도하는 마음으로 기다리는 것밖에."

"이번 사건의 책임자가 제가 아니라 교장 선생님이셔서 얼마나 다행인지 몰라요. 저는 교장 선생님의 능력을 전적으로 믿는답니다. 어떻게 이런 일을 다 감당하시는지 놀라울 뿐이에요."

패터슨 선생님의 말과 달리 교장 선생님은 이번 사건의 책임자가 아니다. 패터슨 선생님도 그 사실을 알고 있다. 교장 선생님은 그저 전화를 받고, 교내 방송을 하고, 페디즌 씨에게 졸업식 때 넥타이를 매라고 지시하는 일을 할 뿐이다. 사실 학생들의 안전을 책임져야 할 사람은 교장 선생님이 맞다. 그것이 그녀가 진짜 해야 할 일이다. 하지만 현재 맥스는 안전하지 않고, 맥스를 납치해 간 사람이 지금 그녀의 집무실에 앉아 있다. 그런데도 교장 선생님은 그것을 알아채지 못한다.

내가 아는 한, 그것은 책임자의 자세가 아니다.

팔머 교장 선생님이 말한다.

"교육 행정가로서 이십 년을 살아왔지만, 지금처럼 힘든 때는 없었어요. 그렇지만 하느님이 돌봐 주실 테니 우리는 반드시 이번 일을 극복해 낼 거예요. 맥스는 틀림없이 건강한 모습으로 우리에게 돌아올 겁니다. 그건 그렇고, 패터슨 선생님은 무슨 일로 오신 거죠?"

"이런 말씀 드릴 상황이 아니라는 건 알지만, 한동안 휴직을 하고 싶어서요. 제 건강이 나아질 기미가 보이질 않네요. 그래서 서부에 사는 제 동생한테 가서 쉬다 오려고요. 그렇지만 교장 선생님이 한창 힘드실 때 자리를 비울 생각은 없어요. 한시가 급한 일은 아니니까요. 저 대신 일할 사람을 구하실 때까지 기다리겠습니다. 그리고 어떤 식으로든 경찰에 적극적으로 협조하겠어요. 그들에게 더 이상 제 도움이 필요 없을 때까지 이곳 코네티컷에 있을 거고요. 하지만 가능한 한 빠른 시일 내에 일 년간 휴직을 하고 싶습니다."

"그럼요, 당연히 그렇게 해 드려야죠."

팔머 교장 선생님이 말한다. 그녀는 놀란 동시에 조금 안심한 듯한 목소리다. 패터슨 선생님이 자신을 만나자고 한 목적이 무언가 다른 데 있을 거라고 생각했던 것 같다.

"나는 루푸스병에 대해 잘 모르지만, 굉장히 힘들 것 같기는 해요. 지난 며칠 동안은 맥스 문제에 신경을 쓰느라 정신이 없었어요. 그렇지만 않았다면 나도 루푸스병에 대해 좀 더 알아봤을 텐데……. 아무튼 학교 측에서 도울 수 있는 부분이 있다면 당연히 도울게요."

"고맙습니다만 전 괜찮아요. 요즘 몇 가지 약을 먹고 있는데,

그게 약간 효과가 있는 것 같아요. 물론 일시적인 것이겠지만요. 루푸스라는 게 워낙 예측하기 힘든 병이랍니다. 어느 날 아침 눈을 떴을 때 이제 동생을 만날 시간도 없다는 걸 알게 될까 봐 너무 두려워요. 아직 조카들과 친해질 시간도 제대로 갖지 못했거든요. 그래서 이번 기회에 그 애들한테 좋은 이모가 있다는 걸 알게 해 주려고요."

"아, 정말 힘드시겠네요."

교장 선생님이 안타까운 표정으로 말한다. 패터슨 선생님이 계속해서 말한다.

"제 아들 스카티를 잃었을 때, 저는 다신 일어설 수 없을 거라고 생각했어요. 하지만 이곳에서 일하게 되면서 얼마나 큰 도움을 받았는지 몰라요. 거의 산송장이나 다름없던 저를 다시 살게 해 주었죠. 이 학교는 세상이 여전히 살 만한 가치가 있고, 제 도움을 절실히 필요로 하는 아이들이 있다는 걸 깨닫게 해 주었어요. 물론 지금까지도 죽은 아들을 생각하지 않고 보낸 날은 단 하루도 없지만, 조금씩 극복하면서 좋아지고 있는 것 같아요."

"맞아요. 제가 봐도 그런 것 같네요."

"하지만 이번 맥스의 실종 사건을 지켜보면서 인생이란 게 얼마나 예측하기 힘든 건지 다시금 생각하게 되더군요. 저는 매일 밤 맥스가 무사하기를 기도한답니다. 하지만 맥스에게 무슨 일이 일어났을지는 아무도 모르죠. 오늘 멀쩡히 살아 있다가도 내일은 이 세상에서 감쪽같이 사라져 버리는 게 바로 우리 인생이니까요. 제 아들 스카티처럼요. 언젠가는 저도 그렇게 되겠죠. 저는 제 인생이 후회로 가득 차 버릴 때까지 아무것도 안 한 채 무력하게 살고 싶지는 않아요."

팔머 교장 선생님이 고개를 끄덕인다.

"백번 이해해요. 내일 리치에게 연락해서 인사부에 곧장 후임 교사 면접을 시작하라고 지시할게요. 원래 제가 직접 해야 하지만, 지금으로서는 그럴 시간이 없을 것 같군요. 하지만 일자리를 구하지 못한 교사들은 아주 많으니까 능력 있는 후임자를 구하는 일은 그다지 어렵지 않을 거예요. 내년에 다시 학교로 돌아오실 수 있을까요?"

그 질문에 패터슨 선생님이 한숨을 내쉰다. 그녀의 이야기가 모두 거짓이라는 것을 아는 내가 듣기에도 실감나는 한숨이다. 패터슨 선생님은 그야말로 타고난 연기자다.

"저도 돌아올 수 있을 거라고 믿고 싶네요. 이 문제에 대해선 내년 봄에 확실한 답을 드리면 안 될까요? 지금으로서는 육 개월 뒤 제가 어떻게 될지 알 수가 없어서요. 솔직히 말씀드리자면, 맥스가 사라진 뒤 하루하루 학교에 나오기가 정말 힘들었답니다. 제가 지난 금요일에 결근하지만 않았다면, 이 모든 불행은 일어나지 않았을 텐데……."

"어머나! 그건 말도 안 되는 소리예요!"

교장 선생님이 말한다. 그러자 패터슨 선생님이 힘없이 고개를 숙인다.

"아니, 그렇지 않아요. 만일 제가……."

"그만해요."

팔머 교장 선생님이 교통 지도를 하듯 팔을 쭉 뻗어 손사래를 친다.

"이번 일은 패터슨 선생님 잘못이 아니에요. 맥스는 학교에서 도망친 게 아니라, 누군가에게 납치된 거예요. 유괴범이 지난 금요일에 범행을 저지르지 않았다면, 언젠가 또 다른 날에 했을 거예요. 경찰 말로는 우발적인 유괴 사건은 거의 들어 본 적이 없대요. 이번 일은 누군가가 미리 철저히 계획한 거예요. 그러니까 절대 당신 잘못이 아니라고요."

"알아요. 그래도 괴로운 건 어쩔 수 없네요. 만일 맥스가 무사히 돌아온다면, 저도 내년에 다시 돌아올 수 있을 것 같아요. 하지만 만에 하나 맥스가 내년 9월까지도 발견되지 않는다면, 저도 다시는 저 문으로 걸어 들어올 수 없을 것 같아요."

교장 선생님은 패터슨 선생님의 말 한마디 한마디에 순수한 감동을 받는 듯하다. 그렇지만 내게는 소름 끼치는 공포 그 자체다.

교장 선생님이 말한다.

"제발 자책하지 마세요. 패터슨 선생님은 이번 일과 아무런 관련도 없으니까요."

"그렇지만 매일 밤 잠자리에 누워 맥스를 생각하면 자꾸만 모든 게 제 잘못인 것 같다는 생각이 들어서……."

"그러지 마세요. 당신이 너무 착해서 그런 생각을 하는 거예요."

나는 맥스에게 내 존재를 인정받기 위해 이따금 내가 정말 존재하느냐고 물어본다. 그렇게라도 내 존재를 녀석에게 일깨워 주고 싶은 것이다. 그런데 지금 패터슨 선생님이 나와 똑같은 행동을 하고 있다. 맥스를 유괴한 장본인인 패터슨 선생님이 스스로 교장실에 들어와 교장 선생님을 꼬드겨 자신에게 아무 잘못도 없음을 주장하게 만들고 있다. 범인이 바로 자기 앞에 앉아 있는데, 교장 선생님은 그녀에게 아무런 죄가 없다고 거듭 말하고 있다. 심지어 패터슨 선생님이 스스로 자신의 죄를 인정하고 있는데도 말이다.

지금 교장 선생님은 희미한 달빛 아래 악마와 춤을 추면서 심각하게 망가져 가고 있다.

교장 선생님은 남은 학년 동안 일을 그만두고, 있지도 않은 동생을 만나러 서부로 떠나겠다는 패터슨 선생님의 계획에 동의했다. 패터슨 선생님은 일단 코네티컷을 떠날 속셈인 것이다. 어쩌면 서부로 간다는 말이 사실일 수도 있지만, 결코 동생을 만나러 가는 것은 아니다.

패터슨 선생님이 맥스를 데리고 멀리 떠나려 한다. 만일 그렇게 되면, 둘 다 다시는 돌아오지 않을 것이다.

이제는 정말 서둘러야 한다.

어쩔 수 없이 맥스와의 두 번째 약속도 깨뜨려야 할 것 같다.

45

나는 집으로 향하는 스쿨버스를 타고 사보이 형제의 집 앞에서 내린다. 맥스의 집 앞에는 버스가 서지 않기 때문이다. 그리고 맥스의 엄마 아빠가 어떻게 지내는지 확인하기 위해 집으로 걸어간다. 하지만 그것 때문에 내가 집으로 향하는 스쿨버스를 탄 것은 아니다. 학교에서 병원까지 가는 방법을 몰라서 아예 집에서부터 출발하려고 온 것이다.

그동안 주변 지리에 좀 더 관심을 갖지 못한 것이 후회된다. 맥스 아빠는 자신의 머릿속에 지도가 들어 있기 때문에 어디든 갈 수 있다고 한다. 내 머릿속 지도는 모두 맥스의 집에서부터 출발한다. 그래서 전체적으로 거미 모양을 띠고 있다. 맥스의 집이 몸통이고, 내가 다니는 여러 장소는 다리다.

다리끼리는 전혀 연결되지 않는다.

나는 패터슨 선생님의 차에 타지 않고는 혼자 그녀의 집을 찾아가지 못한다. 그러므로 만일 패터슨 선생님이 더 이상 학교에 나오지 않기로 결정하면 정말 큰일이다. 다시는 맥스를 찾지 못하게 될 테니 말이다.

만일 모든 일이 계획대로 흘러간다면, 나는 내일 패터슨 선생님의 집에 돌아갈 생각이다.

맥스의 엄마 아빠는 지금 집에 있다. 스쿨버스가 집 앞을 지나갈 때, 진입로에 세워진 그들의 자동차를 봤다. 평소라면 이 시간에 맥스 아빠는 일터에 있을 것이고, 맥스 엄마는 맥스가 하교하는 시간에 맞춰 집으로 오는 중일 것이다. 하지만 오늘은 두 사람 모두 집에 있다.

맥스 엄마는 부엌에서 과자를 굽고 있다. 집 안은 조용하다. 라디오나 텔레비전도 켜지 않은 듯하다. 들리는 소리라고는 서재에서 나는 맥스 아빠의 목소리뿐이다. 그는 통화 중이다.

기분이 이상하다. 과자나 전화 통화는 내가 전혀 예상치 못한 것들이다.

집 안은 무척 깨끗하다. 평소보다 더 깔끔하게 정돈돼 있다. 식탁 위에 늘 너저분하게 쌓여 있던 책과 우편물도 눈에 띄지 않는다. 개수대에 설거지감도 없다. 현관에 나뒹구는 신발도 없다.

어쩐지 패터슨 선생님의 집과 비슷한 느낌이다.

맥스 아빠가 서재에서 나와 부엌으로 향한다.

"과자를 구우려고? 왜?"

속이 시원하다. 내 궁금증을 맥스 아빠가 대신 물어봐 준 셈이다.

"경찰서에 갖다 주려고요."

"그 사람들이 과자가 먹고 싶대?"

순간 맥스 엄마가 날카롭게 쏘아붙인다.

"달리 뭘 해야 할지 모르겠어서 그래요. 됐어요?"

그녀는 과자 반죽 그릇을 싱크대 한쪽으로 확 밀어 버린다. 유리그릇은 싱크대에서 미끄러져 바닥으로 떨어진다. 쩍 하고 유리 깨지는 소리가 나지만, 그릇의 모양은 거의 그대로다. 끈적거리는 과자 반죽 때문에 산산이 부서지지 않은 것이다. 그릇에서 떨어져 나온 유리 조각은 고작 두어 개뿐이다.

맥스 엄마가 울음을 터뜨린다.

"이런 젠장!"

맥스 아빠가 소리친다. 그는 깨진 그릇을 멍하니 내려다본다. 깨진 유리 조각 하나가 부엌 바닥을 타고 미끄러지다가 그의 발앞에 멈춘다. 맥스 아빠는 깨진 유리 조각을 한참 동안 바라보다가 맥스 엄마에게 눈길을 돌린다.

맥스 엄마가 말한다.

"미안해요. 난 그저 뭘 어떻게 해야 할지 모르겠어요. 어린 아들이 실종됐을 때 해야 할 행동 수칙 같은 건 책에도 나와 있지 않아요. 경찰은 그저 집에서 기다리라고 하지만, 도대체 집에서 뭘 하란 거죠? 텔레비전을 볼까요? 책을 읽어요? 당신은 서재에 틀어박혀 어설픈 탐정 흉내를 내고 있는데, 난 여기서 뭘 하죠? 벽이나 쳐다보며 맥스에게 도대체 무슨 일이 일어난 건지 상상이나 하고 있을까요?"

"경찰 말로는 범인은 맥스가 아는 사람일 거래."

맥스 아빠가 말한다.

"난 그 사람이 누구일지 밝혀내려고 여기저기 알아보는 것뿐이야."

"우리가 아는 사람들한테 죄다 전화를 걸어서 그 집에서 우리 아들을 데려갔다는 소리를 듣고 싶은 거예요? 파커 씨네 아이들이나 내 동생네 아이들과 함께 놀고 있는 맥스의 목소리를 들을 수 있을 거라고 기대하는 거냐고요?"

"나도 모르겠어. 그저 손 놓고 있을 수만은 없어서……."

"당신은 정말 내 동생이 맥스를 데려갔을지도 모른다고 생각해요? 그 애는 불안해서 맥스와 대화도 제대로 못한다고요. 심지어 맥스의 눈을 똑바로 보지도 못해요."

"제장! 그래도 아무것도 안 하고 있는 것보다는 낫잖아!"

"그럼 내가 과자를 굽는 건 그보다 못하다는 거예요?"

"난 다만 그게 맥스를 찾는 데 무슨 도움이 되는지 모르겠다는 거야."

"그럼 더 이상 전화할 사람이 없을 때는 어떡할 거죠? 그때는 뭘 할 거냐고요? 언제까지 출근도 안 하고 일상을 포기한 채 이렇게 살아야 하죠?"

"당신은 출근하고 싶은가 보지?"

"지금 그런 말이 아니잖아요! 난 다만 맥스를 끝내 찾지 못하면 어떻게 될지 궁금하다는 거예요. 도대체 우리는 언제까지 이 집에 앉아서 맥스에 대한 소식을 기다려야 할까요? 상상만 해도 끔찍하지만, 경찰에게서 희망을 접으라는 말을 듣게 되면 그 뒤엔 어떻게 살아가야 할지……. 내 마음속에선 벌써 희망이 조금씩 사그라지기 시작했단 말이에요. 맙소사! 그래요, 그게 솔직한 심정이에요. 벌써 닷새나 지났는데, 아무런 실마리조차 찾지 못했잖아요. 이제 우리는 어떻게 될까요?"

맥스 아빠가 조금 누그러진 목소리로 말한다.

"이제 겨우 닷새가 지났을 뿐이라고 생각해. 경찰서장 말로는 사람이라면 모두 실수를 저지르게 마련이래. 첫 일주일 또는 한 달은 무사히 넘길 수 있을지 모르지만 영원히 조심하며 살 수는 없어. 맥스를 데려간 놈이 누군지는 몰라도, 언젠가는 반드시 실수를 저지를 거야. 그때 맥스를 찾으면 돼."

"우리 맥스가 벌써 죽었다면요?"

"말도 안 돼! 그런 소리는 하지도 마!"

"왜요? 솔직히 당신도 그런 생각을 해 봤을 거 아니에요? 아니라고 하지 마요."

"난 그런 생각은 하지 않으려고 의식적으로 애쓰고 있어. 젠장, 당신은 도대체 왜 그 따위 소리를 하는 거야?"

"내 머릿속엔 온통 그 생각뿐이니까요! 우리 아들이 사라졌고, 죽었을지도 모르고, 다시는 만날 수 없을 거라는 생각만 든다고요!"

급기야 맥스 엄마는 목 놓아 울기 시작한다. 과자 반죽으로 범벅된 나무 숟가락을 싱크대에 내동댕이치고 바닥에 주저앉아 두 팔로 머리를 감싸고 서럽게 운다. 그 모습을 보자 벽에서 미끄러져 바닥에 엎어지던 울리가 생각난다. 맥스 아빠가 아내에게 다가가려다 잠시 멈칫하더니 다시 다가간다. 그러고는 바닥에 쭈그리고 앉아 아내의 어깨를 감싸 안는다.

"맥스는 살아 있을 거야."

맥스 아빠가 나지막이 속삭인다. 더 이상 고래고래 소리치지 않는다.

"하지만 만일 그렇지 않으면요? 그땐 어떡해요? 맥스 없이 우리가 어떻게 살아갈지 정말 모르겠어요."

"꼭 찾게 될 테니 걱정 마."

"난 자꾸만 우리가 무언가 잘못했을 거란 생각이 들어요. 아니면 무언가를 잊어버렸거나……. 이번 일이 우리 잘못인 것 같다고요."

"그만해, 여보."

맥스 아빠가 부드럽게 말한다. 교통 경찰처럼 무뚝뚝한 평소의 말투가 아니다.

"세상이 그렇게 가혹하지는 않아. 당신도 알잖아. 그저 어떤 못된 놈이 맥스를 우리에게서 빼앗아 가려고 마음먹은 것뿐이야. 우리와는 아무 상관 없는 일이라고. 이건 그저 어떤 못된 놈이 저지른 못된 짓일 뿐이야. 우리는 곧 그 빌어먹을 자식을 잡아서 맥스를 되찾을 거야. 놈은 분명히 실수를 저지를 거야. 경찰서장이 그렇게 말했어. 놈이 실수를 저지르면, 그때 맥스를 찾게 될 거야. 틀림없어."

"만일 끝내 못 찾으면요?"

"반드시 찾을 거야. 약속해."

맥스 아빠의 목소리에서 자신감이 넘쳐난다. 비록 유괴범을 계속 '놈'이라고 부르고 있기는 하지만 말이다. 왜 유괴범이 여자일 수도 있다는 생각은 못하는 걸까?

나는 문득 깨닫는다. 내가 구해야 할 사람은 맥스만이 아니다. 녀석의 엄마 아빠에게도 내 도움이 절실히 필요하다.

46

나는 어린이 병원에 와 있다. 딱히 이곳에 와야 할 이유는 없었다. 그저 섬머를 만나고 싶었을 뿐이다. 이유는 모르겠지만 아무튼 섬머를 꼭 만나야 할 것 같았다.

나는 휴게실로 향한다. 이번에는 승강기가 정확히 14층에 나를 내려 준다. 계단을 이용할 필요가 없다. 어쩐지 좋은 징조인 것 같다. 벌써 일이 슬슬 풀리고 있다.

나는 휴게실로 가고 있다. 저녁 7시가 넘었으니 아이들은 대부분 침대에 누워 있을 테고, 상상 친구들은 병실을 나와 지금쯤 휴게실에 모여 있을 것이다.

내가 휴게실에 들어서자마자 클루트가 내 이름을 부르며 의자에서 벌떡 일어난다. 동시에 녀석의 커다란 머리가 제멋대로 흔들린다. 다른 상상 친구 세 명도 놀란 얼굴로 자리에서 일어난다. 그러나 스푼이나 섬머는 보이지 않는다.

"안녕, 클루트?"

내가 인사를 건넨다.

"와, 진짜 사람 같다!"

로봇처럼 생긴 남자아이가 말한다. 번쩍거리는 네모진 몸이 무척 뻣뻣해 보인다. 로봇을 닮은 상상 친구는 전에도 많이 봤다.

"정말 그러네."

몸집이 내 절반쯤 되는 갈색 곰인형이 말한다.

세 번째 상상 친구는 눈썹이 없고 등에 요정 같은 날개가 달려 있다는 점만 빼면 인간과 비슷하게 생긴 여자아이다. 그 아이는 아무 말 없이 다시 자리에 앉아 두 손을 모아 무릎에 올려놓는다.

"고마워."

나는 로봇과 곰인형에게 말한다. 그러고는 클루트를 돌아보고 묻는다.

"섬머는 아직 여기 있어? 스푼은?"

"스푼은 이틀 전에 집으로 갔어."

"그럼 섬머는?"

클루트는 말없이 자기 발만 내려다본다. 나는 로봇과 곰인형을 돌아본다. 그들도 똑같이 고개를 떨어뜨린다.

"무슨 일이 있었어?"

클루트가 천천히 고개를 한 번 끄덕인다. 녀석의 커다란 머리는 또다시 제멋대로 흔들리기 시작한다. 클루트는 계속 흔들리는 머리 때문에 내 눈을 똑바로 보지 못한다.

"죽었어."

요정 날개를 단 여자아이가 말한다. 나는 고개를 돌려 그 아이를 마주 본다.

"죽었다니, 그게 무슨 말이야?"

"섬머가 죽었다고. 그러고 나서 그레이스도 죽었고."

"그레이스?"

이제야 그레이스가 누군지 기억난다. 요정 같은 여자아이가 다시 말한다.

"그 애 친구 말이야. 많이 아팠던 인간 친구."

"섬머가 먼저 죽고, 그 다음에 그레이스가 죽었단 말이야?"

"응. 섬머는 사라졌어. 그 후 얼마 안 있어 의사들이 그레이스가 죽었다고 하더라."

"얼마나 슬펐는지 몰라."

클루트가 곧 울 것 같은 목소리로 말한다.

"섬머는 늘 여기서 우리와 함께 있었는데, 어느 날부터 갑자기 점점 흐릿해지기 시작했어. 몸이 훤히 비치더라고."

"섬머가 많이 무서워했어? 아팠대?"

내 질문에 클루트 대신 요정이 대답한다.

"아니. 섬머는 그레이스가 곧 죽을 거라는 사실을 알고 있었어. 그래서 자기가 먼저 죽게 된 걸 기뻐했지."

"왜?"

"그래야 자신이 반대쪽에 가서 그레이스를 기다릴 수 있으니까.”

“반대쪽이라니 그게 어딘데?”

“나도 몰라.”

요정이 대답한다. 나는 클루트를 돌아본다.

“나도 몰라. 섬머는 자신과 그레이스가 반대쪽에서 다시 만날 수 있을 거라고만 말했어.”

이번에는 곰인형이 나선다.

“난 그때 여기 없었지만, 이야기만 들어도 참 슬프다. 난 사라지고 싶지 않아.”

“우리는 모두 언젠가 사라지게 되어 있어.”

로봇이 말한다. 영화에 나오는 로봇처럼 경직되고 딱딱 끊기는 말투다.

“정말?”

클루트가 그렇게 되묻고는 겁먹은 표정을 짓는다. 뒤이어 요정이 뜬금없이 말한다.

“그런데 넌 네 친구를 찾았니?”

“뭐, 뭐라고?”

내가 당황해서 묻는다.

“네 친구를 찾았느냐고 물었어. 네가 친구를 잃어버려서 찾고 있다고 섬머가 말해 줬어.”

“나도 말해 줬잖아.”

클루트가 커다란 머리를 흔들며 말한다.

"우리 중에 부도를 제일 먼저 안 건 바로 나야."

"응. 찾긴 찾았어. 하지만 아직 녀석을 구하지는 못했어."

나는 솔직하게 대답한다.

"정말 구하기는 할 거야?"

요정이 그 말과 함께 자리에서 벌떡 일어선다. 하지만 그 애의 머리는 채 내 어깨 높이에도 못 미친다.

마음 같아서는 나도 나름대로 애쓰고 있다고 말하고 싶지만, 대신 이렇게 대답한다.

"응. 섬머에게 꼭 그렇게 하겠다고 약속했으니까."

"그런데 여기는 왜 온 거니?"

요정이 다시 묻는다.

"도움이 필요해서. 맥스를 구하려면 도움이 필요해."

"우리가 도와줄까?"

클루트가 기대에 찬 목소리로 묻는다. 또다시 머리가 흔들리는 것으로 보아 몹시 흥분한 듯하다.

"고맙지만 괜찮아. 너희는 나를 도울 수 없어. 나는 누군가 다른 사람의 도움이 필요해."

47

내가 오스왈드에 대해 아는 사실은 다음과 같다.

1. 오스왈드는 머리가 거의 천장에 닿을 만큼 키가 크다. 내가 만나 본 상상 친구 가운데 제일 크다.

2. 오스왈드는 인간처럼 생겼다. 키가 유난히 크다는 점을 빼고는 거의 인간과 비슷한 모습이다. 귀와 눈썹, 그 밖에 모든 신체 기관을 다 갖추었다.

3. 오스왈드는 내가 아는 한 어른을 인간 친구로 둔 유일한 상상 친구다.

4. 오스왈드는 내가 아는 한 현실 세계에서 사물을 움직일 수 있는 유일한 상상 친구다.

5. 오스왈드는 심술궂고 무섭다.

6. 오스왈드는 나를 미워한다.

7. 오스왈드는 내가 맥스를 구하는 데 도움을 줄 수 있는 유일한 존재다.

내가 오스왈드를 처음 만난 것은 약 한 달 전이다. 그래서 아직 그가 병원에 있을지는 잘 모르겠다. 그의 인간 친구는 '정신이상자'를 위한 특별 병동에 있다. '정신이상자'란 미친 사람을 뜻하는 또 다른 표현이라고 맥스가 알려 주었다. 나는 그 말을 한 의사에게서 들었다. 어쩌면 간호사였는지도 모르겠다. 그녀는 정신이상자들과 같은 곳에서 일하기가 괴롭다고 하소연했다.

그때 또 다른 간호사가 그 병동은 정신이상자가 아닌 머리를 다친 사람들을 위한 곳이라고 말했다. 머리를 다쳤다는 것은 아마 머리가 깨졌다는 뜻인 듯하다. 아무튼 나는 그곳에 있는 환자들이 미친 사람인지 아니면 머리가 깨진 사람인지 잘 모르겠다. 어쩌면 둘 다일 수도 있다. 사람이 머리가 깨지면 정신이상자가 되는 것일지도.

오스왈드의 인간 친구는 '혼수상태'에 빠져 있다. 혼수상태란 오랫동안 잠들어 있는 것이라고 역시 맥스가 알려 주었다.

혼수상태인 사람은 나와 완전히 반대인 것 같다. 나는 잠을 전혀 자지 않는데, 혼수상태인 사람은 온종일 잠만 잔다.

내가 오스왈드를 처음 본 것은 성인 병원에서다. 나는 이따금 병원에 가서 의사들이 환자에 대해 이야기하는 것을 듣곤 한다. 아픈 사람들에 대한 이야기는 언제나 매력적이다. 환자들은 각자 아픈 부분이 다른 만큼 얽힌 사연도 다양하다. 가끔은 이해하기 힘든 어려운 이야기도 있지만, 그래도 여전히 흥미진진하다. 즉석 복권을 긁는 폴리를 지켜볼 때보다 훨씬 더 재미있다.

가끔은 그저 병원 이곳저곳을 돌아다니는 것도 좋다. 병원은 굉장히 넓어서 갈 때마다 새로운 탐험 장소를 발견하게 된다.

그날 나는 8층을 탐험하는 중이었다. 오스왈드는 복도를 따라 나를 향해 걸어오고 있었다. 고개를 숙인 채 발만 내려다보고 걷고 있는 그는 키가 크고 어깨도 넓고 목도 굵었다. 얼굴은 밋밋한 편이었다. 두 뺨은 추운 데서 방금 나온 사람처럼 불그레했고, 머리는 대머리였다. 커다란 머리에는 머리카락의 흔적조차 없었다.

가장 인상적이었던 것은 걷는 모습이었다. 오스왈드는 자기 앞의 공기를 걷어차듯 양 다리를 앞으로 쭉쭉 뻗으면서 걸었다. 이 넓은 세상에 자신을 가로막을 것은 아무것도 없다는 듯이. 나는 그런 그를 보며 눈을 치우는 제설기를 떠올렸다.

오스왈드는 내 근처에 다다르자 고개를 들고 냅다 소리쳤다.

"저리 비켜!"

나는 내 뒤에 누가 따라오는 줄 알고 뒤돌아보았다. 하지만 복도는 텅 비어 있었다.

내가 다시 고개를 돌렸을 때, 오스왈드가 또 소리쳤다.

"당장 내 앞에서 꺼지란 말이야!"

나는 그제야 비로소 그가 상상 친구라는 사실을 깨달았다. 그의 눈에는 내가 보였던 것이다. 오스왈드는 바로 내게 말하고 있었다. 내가 옆으로 비켜서자 그는 나를 지나쳐 성큼성큼 걸어갔다. 내게는 눈길조차 주지 않았다. 나는 돌아서서 그를 따라갔다. 그처럼 현실적으로 생긴 상상 친구를 본 것은 처음이라 말을 붙여 보고 싶었다.

"저는 부도라고 해요."

나는 그를 따라잡으려고 부지런히 걸음을 옮기며 말했다.

"오스왈드."

그는 뒤돌아보지도 않은 채 그 말 한마디만 툭 던지고 계속 앞으로 걸어갔다.

"아니, 제 이름은 오스왈드가 아니라 부도라니까요."

그가 걸음을 멈추고 나를 돌아보았다.

"내가 오스왈드야. 그러니까 나를 그냥 내버려 둬."

그는 다시 돌아서서 걷기 시작했다.

나는 조금 겁이 났다. 오스왈드는 덩치도 크고 목소리도 큰데다 꽤 심술궂어 보였기 때문이다. 그때까지 나는 심술궂은 상상 친구는 단 한 명도 보지 못했다. 하지만 그처럼 현실적으로 생긴 상상 친구를 본 것도 처음이었다. 그래서 나도 모르게 그를 계속 쫓아갔다.

오스왈드는 복도를 따라 한참 걷다가 방향을 바꾸어 또 다른 복도로 계속 걸어갔다. 그러더니 또다시 방향을 바꾸어 어느 문 앞에 멈춰 섰다. 문은 아주 조금 열려 있었다. 의사들은 보통 병실 문을 살짝 열어 둔다. 한밤중에 살그머니 들어가 잠든 환자를 깨우지 않고 상태를 확인하기 위해서다. 열린 문틈은 오스왈드가 들어가기에는 너무 좁았다. 그래서 나는 그 역시 나처럼 문을 열지 않고도 통과할 수 있는 줄 알았다. 그런데 놀랍게도 오스왈드는 손을 뻗어 자신이 들어갈 수 있을 만큼 문을 밀어 열었다.

문이 움직이는 순간, 나도 모르게 비명을 내질렀다. 믿을 수가 없었다. 상상 친구가 현실 세계의 사물을 움직이게 하는 광경을 본 것은 처음이었다. 오스왈드가 내 비명 소리를 들은 듯 뒤를 획 돌아보더니 나를 향해 달려왔다. 순간 나는 어쩔 줄 모른 채 그 자리에 얼어붙고 말았다. 방금 본 광경에 놀라서인지 정신이 얼떨떨했다. 오스왈드는 나를 냅다 후려쳤다. 그때까지 한 번도 누군가에게 맞아 본 적이 없던 나는 그대로 바닥에 나동그라졌다.

너무 아팠다.

그때까지 나는 내가 아픔을 느낄 수 있다는 사실을 몰랐다. 그래서 아픔이라는 게 뭔지 제대로 알지 못했다.

"나를 그냥 내버려 두라고 했잖아!"

오스왈드가 무섭게 소리쳤다. 그러고는 돌아서서 병실로 돌아갔다.

비록 오스왈드가 내게 고함을 지르고 나를 떠밀어 아프게 했지만, 나는 그 병실 안에 무엇이 있는지 알아야만 했다. 도저히 그냥 넘어갈 수가 없었다. 나는 방금 상상 친구가 문을 건드려

움직이게 하는 광경을 보았다. 어떻게 된 일인지 더 자세히 알고 싶었다.

그래서 나는 기다리기로 했다. 복도 끝으로 가서 모퉁이 뒤에 숨어 병실 쪽을 몰래 지켜보았다. 오스왈드가 사라진 문에서 한시도 눈을 떼지 않았다. 그렇게 한참 기다리자 마침내 오스왈드가 자신이 백만 년 전에 만들어 놓은 문틈을 통해 병실에서 나왔다. 그리고 내가 있는 쪽으로 걸어오기 시작했다. 나는 복도에 있는 벽장 안에 급히 몸을 숨겼다. 그리고 어둠 속에서 1부터 100까지 세고 난 뒤 다시 밖으로 나왔다.

오스왈드의 모습은 어디에도 없었다.

나는 오스왈드가 있던 병실 안으로 들어가 보았다. 불은 꺼져 있었지만, 복도에서 들어오는 불빛 때문에 완전히 어둡지는 않았다. 병실 안에는 침대 두 개가 있었다. 그중 출입문 가까이에 있는 침대에 한 사내가 누워 있었다. 나머지 한 침대는 빈 상태였다. 베개도, 이불도 없었다. 나는 장난감이나 인형, 작은 바지, 신발 같은, 이 방 안에 어린아이가 있다는 증거가 될 만한 것이 없는지 주변을 둘러보았다. 하지만 아무것도 없었다.

오직 침대에 누워 있는 남자뿐이었다.

텁수룩한 붉은 수염에 역시 텁수룩한 눈썹이 눈에 띄는 사내였다. 머리는 오스왈드처럼 완전히 대머리였다. 침대 옆 기계에서 뻗어 나온 전선이며 튜브가 사내의 가슴과 팔에 연결되어 있었다. 기계에서는 삑삑대고 쉭쉭대는 소리가 규칙적으로 흘러나왔다. 깜박이는 불빛이 기계에 붙은 조그만 텔레비전 화면을 비추었다.

나는 무언가를 못 보고 지나친 게 아닌가 싶어 빈 침대를 다시 돌아보았다. 벽장에 걸린 작은 바지나 인형이 있을지도 몰랐다. 어쩌면 화장실에 남자아이가 들어가 있을 수도 있었다. 침대에 누워 있는 대머리 사내가 아빠고, 오스왈드는 그의 아들 또는 딸(아마도 아들이겠지만)의 상상 친구일 가능성도 있었다. 대머리 사내의 어린 아들이 아빠의 안부가 궁금해서 오스왈드를 병원으로 보낸 것일 수도 있었다.

갑자기 대머리 사내가 누구의 아빠도 아닐 수 있다는 생각이 머릿속을 스쳤다. 이 사내는 그저 평범한 인간일지 모른다. 오스왈드는 그저 빈 침대에서 쉬었다 나왔을 수도 있고, 아니면 조용히 앉아 있을 만한 곳을 찾고 있었는지도 모른다. 어쩌면 오스왈드도 나만큼 호기심이 많아서 여기저기 구경을 다니는 것일 수도 있다.

또 한 가지 가능성은 오스왈드가 실제로 상상 친구가 아니라 그저 상상 친구를 볼 수 있는 인간일지도 모른다는 것이었다. 어느 쪽이 더 가능성이 클지 생각하던 차에 갑자기 불이 켜지면서 세 사람이 병실 안으로 들어왔다. 한 사람은 흰색 가운 차림이었고, 나머지 두 사람은 필기판을 들고 그의 뒤에 서 있었다. 그들은 침대에 누운 사내에게 다가갔다.

흰색 가운을 입은 여자가 말했다.

"존 헐리. 52세. 낙상 사고로 머리에 외상을 입었어. 지난 8월 4일에 입원했고, 모든 치료에 반응이 없지. 도착했을 때부터 줄곧 혼수상태야."

그러자 필기판을 든 사람 가운데 한 명이 물었다.

"헐리 씨를 위한 앞으로의 계획은 뭡니까?"

세 사람은 한동안 계속 질문과 대답을 주고받았다. 나는 그들의 대화를 듣다가 포기했다.

오스왈드가 다시 병실에 나타난 것은 바로 그때였다.

그의 눈길이 맨 처음 머문 곳은 흰색 가운 차림의 여자와 필기판을 든 두 남자였다. 짜증스러운 표정을 짓기는 했지만 화난 것 같지는 않았다. 오스왈드는 눈동자를 뒤룩뒤룩 굴리며 가볍게 코웃음을 쳤다. 익숙한 광경이라는 듯한 반응이었다.

곧이어 그의 눈길이 내게 향했다. 나는 두 침대 사이에서 기계에 등을 대고 선 채 꼼짝하지 않고 있었다. 움직이지 않으면 오스왈드가 내 존재를 알아차리지 못할 것 같았기 때문이다. 나를 본 순간, 오스왈드는 입을 떡 벌린 채 한동안 얼어붙은 듯 서 있었다. 나는 그가 나를 보고 깜짝 놀라 그런 줄 알았다. 그가 병실 문을 움직이는 광경을 보고 내가 놀랐던 것처럼, 그는 내가 병실 안에 들어와 있는 것을 보고 충격받은 듯했다.

오스왈드가 숨을 크게 들이마셨다가 내쉬고는 손가락으로 나를 가리키며 외쳤다.

"너, 이 자식!"

그는 내게 달려들지 않았다. 하지만 키도 크고 몸도 날쌘 탓에 문가에서 내가 서 있는 침대 사이 공간까지 두세 걸음 만에 성큼성큼 다가왔다. 나는 미처 도망칠 생각을 할 겨를도 없었다.

나는 꼼짝없이 갇힌 신세가 되었다. 무서웠다. 상상 친구가 다른 상상 친구를 죽일 수 있을 거라고는 생각지 않았다. 상상 친구들끼리 서로를 다치게 할 수도 있다는 생각조차 해 본 적이 없었다. 하지만 오스왈드는 그런 내 생각이 틀렸다는 것을 앞서 이미 증명해 준 터였다.

오스왈드가 나를 향해 달려들었다. 나는 폴짝 뛰어서 빈 침대 위로 올라갔다. 그러자 오스왈드는 내가 중심을 잡을 새도 없이 침대를 뒤집어엎어 버렸다. 그러고는 나를 또다시 거칠게 밀쳤다. 어마어마하게 큰 그의 손이 내 몸에 닿은 순간, 나는 뒤로 휙 날아가 병실 한쪽 구석에 있는 조그만 탁자 위에 거꾸로 떨어졌다. 물론 탁자는 꿈쩍하지 않았지만, 탁자와 부딪친 나는 너무나 아팠다. 특히 탁자 모서리가 등허리를 찌르는 순간에는 고통에 찬 비명을 내질렀다. 물론 실제 탁자 모서리가 아니라 관념일 뿐이었지만 날카롭기는 마찬가지였다.

내가 겨우 탁자에서 몸을 일으키려는 순간, 오스왈드가 내 양

어깨를 움켜잡고는 빈 침대 쪽으로 내동댕이쳤다. 나는 매트리스에 부딪쳐 튕겨 올랐다가 두 침대 사이 바닥에 털썩 떨어졌다. 그 과정에서 아마 기계에 머리를 부딪쳤던 것 같다. 나는 바닥에 드러누워 잠시 마음을 가라앉히고 생각할 시간을 가졌다. 대머리 사내의 침대 아랫부분과 그 너머에 있는 여섯 개의 발이 보였다. 흰색 가운을 입은 여자와 필기판을 든 두 남자의 발이었다. 그들은 여전히 혼수상태에 빠진 사내에 대해 이야기하고 있었다. 끊임없이 질문을 던지고, '차트'라는 것을 몇 번이나 들여다보았다. 그들은 눈앞에서 거친 싸움이 벌어지고 있다는 사실을 까맣게 모르고 있었다. 아니, 정확히 말해 그것은 싸움이 아니었다. 나는 맞서 싸우지 않고 그저 당하기만 했기 때문이다.

나는 두 팔과 무릎을 땅에 대고 겨우 몸을 일으켰다. 그리고 똑바로 일어서려는 순간, 오스왈드가 무릎으로 내 등을 내리찍었다. 나는 또다시 비명과 함께 바닥에 엎어졌다. 등에서 무언가가 부러진 느낌이었다. 울음이 터질 것 같았다. 사실 이전까지 한 번도 울어 본 적이 없어서 내가 울 수 있는지조차 긴가민가했다. 그러나 느낌으로는 어쩐지 울 수 있을 것 같았다. 그만큼 몸이 너무나 아팠기 때문이다.

운동장에서 놀다가 다친 어린아이들은 대개 엄마를 찾는다. 나도 "엄마!"라고 소리치고 싶었다. 하지만 내게는 엄마가 없다. 그 순간에 엄마가 없다는 사실이 가장 고통스러웠다. 이 세상에 나를 도와줄 수 있는 이가 한 명도 없다는 사실이……. 세 의사는 여전히 방 안에서 필기판을 들여다보며 대화를 주고받고 있었다. 하지만 방 안에 있는 누군가가 심하게 다쳤다는 사실은 전혀 알아채지 못했다.

나는 오스왈드가 나를 죽이거나 대머리 사내처럼 혼수상태로 만들 수 있을지 궁금했다.

오스왈드가 내 다리를 걷어찼다. 팔도 사정없이 밟았다.

나는 또다시 "엄마!" 하고 큰 소리로 외치고 싶었다. 그래서 대신 디를 생각했다. 엄마 대신 디의 이름을 불렀다.

할 수만 있었다면 나는 그날 처음 울기 시작했을 것이다. 하지만 그때는 울 시간조차 없었다. 오스왈드가 나를 번쩍 들어 병실 반대쪽 벽에 내동댕이쳤기 때문이다. 나는 벽에 부딪혔다가 바닥에 등허리부터 먼저 털썩 떨어졌다. 그렇지 않아도 무언가가 터진 것처럼 아팠던 등허리가 완전히 박살나는 순간이었다. 오스왈드는 거기서 그치지 않고 나를 다시 들어 이번에는 문 쪽으로 집어 던졌다. 머리가 문 옆 벽에 부딪힌 순간, 눈앞에 별이 보였다. 어디가 위고 어디가 아래인지 구별되지 않았다. 오스왈드는 나를 한 번 더 들어서 병실 밖 복도로 내던졌다. 나는 두어 번 구른 끝에 엉금엉금 기어 죽을힘을 다해 도망치기 시작했다. 어느 방향으로 가고 있는지는 알 수 없었다. 내가 아는 것은 오스왈드에게서 도망치고 있다는 사실뿐이었다. 그것만으로도 행복했다. 바닥을 기어가는 내내, 오스왈드가 나를 다시 들어 올릴까 봐 조마조마했다.

하지만 그런 일은 일어나지 않았다.

나는 삼십 초쯤 기어가다가 멈춰서 뒤를 돌아보았다. 오스왈드가 복도 한가운데 서서 나를 노려보고 있었다.

"또 오면 죽을 줄 알아!"

나는 오스왈드의 말이 계속 이어지기를 기다렸다. 더 이상 말이 없자 내가 말했다.

"알았어요."

"명심해. 또 오면 죽어!"

48

"오스왈드가 내 유일한 희망이야."

내가 말한다.

"맥스를 구하기 위한 유일한 희망이라고. 그가 우리를 도와줘야만 해."

그러자 클루트가 심각하게 말한다.

"아마 안 도와줄걸."

로봇도 고개를 가로저으며 맞장구를 친다. 나는 다시 말한다.

"아니, 반드시 도와줘야 해."

나는 승강기를 타고 10층으로 간 다음, 거기서 계단을 이용해 8층까지 내려간다.

정신이상자 병동이다.

나는 오스왈드를 마지막으로 봤던 병실로 향한다. 오스왈드의 대머리 정신이상자 친구가 누워 있던 바로 그 방으로. 모퉁이를 돌고 문 열린 병실들 앞을 지나는 동안 나는 잠시도 경계를 늦추지 않고 조심스레 걸음을 옮긴다. 실수로 오스왈드와 부딪치고 싶지는 않다. 그를 만나면 뭐라고 말해야 할지 아직도 모르겠다.

병실 문은 열려 있다. 문 쪽으로 걸어가면서 나는 지난번 오스왈드와의 만남을 떠올리지 않으려 애쓴다. 소름 끼치는 목소리부터 나를 사방으로 집어 던지던 모습, "또 오면 죽을 줄 알아!"라고 소리치며 부릅뜨던 두 눈까지 모든 것이 결코 기억하고 싶지 않은 악몽이었다.

그날 나는 오스왈드의 말에 동의했다. 다시는 그를 찾아오지 않겠다고 약속했다. 하지만 지금 나는 또다시 여기 와 있다.

나는 공격에 대비해 두 팔로 몸을 감싸 안은 채 문 안쪽으로 들어선다.

역시나 곧바로 공격이 들어온다.

하지만 오스왈드가 내게 달려들기 전, 나는 병실 안의 자질구레한 특징들을 파악한다.

커튼은 열려 있고, 방 안에는 밝은 햇살이 가득하다. 조금 놀랍다. 내가 기억하는 이 방은 어둡고 으스스했다. 사방에 어둠이 드리워져 있어서 그늘진 구석이 따로 없었다. 지금 이 방은 언제 그런 적이 있었느냐는 듯 온통 행복하고 밝은 분위기다. 그리고 내게서 겨우 몇 발짝 떨어진 곳에 오스왈드가 보인다. 그가 나를 보고 소리친다. "안 돼! 안 돼! 안 돼!"

붉은 수염을 기른 대머리 사내는 여전히 같은 침대에 누워 있다. 기계에서 흘러나오는 소음과 불빛도 변함없이 똑같다. 두 번째 침대에도 한 남자가 누워 있다. 젊고 통통한 그는 얼굴에 문제가 있는 듯하다. 피부는 고무처럼 뻣뻣하고 몹시 졸려 보인다.

방 안에는 한 사람이 더 있다. 그는 침대 끝에 놓인 의자에 앉아 졸린 얼굴의 청년을 위해 큰 소리로 잡지를 읽어 주고 있다. 오스왈드가 내게 달려들기 직전, 나는 잡지 내용을 얼핏 듣는다. 야구에 관한 이야기인 것 같다. 누군가가 성적이 나쁜 타자를 집어 던졌다고 한다. 하지만 더 자세한 이야기를 들을 새도 없이 나는 오스왈드에게 멱살을 붙잡힌다. 그는 내 목을 틀어쥐고 가볍게 비틀었다가 내동댕이친다. 나는 대머리 사내의 침대에 부딪힌다. 내가 상상 친구만 아니라면, 침대는 충격을 받아 쭉 미끄러졌을 것이다.

하지만 나는 상상 친구이므로 침대에서 튕겨져 나와 오스왈드의 발 앞에 털썩 떨어진다. 머리와 가슴, 목이 너무 아파서 한동안 숨이 안 쉬어진다. 오스왈드가 허리를 굽혀 내 셔츠 깃과 허리춤을 움켜잡고 번쩍 들어 올린다. 그리고 나를 대머리 사내의 침대 너머 졸린 청년의 침대를 향해 집어 던진다. 나는 졸린 얼굴의 청년과 부딪혔다가 침대 아래로 굴러떨어진다. 물론 청년은 아무 느낌도 없었을 것이다. 어쨌든 나는 벽 쪽 바닥에 나동그라진다.

온몸이 안 아픈 곳이 없다.

내가 생각을 잘못한 듯싶다. 오스왈드는 제설기와 비슷한 게 아니라, 쇠사슬에 연결된 커다란 쇠공을 달고 다니는 거대한 기중기 같다. 낡은 건물을 무너뜨릴 때 사용하는 기중기 말이다. 오스왈드는 건물을 무너뜨리듯 나를 사정없이 때려 부수고 있다.

나는 이번만큼은 재빨리 일어선다. 그러지 않으면 오스왈드가 나를 또다시 들어서 집어 던지거나 발로 걷어찰 것이다. 의자에 앉아 있는 창백한 얼굴의 청년은 계속 잡지를 읽고 있다. 그는 거친 싸움의 현장에 있지만, 결코 그 사실을 알아차리지 못한다.

오스왈드가 성큼성큼 다가와 졸린 청년의 침대와 벽 사이의 빈 공간에 버티고 선다. 내가 도망치지 못하도록 길을 막아선 것이다. 순간, 쓸데없이 일어났다는 후회가 밀려온다. 그냥 바닥에 드러누운 채 몸을 데굴데굴 굴려 졸린 청년과 대머리 사내의 침대 밑을 통과한 다음 밖으로 도망치는 게 나을 뻔했다.

오스왈드가 나를 향해 두 발짝 더 다가온다. 나는 그에게 아직 한마디도 제대로 못했다. 지금이야말로 그를 설득해야 할 시간이다.

"저기 잠깐만요……!"

나는 짐짓 간절히 애원하는 듯한 목소리를 낸다. 성공적인 듯싶다. 나는 실제로 애원하고 있다.

"제발 도와주세요."

"또 오면 죽는다고 했지!"

오스왈드가 버럭 소리친다. 목소리가 너무 커서 의자에 앉은 남자가 읽고 있는 야구 이야기는 들리지도 않는다. 곧이어 오스왈드가 다가와 두 손으로 내 목을 움켜잡는다.

나도 상대를 향해 주먹을 휘둘러 본다. 그러나 그는 내 손을 종잇장처럼 가볍게 옆으로 툭 밀쳐 낸다. 마치 울리의 손처럼. 오스왈드가 내 목을 비틀기 시작한다. 숨이 막힌다. 죽을 것 같다. 비록 내가 숨 쉴 때 들이마시고 내뱉는 것은 실제 공기가 아닌 공기라는 관념일 뿐이지만, 그것조차 목구멍이 막혀 밖으로 나가지 못하고 있다.

이제는 정말 죽을 것 같다.

내 발이 바닥에서 떨어지는 듯싶을 때, 또 다른 목소리가 들려온다.

"그 애를 놔 주세요, 오스왈드."

오스왈드가 명령에 따라 곧바로 내 목을 놓아 버린다. 그는 놀란 듯하다. 아니, 표정을 봐서는 심한 충격을 받은 것 같다.

발이 다시 바닥에 닿자 나는 한동안 비틀거리며 가쁜 숨을 고르다가 문 쪽을 돌아본다. 휴게실에서 만났던 요정이 문가에 있다. 그런데 서 있는 게 아니라 공중에 떠 있다. 쉴 새 없이 빠르게 파닥이는 작은 날개가 희부옇게 보인다.

상상 친구가 허공을 나는 모습은 처음 본다.

"내, 내 이름 어, 어떻게 알았어?"

오스왈드가 요정에게 묻는다.

이 틈을 타서 그를 바다으로 밀쳐 버리고 도망칠까? 아니면 정신이 없는 동안 흠씬 두들겨 팰까? 아니다. 비록 오스왈드는 나를 죽이고 싶어 하지만, 나는 여전히 그의 도움이 필요하다. 지금이야말로 상황을 뒤집을 수 있는 기회일지도 모른다.

요정이 말한다.

"부도는 내 친구예요. 그 애가 다치는 건 싫어요."

"내 이름을 어떻게 알았느냐니까?"

오스왈드가 다시 묻는다. 충격이 점점 분노로 변해 가고 있다. 부르쥔 두 주먹과 콧구멍에서 뿜어 나오는 뜨거운 김을 보면 알 수 있다.

"오스왈드, 부도에게는 당신의 도움이 필요해요."

요정이 말한다.

요정은 오스왈드의 질문을 일부러 피하는 게 분명하다. 속으로는 가장 적절한 답을 생각해 내려고 애쓰고 있을 것이다.

"내 이름을 어떻게 알았느냐고!"

오스왈드가 버럭 소리치고는 요정에게 성큼성큼 다가간다.

나도 따라간다.

오스왈드가 요정까지 해치도록 내버려 둘 수는 없다. 하지만 요정에게 도망칠 시간을 주기 위해 오스왈드의 옷을 움켜잡으려는 순간, 나는 요정과 눈이 마주친다. 요정이 고개를 살짝 흔든다. 멈추라는, 또는 적어도 기다리라는 뜻이다.

나는 그 애의 말을 따른다.

나를 멈추게 한 요정의 판단은 옳았다.

문 쪽으로 다가가던 오스왈드가 멈춰 선다. 그런데 그의 커다란 손은 요정에게 향하지 않는다. 나를 사정없이 내동댕이치고, 발로 차고, 목까지 조였던 오스왈드가 요정만은 건드리지 않는다.

"내 이름 어떻게 알았어?"

오스왈드가 다시 소리친다. 이번 목소리에는 내가 처음 오스왈드를 만났을 때 느꼈던 특별한 감정이 담겨 있다. 그는 화를 내고 있지만 한편으로는 호기심에 차 있다. 심지어 희망마저 품고 있는 듯하다. 그의 분노에는 무언가 다른 것이 숨겨져 있다. 오스왈드는 요정이 자신의 질문에 답해 주기를 바라고 있다. 그 역시 도움을 원하고 있는 것이다.

요정이 말한다.

"나는 요정이에요. 요정이 뭔지 알아요?"

"내 이름을 어떻게 알았느냐고!"

오스왈드가 짐승처럼 부르짖는다. 그가 실제 인간이었다면, 8층에 있는 창문이 모두 동시에 덜그럭거리고, 병원 안의 모든 사람들이 그의 목소리를 들었을 것이다.

지금처럼 공포스러운 순간은 처음이다.

요정이 고개를 돌려 침대에 누워 있는 대머리 사내를 가리킨다.

"저 사람은 당신 친구예요. 그런데 머리를 다쳤죠. 안 그래요?"

오스왈드는 요정을 빤히 바라보기만 할 뿐 아무 말도 하지 않는다. 나는 그의 뒤에 서 있기 때문에 그의 표정을 볼 수 없다. 하지만 부르쥐었던 주먹이 어느새 펴지고, 잔뜩 굳어 있던 두 팔과 등의 근육이 조금 풀어져 보인다.

요정이 다시 말한다.

"오스왈드, 저 사람은 당신 친구죠. 그렇죠?"

오스왈드가 대머리 사내를 잠시 돌아보았다가 다시 요정을 바라본다. 그러고는 천천히 고개를 끄덕인다.

"당신 친구는 머리를 다쳤어요. 그렇죠?"

오스왈드가 또다시 고개를 끄덕인다.

"정말 안됐어요. 어쩌다가 저렇게 됐는지 알아요?"

오스왈드는 또 고개를 끄덕인다.

"그럼 우리 같이 복도에 나가서 얘기해 볼까요? 저기 앉아서 책을 읽고 있는 남자 때문에 자꾸 신경이 쓰여서 그래요."

나는 졸린 얼굴의 청년과 그의 창백한 친구가 병실 안에 있다는 사실조차 잊고 있었다. 요정이 말하기 시작한 뒤, 성적 나쁜 타자에 대한 이야기는 전혀 귀에 들어오지 않았다. 요정은 마치 채찍과 의자 대신 이쑤시개 하나로 사자를 얌전하게 만드는 조런사 같다.

아니, 이쑤시개가 아니라 면봉이라고 해야 할까? 어쨌든 그것은 효과가 있었다. 요정은 오스왈드를 진정시키는 데 성공했다.

오스왈드가 복도로 나가자는 말에 고개를 끄덕인다. 하지만 요정이 밖으로 나가려고 돌아서는데도 그는 꿈쩍하지 않는다. 요정이 다시 뒤돌아서 묻는다.

"왜 그래요?"

"저 녀석도 내보내야 해."

오스왈드가 고개를 돌려 나를 가리킨다. 요정이 말한다.

"그럼요. 부도도 우리와 함께 나갈 거예요."

그제야 오스왈드는 요정을 따라 복도로 나간다. 나도 그를 따라간다. 우리는 복도를 따라 조금 걷다가 의자와 전등, 낮은 탁자가 있는 공간으로 간다. 탁자 위에는 잡지 몇 권이 쌓여 있다. 요정이 의자에 앉는다. 쉴 새 없이 파닥거리던 날개도 멈춘다. 움직이지 않을 때의 날개는 너무나 작고 약해 보인다. 그 날개로 하늘을 날 수 있다는 것이 믿기지 않는다.

오스왈드는 요정 맞은편에 앉는다.

나는 요정 바로 옆에 자리를 잡는다.

오스왈드가 요정에게 묻는다.

"넌 누구야?"

"난 티니라고 해요."

아뿔싸. 갑자기 후회가 밀려든다. 나는 아직 그 애의 이름을 물어보지도 못했다.

"내 이름은 어떻게 알았어?"

오스왈드가 다시 묻는다. 이제 분노는 순수한 호기심으로 변해 있다.

티니가 머뭇거린다. 이쯤에서 내가 끼어들어서 티니에게 생각할 시간을 주어야 할까? 티니는 대답을 할지 말지 망설이고 있다. 그런데 내가 무슨 말을 해야 할지 고민하는 동안, 티니가 먼저 입을 연다.

"사실 나는 내가 세상에서 일어나는 모든 일을 다 아는 마법의 요정이라고 말하려 했어요. 그러니까 아저씨는 무조건 내 말을 들어야 한다고 말이에요. 하지만 지금은 그런 거짓말을 하고 싶지 않아요. 아저씨 이름이 오스왈드라는 것을 어떻게 알았느냐면…… 부도가 알려 줬어요."

오스왈드는 아무 말도 하지 않는다.

내가 무언가 말하려 입을 연 순간, 티니가 다시 말한다.

"지금 부도에게는 아저씨 도움이 꼭 필요해요. 그런데 아저씨가 지난번처럼 이번에도 부도에게 못되게 굴까 봐 너무 걱정스러웠어요. 그래서 몰래 부도를 따라 여기까지 온 거예요."

오스왈드가 말한다.

"난 지난번에 분명히 다시는 오지 말라고 말했어. 이미 경고

했다고."

"알아요. 하지만 지금 부도는 아저씨 도움이 꼭 필요해요. 그래서 어쩔 수 없이 온 거예요."

"왜?"

"부도 말로는 아저씨가 현실 세계에 있는 사물을 움직일 수 있다던데, 그게 정말이에요?"

티니는 믿을 수 없다는 듯한 표정을 짓는다.

오스왈드의 텁수룩한 눈썹이 꿈틀대며 가운데로 몰린다. 마치 애벌레 두 마리가 서로 입을 맞추는 것 같다. 순간 나는 그의 눈썹이 대머리 사내의 눈썹과 비슷하다는 사실을 알아차린다. 병실에서 이리저리 내동댕이쳐질 때는 몰랐던 사실이 이제야 눈에 들어온다. 오스왈드와 대머리 사내는 쌍둥이처럼 닮았다.

내가 말한다.

"지난번에 아저씨가 병실 문을 밀어서 여는 걸 봤어요. 아저씨는 현실 세계의 사물들을 움직일 수 있어요. 그렇죠? 이 탁자도 움직일 수 있어요? 이 잡지도?"

"그래. 하지만 쉽지는 않아."

오스왈드가 말한다.

"쉽지 않다고요?"

티니가 묻는다.

"현실 세계에 있는 사물들은 모두 엄청나게 무거워. 너보다 훨씬 더."

오스왈드가 그 말과 함께 손가락으로 나를 가리킨다.

"네, 오죽 잘 아시겠어요."

내가 입을 비쭉거리며 말한다. 순간 애벌레 두 마리가 다시 입을 맞춘다.

"아, 아니에요. 그냥 해 본 소리예요."

오스왈드가 계속해서 말한다.

"탁자 같은 건 절대 못 움직여. 이런 작은 탁자도 엄청나게 무겁거든."

"하지만 조그만 것들은 움직일 수 있으시잖아요? 맞죠?"

내 말에 오스왈드가 고개를 끄덕인다.

티니가 묻는다.

"태어난 지 얼마나 되셨어요?"

"나도 몰라."

오스왈드가 그렇게 말하고는 고개를 푹 숙인다.

"아저씨 친구는 이름이 뭐예요?"

"누구?"

"침대에 누워 있는 사람 말이에요."

"아, 존이야."

"존이 다치기 전에도 알던 사이였어요?"

내가 묻는다.

나는 아이씨유에서 만났던 이름 없는 여자아이를 떠올린다. 오스왈드도 그 애와 같은 경우일까?

오스왈드가 대답한다.

"아주 잠깐 동안. 존은 땅바닥에 떨어져서 머리가 깨졌어. 그 상태에서 나를 올려다보며 미소 짓더니 곧 눈을 감아 버렸지."

"그래서 존을 따라 여기까지 온 거예요?"

내가 묻는다.

"응."

오스왈드는 잠시 생각에 잠겼다가 다시 말한다.

"제발 존이 눈을 뜨고 나를 향해 다시 웃어 주었으면 좋겠어."

"부도를 도와줄 수 있으세요?"

티니가 묻는다.

"내가 어떻게?"

"제발 제 친구를 도와주세요. 제 친구는 존처럼 다치지는 않았지만 지금 큰 곤경에 빠져 있어요. 아저씨가 도와주지 않으면 저는 그 애를 구해 낼 수 없어요."

"계단을 내려가야 해? 그런 거라면 난 싫어."

오스왈드가 고개를 설레설레 젓는다. 그러자 티니가 말한다.

"여기서 멀리 떨어진 곳으로 가야 해요. 계단을 내려가 병원 밖으로 나가서 멀리 가야 한다고요. 하지만 이건 아주 중요한 일이에요. 존도 아저씨가 이 일을 해 주기를 바랄 거예요. 일을 마치면 부도가 다시 여기로 데려다 줄 테니 걱정 마세요. 아셨죠?"

"싫어. 난 못해."

"아니, 아저씨는 할 수 있어요. 해야만 해요. 지금 어린아이가 위험에 빠져 있어요. 오직 아저씨만이 그 애를 구할 수 있다고요."

"난 별로 하고 싶지 않아."

오스왈드가 고집을 부린다. 티니는 끝까지 포기하지 않고 계속해서 설득한다.

"알아요. 하지만 반드시 하셔야 해요. 어린아이의 목숨이 위험하단 말이에요. 위험에 빠진 어린아이를 모른 척할 수는 없어요. 안 그래요?"

"그야 그렇지."

오스왈드가 중얼거린다.

49

"어떻게 한 거야?"

승강기 쪽으로 걸어가면서 내가 묻는다.

나는 지금 티니와 나란히 걷고 있다. 아니, 티니는 날고 있다. 대머리 사내의 병실에 있을 때는 몰랐는데, 파닥대는 날개에서 윙 하는 소리가 들린다. 게다가 움직이는 속도가 굉장히 빨라서 가까이에서도 흐릿하게 보인다.

오스왈드는 고개를 숙인 채 우리를 따라오고 있다. 조금 전까지는 무시무시한 기중기 같아 보였는데, 지금은 다시 제설기처럼 보인다.

"어떻게 하다니? 뭘?"

티니가 되묻는다.

"전부 다."

나는 목소리를 낮춰 속삭인다.

"나를 공격했던 오스왈드가 너는 해치지 않을 거라는 걸 어떻게 알았어? 어떻게 저 아저씨를 설득해서 나를 돕게 만들었지? 또 내가 어디 있는지는 어떻게 알았어?"

"마지막 질문에 대한 답은 간단해. 네가 아까 저 아저씨를 어디서 처음 만났는지 말해 줬잖아. 네가 떠나고 이 분쯤 지난 뒤, 네게 도움이 필요할지도 모른다는 생각이 들었어. 그래서 이곳 일반 병원까지 걸어와 계단을 통해 8층까지 올라왔지. 물론 날아서 말이야. 일단 여기 도착한 뒤에는 어렵지 않게 너를 찾을 수 있었어. 너와 오스왈드가 그처럼 시끄럽게 싸우고 있었으니 어디로 가야 할지 금세 알겠더라고."

"말이 싸움이지 난 인형처럼 이리저리 내팽개쳐지기만 했어."

"나도 알아."

티니가 웃으면서 말한다.

"좋아. 그럼 오스왈드가 너를 해치지 않을 거라는 건 어떻게 알았어? 나한테는 그렇게 무섭게 굴었는데."

"난 그의 방 안으로 들어가지 않았잖아. 계속 문가에 있었지."

"그게 무슨 말이야?"

"네가 오스왈드를 처음 만났을 때 그를 따라 몰래 병실 안으로 들어가려다 들켰다면서? 병실 바로 앞에서 말이야. 그 후에는 병실 안에 있다가 오스왈드에게 발견됐고. 그래서 난 생각했지. 내가 병실 안으로 들어가지만 않는다면, 오스왈드가 나를 해치지는 않을 거라고 말이야. 게다가 나는 여자잖아. 나 같은 예쁜 요정을 때리면 진짜 나쁜 놈이 되는 거야."

"와, 너 정말 똑똑하다."

티니는 내 말에 빙그레 웃는다. 내가 다시 묻는다.

"너는 이 세상에 온 지 얼마나 됐어?"

"거의 삼 년쯤."

"우리 같은 친구들에게는 굉장히 긴 시간인데."

"그래도 너만큼 오래 살진 않았어."

"알아. 하지만 그래도 꽤 오래 산 거야. 네가 운이 좋은 거지."

우리는 모퉁이를 돌아 휠체어를 탄 채 혼잣말을 중얼거리는 남자 옆을 지나친다. 그에게 상상 친구가 있는 줄 알고 주위를 둘러보았지만 아무도 없다. 나는 오스왈드가 잘 따라오고 있는지 확인한다. 그는 우리보다 세 걸음쯤 뒤처져서 걷고 있다. 나는 다시 티니를 돌아보고 나지막이 속삭인다.

"그럼 오스왈드는 어떻게 설득한 거야? 넌 그저 그에게 도와 달라고 부탁했을 뿐인데, 바로 알겠다고 하더라? 정말 신기했어."

"엄마가 오브리에게 무언가를 시킬 때 늘 쓰는 방법을 나도 이용한 것뿐이야."

"오브리가 네 인간 친구야?"

"응. 오브리는 머리에 문제가 좀 있어. 의사 말로는 반드시 치료해야 한대. 그래서 지금 병원에 있는 거야."

"오브리에게 무언가를 시킬 때 그 애 엄마가 어떻게 하는데?"

"오브리에게 숙제나 양치질을 시켜야 할 때, 또는 브로콜리를 먹여야 할 때, 엄마는 절대 그걸 하라고 명령하듯 말하지 않아. 오브리에게 선택권이 있는 것처럼 돌려서 말하지. 오브리만이 선택할 수 있는 것처럼. 이를테면, 브로콜리를 안 먹는 것은 잘못된 행동이라는 식으로 말하는 거야."

"그게 다야? 고작 그렇게만 그런 말했다는 거야?"

나는 티니가 오스왈드에게 했던 말을 모두 머릿속에 떠올려 본다. 그러나 너무 순식간에 벌어진 일이라 잘 기억나지 않는다.

"오스왈드에게는 말하기가 더 쉬웠어. 너를 돕지 않는 건 정말로 잘못된 행동이니까. 그건 브로콜리를 안 먹는다거나 양치질을 안 하는 것보다 훨씬 더 나쁜 행동이잖아. 또 나는 일부러 오스왈드에게 질문을 많이 했어. 내가 자기한테 관심이 있다는 것을 보여 주려고. 그가 몹시 외로울 거라고 생각했거든. 성인 병원에는 상상 친구가 거의 없잖아. 안 그래?"

"와, 너 진짜 똑똑하구나."

티니가 내 말에 또다시 빙긋 웃는다. 그레이엄이 사라진 뒤 처음으로 진정한 친구가 될 만한 상상 친구를 찾아낸 것 같다.

이윽고 승강기 앞에 다다르자, 나는 오스왈드를 돌아보고 묻는다.

"승강기를 타실래요, 아니면 계단으로 내려가실래요?"

"승강기는 한 번도 안 타 봤어."

"그럼 계단으로 내려가실래요?"

"난 계단을 싫어해."

오스왈드가 고개를 숙이며 말한다.

"좋아요. 그럼 승강기를 타요. 재미있을 거예요."

우리는 승강기 옆에 서서 누군가가 와서 버튼을 눌러 줄 때까지 기다린다. 오스왈드에게 버튼을 눌러 달라고 부탁해 볼까? 그러면 그가 현실 세계의 사물을 건드리는 모습을 볼 수 있을 텐데……. 아니, 그러지 않는 편이 좋겠다. 오스왈드는 현실 세계의 사물들을 움직이려면 힘이 많이 든다고 했다. 그러니 다른 사람이 해 줄 수 있는 일을 굳이 그에게 시킬 필요는 없다. 그러지 않아도 오스왈드는 지금 몹시 불안해하고 있다.

얼마 지나지 않아 흰색 가운을 입은 사내가 휠체어를 밀면서 승강기 쪽으로 다가온다. 휠체어에는 또 다른 사내가 앉아 있다. 흰색 가운 차림의 사내가 아래쪽으로 향하는 화살표를 누르자 승강기 문이 스르르 열린다. 나는 오스왈드와 티니와 함께 사내를 따라 승강기에 탄다.

오스왈드가 다시 중얼거린다.

"난 승강기를 한 번도 안 타 봤는데……."

"재미있어요. 아저씨도 좋아하실 거예요."

내가 말한다. 하지만 오스왈드는 여전히 불안해 보인다. 티니도 마찬가지다.

휠체어를 미는 사내가 3층 버튼을 누른다. 마침내 승강기가 움직이기 시작하자, 오스왈드의 눈이 휘둥그레진다. 두 손은 주먹을 불끈 쥔 모습이다.

내가 다시 말한다.

"이 사람들은 3층에서 내릴 거예요. 우리도 거기서 내린 뒤 계단을 이용해야 해요."

"다행이다."

오스왈드는 그제야 조금 마음을 놓는 듯하다.

생각 같아서는 승강기로 3층에서 1층까지 내려가는 데 오 초밖에 안 걸린다고 말해 주고 싶다. 그러나 계단을 이용한다는 말에 안심하는 오스왈드의 기분을 망가뜨리고 싶지는 않다. 그는 계단을 싫어한다. 하지만 승강기는 더더욱 싫어하는 것 같다.

티니도 마찬가지인 것 같다.

승강기 문이 열리고 우리는 휠체어를 미는 사내와 함께 내린다.

"계단은 모퉁이 뒤쪽에 있어요."

내가 말한다. 그때 승강기 맞은편 벽에 붙은 표지판이 눈에 들어온다. 각각 화장실과 '방사선실'이라는 곳의 방향을 가리키는 두 개의 화살표 사이에 다음과 같은 글자가 있다.

INTENSIVE CARE UNIT (중환자실)

나는 그 자리에 멈춰 서서 표지판을 뚫어져라 바라본다. 내가 꿈쩍도 하지 않자 티니가 묻는다.

"왜 그래?"

"오스왈드하고 여기서 잠깐 기다릴래?"

"왜?"

"잠깐 보고 싶은 사람이 있어. 그 사람이 여기 있는 것 같아."

"그게 누군데?"

"내 친구야. 아니, 친구나 마찬가지인 사람이야. 아무튼 그 사람이 여기 있는 것 같아."

티니가 눈을 가늘게 뜨고 나를 빤히 바라본다. 마치 내 마음속을 들여다보려는 것 같다.

마침내 티니가 말한다.

"알았어. 기다릴게. 아저씨도 괜찮죠?"

"그래."

나는 표지판이 가리키는 대로 왼쪽으로 돌아서 걸어간다. 어린이 병원에서 아이씨유를 발견했을 때도 그랬다. 긴 복도를 두 번 지나고 모퉁이를 한 번 돌자, 어린이 병원의 아이씨유 입구와 비슷한 커다란 양여닫이문이 보인다. 벽에 붙은 이름표에는 'INTENSIVE CARE UNIT'이라고 적혀 있다.

나는 그 문을 통과한다.

내가 들어간 곳은 사방 가장자리를 따라 커튼이 둘러쳐져 있는 커다란 방이다. 어떤 커튼은 닫혀 있고, 어떤 것은 열려 있다. 방 한가운데에는 기다란 카운터와 책상 몇 개, 그리고 수많은 기계가 있다. 곳곳에 의사들이 보인다. 커튼 안을 들락거리는 사람, 컴퓨터를 하는 사람, 전화 통화 중인 사람, 서로 대화를 나누는 사람, 필기판에 무언가를 적고 있는 사람 등 저마다 바쁘게 움직이고 있다. 하나같이 심각한 표정이다.

원래 의사들은 심각한 표정일 때가 많다. 하지만 이곳에 있는 의사들은 유난히 더 그렇다.

나는 제일 가까이에 있는 커튼부터 살펴보기로 한다. 닫혀 있는 커튼 아래로 기어 들어간다. 한 할머니가 침대에 누워 있다. 잿빛 머리칼에 눈가에는 주름이 자글자글하다. 할머니의 두 팔에는 기계에서 뻗어 나온 수많은 전선과 관이 연결되어 있고, 콧구멍에는 가느다란 플라스틱 관이 끼워져 있다. 할머니는 잠든 상태다.

나는 계속해서 다음 커튼으로 옮겨 간다. 커튼이 닫혀 있으면 커튼 아래로 기어 들어간다. 커튼 뒤에는 빈 침대도 있고, 사람이 누워 있는 침대도 있다. 모두 어른들이고, 대부분 남자다. 커튼 뒤에 아예 아무것도 없는 곳도 두 군데 있다.

나는 마지막 커튼 뒤에서 디를 찾아낸다. 처음에는 그녀를 미처 알아보지 못했다. 머리카락을 모두 깎아서 오스왈드나 그의 친구처럼 대머리가 돼 있기 때문이다. 뺨은 퉁퉁 부어 있고, 눈

주변은 시커멓다. 디는 내가 지금까지 본 그 어떤 환자보다 더 많은 기계에 둘러싸여 있다. 조그만 텔레비전 화면이 달린 기계와 물주머니에서 뻗어 나온 여러 가닥의 관과 전선이 그녀의 팔과 가슴에 연결되어 있다. 기계에서는 쉭쉭, 삑삑, 똑딱똑딱 소리가 난다.

디의 침대 옆 의자에 한 여자가 앉아 있다. 그녀는 디의 손을 잡고 있다. 디와 많이 닮은 것을 보면 동생인 것 같다. 디보다 좀 더 어릴 뿐, 어두운 피부색부터 날카로운 턱, 동그란 눈 등 모든 것이 비슷하다. 디의 동생은 나지막한 목소리로 똑같은 단어를 몇 번이고 반복해서 중얼거린다. 주로 '하느님', '예수님', '전능하신', '찬미' 같은 단어들이다.

디의 상태는 그다지 좋아 보이지 않는다. 몹시 아파 보인다.

디의 동생 또한 그리 행복해 보이지 않는다. 지친 데다 겁에 잔뜩 질려 있는 듯하다.

나는 디의 동생 옆 침대 모서리에 걸터앉아 디를 내려다본다. 울고 싶다. 하지만 지금은 그럴 만한 시간 여유가 없다. 티니와 오스왈드가 승강기 옆에서 나를 기다리고 있다. 게다가 패터슨 선생님이 식료품과 옷가지를 잔뜩 실은 비밀스러운 버스까지 준비해 둔 상황이다. 나는 지금 당장 가야 한다.

나는 디에게 말한다.

"이렇게 많이 다쳐서 정말 유감이에요. 너무 마음이 아파요.

내가 당신을 구했더라면 좋았을 텐데……. 당신이 많이 그리울 거예요."

두 눈에 눈물이 차오른다. 내 눈에서 눈물이 만들어진 것은 이번이 두 번째다. 기분이 이상하다. 미끈미끈하고 뜨겁다.

"나는 맥스를 구해야 해요. 당신은 못 구했지만, 맥스는 구할 수 있을 것 같아요. 그래서 이제 가 봐야 해요."

나는 침대에서 일어난다. 디의 창백한 얼굴과 가느다란 손목을 다시 한 번 기억 속에 담는다. 그녀의 불안한 숨소리와 동생의 간절한 속삭임, 침대 옆 기계에서 흘러나오는 규칙적인 소음에 귀를 기울인다. 나는 다시 자리에 앉아 디에게 말한다.

"솔직히 말해 난 지금 두려워요. 내가 당신은 구하지 못했지만, 맥스는 구할 수 있을 것 같아요. 내가 겁내지만 않는다면……. 맥스는 지금 곤경에 빠져 있어요. 그런데 그 상황이 오히려 내게는 잘된 일일 수도 있죠. 맥스가 저 상태로 있는 한, 나는 계속 살아 있을 수 있거든요. 그래서 너무 혼란스러워요."

나는 숨을 크게 들이마셨다가 내쉰다. 또 하고 싶은 말이 남았는지 생각해 본다. 더 이상 떠오르는 게 없어서, 일단 아무 말이나 시작한다.

"그렇다고 맥스가 당신처럼 악마 가면을 쓴 남자가 쏜 총알에 맞을 위험이 있는 건 아니에요. 내가 말한 곤경이란 그런 게 아니에요. 패터슨 선생님은 맥스를 잘 돌봐 줄 거예요. 그건 확실해요. 그녀도 악마이긴 하지만, 당신을 총으로 쏜 그런 악마는 아니에요. 내가 어떻게 하든 맥스는 무사할 거예요. 하지만 나는 그렇지 않을지도 몰라요. 내 미래가 어떻게 될지 나도 잘 몰라요. 이제부터는 오스왈드가 나를 도와줄 테니 정말로 맥스를 구할 수 있을 거예요. 난 오스왈드가 나를 도와줄 거라고는 전혀 생각지 못했어요. 하지만 오스왈드는 나를 돕기로 약속했어요. 이제 나는 정말 맥스를 구할 수 있을 거예요. 그렇지만 여전히 겁이 나요."

나는 디를 물끄러미 바라본다. 디의 동생은 쉬지 않고 똑같은 말을 계속 읊조리고 있다. 그 소리가 마치 노랫소리 같다.

나는 다시 디에게 말한다.

"맥스를 구하는 게 옳다는 건 알아요. 하지만 내가 이 세상에 존재하지 않는다면, 옳은 일을 해 봤자 아무 의미도 없을 거예요. 옳은 일은 내가 살아서 그 결과를 누릴 수 있을 때나 좋은 거니까요."

내 눈에서 뜨겁고 미끄러운 눈물이 점점 더 많이 흘러내린다. 하지만 이 눈물은 디 때문이 아니라 나 자신 때문에 쏟아지는 것이다.

"천국이라는 게 존재한다면 얼마나 좋을까요? 나를 위한 천국이 확실히 존재한다면, 나는 당연히 맥스를 구할 거예요. 두려워하지도 않을 거고요. 이 세상을 떠나 갈 수 있는 또 다른 세상이 있는 셈이니까요. 하지만 내 생각에 천국이란 없을 것 같아요. 특히 상상 친구들을 위한 천국은 없는 게 분명해요. 천국은 오직 하느님이 만든 인간만을 위한 곳이니까요. 그런데 나를 만든 건 하느님이 아니라 맥스예요."

맥스를 신이라고 생각하자 슬며시 웃음이 나온다. 레고와 장난감 병정이 가득한 지하실에 갇혀 있는 신이라니⋯⋯. 그 신은 오직 한 사람만의 신이다. 부도의 신.

"내가 맥스를 구해야만 하는 이유는 바로 그거예요. 맥스가 나를 만들어 주었으니까. 맥스가 없었다면 나는 이 세상에 존재하지도 않을 거예요. 하지만 난 정말 두려워요. 내가 두려워한다는 사실에 화도 나고요. 그런데 맥스를 패터슨 선생님 곁에 남겨 둘 생각을 하면 더 화가 나요. 그러면 내가 진짜 나쁜 친구가 될 것 같아요. 그렇지만 나 자신을 걱정하는 것도 잘못은 아니잖아요. 그렇죠?"

"으음⋯⋯."

이것은 디의 동생이나 의사의 입에서 나온 말이 아니다. 바로 디의 입에서 나온 말이다.

디가 내 목소리를 들을 수 없다는 것은 나도 안다. 나는 상상 친구니까. 하지만 디의 입에서 나온 말은 마치 내 질문에 대한 대답 같다. 너무 놀랍다. 디가 말을 한다는 사실 자체가 놀랍다.

나만큼이나 놀란 디의 동생이 묻는다.

"언니? 방금 뭐라고 했어?"

"두려워하지 마."

디가 말한다.

"뭘 두려워하지 말라는 거야? 언니?"

디의 동생이 디의 손을 살짝 꼬집으며 귀를 바짝 들이댄다.

내가 조심스럽게 묻는다.

"혹시 지금 나한테 말하는 거예요?"

디는 이제 눈을 뜨고 있다. 물론 자세히 보지 않으면 모를 만큼 아주 살짝 뜬 상태다. 나는 디가 나를 보고 있는지 확인하기 위해 유심히 살핀다. 하지만 잘 모르겠다.

"두려워하지 마."

디가 다시 말한다. 가늘고 약한 목소리지만 발음만은 또렷하다.

"선생님!"

디의 동생이 방 한가운데의 카운터 쪽을 향해 큰 소리로 외친다.

"저희 언니가 깨어났어요. 말을 한다고요!"

카운터 뒤에 있던 두 의사가 벌떡 일어나 우리에게 다가온다.

"디, 지금 나한테 말하는 거예요?"

내가 다시 묻는다.

나한테 말하는 게 아니라는 건 나도 안다. 그럴 리가 없다. 하지만 어쩐지 나한테 말하고 있는 것처럼 느껴진다.

디가 말한다.

"가. 어서 가. 때가 됐어."

"나요? 나한테 하는 말이에요? 디?"

그때 의사들이 와서 커튼을 완전히 젖힌다. 한 의사가 디의 동생에게 옆으로 비켜서라고 말한다. 다른 의사는 침대 반대쪽으로 간다. 그때 경고음이 울리기 시작한다. 디의 눈동자가 뒤로 넘어간다. 의사들의 움직임이 빨라진다. 느닷없이 나타난 또 한 명의 의사 때문에 나는 침대에서 떨어져 바닥에 주저앉는다. 그가 무의식중에 나를 옆으로 밀쳐 낸 것이다.

"방금 말을 했다니까요!"

디의 동생이 말한다. 그때 한 의사가 소리친다.

"심장 박동이 약해지고 있어!"

다른 의사가 디의 동생의 어깨를 잡고 침대에서 물러서게 한다. 의사 두 명이 더 달려온다. 나는 침대 끝으로 자리를 옮긴다. 디의 모습은 거의 안 보인다. 의사들이 그녀를 에워싸고 있기 때문이다. 한 의사가 비닐 주머니를 디의 입에 씌우고는 그것을 쥐었다 폈다 반복한다. 또 다른 의사는 디의 팔에 연결된 관에 바늘을 찔러 넣는다. 나는 노란색 액체가 관을 타고 올라가 디의 잠옷 아래로 사라지는 광경을 지켜본다.

디가 죽어 가고 있다.

의사들의 표정을 보면 알 수 있다. 그들은 열정적으로 부지런히 움직이고 있지만, 그저 자신들이 할 일을 하는 것뿐이다. 맥스가 무언가를 이해하지 못할 때, 그리고 녀석이 끝내 그것을 이해할 수 없을 거라고 판단될 때 몇몇 선생님은 바로 그런 표정을 짓는다. 그들은 자기가 맡은 일을 열심히 하지만, 그들의 행동에 진심이 담겨 있지 않다는 것은 누가 봐도 알 수 있다. 지금 의사들의 표정이 바로 그렇다. 의사들은 의사로서 해야 할 일을 하고 있다. 그러나 자신이 하고 있는 행위의 효과를 믿고 있지는 않다.

마침내 디의 눈이 감긴다.

그녀가 내게 했던 말이 머릿속에 울려 퍼진다.

어서 가. 때가 됐어. 두려워하지 마.

50

우리는 병원 정문 앞에 서 있다. 밖에는 눈이 내리고 있다. 오스왈드는 눈을 처음 본다고 한다. 나는 그에게 눈을 좋아하게 될 거라고 말한다.

"고마워, 티니."

내가 말한다.

티니가 또다시 빙그레 웃는다. 안타깝게도 티니는 오브리의 곁을 떠날 수 없다. 우리와 함께 갈 수 있다면 얼마나 좋을까. 아쉽다.

내가 짐짓 씩씩한 목소리로 묻는다.

"오스왈드, 준비됐어요?"

병원 로비는 오가는 사람들로 몹시 붐빈다. 다른 사람들과 비교하니 오스왈드의 몸집이 더욱 커 보인다. 그는 거인이다.

"아니. 난 여기 그냥 있고 싶어."

그러자 티니가 말한다.

"하지만 아저씨는 부도와 함께 가서 그 애를 도와줄 거잖아요. 이건 질문이 아니에요. 명령이에요."

"알았어."

오스왈드가 대답한다. 말은 그렇게 했지만, 목소리는 못내 내키지 않는 듯하다.

"좋아요."

티니가 그렇게 말하고는 오스왈드의 어깨 위로 날아올라 목을 꼭 끌어안는다.

오스왈드가 흠칫 놀라며 긴장한다. 온몸이 뻣뻣하게 굳은 것이 눈에 보일 정도다. 오스왈드의 긴장이 풀리기까지는 꽤 오랜 시간이 걸린다. 그때까지 티니는 계속 그를 다정하게 안아 준다.

티니가 말한다.

"행운을 빌게요. 두 사람 모두 다시 만날 수 있기를 바랄게요. 빠른 시간 안에."

"알았어."

오스왈드가 말한다.

"꼭 그렇게 될 테니 걱정하지 마."

나도 한마디 거든다.

하지만 솔직히 나는 자신이 없다. 지금이 티니와 이 병원을 볼 수 있는 마지막 기회일지도 모른다는 생각이 든다.

병원 밖으로 나온 뒤 처음 오 분 동안, 오스왈드는 쏟아지는 눈송이를 피하려고 몸을 이리저리 움직인다. 하지만 눈송이 하나를 간신히 피하는 동안 다른 눈송이 열 개가 그의 몸을 통과한다. 오스왈드는 그런 사실조차 알아차리지 못한다.

마침내 눈송이를 맞아도 아프지 않다는 사실을 깨달은 오스왈드는 다음 오 분 동안은 눈송이를 받아 먹기 위해 경중경중 뛰어다닌다. 물론 눈송이는 그의 혓바닥을 그대로 통과한다. 오스왈드가 이 사실을 깨닫기까지는 꽤 오랜 시간이 걸린다. 그는 혀를 내밀고 정신없이 뛰어다니다가 적어도 세 명 이상의 사람들과 충돌한다. 심지어 전신주에도 세게 부딪친다.

"이제 가야 해요."

내가 오스왈드에게 말한다.

"어디를?"

"일단 집으로 가요. 그리고 내일은 버스를 타고 학교에 가야 해요."

"난 버스를 한 번도 안 타 봤는데……."

갑자기 오스왈드의 얼굴에 어두운 그림자가 드리워진다. 앞으로는 그에게 절대 자세한 이야기를 하지 않아야겠다.

"버스도 재미있을 거예요. 장담해요."

병원에서 맥스의 집까지는 한참 걸어가야 한다. 평소에는 이 길을 걷는 것이 즐거웠다. 하지만 지금은 오스왈드가 쉴 새 없이 질문을 쏟아내는 바람에 전혀 즐겁지가 않다. 질문이 많아도 너무 많다.

가로등은 언제 켜져?

가로등마다 각각 스위치가 따로 달려 있어?

칙칙폭폭 기차들은 다 어디로 갔어?

왜 사람들은 자기 돈을 은행에 맡겨?

빨간색 불에는 멈추고 초록색 불에는 가라는 규칙은 누가 정한 거야?

달은 딱 한 개뿐이야?

자동차 경적 소리는 모두 똑같아?

어떻게 경찰은 거리 한가운데에서 나무가 자라지 못하게 해?

사람들은 자기 자동차를 직접 색칠해?

소화전이 뭐야?

왜 사람들은 걸어가면서 휘파람을 불지 않아?

비행기는 날지 않을 때 어디서 살아?

질문은 끊임없이 이어진다. 나는 그만하라고 하고 싶지만, 대답은 계속 해 준다. 불과 몇 시간 전 병실에서 나를 사정없이 집어 던졌던 이 거인이 지금은 내 도움을 원하고 있다. 내가 그에게 필요한 존재인 한, 그는 내 말을 잘 듣고 나를 도와줄 것이다. 아니, 그렇게 되기를 바란다.

티니와 병원에서 헤어진 뒤, 나는 오스왈드가 다시 이전의 무시무시한 모습으로 돌아갈까 봐 내내 걱정했다. 티니에게서 멀어지면 그 애가 오스왈드에게 씌운 마법의 힘이 모두 사라질지도 모른다고 생각했다. 하지만 오스왈드는 무서워지는 대신 세상에 관련된 모든 것이 궁금한 유치원생처럼 변했다.

마침내 진입로에 들어서자 나는 오스왈드에게 말한다.

"여기가 내가 사는 집이에요."

어느새 밤이 깊었다. 정확히 몇 시인지는 모르지만, 부엌과 거실의 전등이 모두 꺼져 있다.

오스왈드가 묻는다.

"우리는 어디로 가?"

"집 안으로 들어가야죠. 아저씨는 자요?"

"언제?"

"아니, 잠을 자냐고요."

"아! 그럼, 자지."

내가 집을 가리키며 말한다.

"오늘 밤 우리는 여기서 잘 거예요."

"그런데 집 안으로 어떻게 들어가지?"

오스왈드가 묻는다.

"문으로 들어가야죠."

"어떻게?"

그때 나는 오스왈드가 나와는 달리 닫힌 문을 통과하지 못한다는 사실을 깨닫는다. 병원에서 우리는 계단을 통해 3층에서 1층까지 내려왔다. 그때는 파란색 제복 차림의 두 남자가 비상구 문을 열 때 따라 들어가서 계단을 이용할 수 있었다. 병원에서 나올 때는 두 남녀 뒤에 바짝 붙어서 문을 통과했다.

다시 말해, 오스왈드가 대머리 사내 존의 병실 문을 밀어서 연 것은 닫힌 문을 통과하지 못하기 때문이었다. 닫힌 문 안으로 들어가려면 반드시 문을 밀어서 열어야 했던 것이다.

나는 오스왈드에게 묻는다.

"저 문도 열 수 있겠어요?"

"글쎄, 잘 모르겠는데……."

오스왈드는 거대한 산을 바라보듯 현관문을 올려다본다.

내가 말한다.

"아니, 어차피 잠겨 있을 거예요. 그러니까 신경 쓰지 마세요."

문이 잠겨 있는 것은 사실이다.

오스왈드가 묻는다.

"너는 보통 어떻게 들어가는데?"

"나는 닫힌 문을 통과할 수 있어요."

"닫힌 문을 통과한다고?"

나는 현관문 앞까지 계단 세 개를 올라간 뒤 그대로 문을 통과한다. 실제로 내가 지난 문은 두 개다. 방충문과 나무문. 나는 곧장 돌아서서 밖으로 나온다.

내가 다시 모습을 드러내자 오스왈드는 놀라서 입을 다물지 못한다. 눈은 왕방울처럼 커져 있다.

"넌 마법사구나!"

"에이, 진짜 마법사는 아저씨죠. 닫힌 문을 통과할 수 있는 상상 친구는 꽤 많아요. 하지만 현실 세계의 사물에 손을 댈 수 있는 상상 친구는 내가 아는 한 아저씨뿐이에요."

"상상 친구?"

순간, 내가 또 말을 너무 많이 했다는 후회가 밀려든다.

"네. 나는 상상 친구예요."

나는 잠시 말을 멈추고 이어서 무슨 말을 해야 할지 고민한 끝에 덧붙인다.

"아저씨도 마찬가지고요."

"내가 상상 친구라고?"

"네. 아저씨는 자신이 뭐라고 생각했는데요?"

"유령. 나는 너도 유령 같은 건 줄 알았어. 그래서 네가 존을 데려가려고 병실에 온 거라고 생각했지."

나는 웃음을 터뜨린다.

"아니에요. 이 세상에 유령 같은 건 없어요. 그럼 티니는 뭐라고 생각했어요?"

"요정."

나는 또다시 큰 소리로 웃는다. 순간 오스왈드가 티니에게 쉽게 설득당한 이유는 티니를 요정으로 믿었기 때문일 거라는 생각이 든다.

"티니에 대한 생각은 절반은 사실이에요. 티니는 요정이 맞아요. 하지만 상상 속 요정이죠."

"아, 그렇구나."

"그런데 기분이 언짢으신가 봐요."

실제로 오스왈드는 기분이 안 좋아 보인다. 또다시 고개를 숙인 채 두 팔을 젖은 국수처럼 옆구리에 축 늘어뜨리고 있다.

오스왈드가 말한다.

"어느 쪽이 더 나은 건지 모르겠어. 상상 속 존재가 나은 건지, 아니면 유령이 나은 건지."

"두 가지의 차이점이 뭔데요?"

"만일 내가 유령이라면, 그 말은 곧 내가 한때는 살아 있었다는 뜻이지. 그런데 내가 상상 속 존재라면, 난 단 한순간도 살아 있었던 적이 없다는 뜻이야."

우리는 아무 말도 하지 않은 채 서로의 얼굴만 멍하니 바라본다. 무슨 말을 해야 할지 모르겠다. 마침내 내가 먼저 입을 연다.

"아, 저한테 좋은 생각이 있어요."

내가 이렇게 말한 것은 실제로 좋은 생각이 떠올랐기 때문이기도 하다. 하지만 그보다는 화제를 바꾸고 싶은 마음이 더 컸다.

"초인종은 누를 수 있을 것 같아요?"

"응? 그, 그게 어디 있는데……?"

오스왈드가 묻는다. 말투를 들어 보니 그는 초인종이 뭔지 모르는 것 같다.

"여기 이 조그만 점 같은 거요."

나는 초인종을 가리키며 말한다.

"이걸 누르면 집 안에서 벨소리가 울리면서 맥스의 엄마나 아빠가 문을 열 거예요. 우리는 그때 재빨리 안으로 들어가면 돼요."

"너는 닫힌 문을 통과할 수 있다면서?"

"네. 저는 할 수 있어요. 죄송해요. 저는 아저씨도 닫힌 문을 통과할 수 있을 거라고 생각했어요."

"알았어."

오스왈드는 "알았어."라는 말을 자주 한다. 그 말을 들을 때마다 나도 모르게 맥스가 생각난다. 오늘 밤 맥스는 패터슨 선생님의 집 지하에 홀로 있을 것이다. 그 생각만 하면 너무 슬프고 괴롭다.

나는 맥스의 곁을 절대 떠나지 않겠다고 녀석과 약속했다. 그런데 나는 지금 오스왈드와 함께 있다.

'하지만 내일 밤에는 틀림없이. 맥스가 자기 침대에서 자고 있을 거야…….'

나는 마음속으로 되뇌인다. 기분이 조금 나아지는 것 같다.

오스왈드가 계단 세 개를 올라와 현관문 앞에 선다. 그러고는 초인종을 누르기 위해 손을 뻗는다. 버튼을 누르기 직전, 그의 온몸이 뻣뻣하게 굳는다. 팔과 목의 근육이 불끈 튀어나온다. 이마의 핏줄까지 튀어나와 고동친다. 눈 위쪽 애벌레 두 마리가 다시 서로 입을 맞춘다. 오스왈드는 이를 악문다. 초인종을 향해 뻗은 손이 부들부들 떨린다. 마침내 그가 손가락으로 초인종을 건드린다. 아무 변화도 일어나지 않는다. 곧이어 오스왈드가 손을 더욱 심하게 떨면서 으르렁대는 소리를 낸다. 그가 으르렁대는 동안, 그의 손끝에 닿은 초인종이 사라지면서 찌르릉 벨소리가 울린다.

"성공이에요!"

내가 소리친다. 지난번에도 오스왈드가 현실 세계의 사물을 건드리는 광경을 보기는 했지만 아무리 봐도 놀랍다.

오스왈드가 고개를 끄덕인다. 이마에는 땀방울이 송알송알 맺혀 있다. 가쁜 숨을 몰아쉬며 힘겨워하는 모습이 방금 하프마라톤 경주를 마친 사람 같다.

그때 누군가가 집 안에서 움직이는 소리가 들린다. 우리는 열리는 문에 부딪칠세라 뒤로 물러선다. 그러나 나무문은 집 안쪽으로 열린다. 맥스 엄마가 현관에 나와 방충문을 통해 밖을 내다본다. 두 손을 망원경처럼 눈에 대고 몸을 앞뒤로 움직이며 한참 동안 살핀다. 그제야 나는 내 계획이 잘못됐음을 깨닫는다.

맥스 엄마의 얼굴에는 간절한 희망의 빛이 어려 있다.

그녀는 초인종 소리에 좋은 소식을 기대했던 것이다. 맥스가 돌아왔을지도 모른다는 한 가닥 희망을······.

맥스 엄마가 방충문을 열고 밖으로 나와 오스왈드 옆에 선다. 바깥 공기는 얼음처럼 차갑다. 눈은 그쳤지만 그녀가 숨을 쉴 때마다 뽀얀 입김이 뿜어져 나온다. 맥스 엄마는 두 팔로 자신의 몸을 감싸 안고 "누구예요? 거기 누구 있어요?"라고 소리친다. 나는 오스왈드를 앞으로 슬쩍 떠밀며 말한다.

"안으로 들어가서 잠깐 기다리세요."

오스왈드는 내 말을 순순히 따른다. 맥스 엄마가 한 번 더 소리친다. "거기 누구 있어요?" 나는 그녀의 얼굴에서 희망의 빛이 사라지는 것을 지켜본다.

"누구야?"

어느새 부엌으로 나온 맥스 아빠가 묻는다. 오스왈드는 그의 옆에 서 있다.

"아니······ 아무도 아니에요······."

맥스 엄마가 말한다. 들어 올리기도 힘들 만큼 무거운 돌덩이를 옮기는 사람처럼 말 한마디 한마디가 힘겹게 들린다.

"어떤 빌어먹을 자식이 밤 10시에 남의 집 초인종을 누르고 도망가!"

맥스 아빠가 호통친다.

"실수였는지도 모르죠."

맥스 엄마가 중얼거린다. 그녀는 바로 내 옆에 서 있지만, 아주 멀리 떨어진 곳에서 말하는 것 같다.

"젠장! 그 따위 실수를 저지르고 사라지는 놈이 어디 있어?"

맥스 엄마가 끝내 울음을 터뜨린다. 그렇지 않아도 울고 싶던 차에 '사라진다'는 말이 무거운 돌덩이가 되어 그녀의 가슴을 때린 것 같다. 맥스 엄마는 뜨거운 눈물을 쉴 새 없이 쏟아 낸다.

맥스 아빠도 알고 있다. 자신이 아내에게 무슨 짓을 했는지.

"미안해, 여보."

맥스 아빠가 아내의 어깨를 감싸 안고 집 안으로 데리고 들어간 뒤 방충문을 닫는다. 이번에는 문이 삐걱거리며 흔들리지 않는다. 두 사람은 부엌에서 서로를 끌어안고 있다. 맥스 엄마는 좀처럼 울음을 그치지 못한다. 인간이 그처럼 심하게 우는 모습은 처음 본다.

맥스의 방은 문이 닫혀 있다. 어쩔 수 없이 나는 오스왈드를 거실 소파에서 자게 한다. 거인 오스왈드가 똑바로 눕자 두 다리가 소파 끝으로 늘어진다. 허공에 늘어뜨린 두 다리와 발이 거대한 낚싯대처럼 보인다.

"불편하지 않으세요?"

내가 묻는다.

"존의 옆 침대에서 다른 사람이 자게 되면 나는 바닥에서 자야 해. 이 소파가 바닥보다는 훨씬 좋아."

"다행이네요. 그럼 안녕히 주무세요."

"잠깐! 너도 이제 잘 거야?"

오스왈드에게 나는 원래 잠을 안 잔다고 말하고 싶지는 않다. 그러면 또 지겨운 질문이 쏟아질 게 뻔하다. 그래서 나는 그렇다고 대답한다.

"전 이 의자에서 자면 돼요. 종종 있는 일이라 상관없어요."

"나는 잠들기 전 항상 존에게 이런저런 이야기를 해."

"그래요? 무슨 이야기요?"

"그냥 그날 하루 있었던 일에 대해 이야기하는 거야. 내가 뭘 했는지, 누구를 봤는지, 뭐 그런 것들 말이야. 난 오늘 내가 본 것들에 대해 존에게 빨리 말해 주고 싶어."

"저한테도 말하고 싶어요?"

"아니야. 너는 이미 오늘 내가 어떻게 지냈는지 알고 있잖아. 넌 나와 함께 있었으니까."

"아, 그렇구나. 그럼 무언가 다른 이야기를 하고 싶으세요?"

"아니. 대신 네 친구에 대한 이야기를 듣고 싶어."

"맥스요?"

"그래. 맥스에 대해 이야기해 줘. 나는 혼자서 걷고 말할 수 있는 인간 친구를 사귀어 본 적이 없어. 그래서 궁금한 게 많아."

"알았어요. 맥스가 어떤 아이인지 알려 드릴게요."

나는 쉬운 이야기부터 시작한다. 맥스의 생김새는 어떤지, 맥스가 좋아하는 음식은 무엇인지 알려 준다. 레고와 장난감 병정, 비디오 게임에 대해서도 이야기한다. 그리고 맥스가 다른 아이들과 어떻게 다른지도 설명한다. 특정한 상황에서 일시 정지 상태에 빠질 수 있고, 주로 자기 안의 세계에서 산다는 것을…….

뒤이어 나는 맥스와 얽힌 구체적인 일화를 오스왈드에게 들려준다. 유치원에서 열린 맥스의 첫 번째 핼러윈 파티와 보너스 똥에 대한 이야기, 남자 화장실에서 벌어진 토미 스윈든과의 대결, 지난주 토미 스윈든이 맥스의 방 창문에 돌을 던진 사건 등에 대해 자세히 설명한다. 맥스에게 새로운 것을 시도하게 할 때 맥스 엄마가 어떻게 하는지, 맥스 아빠가 '정상'이라는 표현을 얼마나 좋아하는지에 대해서도 이야기한다. 맥스와 내가 뒤뜰에서 술래잡기를 하던 기억과 맥스가 빨간색 셔츠와 녹색 셔츠를 놓고 무엇을 입을지 망설일 때 내가 어떻게 도와줬는지에 대해서도 말한다.

고스크 선생님에 관한 이야기도 빼놓지 않는다. 맥스를 '내 새끼'라고 부른다는 점 말고는 흠 잡을 데 없는 완벽한 선생님이라고 설명한다.

하지만 패터슨 선생님에 대해서는 말조차 꺼내지 않는다. 그녀가 어떤 사람인지 알려 주면, 오스왈드가 지레 겁을 먹고 내일 나를 도와주지 않을지도 모르기 때문이다.

오스왈드는 아무런 질문도 하지 않는다. 이야기하는 동안 나는 두 번이나 그가 잠든 줄 알았다. 그래서 이야기를 중단했더니 갑자기 그가 고개를 들고 내게 "왜 그래?"라고 묻는다.

"제가 맥스의 어떤 점을 가장 좋아하는지 아세요?"

"몰라. 나는 맥스에 대해 잘 모르니까."

"맥스는 누구보다 용감해요."

"그 애가 어떤 용감한 일을 했는데?"

"한두 가지가 아니에요. 맥스는 모든 일에 용감해요. 맥스는 다른 사람들과는 완전히 달라요. 그래서 아이들의 놀림감이 되기도 하죠. 맥스 엄마는 맥스를 남다른 아이로 키우려고 애쓰는데, 맥스 아빠는 맥스를 평범한 아이처럼 대하려고 해요. 학교 선생님들도 맥스를 특별하게 대하죠. 그게 항상 유쾌한 건 아니에요. 심지어 완벽한 고스크 선생님도 맥스를 보통 아이들과는 다르게 대해요. 맥스를 평범한 아이로 대해 주는 사람은 아무도 없어요. 그러면서도 다들 맥스가 맥스 자신이 아닌 평범한 아이가 되기를 바라죠. 이런 상황에서도 맥스는 매일 아침 일어나 학교에 가고, 공원에도 가고, 심지어 버스 정류장까지도 가요."

"그게 용감한 거야?"

"그럼요! 굉장히 용감한 거죠! 상상 친구들의 세계에서 저는 가장 오래 살았고, 가장 똑똑한 편이에요. 그래서 혼자 밖에 나가 다른 상상 친구들을 만나는 일쯤은 거뜬히 해낼 수 있어요. 그 친구들은 모두 저를 우러러보니까요. 저한테 이런저런 질문도 많이 하고, 다들 저처럼 되고 싶어 해요. 물론 저를 두드려 팰 때는 예외겠지만요."

나는 오스왈드를 바라보며 씩 웃는다.

그러나 오스왈드는 전혀 웃지 않는다.

"아무도 자신의 본래 모습을 좋아해 주지 않는데 날마다 밖에 나가 꿋꿋하게 자신을 지키며 살아간다는 건 세상에서 가장 용감한 사람만이 할 수 있는 일이에요. 저는 결코 맥스만큼 용감할 수 없을 거예요."

"내게도 맥스 같은 친구가 있다면 얼마나 좋을까. 나는 존이 말하는 걸 한 번도 못 들어 봤어."

"언젠가는 그런 날이 올 거예요."

"그럴지도……."

오스왈드가 힘없이 중얼거린다.

"이제 그만 잘까요?"

"그래."

오스왈드는 더 이상 아무 말도 하지 않는다. "그래."라는 말이 떨어지기 무섭게 바로 잠들었기 때문이다.

나는 의자에 앉아 잠든 오스왈드를 지켜본다. 그리고 내일 할 일을 생각해 본다. 맥스를 구하는 데 필요한 사항을 머릿속에 정리한다. 어떤 부분에서 계획이 잘못될 가능성이 있는지 예상해 본다. 그리고 맥스를 설득해야 할 순간이 왔을 때 뭐라고 말할지

고민한다.

이번 계획에서 가장 중요한 대목은 바로 이 부분이다. 나 혼자 힘으로는 절대 맥스를 구할 수 없다. 오스왈드의 도움도 필요하지만, 무엇보다 맥스가 나를 도와주어야 한다.

나는 맥스를 설득해 이 상황에서 벗어날 의지를 갖게 만들어야 한다. 그러지 못하면 결코 맥스를 구할 수 없을 것이다.

51

언젠가 고스크 선생님은 학생들에게 피노키오라는 아이에 대한 이야기를 읽어 주었다. 선생님이 처음 피노키오 이야기를 해 주겠다고 했을 때, 학생들은 모두 웃음을 터뜨렸다. 피노키오는 자신들보다 훨씬 더 어린 아기들에게 어울리는 책이라고 생각했던 것이다.

하지만 고스크 선생님의 생각을 비웃는 것은 결코 똑똑한 행동이 아니다.

일단 이야기가 시작되자, 학생들은 자신들의 생각이 얼마나 잘못됐는지 깨달았다. 그들은 모두 피노키오 이야기에 푹 빠졌다. 선생님이 이야기를 중단할까 봐 겁낼 정도였다. 아이들은 계속 조금 더, 조금만 더 이야기를 듣고 싶어 했다. 하지만 고스크 선생님은 항상 가장 흥미진진한 대목에서 이야기를 중단하고, 학생들을 다음 날까지 기다리게 만들었다. 아이들이 좀 더 읽어 달라고 조르면, 고스크 선생님은 이렇게 말하곤 했다. "돼지가 하늘을 날면 그때 가서 너희 뜻대로 하려무나!" 선생님의 말에 아이들은 모두 약이 올라 투덜거렸다. 심지어 맥스도 마찬가지였다. 녀석도 피노키오 이야기를 무척 좋아했기 때문이다. 고스크 선생님은 아이들이 자신을 비웃은 것에 대한 복수로 일부러 그러는 것 같았다.

그러니까 언제든 고스크 선생님의 계획에 괜한 참견을 해서는 안 된다.

피노키오는 제페토라는 노인이 마법의 나무토막을 깎아서 만든 작은 인형이다. 그러니까 원래 인형이지만 피노키오는 살아 움직일 수 있었다. 혼자서 여기저기 돌아다닐 수도 있고, 말도 할 수 있었다. 거짓말을 하면 코가 길어지기까지 했다. 하지만 피노키오는 항상 살아 있는 진짜 인간이 되기를 바랐다.

나는 피노키오가 너무 싫었다. 맥스의 반에서 피노키오를 싫어하는 아이는 나 혼자뿐이었던 것 같다. 피노키오는 살아 있었지만 그것만으로는 만족하지 못했다. 걸을 수도, 말할 수도, 현실 세계의 사물을 만질 수도 있는데, 녀석은 늘 더 많은 것을 원했다.

피노키오는 자신이 얼마나 운이 좋은지 모르는 것 같다.

오늘 밤 나는 피노키오를 생각하고 있다. 오스왈드가 유령과 상상 친구를 비교해서 했던 이야기 때문이다. 오스왈드의 말이 맞는 것 같다. 상상 친구로 사는 것보다는 유령으로 사는 게 더 낫다. 유령은 적어도 한때는 살아 있던 존재다. 하지만 상상 친구는 현실 세계에서 단 한순간도 살아 있을 수 없다.

유령은 누군가가 자신의 존재를 더 이상 믿지 않거나 잊어버린다고 해도, 또는 자신의 존재를 대체할 더 나은 대상을 찾는다고 해도, 결코 사라지지 않는다.

차라리 내가 유령이라면 이 세상에 영원히 존재할 수 있을지도 모른다.

오늘 아침, 나는 오스왈드를 집 밖으로 내보낼 방법을 미처 생각해 두지 못했다. 오늘의 첫 번째 실수다. 집을 나서기도 전에 실수를 저지른다는 것은 좋지 못한 징조다.

하지만 아직까지는 괜찮다. 보통 아침에 맥스 엄마는 정신없이 바쁘다. 맥스 아빠는 아직 거리에 버스도 다니지 않는 이른 새벽에 출근할 때가 많다. 게다가 이따금 집 앞 마당에 떨어져 있는 신문을 가지러 밖에 나가기도 한다. 그는 신문을 챙겨서 곧장 일터로 향할 때도 있고, 집 안으로 가지고 들어와 아침 식사를 하면서 읽을 때도 있다. 그러니까 누군가가 문을 열기만 하면 그때 오스왈드를 밖으로 내보낼 수 있을 것이다.

아침 7시 30분. 맥스 엄마가 조용히 부엌에 나타난다. 잠옷 차림이다. 자고 일어난 것 같기는 하지만, 여전히 몹시 피곤해 보인다. 그녀는 커피를 끓여서 잼을 바른 토스트와 함께 먹는다. 맥스 엄마가 내 엄마는 아니다. 하지만 내게는 엄마라는 존재를 가장 가까이에서 느낄 수 있게 해 주는 사람이다. 그래서 그녀가 너무 약하고 지치고 슬퍼 보이는 게 싫다. 오늘 밤 그녀가 맥스를 만나 행복한 비명을 내지르는 모습을 상상해 본다. 지금 내 눈앞에 보이는 지치고 기진맥진한 모습의 그녀는 머릿속에서 지워 버리고, 기쁨에 겨워 환호하는 모습을 대신 넣어 두려 한다. 나는 반드시 그녀의 모습을 바꾸어 놓을 것이다. 맥스를 구하는 것이 곧 맥스 엄마를 구하는 길이기도 하다.

전자레인지에 부착된 시계가 7시 48분을 알릴 때, 마침내 맥스 아빠가 현관문을 연다. 여전히 운동복 차림인 것으로 보아 출근하는 건 아닌 듯하다. 맥스 아빠 역시 피곤해 보인다. 지난밤 맥스의 엄마 아빠는 껴안고 있었지만, 두 사람 사이에 무언가 문제가 있는 게 분명하다. 맥스 아빠가 맥스 엄마를 대하는 태도를 보면 알 수 있다. 그는 "일어났어?"라고 짧게 한마디만 건넨 뒤 내내 말이 없다. 맥스 엄마도 마찬가지다. 두 사람 사이에 보이지 않는 벽이 세워져 있는 것 같다.

두 사람이 다투는 원인은 대부분 맥스에게 있다. 하지만 두 사람이 서로 사랑하는 것 또한 맥스 때문이다. 그런데 지금 그들은 희망을 잃어 가고 있다. 다시는 맥스를 못 볼지도 모른다고 생각하기 시작했다. 맥스가 없으면 두 사람을 하나로 이어 주는 연결 고리도 사라진다. 아직까지는 맥스가 이 집에 있는 것 같지만, 그것은 맥스에 대한 두 사람의 기억일 뿐이다.

그러니까 오늘 내가 구해야 할 사람은 한두 명이 아니다.

스쿨버스는 매일 아침 7시 55분에 맥스의 집 앞에 선다. 하지만 오늘은 서지 않을 것이다. 그래서 우리는 사보이 형제의 집까지 가야 되는데, 버스 시간에 맞추려면 죽어라 달려야 한다. 버스를 놓치면 큰일이다. 걸어서 학교를 찾아갈 자신이 없기 때문이다. 물론 어쩌면 찾아갈 수 있을지도 모른다. 그렇지만 그동안 스쿨버스를 타고 다니면서 창밖 풍경에 관심을 거의 두지 않았기 때문에 못 찾아갈 가능성이 크다.

오스왈드가 집에서 나오자마자 질문을 쏟아낸다.

"진입로 끝에 있는 저 조그만 상자는 뭐야?"

"우편함이요."

"우편함이 뭔데?"

나는 걸음을 멈추고 돌아선다.

"버스를 놓치면 우리는 맥스를 구할 수 없어요. 그러니까 묻고 싶은 게 있으면 일단 버스를 타고 난 뒤에 실컷 하세요. 버스를 잡으려면 지금부터 죽어라 뛰어야 해요. 아셨어요?"

"알았어."

오스왈드가 그렇게 말하고는 곧장 달리기 시작한다. 그는 어마어마한 몸집의 거인이지만, 달리기도 빠르다. 내가 따라잡기 힘들 만큼 빨리 달린다.

사보이 형제의 집을 20미터쯤 앞두었을 때, 스쿨버스가 우리 옆을 스쳐 지나간다. 아무래도 제시간에 버스 정류장에 도착하지 못할 것 같다. 그러나 이번 정류장에서 버스를 타는 학생은 사보이 형제 세 명과 패티라는 1학년 여자애다. 그들이 차에 타면서 시간을 끌어 주면 버스가 잠시 정류장에 머물러 있을 수도 있다. 충분한 시간은 아니겠지만 어쨌든 아직 기회는 남아 있다.

그때 결정적인 기회가 눈앞에 보인다. 제리 사보이가 버스에 오르려는 순간, 녀석의 형인 헨리가 제리가 들고 있던 책을 툭 치고 낄낄대며 웃는다. 책들은 버스 계단 앞 땅바닥에 떨어진다. 그중 한 권은 버스 아래로 들어간다. 제리는 허리를 굽히고 책들을 주워야 한다. 더욱이 버스 아래 있는 책을 꺼내려면 땅바닥에 무릎을 꿇고 엎드리기까지 해야 한다. 헨리 사보이는 덩치 크고 심술궂은 못된 녀석이다. 그러나 오늘은 녀석이 내게 큰 도움을 준 셈이다. 헨리와 제리는 모르겠지만, 그들 형제가 방금 맥스를 구한 것일 수도 있다. 우리는 무사히 정류장에 도착해서 패티에 이어 버스에 오른다.

십 초만 늦었어도 버스는 이미 출발했을 것이다.

나는 가쁜 숨을 고르며 오스왈드에게 맥스와 내가 평소에 앉던 자리로 가라고 손짓한다.

오스왈드가 묻는다.

"왜 이 아이들은 버스를 타는 거야? 자기 엄마가 차로 학교까지 데려다 주면 되잖아?"

"글쎄, 그건 나도 모르겠어요. 아마 차가 없는 사람들도 있으니까 그렇겠죠."

내가 대답한다.

"난 버스를 한 번도 안 타 봤어."

"알고 있어요. 그래서 지금 기분이 어때요?"

"생각했던 것만큼 흥분되지는 않아."

"그래도 빨리 갈 수 있으니 다행이죠."

"나도 맥스를 꼭 구하고 싶어."

오스왈드가 뜬금없이 말한다.

"정말요?"

"응."

"왜요? 아저씨는 맥스를 알지도 못하잖아요."

"맥스는 세상에서 가장 용감한 아이야. 네가 그랬잖아. 그 애는 토미 스윈든의 머리에 똥을 쌌고, 아무도 자신을 좋아하지 않지만 날마다 학교에 가. 그러니까 우리는 맥스를 구해 내야만 해."

오스왈드의 말을 들으니 가슴속이 따뜻해지는 느낌이다. 고스크 선생님이 학생들의 마음속에 깊이 간직될 이야기를 할 때도 이런 느낌일 것이다.

"그런데 어떻게 맥스를 구할 거야? 넌 나한테 아직 그 이야기는 안 해 줬어."

이제는 오스왈드에게 내 계획을 설명해 주어야 할 것 같다. 나는 십 분에 걸쳐 패터슨 선생님에 대한 이야기를 모두 들려준다.

이윽고 내 이야기를 다 듣고 난 오스왈드가 말한다.

"네 말이 맞아. 그 여자는 악마야. 어린아이를 훔쳐 간 악마."

"맞아요. 그런데 패터슨 선생님은 자신이 악마라는 사실을 모르는 것 같아요. 도리어 맥스의 엄마 아빠를 악마라고 생각하죠. 그러니까 자신이 옳은 일을 하고 있는 거라고요. 물론 저는 패터슨 선생님을 좋아하지는 않아요. 그렇지만 자신이 옳은 일을 하고 있다고 믿는 패터슨 선생님을 완전히 미워할 순 없을 것 같아요."

"어쩌면 우리는 모두 누군가의 악마일지도 몰라. 너와 나도 마찬가지야."

오스왈드가 마지막 한마디를 내뱉은 순간, 거리를 따라 달리는 버스의 차창에 비친 얼마 남지 않은 단풍잎과 집들이 처음으로 눈에 들어온다.

오스왈드의 얼굴 사이로 단풍나무가 보인다.

오스왈드는 조금씩 흐릿하게 변해 가고 있다.

이건 말도 안 된다. 오스왈드의 도움이 가장 절실히 필요한 바로 오늘, 어떻게 그가 사라지기 시작한단 말인가?

너무 억울하다.

이럴 수는 없다.

불운한 일이 한꺼번에 일어나는 드라마는 현실감이 떨어진다. 지금 상황이 바로 그렇다.

아뿔싸. 이제야 알 것 같다. 이건 내 잘못이다. 나 때문에 오스왈드가 죽어 가고 있다.

오스왈드는 매일 밤 잠자기 전에 항상 존에게 이런저런 이야기를 한다고 했다. 그날 하루 동안 자신이 무엇을 했으며 어떤 사람을 봤는지 모두 이야기한 뒤 잠든다고 했다.

존은 그 시간을 통해 오스왈드의 존재를 믿었던 것이 분명하다. 매일 밤 오스왈드가 자신에 대해 늘어놓는 이야기를 듣고 있었던 것이다. 귀를 통해서 들었을 수도 있고, 머릿속이나 가슴속에서 오스왈드의 목소리가 울려 퍼졌을 수도 있다. 오스왈드가 존재할 수 있었던 것은 바로 그 때문일 것이다. 존의 영혼은 깨어나지 않는 육체 안에 갇혀 있다. 그래서 오스왈드가 존의 눈과 귀가 되었던 것이다. 존에게 바깥세상 소식을 알려 주는 창문이 바로 오스왈드였던 것이다.

나는 존이 어른이라서 오스왈드가 현실 세계의 사물들을 움직일 수 있는 거라고 생각했다. 나는 이전까지 어른을 인간 친구로 둔 상상 친구를 한 번도 만나 본 적이 없었다. 그래서 어른 친구가 오스왈드를 특별하게 만들어 준 거라고 생각했다. 바로 그것 때문에 특별한 능력을 가지게 된 거라고.

하지만 오스왈드가 현실 세계의 사물들을 움직일 수 있는 것은 존이 더 이상 그런 일을 할 수 없기 때문이다. 존은 혼수상태에 빠진 자신의 처지가 너무 슬퍼서 오스왈드를 만들어 냈다. 그리고 자신이 할 수 없는 일을 오스왈드는 할 수 있다고 상상한 것이다. 오스왈드는 세상을 향한 존의 창문이자, 존에게 계속 현실 세계를 느끼게 해 주는 매개체다.

그런데 내가 존에게서 그 창문을 빼앗아 와 버린 것이다. 어젯밤 오스왈드는 존에게 이야기를 해 줄 수 없었다. 그래서 지금 존은 상상 친구의 존재를 더 이상 믿지 않고 있다.

오스왈드는 나 때문에 죽어 가고 있는 것이다.

오스왈드의 말이 옳았다. 우리는 모두 누군가에게 악마 같은 존재일 수 있다. 오스왈드에게는 바로 내가 악마였다.

52

지금 우리는 고스크 선생님의 교실에 앉아 있다. 고스크 선생님은 학생들에게 자신의 딸인 스테파니와 첼시에 대한 이야기를 들려주고 있다. 그녀는 여전히 본래의 고스크 선생님이 아니다. 슬픔이 가득한 눈빛을 보면 알 수 있다. 오늘 고스크 선생님은 바닥에 불이 붙은 것처럼 교실 안을 콩콩 뛰어다니지 않는다. 하지만 아이들은 여전히 의자에 엉덩이를 반쯤 걸친 채 선생님의 이야기를 흥미진진하게 듣고 있다. 오스왈드 역시 마찬가지다. 그는 고스크 선생님에게서 잠시도 눈길을 떼지 못한다. 그래서 자신이 사라지고 있다는 사실조차 알아차리지 못한다. 오스왈드는 빠른 속도로 사라져 가고 있다. 그레이엄의 경우보다 더 빠르다. 오늘 하루 수업이 끝날 즈음이면 오스왈드는 세상에서 완전히 사라지고 없을지도 모른다.

오스왈드가 나를 돌아본다.

순간 나는 바짝 긴장한다. 그는 자신이 사라져 가고 있다는 사실을 알아차린 듯하다. 느낌이 온다.

"나는 고스크 선생님이 참 좋아."

오스왈드가 말한다.

나는 말없이 그를 향해 미소 짓는다.

오스왈드가 다시 고스크 선생님에게 눈길을 돌린다. 고스크 선생님은 방금 딸들에 대한 이야기를 끝냈다. 그리고 이제는 '서술어'라는 것에 대해 설명하고 있다. 나는 서술어가 뭔지 모른다. 오스왈드도 모를 것이다. 하지만 그는 교실 안의 어떤 학생보다 더 서술어에 관심을 보인다. 그의 눈길은 고스크 선생님에게 딱 붙어 있다.

이제 나는 내가 해야 할 일이 무엇인지 안다. 그것을 어떻게 해야 할지는 모르겠지만, 반드시 방법을 찾아야 한다. 그것이 옳은 일이기에.

고스크 선생님과 함께 있을 때는 옳지 않은 일은 할 수 없을 것 같다.

"오스왈드, 이제 우리는 가야 해요."

내가 말한다.

"어디를?"

오스왈드가 여전히 고스크 선생님을 바라보며 묻는다.

"병원이요."

오스왈드가 나를 돌아본다. 그의 눈 위쪽에 있는 애벌레 두 마리가 다시 입을 맞춘다.

"맥스는 어떡하고? 우리는 맥스를 구해야 하잖아."

"아저씨, 아저씨는 지금 사라져 가고 있어요."

"너도 알았어?"

"아저씨도 알았어요?"

"응. 오늘 아침 잠에서 깼을 때 알았어. 내 손이 비쳐 보이더라고. 네가 아무 말도 없어서 나는 내 눈에만 보이는 줄 알았지."

"아니에요, 제 눈에도 보여요. 이전에도 그런 광경을 본 적이 있어요. 지금 당장 병원에 있는 존에게 돌아가지 않으면, 아저씨는 이 세상에서 완전히 사라져 버릴 거예요."

"그럴지도 모르지."

오스왈드가 말한다. 하지만 그는 '그럴지도 모른다는' 가능성을 믿지 않는다. 그는 오직 확실한 것만 믿는다. 나 역시 그렇다.

"그럴지도 모르는 게 아니에요. 틀림없어요. 전 확실히 안다고요. 존이 아저씨의 존재를 믿는 이유는 아저씨가 매일 밤 존에게 이야기를 해 주었기 때문이에요. 하지만 어젯밤에는 아저씨의 목소리를 듣지 못했죠. 아저씨는 저와 함께 있었으니까요. 그래서 지금 아저씨가 사라져 가고 있는 거예요. 아저씨는 존에게 돌아가야만 해요."

"그렇지만 맥스는 어떡하고!"

오스왈드가 소리친다. 놀랍게도 그의 목소리에서 약간의 분노가 느껴진다.

"맥스는 제 친구라서 제가 잘 알아요. 맥스는 아저씨가 자신을 구하려다가 죽는 것을 바라지 않을 거예요. 그건 옳지 않은 일이에요."

"나는 맥스를 구하고 싶어. 그리고 선택은 내가 해!"

오스왈드가 주먹을 불끈 쥐고 나를 노려본다. 그도 고스크 선생님과 함께 있을 때는 옳은 일을 할 수밖에 없는 것일까?

"맥스를 구하고 싶어 하는 마음은 잘 알아요. 하지만 오늘은 안 돼요. 아저씨는 지금 바로 존에게 돌아가야 해요. 맥스는 내일 구해도 돼요."

"지금 존에게 돌아가기엔 너무 늦었어. 돌아간다고 해도, 나는 더 이상 존을 느낄 수가 없어. 이미 늦은 것 같아."

나도 그렇게 생각한다. 지난번 그레이엄을 구하려 했을 때도 결국 어떻게 됐는지 기억이 생생하다. 안타깝지만 상상 친구는 일단 사라지기 시작하면 무엇으로도 막을 수 없다. 하지만 이런 내 생각을 입 밖에 내고 싶지는 않다.

"당장 무언가 하지 않으면 아저씨는 죽을 거예요."

"괜찮아. 내가 알아."

"만일 죽어서 유령이 될 거라고 믿는다면, 그건 아니에요. 아저씨는 그저 영원히 사라져 버릴 거예요. 마치 처음부터 이 세상에 존재하지 않았던 것처럼 흔적조차 없어질 거라고요."

"내가 맥스를 구한다면 경우는 달라져. 세상에서 가장 용감한 소년을 내가 구해 낸다면, 나는 영원히 이 세상에 존재하게 되는 거야."

"그렇지 않아요! 아저씨가 사라지고 나면, 아무도 아저씨를 기억하지 못할 거예요. 심지어 맥스도 아저씨를 잊어버릴 거라고요. 아저씨는 처음부터 존재하지 않았던 게 되어 버리는 거예요."

"네가 나를 만나러 왔을 때 내가 왜 그토록 화를 냈는지 알아?"

오스왈드가 묻는다.

"아저씨는 제가 유령인 줄 알았다면서요. 존을 데려가려고 온 유령이요."

"그래. 하지만 그게 진짜 이유는 아니야. 병원에 있는 동안 이 세상에 나란 존재는 없는 것 같았어. 말할 상대도, 특별히 볼 것도 없는 병실과 복도 주변을 다람쥐 쳇바퀴 돌듯 돌면서, 내가 할 수 있는 일은 아무것도 없었지. 내가 유령은 아니지만, 유령이 된 것 같은 기분이었어."

"말도 안 돼요."

실제로 지금 이 상황은 말이 안 된다. 나와 오스왈드의 입장이 완전히 뒤바뀐 것 같다. 나는 지금 너무 무섭고 화가 나서 아무나 붙잡고 싸움이라도 걸고 싶은 심정이다. 그런데 오스왈드는 바보 같을 만큼 침착하다. 자신의 몸이 점점 사라지고 있는 게 눈에 뻔히 보이는데도 전혀 신경 쓰지 않는다. 맞서 싸울 생각조차 없어 보인다.

그레이엄도 그랬다. 자신을 구하려는 계획이 실패로 끝난 뒤, 그레이엄도 지금의 오스왈드처럼 모든 것을 포기한 듯한 모습이었다.

갑자기 오스왈드가 믿기 힘든 행동을 한다. 두 팔을 뻗어 나를 끌어안는다. 거대한 팔로 나를 감싸 안고 힘을 꽉 주자, 내 몸이 앉은 자리에서 살짝 들어 올려진다. 오스왈드가 내 몸에 손을 대고도 나를 아프게 하지 않은 것은 처음이다. 그런데 이상하다. 오스왈드는 사라져 가고 있는데, 지금 나는 그의 품에 안겨 있다.

"난 오늘 아침 내 손이 비쳐 보이는 걸 보고 내가 사라지고 있다는 걸 알았어."

오스왈드가 여전히 나를 꽉 끌어안은 채 말한다.

"처음에는 나도 무섭더라. 하지만 난 병원에 있을 때도 늘 무서웠어. 어제 나는 티니와 너를 알게 됐고, 승강기와 버스도 타봤어. 오늘은 저렇게 훌륭한 고스크 선생님을 만났고. 그리고 이제는 맥스를 구하러 갈 거야. 어제와 오늘 나는 지난 평생 동안 했던 것보다 훨씬 더 많은 경험을 했어."

"해 볼 수 있는 일은 아직도 수없이 많아요. 그러니까 미래에 대해서만 생각하세요."

오스왈드는 나를 내려놓고 나와 눈을 맞춘다.

"매일 병원에 있어야 한다면 이야기는 달라져. 나는 영원히 병원에 틀어박혀 있기보다는 차라리 멋진 모험을 한번 해 보고 싶어. 그것으로 내 삶이 끝난다고 해도."

"아저씨를 병원으로 돌려보내지 않는 건 잘못된 행동이에요. 이대로 포기하는 건 옳지 않아요."

"맥스를 돕지 않는 것도 잘못된 행동이야. 맥스는 세상에서 가장 용감한 아이니까. 그 애를 반드시 구해야 해."

"그건 아저씨 자신부터 구한 뒤에 해도 되잖아요."

갑자기 오스왈드가 화난 표정을 짓는다. 병실에서 나를 집어 던지기 직전에도 바로 그런 표정이었다. 게다가 몸에 힘이 바짝 들어가면서 키가 20센티미터는 더 커 보인다.

그러나 다음 순간 오스왈드가 또 변한다. 부르쥔 주먹이 풀어지고, 긴장했던 몸에서 힘이 빠진다. 표정도 누그러진다. 더 이상 화를 내지 않는다. 대신 무언가에 실망한 것 같다.

바로 나에 대해 실망한 것이다.

"그만해. 난 고스크 선생님의 이야기를 더 듣고 싶어. 갈 시간이 될 때까지 난 고스크 선생님과 함께 있고 싶다고. 알겠어?"

"알았어요."

나는 하고 싶은 말이 더 있지만 말하기가 두렵다. 오스왈드가 또다시 내게 화를 내거나 실망할까 봐 두려운 건 아니다. 물론 그것도 생각보다 많이 괴로운 일이긴 하다. 그러나 내가 정말 두려운 것은 내가 여전히 오스왈드의 도움을 필요로 한다는 사실이다. 그가 도와주지 않으면 나는 맥스를 구할 수 없다. 오스왈드가 자기 자신보다 맥스를 구하고 싶다고 말했을 때, 나는 솔직히 기뻤다. 그런 나 자신이 너무 끔찍하게 느껴진다. 나는 세상에서 가장 못된 상상 친구다.

맥스가 세상에서 가장 용감한 아이라면, 오스왈드는 세상에서 가장 용감한 상상 친구다.

53

오스왈드는 하루 종일 고스크 선생님 곁을 떠나지 않는다. 심지어 화장실까지 따라간다. 내가 그러면 안 된다고 말렸지만, 오스왈드는 화장실이 개인적인 공간이라는 것을 전혀 이해하지 못하는 듯하다.

나도 거의 온종일 고스크 선생님 옆에서 시간을 보낸다. 물론 관심은 줄곧 오스왈드에게 쏠려 있다. 그가 맥스를 구하는 데 도움을 주기도 전에 사라져 버릴까 봐 걱정된다. 나는 몸이 훤히 비치는 오스왈드를 바라보며 그에게 남은 시간이 얼마나 될지 생각해 본다. 하지만 도저히 모르겠다. 불안해서 가슴이 터질 것 같다.

이 와중에 패터슨 선생님의 동태를 살피는 것도 잊어서는 안 된다. 나는 학교에 도착하자마자 우선 그녀가 출근했는지 확인했다. 그나마 다행이었다. 스쿨버스가 순환도로에 멈춰 섰을 때, 나는 패터슨 선생님이 자기 차에서 내리는 모습을 봤다.

모든 상황이 내 계획대로 흘러가고 있다. 내 계획에서 가장 중요한 역할을 맡은 인물이 눈앞에서 점점 사라져 가고 있다는 점만 빼면.

수업이 끝나는 시각은 3시 20분이다. 그러나 오스왈드와 나는 3시에 고스크 선생님의 교실을 나선다. 오스왈드가 패터슨 선생님의 차에 타려면 그녀가 차 문을 열 때 재빨리 들어가야 한다. 그러므로 우리는 미리 주차장에서 준비하고 있어야 한다.

교실을 나서기 전, 오스왈드가 고스크 선생님에게 작별 인사를 한다. 교실 앞으로 걸어가서 그녀에게 당신은 세상에서 가장 훌륭한 선생님이라고 말한다. 그녀와 함께한 시간이 평생 가장 행복한 순간이었다고. 내가 고스크 선생님을 다시 만날 수 있을까? 잘 모르겠다. 그러나 이것만은 분명하다. 오스왈드는 다시는 그녀를 보지 못할 것이다. 교실을 나서는 마지막 순간까지 오스왈드는 고스크 선생님에게 손을 흔든다. 그 모습은 그레이엄이 사라질 때의 모습만큼이나 슬프다. 그보다 더 가슴 아픈 광경은 아마 없을 것이다. 나도 고스크 선생님에게 작별 인사를 한다. 하지만 오스왈드와는 달리 가능한 한 빨리 끝내 버린다.

고스크 선생님을 다시는 볼 수 없다는 것은 상상조차 하기 힘들다. 나는 그녀를 아주 많이 사랑한다.

수업이 끝났음을 알리는 종이 울리고 오 분이 지났을 때, 패터슨 선생님이 학교 옆문을 통해 걸어 나온다. 양손에는 물건이 가득 찬 커다란 헝겊 가방이 들려 있다. 어깨에는 핸드백을 메고 있다.

내가 오스왈드에게 말한다.

"제 걱정은 하지 마세요. 어젯밤 집에 들어갈 때 그랬던 것처럼, 자동차 문도 쉽게 통과할 수 있으니까요. 그러니 아저씨는 차에 타는 일만 신경 쓰세요. 패터슨 선생님이 차 문을 열면 잽싸게 먼저 올라타야 해요. 단 일 초도 머뭇거려서는 안 돼요."

이윽고 패터슨 선생님이 자신의 차 앞에 다다른다. 그녀는 들고 있던 가방을 바닥에 내려놓고 뒷문을 연다. 그러고는 다시 가방을 들어 올린다. 꽤 무거워 보이는 가방 안에는 책이며 액자, 스노우부츠 등이 들어 있다. 그녀는 가방을 뒷좌석에 실으려는 모양이다. 오스왈드의 현재 위치상 뒷문으로는 차에 탈 수 없다. 패터슨 선생님이 문을 열 때 오스왈드는 바로 그 문 앞에 서 있었다. 당황한 그는 반대쪽으로 한 바퀴 빙 돌아 열린 문으로 뛰어든다. 하지만 바로 그때 패터슨 선생님이 문을 닫아 버린다. 그 바람에 문에 세게 부딪쳐 뒤로 나동그라진 오스왈드는 고개를 절레절레 흔들며 투덜거린다.

"어서 일어나요!"

내가 소리친다. 오스왈드는 재빨리 몸을 일으킨다.

패터슨 선생님이 앞으로 걸어가 운전석 쪽 문을 연다. 오스왈드가 차에 올라탈 자세를 잡는다. 내가 말했던 지점에서 두 발짝쯤 뒤로 물러나 있지만, 다행히 탈 수는 있을 것 같다.

"지금이에요!"

내가 신호를 내리자 오스왈드가 뛰기 시작한다. 그의 움직임은 생각했던 것보다 훨씬 더 날쌔다. 오스왈드는 가볍게 몸을 날려 패터슨 선생님보다 먼저 차에 올라탄다. 만일 패터슨 선생님이 오스왈드를 깔고 앉았다면 어땠을까? 승강기 안에 사람이 꽉 찼을 때도 그렇듯이 상상 친구들은 보통 인간에게 떠밀리게 마련이다. 떠밀릴 때야 항상 피할 공간이 있지만, 누군가에게 깔릴 경우는 정말 대책이 없을 것이다.

다행히 이번에는 그런 문제를 고민할 필요가 없다.

나는 닫힌 문을 통과해 뒷좌석으로 들어간다. 그러고는 헝겊 가방을 타고 넘어 조수석에 앉은 오스왈드 뒤에 자리를 잡는다.

"아저씨, 괜찮으세요?"

"괜찮아."

오스왈드가 대답한다. 하지만 그의 목소리는 아득히 먼 곳에서 들리는 것 같다. 잠시 후, 오스왈드가 말한다.

"그런데 얼굴을 보니 나쁜 사람 같아 보이진 않는데? 난 굉장히 심술궂게 생겼을 거라고 생각했어."

"그래서 아무도 패터슨 선생님이 맥스를 납치했을 거라고 의심하지 않는 것 같아요."

"어쩌면 악마들은 모두 평범하게 생겼는지도 몰라. 그래서 나쁜 짓을 할 수 있는 거겠지."

오스왈드의 목소리는 너무나 힘이 없다. 맥스에게 갈 때까지 버텨 낼 수 있을지 걱정된다.

"정말 괜찮으세요?"

"괜찮다니까."

"다행이에요. 조금만 가면 패터슨 선생님 집에 도착할 거예요."

패터슨 선생님의 집에는 곧 도착할 테지만, 맥스는 오늘 밤에나 구할 수 있다. 즉, 오스왈드가 몇 시간을 더 기다려야 한다는 뜻이다. 그때까지 오스왈드가 버텨 줄 수 있을까?

하지만 지금은 이런 걱정을 할 때가 아니다. 학교에서 패터슨 선생님 집까지 가는 길을 눈에 익혀 두어야 하기 때문이다. 이번 계획을 위해서는 머릿속에 지도를 그려 둘 필요가 있다. 우선 우리는 왼쪽으로 돌아 순환도로를 벗어난다. 도로의 끝에 다다르자 신호등의 빨간불이 켜진다. 신호등은 한참 동안 바뀌지 않는다. 급기야 패터슨 선생님은 초초한 듯 손가락 끝으로 운전대를 두들기기 시작한다. 마침내 녹색 불로 바뀌자 패터슨 선생님은 좌회전을 한다.

차 안에는 라디오가 켜져 있다. 한 남자가 뉴스를 전한다. 학교에서 실종된 어린 소년에 대한 소식은 없다.

이윽고 자동차는 왼쪽에 공원이, 오른쪽에는 교회가 있는 거리로 접어든다. 교회 앞마당에는 주황색 호박이 잔뜩 쌓여 있고, 그 옆에는 흰색 천막이 있다. 천막 아래 한 남자가 서 있는 것으로 보아 호박을 파는 것 같다. 우리는 신호등을 두 번 더 통과한 뒤 세 번째 신호등에서 오른쪽으로 방향을 바꾼다.

"왼쪽, 왼쪽, 신호등 두 번 지난 뒤 세 번째 신호등에서 오른쪽."

나는 이 말을 세 번씩 반복한다. 좀 더 외우기 쉽도록 가락을 붙여서 노래처럼 만들어 보기도 한다.

오스왈드가 묻는다.

"그게 무슨 말이야?"

"길을 익혀 두는 거예요. 학교까지 돌아오는 길을 알아 둬야 하거든요."

"직접 차를 타 보니 생각만큼 재미있진 않네. 그래도 버스보다는 조금 낫다."

오스왈드에게 무언가 위로의 말을 해 주고 싶다. 하지만 길을 외워야 하기 때문에 그럴 여유가 없다. 시시각각 흐릿하게 변해 가는 오스왈드를 보고 있자니 마음이 너무 아프다. 현실 세계에 손을 댈 수 있는 유일한 상상 친구는 이제 곧 영원히 사라질 것이다. 그런데 지금 나는 그에게 말할 시간조차 없다.

우리는 길게 이어진 어두컴컴한 도로를 따라 달린다. 주변에는 공원도, 교회도 없다. 그저 집들과 도로뿐이다. 정지 신호를 통과하고 나자 패터슨 선생님이 왼쪽으로 방향을 돌린다. 거기서부터는 바람 부는 내리막길이다. 내리막길 끝에서 또다시 왼쪽으로 돌자 마침내 패터슨 선생님의 집 앞 도로가 나타난다. 오른쪽에 호수가 있고, 저 멀리 패터슨 선생님의 집도 보인다.

나는 학교에서부터 이 거리까지 이어지는 경로를 다시금 머릿속에 정리해 본다. 왼쪽, 왼쪽, 오른쪽, 왼쪽, 왼쪽. 그 사이에 신호등을 몇 차례 통과한다. 또 공원과 호박을 파는 교회, 그리고 호수도 거쳐야 한다.

나는 오늘 나 자신이 길을 익히는 데 재주가 없다는 것을 새삼 깨닫는다. 그동안 내가 병원과 경찰서, 주유소까지 혼자 다닐 수 있었던 것은 천천히 걸었기 때문이다. 그러나 자동차는 속도가 빠르다. 차에 탄 채로 주변 지리를 눈에 익히기는 쉽지 않다. 병원이나 경찰서에 비해 거리도 훨씬 멀기 때문에 외워야 할 모퉁이도 더 많다.

이윽고 차의 속도가 서서히 느려지면서 패터슨 선생님이 진입로로 들어선다.

내가 오스왈드에게 말한다.

"다 왔어요. 이 언덕을 올라가면 패터슨 선생님의 집이에요."

"알았어."

우리는 오르막길을 올라가 집 앞에 다다른다. 패터슨 선생님이 리모컨 버튼을 누르자 차고 문이 열린다. 그녀는 차고 안으로 들어가 다시 리모컨을 누른다. 차고 문이 닫힌다.

"이제 드디어 맥스를 구할 시간이 온 거야?"

오스왈드가 묻는다.

"아직 아니에요. 몇 시간 더 기다려야 해요. 그때까지 버티실 수 있겠어요?"

"난 시간이라는 개념을 몰라. 몇 시간이 얼마나 긴 건지 모른다고."

"괜찮아요. 제가 먼저 맥스를 살펴보고 올게요. 저는 맥스가 있는 방에 들어갈 수 있거든요. 하지만 아저씨도 곧 맥스를 만나게 될 거예요."

패터슨 선생님이 차 문을 쾅 닫는다. 그 소리를 들은 순간, 나는 비로소 오스왈드가 아직 조수석에 앉아 있다는 사실을 깨닫는다. 이제 그가 차에서 내릴 방법은 없다.

또다시 실수를 저지른 것이다.

나는 지난 육 년 동안 문을 들락거리는 데 아무런 불편함이 없었다. 그래서 오스왈드에게는 그런 능력이 없다는 사실을 잠시 잊고 있었던 것이다.

같은 실수를 또다시 저지르다니.

54

"왜 그래?"

오스왈드가 묻는다.

패터슨 선생님이 차 문을 닫은 뒤 나는 단 한마디도 못하고 있다.

"제가 미쳤나 봐요. 깜박 잊고 아저씨에게 차에서 내리라는 말을 못했어요."

"아!"

"괜찮아요. 제가 다른 방법을 생각해 볼게요."

말로는 걱정할 것 없다고 했지만, 내 마음속에는 오스왈드의 씁쓸한 현실이 그려진다. 인간 세계에 손댈 수 있는 능력을 가진 유일한 상상 친구가 지금 이 평범한 자동차 안에서 점점 사라져 가고 있다. 마지막으로 꼭 해내고 싶은 뜻깊은 일은 시작조차 못해 본 채……

"내가 문을 열어 볼게."

오스왈드가 말한다.

"안 돼요. 맥스의 집에서 초인종을 누를 때도 아저씨가 얼마나 힘들어했는지 다 봤어요. 차 문을 열려면 손잡이를 잡아당기면서 동시에 문을 밀어야 한다고요. 아저씨 힘으로는 불가능한 일이에요."

오스왈드가 차 문 손잡이를 바라보더니 고개를 끄덕이며 말한다.

"그래, 좀 힘들긴 하겠다. 어쩌면 그 여자가 다시 올지도 몰라."

맞는 말이다. 충분히 그럴 가능성이 있다. 헝겊 가방을 뒷좌석에 두고 갔으니 그것을 가지러 올지도 모른다. 하지만 오스왈드는 점점 더 흐릿해지고 있다. 패터슨 선생님이 빠른 시간 안에 나타나지 않으면, 돌아와 봤자 아무 소용도 없을 것이다.

"우선 이쪽으로 오세요. 패터슨 선생님이 돌아오는 목적은 이 가방 때문일 테니 틀림없이 이쪽 문을 열 거예요."

나는 가방에서 가장 가까이에 있는 문을 가리키며 말한다.

"미리 준비를 하고 있어야 해요."

오스왈드가 뒷좌석으로 넘어온다. 어마어마하게 큰 몸집에 비해 놀랄 만큼 날쌔게 움직이는 그는 나와 가방 사이에 자리를 잡는다. 우리는 한동안 아무 말도 안 한 채 패터슨 선생님이 오기만을 기다린다.

이윽고 오스왈드가 말한다.

"아무래도 네가 가서 맥스가 잘 있는지 확인하고 오는 게 좋겠어."

그의 목소리는 아주 먼 곳에서 들리는 것처럼 약하고 분명하지 않다.

나도 그 생각을 안 한 것은 아니지만, 오스왈드를 두고 차에서 내리기가 두렵다. 내가 없는 동안 오스왈드가 사라져 버릴까 봐 겁이 난다. 나는 그의 얼굴과 몸을 자세히 살펴본다. 아직 눈에 보이기는 하지만, 그의 등 뒤에 있는 것들까지도 다 보인다. 헝겊 가방, 차 문, 차고 벽에 걸린 갈퀴와 삽까지. 오스왈드가 움직이지 않고 가만히 있으면, 갈퀴와 삽이 오스왈드보다 더 잘 보인다.

오스왈드가 내 마음을 읽기라도 한 듯 말한다.

"난 괜찮을 거야. 그러니까 어서 가서 맥스가 괜찮은지 살펴보고 와."

"아저씨는 점점 사라지고 있어요."

"나도 알아."

"제가 없는 동안 아저씨가 완전히 사라져 버릴까 봐 무서워요."

"네가 내 곁에 없으면 내가 사라지는 속도가 더 빨라질 것 같아?"

"아니, 그건 아니에요. 다만 저는 아저씨가 아무도 없이 홀로 죽게 하고 싶지 않아요."

"아, 그렇구나."

우리는 다시 침묵에 잠긴다. 내가 말을 잘못한 것 같다는 생각이 든다. 실수를 만회할 만한 좋은 말이 없을까?

마침내 내가 말한다.

"아저씨, 두려워요?"

"아니. 두렵지는 않아. 그저 슬플 뿐이지."

"뭐가 슬퍼요?"

"우리가 더 이상 친구로 지낼 수 없다는 게 슬퍼. 존이나 티니를 다시 만날 수 없다는 것도 슬프고, 이제 승강기와 버스를 타 볼 기회가 없다는 것도 슬퍼. 그리고 맥스와 친구가 되지 못할 거란 사실도……."

오스왈드는 한숨을 내쉬고 고개를 든다. 그에게 무언가 위로가 될 말을 해 주고 싶다. 하지만 내가 말하려는 순간, 그가 먼저 입을 연다.

"내가 사라지면 더 이상 슬플 일도 없겠지. 난 더 이상 아무것도 아니니까. 그렇게 생각하면 또 슬퍼져."

"그런데 왜 두렵지는 않아요?"

사실 이것은 오스왈드에게 묻는 질문이 아니라 나 자신에게 던지는 질문이다. 나는 지금 내가 사라지고 있는 것도 아닌데 너무나 두렵다. 오스왈드에게 해 줄 적절한 말이 생각나지 않아서 화도 난다. 하지만 어쩔 수 없다.

"무엇을 두려워해야 하는데?"

"아저씨가 죽은 뒤 어떤 일이 일어날지 두렵지 않아요?"

"어떤 일이라니, 어떤 일?"

"그야 저도 모르죠."

"그런데 왜 두려워하지? 내 생각에는 아무 일도 일어나지 않을 것 같아. 내가 아무것도 아닌 게 되는 것보다는 차라리 그게 더 낫지 않을까?"

"더 나은 게 아니라 더 끔찍한 거라면요?"

"내가 아무것도 아닌 게 되는 것보다 더 끔찍한 건 없어. 하지만 설사 그렇게 된다고 해도, 나는 그 사실을 알지도 못할 거야. 어차피 나는 아무것도 아니니까."

순간 오스왈드가 천재처럼 느껴진다.

"하지만 이 세상에서 사라지는 건요? 세상은 아저씨가 없어도 잘 굴러갈 거예요. 마치 아저씨란 존재는 처음부터 없었던 것처럼요. 언젠가는 아저씨를 알았던 사람들도 모두 죽겠죠. 그러면 아저씨의 존재는 아무도 기억해 주는 이 없는, 그야말로 아무것도 아닌 게 돼 버리는 거예요. 이런 생각을 하면 슬프지 않아요?"

"내가 맥스를 구한다면 그럴 일은 없어. 내가 맥스를 구한다면 나는 영원히 존재하게 될 거야."

순간 웃음이 나온다. 오스왈드의 말을 믿기 때문이 아니다. 내가 웃은 건 오스왈드의 생각이 마음에 들어서다. 나도 오스왈드처럼 생각할 수 있다면 좋겠다.

"어서 맥스에게 가 봐. 난 절대 사라지지 않을 거야. 약속해."

"안 돼요."

"만일 내가 정말 사라질 것 같으면, 너에게 신호를 보낼게. 어때? 난 얼마든지 할 수 있어."

"알겠어요. 그럼……."

결국 나는 오스왈드의 뜻을 따르기로 한다. 차 문을 통과하기 직전 다시 뒤를 돌아보고 말한다.

"맞아요. 아저씨는 충분히 신호를 보낼 수 있어요."

"그래? 어떻게?"

"지금 바로 앞좌석으로 가서 저기 저 경적을 누르세요."

"왜?"

"그럼 아저씨가 여기서 나갈 수 있을 거예요."

오스왈드가 운전석 쪽으로 옮겨 가서 두 손을 경적 위에 올려놓는다. 그의 손은 이미 많이 흐려져서 잘 보이지 않는다. 오스왈드의 몸이 점점 흐릿해지면서 현실 세계에 손댈 수 있는 그의 능력도 함께 약해진 것이 아닐지 걱정스럽다.

오스왈드가 경적을 누르는 순간, 팔 근육이 경직되면서 몸이 부들부들 떨린다. 목에는 핏줄 두 개가 불룩 튀어나온다. 점점 투명해지던 색깔도 다시 짙어진다. 입에서는 약한 신음이 흘러나온다. 다음 순간, 빠앙 하는 경적 소리가 울려 퍼진다. 그 소리는 삼 초쯤 이어지다가 멈춘다.

경적이 멈춘 순간, 오스왈드가 축 늘어지면서 한숨을 내쉰다.

"이제 준비하세요."

내가 말한다. 그러자 오스왈드가 가쁜 숨을 몰아쉬며 대답한다.

"알았어."

기다리는 시간이 굉장히 길게 느껴진다. 십 분, 아니 그보다 더 긴 것 같다. 우리는 차고에서 집 안으로 연결되는 문만 뚫어져라 바라본다. 그러나 문은 열릴 기미가 없다.

"아무래도 다시 한 번 더 해야 할 것 같아요."

"알았어. 해 볼게."

오스왈드는 말은 그렇게 하지만 영 자신 없는 표정이다.

"잠깐만요. 만일 지금 패터슨 선생님이 맥스와 함께 지하실에 있다면, 경적 소리를 들을 수 없을 거예요. 제가 안으로 들어가서 그녀가 어디 있는지 알아볼게요. 아저씨가 헛수고하게 만들고 싶지 않아요."

"나도 마찬가지야."

나는 부엌에서 패터슨 선생님을 찾아낸다. 그녀는 수세미로 프라이팬을 닦으면서 또다시 해머에 관한 노래를 부르고 있다. 열린 식기세척기에는 접시며 컵, 숟가락, 포크 등이 층층이 담겨 있다. 방금 맥스와 저녁 식사를 끝낸 듯하다.

나는 차고로 돌아간다. 오스왈드의 모습이 보이지 않는다. 사라져 버린 것이다. 걱정했던 대로 내가 자리를 비운 동안 이 세상에서 자취를 감춰 버린 것이다.

그런데 다시 차 안을 자세히 살펴보니 오스왈드가 보인다. 거의 투명에 가깝게 변하긴 했지만 어쨌든 살아 있다. 오스왈드가 눈을 껌벅이자 검은 눈동자와 거대한 몸의 윤곽선이 보인다. 이제는 패터슨 선생님이 잠들 때까지 기다릴 수 없을 것 같다. 우리는 지금 당장 맥스를 구해야 한다.

나는 차 뒷좌석으로 들어가 말한다.

"패터슨 선생님은 지금 부엌에 있어요. 그러니까 지금부터 잘 들으세요. 그녀가 밖으로 나오면 경적에 문제가 있는지 확인하기 위해 차 문을 열 거예요. 왜 경적이 울렸는지 살펴보겠죠. 문이 열리면 곧바로 차에서 내려 최대한 빨리 집 안으로 들어가세요. 이렇게 차고에서 오도 가도 못한 채 계속 있을 순 없어요."

"알았어."

오스왈드가 말한다. 그의 목소리는 바로 옆에서도 들릴 듯 말듯할 정도로 힘이 없다.

오스왈드가 다시 운전대에 손을 올린다. 이번에는 앉은 자리에서 일어나 온 힘을 다해 경적을 누른다. 자신을 돕기 위해 몸무게를 이용하는 것이다. 거의 투명해진 두 팔에 다시 근육이 불룩 튀어나온다. 목의 핏줄도 선다. 입에서는 신음이 새어 나온다. 적어도 일 분의 시간이 흐른 뒤에야 마침내 경적이 울린다. 이번에는 겨우 일 초 만에 멈추었지만, 그 정도면 충분하다.

잠시 후, 차고에서 집 안으로 연결되는 문이 열리면서 패터슨 선생님이 모습을 드러낸다. 그녀는 자신의 차를 바라본다. 눈썹을 찌푸린 채 몸을 약간 앞으로 숙여 뚫어져라 살펴본다. 하지만 문가에서 한 발짝도 움직이지는 않는다.

나는 그녀의 눈을 가만히 바라본다. 차 문을 열고 내부를 확인할 마음까지는 없는 것 같다. 눈빛을 보면 알 수 있다.

내가 소리친다.

"한 번 더요! 다시 경적을 울리세요! 지금 당장!"

오스왈드가 나를 돌아본다. 잘 보이지는 않지만 틀림없이 지친 표정일 것이다. 자신이 또 경적을 울릴 수 있을지 확신이 서지 않을 것이다.

"어서요! 맥스 딜레이니를 위해 경적을 울려 줘요! 맥스를 구할 수 있는 건 아저씨뿐이에요. 그러니까 어서 경적을 눌러요. 아저씨는 곧 사라질 거예요. 이 차에서 나가지 못하면 맥스를 위해 아무것도 할 수 없어요. 어서 경적을 울려요! 지금 당장!"

오스왈드가 몸을 일으켜 운전석에 무릎을 꿇고 앉는다. 그러고는 무게 중심이 앞으로 쏠리도록 몸을 숙이고 온 힘을 다해 경적을 누르며 "맥스!" 하고 소리친다. 맥스라는 두 마디가 짐승의 울음소리처럼 차 안을 가득 메운다. 팔과 어깨는 물론 등 근육까지 울룩불룩 튀어나온 오스왈드의 모습은 다시금 제설기 같은 인상을 풍긴다. 누구도 멈출 수 없는 엄청난 힘을 가진 제설기.

이번에는 지체 없이 경적이 빵 하고 울려 퍼진다.

경적 소리가 난 순간, 마침 집 안으로 들어가려고 문을 열던 패터슨 선생님이 깜짝 놀라 뒤로 물러선다. 그러고는 문을 열어둔 채 뒤돌아 차를 살펴보며 머리를 긁적인다. 그러나 그녀는 곧 다시 집 안으로 들어갈 분위기다. 저절로 경적이 울리는 차에는 더 이상 신경 쓰지 않을 모양이다. 그런데 바로 그때, 패터슨 선생님이 계단을 내려와 차 쪽으로 다가온다.

나는 오스왈드에게 급히 말한다.

"지금 오고 있어요! 저 문이 열리면, 재빨리 차에서 내려 집 안으로 들어가세요. 아셨죠?"

오스왈드는 고개만 끄덕인다. 말은커녕 숨쉬기조차 힘들어 보인다.

패터슨 선생님이 운전석 쪽 문을 열고 차 안으로 얼굴을 들이민다. 경적을 향해 오른손을 뻗는 순간, 오스왈드가 몸을 비틀어 차에서 내리는 데 성공한다. 나는 콘크리트 바닥에 서서 가쁜 숨을 몰아쉬고 있는 그에게 소리친다.

"어서 가요!"

오스왈드는 고개를 끄덕이고 집 쪽으로 뛰어간다. 그때 패터슨 선생님이 경적을 눌러 본다. 오스왈드는 그 소리에 놀라 멈칫하지만 곧 다시 뛰어간다. 나도 괜한 시간 낭비를 하지 않고 곧장 차에서 나와 오스왈드를 따라 집 안으로 들어간다. 세탁실을 지나 어두컴컴한 거실로 들어선 순간, 나는 그 자리에 멈춰 선다. 창밖을 보니 이미 해가 져서 컴컴하다. 우리가 차 안에 갇혀 있던 시간이 생각보다 꽤 길었던 것이다. 거실에는 불이 전혀 켜 있지 않다. 그렇지 않아도 눈에 잘 안 보이는 오스왈드를 전혀 찾을 수가 없다.

나는 나지막이 속삭인다.

"오스왈드? 어디 계세요?"

어차피 패터슨 선생님은 내 목소리를 들을 수 없다. 그런데도 나는 작은 목소리로 속삭이고 있다.

역시 텔레비전을 많이 보면 바보짓을 자주 하게 되는 것 같다.

"나 여기 있어."

오스왈드가 내 팔을 잡으며 말한다.

나는 바로 내 옆에 있는 오스왈드를 못 본 것이다. 이제는 목소리도 거의 안 들린다. 하지만 내 팔을 잡은 손아귀에서 여전히 힘이 느껴진다. 그나마 희망이 생긴다.

"좋아요. 어서 가요."

내 말에 오스왈드가 말한다.

"그래, 그러자. 내게 남은 시간이 그리 많지 않은 것 같아."

지하실로 통하는 문은 열려 있다. 그동안 겪은 일을 생각하면 이 정도의 작은 행운은 받을 만한 것 같다. 만일 그 문이 닫혀 있었다면 오스왈드를 어떻게 들여보냈을지 모르겠다. 나는 부엌을 가로질러 복도 쪽으로 향하면서 오븐 위에 있는 시계를 확인한다.

6시 5분이다.

계획보다는 늦었지만, 그래도 많이 늦은 편은 아니다. 패터슨 선생님이 잠자리에 들기까지는 아직도 몇 시간이 더 지나야 한다. 오스왈드에게는 남은 시간이 거의 없다. 어떻게든 지금 당장 계획을 실행에 옮길 방법을 찾아야 한다.

지하실에는 불이 켜져 있다. 하지만 여전히 오스왈드의 모습은 잘 보이지 않는다. 이윽고 우리는 맥스가 갇혀 있는 비밀의 방 앞에 다다른다. 오스왈드가 몸을 움직일 때는 그나마 알아볼 수 있다. 하지만 오스왈드가 작은 테니스 코트 같은 녹색 탁자 옆에 멈춰 서자 다시 눈앞에서 사라진다.

내가 말한다.

"이 벽 뒤에 맥스가 있어요. 그러니까 이건 벽이 아니라 문이에요. 하지만 비밀의 문이라서 나는 통과할 수가 없어요. 안에 있는 맥스도 문을 열지 못하고요."

"그러니까 나더러 이 문을 열라는 거지?"

오스왈드가 아득히 먼 곳에서 묻는다.

"네."

"이제 드디어 내가 맥스를 구할 수 있겠군."

오스왈드가 말한다. 한결 편안해진 목소리다. 그는 마침내 여기까지 왔다. 세상에서 사라지기 전 평생을 통틀어 가장 훌륭한 일을 해 볼 수 있는 기회가 온 것이다.

"네, 맞아요. 이 문을 열 수 있는 사람은 아저씨뿐이에요. 이 넓은 세상을 통틀어서 오직 아저씨 한 사람뿐이라고요."

나는 오스왈드에게 선반의 어느 부분을 눌러야 하는지 알려 준다. 오스왈드가 두 손을 선반에 댄다. 그러고는 몸을 앞으로 기울이며 힘껏 민다. 몸 전체가 앞으로 쏠리면서 육중한 제설기처럼 움직인다. 얼마 지나지 않아 곧 선반이 움직이면서 문이 스르르 열린다.

"와, 간단하네요!"

"그러게 말이야. 내 힘이 점점 세지고 있는 건가?"

오스왈드의 얼굴은 보이지 않지만, 목소리를 통해 그가 활짝 웃고 있다는 것을 알 수 있다.

나는 맥스의 방으로 들어간다. 이번이 그 방에 들어가는 마지막이기를 기도하면서.

55

맥스 구출 작전의 문제점

1. 맥스는 어둠을 두려워한다.

2. 맥스는 낯선 사람들을 두려워한다.

3. 맥스는 모르는 사람과는 절대 이야기를 나누지 않는다.

4. 맥스는 패터슨 선생님을 두려워한다.

5. 맥스는 자신이 패터슨 선생님을 두려워한다는 사실을 인정하지 않는다.

6. 맥스는 변화를 싫어한다.

7. 맥스는 내 존재를 믿는다.

56

맥스는 문을 열고 들어올 사람은 당연히 패터슨 선생님일 거라고 예상하고 있다. 그래서 내가 방 안에 들어서도 쳐다보지도 않는다. 녀석은 레고로 기차를 만들고 있다. 철로 주변에는 플라스틱 병정들이 줄줄이 세워져 있다.

"안녕, 맥스?"

내가 조심스럽게 인사를 건넨다. 뒤이어 오스왈드가 소리친다.

"와, 칙칙폭폭 기차다!"

맥스가 손에 들고 있는 레고를 떨어뜨리고 벌떡 일어선다.

"부도!"

맥스가 휘둥그레진 눈으로 반갑게 외친다. 그러고는 내게 달려오려다가 우뚝 멈춰 선다. 낯빛이 갑자기 바뀌면서 눈을 가늘게 뜨고 일그러진 표정으로 중얼거린다.

"넌 내 곁을 떠났어."

"그래."

"나와의 약속을 어겼어."

"그래, 알아."

그때 오스왈드가 말한다.

"어서 미안하다고 사과해."

오스왈드는 어느새 맥스의 옆에 가 있다. 맥스에게서 잠시도 눈길을 떼지 못한다. 하나뿐인 하느님이 둘이 된 것 같다.

나는 눈을 크게 뜨고 오스왈드를 바라보며 고개를 가로젓는다. 제발 오스왈드가 내 눈빛의 의미를 알아차리기를 바란다. 나는 맥스가 오스왈드의 목소리를 듣게 될까 봐 걱정스럽다. 오스왈드가 내 정신을 흩뜨릴까 봐 두렵다. 다리에서 뛰어내리려는 미친 사람을 설득해야 하는 경찰관이 바로 이런 기분일까? 정신을 바짝 차려야 한다. 지금이야말로 내 역할을 제대로 해내야 할 순간이다. 맥스를 구할 수 있는 기회는 단 한 번뿐이다. 시간이 많지 않다.

"그날 왜 내 곁을 떠났어?"

맥스가 묻는다.

"그럴 수밖에 없었어. 내가 네 곁에 있으면, 네가 계속 여기 머물러 있게 될 것 같아서 그랬어."

"결국 나는 계속 여기 머물러 있었는데?"

맥스가 되묻는다. 나를 바라보는 녀석의 눈이 더욱 가늘어진다. 몹시 혼란스러운 모양이다.

"그래, 맞아. 하지만 내가 네 곁에 있으면, 네가 영원히 패터슨 선생님과 함께 있게 될 것 같아서 두려웠어. 맥스, 너는 여기 있어서는 안 돼."

"아니, 있어도 돼. 그만둬, 부도. 너는 지금 이상한 말만 하고
있어."

"맥스, 너는 이곳을 떠나야만 해."

"싫어! 나는 안 갈 거야."

마침내 맥스가 조금씩 화를 내기 시작한다. 두 뺨이 벌겋게
달아오르고, 단어를 하나씩 또박또박 말하고 있다. 이제부터는
정말 조심해야 한다. 맥스를 적당히 화나게 만들어야지, 정도가
지나치면 일시 정지될 수 있다.

내가 말한다.

"아니, 넌 가야 해. 이곳을 떠나야만 한다고. 여기는 네가 있을
곳이 아니야."

"패터슨 선생님은 여기가 내 집이라고 했어. 너도 여기 함께
있어도 된다고 했단 말이야."

"패터슨 선생님은 나쁜 사람이야."

"아니야!"

맥스가 버럭 소리친다.

"패터슨 선생님은 나한테 잘 해 줘. 레고와 장난감 병정들도
갖다 줬고, 저녁 때 구운 치즈도 실컷 먹을 수 있게 해 줘. 또 자
기 엄마한테 전화로 내 칭찬까지 했어. 그러니까 패터슨 선생님
은 절대로 나쁜 사람이 아니야!"

"이곳은 너한테 좋지 않아."

내가 다시 말한다.

"아니야, 좋아! 그만해, 부도. 넌 이상한 말만 하고 있어. 넌 좋은 친구가 아니야. 왜 자꾸 이상한 말만 하는 거야?"

"맥스, 넌 여기서 나가야 해. 그렇지 않으면 엄마 아빠는 물론 고스크 선생님도 다시는 만날 수 없어!"

"패터슨 선생님이 엄마와 아빠는 곧 다시 볼 수 있을 거라고 했어."

"그건 거짓말이야. 너도 그게 거짓말이라는 걸 알잖아."

맥스는 아무 말도 하지 않는다. 좋은 징조다.

"네가 여기 계속 있으면, 나 역시 다시는 볼 수 없을 거야."

"그만해! 부도 너는 이상한 말만 하고 있어!"

맥스가 두 주먹을 불끈 쥔다. 순간 나는 오스왈드를 떠올린다.

"이건 진심이야. 너는 두 번 다시 나를 볼 수 없을 거야."

"왜?"

맥스가 묻는다. 녀석의 목소리에서 두려움이 묻어난다. 다행이다.

"난 곧 떠날 거야. 그리고 다시 돌아오지 않을 거야."

"안 돼!"

맥스가 말한다. 그것은 명령이 아니라 부탁이다. 맥스는 내게 자기 곁에 있어 달라고 부탁하고 있다. 거의 애원하다시피 하고 있다. 드디어 희망이 보인다.

"아니, 난 떠날 거야. 그리고 절대 다시 돌아오지 않아."

"부도, 제발 떠나지 마."

"난 떠나."

"안 돼. 가지 마."

"아니, 난 떠날 거야."

나는 짐짓 차갑고 단단한 바윗돌처럼 말하려고 애쓴다.

"맥스, 너도 떠날 수 있어. 아니면 이곳에 영원히 남아 있어야 해."

"난 못 떠나……."

맥스가 말한다. 이제 녀석의 목소리에서는 공포가 느껴진다.

"패터슨 선생님이 나를 못 가게 막을 거야."

"그러니까 도망쳐야 한다는 거야, 맥스."

"난 못해."

"아니, 넌 할 수 있어."

"못해……."

맥스는 금방이라도 울음을 터뜨릴 것 같은 표정이다.

"패터슨 선생님이 나를 내보내 주지 않을 거야."

"문은 이미 열려 있어."

내가 열린 문을 가리킨다. 그제야 문 쪽에 눈길을 돌린 맥스가 중얼거린다.

"어? 문이 열려 있네?"

"패터슨 선생님이 문을 열어 두고 갔어."

내가 말한다. 그때 오스왈드의 아득한 목소리가 들려온다.

"거짓말! 거짓말! 부도는 거짓말쟁이래요!"

나는 나도 모르게 빙그레 웃고 만다. 도대체 오스왈드는 저런 말을 어디서 배웠을까?

"맥스, 내 말 잘 들어. 패터슨 선생님이 깜박 잊고 문을 잠그지 않은 건 이번이 처음이자 마지막일 거야. 그러니까 지금 꼭 나가야 해."

"부도, 그냥 나하고 같이 여기 있자. 여기서 병정놀이도 하고, 레고도 만들고, 비디오 게임도 하면서 놀자."

"안 돼, 그럴 수 없어. 난 떠날 거야."

"너 왜 그렇게 못되게 굴어?"

오스왈드가 묻는다. 그의 목소리는 오래된 먼지처럼 내 귓가에서 흩어진다. 이제 그에게 작별 인사를 하고 싶다. 도와줘서 진심으로 고맙다고 말하고 싶다. 오스왈드는 금방이라도 사라질 것만 같다. 하지만 지금 나는 다른 일에 신경 쓸 여유가 없다. 이제야 겨우 맥스의 마음이 흔들리기 시작했으니 끝까지 일을 마무리 지어야 한다.

나는 돌아서서 문 쪽으로 세 발짝을 걸어간다.

"부도, 제발……."

급기야 맥스가 울먹이기 시작한다. 녀석의 눈에 눈물이 차오르는 소리가 들리는 것 같다.

"싫어. 난 지금 떠나서 다시는 돌아오지 않을 거야."

"부도……."

두려워서 어쩔 줄 몰라 하는 맥스의 목소리를 들으니 나도 마음이 아프다. 지금 상황은 바로 내가 원했던 바다. 하지만 이 정도로 힘들 줄은 미처 몰랐다. 옳은 것과 쉬운 것은 결코 같지 않다. 지금 이 순간 나는 그 사실을 뼈저리게 느끼고 있다.

"제발 나를 떠나지 마."

맥스가 애원한다.

지금이야말로 내 입장을 확실히 보여 줄 때인 것 같다. 나는 바윗돌처럼 딱딱한 목소리에서 얼음장처럼 차가운 목소리로 바꿔 말한다.

"맥스, 패터슨 선생님은 나쁜 사람이야. 차마 두려워서 말을 못할 뿐 너도 그 사실을 알고 있어. 하지만 패터슨 선생님은 네가 아는 것보다 훨씬 더 못된 사람이야. 선생님은 이 방에서 너를 납치해 올 계획을 세웠어. 누구의 눈에도 띄지 않는 이곳에 너를 꽁꽁 숨겨 두기로 한 거야. 맥스 너는 이제 결코 엄마와 아빠를 만나지 못할 거야. 나도 다시는 못 봐. 네가 지금 떠나지 않으면, 모든 것이 영원히 변해 버릴 거라고. 그러니까 지금 당장 가야 해."

"부도, 제발……."

마침내 맥스가 울음을 터뜨린다.

"지금 여기서 나가면 아무 문제도 없을 거야. 약속해. 너는 패터슨 선생님에게서 벗어나 집으로 가는 거야. 오늘 밤 엄마와 아빠를 다시 만나게 될 거라고. 하늘에 맹세할 수 있어. 그러니까 지금 가야 해. 어때, 맥스? 나하고 같이 갈래?"

맥스는 흐느껴 울고 있다. 눈물이 뺨 위로 줄줄 흘러내린다. 숨도 제대로 못 쉴 만큼 서럽게 운다. 맥스는 그렇게 울면서 마침내 고개를 끄덕인다.

맥스가 고개를 끄덕이고 있다.

이제 정말 희망이 보인다.

57

패터슨 선생님은 자기 방에 있다. 화장실 수납장에 있는 물건들을 상자에 챙겨 담고 있다. 오븐 위에 붙은 시계가 6시 42분을 알린다. 이제 가야 할 때다.

나는 지하실로 돌아간다. 맥스는 내가 말한 대로 계단 옆에 서 있다. 손에는 레고 기차에서 떼어 낸 기관차를 꼭 움켜쥐고 있다. 마치 구명 장비라도 잡고 있는 사람처럼 절대로 놓지 않을 기세다. 무언가로 불룩하게 채워진 바지 주머니도 눈에 띈다. 나는 그 안에 뭐가 들었느냐고 굳이 묻지 않는다.

그런데 오스왈드는 아직 여기 있는 것일까? 나는 주위를 둘러보지만 그의 모습은 보이지 않는다.

"나 여기 있어."

오스왈드가 손을 흔들며 말한다. 그가 움직이는 모습이 비로소 눈에 들어온다. 그는 바로 맥스 뒤에 서 있지만, 목소리는 그랜드캐니언의 끝에 있는 것처럼 아득하게 들린다.

"나를 잃어버린 줄 알았지?"

여전히 씩씩한 그의 모습에 슬며시 웃음이 나온다.

나는 맥스에게 말한다.

"지금 패터슨 선생님은 2층 자기 방에 있어. 그러니까 이 계단을 올라가서 나를 따라와. 우리는 식당에 있는 미닫이 유리문을 통해 빠져나갈 거야. 그 문은 소리 없이 부드럽게 열릴 테니까. 지난번에 패터슨 선생님이 그 문을 여는 걸 봤는데 삐걱대는 소리가 전혀 안 나더라고. 일단 집 밖으로 나가면 오른쪽으로 돌아서 최대한 빨리 숲 속으로 도망쳐. 알겠지?"

"알았어."

맥스는 온몸을 덜덜 떨고 있다. 겁에 질려 있는 것이다.

"맥스, 너는 할 수 있어."

"알았어."

맥스는 말은 그렇게 했지만 내 말을 믿는 것 같지 않다.

우리는 계단을 올라가 복도로 나간다. 현관문은 오른쪽에 있다. 나는 맥스를 그 문으로 내보낼까 잠시 고민하다가 마음을 바꾼다. 현관문은 계단 끝에 있기 때문에 문 여는 소리를 패터슨 선생님이 들을 가능성이 크다.

"이쪽이야."

나는 맥스를 이끌고 부엌을 지나 식당으로 들어간다.

"손잡이는 오른쪽에 있어. 문을 옆으로 잡아끌기만 하면 돼."

맥스는 레고 기차를 왼손으로 옮겨 쥔다. 그러고는 오른손으로 손잡이를 움켜잡고 옆으로 잡아끈다. 문이 아주 살짝 열리는가 싶더니 이내 덜컥 소리와 함께 더 이상 움직이지 않는다.

"아, 이런……."

갑작스러운 공포가 온몸을 휘감는다.

"맥스, 아무래도 다른……."

내가 미처 말을 끝내기도 전에 맥스가 문고리를 돌리고 조그맣게 중얼거린다.

"이게 잠겨 있었어. 이제 됐어."

맥스가 다시 한 번 문을 옆으로 잡아끈다. 유리문이 쉬익 하는 소리와 함께 미끄러지듯 열린다.

순간 나는 흥분에 사로잡힌다. 문이 열렸다는 사실뿐만 아니라 그 문을 연 사람이 맥스라는 사실이 내 가슴을 뛰게 한다. 맥스가 스스로 문제를 해결한 것이다. 원래 맥스는 문제를 해결하기는커녕 문제 앞에서 이러지도 저러지도 못하던 아이였다.

이는 정말 좋은 징조다.

하지만 문이 열린 순간, 집 안에 삑삑삑 소리가 울려 퍼진다. 경보기가 울린 것은 아니다. 삑삑대는 소리는 집 주인에게 경보기가 작동 중이지만 꺼졌다는 사실을 알리는 것이다. 맥스의 집에도 그런 장치가 설치되어 있다. 나는 그 소리에 더 이상 신경 쓰지 않는다. 누군가가 문을 열 때마다 항상 삑삑거리기 때문이다. 거의 온종일 삑삑거린다고 해도 지나친 말이 아니다.

그래도 방금 울린 소리를 아무도 의식하지 않았을 것 같지는 않다.

이 점을 증명이라도 하듯, 우리의 머리 바로 위쪽에서 무언가가 바닥에 떨어지는 소리가 난다. 그리고 곧이어 2층 복도에서 다급한 발소리가 들려온다.

내가 맥스에게 소리친다.

"패터슨 선생님이 오고 있어! 어서 뛰어!"

하지만 맥스는 움직이지 않는다. 열린 문 앞에서 얼어붙은 듯 옴짝달싹하지 못한다. 2층을 가로질러 달려오는 패터슨 선생님의 발소리가 맥스를 꼼짝 못하게 붙잡아 세운 것이다.

"맥스, 지금 뛰지 않으면 절대 여기서 도망칠 수 없어."

내가 듣기에도 너무나 절실하게 느껴지는 말이다. 나는 이미 중대한 기회를 잡았다. 지금 맥스가 패터슨 선생님에게 붙잡히면, 앞으로 두 번 다시 도망칠 기회는 없을 것이다. 그러므로 이번에 반드시 맥스를 집으로 데려가야 한다.

하지만 맥스는 여전히 꼼짝도 하지 않는다.

패터슨 선생님의 발소리가 점점 더 가까이 들려온다. 이제는 계단을 내려오고 있는 듯하다.

"맥스, 제발 도망쳐. 네가 가든 안 가든 나는 떠날 거야. 난 여기 있지 않을 거라고. 시간이 없어. 네 엄마 아빠가 기다리고 계셔. 고스크 선생님도 너를 무척 보고 싶어 해. 어서 뛰어!"

내 말의 어떤 부분에 마음이 바뀌었는지는 모르지만, 맥스가 움직이기 시작한다. 도대체 어떤 대목에서 마음이 바뀐 것일까?

내 생각에는 아마도 엄마 이야기인 것 같다.

맥스가 어둠 속으로 달려 나간다. 밖이 컴컴해서 맥스가 주저할까 봐 걱정했지만 그렇지 않다. 맥스는 원래 어둠을 무서워한다. 하지만 지금은 어둠보다 패터슨 선생님이 훨씬 더 두려운 모양이다. 녀석이 패터슨 선생님을 겁낸다는 사실을 인정한 셈이니 정말 다행이다. 맥스는 베란다 끝 계단을 통해 잔디밭으로 내려간다. 거기서는 호수가 한눈에 들어온다. 호수 건너편 숲에 걸린 달이 잔잔한 수면에 새하얀 달빛을 흩뿌린다.

말 그대로 흐릿한 달빛이다. 맥스는 지금 실제로 흐릿한 달빛 아래서 악마와 춤을 추고 있다.

나는 최대한 진지한 목소리로 목청껏 소리친다.

"오른쪽으로 뛰지 않고 뭘 꾸물거려!"

맥스가 돌아서서 숲 쪽으로 뛰어간다.

나는 돌아서서 베란다 문을 확인한다. 패터슨 선생님의 모습은 보이지 않는다. 먼저 현관문으로 달려간 것이 분명하다.

대신 오스왈드가 베란다 문 앞에 서 있다. 집 안의 불빛과 달빛이 만나는 지점에 서 있는 그의 모습이 유난히 반짝거린다. 마침내 세상에서 사라지고 있는 것이다. 하필 지금 이 순간, 바로 내 눈앞에서 오스왈드는 세상과 작별하고 있다.

"부도, 어서 뛰어!"

오스왈드가 외친다. 그의 입에서 흘러나온 소리는 더 이상 목소리가 아닌 아주 먼 옛 기억처럼 들린다. 너무나 오래되어 기억조차 희미한 목소리……. 그러나 이제 나는 오스왈드의 생각이 옳았다는 것을 안다. 오스왈드는 결코 이 세상에서 잊히지 않을 것이다.

"어서 가서 맥스를 구해!"

오스왈드는 아마도 이 말을 크게 외쳤을 것이다. 울부짖는 짐승처럼 큰 소리로 내게 마지막 명령을 내렸을 것이다. '맥스를 구하라'는 말은 오스왈드 자신의 생명을 끝나게 만든 결정적 원인이었다. 하지만 지금은 내게 귀에 들릴 듯 말 듯 약하게 들려온다.

"나는 할 일이 한 가지 더 있어."

나는 뗼 수가 없다. 맥스도 이런 기분이었을까? 그 자리에 얼어붙은 듯 꼼짝할 수가 없다. 정신병동에 누워 있는 존의 친구이자 양쪽 세계에 모두 발을 디딘 유일한 상상 친구인 거인 오스왈드가 지금 내 눈앞에서 죽어 가고 있다.

나는 그의 죽음에 책임이 있다.

이제 곧 영원히 사라질 거라고 생각한 순간, 갑자기 오스왈드가 돌아서서 집 안을 향해 선다. 그러더니 한쪽 무릎을 꿇고 엄마 앞에서 손가락이 몇 개인지 보여 주려는 어린아이처럼 두 손을 쫙 펼친다. 오스왈드의 구체적인 모습은 더 이상 알아볼 수 없다. 하지만 그의 근육이 마지막으로 부풀어 오르고 있다는 것만은 자세히 보지 않고도 알 수 있다. 목의 핏줄도 마지막으로 고동치고 있다. 세상을 떠나기 전 그는 다시 한 번 거인 오스왈드가 되어 싸울 준비를 하고 있다.

오스왈드가 잔디밭에 얼어붙은 채 서 있는 나를 돌아본다. 내 뒤에는 흐릿한 달이 걸려 있다.

"잘 있어, 부도."

그의 목소리는 더 이상 내 귀까지 전달되지 않는다. 대신 내 마음속으로 깊숙이 파고든다.

"그동안 고마웠어."

바로 그때, 패터슨 선생님이 나타난다. 주방에서 식당으로 달려와 베란다 문이 열려 있는 것을 확인하고는 곧장 문을 향해 달려든다. 그녀는 내가 생각했던 것보다 훨씬 더 빨리 달린다. 순간, 머릿속에 맥스의 얼굴이 스친다. 녀석은 숲 속으로 사라졌지만 그렇다고 탈출에 성공한 것은 아니다.

진정한 탈출은 이제부터 시작이다.

오스왈드의 말이 옳았다. 우리는 모두 누군가의 악마이다. 패터슨 선생님은 맥스의 악마이자 나의 악마다.

그리고…….

오스왈드는 패터슨 선생님의 악마다. 지금 이 순간, 거인 오스왈드는 흐릿한 달빛 속의 악마가 된다. 열린 문을 향해 뛰어들던 패터슨 선생님은 반짝거리는 빛을 내뿜으며 몸을 웅크린 채 죽어 가던 오스왈드와 충돌한다. 오스왈드의 오른손에 오른쪽 무릎이 걸리는 바람에 앞으로 곤두박질치며 베란다까지 날아가 쿵 하고 떨어진다. 거기서 끝이 아니다. 패터슨 선생님은 바닥에 떨어질 때의 충격으로 베란다 가장자리까지 쭉 미끄러지더니 계단을 굴러 잔디밭에 나동그라진다. 그녀가 겨우 멈춘 곳은 내가 서 있는 곳에서 고작 몇 센티미터 떨어진 지점이다.

나는 고개를 들어 베란다 쪽을 바라본다. 죽어 가면서도 용기를 보여 준 내 친구의 모습을 찾아본다. 그가 이미 사라졌다는 것을 알면서도.

나는 친구에게 말한다.

"아저씨가 맥스를 구했어요."

하지만 내 말을 들어 줄 친구는 더 이상 이 세상에 없다.

그때 맥스의 목소리가 들려온다.

"부도!"

순간 잔디밭에 엎어져 있던 패터슨 선생님이 고개를 쳐든다. 그러고는 한쪽 팔을 지지대 삼아 몸을 일으키며 맥스의 목소리가 들려온 쪽을 돌아본다. 곧이어 그녀는 자리에서 일어선다.

나는 달리기 시작한다.

맥스의 탈출은 이제 막 시작됐다.

58

맥스는 나무 뒤에서 레고 기관차를 곰 인형처럼 품에 꽉 끌어안고 있다. 기관차가 조금 망가졌다는 사실은 아직 모르는 듯하다. 맥스는 몸을 덜덜 떨고 있다. 추운 날씨에 코트도 안 걸친 상태지만 녀석이 추워서 떠는 같지는 않다.

내가 말한다.

"맥스, 여기 있으면 안 돼. 빨리 뛰어."

"이쪽으로 오지 못하게 막아."

맥스가 조그맣게 속삭인다.

"난 못해. 그러니까 네가 빨리 뛰어야 해."

나는 귀를 쫑긋 세운다. 패터슨 선생님이 나무와 덤불을 헤치고 다가오는 소리가 들릴 거라고 예상했지만, 아무 소리도 들리지 않는다. 아마 소리를 내지 않기 위해 천천히 걷고 있는 것 같다. 맥스의 등 뒤로 몰래 접근해서 뒷덜미를 낚아채려는 것인지도 모른다.

"맥스, 빨리 도망가야 해."

내가 다시 말한다.

"난 못하겠어."

"못해도 반드시 해야만 해."

바로 그때, 한 줄기 빛이 나무들 사이를 훑고 지나간다. 나는 패터슨 선생님의 집 쪽을 돌아본다. 숲 가장자리 근처에 환한 불빛이 보인다.

손전등 불빛이다.

패터슨 선생님은 손전등을 가지러 집으로 돌아갔던 것이다.

"맥스, 패터슨 선생님이 너를 찾아내면 영원히 어딘가에 숨겨 둘 거야. 너는 죽을 때까지 혼자 있어야 해."

"나한테는 네가 있잖아."

맥스가 말한다.

"아니, 난 없어."

"아니야, 있어. 넌 말로는 내 곁을 떠날 거라고 하지만 절대 그러지 못할 거야. 난 알아."

맥스의 말이 맞다. 나는 결코 맥스의 곁을 떠나지 않을 것이다. 하지만 지금은 진실을 따질 시간이 없다. 나는 맥스에게 지금껏 한 번도 해 보지 않은 거짓말을 해야 한다. 내가 이런 거짓말을 하게 될 거라고는 상상조차 못했다.

나는 맥스의 눈을 들여다보며 말한다.

"맥스, 나는 실제로 존재하는 친구가 아니야. 난 상상 속 친구야."

"아니야! 그만해!"

"사실이야. 나는 상상 친구야. 맥스, 지금 너는 혼자야. 넌 나를 볼 수 있지만, 나는 실제로 현실에 존재하지 않아. 난 상상 속 친구니까. 그래서 너를 도와줄 수가 없어. 맥스, 너는 스스로 이 위기를 벗어나야 해."

불빛이 숲을 주욱 훑으며 왼쪽에 있는 연못을 비춘다. 패터슨 선생님이 언덕 아래로 내려가고 있다. 맥스에게서 약간 멀어지고 있는 것이다. 하지만 맥스와 연못 사이의 거리는 그리 멀지 않다. 지금은 그녀가 엉뚱한 방향으로 가고 있지만, 이제 곧 맥스를 찾아낼 것이다. 달빛이 숲을 비추고 있는 데다 패터슨 선생님은 손전등까지 들고 있다.

잠시 후, 바닥에 떨어진 나뭇가지를 밟는 소리가 들린다. 패터슨 선생님이 가까이 다가오고 있다는 증거다. 그 소리에 놀란 맥스는 하마터면 손에 들고 있던 기차를 떨어뜨릴 뻔한다.

"어느 쪽이야? 어느 쪽으로 뛰어야 하느냐고?"

"나도 몰라, 맥스. 나는 상상 친구야. 네가 나한테 어느 쪽으로 가야 하는지 알려 줘야지."

또다시 나뭇가지를 밟는 소리가 난다. 이번에는 훨씬 더 가깝게 들린다. 맥스가 돌아서서 오른쪽으로 뛰기 시작한다. 호수와 패터슨 선생님이 있는 반대 방향이다. 하지만 녀석은 너무 서두르느라 소리에는 미처 신경 쓰지 못한다. 손전등 불빛이 맥스가 뛰어가는 방향으로 이동하는가 싶더니 곧바로 녀석의 등을 비춘다.

"맥스! 거기 서!"

패터슨 선생님이 고래고래 외친다. 그 소리를 들은 맥스가 더 빨리 달린다. 나도 맥스를 뒤쫓기 시작한다.

나는 곧 맥스를 놓치고 만다. 녀석이 빽빽한 소나무 숲 사이로 들어가 버렸기 때문이다. 하지만 맥스는 여전히 맞는 방향으로 뛰고 있다. 패터슨 선생님의 집이 자리한 거리에는 다섯 채의 집이 더 있다. 맥스는 지금 그녀의 집에서 가장 가까운 이웃집을 향해 달려가고 있다. 나무들 사이로 그 집에 불이 켜져 있는 것이 보인다. 하지만 나는 맥스의 행방을 놓쳐 버렸다. 이전까지는 나보다 10미터쯤 앞에 있었는데 지금은 어디로 사라졌는지 보이지 않는다.

나는 더 이상 뛰지 않고 걷기 시작한다. 주변의 소리에 귀를 기울이고 주위를 둘러보기 위해서다. 패터슨 선생님도 더 이상 뛰지 않는다. 나보다 몇 걸음 뒤처진 채 내 왼쪽에서 걷고 있다. 아마도 나와 똑같은 일을 하려는 것 같다.

우리는 둘 다 맥스를 찾고 있다.

"부도!"

맥스가 나지막이 내 이름을 부른다. 나는 목소리가 들려오는 오른쪽을 돌아본다. 숲과 도로가 만나는 오르막길 꼭대기에 나무와 커다란 바위, 수북이 쌓인 낙엽, 그리고 가로등 몇 개가 있다. 하지만 맥스의 모습은 어디에도 보이지 않는다.

"부도!"

맥스의 조그만 목소리가 또다시 들려온다. 점점 겁이 난다. 맥스는 가능한 한 소리를 내지 않으려고 애쓰고 있다. 그러나 패터슨 선생님이 너무 가까이 있기 때문에 더 이상 내게 신호를 보낼 수 없는 상황이다.

맥스를 발견한 것은 바로 그때다.

바위와 나무 사이에는 바람에 쓸린 듯 나뭇잎이 수북하게 쌓여 있다. 맥스는 바로 그 낙엽 더미 속에 몸을 숨기고 있었다. 녀석은 나뭇잎 사이로 조그만 손을 내밀고 나를 향해 손짓하고 있다.

나는 맥스를 향해 살금살금 기어가 바위 맞은편에 몸을 바짝 붙이고 나지막이 속삭인다.

"맥스, 여기서 뭐 하는 거야?"

맥스 역시 소리 낮춰 대답한다.

"기다리는 거야."

"뭘?"

"원래 저격병들은 이렇게 해. 적들이 자기 앞을 지나갈 때까지 기다리다가 갑자기 덮치는 거지."

"패터슨 선생님을 덮치려고? 그건 안 돼."

"아니야. 난 그저……."

맥스가 갑자기 말을 멈춘다. 가까이에서 나뭇잎을 밟는 소리가 나는가 싶더니 손전등 불빛이 바위 쪽을 죽 훑는다. 나는 바로 그 바위 옆에 앉아 있고, 맥스는 낙엽 더미 아래 엎드려 있는 상태다.

고개를 들어 보니 패터슨 선생님이 눈에 들어온다. 달빛을 받아 형체만 보일 뿐이지만, 어쨌든 그녀는 우리 가까이에 있다. 쉰 걸음쯤 떨어져 있는가 싶더니 곧 서른 걸음, 스무 걸음 앞까지 다가온다. 마치 맥스가 어디 숨어 있는지 정확히 알고 있는 듯 빠르게 움직인다. 이대로 방향을 바꾸지 않고 똑바로 걸어온다면 맥스를 밟을지도 모른다.

"맥스, 움직이지 마. 그녀가 다가오고 있어."

맥스가 악마에게 붙잡히기 직전이지만, 나는 그저 앉아서 기다리는 것밖에 달리 할 수 있는 일이 없다. 문득 스스로 낙엽 더미 속에 몸을 숨긴 맥스가 신기하게 느껴진다. 녀석은 "원래 저격병들은 이렇게 해."라는 말까지 했다.

맥스는 전쟁에 관한 책을 좋아한다. 실제로 지금까지 읽은 책이 백만 권은 될 것이다. 지금 녀석은 그 책에서 읽은 내용을 이용해 위기에서 벗어나려 하고 있다. 캄캄한 밤, 낯선 숲에서 누군가가 쫓아온다. 게다가 가장 친한 친구는 자신이 현실에 존재하지 않는다고 주장한다.

이런 급박한 상황에서 맥스는 일시 정지되지 않았다.

믿기 힘든 일이다.

패터슨 선생님은 이제 맥스에게서 열 걸음쯤 떨어져 있다. 다음 순간 다섯 걸음 앞까지 다가온 그녀가 손전등을 앞으로 비춘다. 땅바닥이 아닌 위쪽을 비춘다. 이제 두 발짝만 더 옮기면 맥스를 밟게 된다. 바로 그때 패터슨 선생님이 왼쪽으로 돌아서 오르막길로 올라간다. 현명한 선택이다. 계속 앞으로 가려면 바위를 타고 넘어가거나 바위와 나무 사이의 좁은 틈을 통과해야 하기 때문이다. 하지만 패터슨 선생님은 여전히 가까이에 있다. 지금이라도 그녀가 손전등 불빛을 나뭇잎 더미에 비춘다면, 틀림없이 그 안에 숨어 있는 맥스를 발견할 것이다.

이윽고 패터슨 선생님의 발소리가 더 이상 들리지 않을 즈음, 내가 맥스에게 묻는다.

"여기서 언제까지 기다릴 거야?"

"원래 저격병들은 며칠씩 기다리곤 해."

"며칠?"

"내가 아니라 저격병들이 그런다는 거야. 나는 잘 모르겠어. 조금만 더 기다려 볼래."

"알았어."

이렇게 기다리는 것이 좋은 생각인지 나쁜 생각인지는 모르겠다. 하지만 결정을 내린 것은 맥스다. 녀석이 스스로 문제를 해결하고 있는 것이다. 혼자 힘으로 위기에서 벗어나려 하고 있다.

맥스가 나지막한 목소리로 묻는다.

"부도, 너는 진짜 현실에 있는 친구지? 솔직히 말해 봐."

나는 잠시 망설인다. 마음은 '그렇다'고 대답하고 싶다. 그것이 사실이니까. '그렇다'고 대답해야 내가 안전할 수 있다. 내가 계속 세상에 존재하려면 '그렇다'고 대답해야 한다. 하지만 지금은 맥스가 위험하다. 내가 녀석을 구해 줄 수 없기 때문에 맥스는 지금 내 존재를 믿어서는 안 된다. 내가 아닌 맥스 자신을 믿어야만 한다. 녀석은 오랜 세월 동안 나를 의지해 왔다. 이제는 자기 자신을 의지해야 할 때다. 나는 맥스를 집으로 데려다 줄 수 없다.

이것은 닭고기 수프를 먹을지 소고기 채소 수프를 먹을지 선택해야 하는 문제와는 다르다. 아이들이 바글거리는 운동장, 스쿨버스, 학습 센터처럼 가능한 한 피하고 싶은 문제도 아니다. 심지어 토미 스윈든 문제도 현재 상황과는 비교가 안 된다. 지금 이 순간 맥스는 현실의 흐릿한 달빛 아래서 실제 악마와 춤을 추고 있다.

맥스는 혼자 힘으로 집을 찾아가야 한다.

"아니야. 하늘에 맹세하건대 나는 상상 친구야. 네가 스스로 편해지기 위해 나를 상상해 낸 거야. 친구를 갖고 싶어서."

"그게 정말이야?"

"응."

"부도, 넌 정말 좋은 친구야."

맥스가 내게 이런 말을 한 것은 처음이다. 나는 오랫동안 이 세상에 존재하고 싶다. 하지만 지금 당장 세상을 떠난다고 해도 아쉬움은 없을 것 같다. 지금이야말로 평생에 가장 행복한 순간이다.

"고마워, 맥스. 그렇지만 나는 네가 생각해 낸 존재일 뿐이야. 내가 좋은 친구라면 그건 네가 나를 그렇게 만들었기 때문이지."

"이제 가야겠다."

맥스가 뜬금없이 말한다. 혹시 녀석이 방금 내가 한 말을 흘려들은 건 아닌지 의심스럽다.

맥스는 허리를 굽힌 채 자리에서 일어선다. 그러고는 도로로 이어지는 오르막길을 올라가기 시작한다. 하지만 패터슨 선생님이 갔던 길을 피해 왼쪽으로 비켜서 움직인다.

나도 따라간다.

맥스가 조금 전까지 숨어 있었던 낙엽 더미 옆을 지나려는 순간, 바위 옆에 놓인 레고 기관차가 눈에 들어온다. 맥스가 기차를 두고 간 것이다.

잠시 후, 우리는 이웃집 잔디밭 가장자리에 다다른다. 길게 뻗어 있는 잔디밭 사이로 자갈이 깔린 진입로가 이어져 있다. 잔디밭 맞은편에는 작은 숲이 우거져 있고, 그 너머에는 또 다른 집이 있다. 그 집에서 새어 나오는 불빛이 줄줄이 늘어선 나무들을 비춘다.

내가 말한다.

"맥스, 어서 저 집으로 가서 문을 두들겨. 사람들한테 도움을 청해야 해."

맥스는 아무 말도 하지 않는다.

"그들은 너를 해치지 않아, 맥스."

그러나 녀석은 여전히 반응이 없다.

나는 처음부터 맥스가 패터슨 선생님의 이웃을 포함한 다른 사람들에게 도움을 청할 거라고는 기대하지 않았다. 녀석은 낯선 사람에게 말을 거느니 차라리 이 세상에 있는 레고와 장난감 병정들과 비디오 게임기를 죄다 불태워 녹여 버리는 편이 낫다고 생각할 것이다. 맥스에게 남의 집 문을 두드리는 것은 외계인의 우주선을 제 발로 찾아가는 것이나 다름없는 일이다.

맥스는 잔디밭 너머를 이리저리 살핀다. 길을 건너려고 준비하는 것 같다. 물론 녀석은 지금까지 단 한 번도 혼자서 길을 건너 본 적이 없다. 갑자기 맥스가 나무 사이에서 튀어나가 잔디밭을 가로질러 달려간다. 달빛이 녀석을 훤히 비추고 있다. 하지만 패터슨 선생님이 이 상황을 지켜보고 있지만 않다면, 녀석은 누구의 눈에도 띄지 않고 잔디밭 건너편까지 가는 데 성공할 것이다.

544

맥스가 진입로에 다다랐을 때, 갑자기 스포트라이트가 켜지면서 햇살처럼 밝은 빛을 앞마당 전체에 비춘다. 사람의 움직임이 감지됐을 때 저절로 켜지는 전등은 맥스의 집 뒷마당에도 설치되어 있다. 들고양이나 사슴이 지나갈 때도 가끔 불이 켜지곤 한다.

불이 환하게 켜진 순간 맥스는 그 자리에 얼어붙는다. 그리고 조심스럽게 뒤를 돌아본다. 나는 숲 가장자리에 서 있다. 계속 맥스를 지켜보고 있었지만 따라가지는 않았다. 한때 어떤 양말을 신어야 할지도 결정하지 못해 도움을 받아야 했던 아이가 혼자 힘으로 위기를 벗어나려 애쓰고 있는 모습은 경이로움 그 자체다.

맥스는 다시 잔디밭 건너편에 있는 숲 쪽으로 고개를 돌린다. 그러고는 또 달리기 시작한다. 바로 그때, 내 오른쪽에 있는 나무 사이에서 갑자기 패터슨 선생님이 튀어나와 잔디밭을 향해 번개처럼 뛰어간다. 맥스는 미처 그녀를 못 본 듯하다. 그래서 내가 목청껏 소리친다.

"맥스! 조심해! 패터슨 선생님이 네 뒤에 있어!"

맥스는 뒤를 슬쩍 돌아본다. 하지만 멈추지 않고 계속 달린다.

나도 뛰기 시작한다. 맥스의 새로운 모습에 놀란 마음은 어느새 사라지고, 갑작스레 두려움이 밀려든다. 패터슨 선생님을 뒤쫓아 간다. 그녀는 벌써 맥스를 거의 다 따라잡았다. 맥스보다 달리기 실력이 더 뛰어난 탓이다. 그녀는 상상을 초월한 힘을 발휘하고 있다.

패터슨 선생님은 진짜 악마인지도 모른다.

마침내 맥스가 잔디밭 건너편 숲에 다다른다. 숲 안으로 두 발짝 들어간 녀석은 낡은 돌담을 풀쩍 뛰어넘는다. 그러나 그만 마지막 순간에 발이 걸리면서 담 너머로 나동그라진다. 잠시 내 눈앞에서 사라졌던 맥스는 곧 다시 일어나 뛰기 시작한다.

약 십 초 뒤 패터슨 선생님도 숲에 다다라 돌담을 뛰어넘는다. 그녀는 맥스와 달리 넘어지지 않는다. 덕분에 단 일 초도 허비하지 않고 두 팔을 힘차게 흔들며 계속 이어서 달린다. 손전등은 켜져 있지만 더 이상 맥스를 비추지는 않는다. 그러지 않아도 잘 보이기 때문이다. 그녀는 점점 더 맥스와 가까워져 간다. 손전등 불빛이 숲 사이에서 정신없이 흔들린다.

나는 또다시 목청껏 소리친다.

"맥스, 계속 달려!"

나는 패터슨 선생님보다 몇 초 늦게 돌담을 뛰어넘는다. 내가 할 수 있는 일은 아무것도 없다. 나는 맥스에게 전혀 도움이 못 된다. 나 자신이 한심하게 느껴진다. 내가 할 수 있는 일은 기껏 소리 지르는 것뿐이다.

"힘내, 맥스!"

마침내 맥스가 다음 집 잔디밭에 다다른다. 이전 집 잔디밭만큼 넓지 않고, 진입로에는 자갈 대신 시멘트가 덮여 있다. 하지만 그 밖에는 별 차이가 없다. 맥스는 잔디밭을 가로지른다. 이번에는 스포트라이트가 켜지지 않는다. 맥스는 잔디밭 건너편의 어두컴컴한 숲 속으로 사라진다.

맥스는 집들과 나무, 호수를 따라 내달린다. 또 다른 집 두 채를 지나면 큰길에 다다르게 된다. 녀석은 그 길을 건너야만 한다. 지금껏 한 번도 혼자 해 본 적 없는 일을 해내야 한다. 큰길을 건너면 집들과 인도, 가로등, 정지 신호등 등이 모여 있는 동네가 나온다. 그곳에는 낙엽 더미도, 돌담도, 키 큰 나무들도 없다. 더 이상 어두컴컴하지도 않다. 즉, 몸을 숨길 만한 곳이 없다는 뜻이다. 사람들에게 도움을 청하지 않으면 패터슨 선생님에게 붙잡힐 수밖에 없다.

하지만 그 전에 패터슨 선생님에게 먼저 붙잡히면, 이 모든 가정은 아무 의미도 없다. 현재로서는 그렇게 될 가능성이 커 보인다.

맥스가 어두운 숲 속으로 사라진 뒤 채 몇 초도 되지 않아 패터슨 선생님이 숲에 다다른다. 나는 그녀보다 스무 걸음쯤 뒤처져 있다. 그때 어둠 속에서 난데없이 굵은 나뭇가지가 튀어나와 패터슨 선생님의 얼굴을 후려갈긴다. 그녀는 비명을 지르며 그 자리에 털썩 주저앉는다. 잠시 후, 나는 맥스를 발견한다. 녀석은 방향을 바꾸어 오른쪽으로 달려가고 있었다. 옆집으로 통하는 숲 대신 도로 쪽으로 가고 있다.

나는 바닥에 쓰러진 패터슨 선생님을 살펴본다. 코 주변이 온통 피범벅이다. 그녀는 왼쪽 눈을 두 손으로 누른 채 신음 소리를 내고 있다.

맥스는 흐릿한 달빛 아래 악마와 춤을 추었고, 승리를 거두었다.

나는 숲 속으로 들어가는 대신 뒤돌아서 맥스와 같은 방향으로 달려간다. 잔디밭에서는 더 빨리 달릴 수 있다. 이윽고 도로 앞에 다다른 나는 일단 멈춰서서 주위를 둘러본다.

맥스는 보이지 않는다.

나는 맥스가 계속 같은 방향으로 가고 있기를 바라면서 왼쪽으로 돌아 큰길 쪽으로 달려간다. 몇 초 뒤, 맥스가 내 이름을 부르는 소리가 들린다.

"부도, 이쪽이야!"

맥스가 나지막이 외친다. 녀석은 길 건너편 나무들 사이로 보이는 돌담 뒤에 웅크리고 있다.

처음에 나는 맥스가 혼자 길을 건넜다는 것을 미처 의식하지 못했다. 몇 초가 지난 뒤에야 그 사실을 깨닫고는 새삼 놀란다.

나는 돌담을 넘어 맥스 옆에 앉자마자 묻는다.

"어떻게 된 거야? 패터슨 선생님이 다쳤어."

"내가 덫을 놓았어."

맥스는 땀범벅이 되어 숨을 헐떡거리면서도 몸을 부들부들 떨고 있다. 그런데 얼굴에는 웃음기가 번져 있다. 활짝 웃는 함박웃음은 아니지만 거의 그와 비슷하다.

"뭐라고?"

"내가 나뭇가지를 뒤로 당겨서 묶어 놓았다고. 패터슨 선생님이 다가오면 저절로 풀리도록 말이야."

나는 너무 놀라 맥스를 멍하니 바라볼 뿐이다.

"「람보」를 보고 배운 거야. 영화 「람보」 기억 안 나?"

물론 나는 기억한다. 맥스는 그 영화를 아빠와 함께 보았다. 그 후 녀석은 영화를 본 사실을 엄마한테는 말하지 않기로 아빠와 약속했다.

하지만 맥스는 엄마가 집에 오자마자 모든 사실을 말해 버렸다. 맥스는 세상에서 거짓말을 가장 못하는 아이이기 때문이다. 그날 밤 맥스 아빠는 손님방에서 자야 했다.

내가 맥스에게 말한다.

"꽤 많이 다친 것 같아. 피까지 흘리던데?"

"사실 「람보」에 나오는 덫은 그런 게 아니었어. 람보가 만든 덫에는 뾰족한 못이 박혀 있어서 경찰의 다리를 찔렀지. 하지만 내게는 밧줄도 칼도 없었어. 또 그런 것이 있다고 해도 시간이 부족했고. 어쨌든 내가 덫을 만들어야겠다는 생각을 해낸 건 람보 덕분이야.

"그렇구나."

나는 그 밖에 무슨 말을 해야 할지 모르겠다.

"그래, 그랬어."

맥스가 그렇게 말하고는 자리에서 일어난다. 그리고 몸을 웅크린 채 돌담을 따라 큰길 쪽으로 걸어간다.

녀석은 내가 자신을 이끌어 주기를 기다리지 않는다. 내게 길을 물어보지도 않는다. 맥스는 스스로 판단하여 움직이고 있다.

맥스를 위기에서 구하고 있는 것은 다른 누구도 아닌 맥스 자신이다.

59

패터슨 선생님의 집이 있는 큰길 끝에 다다른 맥스가 갑자기 걸음을 멈춘다. 지금까지 녀석은 길 건너편 숲을 따라서 천천히 살금살금 걸어왔다. 하지만 이제 그 길을 벗어나면 더 이상 몸을 숨길 만한 나무들이 없다. 긴 진입로가 딸린 커다란 집들과 호숫가를 따라 이어진 너른 풀밭도 없다. 거기서부터는 옹기종기 붙어 있는 작은 집들과 가로등, 인도뿐이다.

만일 패터슨 선생님이 아직까지 맥스를 뒤쫓고 있다면, 이제부터 녀석을 찾아내는 것은 시간문제다.

내가 맥스에게 말한다.

"오른쪽으로 가."

길모퉁이에 선 맥스는 나무를 꽉 끌어안고 있다. 어느 쪽으로 가야 할지 몰라 난감한 표정이다.

내가 다시 말한다.

"학교는 오른쪽에 있어."

"알았어."

맥스가 대답한다. 하지만 나무 뒤에서 인도 쪽으로 나오지 않고, 대신 돌아서서 큰길에 있는 첫 번째 집 뒷마당으로 들어간다.

"어디 가는 거야?"

내가 묻는다.

"인도로 걸어갈 순 없어. 그랬다가는 패터슨 선생님에게 들킬 거야."

"그래서 지금 어디 가는 건데?"

"집 뒤쪽으로 갈 거야."

맥스는 사람들의 눈에 띄지 않는 뒷길을 통해 학교 쪽으로 걸어간다. 우리는 그렇게 거의 삼십 분쯤 걷는다. 집과 집 사이의 공간이 울타리나 나무, 차고, 자동차 따위로 막혀 있지 않을 경우에는 더욱 속도를 내어 뛰어간다. 맥스는 내내 허리를 굽히고 있으면서도 빠르게 움직인다. 집과 집 사이의 공간이 막혀 있으면, 덤불과 잡초를 헤치며 집 밖으로 빙 돌아서 간다. 덤불에 손등과 얼굴을 긁히기도 하고, 물웅덩이와 진창에 발이 빠질 때도 있지만 잠시도 쉬지 않고 계속 앞으로 나아간다. 도중에 스포트라이트도 여섯 번이나 켜진다. 그러나 다행스럽게도 집 안에 있는 사람들이 맥스를 발견하고 방해하지는 않는다.

맥스는 영화 속 람보와는 다르다. 녀석은 버려진 광산에서 수영을 하지도, 경찰서를 때려 부수지도, 높은 산을 올라가지도 않는다. 하지만 그것은 이 주변에 광산이나 경찰서, 산 등이 없기 때문이다. 맥스의 앞길에는 오직 집들과 뒷마당, 울타리, 나무,

장미 덤불만이 있을 뿐이다. 다만 맥스도 람보처럼 주변 환경을 활용한다.

다음 교차로에 다다랐을 즈음, 드디어 맥스는 자신의 위치를 알아차린다.

"이 길 건너에는 공원이 있어. 저기 저쪽에."

맥스는 공원이 있는 왼쪽을 가리킨다. 바로 그 공원 뒤에 학교가 있다. 하지만 맥스는 왼쪽 대신 오른쪽으로 걸음을 옮긴다.

"아니, 뭐 하는 거야? 왜 그래?"

나는 어느새 울타리를 따라 또 다른 집 뒤쪽으로 향하고 있는 맥스에게 묻는다. 녀석은 조그만 목소리로 대답한다.

"여기서는 길을 건널 수 없어. 패터슨 선생님은 내가 이쪽에서 길을 건널 거라고 예상하고 있을 거야."

맥스는 두 블록을 더 간 뒤에야 비로소 길을 건넌다. 교차로로 건넌 것도 아니다. 녀석은 주차된 차 뒤에 숨어 지나가는 자동차가 없을 때까지 기다렸다가 횡단보도가 아닌 곳에서 재빨리 길을 건넌다.

맥스는 방금 태어나서 처음으로 법을 어긴 것이다.

물론 누군가의 머리에 똥을 싸는 행위가 위법이라면 이야기는 달라진다.

일단 길을 건넌 맥스는 그때부터 달리기 시작한다. 이번에는 뒷길로 몰래 가지 않고 인도를 따라 당당하게 달린다. 젖 먹던 힘을 다해 열심히 뛴다. 가능한 한 빨리 공원에 도착하고 싶은 것 같다. 내가 생각해도 공원은 안전한 공간이다. 공원에는 항상 아이들이 바글거린다. 심지어 늦은 밤에도 종종 어린아이의 모습을 볼 수 있다.

맥스는 골목을 한 번 더 건넌 뒤 오른쪽으로 돌아 공원으로 들어간다. 그러더니 곧장 인도에서 벗어나 가파른 두 언덕 사이에 있는 축구장으로 향한다. 언젠가 맥스 아빠는 그 언덕에서 맥스에게 눈썰매를 태워 보려고 했다. 그곳은 원래 앉아서 축구 경기를 보는 공간이지만 눈썰매를 타기에도 적당했다. 그래서 폭설이 내린 다음 날이면 아이들이 구름떼처럼 그 언덕으로 몰려들었다. 하지만 맥스는 썰매를 타지 않겠다고 끝까지 고집을 부렸다. 장갑이 젖는다는 것이 그 이유였다. 결국 맥스 아빠는 녀석을 데리고 그냥 집으로 돌아와야 했다. 집으로 향하는 차 안에서 그는 단 한마디도 하지 않았다.

그런데 오늘 맥스는 썰매보다 더 빠르게 그 언덕을 달려 내려간다. 그리고 곧장 축구장을 가로질러 뛰어간다. 녀석은 골대 근처에서 오른쪽으로 방향을 돌려 이번에는 야구장으로 향한다. 절대 인도로는 가지 않고 대신 풀밭이나 오솔길 가장자리의 나무들 사이를 누비며 달려간다. 야구장 앞에 다다른 맥스는 다시 오른쪽으로 돌아 운동장을 지나 숲 쪽으로 뛰어간다.

학교와 공원 사이에는 작은 숲이 우거져 있다. 숲 속에는 대팻밥으로 뒤덮인 오솔길이 나 있다. 선생님들은 봄가을이면 가끔 학생들을 그 오솔길로 데리고 나온다. 몇 주 전 고스크 선생님도 아이들을 데리고 그 길을 산책했다. 자연에 대한 시를 짓기 전 감정을 잡기 위해서였다. 맥스는 나무 그루터기에 앉아서 '나무'와 운율이 맞는 단어들을 공책에 죽 적었다.

공책에 적힌 단어는 모두 합쳐 102개였다. 물론 그것은 시가 아니었다. 그러나 고스크 선생님은 매우 인상적이라며 칭찬해 주었다.

맥스는 숲 쪽으로 달려간다. 숲 가장자리에 있는 작은 호수를 따라 내달리면서 순간적이나마 인도를 밟기도 한다. 이윽고 숲에 다다른 맥스는 곧장 어둠 속으로 사라진다.

십오 분 뒤, 우리는 숲 속에서 두 번이나 길을 잃은 끝에 숲 반대쪽으로 빠져나온다. 우리와 학교 사이에는 운동장이 펼쳐져 있다. 지난 체육대회 날 아이들은 이 운동장에서 달리기며 높이뛰기, 공 던지기 등을 했다. 물론 그때도 맥스는 아무것도 하지 않겠다고 버텼다. 우리가 패터슨 선생님의 집을 떠난 지도 꽤 오래됐는지 어느새 달이 하늘 높이 떠 있다. 달은 앞을 못 보는 거대한 눈처럼 학교를 굽어보고 있다.

나는 맥스에게 마침내 네가 해냈다고 말해 주고 싶다. 이제 숲 가장자리의 덤불 속으로 들어가 날이 밝을 때까지 기다리자고 말하고 싶다. 스쿨버스가 학교 앞에 도착하기 시작하면, 맥스는 그저 이 운동장을 가로질러 평소에 등교하듯 학교 현관으로 들어가기만 하면 된다. 물론 원한다면 곧장 고스크 선생님의 교실로 가도 좋다. 일단 학교 안에만 들어가면 녀석은 안전할 것이다.

하지만 나는 이런 말을 모두 접어 두고 대신 이렇게 말한다.

"이제 어떻게 할 거야?"

이렇게 물은 이유는 더 이상 내가 맥스의 안전에 책임이 없기 때문이다. 설사 내가 책임을 지고 싶다고 해도 이제는 그럴 수 없다.

"난 집에 가고 싶어. 엄마 아빠를 보고 싶어."

맥스가 대답한다.

"여기서 집까지 어떻게 가는지 알아?"

"응."

"정말?"

"그렇다니까. 그쯤이야 당연히 알지."

"아, 그렇구나……."

잠시 후, 나는 다시 묻는다.

"그럼 언제 갈까?"

나는 맥스가 아침까지 기다려야 한다고 대답하기를 바란다. 그러면 고스크 선생님이나 팔머 교장 선생님, 또는 경찰이 맥스를 집까지 안전하게 데려다 줄 것이기 때문이다.

"지금 당장."

맥스는 그렇게 말하고는 곧장 돌아서서 운동장 가장자리를 따라 걷기 시작한다.

"난 집에 빨리 가고 싶어."

60

얼마나 걸었는지는 모르겠다. 어느새 우리는 사보이 형제의 집 앞을 지나고 있다. 하늘의 달도 많이 기울어졌지만 아직까지는 우리 머리 위에 떠 있다. 맥스는 말이 거의 없다. 하지만 이것이 녀석의 본래 모습이다. 간밤에는 람보처럼 보이기도 했지만, 그래도 맥스는 여전히 맥스다.

우리는 꽤 오랫동안 걷고 있다. 가능한 한 사람들의 눈에 띄지 않도록 집이나 덤불, 나무 뒤쪽으로 걷는다. 나는 계속 맥스 뒤에서 따라간다. 녀석은 걷는 내내 한 번도 투덜거리지 않는다.

이제 몇 분만 지나면 맥스는 집에 도착하게 된다. 이보다 믿기 힘든 일이 또 있을까? 나는 현관 계단에 서 있는 맥스를 본 순간 맥스의 엄마 아빠가 어떤 표정을 지을지 몇 번이나 상상하고 또 상상했다. 그런 꿈같은 일이 이제 곧 현실에서 벌어질 것이다. 이런 일이 실제로 일어나리라고는 전혀 생각지 못했다.

나는 우리 집 진입로 앞에서 걸음을 멈추고 내 친구를 물끄러미 바라본다. 누군가를 자랑스러워한다는 것이 어떤 기분인지 내 평생 처음으로 알 것 같다. 나는 맥스의 엄마도 아빠도 아니다. 그저 녀석의 친구일 뿐이다. 그러나 지금 이 순간, 나는 가슴이 벅차오를 만큼 맥스가 자랑스럽다.

그런데 나는 보고 말았다…….

패터슨 선생님의 캠핑카다. 가장 깊은 안쪽에 맥스를 위한 방이 마련돼 있는 캠핑카 말이다.

맥스는 이제 막 진입로로 들어서려는 참이다. 마지막 몇 발짝만 더 가면 집에 도착한다. 녀석은 패터슨 선생님이 자신을 기다리고 있을 거라는 생각은 털끝만큼도 하지 않고 있다. 자신의 집에서 꽤 떨어진, 두 가로등 사이의 어두컴컴한 지점에서 패터슨 선생님과 그녀의 캠핑카가 기다리고 있다는 사실을 맥스는 전혀 모른다.

아니, 패터슨 선생님에게 캠핑카가 있다는 사실조차 모를 것이다.

나는 맥스에게 조심하라는 경고를 보내려고 입을 연다. 하지만 이미 늦었다. 맥스가 진입로를 따라 네다섯 걸음을 옮겼을 때, 커다란 참나무 뒤에 숨어 있던 패터슨 선생님이 불쑥 나타난다. 그 참나무는 맥스와 내가 유치원 때부터 매일 아침 버스를 기다리는 장소다. 맥스는 버스가 올 때까지 그 나무에 손을 대고 있어야 한다.

맥스는 내 목소리보다 발소리를 먼저 듣는다. 하지만 어느 쪽이든 녀석이 대응하기엔 이미 늦었다. 맥스는 자신을 향해 다가오는 패터슨 선생님을 보자마자 냅다 뛰기 시작한다. 진입로의 중간 지점을 지났을 즈음, 패터슨 선생님의 손이 맥스의 어깨를 움켜잡는다. 순간 맥스는 발이 꼬이면서 비틀거리다가 바닥에 쓰러진다. 다시 자유의 몸이 된 것이다. 맥스는 필사적으로 집을 향해 기어가기 시작한다. 하지만 고작 몇 초도 지나지 않아 다시 패터슨 선생님에게 붙잡힌다. 그녀는 맥스의 팔을 움켜잡고 인형처럼 일으켜 세운다.

맥스가 고래고래 소리친다.

"엄마! 아빠! 도와줘요!"

패터슨 선생님이 한 손으로 맥스의 팔을 움켜잡은 채 나머지한 손으로 맥스의 입을 틀어막는다. 어차피 맥스의 엄마 아빠는 아들의 목소리를 듣지 못했을 것이다. 그들의 방은 2층에서도 가장 안쪽에 있다. 게다가 늦은 밤이니 자고 있을 가능성이 크다. 하지만 이런 사실을 알 리 없는 패터슨 선생님은 무조건 맥스를 조용히 시키려고 한다. 그래야 어딘가로 영원히 데려갈 수있을 테니까.

마침내 내가 진입로로 달려가 맥스 앞에 선다. 녀석은 패터슨 선생님의 손아귀에서 벗어나려고 몸부림치고 있다. 커진 두 눈에 공포감이 가득하다. 맥스는 입이 막힌 상태에서 비명을 지르려고 애쓰지만, 밖으로 흘러나오는 것은 나지막이 웅웅대는 소리뿐이다. 급기야 녀석이 패터슨 선생님의 정강이를 마구 걷어차기 시작한다. 몇 번은 정확히 맞기도 했지만, 그녀는 눈 하나

깜박이지 않는다.

나는 한심한 멍청이처럼 그 자리에 서 있을 뿐이다. 바로 코앞에서 내 친구가 생명을 건 싸움을 벌이고 있는데 내가 할 수 있는 일은 아무것도 없다. 맥스가 내 눈을 바라본다. 제발 도와달라고 애원하는 것 같다. 하지만 내가 할 수 있는 일은 없다. 나는 그저 내 친구가 영원히 어딘가로 끌려가는 모습을 지켜볼 뿐이다.

마침내 내가 소리친다.

"싸워야 해, 맥스! 선생님의 손을 깨물어!"

맥스는 곧장 내 말을 행동에 옮긴다. 입을 크게 벌렸다가 힘껏 다문다. 순간 패터슨 선생님은 몸을 움찔하지만 맥스를 놓아 주지는 않는다.

맥스는 두 팔을 도리깨처럼 마구 휘젓는다. 발로는 패터슨 선생님을 계속 걷어찬다. 자신의 입을 막고 있는 손을 움켜잡고 떼어 내려 애쓴다. 눈이 튀어나올 만큼 안간힘을 써 보지만 여의치 않다. 그러자 맥스는 주먹으로 패터슨 선생님의 손을 때리기 시작한다. 다음 순간 맥스의 눈빛이 변한다. 두려움이 가득했던 두 눈에 잠시나마 다른 감정이 드러난다. 맥스가 불룩한 바지 주머니에 손을 넣어 무언가를 꺼낸다. 지하 방의 책상 위에 놓여 있던 돼지 저금통이다. 동전으로 가득 찬 녹슨 돼지 저금통.

내가 잘못 생각했다. 횡단보도가 아닌 곳에서 길을 건넌 맥스는 태어나서 두 번째로 법을 어긴 것이었다.

맥스가 저지른 첫 번째 위법 행위는 다름 아닌 도둑질이었다.

맥스는 돼지 저금통을 오른손으로 움켜잡고 패터슨 선생님의 팔뚝을 힘껏 내리찍는다. 쇠로 만들어진 돼지의 조그만 발이 그녀의 피부에 박힌다. 이번에는 그녀도 움찔하며 비명을 내지른다. 하지만 여전히 맥스를 놓아주지는 않는다.

이제야 확실히 알겠다. 패터슨 선생님은 결코 맥스를 풀어 주지 않을 것이다. 맥스에게 물어뜯기고 얻어맞고 돼지의 발에 찔려도, 그녀는 오로지 맥스를 캠핑카로 끌고 가야 한다는 생각뿐이다. 그래야만 그녀 자신이 안전해지기 때문이다. 급기야 패터슨 선생님이 맥스를 참나무 쪽으로 질질 끌고 가기 시작한다. 맥스가 계속해서 돼지로 팔뚝을 내리찍고 있지만, 그녀는 전혀 아랑곳하지 않는다.

나도 큰 소리로 도와 달라고 외치고 싶다. 맥스의 엄마 아빠를 깨우고 싶다. 내 친구가 혼자 힘으로 자기 집까지 찾아왔고, 마지막으로 조금만 도와주면 탈출을 성공적으로 마무리할 수 있다고 온 세상에 알리고 싶다. 맥스는 이번 여행을 혼자서 해냈다. 이제 누군가가 나서서 녀석을 마지막 위기에서 구해 주기만 하면 된다.

갑자기 내 머릿속에 기막힌 생각이 떠오른다.

"토미 스윈든!"

나는 맥스에게 큰 소리로 외친다.

맥스는 돼지 저금통으로 패터슨 선생님의 팔뚝을 계속 때리면서 어떻게든 그녀에게서 벗어나려 몸부림치고 있다. 그런 와중에도 '토미 스윈든'이라는 말에 눈살을 찌푸리며 나를 바라본다.

내가 재빨리 말한다.

"아니야, 패터슨 선생님의 머리에다 똥을 싸라는 뜻이 아니라고. 토미 스윈든이 핼러윈 때 네 방 창문을 깨뜨렸잖아. 맥스, 너도 당장 창문을 깨뜨려!"

쉴 새 없이 돼지 저금통으로 패터슨 선생님의 팔뚝을 때리던 맥스가 갑자기 손을 멈춘다. 눈빛을 보니 내 말을 이해한 것 같다. 맥스가 창문을 깨뜨릴 수 있는 기회는 단 한 번뿐이다. 하지만 내 말을 이해한 것만은 분명하다.

맥스가 자신의 집을 쳐다본다. 녀석은 진입로의 중간 지점에서 발뒤꿈치를 질질 끌며 뒤로 끌려가고 있다. 지금 당장 저금통을 던지지 않으면 거리는 점점 더 멀어질 것이다. 거실에는 벽한 면을 다 차지하는 붙박이창이 설치되어 있다. 크기가 엄청나서 그 창문을 깨면 집 안 전체가 울릴 것이다. 하지만 창문까지돼지 저금통을 던지기란 결코 쉽지 않아 보인다. 거리가 꽤 먼데다 맥스의 두 발이 지금 거의 땅에서 떨어진 상태이기 때문이다.

게다가 맥스는 던지는 것을 잘 못한다.

내가 말한다.

"먼저 손등을 깨물어. 아주 세게. 있는 힘을 다해 물어뜯으라고."

맥스는 고개를 끄덕인다. 이대로 패터슨 선생님에게 붙잡혀서 끌려가면 엄마 아빠를 만날 가능성은 또다시 사라진다. 맥스도 그 사실을 잘 알고 있다.

마침내 맥스가 패터슨 선생님의 손등을 깨문다.

이전보다 더 세게 물어뜯은 것이 분명하다. 이번에는 패터슨 선생님의 입에서 비명이 터져 나온다. 그녀는 맥스의 입을 틀어막고 있던 손을 떼어 내 불이라도 붙은 양 마구 흔들어 댄다. 게다가 맥스를 끌고 가던 것도 멈춘다. 여전히 한 팔로 맥스를 붙잡고 있기는 하지만, 맥스의 두 발은 땅바닥을 제대로 디디고 있다. 드디어 기회가 온 것이다.

내가 소리친다.

"어서 던져! 온몸에 힘을 실어 던지라고! 네 모든 것을 다 쏟아부으란 말이야!"

"알았어."

맥스가 가쁜 숨을 몰아쉬며 대답한다. 그러고는 저금통을 단단히 움켜쥐고 캄캄한 허공을 향해 힘껏 집어 던진다.

돼지 저금통이 맥스의 손을 떠나는 광경을 본 패터슨 선생님은 눈이 휘둥그레진다. 돼지는 코를 쳐들고 날아올라 거실 창문

쪽으로 날아간다.

진짜 돼지가 하늘을 날고 있다.

순간, 온 세상이 정지한 듯한 느낌이다. 앞을 못 보는 달마저 고개를 돌려 작은 금속 돼지 한마리가 허공을 가르며 날아가는 광경을 지켜본다.

돼지 저금통은 창문의 한가운데를 정확히 때린다. 이는 맥스 아빠가 오래도록 자랑스럽게 생각할 만한 장면이다. 나도 이런 엄청난 일을 해낸 맥스를 영원히 자랑스럽게 기억할 것이다. 토미 스윈드도 이만큼 멋지게 창문을 깨뜨리지는 못할 것이다. 유리가 폭발한 뒤 몇 초 지나지 않아 요란한 경보음이 밤하늘에 울려 퍼진다.

패터슨 선생님이 맥스를 향해 팔을 뻗는다. 조금 전 맥스에게 물어뜯긴 손에서 피가 흐르고 있다. 그녀는 그 팔로 맥스의 목을 단단히 휘감는다. 그러고는 맥스를 번쩍 안아 들고 죽어라 뛰기 시작한다. 그녀의 팔에 목이 조인 소년은 몸부림치며 고래고래 소리를 지른다. 패터슨 선생님은 어느새 앞마당을 가로질러 캠핑카를 향해 달려간다.

맥스는 창문을 깨뜨리는 데 멋지게 성공했다. 거실 창문은 산산조각 났고, 요란한 경보음이 울리고 있다. 이제 곧 경찰이 올 것이다. 그런데도 패터슨 선생님은 맥스를 데리고 도망치고 있다. 이제 몇 초만 지나면 탈출에 성공할 수 있다.

난데없이 맥스 아빠가 폭주 기관차처럼 내 앞으로 휙 날아가 도망치는 패터슨 선생님을 덮친다. 순식간에 벌어진 일이라 정확한 상황은 나도 모르겠다. 패터슨 선생님은 비틀대다가 맥스를 놓치면서 그대로 땅바닥에 거꾸러진다. 맥스도 엎어졌다가 재빨리 몸을 굴려 한쪽으로 피한다. 그러고는 목을 감싸 쥔 채 어깨를 들썩이며 가쁜 숨을 몰아쉰다.

악마가 맥스의 숨통을 조이고 있었던 것이다.

패터슨 선생님은 바닥에 엎어진 채 맥스 아빠에게 깔려 있다. 강철 전선 같은 두 팔로 그녀의 몸을 단단히 옥죄고 있는 맥스 아빠는 반바지와 티셔츠 차림이다. 두 팔은 여기저기 찢어져 피가 흐르고, 어깨와 목덜미에는 베인 상처가 길게 나 있다. 찢어진 티셔츠 등판은 이미 피로 물든 상태다. 나는 어떻게 된 영문인지 몰라 혼란스럽다. 고개를 돌려 집 쪽을 바라보니 현관문은 여전히 닫혀 있다. 그렇다. 맥스 아빠는 깨진 창문으로 튀어나온 것이다. 그 과정에서 깨진 유리에 온몸이 찢기고 베인 것이다.

"맥스! 맙소사! 괜찮으냐? 다친 데는 없어?"

맥스 아빠가 묻는다. 바닥에 엎어진 패터슨 선생님은 맥스 아빠의 몸무게에 짓눌려 꼼짝 못하고 있다.

"맥스, 너 정말 괜찮아?"

"괜찮아요."

맥스가 대답한다. 거칠고 갈라진 목소리는 힘이 전혀 없다. 하지만 대답 자체는 분명한 사실이다.

맥스는 무사하다.

"맥스!"

맥스 엄마의 목소리다. 그녀는 거실 창가에 선 채 자신의 집 앞에서 펼쳐진 기막힌 광경을 바라보고 있다. 피투성이가 된 남편과 아들의 유괴범, 그리고 아빠 옆에 앉아 목을 문지르고 있는 맥스까지…….

"오, 맥스! 어떻게 이런……. 맥스!"

맥스 엄마가 창가에서 사라진다. 몇 초 뒤, 불이 켜지면서 앞마당을 환하게 비춘다. 곧이어 현관문이 벌컥 열리고 맥스 엄마가 마당으로 달려 나온다. 흰색 잠옷을 입고 있어서 달빛 아래 반짝반짝 빛나 보인다. 그녀는 맥스를 몇 미터 앞에 두고는 무릎을 꿇은 채 미끄러지듯 다가온다. 그리고 맥스를 와락 끌어안고 이마에 몇 번이고 입을 맞춘다. 맥스가 이런 뽀뽀를 싫어한다는 것은 녀석의 표정을 보면 알 수 있다. 하지만 이번만큼은 전혀 투덜대지 않는다. 엄마가 울면서 계속 이마에 뽀뽀를 퍼붓는데도 움찔하는 기색조차 없다.

나는 맥스 아빠에게 눈길을 돌린다. 그는 여전히 엎어진 패터슨 선생님 위에 올라타 있다. 그녀는 더 이상 움직임이 없다. 그런데도 맥스 아빠는 범죄 드라마를 너무 많이 본 탓인지 끝까지 그녀를 놓아주지 않는다. 악당이 사라졌거나 죽었다고 생각할 때, 느닷없이 참나무 뒤에서 나타나 자신의 뒷덜미를 움켜잡을 수도 있다는 사실을 알고 있는 것이다.

그렇지만 맥스 아빠는 활짝 웃고 있다.

멀리서 사이렌 소리가 들려온다. 경찰이 오고 있다.

맥스 엄마가 맥스를 품에 안은 채 남편에게 다가간다. 그리고 여전히 패터슨 선생님을 온몸으로 짓누르고 있는 남편을 끌어안는다. 맥스 엄마의 눈에서는 눈물이 강물처럼 철철 흐른다.

맥스가 엄마 품에 안긴 채 나를 올려다본다. 녀석은 활짝 웃고 있다. 그저 미소를 머금은 정도가 아니라 함박웃음을 짓고 있다.

나도 환하게 웃고 있다. 그와 동시에 울고 있다. 태어나서 처음 흘려 보는 기쁨의 눈물이다. 나는 맥스를 향해 양쪽 엄지손가락을 들어 올린다.

흐릿해져 가는 내 엄지손가락 너머로 눈물로 얼룩진 엄마의 뺨에 입을 맞추는 맥스의 모습이 보인다.

61

"혹시 알고 있어? 네가……."

"알아. 이틀 전부터 내 몸이 부쩍 흐릿해지고 있다는 거."

티니는 내 대답에 한숨을 푹 내쉰다. 그러고는 한동안 아무 말 없이 나를 바라보기만 한다. 휴게실에는 티니와 나 둘뿐이다. 내가 처음 왔을 때는 다른 상상 친구들도 있었지만, 티니가 나를 쳐다보자 그들은 모두 나가 버렸다.

사람들은 모두 요정의 말을 잘 듣는 것 같다.

티니가 다시 묻는다.

"기분은 어때……?"

"아무 느낌도 없어. 내가 앞을 못 본다면, 내 몸이 점점 흐릿해져 가고 있다는 사실조차 모를 거야."

사실 이 말은 거짓말이다. 맥스는 더 이상 내게 말을 걸지 않는다. 나한테 화가 난 것은 아니다. 그저 더 이상 내가 자기 주변에 있다는 사실을 모를 뿐이다. 내가 녀석의 눈앞에 서서 말을 하면, 녀석도 내 존재를 알아차리고 내 말에 대꾸해 줄 것이다. 하지만 내가 먼저 말을 걸지 않는 이상, 맥스는 내게 한마디도 하지 않는다.

그래서 나는 지난 며칠 동안 내내 서글펐다.

"오스왈드는 어디 있어?"

티니가 묻는다. 고개를 푹 숙이고 있는 것을 보면 이미 답을 알고 있는 듯하다.

"떠났어."

내가 대답한다.

"어디로?"

"좋은 질문이야. 하지만 나도 몰라. 내가 어디로 떠나게 될지는 모르지만, 아마 그곳은 아무 데도 아닐 거야."

나는 티니에게 맥스가 패터슨 선생님의 집에서 성공적으로 탈출하기까지의 이야기를 자세히 들려준다. 거인 오스왈드가 맥스가 갇혀 있던 지하 감옥을 부순 일과 맥스에게 도망칠 시간을 주기 위해 마지막으로 현실 세계에 손을 대서 패터슨 선생님을 넘어뜨린 일을 이야기해 준다. 또 숲 속에서 벌어진 추격전과 맥스가 만든 덫, 맥스의 집 앞에서 벌어진 최후의 전투에 대해서도 설명한다. 경찰이 올 때까지 패터슨 선생님을 붙잡고 있던 맥스 아빠가 경찰관들 앞에서 '내 아들이 미친 여자와의 두뇌 싸움에서 승리했다'고 자랑한 이야기도 빼놓지 않는다.

자신이 죽어 가고 있다는 사실을 알았던 오스왈드와 그를 살리기 위해 병원으로 다시 데려가려 했던 내 노력에 대해서도 말한다.

"하지만 그는 다시 돌아오지 않을 거야. 맥스를 구하기 위해 자신을 희생한 오스왈드는 진정한 영웅이었어."

"부도 너도 마찬가지야."

티니는 눈물을 흘리면서도 활짝 웃는다.

"아니, 난 오스왈드와는 달라. 나는 그저 맥스 주변을 맴돌며 '달려라!' '숨어라!' 라는 말밖에 특별히 해 준 게 없어. 나는 오스왈드처럼 현실 세계에 손을 델 수 없으니까."

"돼지를 던져서 창문을 깨뜨리라고 말해 준 건 너잖아. 또 맥스에게 네가 상상 친구라는 사실을 밝혔기 때문에 맥스는 스스로 자신을 구할 수 있었던 거야. 너도 너 자신을 희생한 거라고."

"그래, 맞아!"

갑자기 가슴속에서 분노가 끓어오른다.

"그것 때문에 난 더 이상 이 세상에 존재하지 않게 될 거야. 맥스는 무사히 자유를 찾았는데, 나는 점점 죽어 가고 있어. 내가 사라지면, 녀석은 나를 기억조차 못 할 거야. 나는 훗날 맥스 엄마가 맥스에게 재미 삼아 들려주는 옛 이야기 속의 존재가 되겠지. '맥스 너에게 한때 부도라는 상상 친구가 있었단다'."

"아니, 맥스는 언제까지나 너를 기억할 거야. 다만 이젠 너를 현실에 존재하는 진짜 친구로 믿지 않을 뿐이지. 하지만 나는 아니야. 난 너를 현실에 있는 진짜 친구라고 믿어."

하지만 언젠가는 티니도 죽을 것이다. 아마 이제 곧 그렇게 될 것이다. 티니의 인간 친구가 올해 네 살이니까 티니는 일 년 안에 사라질 가능성이 크다. 유치원은 지금껏 수많은 상상 친구들을 죽였다. 티니도 유치원에서 삶을 마칠 것이다. 티니가 죽으면 그것으로 다 끝난다. 부도라는 녀석이 한때 이 세상에 존재했다는 사실을 기억할 사람은 아무도 없다. 내가 했던 말과 내가 했던 행동, 나와 관련된 모든 것은 영원히 사라져 버릴 것이다.

티니가 날개를 파닥거리더니 소파 위로 날아올라 방 한가운데에서 맴돌기 시작한다.

"그리고 난 다른 사람들한테도 너를 알릴 거야."

티니가 내 마음을 들여다보기라도 한 것처럼 말한다.

"내가 만나게 되는 모든 상상 친구들에게 네 이야기를 할 거라고. 그리고 그 친구들에게 자신이 아는 상상 친구들에게 그 이야기를 전하라고 할 거야. 부도 네 이야기를 세상에 널리널리 퍼뜨리게 할 거라고. 그러다 보면 거인 오스왈드와 위대한 부도가 세계에서 가장 훌륭한 소년인 맥스 딜레이니를 위해 어떤 일을 했는지 온 세상이 다 알게 될 거야."

"와, 멋지다! 정말 큰 도움이 되겠어. 고마워, 티니."

나는 말은 그렇게 했지만, 그렇다고 죽음에 대한 두려움이 줄어든 것은 아니다. 나는 상상 친구들이 우리 이야기를 전 세계에 널리 알릴 수 있을 거라고 생각지 않는다. 세상에는 퍼피나 촘프, 스푼처럼 멍청한 상상 친구들도 수없이 많다.

티나나 오스왈드, 섬머, 그레이엄 같은 똑똑한 상상 친구들은 그리 많지 않다.

많지 않은 것이 아니라 몹시 드물다.

"맥스는 잘 지내?"

티니가 다시 내 옆에 내려앉으며 묻는다. 일부러 화제를 바꾸려는 것 같다. 다행이다.

"응, 괜찮아. 난 그 엄청난 일을 겪고 난 뒤 녀석이 많이 변할 줄 알았어. 그런데 그렇지는 않더라. 조금 달라지긴 했지만 크게 다르진 않아."

"그게 무슨 말이야?"

"맥스가 숲 속과 자기 집 앞마당에서 용감한 행동을 보여 줬던 건 그게 녀석이 가장 잘하는 일이기 때문이야. 녀석은 전쟁이며 무기, 저격병 등에 관련된 책을 늘 끼고 살아. 장난감 병정들을 데리고 전쟁 작전을 짠 것도 수천 번은 될 거야. 무엇보다 숲 속에는 녀석을 방해할 사람이 없었어. 녀석에게 말을 건다거나 눈을 마주칠 사람이 없었던 거지. 녀석과 악수하거나 코를 쥐어 박거나 외투 지퍼를 올려 주겠다고 나서는 사람이 아무도 없었어. 맥스는 한 인간에게서 도망친 것인데, 그건 맥스가 늘 꿈꾸는 일이야. 사람들로부터 멀리 도망치는 것. 맥스는 아무도 없는 숲 속에서 훌륭한 일을 해냈지만, 어쩐지 그곳이 녀석에게 가장 잘 어울리는 공간인 것 같아."

"요즘은 어떻게 지내는데?"

티니가 묻는다.

"어제부터 다시 학교에 다니기 시작했어. 맥스에게는 정말 힘든 하루였어. 모두가 녀석에게 말을 붙이고 싶어 했거든. 너무 많은 사람들이 갑작스럽게 그러니까 맥스는 하마터면 일시 정지 상태에 빠질 뻔했지. 다행히 이런 상황을 파악한 고스크 선생님이 다른 선생님들과 고학년 아이들, 심지어 교내 의사에게까지 맥스한테서 썩 물러나라고 호통을 쳤어. 맥스는 여전히 맥스야. 이제는 조금 더 용감해졌고, 자기 자신을 지키는 일에 조금 더 신경을 쓰게 됐어. 하지만 그래도 여전히 맥스는 맥스야. 토미 스윈든의 머리에 또 보너스 똥을 싸게 될까 봐 걱정하는 아이라고."

티니가 눈썹이 있어야 할 부분을 찌푸린다. 그 이유를 눈치챈 내가 재빨리 말한다.

"그냥 못 들은 걸로 해. 아주 복잡한 사연이 있어."

"이제 남은 시간이……?"

"나도 몰라. 아마 내일일 것 같아."

티니는 나를 향해 미소 짓는다. 슬픔이 가득한 미소다.

"부도, 네가 무척 그리울 거야."

나는 고개를 끄덕인다.

"나도 마찬가지야. 이 세상의 모든 것이 다 그리울 거야."

62

내 예상이 맞았다. 바로 오늘이 그날이다. 오늘 아침 맥스가 불을 켰을 때, 나는 내 모습을 거의 알아볼 수 없었다. 맥스에게 아침 인사를 건넸지만 녀석은 대답하지 않았다. 내가 있는 쪽을 돌아보지도 않았다.

그리고 조금 전부터 이상한 느낌이 들기 시작했다. 지금 나는 고스크 선생님의 교실에 있다. 맥스는 다른 아이들과 함께 바닥에 앉아 고스크 선생님이 읽어 주는 『생쥐 기사 데스페로』 이야기를 듣고 있다. 생쥐에 관한 책이라니, 나는 당연히 재미가 없을 줄 알았다. 하지만 내 예상은 빗나갔다. 『생쥐 기사 데스페로』는 아주 재미있고 훌륭한 책이다. 빛을 사랑하고 글을 읽을 줄 아는 한 생쥐가 피 공주를 구하는 이야기다.

고스크 선생님은 이제 겨우 이야기의 중간 부분을 읽고 있다. 나는 이야기를 끝까지 들을 수 없을 것 같다. 데스페로가 결국 어떻게 됐는지 끝내 알지 못할 것이다.

그런 점에서 데스페로와 나는 조금 닮은 점이 있다. 내가 데스페로의 운명을 결코 알 수 없듯이, 사람들은 내 운명에 대해 끝내 알지 못할 것이다. 나는 이제 곧 세상에 존재하지 않게 된다. 바로 오늘. 하지만 그 사실을 아는 것은 나 혼자뿐이다. 나는 이 교실 뒤쪽에서 조용히 아무도 모르게 죽음을 맞이할 것이다. 운명이 어떻게 될지 모르는 생쥐에 대한 이야기를 들으며.

맥스와 고스크 선생님, 그 밖에 다른 아이들은 아무 일도 없는 것처럼 수업을 이어갈 것이다. 데스페로가 앞으로 어떤 모험을 겪을지 모두 알게 될 것이다.

하지만 나는 그럴 수 없다.

배 속에 부드럽고 끈적끈적한 풍선이 들어가 있는 듯한 기분이다. 혼자서 하늘을 떠다니는 풍선 말이다. 아프지는 않다. 다만 의자에 앉아 있는데도 어쩐지 몸이 위로 당겨지는 느낌이 든다. 나는 손을 들여다본다. 이미 많이 흐려진 손은 눈앞에서 흔들어야만 겨우 알아볼 수 있다.

그나마 다행인 것은 고스크 선생님의 교실에서 죽음을 맞이하게 되었다는 사실이다. 맥스와 고스크 선생님은 내가 이 세상에서 가장 좋아하는 사람들이다. 그들이 나의 마지막 기억이 될 거라고 생각하면 기분이 참 좋다.

그러나 내게는 기억이 남지 않을 것이다. 맥스와 고스크 선생님과 함께 있어서 좋은 것은 내가 죽는 바로 그 순간까지다. 그 순간이 지나면 더 이상 아무것도 남지 않는다. 그 후에 일어나는 일들은 내게 아무런 의미도 없다. 내가 죽은 뒤에 일어날 일들뿐 아니라, 내가 죽기 전에 겪었던 일들도 마찬가지다. 내가 죽으면 모든 것이 사라진다.

이렇게 허무한 일이 또 있을까?

나는 고스크 선생님 앞에 앉아 있는 맥스를 바라본다. 녀석도 나처럼 데스페로 이야기를 좋아하는 것 같다. 심지어 지금은 웃고 있다. 그것이 부도의 존재를 믿었던 맥스와 믿지 않는 맥스의 가장 큰 차이점이다. 내 존재를 더 이상 믿지 않게 된 맥스는 자주는 아니지만 가끔 저렇게 환한 미소를 짓는다.

고스크 선생님도 환하게 웃고 있다. 그녀가 웃는 이유는 맥스가 돌아온 것이 기뻐서이기도 하고, 데스페로 이야기가 재미있어서이기도 하다. 고스크 선생님은 아이들과 똑같이 이야기에 푹 빠져 있다. 데스페로는 다른 생쥐들과 다르다는 이유로 시궁쥐들이 들끓는 지하 감옥에 던져졌다. 다른 이들과 다르다는 점, 그래서 지하에 갇혔다는 점이 맥스와 똑같다. 아마 데스페로도 맥스처럼 어둠에서 벗어나 밝은 빛을 되찾을 수 있을 것이다.

내 배 속의 풍선이 점점 커지고 있다. 따뜻하면서도 기분 좋다.

나는 자리에서 일어나 고스크 선생님 앞에 가서 앉는다. 바로 맥스 옆에.

지난 이 주 동안 내가 잃어버렸던 사람들의 얼굴을 떠올려 본다. 그레이엄, 섬머, 오스왈드, 그리고 디까지……. 그들이 내 앞에 서 있다고 상상해 본다. 그들이 가장 아름다웠던 순간의 모습을 그려 본다.

그레이스 옆에 앉은 채 점점 사라져 가던 그레이엄.

맥스를 구하겠다고 약속하라고 나를 다그치던 섬머.

한쪽 무릎을 꿇고 두 손을 내밀어 패터슨 선생님을 넘어뜨리던 오스왈드.

샐리를 동생처럼 아끼는 마음에서 잔소리를 퍼붓던 디.

나는 그들 모두를 사랑했다.

지금 그들이 무척 보고 싶다.

나는 고개를 들어 고스크 선생님을 바라본다. 내가 사라지고 난 뒤에는 고스크 선생님이 맥스를 지켜 주어야 한다. 보너스 똥과 토미 스윈든, 그 밖에 주로 자기 안의 세상에서 사는 맥스가 혼자 해결할 수 없는 온갖 자질구레한 문제들을 고스크 선생님이 도와주어야 한다. 맥스 안에 있는 그 아름답고 넓은 세상에서 나라는 존재도 만들어졌다.

고스크 선생님은 나를 대신해 맥스를 지켜 줄 것이다. 거인 오스왈드는 맥스를 지켜 준 영웅이었다. 나도 영웅다운 일을 조금은 해냈다. 하지만 고스크 선생님은 늘 맥스 곁에 함께 있는 영웅이다. 그 사실을 아는 사람은 맥스 같은 몇몇 아이들뿐이다. 고스크 선생님은 내가 떠난 뒤에도 오랫동안 맥스의 영웅이 되어 줄 것이다. 지금까지 늘 그랬던 것처럼.

나는 고개를 돌려 맥스를 바라본다. 나를 이 세상에 존재하게 해 준 내 친구……. 마음 같아서는 녀석에게 왜 내 존재를 잊어 버렸느냐고 투덜거리고 싶지만, 그러지 않기로 한다. 나는 맥스에게 화를 낼 수 없다. 맥스를 사랑하니까. 죽고 나면 내게 의미 있는 것은 모두 사라지게 된다. 그러나 어쩐지 나는 죽은 뒤에도 여전히 맥스를 사랑할 것 같다.

나는 더 이상 죽음이 무섭지 않다. 그저 슬플 뿐이다. 나는 두 번 다시 맥스를 볼 수 없을 것이다. 녀석의 미래에 남겨진 수많은 날들을 지켜볼 수 없다는 것이 안타깝다. 맥스는 이제 점점 자라서 어른이 되고, 자신의 아이도 갖게 될 것이다. 그저 어딘가에 조용히 앉아 내가 사랑하는 아이가 어른이 되어 자신만의 삶을 꾸려 가는 모습을 지켜볼 수 있다면 얼마나 행복할까.

이제 나 자신을 위해 살아남고 싶은 마음은 더 이상 들지 않는다. 다만 맥스를 위해 좀 더 살고 싶을 뿐이다. 나는 맥스의 삶에 남겨진 이야기가 궁금하다.

내 눈에서 따뜻한 눈물이 흘러내린다. 내 몸도 따뜻하다. 이제 나는 내 모습을 볼 수 없다. 하지만 맥스의 얼굴은 여전히 보인다. 자신이 유일하게 좋아하는 선생님을 물끄러미 바라보고 있는 녀석의 얼굴은 무척이나 사랑스럽다. 지금 맥스는 행복할 것이다. 몸과 마음이 모두 편안할 것이다.

나는 맥스의 남은 삶을 곁에서 지켜볼 수 없다. 하지만 틀림없이 맥스는 오래도록 행복하고 평안하게 살 것이다.

나는 눈을 감는다. 눈물이 뺨을 타고 흘러내리다가 곧 사라진다. 더 이상 따뜻하고 촉촉한 기운이 느껴지지 않는다. 배 속에 든 풍선이 점점 더 커져서 내 안을 빈틈없이 가득 채운다. 급기야 내 몸이 두둥실 떠오르는 듯한 느낌이 들기 시작한다.

나는 더 이상 완전한 모습이 아니다. 부도의 본래 모습은 더 이상 존재하지 않는다.

나는 공중으로 날아오르고 있다.

맥스의 사랑스러운 모습을 마음속에 오래도록 담아 두고 싶다. 내 존재가 세상에서 완전히 사라지기 전까지.

맥스의 얼굴을 포함한 이 세상의 모든 것들이 뿌옇게 흐려지기 시작할 즈음, 나는 조그맣게 속삭인다.

"사랑해, 맥스."

에필로그

눈을 떠 보니 누군가가 나를 내려다보고 있다. 어딘가에서 본 듯한 낯설지 않은 눈이다. 따스함이 느껴지는 짙은 빛깔의 눈동자……. 그 눈동자는 나를 알고 있다.

그 눈동자의 주인공이 누구인지 정확히 생각나지 않는다. 그러나 한 가지 기억이 서서히 머릿속에 떠오른다.

도대체 어떻게 된 일일까?

나는 그녀의 이름을 불러 본다.

"디……?"

이제야 어떻게 된 일인지 알 것 같다.

옮긴이의 말

음악이든 미술이든 문학이든 모든 창작 활동은 상상에서 출발한다. 상상이 없으면 창작도 없다. 특히 언어를 도구로 하여 개인의 사상이나 감정을 표현하는 문학의 경우 상상은 절대적인 가치를 지닌다. 소설이든 시든 희곡이든 얼마나 멋진 상상을 했느냐에 따라 그 수준이나 품질이 결정된다고 해도 과언은 아니다. 그런 면에서 보면 『이매지너리 프렌드』는 높은 수준의 품질 좋은 소설이라고 할 수 있다. 대단히 독창적이면서도 기발한 상상을 바탕으로 쓰인 소설이기 때문이다.

이 책은 네 살배기 맥스가 머릿속으로 그린 상상 친구 부도의 시선으로 바라본 세상과 삶, 그리고 죽음에 관한 이야기다. 그러니까 어린아이가 만들어 낸 상상 속 친구가 이야기를 풀어 가는 형식인데, 그 내용이 놀라울 정도로 신선하고 독특하다. 맥스는 부도를 이 세상에 존재하게 만든 창조주나 마찬가지다. 당연히 부도의 운명은 오롯이 맥스에게 달려 있다. 맥스가 그 존재를 인정하지 않으면 부도는 더 이상 살 수 없는 것이다. 그래서 부도는 늘 자신이 언제든 세상에서 사라질지도 모른다는 두려움을 안고 산다.

맥스는 보통 아이들과는 조금 다르다. 바깥세상과 소통하기를 싫어하며 주로 자기 안의 세계에서 혼자 놀기를 좋아한다. 또 누구든 자신의 몸을 건드리면 질색하는 데다 정해진 규칙이나 틀에서 조금이라도 벗어나면 큰일이라도 나는 줄 안다. 엄마와 아빠는 맥스를 누구보다 사랑하는 보통의 부모지만 아들의 그 같은 '특별한 면'을 받아들이기 힘들어한다. 두 사람은 어떻게 해서든 맥스를 평범한 아이로 키우고 싶어 한다. 그 때문에 맥스는 세상에서 가장 가까운 엄마와 아빠에게도 벽을 쌓고 지낼 수밖에 없다.

맥스에게 있어서 믿을 만한, 그리고 친구라고 부를 만한 사람은 부도뿐이다. 부도는 늘 맥스의 곁을 지키면서 그가 어려운 결정을 내리지 못해 우물쭈물할 때 조언을 해 주고, 위기에 빠져 허둥거릴 때 어떻게든 도움을 주려고 애쓴다(물론 오직 맥스의 눈에만 보이는 부도가 실질적으로 할 수 있는 일은 그리 많지 않다). 그런데 부도는 맥스와 다르게 세상에 대한 호기심도 많고, 친구도 많이 사귀고 싶어 한다. 말하자면 부도는 맥스의 상상에 의해 탄생했지만 자기만의 생각과 취향을 갖고 있는 독립적인 존재다. 그래서 맥스가 잠든 밤이면 몰래 밖으로 나가서 이곳저곳 돌아다니며 세상 구경을 하거나 자신과 같은 처지인 상상 친구들과 어울리기도 하는 것이다.

세상의 어린이들이 만들어 낸 상상 친구는 그야말로 각양각

색이다. 아이스바 막대기처럼 생긴 친구가 있는가 하면, 벽에 묻은 시커먼 얼룩일 뿐인 친구도 있다. 그런 친구들에 비하면 겉모습이 거의 인간에 가깝고 마음대로 돌아다닐 수도 있는 부도는 행운아인 셈이다. 물론 이는 친구 맥스의 뛰어난 상상력 덕분이다.

부도에게 맥스는 세상에서 가장 용감한 영웅이다. 하지만 세상 사람들은 맥스를 있는 그대로 받아들이려고 하지 않는다. 엄마와 아빠도 맥스가 여느 아이들과 똑같아지기를 바란다. 그런데도 맥스는 이에 아랑곳하지 않고 꿋꿋하게 자신의 본모습을 지키며 주어진 삶을 성실하게 살아간다. 부도는 그런 맥스가 무척이나 자랑스럽다.

부도의 소망은 그 자신을 이 세상에 존재하게 해 준 사랑하는 친구 맥스의 곁에 오래도록 머물러 있는 것뿐이다. 하지만 아이들이 자라면서 산타클로스의 존재를 믿지 않게 되는 것처럼 맥스도 언젠가는 상상 친구인 부도의 존재를 부정하게 될지도 모른다. 그렇게 되면 세상에서 사라지기 때문에 부도는 두려운 가운데 늘 죽음에 대해 생각한다. 죽음 뒤에 기다리고 있는 것은 무엇일까? 죽고 나면 나의 존재는 아무것도 아닌 것이 되는 걸까? 부도는 평소에 좋아한 이들이 하나둘씩 갑자기 세상에서 사라지는 것을 지켜보면서도 그런 생각을 한다.

죽음에 대한 이야기가 나오는 만큼 작품의 분위기가 어둡고 무거울 거라고 생각할 수도 있을 듯하다. 하지만 그렇지 않다. 곳곳에 유쾌한 장면도 나오고 배꼽을 쥘 정도로 우스꽝스러운 상황이 펼쳐져 있기도 하다. 군데군데 현실 세계에 대한 신랄한 풍자도 있다. 그러나 무엇보다 이 작품을 돋보이게 하는 것은 주인공 부도의 무조건적인 사랑과 따뜻한 마음이다. 부도는 비록 현실에 존재하지 않는 상상 친구이지만, 이 세상 누구보다 삶에 대한 애착이 강한 데다 주변 사람들을 소중히 여길 줄 안다. 특히 친구 맥스를 향한 부도의 마음은 말로는 다 표현하기 어려울 만큼 애틋하고 감동적이다(고백하자면 이 작품을 번역하는 내 내 부도 때문에 저린 가슴을 달래느라 애를 좀 먹었다). 비록 존재 자체의 정체성은 불안하고 위태롭지만, 부도는 누구보다 솔직하고 용감하며 따뜻하고 순수하다. 그렇기 때문에 이 책을 읽은 독자들에게 깊은 감동을 주고 오래도록 기억될 것이라고 확신한다. 독자들에게도 부도 같은 매력적인 상상 친구가 생기기를 바란다.

2013년 12월

정회성

블루픽션 9

이매지너리 프렌드

1판 1쇄 펴냄 2013년 12월 27일
1판 3쇄 펴냄 2019년 5월 29일

지은이 매튜 딕스
옮긴이 정회성
펴낸이 박상희
편집장 박지은
편집 장은혜
디자인 인수정

펴낸곳 (주)비룡소
출판등록 1994년 3월 17일 제16-849호
주소 06027 서울시 강남구 도산대로1길 62 강남출판문화센터 4층
전화 영업 02)515-2000 편집 02)3443-4318,9 팩스 02)515-2007
홈페이지 www.bir.co.kr
제품명 어린이용 반양장 도서 제조자명 (주)비룡소 제조국명 대한민국 사용연령 3세 이상

ISBN 978-89-491-2332-5 44840
         978-89-491-2053-9 (세트)

이 도서의 국립중앙도서관 출판시도서목록(CIP)은 서지정보유통지원시스템 홈페이지(http://seoji.nl.go.kr)와
국가자료공동목록시스템(http://www.nl.go.kr/kolisnet)에서 이용하실 수 있습니다.
(CIP제어번호 : CIP2013028145)

| 블루픽션 시리즈

1. 스켈리그 데이비드 알몬드 글/ 김연수 옮김
안데르센 상, 엘리너 파전 문학상, 카네기 상, 휘트브레드 상, 마이클 L.프린츠 상,
어린이도서연구회 권장 도서, 책교실 권장 도서, 중앙독서교육 추천 도서

2. 운하의 소녀 티에리 르냉 글/ 조현실 옮김
소르시에르 상, 어린이도서연구회 권장 도서

3. 내 이름은 미나 데이비드 알몬드 글/ 김영진 옮김
안데르센 상, 엘리너 파전 문학상, 카네기 상, 휘트브레드 상, 마이클 L.프린츠 상

4. 0에서 10까지 사랑의 편지 수지 모건스턴 글/ 이정임 옮김
밀드레드 L. 배첼더 상, 어린이도서연구회 권장 도서

5. 희망의 섬 78번지 우리 오를레브 글/ 유혜경 옮김
안데르센 상 수상 작가, 밀드레드 L. 배첼더 상, 머더카이 상, 아침햇살 선정 좋은 어린이 책,
중앙독서교육 추천 도서, 책교실 권장 도서, 책따세 추천 도서

6. 룩스 극장의 연인 자닌 테송 글/ 조현실 옮김
프랑스 '올해의 청소년 책', 소르시에르 상, 어린이도서연구회 권장 도서, 열린 어린이가 뽑은 좋은 책

7. 전쟁이 끝나면 다시 만나 제니퍼 암스트롱 외 글/ 임옥희 옮김
문화관광부 추천 도서

9. 이매지너리 프렌드 매튜 딕스 글/ 정회성 옮김

10. 초콜릿 전쟁 로버트 코마이어 글/ 안인희 옮김
미국 도서관 협회 선정 도서, 뉴욕타임스 선정 도서, 어린이도서연구회 권장 도서

11. 전갈의 아이 낸시 파머 글/ 백영미 옮김
뉴베리 상, 국제 도서 협회 선정 도서, 마이클 L 프린츠 상, 책교실 권장 도서, 어린이도서연구회 권장 도서

12. 내 안의 마녀 마거릿 마이 글/ 햇살과나무꾼 옮김
카네기 상, 보스턴 글러브 혼 북 아너 상 수상작, 미국도서관협회 선정 최고의 청소년 책,
북리스트 선정 편집자 추천 도서, 스쿨라이브러리저널 선정 최고의 책

13. 나의 산에서 진 C. 조지 글/ 김원구 옮김
뉴베리 상, 미국 도서관 협회 선정 도서, 어린이도서연구회 권장 도서,
열린 어린이가 뽑은 좋은 책, 책교실 권장 도서

14. 먼 산에서 진 C. 조지 글/ 김원구 옮김

17. 푸른 황무지 데이비드 알몬드 글/ 김연수 옮김
안데르센 상, 엘리너 파전 문학상, 스마티즈 상, 마이클 L.프린츠 상, 어린이도서연구회 권장 도서

18. 킬리만자로에서, 안녕 이옥수 글

19. 레모네이드 마마 버지니아 외버 울프 글/ 김옥수 옮김

20. 기억 전달자 로이스 로리 글/ 장은수 옮김
뉴베리 상, 보스턴 글로브 혼 북 명예상, 어린이도서연구회 권장 도서,
열린 어린이가 뽑은 좋은 책, 교보문고 추천 도서

21. 내 안의 또 다른 나 조지 E. L. 코닉스버그 글·그림/ 햇살과나무꾼 옮김
어린이도서연구회 권장 도서, 교보문고 추천 도서

22. 내 인생의 스프링캠프 정유정 글
세계청소년문학상, 문화관광부 교양 도서, 어린이도서연구회 권장 도서,
교보문고 추천 도서, 학도넷 추천 도서

23. 줄무늬 파자마를 입은 소년 존 보인 글/ 정회성 옮김
아일랜드 '오늘의 책', 행복한 아침독서 추천 도서, 교보문고 추천 도서

24. 이상한 나라에 빠진 앨리스 지은이 알 수 없음/ 이다희 옮김
고래가 숨쉬는 도서관 추천 도서, 교보문고 추천 도서

25. 파랑 채집가 로이스 로리 글/ 김옥수 옮김
어린이도서연구회 권장 도서

26. 하이킹 걸즈 김혜정 글
블루픽션상, 한국문화예술위원회 우수문학도서, 책따세 추천 도서, 학도넷 추천 도서

27. 지구 아이 최현주 글
제11회 블루픽션상 수상작

28. 나는 브라질로 간다 한정기 글
황금도깨비상 수상 작가, 소년조선일보 추천 도서, 중앙일보 추천 도서

29. 키싱 마이 라이프 이옥수 글
한국문화예술위원회 우수문학도서, 어린이도서연구회 권장 도서, 교보문고 추천 도서,
전국독서새물결모임 추천 도서, 학교도서관저널 추천 도서

30. 꼴찌들이 떴다! 양호문 글
블루픽션상, 행복한 아침독서 추천 도서, 교보문고 추천 도서, 책따세 추천 도서,
경기도학교도서관사서협의회 추천 도서, 중앙일보 북클럽 추천 도서

31. 우연한 빵집 김혜연 글

32. 생쥐와 인간 존 스타인벡 글/ 정영목 옮김
미국 도서관 협회 선정 도서, 국립어린이청소년도서관 추천 도서

33. 두 개의 달 위를 걷다 샤론 크리치 글/ 김영진 옮김
뉴베리 상, 미국 어린이 도서상, 스마티즈 북 상, 영국독서협회 상 수상작,
경기도학교도서관사서협의회 추천 도서, 학도넷 추천 도서

34. 침묵의 카드 게임 E. L. 코닉스버그 글/ 햇살과나무꾼 옮김
스쿨 라이브러리 저널 선정 최고의 책, 에드거 앨런 포 상 노미네이트,
경기도학교도서관사서협의회 추천 도서, 아침독서 추천 도서

35. 빅마우스 앤드 어글리걸 조이스 캐럴 오츠 글/ 조영학 옮김
스쿨 라이브러리 저널 선정 최고의 책, 미국 도서관 협회 선정 최고의 청소년 책,
뉴욕 공립 도서관 추천 도서, 학교도서관저널 추천 도서

36. 서쪽 마녀가 죽었다 나시키 가오 글/ 김미란 옮김
소학관 문학상, 일본 아동문학가협회 신인상, 한국간행물윤리위원회 청소년 권장 도서,
어린이도서연구회 권장 도서, 아침독서 추천 도서, 책따세 추천 도서

37. 닌자걸스 김혜정 글

전국학교도서관담당교사모임 추천 도서, 아침독서 추천 도서

38. 첫사랑의 이름 아모스 오즈 글/ 정회성 옮김

안데르센 상, 제브 상

39. 하니와 코코 최상희 글

블루픽션상, 사계절문학상 수상 작가

40. 파랑 치타가 달려간다 박선희 글

제3회 블루픽션상 수상작, 학교도서관저널 추천 도서, 아침독서 추천 도서,
어린이도서연구회 권장 도서, 책따세 추천 도서, 문화체육관광부 우수교양도서

41. 피그맨 폴 진델 글/ 정회성 옮김

보스턴 글로브 혼 북 명예상, 뉴욕 타임스 선정 도서, 맥시 상,
미국 도서관 협회 선정 최고의 청소년 책, 국립어린이청소년도서관 추천 도서

42. 어쩌자고 우린 열일곱 이옥수 글

한국도서관협회 우수문학도서, 학교도서관저널 추천 도서

43. 앉아 있는 악마 김민경 글

44. 최후의 Z 로버트 C. 오브라이언 글/ 이진 옮김

뉴베리 상 수상 작가

45. 스카일러라 19번지 코닉스버그 글/ 햇살과나무꾼 옮김

뉴베리 상 2회 수상 작가, 학교도서관저널 추천 도서

46. 줄리엣 클럽 박선희 글

제3회 블루픽션상 수상 작가, 대한출판문화협회 선정 올해의 청소년 도서,
한국도서관협회 선정 우수문학도서

47. 번데기 프로젝트 이제미 글

제4회 블루픽션상 수상작

48. 뚱보가 세상을 지배한다 K.L. 고잉 글/ 정회성 옮김

마이클 L. 프린츠 아너 상

49. 파랑 피 메리 E. 피어슨 글/ 황소연 옮김

미국학교도서관저널, 미국도서관협회 선정 청소년 분야 '최고의 책',
학교도서관저널 추천 도서, 책따세 추천 도서

50. 판타스틱 걸 김혜정 글

제1회 블루픽션상 수상 작가, 대한출판문화협회 선정 올해의 청소년 도서,
고래가 숨쉬는 도서관 선정 도서, 한국도서관협회 선정 우수문학도서,
경기도학교도서관사서협의회 추천 도서

51. 어쨌거나 스무 살은 되고 싶지 않아 조우리 글

제12회 블루픽션상 수상작

52. 우리들의 팝조름한 여름날 오채 글

마해송 문학상 수상 작가, 한국도서관협회 선정 우수문학도서,
국립어린이청소년도서관 추천 도서, 경기도학교도서관사서협의회 추천 도서,
2017 순천시 One City One Book 선정 도서